HEYNE <

W0312688

Das Buch

Drachen sind schlechte Herrscher, das ist im ganzen Land bekannt: Sie sitzen den ganzen Tag auf ihrem Goldschatz, fressen ihren Untertanen das Vieh von der Weide weg und erhöhen ständig die Steuern – der Goldschatz muss schließlich größer werden. Das bekommt auch der unbescholtene Bauer Will Fallows zu spüren, als eines Abends die Soldaten des Drachenkönigs Mattrax an die Tür seiner Hütte hämmern, um ihn wegen Steuerschulden ins Gefängnis zu werfen. Wie durch ein Wunder gelingt es Will, die Landsknechte zu überlisten und in die nahe gelegenen Wälder zu fliehen. Dort will er sich eigentlich nur verstecken, bis die Luft wieder rein ist, doch dann begegnet er in einer verborgenen Höhle der Söldnerin Lette und dem gewaltigen Echsenmenschen Balur sowie seinem alten, verschollen geglaubten Knecht Firkin. Gemeinsam beschließen sie, dem Drachenkönig den Kampf anzusagen, und das größte Abenteuer ihres Lebens beginnt …

Der Autor

Jon Hollins wurde in England geboren, und die Begeisterung für Fantasy und Science-Fiction begleitet ihn schon sein ganzes Leben lang. Inzwischen lebt der Autor mit seiner Familie auf Long Island.

JON HOLLINS

DRAGON LORDS

Das Gold der Narren

Roman

Aus dem Englischen
übersetzt von Oliver Plaschka

WILHELM HEYNE VERLAG
MÜNCHEN

Titel der Originalausgabe:
FOOL'S GOLD – THE DRAGON LORDS

MIX
Papier aus verantwortungsvollen Quellen
FSC® C014496

Verlagsgruppe Random House FSC® N001967

Deutsche Erstausgabe 07/2017
Redaktion: Joern Rauser

Printed in Germany
Karte © 2016 by Tim Paul
Umschlagillustration: Melanie Korte
Umschlaggestaltung: Nele Schütz Design, München,
Satz: Buch-Werksatt GmbH, Bad Aibling
Druck und Bindung: GGP Media GmbH, Pößneck

ISBN: 978-3-453-31847-2
www.heyne.de

Für Tami, Charlie und Emma

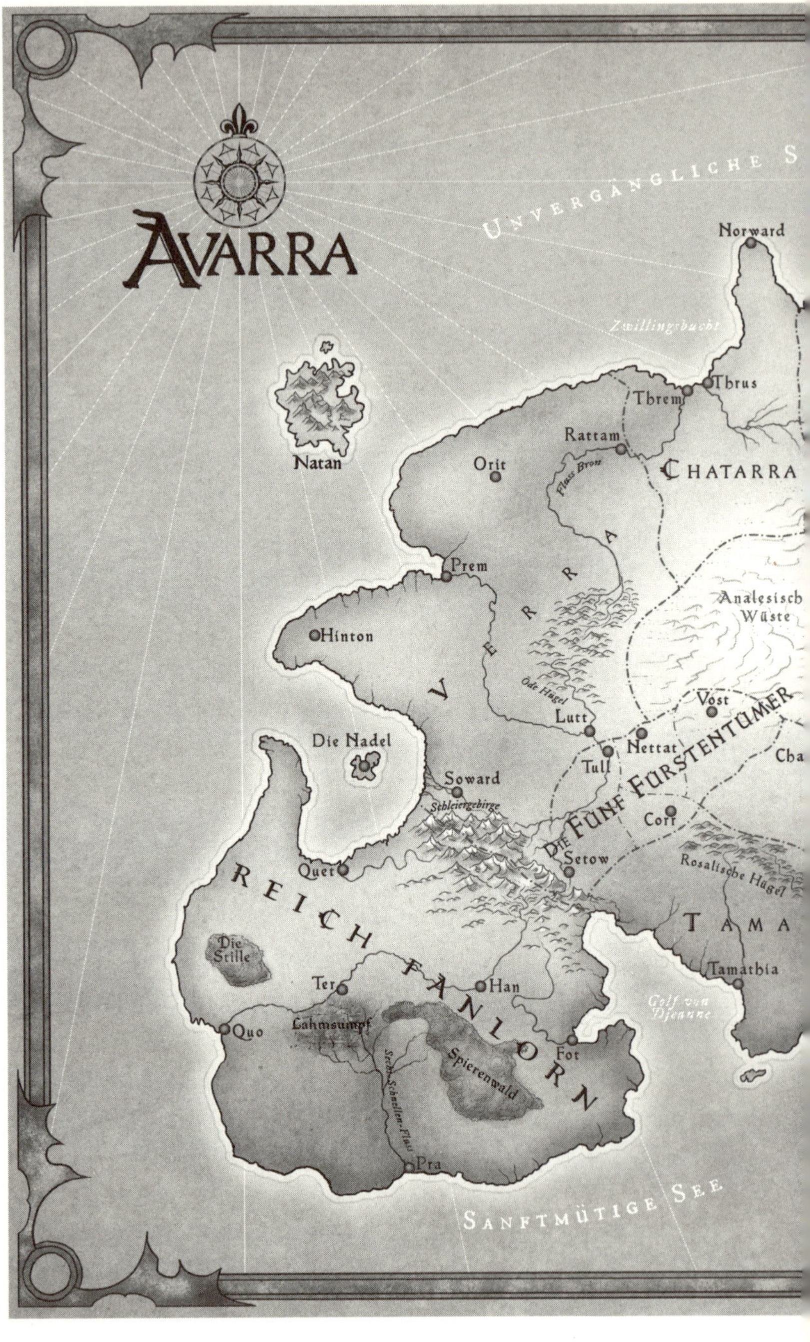
AVARRA
Unvergängliche S
Norward
Zwillingsbucht
Thrus
Threm
Rattam
Natan
Orit
Chatarra
Verra
Prem
Hinton
Analesisch
Wüste
Öde Hügel
Vost
Lutt
Nettat
Tull
Die Nadel
Soward
Schleiergebirge
Die Fünf Fürstentümer
Cha
Cort
Setow
Rosalische Hügel
Quet
Reich Fanlorn
Tama
Die Stille
Ter
Han
Tamathia
Golf von Djeanne
Quo
Lahmsumpf
Fot
Spierenwald
Sechs-Schnellen-Fluss
Pra
Sanftmütige See

Ödland von Atria
Dschungel von Osten
Atria
Timbell
Essoa
Malthura
Jeppu
Leche
Alera
Schieferwald
Hingespritzte Inseln
Fluss Jessup
Bellenet
Tote Stadt Thark
Batarra
Ödland von Thark
Tarramon
Zerbrochene Gipfel
Quell
Fluss Brim
Krummer Rücken
Fluss Kon
Vinland
Karge Bucht
Thresnia
Wald von Brec
Wills Hof
Vinter
Barton
Mattrax
Athril
Hoppiton
Datbrar
Athrilsee
Höllenschlund
Götteraue
Kondorra
Moorhafen
Sanftmütige See

»Oh! Eine Feuermuse …«

– Heinrich V.
William Shakespeare

ERSTER TEIL

Manchmal klappt es

1

Will

Es war ein Kampf, so alt wie die Zeit. Eine Geschichte, die man sich erzählte, seit weiland das Pantheon dem Menschen in seiner Lehmgrube erstmals Leben einhauchte und ihn hinab auf die Erde setzte. Es war die Geschichte vom Kampf des Unzähmbaren gegen seinen Herrn. Von der Wildnis, die die Mauern der Zivilisation einriss. Es hieß Mensch gegen Monster.

Will setzte jeden seiner Schritte mit Bedacht, achtete auf einen tiefen Schwerpunkt. Langsam lief er einen Kreis. Kalter Schlamm zog an seinen Füßen. Schweiß rann die Falte zwischen seinen Brauen herab. Zoll für Zoll rückte er näher.

Das Schwein Bessie grunzte ihn an.

»Fünf Scheks, dass er auf den Arsch fällt«, sagte Albor, einer von Wills beiden Knechten. Sein Bauch, den Albor auf den wackligen Zaun des Stalles stützte, entblößte einen haarigen Streifen – deutlich haariger als das Kinn, an dem er sich beständig kratzte. Albors Frau hatte das nahe Dorf gerade für ein paar Monate verlassen, um ihrer Schwester mit deren kleinem Kind zu helfen. Und nun ließ er seit drei Tagen den Bart, den sie so hasste, wachsen.

»Ich sage, er landet auf seinem Gesicht«, hielt Dunstan, Wills anderer Knecht, dagegen. Beide Männer gaben geradezu Anlass zu einer Studie über Gegensätze. Wo bei Albor ein dicker

Bierbauch schwabbelte, hatte sich Dunstan den breiten Ledergürtel schon zweimal um die Hüfte geschlungen, und er war ihm immer noch zu groß. Seine schmalen Züge verschwanden fast hinter einer dicken Wolke aus Gesichtsbehaarung, die seine Frau über alles liebte. Sie flocht ihm sogar Zöpfe und Schleifen hinein.

»Die Wette gilt.« Albor spuckte sich in die schmutzige Hand und hielt sie Dunstan hin.

Will kümmerten gerade weder Bärte noch Frauen. Ihn interessierte einzig die vermaledeite, preisgekrönte Sau seines Vaters – Bessie. In diesem Stall spielte sie jetzt seit einer halben Stunde seine Tanzpartnerin. Er war schon dermaßen mit Schlamm besudelt, dass er praktisch unsichtbar wäre, würde er sich auf den Boden legen. Flüchtig zog er dies als einen neuen Schlachtplan in Betracht, doch das konnte ebenso gut damit enden, dass das Schwein zum krönenden Abschluss noch auf ihn schiss. Bessies Blick verriet jedenfalls ihre Gerissenheit. Trotzdem – sie war alt, und er war jung. Früher oder später würde rohe Gewalt obsiegen.

Er pirschte sich einen weiteren Zoll heran.

Bessies Augen verengten sich zu Schlitzen.

Noch einen Zoll.

Da quietschte Bessie, und jetzt griff sie an. Will warf sich ihr mit dem Kopf voran entgegen. Seine Hände trafen hart auf ihre Flanken.

Bessie flutschte durch seine schlammverschmierten Finger und rammte ihr ganzes, nicht unbeträchtliches Gewicht gegen seine Beine. Die Welt vollführte eine weite Rolle um ihn herum, und dann schlug sie Will ins Gesicht.

Er spuckte Matsch und kam gerade rechtzeitig wieder auf die Beine, um Dunstan sagen zu hören: »Du schuldest mir fünf Scheks.«

Bessie stand nonchalant hinter ihm und strahlte eine fast schon beleidigende Ruhe aus.

Will fühlte sich in seinem Vorsatz nur bestärkt: Bessie musste sterben. Mit einem Aufschrei stürzte er sich auf das Schwein. Es bockte wie wild; dennoch bekam er mit der Hand einen knochigen Schweinefuß zu fassen und zog mit aller Kraft daran.

Bessie aber lebte bereits länger auf dem Hof als Will. Sie hatte strenge Winter, schwierige Geburten und mehrere schlimme Seuchen überstanden, und nun war sie fest entschlossen, auch ihn zu überleben. Ältlich oder nicht – sie ließ nicht zu, dass ihr Bein unter Wills Gezerre einknickte. Stattdessen schleifte sie ihn einfach durch den Matsch. Nach mehreren Runden schien er erledigt. Damit er seine Lektion aber auch wirklich lernte, trat sie ihm mit dem anderen Huf noch an die Stirn, und dann ließ sie ihn liegen.

»Ich glaube, diesmal hättest du sie beinahe erwischt«, rief Albor in einem Ton, den man mit viel gutem Willen als ermutigend hätte bezeichnen können.

Will gab keine Antwort. Mittlerweile stand nicht weniger als seine Ehre auf dem Spiel. Gleichzeitig gab es eine Grenze dafür, wie viel Schlamm man schlucken konnte. Er raffte sich auf, stützte sich am Zaun ab und erwog abermals seine Möglichkeiten.

Dunstan klopfte ihm auf die Schulter, während Bessies Blick unheilvoll auf ihm ruhte.

»Sie ist einfach zu stark für mich«, sagte Will, sobald er wieder zu Atem kam.

»Wobei du das über die meisten Mädchen sagst«, merkte Albor an.

»Ich muss sie überlisten.«

»Das sagst du auch immer«, warf Dunstan ein.

»Bloß dass es meistens nicht gelingt.« Albor kaute weise auf einem Strohhalm.

»Danke für den guten Rat.« Will riss der Geduldsfaden. »Aber die gequirlte Scheiße könnt ihr euch sparen! Dieses Schwein wird zu Knusperspeck verarbeitet – und wenn ihr sonst nichts beizutragen habt, dürft ihr wieder in den Garten gehen und Äpfel pflücken.«

Eine Weile war das einzige Geräusch Bessies lautstarkes Furzen in der Ecke des Stalls.

Über den Männern zogen dünne Wolken durch einen blassblauen Himmel. Die fernen Berge lagen in ein diesiges Violett gehüllt und wirkten beinahe durchsichtig.

Will entspannte sich. Nichts von alledem war Albors oder Dunstans Schuld, selbst wenn sie Bessie nicht zur Schlachtbank schleppen wollten. Ehrlich gesagt – und mehr denn je nach all der Quälerei – wollte auch er das nicht. Solange er denken konnte, hatte Bessie zu diesem Hof gehört. Sein Vater hatte ihn auf ihren Rücken gesetzt und ihn unter lautem Johlen durch den Stall reiten lassen, während seine Mutter missbilligend mit der Zunge geschnalzt hatte. Dunstan und Albor hatten ihn angefeuert, selbst der alte Firkin war dabei gewesen.

Doch nun lagen Wills Eltern viel zu früh in ihren Gräbern, und Firkin hatte den Verstand verloren. Bessie war alt und würde nicht mehr ferkeln. Und Will war wider Willen der Besitzer eines Hofs, der am Rande des Ruins dahindümpelte.

»Ich möchte ja genauso wenig wie ihr, dass Bessie stirbt«, sagte er etwas ruhiger. »Aber mir fällt nicht mehr viel ein. Das Konsortium hat wieder die Steuern erhöht, und meine Kasse ist leer. Wenn ich überhaupt noch ein weiteres Jahr überstehen will, muss ich sie schlachten und das Fleisch so gewinnbringend verkaufen wie möglich. Nächsten Winter wird sie blind und lahm sein. Ich tu ihr bloß einen Gefallen.«

Wieder Schweigen.

»Kannst du nicht noch etwas warten?«, fragte Albor, den Strohhalm schlapp in seinem Mundwinkel. »Ihr ein letztes gutes Jahr geben?«

Will seufzte. »Wenn ich das tue, wird niemand mehr hier sein, um sie zu schlachten. Dieser ganze Hof fällt ans Konsortium, ich sitze im Schuldturm – und ihr zwei hockt in Cornwalls alter Taverne ohne einen Schek für Bier.«

Bei dieser Drohung schauten die beiden Knechte einander an. Schließlich zuckte Dunstan die Schultern. »Konnte das Drecksvieh ohnehin noch nie leiden.«

Albor erwiderte das traurige Grinsen.

»Klingt doch schon besser«, sagte Will. »Dann wollen wir mal sehen, ob drei erwachsene Männer nicht ein altersschwaches Schwein austricksen können.«

Langsam und unter Schmerzen hinkten Will, Albor und Dunstan zum Haus zurück. Albor rieb sich eine bös gequetschte Hüfte. Dunstan wrang sich das Schlammwasser aus dem triefnassen, verfilzten Bart.

»Macht euch nichts draus«, sagte Will. »Morgen kriegen wir sie!«

Später am Abend, nachdem sie die anderen Tiere in den Stall gebracht und frisches Stroh ausgestreut hatten, wärmte sich Will im Haus einen Eintopf auf. Zwischen den Gemüsestücken in dem schweren Eisentopf trieben verdrießlich ein paar Streifen Hühnchenfleisch.

Den Hühnern hatte er nie einen Namen gegeben. So war es leichter.

Seufzend sah er dem Eintopf beim Köcheln zu. Er sollte wirklich nach den Käsepressen schauen oder die letzten Reste aus dem Butterfass kratzen, bevor sie schlecht wurden. Vielleicht konnte er auch noch einmal seine Bücher durchgehen und herausfinden, wie viel Geld genau er wem eigentlich schuldete. Stattdessen starrte er bloß vor sich hin. Die Nächte auf dem Hof waren lang. Es waren fünf Meilen über Felder und durch Wälder bis ins Dorf. Als Kind war ihm die Strecke nie weit vorgekommen. Damals waren aber seine Eltern noch am Leben gewesen, und Dunstan und Albor und sogar Firkin waren häufig zum Essen geblieben und hatten das Haus bis spät in die Nacht mit Gelächter, Witzen und Fiedelklang erfüllt. Die häuslichen Verrichtungen hatten sich nie richtig wie Arbeit angefühlt, und mit dem Feuer den ganzen großen Raum zu heizen war nicht wie Verschwendung erschienen.

Der Schein der Flammen flackerte auf den schweren Holzschränken und dem dicken Eichentisch. Will versuchte, die Schatten des Tages zu vergessen. Vielleicht warf Bessie ja doch noch einmal. Dann sollte er ihr wirklich ein weiteres Jahr geben. Ein guter Wurf könnte genug Geld einbringen. Zumindest, wenn die Steuern nicht weiter erhöht wurden. Und er konnte versuchen, hier und da vielleicht noch etwas zu sparen. Möglicherweise ein paar Stühle verkaufen. Es war ja nicht so, dass er mehr als einen brauchte …

Ja klar – das wäre ganz bestimmt möglich. Und Lall oder ein anderes Mitglied des Pantheons würde sich in dem heruntergekommenen alten Tempel des Dorfes manifestieren und sie alle mit Gold überschütten. *Das* würde passieren …

Seine zähflüssigen Gedanken wurden abrupt von einem lauten Klopfen an der Tür unterbrochen. Er schreckte auf und starrte die schweren Eichenbretter an. Draußen fiel der Regen und trommelte rhythmisch mal lauter, mal leiser auf das Strohdach über seinem Kopf. Es dauerte über eine Stunde, um bis ins Dorf zu kommen. Wer nahm einen solchen Weg zu dieser Tageszeit noch auf sich?

Er hatte das Geräusch schon fast als losen Ast abgetan, den der Wind über den Hof geweht hatte, als es abermals klopfte. Präzise und so kräftig, dass der Türriegel klapperte. Wenn das wirklich ein Ast war, dann war er ganz schön hartnäckig.

Er nahm den Eintopf vom Feuer, ging rasch zur Tür, entfernte den Riegel und öffnete sein Heim einer kalten und tosenden Nacht.

Vier Soldaten standen auf seiner Schwelle. Ihre schmalen Augen starrten ihm aus den Schatten ihrer Helme entgegen. Von den Helmen tropfte ihnen der Regen auf die langen Nasen. Schwerter hingen schwer an breiten Gürteln, und auf jeden Knauf waren zwei ledrige Schwingen geprägt – das Zeichen des Drachenkonsortiums. Die nassen Waffenröcke über den schweren Kettenhemden trugen dieselben Insignien.

Das waren keineswegs kleine Männer. Ihre Gesichter wirkten auch nicht freundlich. Will konnte es zwar nicht mit Bestimmtheit sagen, aber sie wiesen eine frappierende Ähnlichkeit zu jenen vier Soldaten auf, die große Teile des Geldes mitgenommen hatten, das er sich für den Winter zurückgelegt hatte.

»Kann ich Euch helfen?«, fragte Will so höflich wie möglich. Er wollte es auf keinen Fall versäumen, ihnen in jeder erdenklichen Weise behilflich zu sein.

»Du kannst dich hier mal aus der Tür verpissen, damit meine Männer und ich aus diesem gottverfluchten Regen kommen«, sagte der Anführer. Er war noch größer als die anderen, mit einer riesigen stumpfen Nase, die aussah, als hätte sie in seiner Kindheit wiederholt Bekanntschaft mit einer Bratpfanne gemacht. Wenn er redete, pfiff sie leise mit.

»Natürlich.« Will trat beiseite. Obgleich er wenig Liebe für die Garde des Drachenkonsortiums empfand, war der Gedanke an eine Tracht Prügel noch weniger reizvoll.

Umständlich, behindert vom Gewicht der nassen Rüstungen, kamen die vier Soldaten hereingetrampelt. »Besten Dank«, sagte der letzte mit einem Nicken. Er hatte ein freundlicheres Gesicht als die übrigen. Der Anführer verdrehte bei den Worten die Augen.

Dann standen sie vor Wills kleinem Feuer und begutachteten sein Zuhause mit Gesichtern, die stark nach Geringschätzung aussahen. Große braune Fußstapfen markierten ihren Weg von der Tür hierher. Die vierte Wache bemerkte es ebenfalls und zuckte entschuldigend die Schultern.

Eine Weile standen sie alle still da. Will weigerte sich, die tröstlich feste Tür loszulassen – Holz, das sein Vater vor seiner Geburt gefällt und behauen hatte. Wenn er die Soldaten am Feuer nur ansah, knüpfte sein Magen mehr Knoten als ein Fischer mit einer Zwangsneurose.

Schließlich marschierte er an ihnen vorbei zum Tisch und schöpfte sich Eintopf in eine große, etwas unförmige Schüssel. Zwar war ihm inzwischen der Hunger vergangen, aber so hatte er wenigstens etwas zu tun. Die Soldaten würden schon zum Geschäftlichen kommen – ob mit oder ohne seine Hilfe.

Während er schöpfte, nestelte der Anführer an einer Ledertasche an seiner Seite.

»Nett hast du's hier«, sagte der Vierte, dem die Stille peinlicher zu sein schien als dem Rest.

»Danke schön«, erwiderte Will so gelassen wie möglich. »Meine Eltern haben das Haus gebaut.«

»Sag ich meiner Frau doch ständig, dass wir uns auch so was zulegen sollten«, fuhr der Gardist fort. »Aber der Gedanke an ein Leben auf dem Land liegt ihr nicht. Ist gern ganz nah an allem dran. Womit sie vor allem den Alchemisten meint. Besorgt sich immer viel vom Alchemisten. Sehr gesunde Frau. Hat ständig ein paar Ergänzungen für meinen Speiseplan.« Er klopfte sich den scheppernden Bauch, der Panzerhandschuh schlug auf die Kette. »Scheint nur nichts zu nützen.« Sein Blick ging in die Ferne. »Natürlich meint mein Bruder, die vielen Drogen hätten ihr den Kopf vernebelt und sie würde mir Hörner aufsetzen, aber er war immer schon ein bisschen schwarzseherisch.«

Der Gardist bemerkte, dass alle ihn anstarrten.

»Oh«, sagte er. »Tut mir leid. Natürlich hat nichts davon mit dem Grund unseres Besuchs zu tun. Wollte bloß, na ja, du weißt schon …« Er welkte unter dem starren Blick seines Vorgesetzten dahin.

Dieser hatte inzwischen ein braunes Pergament aus seiner Tasche gefischt. Dann richtete er denselben einschüchternden Blick, mit dem er gerade seinen Untergebenen bedacht hatte, auf Will.

»Bist du Willett Altior Fallows, Sohn von Mickel Betterra Fallows, Sohn von Theorn Pentauk Fallows, und der gegenwärtige Eigentümer dieses Hofs?« Er war kein geborener Sprecher und stolperte über die meisten Wörter. Doch seinen Hohn vergaß er keine Sekunde.

Will nickte. »So hat mir das meine Mutter zumindest immer erklärt.« Der vierte Soldat prustete kurz, dann wurde er sich wieder der Blicke der anderen bewusst und ertränkte seinen Frohsinn wie ein Kind in einem Brunnen.

Im Gegensatz dazu verlor der Anführer keine Sekunde die Fassung. Fast glaubte Will einen kleinen Funken zu sehen, als der Witz an der steinernen Fassade seines Gleichmuts zerschellte. Er wirkte wie jemand, der seinen Rang allein durch die Kraft seiner Fantasielosigkeit erreicht hatte – die Sorte Mensch, die blind, beharrlich und ohne Gewissensbisse ihren Befehlen folgte.

»Der Drache Mattrax und damit das Drachenkonsortium als Ganzes«, las der Offizier auf dieselbe gespreizte Art weiter vor, »sehen in der mangelhaften Erfüllung deiner diesjährigen Steuerpflicht einen schwerwiegenden Angriff auf ihren gottgleichen Stand und ihre Ehre. Daher wirst du ...«

»Einen Augenblick.« Will war erstarrt, die Schöpfkelle hielt er so fest in der Hand, dass seine Knöchel weiß hervortraten. »Meine mangelhafte *was?*«

Schon bei den ersten Worten hatte sich sein Magen einem feigen Kapitän gleich mit selbstmörderischem Hechtsprung aus der Verantwortung gestohlen. In der Folge hatte er eine tiefe Ruhe verspürt; eine Leere in seinen Gefühlen, als wären sie von einem großen und schrecklichen Wind verweht worden, der das ganze Land verheerte und Krähen wie Belagerungsmaschinen vor sich hersandte.

Doch als der Soldat zum Ende kam, loderte ein Zorn in ihm, den er kaum fassen konnte. Er hatte sich stets für einen friedliebenden Menschen gehalten. Mit seinen achtundzwanzig Jahren war er bislang in genau drei Kämpfe verstrickt gewesen, von denen er bloß einen selbst angefangen hatte – und in keinem hatte er mehr als einen einzigen Treffer gelandet. Nun aber formte sich aus dem Nichts eine infernalische Wut in seinen Eingeweiden, als hätte sie ein mächtiger, auf den Verdauungstrakt beschränkter Magier heraufbeschworen.

»Meine *Steuerpflicht?*«, brachte er hervor. Er kämpfte gegen den wachsenden Drang an, dem Soldaten den Schöpflöffel so tief in den Hals zu rammen, dass er ihm damit die Eier ausschaben konnte. »Euer hochwohlverfickter Mattrax hat mir schon jeden Schek genommen – und diesem Hof jede Aussicht auf eine Zukunft. Und nie habe ich mich über seine Gier beschwert. Stattdessen habe ich euch jeden Kupferschek, jeden Silberdrach, jeden Goldbullen meines Erbes überlassen.«

Er schäumte vor Wut, wie er dastand und den hageren, unbeeindruckten Anführer niederstarrte.

»Weiß du was?«, meldete sich der vierte Soldat zu Wort, den Will am Rande des Geschehens fast vergessen hatte. »Wahrscheinlich war es nur ein Buchungsfehler. Es fallen einfach so unfassbar viele Leute in Mattrax' Bereich, da passiert es jedes

Jahr, dass ein paar Leute nicht abgehakt werden. Ist wahrscheinlich unvermeidlich bei der ganzen Bürokratie.«

Will und der Offizier richteten beide hasserfüllte Blicke auf den Soldaten.

»Dann hakt meinen verdammten Namen doch einfach ab.« Wills Stimme knisterte wie Feuer.

»Oh.« Der Tonfall des Soldaten drückte tiefstes Bedauern aus. »Leider können wir das nicht. Fällt nicht in unsere Zuständigkeit. Ich meine, du kannst schon Widerspruch einlegen, aber erst musst du die Steuer ein zweites Mal bezahlen – danach darfst du widersprechen.«

»Ein zweites Mal?« Der ganze Raum verschwamm vor seinen Augen, und Will befiel das Gefühl, als geschehe all dies nicht wirklich. »Ich kann diese Scheißsteuer kein zweites Mal zahlen. Niemand kann sich das leisten. Das ist doch verrückt.«

»Allerdings«, stimmte die Wache traurig zu. »Ist kein sehr gerechtes System.«

Will kam es so vor, als hätten sich die Ecken des Raums von der Wirklichkeit losgelöst; als drohte jeden Moment alles dahinzuwelken, zu Staub zu zerfallen und ihn allein in einem schwarzen Nichts des Wahnsinns zurückzulassen.

»Willett Altior Fallows«, intonierte der Anführer mit einem Maß an Gefühlskälte, das nur durch jahrelange, hart verdiente Abstumpfung zu erreichen war. »Zur Begleichung deiner Steuerschuld entbinde ich dich hiermit deines sämtlichen Besitzes. Du sollst auf direktem Weg in den Schuldturm gebracht werden.«

»Ach Mist, der Schuldturm!« Die vierte Wache schlug sich mit der Hand auf die Stirn. »Den hatte ich ja ganz vergessen. Denn weißt du«, fügte er mit einem Nicken hinzu, »es ist ja nicht so, als ob du dem Beschluss widersprechen könntest, solange du im Gefängnis sitzt. Niemand wird dich da besuchen, um dich anzuhören. Aber wenn sie dich wieder rauslassen – dann kannst du natürlich Widerspruch einlegen. Ich glaube, die Warteliste ist zurzeit bloß vier oder fünf Jahre lang. Wobei ich ehrlich gesagt erwartet hätte, dass sie kürzer ist, wenn man sich die ziemlich hohe Sterberate der Turminsassen ansieht ...« Er stockte. »Schätze, das hilft jetzt auch keinem, oder?«, fragte er die Allgemeinheit.

Will konnte ihn ohnehin kaum noch hören. Das durfte doch alles nicht wahr sein. All seine sorgfältig erstellten Finanzpläne, seine Vorsätze für die Zukunft ... Jeder einzelne war zerstört, unter den Absätzen der Inkompetenz und des Geizes zertrampelt worden, bis nur noch Zunder für seinen Zorn übrig blieb. Die Wut drohte ihn zu verschlingen, erfüllte seine Ohren und färbte sein Gesichtsfeld rot.

Er wollte etwas sagen, doch es drang nur ein unartikuliertes Gurgeln aus seinem Mund.

»Legt ihn in Ketten«, befahl der Anführer.

Da zerbrach etwas in Will. Auf einmal war die Schüssel Eintopf in seiner Hand. Mit voller Wucht schwang er sie dem Anführer ins Gesicht, wo sie mit einem befriedigenden Krachen auf seiner Nase zerbarst. Die Scherben zogen Striemen über sein Gesicht. Will hatte diese Schüssel als Kind getöpfert – einfache Daumendrucktechnik, ein Geschenk für seine Mutter. Eigentlich hätte es eine Vase werden sollen, aber er war noch zu jung gewesen, um zu wissen, wie eine Vase eigentlich aussah. Als seine Mutter das erste Mal daraus gegessen hatte, war ihm fast das Herz übergegangen. Und nun war die Schüssel verloren. Zusammen mit allem anderen.

Laut schreiend taumelte der Anführer zurück. Will achtete nicht weiter darauf, sondern griff nach dem Eisentopf, der von der Feuerglut noch glühend heiß war.

Ein Soldat schlug nach ihm. Die stahlumhüllte Faust traf den Topf und verschüttete dessen Inhalt.

Will hörte das Schaben von Stahl auf Leder; Schwerter, die aus ihren Scheiden fuhren.

Er schwang die Kelle in engem Bogen … einem vorspringenden Soldaten ins Gesicht. Der Mann taumelte beiseite. Dann fand sich Will dem vierten Soldaten plötzlich direkt gegenüber. Dessen Augen waren vor Schreck geweitet. Er stieß mit der Schöpfkelle zu und traf den Mann direkt am Hals. Würgend fiel der Gardist zu Boden, eine Mischung aus Überraschung und Schmerz im Gesicht.

Und dann schlug das Schwert des letzten Soldaten Will die Kelle aus der Hand, sodass sie über den Boden schlitterte.

Ohne weitere Küchenutensilien zu seiner Verteidigung musste Will überdenken, was er nun noch tun konnte. Der Anführer kam schon wieder zähnefletschend auf die Beine. Seine rote, verbrühte Haut blutete an mehreren Stellen. Der vierte Soldat schnappte immer noch nach Luft, doch die anderen beiden hatten ihre Schwerter gezogen und drangen auf ihn ein.

Da jede andere Strategie zu einer raschen und tödlichen Perforation zu führen drohte, zog sich Will lieber zurück.

»Fraglich, ob du's bis ins Gefängnis schaffen wirst«, sagte ein Gardist grinsend.

Sein Kompagnon rückte wortlos vor, bereit zum Angriff, die Augen lugten schmal unter den dunklen Brauen hervor.

Will sah sich um. Leider war es seiner Mutter immer besonders wichtig gewesen, den Hof vor der Tür zu lassen – und da sich solche Gewohnheiten schwer ablegen ließen, fand sich keine Sense, kein Beil, nicht einmal eine Schaufel in Reichweite. Er rutschte mit dem Fuß in einer der Schlammpfützen aus, die die Soldaten auf dem Steinboden hinterlassen hatten. Der grinsende Gardist kam einen weiteren Schritt näher.

»Jetzt trödelt nicht länger und bringt den kleinen Scheißer endlich um«, knurrte der verbrühte Anführer.

Diese Worte gaben den Ausschlag. Will erwachte aus seiner Starre, kurz bevor die Gardisten ihn erwischten. Er riss die Küchentür auf, hörte das Schwirren von Stahl in der Luft, wartete auf den Schmerz und stellte fest, dass er ausblieb, als seine Füße ihn über die Schwelle und hinaus in die Nacht trugen.

Er ließ das warme gelbe Licht hinter sich und stürzte so schnell er konnte zum Stall. Dort gab es sicher etwas, womit er sich zur Wehr setzen konnte. Einen Weg, das alles zu beenden. Es musste einfach einen Weg geben …

»Schnappt euch den kleinen Drecksack!« Der keuchende Zorn des verletzten Anführers folgte ihm auf dem Fuß.

»Er hat mich geschlagen!« Das verdutzte Plappern des Vierten.

»Ich werd euch auch schlagen, wenn ihr mir nicht seine Milz serviert!«

Die anderen Soldaten hatten sich ihm schon an die Fersen geheftet. Der Regen prasselte auf ihn ein. Will prallte gegen die Stalltür und taumelte zurück, ein scharfer Schmerz in seiner

Schulter und seinen Händen. Er tastete nach der Tür, riss sie auf. Gerade, als er hindurchstürzte, bohrte sich ein Schwert in den Rahmen. Ein Gardist grunzte enttäuscht.

Innen umfingen ihn Schatten und der Geruch feuchten Strohs. Er konnte die Kühe schnaufen und stampfen hören, Ethel und Beatrinne. Außerdem das leise, schwerfällige Schnarchen der beiden Schafe, Atta und Petra. Fast fühlte sich das an wie sein Zuhause. Bloß dass die Soldaten hinter ihm eine schreckliche Verletzung darstellten – eine offene Wunde in allem, was ihm lieb und teuer war.

Verzweifelt sah er sich um, verwirrt vor lauter Panik. Eine Klinge – er brauchte eine Klinge. Die Sichel vielleicht …

»Fackelt es ab.« Die Worte waren kaum in sein Bewusstsein vorgedrungen, als er schon den Schlag eines Feuersteins hörte, gefolgt vom Flüstern und Fauchen einer entfachten Flamme. Gelbes Licht erhellte den Eingang. Er sah, wie die Fackel wirbelnd im Stroh zu liegen kam.

Er rannte darauf zu. Die Flammen rasten ihm entgegen. Verzweifelt versuchte er, sie auszutreten.

Die zweite Fackel traf ihn schwer an der Brust. Er stolperte zurück, schlug hektisch nach den Flammen, die schon an seiner Jacke leckten. In den wenigen Sekunden, die nötig waren, um sie zu löschen, flogen in hohem Bogen zwei weitere Fackeln in den Stall. Eine landete im Heuhaufen, der wie Zunder aufloderte. Will war nicht einmal die halbe Strecke gerannt, als der Rauch ihn bereits keuchen und husten ließ.

Die Kühe waren nun hellwach und merkten allmählich, dass es an der Zeit war, panisch zu werden. Draußen hörte er die Rufe der Wachen.

Dies war sein *Zuhause.* Das durfte nicht geschehen!

Doch offensichtlich geschah es.

Er hielt inne, blieb stehen, während Feuer und Rauch ihn umwehten und die Schreie verängstigter Tiere den Stall erfüllten. Erstarrt stand er zwischen der Zukunft, die er in Händen gehalten hatte, und den zerbrochenen Scherben der Vergangenheit zu seinen Füßen.

Etwas splitterte. Er schaute auf, fürchtete einen herabfallenden Balken. Dann ließ ihn der Klang jagender Hufe erkennen, dass es die Tür des Kuhverschlags war, die er schon seit über einem Monat hatte reparieren wollen. Als Nächstes traf ihn Ethels Schulter, als sie sich an ihm vorbei nach draußen drängte.

Blöde Kuh, dachte ein Teil von ihm. *Wenn sie morgen wiederkommt, wird sie unausstehlich sein, weil sie nicht gemolken wurde und ihr der Euter schwer ist.*

Nur dass es kein Morgen mehr geben würde. Nicht, wenn er hier nicht rauskam.

Er setzte sich wieder in Bewegung, suchte nach einer Richtung, die nicht von Soldaten und Schwertern versperrt war.

Zum ersten Mal war er dankbar dafür, dass ihn der Hof überforderte. Dass es morsche Bretter auf dem Heuboden gab, die er nie repariert hatte …

Er eilte zur Leiter und stieß im Vorübergehen die Tür zu den Schafen auf. Die Sprossen waren rau und ebenfalls etwas durchgeweicht. Dann kletterte er nach oben, wo die Rauchwolken ihn sogleich hustend in die Knie zwangen.

Auf allen vieren kroch er weiter, stieß mit dem Kopf gegen die Stalldecke, tastete sich an der Wand entlang, bis das Holz unter seinem Druck nachgab. Seine Lungen brannten. Er hielt sich fest, trat einmal, zweimal fest zu. Beim dritten Tritt gaben die Bretter nach. Mit dem vierten und fünften schuf er sich den nötigen Platz, zwängte sich hindurch und packte die Dachkante mit den Fingern.

Einen Augenblick lang baumelte er in der Dunkelheit, während der Rauch um ihn herum aus dem Dach wallte und ihm die Sicht nahm. Wie nahe an der Wand hatte er den Gemüsekarren abgestellt? Das Letzte, was er jetzt gebrauchen konnte, war ein gebrochener Hals ... Doch er hatte nicht die Zeit, um lange zu grübeln.

Blind um sich tretend fiel er durch die Luft.

Er landete auf der hölzernen Ladefläche des Karrens. Der Schmerz des Aufpralls durchfuhr ihn vom Kopf bis zu den Füßen. Seine Zähne schlugen so hart aufeinander, dass ihm der Kiefer ächzte. Lichtflecken tanzten am nächtlichen Himmel.

Ein Ruf durchdrang den Morast seiner Gedanken. Ein Soldat hatte den Stall umrundet und ihn springen sehen. Er hatte keine Zeit, sich zu orientieren – er konnte jetzt nur losrennen. Also hielt er den Kopf unten und tat genau das.

Mitten aus dem Nichts sprang ihn ein Zaun an. Der Regen fiel nun immer heftiger, und das Holz war glitschig. Er purzelte darüber und in ein Weizenfeld. Die Halme, die ihm entgegenschlugen, waren hoch genug, ihn zu verbergen.

Ohne nachzudenken, stolperte er voran, einen Fuß vor den anderen, wollte einfach nur weg und ließ all seine Hoffnung hinter sich zurück.

Schließlich war es ein Baum, der seiner Flucht ein jähes Ende bereitete. Nicht willens, sich von diesen dahergelaufenen Narren oder Hysterikern alles bieten zu lassen, stellte ihm der Baum standhaft seinen Stamm in den Weg. Will ergriff die Gelegenheit, sich auf seine vier Buchstaben zu setzen und eine Weile einfach an gar nichts zu denken.

Irgendwann kam er wieder zu Sinnen. Aber nicht vollständig. Nicht genug, um die Ereignisse des Abends in ihrer Gänze zu erfassen. Doch reichte es, um zu erkennen, dass er sich im Regen verlaufen hatte und nach Hause zu gehen aus verschiedenen Gründen unmöglich geworden war.

Es folgte ein Moment des verwirrten und schmerzhaften Grübelns. Er hatte sein Zuhause verloren. Unwiederbringlich, das war nicht wiedergutzumachen. Der Gipfel der Pechsträhne, die mit Firkins Umnachtung begonnen und sich mit dem Tod seiner Eltern fortgesetzt hatte, war erreicht. Seine Zukunft war verloren, seine Träume ebenso. Keine Chance, den Hof noch einmal profitabel zu machen. Kein nettes Dorfmädchen, das sich eines Tages auf ihn einließ. Niemand, der das alte Haus nun noch mit Licht, Liebe und Liedern erfüllte. In einer einzigen Nacht hatte er seinen Vater und seine Mutter enttäuscht. Jede Aussicht darauf, die Hoffnungen, die sie in ihn gesetzt hatten, zu erfüllen, war ihm geraubt worden.

Und was die Zukunft betraf … das lag außerhalb seines Einflusses. Besser, er setzte sich ein weniger ehrgeiziges Ziel: etwa herauszufinden, wo zur Hölle er hier gelandet war.

Doch als er das Problem gelöst hatte, war die Antwort alles andere als beruhigend.

Er war mitten in den Wald von Brec gerannt – das große, wilde Dickicht nördlich seines Hofs. Dort war es schon bei Tag schwierig genug, sich auf einem der bekannten Pfade zurechtzufinden. Bei Nacht war es aber eine regelrecht dümmliche Idee. Die Schatten waren nicht sicher – jede Mutter warnte ihr Kind davor. Goblins, Oger und Schlimmeres nannten diesen Ort ihr Zuhause. Und doch hatte Will jede Spur von gesundem Menschenverstand in den Wind geschlagen, um Hals über Kopf in die Richtung der Berge zu fliehen.

Will zitterte. Er brauchte einen Unterschlupf. Musste sich ausruhen. Er benötigte Zeit, sich mit dem Gedanken an ein verbranntes Heim und an sein eigenes Todesurteil abzufinden. Genau darauf würde es nämlich hinauslaufen: *Sanftmütig* und *verständnisvoll* waren nicht die Worte, mit denen man für gewöhnlich die Gardisten des Drachen Mattrax beschrieb. Widersetzte man sich ihnen, gaben sie sich keine Mühe, bei einem heißen Krug Met das Missverständnis aufzuklären. In der Regel rekrutierten sie sich eher aus den Rängen derer vom Schlage »Wir stecken dir das Schwert in den Bauch und lassen dich im nächsten Graben liegen«. Wenn man Glück hatte, wurde man erst von seinen Freunden und dann von den Ratten gefunden.

Er glaubte nicht, dass er viel Glück hatte – und ihm tat jetzt schon alles weh.

Doch angesichts des Aufwands, den er heute bereits betrieben hatte, um in einem Stück zu bleiben, entschloss er sich, noch eine Weile weiterzutaumeln und nach einem Ort zu suchen, an dem er nicht ganz so rasch erfror.

Er kam nur langsam voran. Die Bäume verdeckten Großteile des Mondlichts, und das bisschen, was übrig blieb, schien nicht bereit zu sein, ihm die Hindernisse auf seinem Weg zu zeigen. Mehr als einmal stieß er sich die Zehen an einem Stein oder stolperte über dicke Wurzeln und Ranken. Der Regen, der auf ihn herabtropfte, traf den Spalt zwischen seinem Kragen und seinem Hals dagegen mit unfehlbarer Zielsicherheit.

Er zitterte am ganzen Körper, als er die Felswand erreichte. Eine schroffe Granitwand von sechzig Fuß Höhe, wo das Land zu den Bergen am Rande des Tals hin anstieg. So imposante Klippen waren ein gängiges Merkmal der hiesigen Landschaft und bildeten häufig die natürliche Grenze zwischen zwei Ländereien. Mehr von Interesse war für Will jedoch, dass sie oftmals auch Höhlen aufwiesen.

Jetzt brauchte er nur noch eine zu finden, die nicht von einem Bären bewohnt war.

Lall – Vater des himmlischen Pantheons, Herr des Gesetzes und allen Lebens, betete er leise, während er sich am Fels entlangtastete. *Ich weiß nicht, was ich verbrochen habe, dass du mir heute derart in den Eintopf gepisst hast – aber ich hoffe, du kannst dich dazu durchringen, mir noch mal zu vergeben.*

Kaum hatte er sein Gebet beendet, da griff seine Hand ins Leere. Er stolperte und unterdrückte einen Fluch, als ihm klar wurde, dass er tatsächlich einen Höhleneingang entdeckt hatte. *Nun, das ist doch ein Service,* dachte er. *Ergebensten Dank ...*

Er trat unter den Vorsprung und fand sogleich Schutz vor dem Regen. Dann seufzte er tief, holte Luft ...

... und wünschte augenblicklich, er hätte es gelassen.

Noch nie zuvor hatte er auch nur ansatzweise etwas Derartiges gerochen. Wenn in dieser Höhle ein Bär lebte, dann musste dieser Bär darin gestorben sein. Und zwar an einem ziemlich üblen Durchfall. Ausgelöst wahrscheinlich durch zu viele verschlungene Stinktiere. Welche ebenfalls an schrecklichem Durchfall verendet waren. Mehrere Wochen zuvor.

Will würgte und blieb zweifelnd stehen. Andererseits – wer war er denn, die göttliche Vorsehung zu hinterfragen? Und während Verwesungsgeruch normalerweise nur Raubtiere anzog, war dieser Gestank immerhin eklig genug, dass wahrscheinlich selbst eine Krähe zu viel Selbstachtung besaß, sich dazu herabzulassen. Außerdem war es ja nicht so, dass er sich gerade vor lauter möglichen Verstecken kaum noch retten konnte …

Er zog einen noch halbwegs trockenen Fetzen aus seiner Tasche, bedeckte seine Nase damit und drang tiefer in die Höhle vor. Trotz des Stoffs wurde der Gestank mit jedem Schritt schlimmer. Als er es nicht länger aushielt – seine Abscheu war so unüberwindlich wie eine physische Mauer –, zog er sich wieder einen Schritt in Richtung des Ausgangs zurück und legte sich dort kurzerhand hin. Der Fels unter ihm war kalt und hart, hegte aber glücklicherweise keine mörderischen Absichten. Er schaute zum Ausgang, zur Welt hinaus. Er konnte gerade noch den Wald erkennen, einen dunkelblauen Klecks in einem Feld der Schwärze. Er wandte den Blick ab, rollte sich auf die Seite, versuchte es sich etwas bequemer zu machen …

… und stieß mit etwas Kleinem, Pelzigem und Warmem zusammen.

Will quietschte auf.

Er hatte immer gehofft, dass sich seine Lautäußerung in Situationen wie diesen als Bellen beschreiben ließe, aber es war ohne Zweifel ein Quietschen.

Glücklicherweise – vom Standpunkt seines Egos aus betrachtet – stieß das unbekannte Etwas, an das er da geraten war, ein gleichermaßen schrilles Quietschen aus. Unglücklicherweise wurde dieses Quietschen von etwas Drittem erwidert. Dann stimmte noch etwas mit ein. Und dann nahmen noch zehn weitere Stimmen den Schrei auf. Und noch mal zehn. Eine durchdringende Welle von zitternden, recht unmännlichen Schreien, die durch die Höhle hallte.

Dann, wie zur Antwort, schwappte eine Welle des Lichts zu ihm zurück. Fackeln loderten hell gegen das Dunkel auf. Das Licht erreichte Will gerade, als er wieder auf die Beine kam.

Er blickte nun in eine Höhle, die von Wand zu Wand mit kleinen, grünen Wesen gefüllt war. Wilde Gesichter mit spitzen Schnauzen und noch spitzeren Ohren. Schwarze Knopfaugen, ganz winzig vor Wut. Gebleckte Zähne.

Die Schatten des Waldes von Brec waren nicht sicher, erinnerte er sich. Hier in der Höhle galt das anscheinend ganz besonders – da sie doch eine komplette Horde gottverdammter Goblins beherbergte.

Lall im Himmel, dachte Will. *Du bist wirklich ein Scheißkerl.*

2

Lette und Balur

Das Problem mit Abenteuern, sinnierte Lette, war, dass sie eine bekloppte Methode waren, Geld zu verdienen.

Sie wischte sich den Schweiß von der Stirn. Dieser von allen Göttern verfluchte Gebirgspass. Sollten Berge nicht eigentlich kalt und verschneit sein? Wieso schwitzte sie sich überhaupt hier oben den Hintern ab?

Sie kannte die Antwort darauf, und diese Antwort schmeckte ihr nicht. Lieber wandte sie sich wieder dem nebulösen Feld der Finanzen zu. Insbesondere, wo dieses ihren eingeschlagenen Karriereweg kreuzte.

Das mit dem Abenteurerleben hatte anfangs noch nach einer richtig guten Idee geklungen. Monster verdreschen als Beruf. Im Gegenzug Reichtümer und Ruhm einheimsen. Und diesen Ruhm gab es wirklich – sie kannte wenigstens drei Personen, über deren Taten man Lieder geschrieben hatte. Vier, wenn man »Die Ballade von Schwanenhals, dem König der Huren« mitzählte, aber an deren Ende war Schwanenhals nicht mehr in einem Stück geblieben, von daher war der Ruhm in diesem Fall eher fraglich.

Und dennoch: Selbst wenn man sein eigenes Lied bekam und es dem Publikum gelang, den verschwitzten, blutverschmierten Bodensatz der Gesellschaft, den es vor sich sah, mit dem leuchtenden Idealbild besagten Lieds in Einklang zu bringen, blieb doch immer noch das Problem, dass alle Reichtümer, die man sich verdiente, das Resultat eines beträchtlichen Maßes an Gewalt und persönlichem Leid waren. Und Gewalt und Leid hatten die Tendenz, komplett außer Kontrolle zu geraten. Sehr schnell sogar. Lette weigerte sich zurückzublicken. Stattdessen konzentrierte sie sich lieber auf den festen Vorsatz, ihr Leben in geordnetere Bahnen zu lenken.

»Wie wäre es mit einer Bäckerei?«, fragte sie laut.

Ihr Begleiter blickte sie lange Zeit an.

Balur war gut acht Fuß groß, besaß kein Gramm Fett am ganzen Körper und hatte einen Schwanz. Er war ein Analesier, ein Echsenmensch aus den westlichen Wüsten. Seine gelben Schlitzaugen starrten ihr aus einem lang gezogenen Gesicht entgegen, das von großen braunen Schuppen bedeckt war, dick und knubbelig wie faustgroße Steine.

»Nein«, sagte er nach einer Pause, wobei seine Stimme wie mahlende Steine klang. »Nein«, sagte er abermals.

Die Analesier waren ein rauer Schlag von Leuten. Lette hatte das Gerücht gehört, dass ihre Sprache vierzig lautmalerische Ausdrücke für das Geräusch kannte, das ein Kopf erzeugen konnte, wenn man ihn mit einem Kriegshammer zerquetschte. Irgendwie hatte sie nie den richtigen Zeitpunkt gefunden, Balur zu fragen, ob das stimmte.

»Du sagst inzwischen nur noch selbstverständlich Nein«, beschwerte sie sich. »Du denkst nicht einmal mehr richtig nach.« Die Liste der von Balur verworfenen Geschäftsalternativen beinhaltete bereits eine Waffenschmiede, eine Hufschmiede, Landwirtschaft, Pferdezucht und eine Schule für exotischen

Tanz. Der Fairness halber musste sie zugeben, dass sich Balurs Fähigkeiten vor allem darauf beschränkten, mit seinem Hammer fest auf Dinge einzuschlagen – aber gerade deshalb hatte die Idee mit den Schmieden so vielversprechend geklungen. Lettes Ansicht nach war Balur einfach nur sturköpfig.

»Schau«, sagte sie und deutete voraus. »Siehst du das?« Der Grat des Gebirgspasses war endlich näher gerückt. Jenseits davon lag das Tal von Kondorra, fruchtbar und voller Leben. »Das wird der Neubeginn. Ein neues Kapitel in der Geschichte unseres Lebens. Sobald wir die Grenze überquert haben, können wir alles sein, was wir wollen. Einfach *alles.*«

Balur nickte. »Gut.«

Lettes Stimmung hellte sich auf. Endlich ein Fortschritt. Endlich begann dieser dickköpfige Ochse ...

»Ich will gerne ein Söldner sein«, sagte Balur.

Lette stöhnte. »Ja klar. Weil das ja so wunderbar leicht möglich ist.«

Da schlug der Wind um und blies ihnen entgegen, statt weiter den Hang hinabzupusten. Einen Moment lang füllte der Geruch von Rauch und Aas ihre Nase. Sie stöhnte abermals.

Augen nach vorn. Ein frischer Start! Neubeginn ...

Balur schritt weiter voran. Dann, mitten auf dem Grat, der Grenze zwischen Alt und Neu, blieb er stehen und hielt Lette seine dicke, vierfingrige Hand hin. »Ich hab ehrlicherweise nicht die Hände zum Backen«, sagte er. »Ungeschickte Finger.«

»Du könntest einfach nur den Teig kneten«, schlug sie vor. Was Balur ihrer Ansicht nach fehlte, war ein lösungsorientierter Ansatz.

Dann stand sie neben ihm auf dem Grat ihrer Vergangenheit

und sah ihre gesamte Zukunft unter sich ausgebreitet. Kondorra.

Die Sonne stand in diesen frühen Herbsttagen tief, sodass ihr Glanz von den umliegenden Gipfeln noch teilweise verdeckt wurde. Flache Lichtfinger fielen auf die Wälder, die sich die Hänge hinabzogen. In der Ferne, am Grund des Tals, verliefen sich die Wälder in einem Flickenteppich von Äckern und Feldern, die auf der gegenüberliegenden Seite des Tals die Hänge erklommen, bis sie abermals dem Fels und Geröll der höheren Lagen wichen. Das Licht verwandelte den träge fließenden Fluss Kon am tiefsten Punkt des Tals in eine Linie weißen Feuers.

Dieses Tal war eine Welt für sich. Ein Mikrokosmos. Sie konnte Burgen sehen, die klein wie Kinderspielzeug waren, und Seen, und auch einen Sumpf und einen Berg, bei dem es sich möglicherweise um einen Vulkan handelte. Aus der Ferne war es alles winzig und so vollkommen wie ein gemaltes Bild in einem Buch. Nichts wurde durch die Nähe der Wirklichkeit verdorben.

»Schau dir das doch an«, sagte Lette abermals und zeigte mit dem Finger. »Dort unten können wir alles sein, was wir sein wollen.«

Balur zuckte die Schultern. »Ich bin einfach gerne Söldner.«

»Wie wäre es mit Metzger?«, schlug Lette vor, einer plötzlichen Eingebung folgend. »Als Metzger könntest du immer noch Sachen umbringen. Rinder. Du wärst ausgezeichnet dafür geeignet. Jedem einen raschen Schlag auf den Schädel.«

Balur legte den Kopf schief. »Das Metzgerhandwerk ist hauptsächlicherweise Messerarbeit«, wandte er ein.

»Die kann ich gern übernehmen.« Eine schnelle Geste mit den Fingern, und ein Dolch erschien in ihrer Hand, glitt weg und tauchte in der anderen wieder auf. »Du bringst bloß die Rinder um.«

Balur dachte etwas gründlicher darüber nach. Die langsamen Rädchen seines nicht menschlichen Verstands drehten sich. »Würden die Rinder denn auch richtig kämpfen?«, fragte er schließlich.

Die Frage brachte Lette kurz aus dem Konzept. »Die Rinder?«, vergewisserte sie sich.

Balur nickte. »Wären sie ernsthafterweise eine Herausforderung? Ich will nicht aus der Übung kommen – als Metzger.«

Lette blinzelte einmal, zweimal. Die Frage stand immer noch im Raum. »Rinder, das sind doch verdammte Kühe, Balur«, stellte sie klar. »Die kämpfen nicht. Die fressen Gras, die kriegen den Schädel eingeschlagen und werden dann zu leckeren Snacks verarbeitet.«

Balur dachte darüber nach. »Ich glaube, Söldner ist mir immer noch lieber«, sagte er nach einer Weile.

Lette widerstand dem Drang, ihn zu packen und zu schütteln. Wobei sie sich eingestehen musste, dass sie Probleme hätte, seine Schultern zu erreichen. Oder an ihm zu rütteln, selbst wenn sie groß genug dazu wäre. Stattdessen löste sie den schweren Beutel mit Goldmünzen von ihrer Seite und hielt ihn ihm entgegen. Das war das einzig Positive, das bei der Katastrophe, die hinter ihnen lag, herausgekommen war.

»Schau dir das mal an, Balur: Das kann alles sein, was wir wollen. Ein neues Leben. Ein besseres Leben!«

Balurs Augen verengten sich noch weiter. »Auch Wein und Huren?«

Lette schüttelte enttäuscht den Kopf. »Du bist ein Fremder

aus einem weit entfernten Land. Eigentlich solltest du durch und durch exotisch und interessant sein.«

Balur zuckte die Schultern. »Ich bin zwei vierzig und rede ausdrucksweise etwas komisch. Das *ist* doch interessant.«

Lette überlegte, ob sie ihm in den Schritt oder lieber ins Auge stechen sollte.

Sie wurde von der Qual der Wahl erlöst, als plötzlich ein kleines schreiendes Etwas aus seinem Versteck hinter einem Felsen hervorsprang und sich auf sie warf. Ein Goblin, erkannte sie. Er segelte durch die Luft und schnappte ihr die Börse aus der Hand.

»Meins! Meins! Meins!«, schrie er, landete und raste auf seinen emsigen Beinchen den Pfad hinab davon. »Hab's! Hab's! Ist meins!«

Der Goblin schaffte noch exakt einen Schritt, ehe Lettes Dolch ihn im Nacken erwischte, wo er sauber zwischen zwei Wirbeln durchglitt und eine böse Schweinerei in seinem Kleinhirn anrichtete. Der Goblin war tot, noch ehe er den Boden berührte.

»Siehst du?«, sagte Balur. »Du bist eine gute Söldnerin. Du solltest berufsweise nach deinen Talenten gehen.«

»Meine Talente haben einer Menge Menschen Leid gebracht.« Lette lief zu dem Goblin und zog ihm den Dolch aus dem Nacken. Der Körper setzte ihr Widerstand entgegen. Sie brachte nicht gerne Goblins um – es waren merkwürdig klebrige Kreaturen. Hinterher dauerte es immer ewig, die Klingen von den letzten Stückchen zu reinigen.

Sie bückte sich gerade nach ihrer Börse …

… nur um sie abermals vor der Nase weggeschnappt zu bekommen, als ein weiterer Goblin aus seinem Versteck sprang und den Pfad hinabfloh.

»Bei Otzes haarigem Sack«, fluchte sie. »Wie viele von diesen kleinen Scheißern gibt es hier?«

Im Gegensatz zu seinem langsam abkühlenden Kompagnon, der ihm vielleicht eine Lehre gewesen war, redete dieser Goblin nicht lange herum, sondern nahm die Beine in die Hand. Dummerweise wurde – wenn man nur vier Fuß groß war – jeder derartige Versuch auf signifikante Weise von der eigenen Schrittweite erschwert. Balur kannte kein Handicap dieser Art.

Sein Kriegshammer sauste nieder. Der Goblin war nun nicht länger ein kleines, hässliches Männlein, sondern ein kleiner, hässlicher Blutfleck.

»Gottverdammt, Balur, jetzt pass doch bitte mit der Börse auf!«

»Der geht es gut.« Der Echsenmann verdrehte hinter seinen Nickhäuten die Augen.

Lette seufzte schwer. Genauso gut konnte sie einen Felsen beschimpfen. Sie richtete ihre Aufmerksamkeit lieber wieder auf die Umgebung. Kaum, dass der Pfad sich senkte, wurde er zu beiden Seiten von Wald flankiert. Ein dichtes, feucht und lehmig riechendes Dickicht von Stämmen und Unterholz. Zu viele Versteckmöglichkeiten.

»Ich hoffe, ihr beginnt allmählich mal ein Muster zu erkennen!«, rief sie der ungewissen Zahl weiterer Goblins entgegen, die sich hier noch herumtreiben mochte. »Wer immer nach dem Beutel greift, wird Matsch!« Diese Gleichung sollten selbst Goblins imstande sein zu verstehen.

Anscheinend aber nicht.

Es raschelte in einem Gebüsch. Dann erschien ein Goblin.

Quietschend wie ein kochender Kessel schnappte er sich die Börse und raste mit wild wedelnden Gliedmaßen davon, ohne auch nur eine einzige Sekunde zu verstummen.

Lette seufzte. Dieser hier war schneller als die anderen, sein Rumpf ein kleiner runder Ball zwischen langen, knolligen Armen und Beinen. Trotzdem war er nicht schneller als ihr Dolch. Abermals erschien die Klinge in ihrer Hand. Sie zielte.

Dann fielen die Goblins auf einmal wie Regen auf sie nieder.

Sie waren in den Bäumen. Zehn, zwanzig, vielleicht noch mehr. Alle schrien, alle sprangen, und alle waren sie mit gezackten rostigen Messern bewaffnet.

Lette warf ihren Dolch. Er erreichte nie den Goblin mit der Börse. Stattdessen erwischte er einen anderen am Hals, der in die Flugbahn sprang. Die schreiende Kreatur wurde gegen einen Baum genagelt und erschlaffte.

»Mögen die Götter auf sie alle spucken!«

Sie zog ihr Kurzschwert. Schlug einem Goblin die Beine ab, als der gerade versuchte, auf ihr zu landen.

Balur ließ seinen Kriegshammer kreisen. Der stellte in so rascher Folge Kontakt zu den Körpern her, dass die Geräusche ineinander übergingen. Lette sprang in Richtung des frisch geschaffenen Leerraums.

Ein Goblin warf sich auf sie. Sie schwang die Klinge und schlitzte seinen Hals auf, doch ein anderer Goblin hatte sie umrundet und es auf ihre Schenkel abgesehen. Balur ließ seinen Hammer in hohem Bogen herabsausen. Der Goblin verschwand unter dem Hammerkopf. Lette fragte sich, ob die Analesier das Geräusch eher als ein Matschen oder als ein Platschen bezeichnen würden.

Sie erhaschte einen Blick auf den Goblin, der sich mit ihrer Börse aus dem Staub machte. Inzwischen war er zwanzig Schritt weit entfernt, und die Distanz nahm rasch weiter zu. Ein hässlicher kleiner Kopf wackelte auf seinem noch kleineren Körper. Das war nicht gerade ein großes Ziel. Ein weiterer Dolch erschien in ihrer Hand. Sie atmete ruhig. Holte aus.

Etwas Hartes, Scharfes schlug gegen ihre dornenbesetzte Schulterplatte. Ihr rechter Arm zuckte zur Seite. Der Wurf ging fehl. Fluchend schnellte sie herum und bohrte ihr Schwert in einen Goblinnacken. Blut spritzte, er trat noch einmal um sich, dann starb er.

Lette versuchte, das Schwert wieder herauszuziehen, doch es saß fest. Sie riss daran. Der Goblin zuckte und plumpste, wollte sich jedoch nicht lösen. Er war wie eine Leichenpuppe am Ende eines einzelnen, wirklich scharfen Fadens. Sie fluchte noch einmal. Warum bei allen Geistern der Unterwelt mussten Goblins immer so verdammt klebrig sein?

Als zwei weitere Goblins merkten, dass die Last ihrer Klinge Lette ausbremste, umkreisten sie sie zu beiden Seiten und rückten näher.

Die Schwert klemmte. Der Leichnam klebte fest. Sie fluchte.

Dann sprangen beide Goblins im selben Moment und in gleichen Posen: in hohem Bogen, die Messer mit beiden Händen hinter dem Kopf.

Lette fragte sich, wo sie das gelernt hatten. Es musste einstudiert sein – die Symmetrie war zu vollkommen. Kannten Goblins so etwas wie Kampftraining? Wenn, dann ließen sie es besser bleiben – der Angriff verriet ihr bereits genau, was gleich passieren würde. Es verdarb ihr fast die Freude am Kampf.

Sie wirbelte auf einem Absatz herum und beschrieb mit dem erhobenen Fuß einen engen Bogen. Den einen Goblin traf sie noch mitten im Flug vor der Brust. Seine Rippen knackten, während seine Flugbahn deutlich kürzer und endgültiger geriet: Er klatschte gegen einen nahen Baum und verschmierte sein rotes Schädelinneres über den Stamm.

Lette hatte sich derweil schon weiterbewegt und nutzte den Schwung ihres Tritts, um ihr goblinumschlossenes Schwert hochzureißen. Der zweite Goblin schlug in seinen toten Artgenossen und barg die herausragende Schwertspitze mit seinen Eingeweiden. Er schrie, zuckte und verblieb festgeklebt auf der Spitze.

»Ach, da pissen doch die Götter drauf!« Das Schwert, das nun eher eine Keule aus kleinen verendeten Kreaturen war, war deutlich zu schwer, um noch von Nutzen zu sein. Vier weitere Goblins rückten bereits näher.

Balurs Hammer fuhr nieder, einmal, zweimal, dreimal. Diesmal war es eindeutiger ein Schmatzen, dachte Lette. Den vierten Goblin packte Balur mit der freien Hand am Hals. Er hob ihn hoch. Hilflos trat der Goblin um sich.

Suchend sah sich Lette um. Der Goblin mit der Börse war entkommen. Sie war von toten oder bald toten Körpern umgeben und hob den Kopf, dem Pantheon entgegen. Was hatte sie getan, dass die Götter so angepisst waren? Sie hatte ihre Gebete gesprochen, den Tempeln ihren Anteil entrichtet. Was für eine göttliche Komödie hatten sie ihr da beschert? *Arschlöcher, allesamt.*

Lette richtete ihr Augenmerk auf den baumelnden Goblin, einen neuen Dolch in der Hand. Die Klinge war klein und hell und glitzerte in der Sonne, als sie auf ihn zutrat. Der Goblin aber war von Balurs Faust abgelenkt, die der um seinen Hals gelegt hatte.

»Du«, sagte sie und zeigte auf die zuckende Kreatur. »Du wirst uns nun im wahrsten Sinn dein Herz ausschütten. Wo bei allen Geistern ist meine Börse? Spuck's aus!«

»Drescher«, keuchte der Goblin. »Drescher hat sie! Weggerannt.« Der Goblin war ein schmerbäuchiges Wesen. Seine Haut war von demselben schmutzigen Braungrün, das sie mit den gastrointestinalen Nachwehen von Balurs analesischem Curry in Zusammenhang brachte. Seine Augen waren groß, rund und dunkel – obgleich die Möglichkeit bestand, dass Balurs Gequetsche sie nur mehr hervortreten ließ.

»Ich brauch nicht seinen gottverfluchten Namen.« Lette und ihr Dolch rückten näher. »Ich will seinen Aufenthaltsort wissen.«

»Brauchte das Geld«, fuhr der Goblin schnatternd fort. »Für die Anzahlung! Musste es haben.«

Lette schloss die Augen. Sie wollte das gar nicht wissen. Sie wollte bloß erfahren, wohin die verdammte Kreatur mit ihrem Gold verschwunden war. Allerdings …

»Anzahlung?«, grollte Balur.

Der Goblin verdrehte sich, um zu seinem Peiniger aufzusehen. »Für die Bäckerei«, quietschte er.

Eine göttliche Scheißkomödie.

»Bäckerei?«, wiederholte Balur. Er sah zu Lette hinüber, doch sie wich seinem Blick aus.

»O ja.« Der Goblin rang sich trotz seiner offensichtlichen Schmerzen ein Lächeln ab. »Wir glauben, dass es einen großen Markt für Goblingebäck gibt! Wirklich fein. Schmilzt im Mund.

Wir haben richtig geschickte Finger.« Der Goblin unterbrach seine vergeblichen Versuche, sich aus Balurs Griff zu befreien, und wackelte mit den Fingern vor seinem Gesicht. Diese waren in der Tat recht lang und schlank.

Balur nickte wissend. »Das ist wirklich ein guter Punkt, das. Finger sind geschickterweise wichtig zum Backen.« Er warf Lette einen bedeutsamen Blick zu.

»Oh, lass den Scheiß.«

»Genau«, quasselte der Goblin, zu sehr mit seinem eigenen Überleben beschäftigt, um sich für ihre Sticheleien zu interessieren. »Das stimmt. Das stimmt. Aber das Geld, wisst ihr? Geld ist das Problem. Man braucht Geld, wenn man 'ne Bäckerei will. Für die Anzahlung. Haben hohe Gründungskosten, Bäckereien. Sehr hohe sogar. Und die Händlergilde – die will uns kein Geld leihen. Goblins hätten 'ne bescheidene Kreditwürdigkeit, heißt es dann immer. Kulturelle und historische Bestrebungen stünden finanziellen Zuwendungen dieser Größenordnung im Weg, heißt es. Wir brauchen also Geld, um welches zu verdienen. Finanzielle Sackgasse, wenn ihr uns fragt. Plutokratischer Mist, sagen wir. Rassistenschweine, so haben wir die Händlergilde genannt. Da haben sie uns rausgeworfen. Und hier wären wir jetzt. Verfolgen kulturelle und historische Bestrebungen, die finanziellen Zuwendungen dieser Größenordnung im Weg stehen. Hinsichtlich eurer Börse. Und unserer Bäckerei.«

Er starrte sie erwartungsvoll an. Versuchte, sein gequetschtes Gesicht zu einem breiten, bedauernden Lächeln zu verziehen.

Lette wandte den Blick ab. »Wieso zur Hölle weiß ich immer

noch nicht, wo dieser Hurensohn von Drescher steckt? Warum weiß ich nicht, wo ich meinen Scheißgeldbeutel finde?«

Sie schrie jetzt. Das hätte ihr Neubeginn werden sollen, gottverdammt. Ihr neues Leben.

Der Goblin schluckte. »Er ist...«, stotterte er. »Er ist...«, hob er abermals an.

»Schaff ihn mir vom Hals«, schnappte Lette, als ihr der Geduldsfaden riss. »Ich verfolge den anderen und hole mir meine Börse zurück.« Sie studierte die Spur geknickter Zweige und platt getretenen Grases, die vom Ort des Scharmützels wegführte. Ihr zu folgen wäre nicht allzu schwer.

Balur nickte zufrieden, und die Muskeln in seinem Arm traten hervor. Der Goblin schrie auf.

»Götter, Balur! Doch nicht so!« Er war drauf und dran gewesen, dem Goblin den Schädel zu zerquetschen. Lette raufte sich die Haare. »Wir wollten doch versuchen, bessere Menschen zu sein, weißt du nicht mehr?«

»*Du* wolltest das versuchen«, erwiderte Balur streitlustig.

»Wirf ihn einfach weg, und ich suche dieses Arschloch von Drescher. Den kannst du meinetwegen umbringen, okay?«

Balur seufzte schwer. »Na gut.« Mit einer beiläufigen Geste seines Arms schleuderte er den Goblin davon.

Unglücklicherweise schnitt sich dessen Parabelflug genau mit der Position eines fünf Schritt entfernten Baumstamms. Es gab ein hässliches Knacken. Die Reste des Goblins sackten zu Boden.

Lette schaute Balur bloß an.

Der spielte den Entrüsteten. »Was? Was?« Er verdrehte die Augen. »Das war nur ein Missgeschick.«

Seufzend ließ Lette den Blick umherschweifen. Leichen überall. Blut und Aas. Die ersten Krähen kreisten schon über ihnen und verspotteten sie mit ihren Rufen, während sie dem Pfad tiefer in den Wald folgten.

Ihr neues Leben.

Ein Wort schien alles auf den Punkt zu bringen.

»Scheiße.«

3

Unverhofft im Mondenschein

Einen Moment lang stand Will wie gelähmt vor dem Anblick der goblingefüllten Höhle.

Lauf!, schrie ein kleiner, aber überaus vernünftiger Teil seines Verstands, doch aus irgendeinem Grund hörten seine Beine nicht zu. Sie schienen fatalistischerer Stimmung zu sein: Nachdem sie ihm an diesem Tag schon mehr als einmal das Leben gerettet hatten, war nun der Punkt erreicht, an dem sie sich in ihr unvermeidliches Schicksal ergaben.

»'tschuldigung«, hörte er sich sagen. »Falsche Höhle! Meine liegt ein paar Eingänge weiter.«

Er wollte etwas Abstand zwischen sich und die Goblins bringen, doch seine feigen Beine spielten immer noch nicht mit.

Ein tiefes Grollen schien den kleinen Mündern in der Höhle zu entsteigen, ein Wispern, das allein durch die schiere Dichte der eng gepackten Körper zur Lautstärke eines Brüllens anschwoll.

»Ich bin dann mal weg«, sagte er, mehr zu sich selbst als an die Menge gerichtet. Seine Knie zitterten zur Antwort, doch das kündigte eher einen nahen Zusammenbruch als eine horizontale Fluchtbewegung an.

Plötzlich schallte ein markerschütterndes Heulen durch die Nacht, bei dessen Klang Will seinen letzten Funken Mut verlor, sodass nicht mehr als eine schlotternde Hülle zurückblieb.

Unwillkürlich dachte er an das Pantheon. An Lall, den Gottvater. An seine Frau Truga, die Große Mutter. An ihre Kinder Klimp, Schuft und Kluk – die Götter und Göttinnen des Geldes, der Arbeit und der Weisheit. An Lalls Tochter-Sohn Bussi, die Göttin der Lust und des Begehrens. An Trugas Sohn und Nebenmann Otze, den Gott der Orgien. Zu wem sollte er beten? Wer würde ihm entgegen aller Wahrscheinlichkeit Hilfe senden?

Scheiß drauf, dachte er. *Dem Ersten aus eurem Verein, der hier aufkreuzt, spendiere ich als Opfergabe eine ganze verdammte Armee von Schweinen.*

Anscheinend hatte das Pantheon genauso viel Vertrauen zu ihm wie umgekehrt.

Kurz schöpfte er Zuversicht, als das Leben in seine versteinerten Gliedmaßen zurückkehrte, doch es waren bloß seine Beine, die nachgaben, als sein Körper ergeben auf die Knie sank.

Jetzt warte doch mal, sagte die kleine Stimme in seinem Kopf, die ihm zuvor schon zum Rückzug geraten hatte. *Dieses Heulen kam von ... hinter dir.*

Halt die Klappe!, rief der panische Rest seines Verstands. *Ich hab jetzt keine Zeit für deinen Mist. Ich bin hier mit Sterben beschäftigt, gottverdammt.*

Etwas Großes polterte an Will vorbei. Er spürte den Luftzug, den es hinterließ, das tiefe Donnern seines Gebrülls im Bauch, das Stampfen seiner Füße im Fels.

Dann Stille. Ein Augenblick vollkommener Stille.

Dann Wind. Ein gewaltiges Rauschen.

Und dann der Klang von Tod.

Will war auf einem Bauernhof aufgewachsen. Er hatte genug Vieh gezüchtet, um das Geräusch zu kennen. Den Klang reißenden Fleisches, brechender Knochen.

Doch das Geräusch kam nicht von ihm.

Er traute sich, ein Auge zu öffnen.

Göttliche Rettung. Zunächst war das die einzige Erklärung, die ihm in den Sinn kam. Dass seine Gebete auf irgendeine Art erhört worden waren. Dass Lall tatsächlich vom Himmel herabgestiegen und gekommen war, sich seiner anzunehmen. Dass endlich eine Gottheit nach Kondorra zurückgekehrt war – nur seinetwegen.

Dann erhaschte er einen Blick auf die Kreatur. Und obgleich es durchaus Geschichten darüber gab, dass Lall, Truga, Otze und der Rest des Pantheons über die Jahre auch sehr merkwürdige Formen angenommen hatten, passte doch nichts, was er jemals gelesen hatte, zu diesem Anblick.

Die Kreatur war etwa acht Fuß groß und schien ausschließlich aus riesenhaften Muskelsträngen zu bestehen, die kopfsteinpflastergroße Schuppen verbanden, bronzeschimmernd im Feuerschein. Das Wesen schwang einen riesigen Kriegshammer, dessen Kopf durch die dicht gedrängten Reihen fuhr wie eine Sense durch den Weizen. Kleine Körper flogen verkrümmt davon, Flüssigkeiten spritzten in hohem Bogen auf. Der Gestank von Blut und Gedärmen füllte die Höhle.

Unter lautem Geschrei versuchten sich die panischen Goblins tiefer in die Höhle zu flüchten. Ein paar tapfere Seelen entschlüpften der Todeszone des Angreifers und flohen zum Ausgang, stürzten an Will vorbei in die Nacht. Eine Schrecksekunde später folgte er ihrem Beispiel.

Und da sah er sie – die engelsgleiche Erscheinung, die den Dämon in der Höhle vervollständigte. Sie zeichnete sich vor dem Mondlicht ab, das schweißnasse Haar zu einem achtlosen Pferdeschwanz gebunden, das Gesicht zu einer Grimasse der Wut verzerrt. In der einen Hand hielt sie ein Schwert, in der anderen einen Dolch. Dem ersten Goblin, der an ihr vorbeifloh, schlitzte sie die Kehle auf, dem nächsten hieb sie die Beine durch, sodass er unter würgenden Schreien auf seine Kniestümpfe fiel.

Der große Echsendämon watete tiefer in die Höhle hinein, wo er den Tod auf Wände und Boden verspritzte, und die Frau folgte ihm und beendete der Reihe nach mit scharfer, sorgfältiger Präzision das Leben derer, die ihm entgangen waren. Wie ein Chirurg im Gefolge eines Metzgers.

Konnten das vielleicht Halbgötter sein? Wenn die Götter auf die Welt herabstiegen, dann hatten sie ja normalerweise nur eine Sache im Sinn. Allerdings wurde den wenigsten von denen, die das Pech hatten, dem göttlichen Zauber zu erliegen, gestattet, das empfangene Kind auch auszutragen. Die Abkömmlinge des Pantheons – die Halbgötter – richteten einfach zu viel Chaos auf der Welt an. Sie waren zu mächtig, zu unberechenbar. Sie gefährdeten das Kräftegleichgewicht der Nationen.

Dieses Gemetzel aber ... sein Ausmaß, seine Effizienz ... das kam Will trotz allem fast göttlich vor. Beide gingen völlig wortlos ihrer Arbeit nach. Nach dem ersten Angriffsgeheul folgten weder Kampfschreie noch Absichtserklärungen. Ringsum schrien die Goblins, das Paar jedoch kämpfte mit verschlossenen Mienen.

Nein, beschloss Will, nachdem er ihnen eine Weile zugesehen hatte: nicht göttlich. Wenngleich Ausmaß und Sachverstand des

Massakers auch alles in den Schatten stellten, was er je gesehen hatte, so war es doch Tagesgeschäft. Keine Blitze, keine Ausbrüche von Telekinese. Bloß Stahl und Blut und Knochen.

Wer bei allen Geistern waren sie dann aber?

Endlich war das Schlachten vorüber. Alle Goblins waren tot oder so gut wie. Das ungleiche Gespann verharrte keuchend, tauschte Blicke und zuckte dann seufzend die Schultern.

»Siehst du?«, sagte das Echsenmonster mit einer Stimme, die wie rumpelnde Felsen klang. »Das ist spaßesweise besser als backen.«

»Halt die Klappe und hilf mir, nach der Börse zu suchen«, erwiderte die Frau. Dann wirbelte sie herum und zeigte mit dem Finger auf Will. »Du! Hast du einen Geldbeutel gesehen?«

Will starrte sie an. Sein Leben ergab keinen Sinn mehr. Ihm fiel eine Metapher ein, die Firkin, der alte Knecht seines Vaters, in einem seiner immer selteneren klaren Momente gebraucht hatte: Es fühlte sich an, als ob der Lenker seines Schicksals pinkeln gegangen war und die Leinen einem wütenden Kleinkind in die Hand gedrückt hatte – eine Götterhand, die nun durch die Klötzchen seines Lebens fuhr und alles umwarf.

»Ich?«, fragte Will die Frau, die auf seine Brust zeigte.

»Nein.« Sie schüttelte den Kopf. »Der andere hilfsbereite Gaffer da gleich hinter dir.«

Überrascht warf Will einen Blick über die Schulter – niemand da. Dann machte es Klick bei ihm. Beschämt drehte er sich wieder um.

Wenigstens konnte er sie jetzt besser erkennen. Die Goblinfackeln übersäten den Boden. Ihr Gesicht war eckig, hart, mit scharfen Kanten, wo Wangen und Kiefer ansetzten. Sie trug eine

Rüstung aus gekochtem Leder mit Stahlbeschlag, dazu ein Sammelsurium von Plattenteilen an Schultern, Armen und Schienbeinen. Die Schärfe ihrer Züge setzte sich bis in ihre Augen fort, die auf diesem Feld des Todes hell und voller Leben waren.

Hinter ihr hob der riesige Echsenmann gerade zwei tote Goblins an den Füßen hoch und schüttelte sie kräftig. Dabei verloren sie ein paar Lederfetzen und Schmutz, dazu reichlich Blut. Doch keine Börse. Grunzend schleuderte der Riese die Leichen in die nächste Ecke. Beim Geräusch ihrer brechenden Knochen zuckte Will zusammen.

Ein Anflug von Mitgefühl trat auf die Züge der Frau. »Kein Abend wie immer für dich? Was?«

Will zuckte hilflos mit den Schultern. »Nicht mal ein Tag wie immer.«

Da breitete sich ein Grinsen auf ihrem Gesicht aus. Die harten Flächen wurden weicher, Konturen erschienen wie aus dem Nichts auf ihren Wangen, und selbst ein kleines Grübchen trat hervor.

»Ich bin Lette«, sagte sie. »Und das ist Balur.«

Will starrte den Echsenmann an. Balur – der Name klang fremdländisch. Auch wenn Will ahnte, dass zu viel Neugierde in diesem Augenblick zum sofortigen Ableben der sprichwörtlichen Katze führen mochte, konnte er sich nicht beherrschen. »Was ist er?«, fragte er.

»Ein sturer Vollidiot«, erwiderte Lette, ohne zu zögern.

Balur schüttelte zwei weitere Goblins aus und warf sie in die Ecke. »Flirtenderweise bist du keine Hilfe bei der Suche nach der Börse.«

»Wenigstens geht meine Vorstellung von Flirten etwas weiter, als mir die Hosen vom Leib zu reißen und Geld anzubieten!«, spuckte sie und fuhr, ohne Luft zu holen, an Will gewandt fort: »Wenn du auf komische Gedanken kommst, verfütter ich dir deine eigenen Eier.«

Will verfolgte das Geschehen nach wie vor durch einen dünnen Schleier der Verwirrung. Sein Kopf schmerzte noch von dem Zusammenstoß mit dem Baum. Er wollte sich hinsetzen und das alles ignorieren, in der Hoffnung, dass es verschwinden würde – alles außer Lette. Lette konnte gern bleiben.

Er merkte, dass er sich noch gar nicht vorgestellt hatte. »Ich bin Will«, sagte er. »Ich komme von einem Bauernhof hier in der Nähe.«

Lette schaute zu Balur hinüber. »So ein Hof, das wär doch was, oder?«, fragte sie – was Will anging – plötzlich etwas zusammenhanglos. »Mit den Händen zu arbeiten. Feldarbeit kann körperlich ganz schön fordernd sein.«

Balur grunzte. »Schlecht für die Reflexe. Macht das Muskelgedächtnis kaputt.« Will war genauso schlau wie vorher.

Seufzend ging Lette auf die Knie und durchwühlte die Besitztümer der Leichen, die am nächsten lagen. Balur wanderte unterdessen in einen anderen Teil der Höhle. Dort schüttelte er zwei weitere Goblins aus und warf sie enttäuscht beiseite, um einen neuen Stapel zu beginnen.

Als die Leichen landeten, ertönte ein unterdrücktes Ächzen.

Balur hielt inne, den Arm vom Wurf noch ausgestreckt. »Hab hier einen Lebenden.«

Wills Magen zog sich zu einem harten Knoten zusammen. Sein Blick ging zum Ausgang. Vielleicht könnte er sich unbemerkt aus der Höhle stehlen. Er könnte …

Er könnte was? In noch größeren Ärger geraten? Es war unwahrscheinlich, dass er auf weitere gut bewaffnete Fremde traf, die seine Probleme auf brutale Art für ihn erledigten. Angesichts der mannigfaltigen Versuche der Welt, ihn im Verlaufe dieses letzten Tages zu erledigen, schien es ihm sicherer, bei Lette und Balur zu bleiben.

Lette hatte wieder ihr Kurzschwert gezogen und näherte sich mit Balur an ihrer Seite dem Ursprung des Geräuschs. Je näher sie kamen, desto langsamer wurden sie. Dann sprang Balur mit überraschender Geschwindigkeit vor, packte etwas und hielt es hoch.

Dieses Etwas krümmte und wand sich in der enormen Hand des Echsenmannes. Es war größer als die Goblinleichen, die den Boden übersäten. Und es war in Seile eingewickelt. Balur hielt es bei den Füßen, trotzdem brauchte Will einen Moment, um zu erkennen, dass es sich bei diesem beeindruckenden Haarbüschel am Ende um das Haar und den Bart eines Mannes handelte.

»Das ist kein Goblin«, stellte er fest, nur für den Fall, dass die anderen noch nicht darauf gekommen waren.

»Könnte mit ihnen zusammenarbeiten.« Misstrauisch beäugte Balur die kämpfende Gestalt. Diese grunzte und quietschte, und Will begriff, dass eins der Seile den Mann fest geknebelt hatte. »Sollten ihn vorsichtsweise vielleicht töten.«

»Zusammenarbeiten?«, wiederholte Will ungläubig. »Er ist an Händen und Füßen gefesselt!«

Lette nickte. »Was der Bauernjunge sagt, hat was für sich.«

»Finde trotzdem, dass zerquetschterweise die bessere Wahl wäre. Nur für den Fall …«

»Und ich denke immer noch darüber nach, dich zu kastrieren!«, unterbrach ihn Lette. »Setz den armen Kerl auf den Boden.«

Widerwillig ließ Balur den Mann herab. Ein Dolch erschien in Lettes Hand, scheinbar ohne den Abstand zwischen ihr und der Scheide an ihrem Gürtel überwunden zu haben. Die Klinge blitzte in einem einzigen Streich, und die Fesseln fielen zu Boden.

Unter lautem Geschimpfe kämpfte sich ein schmutziger, zerzauster Mann aus dem Berg von verschlungenem Seil. Abgesehen von einer verwaschenen Unterhose und einer ziemlich dicken Schicht von Schlamm war er nackt. Er war spindeldürr, hatte aber ein kleines Bäuchlein, sodass es aussah, als hätte er vor langer Zeit einen Ball verschluckt, den er nie wieder losgeworden war. Seine Arme waren kräftiger, als der Rest seines Körperbaus nahelegte, und seine Hände waren überproportional groß. Sein Gesicht verschwand fast vollständig im Gestrüpp seines Haares und Bartes – das waren lange, eng gekräuselte Borsten, die ihm in wilden Strähnen abstanden.

»Gewirmsel!«, schrie er. »Otze-verfluchte Dingsens! Was ein Zirkus! Verdammtes, verwunschenes Gezücht! Sie können mich nicht abwenden. Ich bin der Unvermeidliche! Ich bin das Wort der baldigen Zukunft! Ich bin der unentrinnbare Geruch!«

Lette und Balur traten einen Schritt zurück. Lettes Schwert hob sich erneut.

Es war ein großer Schock für Will, dass er den Mann kannte.

»Firkin?«, fragte er.

Lette schoss einen schnellen Blick zu Will, ehe sie ihr Augenmerk wieder auf den tobenden, halb nackten Mann richtete. »Du kennst ihn?«

Will machte einen Schritt auf ihn zu. Aber ja – ja, er kannte ihn. Es war tatsächlich Firkin, der alte Knecht seines Vaters.

Erinnerungen überkamen ihn. An einen Sommertag, als er mit seinem Vater und den anderen Knechten beisammensaß und sie über Firkins überzogene Geschichten lachten. Daran, wie er auf Firkins Schultern saß, den Mund voll mit gestohlenem Apfelfleisch, und sie vor seinem Vater und dessen Flüchen über die Wiese flohen. Wie Firkin Witze erzählte, während sein Vater die Schweine brandmarkte. Wie er Firkin Brötchen aus dem Küchenfenster reichte, wenn seine Mutter gerade nicht hinsah, und wie Firkin sie in seinem Hemd versteckte. Wie sie über die Drachen redeten und von der Revolution träumten. Wie Firkin eine Kuh mit dem Stachel eines Stachelschweins ärgerte und vom Tritt der Kuh über den halben Hof geschleudert wurde. Will hatte so laut gelacht, dass er Angst bekam, etwas in ihm würde zerreißen, während Firkin und sein Vater einander mit hochroten Köpfen anschrien. Zu einer anderen Gelegenheit hatten er und Firkin es sich unter einem Baum bequem gemacht und davon geträumt, einem Drachen sein Gold unter der Nase wegzustehlen. Einmal hatte Firkin so viel getrunken, dass er unter den Tisch gerutscht war, und Wills Vater, der kaum hinter ihm zurückstand, musste derartig lachen, dass er ihm auf dem Boden Gesellschaft leistete. Will dachte daran, wie seine Mutter Firkin einmal mit der flachen Hand ins Gesicht geschlagen hatte, sodass sich der rote Abdruck deutlich auf der blassen Haut abzeichnete. Daran, wie Firkin ihm gesagt hatte, dass er gerade keine Gesellschaft wolle, und er sich zum ersten Mal in seinem

Leben wirklich zurückgewiesen gefühlt hatte. An die hirnverbrannte Idee, eine Kuh mit vollem Tempo einen Hang hinabzureiten, gefolgt von Firkin, der ihr die Rute gab. Wie seine Mutter ihn hielt und dabei schluchzte und schrie. Wie er seinen Vater fragte, wo Firkin stecke, und tagelang lustlos herumstreifte. Dann wurde eines Tages eine Mahlzeit von einem Klopfen unterbrochen, sein Vater stand auf und wechselte ein paar Worte mit einem Mann vor der Tür, den Will nicht sehen konnte. Die Stimmen wurden lauter, dann hörte er Handgreiflichkeiten, sein Vater fiel mit blutiger Lippe auf den Boden, und Firkin füllte den Türrahmen aus, Entsetzen in den Augen. Firkin aus der Ferne, eine dunkle Silhouette, die hinter den Zäunen umging. Will erinnerte sich, wie er mit seinem Vater ins Dorf ritt und einen Mann sah, der Leute anschrie, die gar nicht da waren – er erkannte Firkin erst, als sie auf dem Heimweg abermals an ihm vorbeiritten. Er erinnerte sich an den Moment, als ihm klar wurde, dass er sich an diesen Anblick gewöhnt hatte, sodass der ihm gar nichts mehr ausmachte. An das Begräbnis seines Vaters – und den vertrauten Schatten, der einst die Zäune heimgesucht hatte. Daran, wie Firkin wieder einmal aus der Taverne geworfen wurde. Und wieder. Und wieder.

Und nun war er hier: Firkin, der Dorfsäufer. Der Dorftrottel. Ein Mann, der nur darauf zu warten schien, dass die Leute irgendwann vergaßen, weshalb sie ihm eigentlich die Krümel von ihren Tellern ließen, das Kleingeld, das sie an sich gar nicht entbehren konnten.

Firkin wählte genau diesen Zeitpunkt, sich lautstark und ausgiebig zu übergeben. Man merkte ihm an, dass er den Ablauf ausgiebig geübt hatte: vorbeugen, alles rauslassen. Dann richtete er sich wieder auf und wischte sich den Mund ab. »Verdammte Drecksbiester«, sagte er. »Haben mir hier ihr Gepupse verfüttert.«

Niemand sah sich in der Stimmung zu ergründen, was genau er mit »Gepupse« meinte.

Balur bedachte den schmutzigen, dürren Mann mit einem Schulterzucken. »Kommt mir wie'n Goblin vor.« Er hob seinen Hammer.

»Nein!«, rief Will und stürzte zu dem alten Knecht. »Das ist kein Goblin! Er ist ein Freund.«

Firkin musterte ihn aus schmalen Augen. »Ich mag dich nicht«, erklärte er mit überraschender Deutlichkeit. »Und dein Bett find ich auch scheiße.«

»Ich schütze dich vor einem schlechten Freundesgeschmack«, erklärte Balur und ließ den Hammer nicht sinken.

Firkin schätzte den Echsenmann ab, schob die Unterlippe vor und kniff die Augen zusammen. »Bist'n Großer. Mag die Großen sehr, können mehr Bier für mich tragen. In die glücklichen Lande, und da ersaufen wir dann alle glücklich, so.« Er schmatzte zweimal.

»Balur, wir können ihn nicht einfach töten«, sagte Lette merklich gereizt. Will verspürte eine Woge der Dankbarkeit.

»Können wir wohl«, stellte Balur klar und ließ die Woge brechen. »Ist ganz leicht: den Hammer schwingenderweise mit gewissem Tempo auf den Kopf und knirsch, wir haben einen Toten.«

»Natürlich weiß ich, dass du ihn technisch gesehen töten kannst ...«

»Danke.« Balur machte sich wieder bereit.

»Nein!«, schrie Will erneut. »Er ist mein Freund! Er hat mich praktisch großgezogen …«

Balur sah ihn skeptisch an. »Vielleicht sollte ich ersterweise ihn umbringen, um dich vor deinem schlechten Freundesgeschmack zu schützen, und zweiterweise dich, um Lette vor ihren schlechtem Männergeschmack zu schützen. Dann wären wir alle besser dran.«

»Nein!«, rief Will auf die Gefahr hin, sich zu wiederholen, doch unsicher, welche Worte bei diesem Stand der Dinge sonst noch geeignet wären, ihn vor einem mörderischen Echsenmann zu beschützen.

»Vielleicht sollten wir lieber dich umbringen, um mich vor meinem Freundesgeschmack zu schützen«, schlug Lette Balur vor.

Der Hammer schwebte weiter in der Luft.

»Firkin ist doch bloß ein alter Trinker«, versuchte Will es versöhnlich. »Die Goblins haben ihn gefunden und gefesselt. Wer weiß, wie lange er schon ihr Gefangener ist? Was er braucht, ist ein wenig Zuwendung, aber keine Todesdrohungen.« Das zumindest schien ihm offensichtlich. Ein kleines Stückchen Welt, das er verständlich darlegen konnte.

»War alles Teil meines Plans«, sagte Firkin und tippte sich an die Nase. »Alle genau da, wo ich sie haben wollte.«

»Bloß du leider nicht«, murrte Balur, stellte aber endlich den Hammer ab. Mit einem vollen, dunklen Klang schlug der Metallkopf auf dem Felsen auf. Will hatte keine Ahnung, wie Balur diese Waffe so lange hatte hochhalten können.

»Lass Firkin einfach über Nacht hierbleiben«, bat Will Lette, nachdem die Gefahr fürs Erste abgewendet schien. »Er holt sich sonst den Tod im Regen, und dabei hast du ihn doch gerade erst vor den Goblins gerettet.«

Lette nickte. »Wäre schade um die ganze Arbeit. Solange er windabwärts von mir schläft und keinen Ärger macht ...«

Balur grunzte, wahrscheinlich einvernehmlich.

»Hey«, sagte Lette da, als käme ihr eben ein Gedanke, und legte Firkin eine Hand auf die Schulter. »Du hast nicht zufällig eine Börse gesehen, oder doch?«

»Ich hab die ganze Welt gesehen!« Firkin richtete die Augen in die Ferne. »Ich hab die Pläne gesehen – die Schrift auf einem Schildkrötenpanzer. Das Innere einer Kuh hab ich gesehen.« Er nickte selbstzufrieden. »War warm da drin.«

»Fein«, sagte Lette. »Ich schau dann mal da drüben nach.«

Während die Suche weiterging, schlenderte Firkin zum Ausgang. Will sorgte sich schon, dass er im Regen verschwinden würde, doch er blieb dort stehen, eine undeutliche Silhouette im Mondlicht, starrte in die Nacht hinaus und murmelte Obszönitäten vor sich hin.

Weiter hinten schienen Lette und Balur die letzten Reste ihrer Geduld zu verlieren.

»Wo bei Bussis verfluchtem Schwanz ist mein Geld?«, spie Lette. »Wo hat der kleine Scheißer es versteckt?«

»Vielleicht hast du ihn nicht richtig verfolgt, und wir sind fälschlicherweise in dieser Höhle.«

»Ach, jetzt beleidigst du noch meine berufliche Befähigung, ja? So willst du unser Problem also lösen? Indem du mir so lange ans Bein pisst, bis ich dir die Haut abziehe und verkaufe? Klingt gut, nur leider fällt mir da gerade was ein.« Sie schlug sich mit der flachen Hand vor die Stirn. »Die ist so wertlos wie der Rest!

Wenn ich mir ’n Sack samt Eiern an einen Stock binden würde, wär der exakt so nützlich wie du.«

Balur zuckte die Schultern. »Würdest auch interessantere Leute treffen, wahrscheinlicherweise.«

Will mischte sich nicht weiter in die Unterhaltung ein – das wäre in etwa so schlau gewesen, wie seine Hand über eine Flamme zu halten, nur um zu sehen, wie es sich anfühlte. Lette faszinierte ihn zwar, doch die Leichenberge ringsum waren eine nützliche Erinnerung, dass sie ihren Drohungen auch Taten folgen lassen konnte. Dann aber, entgegen aller Vernunft, formten seine Lippen ungefragt Worte.

»Könnte er nicht vielleicht recht haben?«, fragte er und zeigte auf Balur. »Könnte es nicht wirklich noch eine andere Höhle geben?«

Lette rollte die Augen. »Schau dich mal um: Hier liegen vierundsechzig Leichen. Achtzehn weitere haben wir oben auf dem Pass zurückgelassen. Das heißt, die Goblins mussten genug Wild für zweiundachtzig Mäuler finden. Das bedeutet ein Gebiet von zwanzig Meilen oder mehr in jede Richtung. Das wiederum heißt, dass sie mit jedem anderen Stamm in diesem Umkreis so lange gekämpft hätten, bis einer die Augen des anderen zum Nachtisch knabbert. Und das wiederum heißt: Wenn ich keine absolute Vollidiotin bin, die zu blöd ist, ihre eigene Großmutter vom Bett zum Klo zu verfolgen, dann ist dies der einzige verdammte Ort, an den sich der Dieb verkrümelt haben kann. Und trotzdem fehlt von der bekackten Börse jede Spur.«

Wie von Zauberhand erschien ein neuer Dolch zwischen ihren Fingern. Sie warf ihn nach dem nächsten Leichenberg, wo er bis zum Heft im Rücken eines toten Goblins stecken blieb, und spuckte aus.

Lettes Kompetenz fand Will durchaus sexy. Ihr Fachgebiet dagegen war durch und durch erschreckend – andererseits aber auch bedeutend spannender als Butterstampfen oder Viehzucht oder welche Interessen die Mädchen aus dem Dorf sonst noch verfolgen mochten.

»Könnte der Dieb die Börse vielleicht verloren haben?«, fragte er wider besseres Wissen. Er versuchte sich ja daran zu erinnern, dass die Motte aus ihrer Konfrontation mit der Flamme meistens recht lädiert hervorging, doch es half alles nichts.

Lette schloss die Augen.

Balur grunzte wieder. »Ist schon ziemlich schnell gerannt«, gab er zu bedenken. »Und rennenderweise war er mehr mit Nicht-Sterben als mit Reich-Werden beschäftigt.«

Lette stöhnte.

»Wäre durchaus zu übersehen gewesen«, fuhr Balur fort. »Waren zu sehr auf den Goblin selbst konzentriert.«

Lette zog sich die verkrümmten Finger über das Gesicht.

»Könnte sogar Absicht gewesen sein – an einem speziell versteckten Platz zum Beispiel. Könnte die Beute dort abgeladen haben, um sie späterweise zu holen, wenn die Luft wieder rein ist. Oder vielleicht hat er den Beutel auch spontanerweise auf einen Baum geworfen ...«

»Halt die Klappe«, bat Lette. »Halt einfach die Klappe.« Sie sank auf die Knie. »Holen's die Götter.«

Fast hätte Will die Hand ausgestreckt und ihr auf die Schulter gelegt, doch Balur schüttelte den Kopf.

»Hatte auch mal eine Münze«, kommentierte Firkin vom Eingang herüber. »Hat mich aber verlassen. Übellauniges Miststück.«

Alles ging so schnell, dass Will es beinahe verpasst hätte: ein Wutschrei von Lette. Der Schemen ihrer Gliedmaßen. Dann war sie auch schon auf der anderen Seite des Raums, den Dolch in der einen Hand, Firkins Hals in der anderen, und presste den Alten gegen die Wand.

»Du verdammter …«, knurrte sie.

»Verzeihung?«

Eine neue Stimme – tief, aber weiblich im Ton – ließ Lette abrupt innehalten.

Alle starrten dem Neuankömmling im Eingang entgegen. Sie trug einen grauen Reiseumhang, dessen Kapuze ihre Züge verbarg. Die dunkelhäutigen, langfingrigen Hände hatte sie vor sich zusammengelegt. Der Anblick ließ Will unwillkürlich an kleine Amseln denken.

Einen Augenblick lang herrschte völlige Stille.

»Bei Otzes Sack«, sagte Lette dann, ohne den sich windenden Firkin loszulassen. »Wie viele Leute verirren sich heute Nacht denn noch in diese gottverfluchte Höhle? Hab ich irgendwo ein verdammtes Schild übersehen?«

»So wie den Goblin mit unserem Gold«, murmelte Balur.

Lette wirbelte herum und zeigte mit dem Dolch auf ihn. »Fang bloß nicht wieder damit an!«

»Wisst ihr«, sagte die Gestalt, »ich glaube, das ist wirklich die falsche Höhle.« Ihre Stimme hatte einen vornehmen Klang, bei dem Will unwillkürlich etwas aufrechter stand und sein Hemd glatt strich. Jedoch war alles, was er damit erreichte, die Blutflecken darauf zu verschmieren.

»Ich w-werde einfach wieder gehen«, sagte die Frau in dem Umhang und wich vor ihnen zurück. Draußen regnete es immer noch Bindfäden – ein Vorhang, der die Nacht verhüllte.

Will aber bemerkte das Zittern in ihrer Stimme und das beständige Tropfen vom Rand ihrer Kapuze. Der ganze Umhang hing ihr klatschnass vom Körper. Sie musste bis auf die Knochen durchgefroren sein.

»Warte«, rief er. »Du kannst da nicht raus!«

Die anderen schauten ihn an. Selbst Firkin, der immer noch gegen die Wand gepresst stand.

»Sie ist völlig durchnässt«, erklärte er. »Sie wird sich den Tod holen.«

»Du sagst das häufigerweise«, stellte Balur fest. »Ungesunde Angewohnheit.«

Will ließ den Blick über die vierundsechzig toten Goblins schweifen. Ja klar, er war derjenige mit der ungesunden Angewohnheit. Angesichts der Größendifferenz zwischen ihm und Balur hielt er mit seiner Meinung aber hinter dem Berg.

»Ist einfach eine dieser Nächte«, sagte er stattdessen.

Lette stieß ein kurzes Lachen aus. Dann ließ sie Firkin los. Der derangierte Alte taumelte beiseite. »Dann komm doch rein«, sagte sie zu der Frau im Eingang. »Wir machen ein Feuer und versuchen zu retten, was von dieser beschissenen Nacht noch übrig ist.«

4

Quirk

Lette musterte die Frau im Eingang. Wie sie ihr Gewicht balancierte. Wo sich ihre Hände gerade befanden. Wie sie ihre Augen bewegte.

Dann entspannte sie sich. Wer immer diese Frau sein mochte, sie war niemand, der sich seinen Weg mit Stahl durchs Leben schnitt. Sie hatte Lettes Worte als eine ehrliche Einladung aufgefasst – nicht als Aufforderung, bei ihnen zu bleiben, damit man sie besser im Auge behalten konnte. Sie war genau wie dieser Bauernjunge, Will.

Na ja ... nicht ganz.

Der Bauernjunge hatte etwas. Sie konnte nicht den Finger darauf legen – dabei würde sie genau das vielleicht gerne tun. Seine Brust und seine Arme waren nicht so kräftig wie die der Söldner, die ihr in der Vergangenheit gut gefallen hatten. Dafür platzte er aber auch nicht so vor Stolz wie diese. Und er war schlank und hatte die harten, festen Muskeln eines Mannes, der Tag und Nacht mit den Händen arbeitete. Vor langer Zeit hatte sie einmal einen Jungen wie ihn gekannt. Er war süß gewesen. Und sein komplett idiotischer Gesichtsausdruck, als sie ihn verlassen hatte, war derselbe gewesen wie Wills. Als hätte er bei ihrem Tritt in seine Eier erst bemerkt, dass er welche hatte.

Als die Frau im Höhleneingang schließlich näher trat, ließ

Lette trotzdem instinktiv einen Dolch in ihre Hand gleiten. Sie schnitt eine Grimasse, als sie es merkte, und steckte ihn wieder weg.

Vielleicht hatte Balur ja doch recht: Vielleicht waren Tod und Chaos das Einzige, wozu sie taugte. Ihr Impuls, die Leute erst mal zu verstümmeln und unter Folter auszuquetschen, würde sich nicht einfach wegerklären lassen, wenn sie als Schneiderin neu anfing.

Sie war nicht die Einzige, die den Neuankömmling beäugte. Balur kniff die Augen zusammen und grollte: »Wieso bist du nur zögernderweise reingekommen?«

Die Frau erstarrte wieder. Lette konnte gerade so ihre Augen unter der Kapuze erkennen, groß und braun. Ja, ihr Blick war voller Furcht, aber nicht ausschließlich. Sie entdeckte auch eine Spur von Neugierde darin. Nicht, was Lette erwartet hätte.

Sie konnte das Gewicht der Klinge in ihrem Ärmel spüren.

Völlig ungeachtet jeder möglichen Gefahr mischte sich Will wieder ein. »Ist dir vielleicht schon der Gedanke gekommen, dass der große, mit anderer Leute Blut verschmierte Echsenmann sie eingeschüchtert haben könnte?«

Balur zuckte die Schultern. »Goblinblut. Goblins sind normalerweise keine Leute.«

»Also eigentlich ...«, hob die Frau im Umhang an, zögerte dann aber. Ihr Blick zuckte nervös unter der Kapuze hin und her.

Könnte es eine List sein? Es war schwierig, aber nicht unmöglich, die eigene Kampfbereitschaft zu verbergen. Lette tat es ja gerade selbst. Jahre des Trainings und bitterer Lehren ließen sie die Schultern lockern, die Finger leicht krümmen.

Nur eine Bewegung ihres Handgelenks ...

Sie stellte fest, dass sie wieder an Will dachte. An den Ausdruck des Entsetzens, der sich auf seinem einfältigen Gesicht ausbreiten würde, wenn sich auf einmal eine Klinge in den Hals der Fremden bohrte. Eigentlich sollte das Lette nichts ausmachen – tat es aber doch. Ein wenig zumindest. Na ja, ein ganz kleines bisschen. Doch selbst dieses winzig kleine Zögern war ihr neu.

Vielleicht waren dies ja die ersten Zeichen der Veränderung. Vielleicht änderte sie sich schon.

Und dieser Bauernjunge ... Sie riskierte einen abschätzenden Seitenblick.

Balurs Aufmerksamkeit hatte nicht nachgelassen. »Eigentlich was?«, knurrte er die Frau an.

»Also«, sagte sie abermals und befeuchtete ihre Lippen. »Ich wollte bloß anmerken, dass es im vorigen Jahrhundert eine interessante Abhandlung von Abt Matteson darüber gab, ob Goblins schlau genug sind, um als Leute zu zählen, oder ob sie eine niedere Lebensform darstellen, also eher wie Tiere. Es wird dich vielleicht freuen zu hören, dass er deiner Ansicht war, und ihre Persönlichkeit für vernachlässigbar hielt. Andererseits war er aber auch ein großer Befürworter von Brokkoli als Belagerungsmaschine. Das hat die Mehrzahl der heutigen Akademiker dann in die andere Richtung gedrängt. Die gegenwärtige Lehrmeinung besagt, dass Goblins sich zivilisierter verhalten würden, wenn man sie ebenfalls etwas ziviler behandelte. Die Schwierigkeit dabei ...« Sie lachte kurz, ein nervöses Kichern. »Die ist natürlich, eine Stadt zu finden, die sich auf das Glücksspiel einlässt. Falls wir uns irren, meine ich.«

Eine beträchtliche Stille breitete sich auf diese Ausführung hin aus. Nur Firkin hatte nicht die Geduld dafür.

»Kannte mal einen Goblin«, sagte er. »Nannte sich Marvin.« Er nickte mehrmals. »Hatte 'ne Menge Knochen«, fügte er nach kurzem Grübeln hinzu.

Die Stille dehnte sich noch weiter aus.

»Du redest ganz schön viel«, sagte Balur schließlich. Seine Augen steckten immer noch hinter misstrauischen Schlitzen.

»Tue ich«, stimmte die Frau zu. »Wie der junge Mann richtig erkannt hat, bin ich ziemlich nervös. Und ich neige zum Faseln, wenn's mir so geht.« Und dann, ohne den geringsten Übergang: »Du bist ein Analesier, richtig?«

Lette merkte, dass Balurs Hammerkopf nicht länger den Boden berührte. Er schwebte zwar höchstens einen Zoll darüber, kaum genug, dass es sonst jemandem auffiel, aber es machte ihre Maske der Unbekümmertheit so viel schwerer, dass sie sie kaum tragen konnte.

»Woher willst du das wissen?« Balur klang streitlustig. Lette wusste, dass ihm sein Nimbus der Exotik sehr teuer war.

»Na ja.« Die Frau hustete zweimal. »Die Analesier sind so ziemlich die einzigen acht Fuß großen, vernunftbegabten Echsen, die es gibt. Das engt es schon mal ein.«

»Ist 'ne richtig Schlaue.« Firkin lungerte noch immer an der Wand herum, an die Lette ihn gedrückt hatte. »Kommt alles aus ihrem Kopf und zu ihrem Mund raus.« Er nickte. »Wie wenn man Ameisen den Kopf zerquetscht.«

»Jetzt hört mal zu.« Will versuchte, zwischen Balur und die Frau zu treten. Lette konnte sich nicht entscheiden, ob er mutig war oder dumm. Oder wahrscheinlich eine gefährliche Mischung aus beidem. »Ich finde nicht, dass wir irgendwem gleich Gewalt androhen müssen, bloß weil er oder sie mal ein Buch gelesen hat. Können wir nicht einfach ein Feuer anzünden und uns trocknen, damit wir es durch die Nacht schaffen?«

Für einen kurzen Augenblick gestattete sich Lette, von allem zurückzutreten, auch von sich selbst. Sie streifte ihre Frustration ab, die Erschöpfung, die ihr tief in den Knochen saß, ihre mädchenhafte Faszination für Will und was er mit diesen großen, schwieligen Händen alles anstellen konnte. Einen Moment lang war sie nichts als Stahl.

Firkin stand am Eingang. Er war langsam, aber unberechenbar. Er sollte als Erster weg. Die Klinge schoss aus ihrer Hand in seinen Hals. Will war die nächste Bedrohung, jung und stark wie er war. Aber Balur würde schneller reagieren als er. Der Junge würde nur entsetzt das Blut anstarren, das aus Firkins Hals sprudelte, und bevor er wusste, was zu tun war, würde Balur ihn in einen Fleck auf dem Boden verwandeln. Damit blieb einzig die Frau übrig. Ebenfalls unberechenbar, aber gerade nicht ausbalanciert. Lette konnte die Distanz überwinden, ihr eine Klinge über die Augen ziehen, um sie auszubremsen, und wenn sie ihnen dann immer noch etwas entgegenzusetzen hatte, konnten Balur und sie sich darum kümmern. Binnen Sekunden wäre alles vorüber. Und dann …

Nein.

Innerlich trat Lette einen Schritt vor, wurde wieder sie selbst. Verdrängte die kalten Mordgedanken. Das war nicht mehr, was sie sein wollte. Sie ahnte, dass es einen Punkt gab, ab dem Paranoia nicht länger das Überleben erleichterte, sondern eher einen sozialen Hemmschuh darstellte.

»Genau«, sagte sie zu Will und zwang sich dazu, ihre Zähne zu entknirschen. »Ein Feuer. Das klingt doch ausgezeichnet.«

Balur schaute sie perplex an. Sie versuchte, seinem Blick mit aller Schärfe jener Dolche zu begegnen, die zu werfen sie sich verwehrte.

Einige der Goblinfackeln brannten noch immer. Sie ging ein paar davon aufsammeln und stapelte sie in der Mitte der Höhle. Will dagegen trat zu der Frau.

»Ich bin Will«, sagte er. »Nett, dich kennenzulernen.«

Lette hielt inne und verfolgte, wie die Hand der Frau schlangengleich aus dem Umhang glitt, um seine zu ergreifen. Sie könnte die Fackel werfen, der Frau ins Gesicht …

Zwischen Wills Fingern wirkte die Hand der Frau zerbrechlich. »Mein Name ist Quirkelle Bal Tehrin«, sagte sie. Sie hatte einen leichten Akzent. Südlich, und wenn Lette sich nicht täuschte, etwas westlich. »Die meisten Leute in diesem Teil der Welt nennen mich Quirk. Freut mich, dich kennenzulernen.«

Sie schüttelten Hände. Lette verfolgte alles ganz genau. Doch weder zuckte Will zusammen noch zog er seine Hand mit einem Aufschrei zurück. Er drohte nicht zu ersticken und fasste sich auch nicht unter plötzlichen Schmerzen an den Arm.

Ganz vorsichtig legte Lette die Fackel ab, die sie gerade hielt.

»Ich bin ein Bauer«, fuhr Will fort. »Das da ist Lette«, er zeigte auf sie, »und das da ist Balur. Sie sind …« Er zögerte. »Sehr nette, aber gewalttätige Fremde.« Er zuckte nervös die Schultern. Lette stellte fest, dass sie mit der Beschreibung leben konnte. »Und das da ist Firkin. Er ist … ähm …«

»Ich bin der Atem des Mondscheins«, erklärte Firkin. »Der Schatten und die Klinge. Die Stimme dessen, der ganz in Rot aus der Nacht reitet, und Feuer und außerdem Tod. Ich bin der Ton, den man nicht ungehört macht! Ich bin …«

Er unterbrach seine eigene Tirade mit einem lautstarken Rülpser, dann starrte er wieder ins Leere.

»Genau«, sagte Will. »Das ist er.«

Die Frau – Quirk – nickte und ließ das alles auf sich wirken. Sie trug noch immer ihren klitschnassen Umhang. Zitterte nach wie vor.

»Und wer bist du so?«, fragte Lette und sammelte weiter Fackeln auf. Ihr war bewusst, dass Balur zwischen ihnen und dem Ausgang stand. Er wirkte gelöst, war in Wahrheit aber weit davon entfernt.

»Hat sie doch gerade gesagt«, antwortete Will. Lette überlegte kurz, wie er es so weit durchs Leben geschafft hatte, ohne zu sterben. Vielleicht war sie ja nicht die erste freundliche Fremde, die in sein Leben stolperte und ihn davor bewahrte, sich mit seiner eigenen Tumbheit aufzuspießen?

»Ich bin eine Thaumatobiologin«, sagte Quirk, die anscheinend weniger schwer von Begriff war als er. »Falls du das meinst. Ich komme von der Universität von Tamathia.«

Tamathia, die Hauptstadt von Tamar. Südlich und westlich von hier. Lette versuchte sich das Lächeln zu verkneifen, doch es gelang ihr nicht ganz.

»Wenn du schon redest«, spuckte Firkin von seinem Platz im Eingang herüber, »dann benutz doch wenigstens echte Wörter.«

Balur grunzte. »Das Pantheon steh mir bei, aber der Verrückte und ich, wir sind uns meinungsweise einig.«

Firkin wandte den Blick von der Nacht ab. »Raus aus meinem Kopf, Monstermann!«, knurrte er.

Balur legte den Kopf schief. Lette wusste: Er war es nicht gewohnt, dass Leute in diesem Ton mit ihm sprachen. Nichtsdestotrotz interessierte sie sich weniger für Firkins Fähigkeit, seine Lebenserwartung zu reduzieren, als für Quirks knappe Autobiografie.

»Tamathia?«, fragte sie. »Das sind mehrere Hundert Wegstunden von hier.« Vielleicht hatte sie sich in der Frau getäuscht – ohne ein paar Tricks im Ärmel reiste niemand unbeschadet eine solche Strecke.

»Genau dreihundertneunundsechzig, wenn ich mich recht erinnere«, stimmte Quirk zu. »Doch das Tal von Kondorra ist der einzige Ort mit Drachen auf dem Kontinent, von daher musste ich einfach herkommen.«

Da trat Will dann doch einen Schritt zurück. Der Ausdruck auf seinem Gesicht ... Lette war sich nicht sicher. War das Abscheu? Auf seinen schlichten Zügen wirkte er fehl am Platze.

»Drachen?«, fragte er, und seine Stimme klang nun eindeutig angespannt. »Du wolltest ... du bist den ganzen Weg gereist ... wegen der gottverdammten *Drachen?*«

Nein, beschloss Lette, das war kein Abscheu. Es war Hass – ein verstecktes Schwert in diesem Heuhaufen von einem Mann. Vielleicht hatte sich Lette nicht bloß in Quirk getäuscht.

Was wusste sie über Kondorra? Dass es von einem losen Verband von Händlerdrachen regiert wurde. Dass sie einige der gewinnträchtigsten Handelsrouten des Kontinents kontrollierten. Dass man ihre Karawanen nur angriff, wenn man sehr verzweifelt oder sehr gewiss war, dass sie einen nicht aufspüren und an den eigenen Gedärmen am nächsten Galgenbaum aufhängen würden.

Quirk wurde aus Wills abrupter emotionaler Kehrtwende anscheinend auch noch nicht schlau. »Ja klar.« Ihre kultivierte Stimme klang nun etwas reserviert. »Ich sagte doch, ich bin eine Thaumatobiologin.«

Will starrte sie verständnislos an.

»Möglicherweise«, warf Lette ein, die Stimme klang so ruhig wie eine Klinge beim Duell, »braucht dieser Begriff etwas mehr Erklärung.«

Quirk schaute wie ein getretenes Hündchen drein. »Thaumatobiologie?«, fragte sie fast flehentlich. »Ihr wisst nicht … Keiner von euch hat je von dem Feld gehört?«

»Ich weiß, was ein Feld ist«, sagte Firkin leicht ungehalten. »Hab grade gestern in eins reingeschissen, von daher weiß ich das ziemlich gut.«

»Du arbeitest für die Drachen?« Lette sah ihren eigenen wachsenden Verdacht übergroß in Wills Gesicht geschrieben.

Quirk schüttelte nachdrücklich den Kopf. »Für?«, brachte sie hervor. Die Richtung ihrer Fragen schien sie zu verwirren. »Ich *studiere* Drachen!«

Wieder schien der ganze Raum den Atem anzuhalten und über der Antwort zu brüten. Das Feuer in der Mitte der Höhle prasselte inzwischen, die Hitze breitete sich aus.

»Studieren?« Will schien noch unschlüssig, ob er seinen Hass gegen Ungläubigkeit eintauschen sollte.

»Aber ja«, sagte Quirk in vollem Ernst. »Thaumatobiologie – das Studium magischer Flora und Fauna.« Sie schaute in die Runde und gab sich geschlagen. »Pflanzen und Tiere«, erklärte sie mit leichter Trauer.

»Du hast Pflanzen studiert?« Balur schien seinen Ohren nicht zu trauen.

»Allerdings.« Quirk nickte. »Tatsächlich ist das ein sehr nützliches Fachgebiet. Ich meine, ich bin mir sicher, wenn du Will hier einmal danach fragen würdest, hätte er jede Menge praktische Ratschläge zur Felderwirtschaft und der Frage, welche Böden sich am besten für welche Pflanzen eignen. Dieses Wissen ist unschätzbar wertvoll. Nicht zuletzt für Heiler, die Pflanzen in ihren Wickeln verwenden. Und Färber, die immer die richtigen Beeren brauchen. Alle sind auf ihre Art Experten für Biologie. Mein Fachgebiet sind einfach magische Pflanzen. Wobei mein Interesse vor allem der Thaumatofauna gilt ... der Megathaumatofauna, genau genommen.«

In der Stille, die nun folgte, konnte Lette deutlich Balurs Grummeln hören. Mit vielsilbigen Wörtern wie diesen tat er sich schwer. Es kam ihm dann immer so vor, als wollten die Leute ihn verscheißern, bloß weil er fremd war.

»Damit meinst du ... wirklich große magische Kreaturen«, riet Lette.

»Genau.« Quirks Lächeln war für Lettes Geschmack ein bisschen zu gönnerhaft.

Magisch. Lette dachte an die dreihundertneunundsechzig Wegstunden, die die Frau zurückgelegt hatte.

»Aha«, sagte Lette und gestattete dem Dolch abermals, aus seiner Scheide in ihre Hand zu gleiten. »Dann bist du also eine Magierin.«

Nun ergab alles Sinn: Quirk stand so merkwürdig da, weil sie keinen ausbalancierten Stand nötig hatte. Aus demselben Grund war sie auch nicht schnell – sie brauchte keine Schnelligkeit. Ihre Waffe war so rasch wie ein Gedanke, so flink wie das gewisperte Wort. Kraft ihrer Gedanken konnte sie ihnen allen das Fell über die Ohren ziehen.

Lettes einzige Hoffnung war ein Dolch, der schnell und überraschend sein Ziel traf.

»Oh.« Quirk stolperte fast über ihre eigenen Füße, ohne überhaupt einen Schritt zu tun. »Nein, keineswegs. In keinster Weise oder Form. Das heißt … zumindest nicht mehr. Aktuell nicht. Nein.«

Lette gab die Spannung in ihrem Arm keine Sekunde auf. »Ein Magier zu sein ist nicht gerade etwas, was man einfach so aufgibt.« Das war, wie nicht länger jemand zu sein, der Luft atmete oder mit dem Mund aß. Magier *war* man ganz einfach. Gelegentlich griff ein Vertreter des launischen Pantheons – ob nun Lall oder Bussi oder Klimp oder Schuft – mit dem göttlichen Finger unter den Rock einer werdenden Mutter. Damit war das Kind für immer von den Göttern berührt. Man konnte sich das nicht einfach wieder abwaschen wie einen schmutzigen Fingerabdruck.

»Ich bin geläutert«, erklärte Quirk umständlich. »Ich habe der Ausübung der magischen Künste abgeschworen und studiere die Phänomene nun bloß noch in anderen Wesen.«

Balur hob den Hammer auf seine Schulter. »Damit willst du sagen, dass du magischerweise Sachen tun kannst, aber entschiedenerweise dann doch nicht?« Seinen Ton als argwöhnisch zu beschreiben wäre, als beschriebe man Bussi – die hermaphroditische Gottheit der Liebe, der Fruchtbarkeit und der generell laxen Moral – als gute(n) Freund(in) der Damen.

Quirk richtete sich auf, straffte die Schultern und hob das Kinn. Lette vermutete, dass sie kühn wirken wollte. Leider erreichte sie damit lediglich, den Versammelten ins Gedächtnis zu rufen, dass Magier gemeinhin als hochnäsig galten.

»Das ist genau das, was ich entschieden habe«, bekräftigte sie mit feierlichem Ernst. »Ich habe mich entschieden, die Kontrolle über das, was ich bin und was ich tue, zu behalten.«

Dreihundertneunundsechzig Wegstunden. Ganz allein. Ohne einen einzigen Zauberspruch? Lette war sich nicht sicher, ob sie das glaubte. Sie glaubte aber, dass Quirk daran glauben wollte. Damit lautete die Frage, wie viel Selbstkontrolle diese Frau genau besaß. Und was für Warnzeichen würde es geben, ehe ihr die Kontrolle entglitt?

Balur schüttelte den Kopf. »Das ist, als hätte man zwar einen Hammer, drücke aber Nägel mit der Hand in die Wand.«

Quirk gab ihre starre Pose keinen Augenblick lang auf. »Die Probleme fangen dann an, wenn du immer, wenn du mit dem Hammer nach dem Nagel schlägst, versehentlich drei oder vier Leute erwischst.«

Und ganz plötzlich, ohne Warnung, hatte sie Lette für sich eingenommen. Sie hatte eine Saite angeschlagen, die zu sehr im Gleichklang mit der in ihrer eigenen Brust schwang. Dieser Wunsch, sich zu bessern. Dieser Kampf.

»Komm«, sagte Lette und trat näher. Das Gewicht der versteckten Klinge an ihrem Handgelenk hatte sie auf einmal vergessen. »Ich dachte, der Sinn dieses Feuers wäre es, dass du uns nicht erfrierst. Jetzt zieh schon den Umhang aus und setz dich zu uns.«

5

Das Problem am Drachensezieren

Will verfolgte, wie Lette auf Quirk zutrat. Ihre innere Abwehrhaltung schien sie dabei aufzugeben. Aus irgendeinem Grund behandelte sie Quirk nicht länger wie einen prallen Sack voller Messer und Frettchen, sondern wie die arme, durchgefrorene Frau, als die sie sich ausgab.

Seine Reise ging dagegen genau in die andere Richtung.

Drachen studieren? Der einzige Grund, den sich Will hierfür denken konnte, war die Suche nach einer Schwachstelle. Und dieser Frau schienen sowohl die nötige Armee als auch der Todeswunsch zu fehlen, der meist mit einem solchen Versuch einherging.

Quirk streifte ihren Umhang ab und suchte sich ein Stückchen Boden, das halbwegs frei von Gedärm und Körperflüssigkeiten war. Unter dem Umhang trug sie ein einfaches blassgrünes Kleid, das mit einem blauen Strick gebunden war – und es war nicht viel trockener als der Umhang. Ohne die Kapuze, die ihr Gesicht verbarg, wirkte Quirk wie eine Frau Anfang vierzig. Sie hatte kurzes krauses Haar und breite Züge mit vollen Lippen und weiten Nasenflügeln. Eine Reihe goldener Stecker zog sich ihr rechtes Ohr empor. Ihr Gesichtsausdruck hatte eine direkte, nüchterne Qualität; gleichzeitig deuteten die Fältchen um ihre Augen an, dass sich ein Lächeln nicht allzu tief darin verbarg.

Sie setzte sich gemeinsam mit Lette ans Feuer. Auch Firkin schlenderte mit schlaksigen Gliedern und steifen Gelenken vom Höhleneingang herbei. Dann folgte Balur. Wenigstens der Analesier schien noch den Argwohn zu hegen, den Lette geweckt hatte.

Drachen studieren. Will spürte, wie er die Fäuste ballte, wieder und wieder. *Die Mistviecher, die mir meinen Hof gestohlen haben.*

Er atmete tief durch und wartete darauf, dass sein Gesichtsfeld nicht länger drohte, auf Stecknadelkopfgröße zu schrumpfen. Schließlich setzte er sich ebenfalls ans Feuer. Diese Frau weiter misstrauisch anzustarren würde auch nichts nützen. Wie sein Vater zu sagen pflegte: Wenn das Kalb falsch rum im Geburtskanal lag, half es nichts, es stinkig anzuschauen. Wenn man das Problem lösen wollte, musste man schon bis zum Ellbogen rein in die Kuh.

Sein Vater, sinnierte Will, hatte nicht viel Poesie im Herzen gehabt.

Nichtsdestoweniger hatte der Rat etwas für sich. »Tut mir leid«, sagte er zu Quirk und mühte sich um eine möglichst ruhige Stimme. »Ich habe immer noch meine Probleme mit der Stelle, wo das mit den Drachen ins Spiel kommt.«

»Ach wirklich?« Quirks Brauen hoben sich in ehrlich wirkender Verblüffung. »Na ja, Drachen sind faszinierende Kreaturen. Und wir wissen immer noch so gut wie nichts über sie. Wir haben keine Ahnung, wie sie das Feuer erzeugen, das sie spucken. Irgendeine brennbare Flüssigkeit aus einer Drüse in den Wangen oder im Hals wäre die wahrscheinlichste Erklärung, aber wie entzünden sie die? Und wie erheben sie sich überhaupt in die Luft? Ihre schiere Körpermasse spricht jedenfalls dagegen. Ideal wäre natürlich, einen zu sezieren …«

»Sezieren?« Will war sich unschlüssig, ob er lachen oder vor Wut schreien sollte. »Natürlich! Geh einfach zu einem Mitglied des Konsortiums und frag nach, ob du ihm mal eben den Bauch aufschneiden darfst.« Er schlug sich vor die Stirn. »Liebe Götter. Studieren? Hast du dir mal einen angesehen? Du kannst nicht ernsthaft ...«

Er stockte, als Quirk seinem Blick auswich. *Das durfte doch nicht ...* Doch die Wahrheit bot sich glasklar dar, eingeschrieben in ihre Körpersprache.

»Moment mal – du studierst Drachen, hast aber noch nie einen gesehen?«

»Na ja, ich habe ... Zeichnungen gesehen«, verteidigte sich Quirk. »Und ich habe ein paar sehr detaillierte, wenngleich unvollständige Beschreibungen gelesen. Einige wirkten allerdings doch ziemlich übertrieben.« Sie gluckste. »In einer war die Rede davon, dass Drachen über zwanzig Fuß groß würden. Kann man sich das vorstellen? Ich meine, die Flugmechanik wäre schon für ein halb so großes Wesen problematisch genug ...«

»Zwanzig Fuß?«, unterbrach sie Will erneut. »Du glaubst, zwanzig Fuß sind unwahrscheinlich viel für einen Drachen?« Sein Gelächter bewegte sich am Rand der Hysterie. Das war doch krank.

»Ja, natürlich.« Quirk rutschte ein Stückchen vom Feuer weg. »Ich meine, denk nur mal an die Flügelkraft, die nötig wäre, um ...« Da begriff sie endlich. »Du hast mal einen Drachen gesehen? Wirklich *gesehen?* Einen lebenden?«

»Einen gesehen?« Will spuckte aus. »Ein Drache hat mir mein beschissenes Leben kaputtgemacht.«

»Und er war größer als zwanzig Fuß?«, hakte Quirk nach, ziemlich herzlos, wie Will fand.

»Riesige Drecksbiester«, mischte sich Firkin ein. »Ratten des Himmels, sag ich dir. Also, wenn Ratten Feuer spucken und Rinder fressen würden.« Ein träumerischer Ausdruck trat auf seine Züge. »Das wär vielleicht 'ne Ratte, Mannomann. So eine hätt ich gern. Würd sie mir als Haustier halten und Lawrence nennen.«

Will beschloss, dass es an der Zeit war, Quirk gewisse Fakten zu enthüllen. »Der Drache, der diesen nördlichen Teil von Kondorra verwaltet, in dem zu befinden wir uns so glücklich schätzen dürfen, heißt Mattrax und misst von der Schnauze bis zum Schwanz fünfzig Schritt. Damit gilt er unter seinesgleichen noch als Wicht. Von daher ist er ziemlich scheiße drauf, aber das lässt sich schwer sagen, weil alle Drachen im Konsortium scheiße drauf sind. Sie leben in riesigen Festungen und lassen sich von Soldaten vom Arsch der Gesellschaft bewachen, denen nichts größere Freude bereitet, als ihren Mitmenschen willkürliche Regeln einzubläuen. Und jedes Jahr schicken die Drachen ihre Steuereintreiber los, den Leuten so viel Gold wie möglich zu stehlen, einfach nur, damit sie sich draufsetzen und gut fühlen können. Ihre fetten Wänste schleppen sie höchstens mal aus ihren Löchern, um sich ein paar Kühe als Imbiss zu klauen und im wahrsten Sinne des Wortes auf ihre Untertanen zu scheißen. Für Mattrax ist das so ein kleines Spiel: auszuprobieren, wie viele Leute er mit einem einzigen Stuhlgang erwischt. Insgesamt sind Drachen so glücklich mit dem Bild dunkler Schreckensherrscher, dass sie ihre Treffen allen Ernstes im Inneren eines aktiven Vulkans abhalten. Was du da studierst, das sind Tyrannen. Arschlöcher mit Flügeln.«

Er merkte, dass er sich immer weiter zum Feuer vorgebeugt hatte. Spucke flog mit seinen Worten, und die Wut in seinen Eingeweiden loderte noch heißer als die Flammen.

»Sie haben mir meinen Hof genommen«, sagte er mit tränenden Augen. »Sie haben mir alles genommen. Einfach alles. Den Hof, den meine Mutter und mein Vater mit ihren eigenen Händen gebaut haben.« Die Worte taten fast zu weh, um sie auszusprechen. »Und nun sitze ich hier in einer Höhle, die nach Leichen und Scheiße riecht.«

Unbehaglich rutschte Balur ein Stück beiseite. »Peinlicherweise«, sagte er und klopfte sich den Bauch. »Roher Goblin ... das bekommt mir nie.«

Eine lange Stille folgte.

»Das Problem ist einfach Folgendes«, entschuldigte sich Quirk. »Seit gut hundert Jahren betreiben Thaumatobiologen keine Feldforschung mehr. Ist einfach eine Frage der Selbsterhaltung. Ein hoher Prozentsatz wurde schon von den eigenen Studienobjekten gefressen. Wenn ich mich nicht täusche, bin ich tatsächlich die erste Thaumatobiologin seit zweihundert Jahren, die sich am Studium von Drachen in freier Wildbahn versucht.«

Will fand, dass sich gegen Ende doch übertrieben viel Stolz in ihre Stimme mischte.

»Nein«, widersprach er. »Das Problem ist, dass du sie studieren willst – denn eigentlich sollten wir sie alle töten und ihre Einzelteile verkaufen.« Sein hässliches Lachen war ihm selbst ein wenig fremd. Das war noch etwas, das er Mattrax verdankte: Bitterkeit. »Wenigstens hätte ich dann genug Geld, meine Steuern zu zahlen und meinen Hof zurückzukaufen.«

Balur nahm eine kleine Stahlflasche von seinem Gürtel. »Meiner Erfahrung nach nimmt man sich Geld, wenn man keins hat, am besten stehlenderweise.«

Wieder hörte Will sein bitteres Lachen. Es klang auch beim zweiten Mal nicht besser. »Der Einzige mit Geld hier in der Gegend ist Mattrax.«

Balur zog den Stöpsel aus der Flasche, nahm einen tiefen Schluck und setzte ein Grinsen auf, das jeden einzelnen seiner schmutzig gelben Zähne entblößte. »Dann stehlen wir eben was von Mattrax.«

Mattrax bestehlen ...

Die Erinnerung traf Will wie eine Welle, trug ihn in eine andere Zeit zurück, an einen anderen Ort.

Es war ein sonniger Nachmittag. Er lehnte mit dem Rücken an einem Baum. Über ihm ein blauer Himmel, ringsum Vogelstimmen und Gelächter. Die Erinnerung war eine Collage aus Details, über eine skizzenhafte Welt verteilt. Er war jung. Wie alt? Sechs, vielleicht sieben? Sein Vater hatte ihn in den Garten geschickt, um Äpfel zu pflücken, ehe sie faulten, aber er drückte sich vor der Arbeit. Genau wie Firkin.

Der Mann von damals ... war er so anders als der Mann, der da heute mit ihnen in der Höhle saß? Sein Bart war vielleicht besser geschnitten, doch sein Haar war damals schon wild gewesen, wenngleich eher auf die Weise, auf die ein Hase wild war, nicht ein Wolf. Sein Bauch musste noch wachsen, seine Schläfen waren noch mehr braun als grau. Und die Augen ... die stachen in Wills Erinnerung klar hervor. Sie strahlten eine Ruhe aus, die heute nicht mehr existierte.

Achtzehn Jahre war das jetzt her. Eigentlich gar keine so lange Zeit, aber irgendwie auch ein Leben.

»Ist schön hier, Firkin«, hatte Will gesagt, die Stimme noch kindlich schrill, die Worte um einen Bissen Apfel herumgespuckt.

Firkin hatte genickt und erst geschluckt, bevor er geantwortet hatte. »Hat 'n wirklich nettes Plätzchen, dein alter Herr.«

»Nein.« Will hatte nicht den Hof gemeint. »Das alles.« Er machte eine ausholende Geste. »Kondorra. Das Tal.«

Er erwartete, dass Firkin lächelte. Sein Lächeln konnte einen ganzen Raum erhellen, wie Sonnenschein, der durchs Fenster kam. Er hatte ein Lächeln, das einem in den Magen fuhr und einen anhob, als könnte es einen auf und davon tragen.

Aber Firkin hatte nicht gelächelt. Stattdessen hatte er eine Grimasse geschnitten. »Hat schon bessere Tage gesehen. Das Tal, meine ich.«

Will begriff nicht. Er wollte aber nicht, dass Firkin das merkte. Firkin behandelte ihn nicht wie ein kleines Kind, sondern wie einen Erwachsenen. Und Firkin war lustig. Er erzählte Witze, bei denen Ma kritisch mit der Zunge schnalzte. Will wollte nicht, dass Firkin ihn für klein hielt und mit den Witzen aufhörte.

»Kann sein«, sagte er deshalb. »Aber die Drachen kümmern sich schon darum.«

Einmal hatte er Mattrax gesehen. Und wenn er ehrlich war, es war entsetzlich gewesen. Das Rauschen seiner Schwingen. Sein Gebrüll. Die Panik der Tiere. Der spitze Schrei seiner Mutter, die Sorge in den Augen seines Vaters. Aber hinterher ... Hinterher war es überwältigend gewesen, diesen riesigen Drachen gesehen zu haben und zu wissen, dass er *ihrer* war. Dass er sich in Kondorra niedergelassen und es zu seinem Stammsitz erklärt hatte.

Natürlich wusste er auch über die Götter Bescheid. Ma und Pa hatten sich große Mühe gegeben, dass er Lall und seine Frau Truga kannte und ihre Kinder Schuft, Klimp und Kluk. Aber die Götter verwirrten einen schnell, wo doch Bussi Lalls Tochter und Schufts Schwester-Tochter war. Und dann gab es noch Otze, den abwesenden Gott, der Bussis Sohn und zugleich ihr Liebhaber war, und auch Trugas Sohn.

Das mit Bussi verstand Will überhaupt nicht.

Doch im Endeffekt lief es alles auf dasselbe hinaus: Seit Jahren hatte sich kein Gott mehr in Kondorra manifestiert. Das sagte jeder. Im Gegensatz dazu war Mattrax *echt.*

Was seine Verwirrung noch beträchtlich steigerte, als Firkin ihm einen Klaps auf den Hinterkopf gab. »Sag so was nie wieder. Hast du kapiert, Junge?«

Firkins Augen glitzerten hart, und von seinem Lächeln fehlte nun jede Spur.

Will spürte seine Lippe zittern und Tränen in seinen Augen aufsteigen.

»Ach, bei Bussis Schwanz«, fluchte Firkin und verdrehte die Augen. »Ich wollte doch nicht …« Etwas grob schloss er Will in die Arme. »Und tu so, als hättest du das nicht gehört, was ich über Bussi und ihren … seinen verpissten … ach und das bitte auch … Weißt du was?« Er fasste Will an den Armen, sodass sie sich anschauten. »Die Götter haben dieses Tal vor langer Zeit schon aufgegeben. Von daher: Wenn du deiner Mutter nichts sagst, können wir die Götter anpissen, solange wir wollen. Selbst wenn das Bussi wahrscheinlich noch gefallen würde.«

Will war sich nicht sicher, wovon Firkin eigentlich sprach, doch er wusste genau, dass Ma bei diesen Worten nicht nur mit der Zunge schnalzen würde. Er kicherte unter Tränen.

»Tut mir leid, dass ich schroff zu dir war«, sagte Firkin. »Aber du hast da ein paar Dinge falsch abgelegt, und das geht mir gegen den Strich. Und das wiederum mögen manche nicht, wenn du mir folgen kannst.«

Will schniefte und nickte. »Kann ich.« Und das stimmte im Großen und Ganzen sogar.

»Du weißt nicht, wie es vor den Drachen war. Und manchmal vergesse ich es selbst.« Er ließ Will los, nahm sich einen neuen Apfel vom Boden und aß einen Bissen. »Nicht, dass alles eitel Sonnenschein gewesen wäre«, sagte er und verteilte beim Kauen Stückchen weißen Apfelfleischs über den Rasen. Will musste grinsen. »Herren werden immer Herren bleiben, und Steuern immer Steuern, und Adlige stets kolossale Bastarde.« Er beugte sich zu ihm und nickte weise. »Es heißt ja, man wäre ein Bastard, wenn man seinen Pa nicht kennt. Aber wenn dir einer genau sagen kann, wer sein Pa vor acht Generationen war ... daran erkennst du einen echten Bastard.«

Nun waren Wills Tränen vergessen.

»Nein, perfekt war es nicht, aber es hat funktioniert. Die Leute haben sich zwar geärgert und beschwert, ich eingeschlossen, aber wir kamen zurecht. War kein Scheiß so mit goldenem Zeitalter und so, wie manche behaupten ...«

Will kicherte wieder.

»... aber es war ganz okay.«

Wieder eine Grimasse. »Dann kamen Mattrax und der Rest dieser ...« Er zögerte. »Na ja.« Noch einmal ein wissendes

Nicken. »Vielleicht bist du noch nicht alt genug für das Wort, das den Drachen wirklich gerecht werden würde. Jedenfalls kamen sie. Und es gab einen Kampf.«

Will war alt genug, um von dem Krieg zu wissen, den es gegeben hatte. Er hatte die Grabsteine um den Dorftempel herum gesehen. Hatte die kurzen Gespräche seiner Ma gehört, die diese mit den Leuten führte, die jeden Morgen Milch und Eier kaufen kamen.

»Wieso haben die Leute gekämpft, Firkin?« Das hatte er nie ganz verstanden.

»Na ja.« Firkin zuckte die Achseln. »Die Adligen mögen Bastarde sein, aber sie wissen auch: Wenn sich so ein großes feuerspeiendes Biest aus dem Land der Legenden mitten auf deinen Acker setzt, dann sollte man es besser abstechen, ehe es all die Bauern frisst. Der Gedanke ging irgendwie unter, seit Mattrax und seine Freunde herrschen ... Heutzutage stechen die Soldaten eher die Bauern ab. Eigentlich war das mal anders gedacht.«

»Die Drachen haben die Bauern gefressen?« Das hatte Will bestimmt noch nie gehört.

»Ehrlich gesagt, vor allem die Soldaten.« Firkin zuckte die Schultern. »Ist schon ’ne Ironie.«

»Was wäre denn passiert, wenn die Leute nicht angegriffen hätten?« Will hatte den Eindruck, dass sie alle, auch Firkin, ohne diesen Krieg heute glücklicher wären.

»Tja weißt du«, sagte Firkin und fuhr Will durchs Haar, »in dem Fall hätten die Drachen wohl alle Adligen gefressen, und wenn es was gibt, was Adlige noch weniger mögen als gefressene Bauern, dann ist es, selbst von Drachen gefressen zu werden.«

Will hatte sich noch nie Gedanken darüber gemacht, was Mattrax eigentlich fraß. Als er jetzt darüber grübelte, überkam ihn wieder ein Anflug der Angst, die er verspürt hatte, als der Drache über ihn hinweggeflogen war. Und obwohl er vermutete, dass Firkin etwas dick auftrug, was Mattrax betraf – bei *der* Größe könnte der Drache durchaus jemanden fressen. Will schauderte.

»Also fraßen die Drachen erst die Soldaten und dann die Adligen«, fuhr Firkin fort. »Und irgendwann begannen auch die Bauern zu kämpfen.«

»Aber wieso denn?« Es kam ihm so vor, als ob bis jetzt eigentlich niemand so richtig gedroht hätte, die Bauern zu fressen. Die ganze Sache wirkte wie ein großes Missverständnis.

»Weil sie verdammte Idioten waren«, sagte Firkin mit gewissem Nachdruck.

Irgendetwas an der Art, wie er das sagte, kam Will selbst mit seinen sechs Jahren schon komisch vor. »Hast du denn auch gekämpft?«

Firkin zuckte die Achseln. »Lass mich die Geschichte doch bitte so erzählen, wie ich will, in Ordnung?«

Will verschloss sich pantomimisch die Lippen. Firkin lachte. Wenn Will sich die Lippen verschloss, musste Firkin immer lachen. Und das wiederum ließ auch Will lachen, obwohl er doch sein Bestes gab, die Lippen aufeinanderzupressen.

»Die Bauern haben also gekämpft. Und zwar weil … na ja, weil Männer und Frauen sich einfach an eine bestimmte Lebensart gewöhnen. Und selbst wenn die gar nicht so toll ist, werden sie oft darum kämpfen, sie zu bewahren. Sie kriegen Angst vor einer ungewissen Zukunft. Wie vor einem Zimmer ohne Licht, in dem man noch nie gewesen ist. Also bleibt man in dem Zimmer, das man kennt und wo's Licht gibt. Kapiert?«

Will nickte. Er kapierte genug.

»Und ehrlich gesagt, wenn man weiß, dass im nächsten Raum ein Drache sitzt, dann ist man wahrscheinlich sogar schlau, da nicht reinzugehen.« Firkin lächelte ein seltsam trauriges Lächeln. »Ich glaube, dass die Bauern am Anfang, als die ganze Sache begonnen hat, wirklich dachten, dass sie eine Chance hätten. Zu der Zeit manifestierten sich gelegentlich noch die Götter in Kondorra. Und die Bauern glaubten, dass der große Vater Lall oder die schützende Mutter Truga oder der tüchtige Schuft oder sonst wer schon kommen und sie von ihrem Kummer erlösen würden. Selbst wenn die Götter normalerweise, wenn sie sich manifestieren, nur herumhuren und die Welt Stück für Stück ruinieren.« Er schüttelte den Kopf.

Will wagte eine Frage. »Was ist *herumhuren?*«

Firkin schnitt eine Grimasse. »Das ist … das ist ein bisschen so, wie von Hof zu Hof zu rennen, überall seinen Finger in den Kuchen zu stecken und abzulecken, ohne sich dazwischen die Hände zu waschen. Bloß schlimmer.«

Will stellte sich vor, dass sämtliche Bäuerinnen der Gegend einen Hass auf ihn hegten, und konnte sich gar nichts Schlimmeres denken. Doch er ließ es dabei bewenden. Firkins Geschichte war zu gut.

»Und ist ein Gott gekommen?«

»Die Götter haben einen Scheiß gemacht, Will.« Firkin warf seinen restlichen Apfel so hart gegen den nächsten Baum, dass er daran zerplatzte. »Ließen sich nirgends blicken. Nicht mal der tüchtige Schuft, den manche ja für den Schutzpatron dieses Tals halten. Nicht die schützende Mutter Truga, nicht der gesetzesverliebte Lall. Keiner von ihnen. Die Bauern wurden gemeinsam mit allen anderen gefressen.«

»Alle Bauern?«, fragte Will ungläubig.

»Nicht alle, du Trottel.« Firkin verdrehte die Augen. »Schließlich bin *ich* ja noch hier, oder etwa nicht? Deine Ma und dein Pa sind auch noch übrig. Aber genug – ja.« Seine Stimme wurde ernst. »Es hat genug von uns erwischt. Bis wir schließlich aufgegeben und gesagt haben, dass es jetzt reicht und wir alles tun würden, was die Drachen wollten.«

»Was wollten sie denn?« Will versuchte, sich Mattrax vorzustellen, wie er von einer Bergspitze herabglitt, bei seiner Mutter vor der Tür landete und nach Kuchen verlangte.

Firkin setzte ein breites, aber bitteres Lächeln auf. »Kleinigkeiten, Will. Kleinigkeiten. Sie wollten, dass wir in Furcht leben. Sie verlangten, dass wir alles aufgaben, was uns lieb und teuer war – wann immer es ihnen beliebte. Sie verlangten auch, dass wir in Armut lebten. Dass wir im Schmutz krochen, obwohl wir einmal … vielleicht nicht wirklich aufrecht, aber auch nicht mit krummem Rücken gegangen waren.«

Und Will dachte wieder an den Schatten am Himmel, an die Panik auf den Feldern, an den Aufschrei seiner Mutter. Und ihm fiel noch mehr ein: die Abende, an denen er hungrig zu Bett gegangen war. Die Stunden, die sein Vater sich mit rostigem Werkzeug herumgeärgert hatte. Die Uniformierten, die jedes Jahr die kleine Kiste mit Münzen abholten, die sein Vater in der Küchenecke aufbewahrte.

Und der himmlische Schatten wurde in seiner Vorstellung

immer größer, bis die Sonne nicht mehr so hell wie zuvor über ihm schien.

Doch eine Sache beschäftigte ihn mehr als alles andere. »Firkin – wieso hast du nicht gekämpft?«

Firkin lächelte erneut sein knappes, trauriges Lächeln. »Adlige sind keineswegs die Einzigen, die nicht sterben wollen.«

Und das kam Will ganz vernünftig vor. Also wechselte er zu einem neuen Gedankengang. »Wir sollten Mattrax töten.« Offensichtlich hatte man die Arbeit ja nicht richtig erledigt, damals, als die Drachen gekommen waren; darum ging er davon aus, dass diese Aufgabe nun ihm zufiel.

Da lachte Firkin laut auf. Für gewöhnlich freute es Will, wenn Firkin lachte. Es bedeutete immer, dass gerade etwas Witziges passiert war. In diesem Fall allerdings hatte er das nagende Gefühl, dass er selbst es war, der witzig wirkte.

»Was denn?«, fragte er. »Er ist einer von den Bösen. Hast du selbst gesagt!«

»Schon klar.« Firkin nickte. »Und ich bin froh, dass du zugehört und das so weit begriffen hast. Doch Bessere als wir haben schon probiert, die Drachen zu töten, aber bisher haben sie nicht viel Glück damit gehabt. Ich bin nicht gerade wild darauf, von einem Drachen gefressen zu werden; aber noch weniger lege ich Wert darauf, dass du gefressen wirst – und dass deine Ma mir dann das Fell über die Ohren zieht.«

Auch das klang durchaus logisch, fand Will. Allerdings führte es auch in eine Sackgasse: Schließlich gab es da einen Bösen, einen, den man besiegen musste. In sämtlichen Geschichten, die Ma und Pa ihm erzählt hatten, in allen Märchen und Gleichnissen, wurde der Böse irgendwann gestellt und erschlagen.

»Was sollen wir dann tun?«

Und ganz plötzlich kehrte eine aufrichtige Freude in Firkins Lächeln zurück. Als Will fühlte, wie ihm die Brust schwoll, wurde ihm ganz leicht zumute, und wieder spürte er die Sonne, als er sich gegen den Apfelbaum lehnte.

»Das mag ich so an dir, Willett Fallows«, sagte Firkin, zückte den Flachmann, den er stets bei sich trug, und trank einen schnellen Schluck. »Immer aufgeweckt. Und nein, ich glaube nicht, dass wir den alten Mattrax in seiner Festung erledigen können. Ich weiß aber, was ich stattdessen gerne täte.«

»Was denn?« Will war ganz Ohr.

Firkins Grinsen ging von Horizont zu Horizont. »Nun, junger Will, ich würd ihn gern bestehlen.« Er beugte sich ganz nah an sein Ohr. »Und ich weiß auch genau, wie ich's anstellen würde.«

6

Die besten Pläne

Die ganze Erinnerung überkam Will in nur einem einzigen Augenblick. Balur hatte seinen Vorschlag gemacht, und schon hatte Will den Geschmack von frischem Apfel im Mund gehabt. Und nun, eine weitere Sekunde später, schmeckte er all die Asche gebrochener Versprechen, die diesem fernen Tag auf dem Fuß gefolgt waren.

Er schaute zu Firkin hinüber, der zusammengekauert am Feuer saß und gedankenverloren in die Flammen starrte. Er spürte die ganze Wut wie eine geballte Faust in seinem Magen. Dieser Zorn, der in ihm umging, war eine weitere neue Erfahrung.

»Ach so«, fuhr er Balur in einem Tonfall an, von dem ihn schon die Größe des Analesiers hätte abbringen sollen. »So einfach ist das? Nehmen wir also Mattrax sein Gold ab. Einem Drachen in einer … Moment, was hab ich noch gleich gesagt? Richtig, in einer ganzen Festung voller Wachen! Ist nämlich das erste Mal, dass irgendwer in Kondorra auf sein beschissenes Leben blickt und sagt: ›Wär nicht alles viel besser, wenn wir einfach den Drachen ihr Gold klauen würden?‹ Nie haben die Leute abends in den Tavernen von so etwas geträumt. Wir hatten nämlich alle immer Besseres zu tun … und eigentlich stimmt das sogar: Wir *hatten wirklich* Besseres zu tun. Es nennt sich ›nicht von einem

Drachen umgebracht werden‹. Ist 'ne lustige Beschäftigung, mit der wir hier unser Leben verbringen.«

Balur bleckte einen Moment lang die Zähne, und Will spürte, wie sich sein Magen in den Boden zu graben versuchte.

»Bist empfindlicherweise ein richtig kleiner Scheißer, was?«, fragte Balur.

Will schluckte, atmete tief durch und schaute in der vagen Hoffnung auf Unterstützung zu Lette hinüber. »War'n harter Tag«, brachte er hervor.

»Na ja.« Lette sah Balur an. »Aber wenn wir die Scheißbörse nicht wiederfinden und niemand hier das Geld hat, uns anzuwerben, dann müssen wir uns wohl was einfallen lassen.«

Balur hob seine ... Will war sich nicht ganz sicher, was es war: dieser knochige Grat, der ihm die Augenbrauen ersetzte. »Dann war's das mit Backen für dich?« Eine spitzbübische und, was Will anging, vor allem unsinnige Frage.

»Ach, halt die Klappe und gib mir die Flasche.« Lette streckte die Hand aus, und Balur warf ihr die Flasche zu. Sie trank einen tiefen Schluck und schmatzte mit den Lippen. Auf gewisse Weise war sie richtig anmutig, fand Will. Vielleicht nicht auf die Art wie die Kurtisanen in den Geschichten, die der Kesselflicker in Cornwalls alter Taverne immer erzählte. Die Anmut in den Geschichten war weniger ... brutal. Dennoch war Lette auf ihre Art eine Grazie.

»Ihr würdet doch sicher keinem alten Mann einen winzigen Tropfen dieses Nektar verwehren, oder?«, versuchte Firkin sich einen Schluck zu erschmeicheln. Seine Augen, groß und rund, fixierten die Flasche. »Nur, weil er eure Mütter allesamt Huren genannt hat ...« Sein Lächeln zeigte die vereinzelten Überreste seiner Zähne.

»Wann hast du denn ...?«, hob Will an.

»Man darf ja wohl noch flüstern, oder?«, brüllte Firkin. Dann reckte er Lette die Hände entgegen. »Bitte!«, bat er. »Ich brauch es zum Leben.«

Lette schien nicht überzeugt zu sein. »Ist er lauter oder leiser, wenn er trinkt?«, fragte sie Will.

Will verzog das Gesicht. Er hätte ihr so gerne eine gute Nachricht überbracht ... »Ziemlich genauso wie jetzt gerade.«

Lette verdrehte die Augen und reichte Firkin die Flasche.

»Hey!«, protestierte Balur.

»Ist genug für alle«, wehrte Lette ab.

Ein leises Gluckern war zu hören, als Firkin die Flasche an die Lippen setzte. Sie sahen zu, wie er trank. Als der Höhlenboden schon unter Balurs Grollen vibrierte, legte Will Firkin eine Hand auf den Arm.

»Vielleicht ...«

»Nein!«, schrie Firkin. Alkohol spritzte Will übers Gesicht und in die Flammen hinein, zischend und brutzelnd. »Das Feuer! In meinem Bauch, in meinen Eiern, Mann. Ich brauch es in meinen Eiern! Ich brauch das Feuer. Ich bin die Flamme! Ich brenne! In meinen Eiern!«

Er hickste vernehmlich, blinzelte Will zweimal an, wollte schon weitertrinken und kippte dann nach hinten um. Der beeindruckendste Teil der Vorstellung, fand Will, war, dass es ihm gelang, die Flasche dabei die ganze Zeit über aufrecht zu halten.

Will löste die Flasche aus den Fingern des alten Knechts, der zu schnarchen begann. Zögernd reichte er sie Balur zurück, der sie ihm mit einem säuerlichen Gesichtsausdruck aus der Hand schnappte. »Wenigstens gibt er jetzt Ruhe«, brummte Balur mit einem Blick auf Firkin. »Das war's möglicherweise wert.«

Quirk verfolgte all dies mit einem Ausdruck leichter Verwirrung. Will mutmaßte, dass es in den Hallen der Wissenschaft etwas anders zuging. Als sie sich regte, dachte er schon, sie würde aufstehen, doch sie beugte sich bloß vor und schaute zwischen Lette und Balur hin und her.

»Ihr würdet nicht ernsthaft vorschlagen, einen Drachenhort zu stehlen, oder?« Sie stockte, schien die Leichen ringsum zu bedenken. »Oder doch?«

Lette und Balur tauschten einen Blick.

»Keine Ahnung«, sagte Balur gedehnt. »Hab dümmlicherweise schon ganz andere Sachen gemacht.«

Lette schnaubte. »Sprich du nur für dich selbst.«

Will runzelte die Stirn. »Glaub mir, etwas Dümmeres als einen Drachen zu bestehlen kannst du gar nicht versuchen.«

Balur wollte etwas erwidern.

»Wag es ja nicht!«, fuhr Lette ihn an. Ihre Zunge war so schnell wie ihre Dolche.

Balur brachte ein schon tektonisches Schulterzucken hervor.

»Es wäre großartig, einen Drachen seinen Hort bewachen zu sehen«, sagte Quirk in einem Tonfall, den Will nur als unangemessen schwelgerisch beschreiben konnte. »So was bekommt man nur selten zu Gesicht.« Sie lächelte bedauernd. »Wahrscheinlich, weil man kurz darauf gefressen wird … was auch sehr viel einleuchtender klingt, seit ich weiß, wie groß Drachen tatsächlich sind. Obgleich für ihren Flug das Gegenteil gilt …« Sie schaute Will an. »Du bist dir absolut sicher, dass sie fliegen können?«

Will wünschte, die anderen würden ihn unterstützen. »Du studierst beruflich Drachen und weißt nicht genau, ob sie fliegen können?«

»In Tamar gibt es keine Drachen mehr«, erwiderte Quirk etwas eingeschnappt. »Der letzte wurde vor dem Thirsk-Aufstand vor zehn Generationen erschlagen.«

»Erschlagen?« Erst dachte Will, er hätte sich verhört. Dann aber nickte sie.

In Will drehte sich alles. Dieses einfache Auf und Ab von Quirks Kopf war wie ein Schlag ins Gesicht. Sein ganzes Leben lang hatte er es für gegeben gehalten, dass es unmöglich war, einen Drachen zu töten. Drachen waren wie ein Teil der Landschaft, wie die Berge oder der Boden unter seinen Füßen. Sie währten ewig, waren unabänderlich. Schon die Vorstellung, dass einer an Alter starb, lag jenseits seiner Vorstellungskraft. Aber einen zu töten? Das war schließlich noch verrückter, als einen bestehlen zu wollen.

»Wie?«, fragte er. »Wo?« Auch die Vorstellung von Drachen jenseits der Grenzen Kondorras schien ihm aberwitzig.

»Ja ... also«, hob Quirk an, ohne zu bemerken, wie sie gerade seine Weltsicht verwüstete. »Das war vor etwa zweihundertfünfzig Jahren. Laut den Aufzeichnungen, die ich gefunden habe, waren Drachen früher in ganz Avarra viel verbreiteter. Konflikte zwischen ihnen und menschlichen Siedlungen waren an der Tagesordnung. Doch mit unseren fortschrittlichen Technologien machten wir anscheinend gute Fortschritte im Drachentöten. Eigentlich nahm man an, dass wir sie ausgerottet hatten, bis sie dann vor dreißig Jahren in Kondorra einfielen.«

Will konnte nur noch blinzeln. *Ausgerottet?* Wie konnte es

sein, dass ihm das in seiner ganzen Jugend nie jemand erzählt hatte?

»Wir haben noch Berichte von den Schlachten«, fuhr sie fort. »Meist zogen die Menschen in Gruppen um die fünfzehnhundert los.« Ihr Blick ging kurz ins Leere. »Und ich dachte immer, die Zahlen wären übertrieben. Dabei waren die Armeen wohl noch klein. Tausend Bogenschützen – fünfhundert an jeder Flanke. Die Pfeile konnten zwar nicht die geschuppten Körper durchdringen, aber die ledrigen Schwingen waren verwundbar. Dann gab es zweihundert Spießträger an vorderster Front, die bereitstanden, auf den Bauch zu zielen, wenn der Drache zum Angriff überging. Sie mussten nur hoffen, dass er sie nicht verbrannte, bevor sie eine Gelegenheit zum Zustechen erhielten. Schreckliche Verluste, keine Frage. Doch damals waren die Leute ganz verrückt nach so was. Wie auch immer, wenn sie den Drachen schließlich am Boden hatten, gab es noch dreihundert Mann mit Äxten, die den Rest erledigten.« Sie schüttelte den Kopf. »Sie nannten es einen Sport. Aber meiner Meinung nach ist ein Massaker doch kein Sport.« Traurig ließ sie den Kopf hängen.

»Ich glaube, ich würde gern in Tamathia leben«, sagte Will im selben verträumten Tonfall, in dem Quirk zuvor über Drachen gesprochen hatte.

Lette grunzte. »Ihr habt Drachen. Dafür haben die Menschen in Tamar noch Götter, die sich manifestieren. Deshalb kommt es häufig zu Unruhen. Vor zehn Jahren oder so tauchten Kluk und Bussi auf, und es gab Bürgerkrieg. Dauerte Jahre, alles wieder aufzubauen. Hat die Leute auch ziemlich engstirnig gemacht.« Sie rieb sich den Nacken. »Ohne Geld läuft dort gar nichts.«

»Ein Grund mehr, den Drachen auszurauben«, grummelte Balur.

Das Letzte, was Will jetzt brauchte, war, dass man ihm einen weiteren Traum unter den Füßen wegtrat. Hart landete er wieder auf dem Boden der Tatsachen. »Es ist unmöglich, einen Drachen zu bestehlen!«, schnappte er. Dann ging er Quirk an. »Oder einen zu töten. Drachen sind wie Scheiße: Keiner will sie, aber keiner wird sie los.«

»Kann jeden bestehlen«, erwiderte Balur kühl.

Will fand sein bitteres Lachen wieder. »Ach wirklich?«, fragte er. »Wirklich?« Er wollte Balur seine arrogante Ignoranz nehmen. »Also gut. Mattrax lebt in einer Höhle in den Bergen. Und um die Höhle herum ... Die Festung voller Wachen hab ich schon erwähnt, oder? Das Gold ist also in der Höhle. Genau wie Mattrax. Den ganzen Tag. Die ganze Nacht. Er bewacht es, zusammen mit seinen Leuten. Nur eine Stunde täglich ist er kurz weg, um sich zu strecken und seinen Darm auf einen armen, arglosen Kerl wie mich zu entleeren.«

Balur wirkte amüsiert. »Na bitte ...«

»Nein«, unterbrach ihn Will. »Nichts da. Vor dem Höhleneingang gibt es nämlich ein riesiges Fallgitter, der feuchte Traum eines jeden Eisenhändlers. Das Gitter wird von einer Druckplatte gehoben. Und so ziemlich das Einzige, was schwer genug ist, den Mechanismus zu aktivieren, ist der gottverdammte Drache, den du beklauen willst.«

Lettes Augen verengten sich zu Schlitzen. Will konnte sehen, wie sich die kleinen Rädchen in ihrem Kopf drehten. Anscheinend stand für sie die Berufsehre oder etwas Ähnliches auf dem Spiel. »Augenblick«, sagte sie. »Was ist denn mit der

Burg? Die Wachen müssen doch ...« Erwartungsvoll blickte sie Will an.

»Klar«, stimmte Will ihr zu, doch die Worte brannten noch bitter in seinem Mund. »Die Wachen kommen durch einen eigenen Eingang in die Höhle. So bringen sie ihm einmal am Tag einen schönen, großen, saftigen Ochsen, den er dann verspeisen kann. Wo aber befindet sich wohl dieser Eingang? Vergesst ihr wirklich ständig diese riesige Festung voller Wachen, von der ich die ganze Zeit rede? Dann muss ich sie wohl noch etwas öfter erwähnen.«

Balur bedachte ihn mit einem argwöhnischen Blick. »Scheinst einzelheitenweise eine Menge über die Höhle und die Festung zu wissen. Hast du sie ausgespäht?«

Will schaute flüchtig zu Firkin hinüber. Wieder hatte er den Geschmack von Äpfeln und Asche im Mund ... und plötzlich wollte er die Unterhaltung einfach nur noch beenden.

»Ausgespäht?« Er lachte gezwungen. »Ich bin bloß ein Bauer. Ich hab euch doch erklärt, jeder in der Gegend träumt davon, Mattrax zu bestehlen. Alle reden darüber. Alle wissen Bescheid. Mattrax ist das egal. Weil es keinen Unterschied macht, ob die Leute so was wissen oder nicht. Er ist unbezwingbar.« Er spuckte ins Feuer. Der Speichel erlitt das gleiche Schicksal wie die Hoffnung, Mattrax jemals auszurauben – er verdampfte sofort.

Balur aber ließ nicht locker. »Du willst mir also weismachen, dass hierzulande jeder informierterweise von der Druckplatte für das Fallgitter weiß, die Mattrax genauesterweise auf sein Gewicht abgestimmt hat? Wirklich jeder?«

Jetzt hatte er es geschafft. Er hatte seine Wut – und vielleicht, nur vielleicht, auch seinen Wunsch, Lette mit seinem Wissen zu beeindrucken – die Oberhand gewinnen lassen.

»Na ja«, wich er aus. »Vielleicht nicht *jeder* . . .«

»Aber jemand Bestimmtes?«, forschte Lette.

»Na ja«, sagte er wieder und suchte nach einem Weg, die Einzelheiten zu umschiffen. »Ich hab das gehört. So gesehen also, ja, jemand hat's mir erzählt.«

»Und wer?«

Das, dachte Will, *ist genau der Grund, weshalb ich nicht einmal ein Schwein austricksen kann. Ich bedenke nie das nächste Glied in der Ereigniskette.*

Will kaute auf seiner Unterlippe herum, dann schaute er zu dem haarigen, stinkenden Mann hinüber, der neben ihm schlief. »Firkin«, sagte er schließlich.

Alle Augen in der Höhle verengten sich.

»Der?«, fragten Lette und Quirk in vollendetem Einklang.

»Otzes syphilisverseuchter Sack!«, fauchte Balur.

»Ja, genau der«, verteidigte sich Will unwillkürlich. »Ich war damals noch ein Kind. Und er noch kein . . .« Er deutete vage mit der Hand. »Noch kein Trinker, könnte man wohl sagen.«

Alle starrten ihn wortlos an. Er seufzte. Er würde ihnen wohl alles erzählen müssen. Oder zumindest eine Version davon. »Ich war noch ein Kind, und wir redeten eine Menge. Es war mehr wie ein Spiel, oder . . .« Er zuckte die Schultern, versuchte, die Bitterkeit und die Enttäuschung abzustreifen. »Ich weiß natürlich nicht, wofür er es hielt. Aber das war alles nur Mist.« Er schaute auf Firkin herab – und kam immer noch nicht mit dem ganzen Hass zurecht. Oder den Sorgen. Mehr als alles andere empfand er Wehmut.

Eine weitere Erinnerung, diese klarer umrissen als die erste: Er saß auf seiner Matratze und hatte den Vorhang, der seine Privatsphäre vor den Blicken seiner Eltern schützte, fest zugezogen. Die Utensilien des Widerstands lagen vor ihm ausgebreitet, aus der Küche seiner Mutter und dem Rest des Hofs zusammenstibitzt. Er begutachtete seine Schätze mit Inbrunst: ein rostiges altes Buttermesser, der Stummel eines Kohlestifts, ein Fetzen Wachspapier, eine Handvoll spitz geschnitzter Stöcke, eine Kelle …

Ein Rascheln ließ ihn schnell die Decke über alles ziehen, doch als er sich umdrehte und seinen Vater um die Ecke des Vorhangs lugen sah, wusste er, dass es schon zu spät war. Man hatte ihn ertappt.

»Hey, mein Kleiner«, sagte sein Vater. »Was hast du denn da?«

Sein Vater hatte ein rundes, offenes Gesicht, sonnengebleichtes Haar und harte, braun gebrannte Haut. Will kam er beständiger als die Felsen im Gebirge vor, mächtiger als alle Götter. Nur seine Mutter schien noch mehr über die Welt zu wissen als er.

Widerstand war zwecklos.

Langsam, mit häufigen Pausen, erklärte er die Sachen und wofür sie gut waren. »Firkin hat einen Plan, Pa. Einen Weg, sie zu schlagen. Aber nicht mit den Fäusten – das soll ich ja nicht machen, hast du gesagt. Sondern so, dass es den Drachen wehtut, ohne dass es uns wehtut. Er hat alles ausgeknobelt. Wirklich.« Er versuchte, seinen Vater mit der Intensität seiner Gefühle zu überzeugen.

Der aber lächelte das nachsichtige Lächeln von Eltern, die sich über die Dummheit ihres Kindes amüsieren. Will packte seine Kelle und schwang sie herausfordernd, obwohl er sich nicht sicher war, was genau er damit eigentlich vorhatte. Verzweifelt hielt er sich an diesem Totem seiner Entschlossenheit, seines Trotzes fest.

»Wirklich, Pa. Ganz ehrlich.«

Das Lächeln seines Vaters erstarb. Er nickte und setzte sich zu ihm aufs Bett. »Wir wäre es, wenn du das weglegst und wir darüber reden?«

»Ehrlich, Pa.« Doch Will gehorchte. Ein nicht zu geringfügiger Teil von ihm war froh, dass er keinen Ärger bekam.

»Firkin hat dir von den Kämpfen erzählt, als die Drachen damals kamen, richtig?«

Will nickte nachdrücklich.

»Das war eine schlimme Zeit. Unsere ganze Lebensart hat sich geändert. Wurde uns weggerissen. Alle hatten wir Angst, und wir haben alle gekämpft ...«

Will war zwar erst sechs Jahre alt, doch er ahnte, worauf es hinauslief. »Ich weiß, dass er nicht gekämpft hat, Pa. Er hat es mir erzählt.« Wahrscheinlich wollte sein Vater ihm sagen, dass Firkin ein Feigling war. Dass Will ihm kein Vertrauen schenken sollte. Er hatte Firkin jedoch zugehört. Sie hatten wie Erwachsene über das Thema gesprochen. Nichts, was sein Vater sagte, konnte ihn von dem abbringen, was er über Firkin wusste.

Wills Pa nickte ruhig und so gleichmäßig wie der Gang der Jahreszeiten. »Schön, mein Junge. Weißt du, was er stattdessen getan hat?«

Zögernd schüttelte Will den Kopf. Darüber hatte sich Firkin ausgeschwiegen.

»Firkin ist nicht zum Kämpfen aufs Schlachtfeld oder in die Wälder gezogen, das stimmt schon. Er hat aber auch nicht einfach abgewartet. Er ist nicht weggelaufen oder hat sich versteckt. Er war kein Feigling. Er war … das Wort, das die Leute verwendeten, war *Stratege.* Er hat uns erklärt, *wie* wir kämpfen mussten, wenn du verstehst, was ich meine. Er war derjenige, der wusste, wo wir sein mussten, wie wir dorthin kamen und was wir dann am besten taten. Wie wir unsere Ziele erreichten. Er wusste Dinge, die sonst niemand wusste. Und ich habe nie herausgefunden, woher er das wusste. Ob er noch andere Männer und Frauen hatte, die ihm das alles verraten haben. Manchmal wanderte er eine Weile davon, und vielleicht fand er's dabei raus. Ich weiß es nicht. Doch in diesem Teil des Tals war er der wichtigste Mann für unseren Kampf.«

Wills Pa legte den Arm um ihn.

»Wir haben verloren, Will«, sagte er, und in seiner Stimme schwang eine ganze Welt von Kummer mit, eine Trauer, die Will mit seinen sechs Jahren noch kaum erfassen konnte. »Das ist bei all seinen Plänen herausgekommen: Mattrax, der in seiner Festung sitzt und seine Wachen schickt, um unser Geld zu stehlen. Und Firkins Pläne waren nicht einmal schlecht – sie waren einfach nur nicht gut genug.«

Und bei diesen Worten begriff Will ein wenig besser, was Kummer bedeutete. Sein Pa schaute ihn an, verstand und drückte ihn an sich.

»Ich liebe Firkin wie einen Bruder, Will. Auch ich habe damals für ihn gekämpft. Aber der Drachenkrieg, unsere Niederlage … das hat ihn innerlich gebrochen, Will. Wie einen Pflug, der nun keine gerade Furche mehr zieht.«

Er schaute auf ihn herab, und seine Worte erstarben. Es gab keine mehr, die hätten helfen können.

In der Höhle sah ihn Lette erwartungsvoll an. Und Will wollte ihr gefallen, wollte ihr sagen, was sie zu hören wünschte.

Wahrscheinlich ging es Firkin damals ebenso, dachte er. Doch heute lag Firkin bewusstlos und betrunken auf dem Boden. Firkin war schwach. Will würde nicht so werden wie er.

»Ich vermute mal, dass ihr jetzt glaubt, ich wüsste, was zu tun ist, und dass ihr mit meinem Wissen einen Plan entwerfen könnt.« Er grinste sie an, ohne einen Funken Freude zu verspüren. »Bloß ... leider läuft alles, was mein Wissen mir sagt, darauf hinaus, dass es unmöglich ist.«

Eine lange Pause folgte, und endlich entspannte sich Will. Vielleicht konnte er ja noch eine ordentliche Mütze Schlaf herausschlagen und sich über den Rest seines Lebens morgen früh den Kopf zerbrechen.

Dann schaute Balur Lette an und fragte: »Meinungsweise?«

Lette lockerte ihre Schultern auf eine Art, die auch als Zucken durchgehen konnte. »Gibt immer einen Weg.«

Will biss die Zähne zusammen. Er hatte eine Heidenangst, dass sie es wirklich versuchen könnten. Dass sie glaubten, bloß weil sie mit Goblins gut zurechtkamen, konnten sie auch das über die Bühne bringen. Dann würde er nicht einfach nur in Todesangst vor dem Konsortium fliehen, sondern hätte auch noch diese Schuld an seinen Händen.

Er versuchte, ihnen die ganze Unzweckmäßigkeit der Sache klarzumachen. »Die einzige Methode, dieses Fallgitter zu heben, wäre die, das komplette Dorf in die Berge zu schicken, damit alle Männer und alle Frauen sich auf die Platte stellen!«

Lette nickte. »Stimmt«, sagte sie. »Das würde funktionieren.« Die Ernsthaftigkeit ihres Tons gab Will zu denken.

»Nein«, widersprach er. »Würde es nicht.« Doch er sah schon, wie hinter Lettes Augen zwei Waagschalen die Wahrscheinlichkeit des Plans bestimmten. »Die Dörfler würden da nicht mitmachen. Sie haben diese dumme kleine Angewohnheit, die sie Selbsterhaltungstrieb nennen.«

»Wir könnten sie aufhetzen«, schlug Balur vor.

Will lachte. »Aber womit denn? Wir haben kein Geld, sie in Versuchung zu führen. Deshalb reden wir schließlich davon, einen Drachen auszurauben!« Er schüttelte den Kopf. »Wenn ihr also nicht gerade jemanden kennt, der genug Feuerwurzeltrank brauen kann, um ein ganzes Dorf in eine mordlustige Meute zu verwandeln …«

Da richtete sich Quirk plötzlich auf. »Das könnte ich!« Sie klang selbst überrascht. Dann bemerkte sie Balurs Gesichtsausdruck. »Alchemie«, erklärte sie rasch. »Ist so eine Art Hobby für mich. Ich finde das ganz … entspannend.« Sie überprüfte abermals Balurs Miene. »Es hat nichts mit Magie zu tun!«, versicherte sie. »Ich hab doch gesagt, dass ich der abgeschworen habe.«

»Nein!«, stieß Will aus. Was hatte er nur getan? Irgendwie war alles gerade noch viel schlimmer geworden.

»Keine Sorge«, beruhigte ihn Quirk. »Ich befürworte natürlich nichts von alledem. Ist alles bloß ein Gedankenspiel. Natürlich wäre es wirklich faszinierend, mal so einen Drachenhort aus der Nähe zu sehen. Was er alles sammelt … das wäre ein echter Coup.«

»Ein Coup?« Will fasste sich an den Kopf. Eigentlich hatte er Quirk bislang als die Vernünftige betrachtet, trotz ihrer merkwürdigen Ansichten über die örtlichen Herrscher. Sie hatte eine Aura der Intelligenz versprüht. Doch wie sich nun herausstellte, war die Thaumatobiologin in Wahrheit bloß eine sorgfältig entworfene Maske über einem Sack dummer Ideen.

»Ihr seid doch alle verrückt.« Will tippte sich an die Stirn. »Ihr glaubt, ihr könnt einem ganzen Dorf fermentierte Feuerwurzel verabreichen? Ich meine, wie zur Hölle wollt ihr das denn schaffen? Wollt ihr den Leuten das Zeug vielleicht ins Brot mischen?«

Lette und Balur tauschten wieder Blicke. »Das«, sagte Lette mit einer Spur von Anerkennung in der Stimme«, »ist eine wirklich gute Idee.«

»Nein!«, kreischte Will. Verzweifelt suchte er in diesem Sturm des Wahnsinns nach einem sicheren Hafen. Dann fiel sein Blick auf Firkin, der schnarchend am Boden lag – und er wusste, wenn er sich von Firkin gesunden Menschenverstand erhoffte, dann war die Kacke wirklich am Dampfen.

»Nehmen wir mal an …« Er bekam kaum die Worte heraus, aber dann zwang er sich dazu. »Nehmen wir mal an, dass alles funktioniert. Was würdet ihr dann mit dem riesigen verfluchten Drachen anstellen, wenn der erst merkt, dass wir durch seine Vordertür eingestiegen sind?« Er deutete auf Quirk. »Was wird aus all den Leuten, die wir gerade in den Tod geschickt haben? Hast du auch einen Trank, das wieder hinzubiegen?«

Quirk zuckte die Achseln. »Nun, ich würde sagen, kommt ganz drauf an, wie viel Schnappkraut hier im Wald so wächst.«

Will geriet ins Trudeln – obwohl er doch auf dem Boden saß. »Ach so.« Kopfschüttelnd warf er die Hände hoch. »Jetzt vergiften wir also auch Mattrax, ja? Aber klar. Und wie stellen wir das an? Ich schätze mal, sobald er wieder Hunger kriegt, versetzen wir einen seiner Ochsen mit dem Zeug und schmuggeln den als Wachmann oder so verkleidet in die Festung?«

Schweigen breitete sich aus. Will atmete tief durch und stieß einen erleichterten Seufzer aus. Na endlich.

»Ihr Götter«, hauchte Lette. »Du hast dir das alles wirklich gründlich überlegt, was?«

Balur nickte anerkennend. »Bist richtig gut darin, überraschenderweise.«

Nein. Nein. Nein. Nein. Nein! Will rieb sich die Schläfen.

»Wieso?«, fragte er sie. Eigentlich flehte er sie an. Er suchte nach irgendwas, was sie nicht so leicht verdrehen konnten. »Ihr redet davon, das morgendliche Brot der Dörfler zu vergiften. Mattrax isst aber erst gegen Abend. Euer Plan setzt also voraus, dass wir ihn bis dahin davon abhalten, die Dörfler umzubringen, die den ganzen Tag auf seiner Druckplatte herumtrampeln.«

Balur sah zu Quirk hinüber, doch die schüttelte den Kopf. »Bei einer Kreatur dieser Größe verschafft einem Schnappkraut höchstens ein paar Stunden ...« Sie fing sich wieder. »Soll heißen, rein theoretisch gesprochen. Selbstverständlich wäre es faszinierend, einen bewusstlosen Drachen zumindest ein paar Stunden zu studieren ... doch ich heiße nichts von alledem gut.« Sie klang weder überzeugend noch überzeugt.

Balurs Schultern sackten herab. »Trugas schlaffe Titten«, sagte er schließlich.

Will rieb sich die Stirn und versuchte, die Anspannung zu lösen. Endlich war es vorbei. Dabei sollte er es belassen.

Als er die Augen wieder aufschlug, starrte ihn Lette erwartungsvoll an. »Und wie würdest du damit umgehen, Will?«

Da lag ein Drängen in ihrem Blick, beinahe ein Hunger. Das gab ihm zu denken.

»Wie ich damit …?«, hob er an. »Indem ich gar nicht erst versuchen würde, einen Drachen auszurauben!« Wie konnte sie das immer noch nicht begriffen haben?

Doch Lette wandte nicht den Blick von ihm und hörte auch nicht zu lächeln auf. »Du kennst die Antwort – ich weiß ganz sicher, dass du sie kennst. Du hast das längst ausgeknobelt.«

Will presste die Lippen zusammen, so fest er konnte.

Verärgerung flackerte über Lettes Gesicht. Ihre Augen wurden schmal. »Okay: Wir bringen die Dörfler zu dem Fallgitter und öffnen es. Der Drache kommt und vertreibt die Dörfler.« Sie schenkte Quirk ein Lächeln. »Und auf diese Art wird niemand getötet.«

»Niemand?«, unterbrach Balur. »Was ist dann der Sinn davon?«

Lette schloss die Augen und atmete tief durch.

»Na gut«, sagte sie. »Wahrscheinlich sterben ein paar Wachen.«

»Wachen?«, fragte Quirk.

Lette stieß einen schweren Seufzer aus. »Das sind Arschlochwachen! Die haben Will seinen Hof abgenommen. Kann ich jetzt bitte weitermachen?«

Am liebsten hätte Will laut »Nein« gesagt, aber er bezweifelte, dass das sehr schlau wäre.

»Okay«, fuhr Lette fort. »Das Gitter steht jetzt offen. Die Dörfler sind geflohen. Und …« Sie überlegte. »Richtig, wir müssen noch den Drachen vergiften. Das heißt …« Sie zeigte auf Will. »Das heißt, dass sich jemand in der Höhle versteckt. Und wartet, bis der Drache vergiftet ist und schläft.«

Balur nickte. »Gefällt mir ganz gut.« Dann runzelte er seine Beinahe-Brauen. »Und wo genauerweise versteckst du dich?«

Fragend sah Lette Will mitten ins Gesicht. »Keine Ahnung – in so einer Höhle gibt es doch bestimmt etwas Schatten …?«

Will versuchte, den Mund zu halten. Es gelang ihm sogar. Er war sich aber wirklich nicht sicher, ob sie bloß bluffte. Und er wusste – und zwar sehr genau –, dass es keinen Schatten in Mattrax' Höhle gab. So blöde war der Drache nämlich nicht, mochten die Götter ihn verfluchen. Wenn sie da reinging, würde sie sterben.

Er sah sie an.

Sie würde sterben …

Scheiß drauf.

»Die Schlossmechanik«, platzte es schließlich aus ihm heraus.

Lette legte den Kopf schief. »Die Mechanik? Und wie komm ich da rein?«

»Also …« Will seufzte. Er wollte ihr Blut nicht an den Fingern haben. »Um ein Fallgitter dieser Größe zu heben, braucht man eine sehr große Kette, von daher ist da ein ziemlich großes Loch im Fels. Das führt zur Mechanik runter, die sich unterhalb der Druckplatte befindet. Das ist die Schwachstelle der ganzen Konstruktion.« Er schnitt eine Grimasse. »Da könntest du reinschlüpfen und dich verstecken.«

Balur klatschte in die Hände. Ein seliges Grinsen trat auf Lettes Züge. »Aber natürlich«, sagte sie. »Natürlich …« Ihr Grinsen wurde noch breiter. »Und dann kommt der Gnadenstoß – der *Coup de grâce.*«

7

Der *Coup de grâce*

Will schnitt wieder Grimassen.

»Das ist er also«, sagte Lette. »Oder nicht? Das ist der Plan, den du und Firkin damals ausgetüftelt habt.« Sie wartete auf keine Bestätigung. »Wir setzen die Dörfler unter Drogen. Wir führen sie den Berg hoch, und sie öffnen das Fallgitter. Mattrax kommt und brüllt rum. Die Dörfler fliehen. In der Zwischenzeit schleiche ich mich rein und verstecke mich in der Mechanik – und die kann ich knacken, da mache ich mir keine Sorgen. Ich warte also ab, bis die Lage sich wieder beruhigt hat, dann stelle ich den Mechanismus und die Gegengewichte so ein, dass man das Gitter auch mit weniger Druck heben kann. Gleichzeitig schmuggelt jemand eine Kuh zum Drachen, die bis oben hin voll mit Drogen ist. Es wird Nacht. Mattrax frisst und kippt bewusstlos um. Ihr schleicht euch den Berg hoch, tretet auf die sabotierte Platte, spaziert herein und räumt die Höhle aus – alles kein Problem.«

Will ließ den Kopf hängen. Nun gab es kein Entkommen mehr. »Es war Firkins Plan«, sagte er und zeigte auf das unansehnliche Häuflein Mensch auf dem Boden. »Ihr habt ihn erlebt. Ihr wisst, wie er ist. Es wird nicht gelingen.«

Doch Lette schüttelte den Kopf. »Es *wäre* auch nicht gelungen: Weil ihr nicht wusstet, wie ihr den Drachen vergiften sollt. Weil ihr das Schloss nicht hättet knacken können. Weil die Wachen ein Problem für euch gewesen wären. Weil ihr Bauern seid.« Sie grinste. »Wir sind aber keine.«

Und für einen Moment, einen ganz kurzen nur, strahlte so etwas wie Hoffnung in Wills Brust auf. Die flüchtige Vision einer möglichen Zukunft. So schnell er konnte, blies er die Flamme wieder aus.

»Ich sehe hier einen Plan für drei«, sagte Balur und zeigte auf Lette. »Bedarfsweise dich, damit du dich da oben in der Mechanik versteckst. Dann einen, der die Dörfler zur Höhle treibt, und noch einen, der die Kuh mit Schuss in die Festung und verfütternderweise zum Drachen bringt.«

»Und jemanden, der die Kuh präpariert«, ergänzte Lette und sah Quirk an, die wie ein geblendetes Reh im Schein einer nächtlichen Fackel zurückblickte.

»Wieso kann die Alchemistin nicht beides machen?«, fragte Balur. »Praktischerweise hätten wir sie auch in der Festung dabei, damit das mit dem Drachenbetäuben auch so klappt wie gedacht.«

»Moment Mal«, unterbrach Quirk. »Das waren alles rein akademische Gedankenspiele!«

Lette hob eine Braue. »Wenn der Plan aufgeht, kriegst du ungestörten Zugang zum Drachen, solange er schläft.«

Will wäre sehr viel beruhigter gewesen, hätte Quirk sich in diesem Moment nicht die Lippen geleckt.

»Ich weiß einfach nicht ...«, hob sie an.

»Doch, tust du.« Lettes Tonfall ließ keinerlei Spielraum.

Balur grinste mit deutlich zu vielen Zähnen. »Das wären dann drei. Drei Leute für einen Drei-Leute-Plan.«

»Ich will aber Will«, sagte Lette.

Will fühlte, wie sein Herz aussetzte. Einen Schlag, zwei Schläge. Er versuchte zu sprechen. Wollte ihnen sagen, dass das alles Wahnsinn war.

Doch die Vision dieser herrlichen Zukunft, die Firkin und er sich ausgemalt hatten, flackerte ihm durch den Kopf wie eine Kerze, die einem Orkan des gesunden Menschenverstands trotzte.

»Wozu willst du den Bauern?«, fragte Balur. »Er ist nur ein Bauer.«

»Weil es sein Plan ist.«

»Lass mich raten«, spottete Balur. »Du wirst ihm seinen Plan nicht unfairerweise wegnehmen.«

Will fand, dass sie über ihn sprachen, als wäre er ein Hühnchen, das mit umgedrehten Hals aufs Rupfen wartete.

»Ich bin ...«, wollte er sagen, doch sie ignorierten ihn.

»Es geht hier nicht um Fairness«, sagte Lette. »Sondern um Sicherheit. Manchmal muss man Pläne eben ändern, ganz spontan. Will weiß am meisten über den Drachen. Er ist praktisch ein Gelehrter in Sachen Drachenraub. Das möchte ich in der Hinterhand haben.«

Balur schaute immer noch so skeptisch drein, wie das einer acht Fuß großen Echse nur möglich war. »Ich dachte, es war gar nicht sein Plan, sondern angeblicherweise der des Säufers da?«

»Na schön«, sagte Lette unbeirrt. »Dann kommt der Säufer eben auch mit. Wir müssen uns sowieso aufteilen. Besser, wir haben beide Zugang zu all den Infos.«

Balur hob eine Braue. »Zugang zu Seuchen und Mundgeruch?«

»Fragt mich eigentlich niemand nach meiner Meinung?«, warf Will endlich ein.

Lette sah ihn an. Er hatte das starke Gefühl, dass sie ihm denselben Blick schenken würde, wenn er ihr einen Wettstreit im Erschlagen von Goblins anböte.

»Ernsthaft?«, fragte sie. »Willst du mir tatsächlich weismachen, dass du deinen Kindheitstraum nicht verwirklichen möchtest? Und Firkin seinen großen Tag verwehren? Willst du nicht, dass Mattrax sich in seiner leeren Höhle umsieht und begreift, dass man ihm seinen ganzen Schatz, seine gesamte Macht genommen hat? Dass du ihn besiegt hast?«

Lette sprach ganz sanft und lockend. Hinter ihr verdrehte Balur die Augen, doch Will achtete nicht einmal darauf.

Lette fuhr fort: »Und wenn du ihm alles genommen hast – so wie er dir alles genommen hat –, dann hast du genug Geld, um dir zehn Höfe zu kaufen. Du wirst unermesslich, ja lächerlich reich sein. Du kannst das ganze Tal hinter dir lassen, wenn du willst, und mit ihm die Schatten sämtlicher Drachen. Du wärst dein eigener Herr, frei von Schulden, frei von Sorgen. Ein junger Mann mit den nötigen Mitteln, seinen eigenen Weg in dieser Welt zu gehen.«

Woher kannte sie ihn nur so gut? Wie konnte sie mit ihren Worten so zielsicher wie mit ihren Klingen treffen? Er ahnte, sich ihr zu widersetzen wäre dasselbe, wie sich beim Sturz von einem Baum dem Boden zu widersetzen. Sie hatte es geschafft – sie hatte ihm den Gnadenstoß versetzt.

Er sah Firkin an. Seinen alten Freund. Vielleicht schon eine ganze Weile war er das nicht mehr – doch wenn es ihm gelang, den Zauber dieser Sommernachmittage wiederzubeleben, als sie noch gemeinsam planten und lachten ... konnte Firkin dann vielleicht ein Stück weit wieder zu dem Mann werden, der er einst war?

Schließlich nickte er. Lette lächelte.

»Also gut«, sagte Quirk. »Wenn jetzt alle mitmachen, dann würde ich sagen ...« Doch niemand schenkte ihr Aufmerksamkeit.

Auf einmal setzte sich Firkin auf und schaute wild um sich. Dann zeigte er auf Balur. »Die Dörfler will aber ich aufwiegeln«, sagte er verschlafen. »Aufwiegeln ist meine Stärke, meine Stärke, ja.« Mit diesen Worten brach er wieder zusammen und begann zu schnarchen.

8

Morgenerwachen

Quirk träumte. Irgendetwas mit einer Katze, einem Forschungsbericht und einem Drachen, der ihr erzählte, wie erbärmlich die akademische Vita einer Katze für gewöhnlich aussah. Und Quirk versuchte beiden begreiflich zu machen, dass der Raum in Flammen stand und sie unbedingt rausmussten. Doch der Drache erklärte ihr, dass er ein Experte für Feuerfragen sei und sie Unfug erzähle. Und die Katze fuhr einfach fort, von den widerstreitenden Theorien des Universums zu sprechen und wie ihre Garn-Theorie alles zusammenhielt. Und die ganze Zeit über wurde es immer heller und heißer.

Schweißgebadet wachte sie auf. Die Sonne schien ihr in die Augen. Oder eher, sie stach zwischen den Bäumen hindurch, fiel in die Höhle und landete mit voller Wucht auf ihrer Netzhaut. Blinzelnd und stöhnend rollte sie sich auf die Seite. Ihr Kopf fühlte sich wie umnebelt an, und sie erinnerte sich noch vage an Balurs Flasche. In dem erschreckend hellen Licht des Morgens war sie davon überzeugt, dass sie flüssiges Feuer enthalten hatte.

Die Lider fest zusammengepresst verfluchte sie sich selbst. Sie hätte nichts trinken sollen. Das war ein Fehler – unter Alkohol entglitt einem nur die Kontrolle. Und das durfte sie nicht zulassen. Niemals wieder.

Doch sie war aufgeregt gewesen – so viel wusste sie noch. In Feierlaune.

Weshalb war sie so aufgeregt gewesen?

Sie experimentierte weiter damit, ihre Augen zu öffnen. Ihre Hypothese, dass weiter entfernt vom Höhleneingang eine gedämpftere, leichter verdauliche Farbpalette auf sie wartete, trug Früchte.

Bedauerlicherweise war es Firkins Frucht. Er kauerte splitternackt drei Schritt vor ihr und kratzte sich energisch mit einem Kiefernzapfen.

»Muss nur eben das Geziefer erledigen«, erklärte er mit einem fröhlichen Lächeln, das deutlich zu wenig Zähne zeigte.

Quirk schloss wieder die Augen. Rasch.

»Es ist einfacher, ihn einfach machen zu lassen«, entschuldigte sich Will. »Andernfalls tut er es später an einem sehr viel öffentlicheren Ort.«

Quirk war es ganz egal, ob er sich in der Öffentlichkeit entblößte. Solange er es nicht direkt vor ihrem Gesicht tat.

Sie verdrängte den Gedanken, atmete in tiefen, ruhigen Zügen und wiederholte stumm ein Mantra: *Sei die Oberfläche des Sees. Sei die Stille des Windes.*

Langsam ging sie die Übungen durch, die ihr eine Priesterin Kluks, der Göttin der Weisheit, beigebracht hatte. Sie fand ihren inneren Quell der Ruhe. Und eingebettet in die Stille ihrer geistigen Oase setzte sie die Stücke des gestrigen Abends wieder zusammen: Will. Lette. Firkin. Balur, der Analesier. Alles kam zu ihr zurück. Die ganze Nacht. Der ganze Plan. Der Drache.

Die Oberfläche des Sees zitterte, kochte, und dann explodierte sie.

Wie vom Blitz getroffen richtete sie sich auf.

Der Drache!

Sie würde einen zu Gesicht bekommen. Ihn berühren. Sie würde ihn kneifen und knuffen und vermessen. Die Beschaffenheit jeder einzelnen Schuppe studieren, und wie die Gelenke sich bewegten. Jeder einzelne Aspekt wäre genug für eine Veröffentlichung: Schärfe und Gestalt der Klauen. Sein Taillenumfang. Der Inhalt seines Verdauungstrakts.

Ihr Atem ging schneller, ihr Herz kämpfte mit einem synkopierten Rhythmus gegen das Rammbockhämmern ihres Katers an. Ein Drache. Sie würde einen Drachen sehen!

Sei die Oberfläche des Sees. Die Stille des Windes. Die Abwesenheit von Lärm. Sei eine Lücke innerhalb der Welt.

Nein. Scheiß auf die Lücke. Sie würde einen Drachen sehen. *Einen verdammten Drachen!*

Sie kämpfte um ihre Beherrschung. Sie hatte gewusst, dass dieser Zeitpunkt kommen würde. Schließlich war dies der Grund, weswegen sie nach Kondorra gereist war. Das war die Lockung des Tals, das – abgesehen von ein paar profitablen Handelsrouten – vom Rest Avarras abgeschnitten war. Und außerdem voller Drachen. Drachen aus den Tiefen der Geschichte, fast schon Legende. Nur hier, auf dieser kleinen südöstlichen Landzunge, abgeschirmt von sanften Bergen, und nirgendwo sonst auf der Welt. Hier blieben die Drachen unter sich und warteten. Warteten, bis sie zu ihnen kam und ihre Geheimnisse enthüllte.

Ruhig bleiben, mahnte sie sich. *Wahre deine Distanz. Sei die Akademikerin! Wenn du deine Distanz nicht wahren kannst, musst du abbrechen und von hier verschwinden.*

Sie versuchte, nicht laut zu lachen. Verschwinden – als ob das so einfach ginge.

Du musst aber, beharrte die leise Stimme der Vernunft. *Du hast zu lange und zu hart gekämpft, um nun alles wegzuwerfen.*

Langsam, ganz ruhig, stand sie auf. Sie bewegte sich mit der Präzision einer Tänzerin und spürte, wie der Analesier sie beobachtete. Ein weiterer Grund, nach draußen zu gehen, der schalen Luft und den Goblinleichen zu entkommen. Sie hörte schon die Fliegen summen.

Sie schritt dem Tageslicht entgegen, spürte, wie sich die vielen kleinen Knoten in ihren Gliedern nach der Nacht auf dem Steinboden wieder lösten. *Du musst das durchdenken. Vernünftig handeln.*

Nun, da wäre zum einen die Tatsache, dass es sich hierbei um ein kriminelles Unterfangen handelte. Damit hatte sie nicht gerechnet. Zwar hatte sie gewusst, dass die Drachen eine gewisse Rolle im Sozialgefüge Kondorras spielten – aber Landesherren? Wahrscheinlich hatte sie auch das irgendwo zwischen Tamar und Kondorra aufgeschnappt, aber sie hatte schon so vieles über Drachen gehört: dass sie Götter seien. Alleinherrscher. Raubtiere, kriegerische Wesen, Mythen, Vieh. Eine Frau hatte darauf beharrt, dass alle Drachen ihre Liebhaber wären und eine besondere Schwäche für Ziegenmilch teilten. Die Wahrheit aus all diesen Geschichten herauszulesen war wie auf Anhieb mit verbundenen Augen das richtige Buch aus der Bibliothek von Tamathia zu ziehen. Die Einzigen, die ihr die Wahrheit hätten verraten können, wären die diversen Händlergilden mit Geschäftskontakten nach Kondorra gewesen. Doch diese und ihre zahlreichen Wachen hatten ihr unmissverständlich zu verstehen gegeben, dass sie keine Zeit für eine reisende Akademikerin hatten.

Hier war sie also und half Dieben und Gaunern, einen Drachen auszurauben. War drauf und dran, sich eines Verbrechens schuldig zu machen. Dabei hatte sie sich einem Leben des Lernens und der stillen Verehrung von Kluk verschrieben.

Ach, zur Hölle damit! Sie würde Gelegenheit bekommen, einen Drachen in den gottverfluchten Bauch zu stupsen und zu sehen, ob er kicherte im Schlaf! Selbst Kluk persönlich – immerhin war das die Göttin der Weisheit, der Einsicht und der Wissenschaft – würde ihre rechte Titte für eine solche Gelegenheit geben.

Wenn sie nun die Oberfläche des Sees heraufbeschwor, war diese ganz unruhig vor lauter Wellen. Sie beruhigte ihren Atem, trat aus der Höhle und ließ die Sonne ihren steifen Körper wärmen.

Der nächste Punkt wäre die Tatsache, dass sie mit diesem Unterfangen Menschenleben aufs Spiel setzte. Nicht bloß ihr eigenes, sondern das all derer, denen sie Feuerwurzel verabreichen wollte.

Ihr Götter, das hatte sie wirklich vorgeschlagen. Wie viel hatte sie getrunken?

Doch sie wäre dazu imstande. Sie könnte das wirklich …

Lette hatte versprochen, dass keine Dörfler ums Leben kamen. Na ja … mehr oder weniger. Doch auch dieses vage Versprechen versöhnte ihr Gewissen nicht mit dem Schicksal der Wachen in Mattrax' Diensten. Balur hatte erklärt, dass er sie töten werde – so viele von ihnen wie möglich. Kein Wunder, denn dies war die Art der Analesier. Quirk hatte einiges über sie gelesen. Raue Leute aus einem noch raueren Land.

Ihr ganzes Leben war ein einziger Kampf zwischen den Klippen und Dünen der analesischen Wüste. Mit jedem einzelnen Atemzug kämpften sie ums Überleben, töteten Nahrung, töteten einander bis zu dem Augenblick, in dem sie selbst getötet wurden.

Sie konnte sich nicht zur Komplizin derartiger Gewalt machen.

Oder doch?

Die Soldaten des Drachen waren Schurken. Die Drachen waren ebenfalls Schurken. Den Reptilien konnte sie jedoch verzeihen, denn sie waren keine Menschen, und es hatte keinen Sinn, an ihnen menschliche Maßstäbe anzulegen. Sie hatten ihre eigenen Rituale und Bedürfnisse, die nicht notwendigerweise kompatibel mit denen der Menschen waren. So war es nun mal mit der Thaumatobiologie. Die Wachen aber … die Wachen hatten es sich ausgesucht, zu stehlen und zu morden. Verdienten sie es also nicht …?

Nicht durch ihre Hand. Das hatte sie geschworen. Dies war unverbrüchlich.

Doch mit ihrer Billigung …?

Nein. Sie durfte nicht dafür verantwortlich sein.

Stups! Stups! Stups!

Sie ballte und öffnete die Fäuste. Begann mit den rituellen Dehnübungen, die Körper und Geist in Einklang bringen sollten. Jede beruhigte die Oberfläche ihres inneren Sees ein wenig. Jede vertrieb einen Windhauch, der den glatten Spiegel störte. Jede machte die Ruhe ein wenig vollkommener.

»Was im Namen von Lalls schwarzem Auge ist das denn bitte?«

Quirk wurde aus ihrem spirituellen und körperlichen Einklang zurück auf die Erde gerissen. Ihre Psyche plumpste schmerzhaft zu Boden. Ein paar Schritte weiter stand Lette. Sie deutete auf Quirks Wagen.

»Das ist mein Wagen«, sagte Quirk, denn so verhielt es sich.

Lette schien diese Antwort nicht zu reichen. »Und wie im Namen aller Götter ist er hergelangt?«

Die Oberfläche des Sees war nicht mehr glatt. Nicht im Geringsten.

»Ich habe ihn gestern Abend hier abgestellt«, sagte Quirk. Sie spürte die Sonnenwärme auf ihrer Wange.

»Wo zur Hölle ist dann dein Pferd? Wo ist das verfluchte Geschirr, das Zaum- und Sattelzeug? Wo sind die verdammten Leinen?«

Die Hitze der Sonne und die Hitze ihres Traums. Die Hitze des Feuers, die sich zusammenballte und sich in ihren Händen, ihren Fingerspitzen sammelte …

Quirk atmete ganz ruhig und ballte ihre Fäuste. Sie hoffte, dass die Söldnerin die kleinen Rauchfähnchen nicht bemerkte, die zwischen ihren Fingern entwichen.

»Es ist ein thaumatischer Wagen.« Sie wählte ihre Worte mit Bedacht. »Er läuft mit einem thaumaturgischen Antrieb.«

»Damit meinst du das Ding in der Mitte, das wie der Nachwuchs eines Ofens aussieht, der im Suff seine Klappe für den Werkzeugkoffer eines Alchemisten breitgemacht hat?«

»Genau.« Quirk hielt ihre Antworten einfach, ihr Äußeres blieb gefasst. *Imitiere, was du werden willst.*

Sie hörte, wie sich Schritte näherten. Lettes … Übermotivation hatte wohl Aufmerksamkeit erregt. Aus dem leichten

Schaudern auf den Zügen der Söldnerin schloss sie, dass Firkin davon abgesehen hatte, seinen morgendlichen Eindruck durch Kleidung zu ruinieren.

Lette ließ sich aber nicht beirren. »Was wurde denn aus deinen Beteuerungen, du würdest keine Magie mehr praktizieren?«

Noch so ein ruhiger Atemzug. Diesmal fiel es ihr schon leichter. Quirk konnte das Misstrauen anderer Leute der Magie gegenüber durchaus nachvollziehen. Sie misstraute ihr ja auch, und dabei übte sie die Kunst selbst aus. Niemand ließ sich gern das Gegenteil beweisen, schon gar nicht, wenn es um die fundamentalen Gesetze des Universums ging.

»Ich praktiziere wirklich keine Magie mehr«, erklärte sie. »Die Person, die diesen Antrieb schuf, aber schon. Ich habe ihn ihr bloß abgekauft und in meine Dienste gestellt.«

»Du stellst Magie in deine Dienste?« Lette klang nicht gerade überzeugt.

»Wie ein Arbeitgeber«, warf Balur in einem missglückten Anflug von Hilfsbereitschaft von weiter hinten aus ein.

Quirk nutzte den Moment der Ablenkung, um zu ihrer Souveränität zurückzufinden. »Ich bin mir nicht ganz sicher, ob ich deine Vorbehalte wirklich verstehe.«

Lettes Aufmerksamkeit richtete sich wieder auf sie. »Meine Vorbehalte?« Ihr Lachen klang nicht gerade fröhlich. »Ein Vorbehalt wäre zum Beispiel, dass ich die ganze Nacht nur ein paar Schritte von einer magischen Bombe entfernt verbracht habe, vor der du uns mit keinem Wort gewarnt hast.«

»Es ist keine Bombe«, erklärte Quirk so sachlich sie konnte. »Sondern ein Antrieb.«

»Ein Antrieb ist auch bloß eine Bombe, die noch nicht explodiert ist.«

Quirk öffnete und schloss den Mund. Sie war sich nicht sicher, was sie davon halten sollte. Doch der Satz von der Bombe, die noch nicht explodiert war, traf sie etwas heftiger, als ihr lieb war.

»Die Erfahrung färbt die Welt für Lette auf eine Art, die wahrnehmenderweise nicht jeder teilt«, half Balur aus.

»Halt die Klappe, Balur.« Lettes Zorn war keineswegs verflogen.

Quirk erwog, Lette von ihrem Mantra – der inneren Ruhe, dem Spiegel des Sees und der Stille des Windes – zu erzählen. Doch vielleicht wäre es klüger, das bei einer anderen Gelegenheit nachzuholen, wenn sie nicht gleich dafür aufgeschlitzt wurde.

Dafür suchte sich Will diesen Augenblick für seinen Auftritt aus.

»Vielleicht sollten wir uns alle mal beruhigen«, schlug er vor.

Quirk lächelte. Er war ein guter Mann. Naiv und wahrscheinlich bald schon tot, aber gut. Und das war ja auch etwas wert.

»Der Wagen ist wirklich ausgesprochen sicher«, beteuerte Quirk. »Das verspreche ich euch. Er hat den Transport meiner Ausrüstung bedeutend vereinfacht und hatte auf dreihundertfünfzig Wegstunden keine einzige Fehlfunktion. Ich bin zuversichtlich, dass er nicht ausgerechnet jetzt damit anfängt.«

Lette schürzte die Lippen. »Ich mag keine Magie.« Sie sagte es nur leise, weil sie in Wahrheit etwas anderes meinte, das spürte Quirk: Lette fürchtete sich vor Magie.

»Geht mir genauso«, antwortete Quirk.

Balur legte Lette eine Hand auf die Schulter und rubbelte sie beinahe zärtlich. »Magischerweise ist in Kondorra nicht viel los. Die Götter haben sich alle verzogen und das Land den Drachen überlassen.«

Quirk legte den Kopf schief. »Stimmt das?«, fragte sie bei Will neugierig nach. »So weit habe ich noch gar nicht gedacht. Gibt es hier keine Magie?«

Wills sonst so konzilianter Ausdruck näherte sich zunehmend der Frustration. »Die Götter haben uns doch nicht aufgegeben. Glauben das die Leute außerhalb Kondorras etwa? Gut, sie kamen uns während der Drachenkriege nicht zu Hilfe, und, zugegeben, es hat sich schon lange keiner mehr bei uns manifestiert – aber die Jahreszeiten folgen immer noch Lalls Wort, die Feldfrüchte wachsen, wie Bussi und Schuft es gebieten, Kinder kommen noch immer gesund und unbeschadet zur Welt, so wie Truga sich das wünschen würde. Das Geld fließt immer noch ganz nach Klimps Willen, und der Himmel stürzt so bald schon nicht ein. Und Kluk tut, was immer sie tut. Alles Gute kommt schon irgendwie zurecht, und wir legen auch gar keinen Wert darauf, dass die Götter zu uns herabsteigen, um Halbgötter zu zeugen und Krieg und Verwirrung zu stiften.«

Diese Auskunft stellte Quirk noch nicht zufrieden. »Aber was ist mit Magiern?«

Will warf die Hände hoch. »Schön! Ich habe keine Ahnung, wie es mit Magiern aussieht.«

Balur zuckte die Achseln. »Ich habe gehört, dass ihr hier die Drachen statt der Götter verehrt, mit Jungfrauen orgien- und opfernderweise.«

Lette schaute Balur wie eine nicht mehr frische Leiche an. »Wo zur Hölle hast du das denn gehört?«

»Gerüchteweise«, wand er sich. »Von einem Kerl in einer Kneipe.« Er rieb sich verlegen die Schuppen im Nacken. »War ehrlich gesagt einer der Gründe für mich, überhaupt herzukommen.«

Lette schüttelte den Kopf. »Ich hätte es verdammt noch mal wissen sollen.«

Will schaute leicht entgeistert in die Runde. »Wisst ihr eigentlich gar nichts über Kondorra?«

Lette bedachte ihn mit einem mitleidigen Blick. »Das hier ist der Arsch von Avarra. Wer da draußen – glaubst du – redet groß darüber?«

Will schüttelte den Kopf. Quirk bezweifelte, dass er je über den Rand seines Tals hinausgeschaut hatte.

»Mach dir nichts draus«, versuchte Lette ihn zu trösten. »Wenigstens heißt das, dass auch niemand drüber redet, was für ein beschissenes Unterdrückersystem ihr hier in Wahrheit habt.«

Will stieß einen schweren Seufzer aus. »Wisst ihr was? Es ist noch zu früh für so etwas. Lasst uns einfach was essen und rausfinden, ob wir das, was wir gestern besprochen haben, wirklich ernst gemeint haben.«

Sie hatte es wirklich ernst gemeint. Quirk war überrascht, wie schnell sich das bei ihrem improvisierten Frühstück klärte. Selbst Will, obwohl er sich der Form halber noch etwas sträubte, gab der Schwerkraft der Ereignisse rasch nach. Ein guter Mann, ein naiver Mann, doch auch ein Mann mit einem Bauch voller Wut, gleichgültig wie gut er es verbarg. Er wollte diesem Drachen wehtun.

Sobald der Plan stand, ging es auch schon daran, ihn in die Tat umzusetzen. Und so wurde Quirk in den Wald geschickt, um Kräuter zu sammeln.

»Das ist dauernderweise eine langwierige Angelegenheit«, erklärte Balur an einen Baum gelehnt, wo er in aller Ruhe der Grammatik den Hals umdrehte.

Lette hatte ihr den Analesier zum Schutz mitgeschickt. Die Wälder, hatte Will betont – mehrmals sogar – waren einfach nicht sicher. Aber Quirk war mehr als dreihundert Wegstunden gereist. Sie hatte die Wälder des Weiten Tals durchquert. Sie hatte schon vor Kriegsherren gekatzbuckelt, sich vor Spinnen versteckt, Elfenkönige beschenkt und ganze Orkstämme unter Drogen gesetzt, und sie hatte …

Nein, daran wollte sie nicht denken.

… überlebt, um davon zu berichten. Das war auch Lette klar. Zumindest ahnte sie wohl, dass Quirk Schutz nicht nötig hatte. In Wahrheit war Balur nicht hier, um sie zu beschützen – er war hier, um auf sie aufzupassen. Quirk bückte sich, hob die unteren Zweige eines Weißdorns an, besah sich das Gestrüpp darunter und versuchte sich zu entscheiden, was sie davon hielt. Wollte sie fliehen? Oder das durchziehen?

»Schnappkraut wächst nicht überall«, sagte sie. »Es mag es schattig, aber auch nicht zu schattig, feucht, aber nicht zu feucht, den Boden lehmig, aber nicht zu lehmig.« Die Litanei der Fakten hatte eine beruhigende Wirkung auf sie. Sie betäubte die Fragen, die ihr auf den Magen schlugen.

Sie fand, was sie suchte, und warf eine Handvoll Schnappkraut auf ihren thaumatischen Wagen, der ihr gemächlich hinterherrollte. Sie hatten bereits eine ordentliche Menge zusammen, aber vermutlich noch nicht genug, um einen Drachen von der beschriebenen Größe außer Gefecht zu setzen.

»Verständlicherweise ist mir nicht ganz klar, wozu wir das ganze Schnappkraut überhaupt brauchen«, murrte Balur.

»Ich glaube«, antwortete Quirk so bedächtig wie möglich, »dass die Gruppe glaubt, dass sich unser Plan am sichersten umsetzen lässt, wenn wir uns nicht gegen einen aufgebrachten Drachen zur Wehr setzen müssen.«

Balur schnaubte. »Rot an Zahn und Klaue – so sollten Abenteurer sein. Ganz allein gegen Zorn und Wut bestehen. Das innere Tier herauslassen. Am Rande seiner selbst und der Zivilisation stehen. Ehrlicherweise eingestehen, was man seienderweise auch ist.«

Darauf gab Quirk keine Antwort. Diese Unterhaltung führte in eine – für sie – gefährliche Richtung. Stattdessen ging sie weiter zum nächsten Weißdorn und warf einen Blick darunter.

»Der Plan klingt gut«, sagte Balur. »Aber so ist das immer mit Plänen: Gedachterweise tanzt du linksrum rein und rechtsrum wieder raus, und deine Kacke duftet wie Rosen. Tatsächlicherweise läuft es so, dass du reintanzt und dir der Schädel eingedroschen wird. Dann weidest du die Gegner mit den Zähnen aus, stolperst raus und deine Kacke stinkt nach inneren Blutungen.« Er zögerte kurz. »Beispielsweise.«

Quirk hielt immer noch den Mund. Sie versuchte sich auf das letzte Schnappkraut zu konzentrieren. Sie musste es nur noch pflücken, und dann konnten sie verschwinden.

Doch die Oberfläche des Sees war nun gestört. Sorgen jagten wie panische Fische durch das Wasser.

Keine Toten. Das hatte Lette ihr versprochen. Außer ein paar

Wachen. Und das hatte sie nur gesagt, um Balur zu besänftigen. Sie hatte es nicht so gemeint … oder doch?

Etwas Ruhiges, Einfaches. Das war das, was sie jetzt brauchte. Das war, was der Plan versprach. Richtig? Keine Toten, keine Sorgen. Alles ganz in Ruhe. Sie packte das Schnappkraut am Stiel, nahe der Wurzel.

»Glaub mir«, sagte Balur. »Wir gehen zu dem Drachen, und baldigerweise färbt das Gebirge sich rot. Ob Kraut oder kein Kraut.«

Da loderten Flammen in Quirks Hand auf, hell und scharf. Die kleinen violetten Schnappkrautblüten kräuselten sich und färbten sich schwarz. Eine Sekunde später hielt sie nichts als Asche in der Hand.

Sie richtete sich auf und drehte sich zu Balur um. Er hatte nichts bemerkt. »Nichts gefunden«, log sie mit steifem Grinsen. »Suchen wir unter einem anderen Busch!«

9

Seltsames Gebräu

Der Morgen stolperte dem Nachmittag entgegen. Der Nachmittag stolperte weiter, bis schließlich der Abend über das Land fiel. Balurs schmale Zunge leckte die Luft. Der Geruch von Quirks Gebräu hing dick und schwer vor dem Höhleneingang und überzog seinen Rachen wie Blut. Er zog sich etwas tiefer in den Wald zurück. Lette würde ärgerlicherweise reagieren, wenn er dem Säufer noch den Kopf abriss.

Er fand Lette allein, hinter ein paar Bäumen, die sie vor der Höhle verbargen. Sie drehte sich nicht zu ihm um, doch er konnte die subtilen Zeichen ihrer Körpersprache lesen, als sie sich in seiner Gegenwart ein kleines bisschen entspannte. Sie gehörten zum gleichen Stamm und waren gemeinsam stärker.

Zehn Jahre waren es jetzt. Zehn Jahre, die sie Seite an Seite gekämpft, getötet und gefickt hatten. Zehn Jahre, in denen sie sich eine blutige Schneise aus der analesischen Wüste durch Salera, Batarra und Vinland geschnitten hatten, ehe sie schließlich das Kondorragebirge überquert und …

Was war es, das sie hier gefunden hatten? Eine Gelegenheit? Vergeblichkeit? Ein beschissenes Durcheinander?

Ansatzweise kannte er die Antwort – zumindest auf die Frage, was das alles für ihn selbst bedeutete. In Kondorra gab es Drachen. Bekannterweise gab es nicht gerade viel über Kondorra zu wissen, aber so viel war doch klar. Von daher war dies seine Chance, den Kopf seines Hammers in Drachenblut zu tauchen. Den Atem eines Ungeheuers seine Haut rösten zu spüren. Seine Gelegenheit, den kleinen glatten Menschenmädchen, die er so mochte, eines Tages einen echten Drachenzahn zu präsentieren und zu sehen, wie sie große Augen machten. Geschichten zu erzählen, während das Bier das Blut in seinen Adern wärmte.

Für Lette aber war es etwas anderes. Was genau, war ihm unbekannterweise nicht ganz klar. Und das gab ihm zu denken. Stamm kannte Stamm. So sollte es idealerweise sein. Und so war es die letzten zehn Jahre auch gewesen.

Sie hatte ihn in der Wüste gefunden. Vor zehn Jahren. Sie hatte eine Gruppe Forscher in die Weiten des Sandes geführt. Das war ein Stamm für sich, aber nicht der ihre. Sie hatten ihr Geld gezahlt, auf die Wüste gezeigt und erklärt, dass sie ihre Tiefen plündern wollten.

Diese Leute hatten sich die Wüste wie ein jungfräuliches Mädchen vorgestellt, das seiner ersten Nacht im Bordell entgegensieht. Balur aber war in der Wüste aufgewachsen. Er wusste, was sie wirklich war: die gefährlichste aller Mörderinnen. Sie hatte viele Gesichter und sicher auch viele Schätze, doch die gab sie nicht her. Sie stahl Leben, schnell und grausam oder langsam und mit einem Lächeln.

Lettes Arbeitgeber – selbst wenn sie sich als Gelehrte bezeichneten – waren ein Haufen Idioten gewesen.

Nicht, dass irgendwas davon Balur seinerzeit gekümmert hätte. Er war viel zu beschäftigt damit gewesen, dass die Wüste damit beschäftigt war, ihn zu erledigen.

Zu dem Zeitpunkt hatte er bereits drei Tage ohne Wasser

durchgehalten. Fünfzehn Tage ohne Essen. Seine Schuppen hatten sich schon abgelöst, die Haut dazwischen war rissig geworden und von dickem Blut bedeckt, das kaum noch floss. Seine Zunge war wie ein Stock in seinem Mund gewesen, seine Augen hatten gebrannt, und beinahe hatte er die Fähigkeit zu denken verloren gehabt.

In den Ruinen hatte er Zuflucht gesucht, sich zwischen einer halben Sandsteinsäule und eingestürzten Mauerresten versteckt. Ein alter Tempel vielleicht, fast verloren in den Dünen. Genau wie er, eigentlich. Und dort hatte er aufgegeben. Selbst sein Überlebenswille war ihm kein Antrieb mehr gewesen. Er hatte sich zusammengerollt und auf sein Ende gewartet.

Und da hatte er sie gehört – hatte *sie* gehört. Sie hatte die anderen angewiesen, die Zelte aufzubauen, weil ein Sturm im Anmarsch war, wie sie ihm später erklärte. Und sie hatte sich ein Lachen verkneifen müssen, so ungeschickt hatten sich alle angestellt.

»Einen habe ich tatsächlich mehrmals warnen müssen, damit er sich beim Einschlagen der Heringe nicht den Hammer auf den Kopf haut«, hatte sie danach erzählt. »Gut, dass ich so ausgetrocknet war, sonst hätt ich mich verpisst vor Lachen.«

Damals hatte er nur die Stimmen gehört, doch die hatten keinen Sinn für ihn ergeben. Gelehrte. Idioten. Was immer sie gewesen sein mochten, Balur hatte nur eine Sache in ihnen gesehen: Nahrung.

Er war in den Sand gesunken, sodass bloß noch seine Wirbelsäule, die Nasenlöcher und Augen herausragten, und langsam war er näher geglitten. Ganz langsam. Das war ihm nicht weiter schwergefallen, wo er doch bereits so gut wie tot war.

Einen Gelehrten hatte er erwischt, bevor dieser ihn auch nur entdeckte. Hände packten ihn aus dem Sand und öffneten seinen Bauch, ehe irgendwer begriff, was da vorging. Balurs Maul grub sich in seine Eigenweide, labte sich an Blut. Glitschige Organe rutschten seine trockene Kehle hinab. Sein leerer Magen knurrte erwartungsvoll.

Die Gelehrten waren zurückgewichen, erschüttert, schockiert. Und er hatte gelächelt. In der Wüste blieb keine Zeit, schockiert zu sein.

Doch dann, gerade als er die Klauen um die Kehle des zweiten Mannes legen wollte, war da plötzlich Lette aufgetaucht.

Sie war klein. Das war sein erster Gedanke gewesen. Und dann, als er sie zermalmen wollte: *klein und scharf.* Ihre Klingen schnitten seine Schuppen, seine schwache, rissige Haut. Er wollte sie totschlagen, doch sie sprang beiseite. *Klein, scharf und schnell.* Und dann der Gedanke, der alle anderen zusammenfasste. *Lästig.*

Er ging sie an, mit aller Kraft und Wut, die ihm geblieben war. Schwungvolle Klauenhiebe ließen sie zurückspringen und zerschlugen eine uralte Architektur. Sie erklomm eine Mauer, eine Säule. Er schlug sie ein. Sie rollte sich weg, und er stampfte mit dem Fuß nach ihr. Noch aus der Bewegung sprang sie auf. Er schnappte sich einen Gelehrten und biss tief zu, um wieder zu Kräften zu kommen. Sie warf einen Dolch nach seinen Augen. Er benutzte den Gelehrten als Schild. Sie kam ihm nahe genug, um nach seinen Beinmuskeln zu stechen. Er trat sie fort. Sie flog davon, rollte sich abermals ab.

So war es gegangen, weiter und weiter. Sie hatten sich Kratzer und Schnitte zugefügt, aber nie einen tödlichen Treffer gelandet. Bald waren die Gelehrten vergessen gewesen. Selbst die toten, die ihren kostbaren Lebenssaft in den Sand vergossen. Alles, was noch zählte, war der Tanz des Kampfes. Das Messen der Fähigkeiten. Nur sie beide, Finte, Gegenfinte. Die Spannung, wer den letzten Schlag ausführen würde. Wessen Stärke zuerst nachließ.

Und dann trugen ihn seine Beine nicht länger, sodass er hinstürzte. Wartete auf die Klinge, die auf den Sturz folgen musste.

Sobald er wieder genug Kraft hatte, sich zu wundern, weshalb sie nicht kam, sah er Lette ebenfalls auf den Knien – keuchend, unfähig aufzustehen.

So hatten sie dort gelegen, Seite an Seite, während der Sand um sie herum heulte.

Eine Woche später waren sie gemeinsam aus der Wüste gekrochen – und seitdem zusammengeblieben.

Ein Stamm.

Und nun …

»Was denkst du?«, brummte er. Für ihn hatte Subtilität noch nie funktioniert. Er behandelte Gespräche wie Kämpfe: immer hart und feste drauf, bis etwas brach und zu nässen begann.

»Es ist ein guter Plan«, sagte sie leise, schaute ihn aber noch immer nicht an.

Balur überlegte. »Du schleichst dich hier raus, um mürrischerweise in die nähere Gegend zu starren und darüber nachzudenken, wie gut unser Plan ist?« Er nickte. »Ich glaub, ich rieche den Duft von Kuhdung.«

»Was, wenn ich dir sage, dass ich nicht darüber reden will?« Sie klang gereizt. Wahrscheinlich, weil sie wusste, dass sie diesen Kampf nicht gewinnen würde.

»Stamm teilt mit Stamm.«

»Dein Stamm ist tot.« Sie wusste genau, wie sehr es ihn ärgerte, wenn sie sich blöd stellte.

»Mein alter Stamm hat mich verstoßen. Deshalb möchte ich lieber vermeiden, mit meinem neuen Stamm wiederholenderweise die gleiche Erfahrung zu machen.«

Endlich drehte sie sich um. Sie wirkte angespannt. »Das Gold, das wir hatten, wäre ein neuer Start gewesen, Balur. Es hat uns die Möglichkeit geboten, in Kondorra von vorn anzufangen, fern von Göttern, Königen, Kriegen, Verrat und solchem Scheiß. Ein ganz anderes Leben wäre das gewesen – und jetzt ist es vorbei. Wir machen wieder dasselbe wie immer.«

Balur nickte. »Also kommen wir auch wieder zu Gold. Wir werden dieses neue Leben schon finden, bäldesterweise. Vielleicht irgendwo, wo es nicht ganz so viele Drachen gibt.«

Lette schüttelte den Kopf. »Das weiß ich alles, und das macht mir keine Sorgen.«

»Was ist es dann?«

»Dass ich jetzt, wo wir einen Plan haben – und einen guten dazu –, fast froh bin, dass wir das Gold verloren haben.«

Balur neigte zwar nicht zu Subtilitäten, aber er wusste, wie man heimlich tötete oder sich unentdeckt in feindliche Lager schlich. Genauso hielt er nun auch das Lächeln in seinem Herzen verborgen.

»Ich glaube, dass das hier wenigerweise mit dem Plan als mit der Planerin zu tun hat. Eigentlicherweise willst du nur den Brand in deiner Hose löschen.«

Nach kurzem Zögern grinste Lette. »Der Einzige mit einem Brand in der Hose warst du damals nach dieser Hure in Vinland.«

Das trübte Balurs Lächeln ein wenig. »Ehrlicherweise war die eine Fehleinschätzung.«

Lettes Zähne strahlten hell im schwindenden Licht. Balur erwiderte das Grinsen. Dann erschallte Quirks Stimme hinter ihnen. »Trank ist fertig!«

»Komm«, sagte Balur. »Bald wird es dunkel – und du hast ein ganzes Dorf zum Abfüllen.«

10

Ethel schnappen

Das Problem mit hoch riskanten Abenteuern und anderen waghalsigen Heldentaten, dachte Lette, bestand darin, dass man die meiste Zeit bloß auf dem Arsch herumsaß. Kein alter und geheimnisvoller Kult hatte sich je die Mühe gemacht, seine Tempel in bequemer Reichweite zur nächsten Stadt zu bauen. Kein alter, toter König tat einem je den Gefallen, in derselben Gegend begraben zu liegen, in der er auch geherrscht hat. Und angesichts der Häufigkeit, mit der wilde Tiere Dörfer terrorisierten, lebten sie bemerkenswert weit davon weg.

Selbst die bescheideneren Heldentaten – wie Überfälle auf zwei Soldaten und eine Kuh zum Beispiel – erforderten ein derart ungebührlich langes Ausharren im nächsten Gebüsch, dass diverse Barden Lieder über ihr Verhältnis dazu schreiben würden.

Die fraglichen Soldaten und ihr widerspenstiges Rindvieh waren noch eine halbe Meile entfernt. Die Straße – wenig mehr als eine lose Ansammlung von Matsch und Kies – wand sich trunken einen Hügel hinab und den nächsten wieder hinauf in Richtung Dorf. Zu beiden Seiten erstreckten sich karge, von kraftlosen Bäumen gespickte Weiden, eine Landschaft wie ein pickeliges Gesicht. Einige Schafe verfolgten das Geschehen und wirkten so übellaunig wie das Wetter. Ein Regenschauer schien drauf und dran zu fallen, doch offenbar fehlte ihm doch noch der nötige Mut.

Im selben Maße wie die schwangeren Wolken am Himmel wuchs auch Lettes Ungeduld.

»Ich hab dir doch gesagt, halt noch ein Nickerchen.« Anscheinend hatte Balur nun die Absicht, ihre Mutter zu spielen. »Morgendlicherweise bist du nach Verbrechen immer unausstehlich.«

Er kauerte neben ihr im Gebüsch. Oder eher *auf dem* Gebüsch, dem es mehr schlecht denn recht gelang, den Analesier zu verbergen. Aber wenn er sich zusammenkauerte und ganz still hielt, konnte Balur überraschend gut wie ein Stück Landschaft aussehen. Ein ausgesprochen doofes Stück Landschaft.

»Hab ich was gesagt?«, schnappte sie. »Hab ich mich etwa beschwert?«

»Du hast ärgerlicherweise geatmet.« Balur verzog keine Miene.

»Ist das wieder so ein Stammesscheiß?«

»Du atmest ziemlich schrill, wenn du dich aufregst«, klärte er sie auf, genauso tonlos wie zuvor. »Ich glaube, ansatzweise kneifst du deine Nasenflügel zu. Wäre die Erklärung, wieso du immer beim Kartenspielen verlierst: Du verrätst dich.«

»Ich verrate dir gleich, wohin du dir deinen Echsenschwanz schieben kannst.«

Alles wäre viel leichter, wenn Balur sich irren würde. Aber sie war wirklich früh aufgestanden. Und sie war sehr schlecht gelaunt.

Nachdem Quirks Trank endlich fertig gewesen war, hatten sie ihn im nächsten Schritt ins morgendliche Brot des Dorfes mischen müssen. Und wenn es einen Beruf gab, der noch schlimmer als Söldner oder reisender Abenteurer war, dann war das, wie Lette mittlerweile wusste, der des Bäckers. Arbeitsbeginn in der Arschritze der Dämmerung – wenn nicht noch früher. Eigentlich war es nicht mal die Arschritze, sondern dieses komische Büschel Mutantenhaar am Rücken, das die Arschritze ankündigte. Die Zeit, zu der der Hahn sich auf die Seite drehte und dachte: *Scheiß doch drauf, ich geb noch mal 'ne Viertelstunde aus.*

Sie war ehrlich froh, dass Balur nicht darauf eingegangen war, als sie diese gottverfluchte Laufbahn ins Gespräch gebracht hatte.

Was noch schlimmer war: Sie hatte nicht bloß früh genug aufstehen müssen, um zur selben Zeit beim Bäcker zu sein wie der Bäcker selbst, sondern früh genug, um die zwei Wegstunden von der Höhle bis zum Dorf zu laufen und *dann* zur selben Zeit beim Bäcker zu sein wie der Bäcker selbst. Fast wäre alles in die Binsen gegangen – als sie nämlich mit ihrem ausdrucksstarken Gähnen die Aufmerksamkeit des besagten Bäckers erregt hatte. Doch bis dieser mit verquollenen Augen in seiner Vorratskammer nachgesehen hatte, war sie längst zwischen die Dachbalken gepresst in Deckung gegangen, und der Idiot hatte nicht einmal nach oben geblickt.

Dann war sie hinter ihm zu Boden geglitten, hatte ihm einen Knüppel über den Kopf gezogen und etwas Milch verschüttet, damit es so aussah, als wäre er ausgerutscht. Und dann hatte sie den Teig mit Quirks Trank versetzt und war getürmt.

Danach hatte sie kein Nickerchen mehr gehalten. Und nun wartete sie hier darauf, eine Kuh zu stehlen, bereute es und konnte sich nicht mal beschweren, weil sie aus irgendeinem verfluchten Grund beschlossen hatte, ein selbstgerechtes, sarkastisches Arschloch zum besten Freund zu haben.

Da sie gerade darüber nachdachte, war diese Eigenschaft aber wahrscheinlich genau das, was ihn dazu qualifizierte, ihr bester Freund zu sein.

Sie seufzte. Sie wollte ja wirklich ein besseres Leben führen – aber es fiel ziemlich schwer, auch der bessere Mensch zu sein, den das voraussetzte.

Sie beobachtete die Soldaten, die Kuh und die Sonne am Himmel, und verfluchte der Reihe nach alle drei.

Da hörte sie hinter sich ein Rascheln und verzog das Gesicht. Sie hätte es vorgezogen, Will, Quirk und Firkin zu diesem Teil des Raubzugs in möglichst großer Entfernung zu wissen. Will und Quirk mussten aber zeitnah die Uniformen der Soldaten anziehen, und keiner von ihnen traute sich, Firkin auch nur eine Sekunde unbeaufsichtigt zu lassen.

Sie sah nach, wer von den dreien da gerade versuchte, sie auffliegen zu lassen. Es war Will. Unwillkürlich merkte sie, wie sich ihre Züge entspannten.

Und dann ruinierte er alles, indem er den Mund aufmachte.

»Ethel?«, fragte er.

Sie kniff die Augen zusammen. »Nein, Lette. Wir hängen jetzt seit zwei Tagen miteinander rum.«

»Nein.« Will schüttelte seinen einfältigen Kopf. »Die Kuh da kenne ich – das ist Ethel.«

Lette schloss die Augen. *Die Kuh da kenne ich.* Sie hatte ja erwartet, dass Kondorra etwas ländlicher sein würde, aber das …? Das war der Grund, weshalb sie lieber in Städten arbeitete. Die Fetische dort waren etwas vertrauter.

»Du kannst sie nicht vielleicht bekannterweise überreden, bei ihrer Entführung mitzuhelfen?«, vergewisserte sich Balur.

»Erinnert sich irgendeiner von euch noch an den Teil des Plans, der einen Hinterhalt vorsieht?«, zischte Lette.

»Das ist *meine* Kuh«, beharrte Will.

»Genau genommen nicht mehr«, zog Balur den Streit in die Länge.

»Ich habe sie groß gezogen«, widersprach Will.

»Der Grund, weshalb wir hier sind, ist doch der, dass der Drache Mattrax deinen Hof beschlagnahmt hat«, erinnerte ihn Balur. »Einschließlicherweise« – er zögerte kurz – »Ethel.«

Einen gesegneten Moment lang hielt Will den Mund. Dann schien er die ganze Sache mit dem Vernünftigsein wieder infrage zu stellen. »Sie bringen sie weg, damit sie gefressen wird! Wie eine Art Aperitif!«

»Genau«, zischte Lette. »Und das ist der Grund, weshalb wir sie stehlen, mit Drogen vollpumpen und an Mattrax verfüttern werden – das ist unser verdammter Plan!«

»Aber«, protestierte Will erneut, »das ist doch *meine* Kuh. Ich hab sie aufgezogen.«

Lette fasste sich an den Kopf und sah zur Straße. Die Soldaten waren jetzt sehr nahe.

»Versteck dich wieder in deinem verdammten Busch!«, zischte sie.

Er aber hatte es sich anscheinend in den Kopf gesetzt, auf die Straße zu treten. »Hey da!«, hörte sie ihn rufen. »Das ist meine Kuh!«

Sie tauschte einen Blick mit Balur. »Vielleicht ist das ja eine sehr geschickte Ablenkung«, grollte er.

Lette dachte darüber nach. »Er lässt sich zur Ablenkung den Bauch aufschlitzen?«

Balur zögerte. »Hieße, dass wir die Beute nur viererweise statt fünferweise teilen müssen.«

Draußen auf der Straße lief es derweil nicht gut – was insbesondere durch die Tatsache veranschaulicht wurde, dass beide Soldaten ihre Schwerter gezogen hatten. Sie betrachteten Will mit einer Mischung aus Argwohn und Unglauben, als sähen sie einer Maus dabei zu, wie sie aus ihrem Loch spaziert, auf einen Teller steigt und höflich um etwas mehr Käse bittet.

»Was verdammt hast du da gerade …?«, fragte der eine.

»Er sagt, das wär seine Kuh«, half der andere aus.

»Ist ja witzig.«

»So witzig nun auch wieder nicht.«

»Wie Mattrax sieht er mir ja nicht aus«, sagte der Erste.

»Ich warte immer noch auf die Pointe«, sagte der Zweite.

»Und die Kuh gehört Mattrax.«

»Das Gesicht von deiner Mutter, das ist witzig.«

»Wenn du also nicht Mattrax bist …«, sagte der Erste zu Will.

»*Das* war übrigens eine Pointe«, erklärte der Zweite.

»… dann verpisst du dich besser.«

Beide Männer wirkten äußerst unterschiedlich: einer groß, einer klein. Einer war fett, einer war schlank. Der eine war blond, das Haar glatt und fettig, der andere dunkel, mit kurzen Locken. Einer war blass, einer sonnengebräunt. Tatsächlich war das Einzige, was beide gemeinsam hatten, der Ausdruck immer größerer Verachtung auf ihren Gesichtern.

»Das da«, sagte Will und betonte jedes Wort ganz deutlich, »ist *meine* Kuh.«

Der erste Soldat schaute den zweiten an, dann Will. »Und du«, erwiderte er, »du bist ein dämlicher Scheißer.«

Lette konnte nicht behaupten, dass sie das gerade anders sah.

»Wir könnten ihn aufgeschlitzterweise als Ablenkung nutzen, ob er will oder nicht«, schlug Balur im Flüsterton vor.

Lette seufzte. Ein Teil von ihr fand Balurs Vorschlag durchaus verlockend. Klar, Will war ein hübscher junger Mann, aber es gab genügend hübsche junge Männer auf der Welt, und viele davon konnte man sich kaufen. Nur, dass dies Wills Plan war. Und auch wenn er zu blöd war, zwei zurückgebliebene Soldaten auszurauben, so kannte er sich doch mit ziemlicher Sicherheit in Mattrax' Festung aus und wusste wie man eine Kuh am besten vom Eingangstor bis zur Höhle des Drachen brachte.

Davon abgesehen passte es wahrscheinlich schlecht zu ihrem Vorsatz, sich zu bessern, wenn sie ihre gerade erst gefundenen Gefährten gleich dem Tod überließ.

Also stand sie auf, zwängte sich aus dem Dickicht und marschierte zu der Gruppe hinüber. Die beiden Soldaten sprangen zurück. Was bedeuten musste, dass sie Lette bis zu diesem Zeitpunkt noch nicht bemerkt hatten, wie sie nicht ohne einen Anflug von beruflichem Stolz registrierte.

Dann erwachte auch Balur lautstark zum Leben. »Also schön«, grollte er und richtete sich zu seiner vollen Größe auf. Zu Lettes Verdruss erschraken die Soldaten hierbei deutlich mehr.

»Was zur Hölle ist das denn?«, rief der erste.

»Anscheinend die Stunde der blutigen Anfänger«, erklärte Lette. Sie schaute kurz die leere Straße entlang – in beide Richtungen. »Zurück in dein Gebüsch«, befahl sie Will.

»Aber wir können doch nicht … Ethel ist *meine* Kuh.«

»Ich weiß – das hast du bereits mehrfach betont. Wir brauchen aber eine Kuh.« Sie deutete auf die leeren Felder ringsum. »Und zurzeit sind Kühe hier etwas knapp. Also brauchen wir diese. Jetzt geh bitte in dein Gebüsch und lass die Erwachsenen sich um alles kümmern.«

»Ihr gebt jetzt sofort die verdammte Straße frei«, befahl der zweite Soldat und wedelte unbestimmt mit seinem Schwert. »Das hier sind Mattrax' Angelegenheiten. Und die dürfen nicht gestört werden, schon gar nicht durch … durch …« Er sah Balur an. »Durch so was wie euch.«

»Könntest du mal eben still sein, während ich versuche, meinen Kollegen hier zur Vernunft zu bringen?«, bat Lette.

Der Soldat öffnete den Mund.

»Es wäre besser, du tust, was sie sagt«, sagte Balur. »Diskutiererenderweise braucht man ihr nicht zu kommen, wenn sie so ist.«

Der Soldat klappte den Mund wieder zu.

»Ich würde ja gerne zum Ausdruck bringen, wie leid es mir tut, dass dir diese Kuh mal gehört hat«, sagte Lette zu Will. »Kann ich aber nicht. Soll ich ganz ehrlich sein? Es ist mir scheißegal. Ich brauch einfach eine Kuh. Denn dank ihr werde ich so verdammt viel Gold in die Finger kriegen, dass ich's einschmelzen und mir eine ganze Herde goldener Kühe daraus machen kann, wenn ich das will. Deshalb wirst du mir jetzt aus dem Weg gehen, dich nicht weiter in meinen Kuhraub einmischen und in deinem gottverfluchten Gebüsch warten. Kapiert?«

Irgendwas in ihrer Stimme musste zu guter Letzt zu ihm durchgedrungen sein, denn Wills Blick wanderte von der Kuh zum Gebüsch.

»Kuhraub?«, fragte der erste Soldat. »Meinst du ernsthaft …«

Ohne hinzusehen, ließ Lette ihren Arm vorschnellen. Ein Dolch erschien im Hals des Mannes, eingegraben bis zum Griff. Gurgelnd ging der Soldat zu Boden.

Balur schüttelte den Kopf. »Ich hatte euch gewarnt. Unmissverständlicherweise.«

Dem zweiten Soldaten stand der Mund offen. Einen kurzen Augenblick entwich ihm bloß Luft. Dann warf er sich mit einem Aufschrei auf Lette.

Genau genommen warf er sich in den Weg von Balurs Kriegshammer, der ihm mit beträchtlicher Geschwindigkeit entgegenflog.

Er ging ebenfalls zu Boden. Diesmal gab es nicht einmal ein Gurgeln.

Lette sah Will an, der noch immer wie versteinert auf dem Weg stand. »Was?«

Sein Blick wanderte vom Gebüsch zu den toten oder jedenfalls bald toten Soldaten, dann zuckte er die Achseln. »Bringt jetzt wahrscheinlich nicht mehr viel, sich zu verstecken.«

Während Quirk und Will die entwendete Garderobe anlegten, nahm Balur Lette beiseite.

»Was ist denn nun schon wieder los?«, fragte sie gereizt.

»Geht es dir gut?«

Lette brauchte einen Moment, um zu begreifen, dass Balur sich offenbar tatsächlich Sorgen machte. »Ja.« Beinahe war sie verblüfft genug, ihren Zorn zu vergessen. »Klar. Wieso?«

Balur züngelte. »Du hast ihn gerettet«, stellte er mit einem Blick auf Will fest. »Du hast nicht abgewartet, bis sie ihn angreifen und abgelenkt sind. Du bist gefährlicherweise einfach aufgestanden.«

Sie betrachtete die beiden Soldaten, mittlerweile tot und nackt. »Gefährlich?«, höhnte sie.

»Nicht sehr«, gab Balur zu. »Aber ein bisschen. Und unnötigerweise ein Risiko.«

Unter seinem Blick wurde Lette unbehaglich zumute. Er wollte auf irgendwas hinaus, und sie war sich nicht sicher, ob sie es hören mochte. »Und weiter?«

Balur zuckte die Schultern. »Ach, nichts weiter. Ich denke nur, dass die alte Lette sich außerhalbsweise Kondorras nicht so verhalten hätte.« Er starrte zu den grauen Wolken am Himmel hinauf. »Und so was wie das eben lässt mich fürchten, dass du wirklich ein besserer Menschen werden könntest.«

Damit ließ er sie stehen. Und seine Worte begleiteten sie noch, als sie die anderen schon verlassen hatte und die Hügel hinauf in die Berge stieg, wo Mattrax' Höhle auf sie wartete.

11

Mampf mampf Prophezeiungen mampf

Sobald sich Balur überzeugt hatte, dass Will ausreichend eingeschüchtert war und nicht länger wegen Ethel jammern, sondern ihren drogenschwangeren Hintern wie besprochen an Mattrax verfüttern würde – und sobald er gleichermaßen überzeugt war, dass Quirk in ihrer Gier nach kuscheliger Drachennähe den Bauernjungen bei der Stange halten würde, packte er Firkin am Nacken und lenkte den torkelnden Trunkenbold gen Zivilisation. Oder was hier am Arsch von Kondorra als solche durchging.

Balur hatte das Dorf zwar noch nicht gesehen, doch nach ihrem Besuch beim Bäcker heute früh hatte Lette es als einen »Mitesser der Menschheit« bezeichnet, »der nur darauf wartet, dass ihn die Finger des Widerstands ausquetschen«.

Firkin für seinen Teil schien ganz glücklich damit zu sein, dass man ihn vorwärtsschubste, und murmelte vor sich hin. Balur machte sich auf das offene Schleusentor von irrem Geschwätz gefasst und versuchte ihm eine Weile lang zuzuhören.

»… nur ans Geld. Das ist ihr Problem. Glänzendes Zeug, daran denken sie. Ich kann alles Mögliche zum Glänzen bringen. So richtig hell. Bisschen Fischöl, damit bring ich mich selbst zum Glänzen. Dann schimmer ich in der Sonne, und alle wollen nur noch mich. Mattrax nimmt mich mit nach Hause und drückt mich an seine Brust. Dann gibt er mir von seiner Kuhleber ab, und ich glänz wie ein Knöpfchen. Alle werden für mich kämpfen. Und ich befehl ihnen zu tanzen, nur für mich, und alle drehen sich. Und dann wollen mich alle greifen, geht aber nicht, weil Fischöl echt glitschig ist. Glitschig *und* glänzend. Ist eigentlich doppelt so gut wie Gold.«

Balur schlug das Schleusentor so hart zu, dass es in seinem Schädel widerhallte.

Dörfler zum Aufstand anstacheln. Mit Firkin.

Das war so ähnlich, wie jemanden mit einer nassen Nudel totpeitschen zu wollen. Wie so vieles wäre es deutlich leichter, wenn er einfach die Fäuste dazu nahm.

Als er das Dorf endlich zu Gesicht bekam, war es größer als erwartet. Um die vierzig Häuser, die sich um die Hauptstraße gruppierten. Eine Taverne mit einem verwitterten Schild und dem schönen Namen »Zum abgestochenen Schwein«. Mehrere Läden. Es gab sogar einen Totengräber, vor dessen Haus sich die Särge stapelten, und Balur fragte sich, ob das nun ein gutes Zeichen war oder nicht. Auch einen gepflegten Tempel gab es, obgleich die Chancen einer göttlichen Manifestation in dieser Gegend in etwa der Aussicht darauf entsprechen dürften, eine Jungfrau in einem Hurenhaus anzutreffen.

Alles war aus stabilem Holz gebaut, die Dächer teils mit Stroh, teils mit Schiefer gedeckt. Die meisten Gebäude waren verputzt, und die Taverne machte sogar den Eindruck, als hätte sie irgendwann in ihrem Leben einmal echte Farbe gesehen.

Doch trotz dieses gesunden Gerüsts wirkte das Dorf seltsam niedergeschlagen. Zwar hing noch nichts richtig durch, trotzdem sahen die Häuser allesamt aus, als würden sie sich lieber am Boden lümmeln. Die Straße war längst in keinem guten Zustand mehr, und selbst der Efeu wirkte weniger pittoresk als vielmehr wie ein Ausschlag, den man zu lange unbeachtet gelassen hatte.

»Wie nennt sich dieser Fleck noch gleich?«, fragte er Firkin, der immer noch vor sich hinbrabbelte. Die schwache Glut eines fremdartigen Feuers brannte in seinem Blick. Balur war sich nicht sicher, ob der Wahnsinn gerade abklang oder kurz vorm Auflodern war.

»Das Dorf.« Firkin nickte bekräftigend.

»Ja?« Das war doch offensichtlich. Eher unwahrscheinlich, dass er sich nach dem Namen des Gehölzes dort hinten erkundigte.

»Das Dorf«, wiederholte Firkin.

»Wie nennt es sich?«, wiederholte Balur die Frage.

»Das Dorf«, sagte Firkin zum dritten Mal.

Balur löste den Kriegshammer aus den Schlaufen auf seinem Rücken. Das konnte er Lette irgendwie erklären. Es würde ihr schon nicht so viel ausmachen.

Plötzlich kam ihm aus heiterem Himmel der Gedanke, dass der Alte vielleicht doch keinen völligen Nonsens quasselte.

»Moment mal – der Name des Dorfes ist wörtlicherweise *Das Dorf?*«

»Das Dorf«, sagte Firkin abermals. Dann, als er seine Unterschrift auf dem Todesurteil in Balurs Augen erkannte, drehte er sich im Kreis und kreischte: »Ja! Wollte Ja sagen. Von der eigenen Zunge verraten – meine Lippen schlafen mit dem Feind. Fraternisieren alle beide. Ich trau ihnen nicht!«

Die Herausforderung, überlegte Balur, würde darin bestehen, dafür zu sorgen, dass Firkin sein verdammtes Mundwerk hielt.

Auf den Straßen des Dorfes, stellte er beim Näherkommen fest, herrschte ungewöhnlich viel Betrieb. Und nachdem er die Größe der Menge kurz überschlagen hatte – sowie den besten Weg, sich durch sie durchzukämpfen, sollte dieser unwahrscheinliche aber potenziell erfreuliche Fall noch eintreten –, kam er zu dem Schluss, dass so ziemlich jeder Dörfler auf den Beinen war. Sie liefen ziellos durch die Gegend, stießen gegen Wände und auch gegeneinander.

»Was stimmt mit denen nicht?« Balur packte seinen Hammer fester. Das mit dem Sich-durch-die-Menge-Kämpfen schien plötzlich weitaus wahrscheinlicher.

»Hat's ihnen reingemischt«, erklärte Firkin mit klappernden Zähnen. Mochten sie auch gelb sein, eigentlich war es bei seinem Lebenswandel erstaunlich, dass er überhaupt noch welche besaß. »Hat ihnen den Juju in die Köpfe und Mägen geflößt. Voll mit Pisse und mit Feuer. Und Feuerpisse. Wobei's dagegen eine Salbe gibt.« Er nickte, sodass seine Haarmatte vor und zurück flog. »Eine gute sogar.«

Balur züngelte. Die Luft schmeckte unangenehm nach Firkin. Dahinter nahm er den leichten Hauch von Menschen war. Und ja, das Aroma war ein wenig aus dem Gleichgewicht. Eine Spur von Quirks Trank – dieser schwere, blutgleiche Geruch, der sich auf seinen Rachen gelegt hatte.

Sie hatten bereits das zweite Haus passiert, ehe die ersten Leute sie bemerkten. Obwohl die Köpfe ihnen folgten, schienen die Blicke noch halb nach innen gewandt. Balur sah eine Frau mittleren Alters, sehnige Arme, rundlicher Bauch, das graue Haar unter eine ehemals weiße Haube gezwängt. Die Pupillen in dem hageren Gesicht waren zu weit und wanderten ruhelos umher. Den Kopf hatte sie zurückgelegt, die Nasenflügel gebläht, und ihr Mund war weit genug geöffnet, um ihre Zunge zu sehen, die immer wieder über ihre Zähne fuhr, vor und zurück, vor und zurück. Ihrer Kehle entstieg ein Laut, der halb Knurren und halb Klagen war.

So waren sie alle – nicht richtig da. Dasselbe besiegte, unterernährte Aussehen. Mutlosigkeit würzte die Dorfluft unter dem Aroma von Quirks Trank. Diese Leute hatten sich aufgegeben. Quirks Gebräu wirkte zwar, gärte und schäumte in ihren Köpfen und Herzen, doch der urweltliche Zorn, den es zu entfachen suchte, lag so tief vergraben, dass die Flammen niemals lodern würden.

Während sie langsam tiefer in das Dorf vordrangen, scharte sich die Menge um sie. Männer, Frauen, Kinder. Alle stolperten Balur und Firkin hinterher. Bis sie die Dorfmitte erreicht hatten, waren sie komplett umzingelt.

Balur lenkte seine Schritte im Kreis. Wie stachelte man einen Aufruhr an? Sein üblicher Ansatz war, ein paar wichtig wirkende Leute umzubringen. Leider wirkte hier niemand sonderlich wichtig. Davon abgesehen stellte sich auch die Frage, ob er es sich überhaupt leisten konnte, zu viele Dörfler zu Fleischmatsch zu verarbeiten. Wie viele brauchte er, um die Druckplatte vor Mattrax' Fallgitter zu aktivieren?

Somit blieben ihm wohl nur Worte.

Bussis Fluch auf ihre Schwänze.

»Bürger!«, rief Balur, denn dies schien die Art zu sein, wie die meisten Reden begannen. »Moment... Dörfler«, verbesserte er sich. »Ihr werdet vom Drachen Mattrax unterdrückt.« Er fuhr die Lautstärke etwas hoch. »Man hat euch räuberischerweise das gottgegebene Recht genommen, mit euren Zähnen Fleisch von Knochen zu reißen!«

Moment ... Er zögerte. *Menschen rissen doch gerne mit den Zähnen Fleisch von Knochen, oder? Er sollte ihnen wirklich allgemeinerweise mehr Beachtung schenken* ... Er stellte sich Lette mit einer Truthahnkeule vor. *Doch, das mochte sie. Er war auf dem richtigen Weg.*

»Man sperrt euch ein wie Vieh. Raubt euch euren Stolz! Euren Stamm. Euren Weg zum Krieg. Ihr werdet ...«

Er hielt inne, als er einen leichten Stoß an seinem Bauch verspürte. Er senkte den Kopf. Ein Mann um die vierzig, wahrscheinlich ein Bauer, mit einem dichten Bart voller Schleifen und Zöpfe, starrte ratlos den dicken Ast an, den er Balur gerade in den Bauch gerammt hatte. Dann stieß er probehalber erneut zu. Der Ast prallte an Balurs Schuppen ab. Wenn er nicht zugeschaut hätte, Balur hätte es vielleicht verpasst.

Der Bauer sah zu ihm auf und ließ den Stock fallen.

Also schön, dachte Balur. *Dann bringen wir wohl doch ein paar von ihnen um* ...

»Eier!«, erklang ein schriller Schrei an seiner Seite. Verdammt – er hatte Firkin ganz vergessen. Der verrückte kleine Mann trat vor ihn hin und schrie aus Leibeskräften.

»Ihr habt doch Eier! Genau da vorn, in euren Hosen! Ich weiß, dass sie da sind, ich hab da nämlich selbst welche. Werd die verdammten Dinger einfach nicht los. Folgen mir wie ein Schatten. Ein Schatten, der die Sonne ignoriert – Dämonenwerk!«

»Gut, gut«, brummte Balur. »Jetzt halt mal schleunigsterweise den Mund.«

Firkin aber achtete gar nicht auf ihn. »Erinnert ihr euch überhaupt noch an eure Eier, ihr Haufen Wieselfürze? Du da!«, schrie er. Sein Finger schnellte vor und tippte einer Frau an die Stirn. »Erinnerst du dich noch an deine Eier?«

Die Frau starrte verwirrt seinen Finger an. Ihr Kiefer öffnete und schloss sich mit einem Klicken.

»Wisst ihr noch, wie Mattrax euch befohlen hat, sie nicht mehr zu benutzen?«, kreischte Firkin.

Umso besser. Balur ließ seine Knöchel knacksen. *Firkins Blut würde das erste Opfer sein, das er dem hiesigen Boden darbrachte.*

»Wieso hört ihr Pissköpfe denn darauf, was euch eine riesengroße fliegende Eidechse sagt?«, fragte Firkin die Menge.

Balur holte zum Schlag aus.

Da kam auf einmal Bewegung in die Menge. Ein Laut erhob sich. Halb war es ein Stöhnen, halb so etwas wie ein Wort. Ein lautes »Buh« hallte aus den Mündern.

Balur zögerte. War das … funktionierte das etwa?

»Fliegende Eidechsen?« Firkin war nun ein wild gestikulierendes Bündel spindeldürrer Glieder. »Das ist doch völlig verrückt! Hat euch einer ins Hirn gefickt? Riesengroße Eidechse – fliegt mit ihren Flügeln rum. So ein Scheiß.« Er zeigte mit dem Finger. »Alles Scheiße, hört ihr? Einfach nicht auszuhalten. Als würde man der natürlichen Ordnung ins Gesicht pinkeln. Je größer was ist, desto fester auf dem Boden sollte es sein! Ist doch logisch. Drachen sollten sich Löcher wühlen. So ein Drache in seinem Erdloch, das könnte ich vielleicht noch respektieren. Aber ein großer fliegender Drache? Das schreit nach Eiern – und zwar nach euren. Eure Eier!«

Balur war sich nicht mehr sicher, ob Firkin auf etwas Bestimmtes zeigte oder einfach nur um sich schlug.

»Aber er hat euch verboten, eure Eier zu benutzen, hab ich recht? Und ihr habt ihm geglaubt, weil er so große alte Zähne hat. Ooooooh.« Firkin tat verängstigt. »Seine großen alten Mampfer und Stampfer!«

»Ooooooh«, rief die Menge zurück, und in die Stumpfheit, die sie im Griff hielt, mischten sich nun Spuren echter Furcht.

Balur verlagerte sein Gewicht. Firkin hatte sie jetzt in der Hand, daran bestand kein Zweifel; doch mit Firkin an der Ruderpinne war der Kurs erst recht ungewiss. Auf einmal schien die ganze Welt voller Riffe zu sein.

»Fürchtet die Mampfer!«, rief Firkin. »Fürchtet die Stampfer! Ist schon klar. Sind ja auch nicht verrückt, oder? Aber riesengroße fliegende Eidechsen? Pah! Gute Leute, das ist das, was ihr seid. Bodenständige Leute. Dort, wo sie hingehören. Nur, dass wir eigentlich über die Drachen gehören. Sind ja auch kleiner als sie. Also eigentlich weiter nach oben. Da oben ist aber er – wegen seiner Mampfer.

Ich sage: Scheiß auf die Mampfer!« Firkin riss sich das Hemd über den Kopf und schlug sich auf die Hühnerbrust. »Aber wer hört schon auf mich? Ich bin ja bloß der arme alte gluck-gluck Firkin, richtig? Nur Suff und Blödheit, sagt ihr. Das sagt ihr aber bloß, weil ihr hier mit ’nem Drachen über euch lebt, der eigentlich unter euch sein sollte. Ihr lebt in einer Welt, in der alles Kopf steht. Als Nächstes hockt ihr euch noch in die Vogelnester. Und wieso? Wegen der Mampfer.«

Unheilvoll ließ er den Blick über die Menge schweifen. Ein Grummeln erhob sich. Ein streitlustiges Grollen.

»Mampfer«, wiederholte Firkin. »Mampfer. Mampfer. Mampfer! Und Stampfer! Und Stampfer! Und Mampf! Und Stampf! Mampf! Mampf! Mampf!« Wieder und wieder hämmerte er das Wort auf sie ein, reckte die Arme und schlug sie zusammen, das Klatschen war der Kontrapunkt zu seinen Worten. Das Wort fraß sich fest, verbreitete sich wie ein Ausschlag in der Menge und kam zu ihm zurück.

»Mampf! Mampf! Mampf!«, skandierte die Menge.

Balur gab auf. Er hatte keine Ahnung mehr, was eigentlich los war.

Firkin hatte sich in einen wild wirbelnden Derwisch mit fliegendem Bart verwandelt. Gerade als die Menge vor Geschrei zu platzen drohte, riss er die Arme herab – ein Dirigent, der sein Orchester zum Schweigen bringt. Die Menge verstummte.

»Wir haben keine Mampfer.« Firkin klang traurig. »Nicht wie diese große, alte Echse. Wir haben bloß ganz winzig kleine. So klein, dass sie mit den Vögelchen davonfliegen könnten. Wegschweben vielleicht. Mit Mampfern, die einem davonfliegen, kann man aber keinen Drachen beißen. Macht man sich bloß das Zahnfleisch kaputt.«

Die Menge murmelte Zustimmung. Balur fragte sich, ob es sie stören würde, wenn er sich ein Weilchen hinsetzte.

»Aber ...« Firkins Stimme senkte sich zu einem Bühnenflüstern. »Was, wenn wir unseren eigenen Mampfer hätten? Was, wenn wir den größten und schärfsten Mampfer überhaupt hätten? Einen Mampfer zum Drachenmampfen. Zum Zubeißen und Tiefreinschlagen. Einen Mampfer, dass die große fliegende Eidechse sich in die Hose macht deswegen – und euch eure Eier wiedergibt. Was könnte das wohl sein?«

Die Menge wirkte genauso ratlos wie Balur.

»Was, wenn prophezeit würde, dass der Mampfer heute hier eintrifft? Hier und jetzt, in unserer Mitte. Was, wenn es eine große und schreckliche Prophezeiung gäbe, dass der Mampfer unter uns mampfen würde? Dass er nach uns verlangt? Unsere Eier verlangt! Damit unsere Eier mit ihm mampfen, um gegen die Mampfer zurückzumampfen. Was, wenn die Prophezeiung in unserer Mitte lebt und atmet?«

Balur legte die Stirn in Falten. Einen Helden – Firkin versprach ihnen einen Helden.

Wo zur Hölle sollten sie jetzt gleich einen Helden hernehmen?

Balur hatte zu lange tatenlos zugesehen. Er hatte Firkins Leine zu lang gelassen. Lang genug, um nicht nur sich selbst damit zu erhängen, sondern sie alle.

Der kleine Mann hatte sich inzwischen von ihm fortbewegt. Der Analesier watete durch die Menschenmenge. Firkin sah ihn kommen und tänzelte fort. »Heute ist der Tag, an dem unsere Eier sagen: genug! Heute ist der Tag, an dem unser Held, unser Prophet sie befreit. Heute werden wir an seiner Seite stehen, unsere Hosen prall vor Leben und Potenz, und wir werden den Drachen dorthin stecken, wo er hingehört: in den Boden!«

Balur hatte ihn nun fast erreicht. »Jetzt warte mal …«, sagte er, doch dann brach auf dem Dorfplatz ein solches Geschrei los, dass er seine eigene Stimme nicht mehr verstand. Fast war es ein Bellen, ein wildes Geheul, als die Mordgier endlich losgelassen wurde. Männer, Frauen und Kinder warfen die Köpfe zurück und schrien ihren Zorn hinaus, der von Feuerwurzel angeheizt war.

»Zu Mattrax' Höhle!« Firkins schrill näselnde Stimme schnitt sich durch den Lärm. »Er wartet am Eingang zu Mattrax' Höhle auf uns! Da wartet er mit unseren Eiern!«

Einen Moment lang stand die Menge bloß still da, die Augen weit, die Münder hungrig, während die Worte in ihre drogenvernebelten Hirne einsanken.

Dann stürmten sie plötzlich los – wie ein einziges Wesen: eine bellende, brüllende Masse entfesselter Menschen – in die Hügel, zur Höhle, zu Mattrax. Sie hatten es geschafft, erkannte Balur: Sie hatten die kritische Schwelle erreicht und jetzt auch überschritten. Nur was genau die Menschen eigentlich dazu gebracht hatte, war ihm nicht ganz klar.

Firkin bückte sich und hob einen Käfer auf, der sich gerade aus einer Pfütze gekämpft hatte. Er steckte ihn sich in den Mund, knackte ihn und leckte sich die Lippen, während er der davonziehenden Menge nachschaute.

»Leute zur Gewalt anstacheln«, sagte er. »Da krieg ich immer mächtig Hunger von.« Er grinste Balur an, und seine Augen glitzerten von den Flammen seines inneren Feuers. »Stacheln wir noch etwas weiter!«

12

Die riesengroße fliegende Eidechse

Hoch über dem Grund des Tals von Kondorra, umschlossen von den schützenden Wänden seines Berges, auf der Kuppe eines Haufens aus Gold, der so groß war, dass tatsächlich früher einmal ein Dieb darin ertrunken war, fühlte sich der Drache Mattrax von dem drängenden Verlangen erfüllt, auf alles unter ihm zu scheißen.

Auf das ganze hinterwäldlerische Tal. Diesen von Feldern und Wäldern verstopften, zotteligen Arsch der Welt. Das hatten sie ihm gnädigst überlassen – ihm, Mattrax. Der die Gesichter von tausend Feinden verbrannt hatte. Der zehntausend mehr mit seinen vergoldeten Krallen ausgeweidet hatte. Er, der auf dem Reichtum von zehn Königen saß. Dies war, was das Drachenkonsortium ihm gegeben hatte: die Nordspitze des Tals. Eine derart abgelegene und dünn besiedelte Gegend, dass die bedeutsamste aller Menschensiedlungen darin schlicht als *Das Dorf* bekannt war.

Es hieß noch nicht einmal *Die Stadt.* Man konnte auch nicht so tun, als ob es in absehbarer Zeit vielleicht in *Die Stadt* umbenannt werden würde. Eigentlich wäre *Der Weiler, der eine übertrieben hohe Meinung von sich hat* die treffendere Bezeichnung gewesen. Dann waren da noch die Bauernhöfe, die sich wie Warzen auf dem Hintern einer Hure verteilten. Bewohnt von menschlichem Eiter. Und was noch schlimmer war, viel, viel schlimmer … von *armem* menschlichem Eiter.

Das war das Ärgerliche an alledem: Wenn es in seinen Bergen wertvolle Erzadern gäbe; wenn Gold und Diamanten in tiefen Minen glitzern würden; wenn sich statt der Gehöfte die Herrenhäuser einer reichen Oberschicht in die Hügel schmiegen würden; dann würde das seine Frustration vielleicht etwas lindern. Aber nein – es gab bloß Bauern, Analphabeten und geistig Verwirrte. Das waren seine Untertanen. Und keine Menschenseele sonst.

Mattrax verlagerte sein Gewicht auf dem Goldhaufen. Eine Krone und mehrere rubinbesetzte Halsketten kamen ins Rutschen und klapperten gegen Silberschüsseln, Diademe und lose Edelsteine. Die riesenhaften Windungen seines Körpers drehten sich, die Lederschwingen reckten sich, als er es sich wieder gemütlich machte.

Mit seinem Körper schlugen auch seine Gedanken eine neue Richtung ein, wandten sich einem dunkleren Territorium zu.

Dathrax. Dieser aufgedunsene, faule Sohn eines Leguans. Dathrax, der fett und zufrieden eine Provinz weiter südlich saß und sich an seinem Besitz um den Athrilsee erfreute. Fischerstädte. Nicht bloß eine, sondern *Städte* – Mehrzahl. Und die Taschen aller Bürger vollgestopft vom Profit ihrer stinkenden Fischzüge.

Allein die Steuern. Beim Gedanken daran musste Mattrax stöhnen. Er kratzte sich mit einer goldenen Kralle am Bauch und stellte sich vor, wie die Wagen mit ächzenden Achsen ihre Last heranschafften. Große, pralle Kisten, so übervoll, dass die Münzen geradezu aus ihnen herausplatzten, seine Klauen anflehten, sie aufzusammeln.

Und nichts davon gehörte ihm. Alles Dathrax.

Natürlich könnte er Dathrax überrennen. Früher oder später *würde* er ihm den Athrilsee wirklich wegnehmen. Doch dazu brauchte er eine Armee. Die wiederum brauchte Geld. Und dafür brauchte er bessere Steuerzahler als einen Haufen stinkender Bauern, die im Schlamm lebten.

Doch mehr hatte er nicht.

Und aus diesem Grund blieb ihm nichts anderes zu tun, als seine Schwingen auszubreiten, eine Runde zu drehen und auf alles zu scheißen.

13

Ethel will zur Party

Will hielt den Strick um Ethels Hals so fest gepackt, dass er sich mit seinen Nägeln zu verletzen drohte. Der Strick war alt und rau und franste schon aus. Will stellte sich vor, wie sich der Strick für Ethel anfühlte: das langsame Scheuern, vor und zurück, das immer schmerzhafter wurde. Dazu die schroffen Kiesel unter den Hufen, so anders als die sanften Wiesen, die sie ihr ganzes Leben über gekannt hatte.

Er stellte sich vor, wie der Drache Mattrax seine Kiefer um ihren Nacken legte.

»Weinst du etwa?« Quirk studierte ihn, als suchte sie nach einer versteckten Wunde.

Will wandte den Kopf ab, sodass der gestohlene Helm sein Gesicht verdeckte. Das war nicht weiter schwer – die Wache, deren Rüstung er trug, hatte einen ziemlich dicken Kopf gehabt, und der Helm war ihm zu weit. Alles war ihm zu weit: Das Kettenhemd klirrte um seine Schenkel, der Schwertgürtel drohte ständig zu verrutschen, und seine Hosen verschwanden in übergroßen Stiefeln. Er hätte sich selbst dann in dem Aufzug nicht wohlgefühlt, wenn dieser nicht von Balurs Hammerschlag blutgetränkt gewesen wäre, mit dem der Analesier dem vorherigen Träger den Großteil der Lunge durch die Reste seiner Rippen gedroschen hatte.

Genau wie Mattrax' Kiefer das Leben aus Ethel quetschen würden …

»Ich hab sie schon als Kalb gekannt, das ist alles.« Will bemühte sich um eine gefasste Stimme. »Mein Pa hat sie zur Welt gebracht, aber ich habe mich in den ersten Jahren um sie gekümmert. Ich durfte mich immer um die jüngeren Tiere kümmern. Ich habe sie zur Weide gebracht, ihren Stall ausgemistet und ihr die Kletten aus dem Fell gezupft.«

Quirk nickte teilnahmsvoll. »Das ist hart – sowohl zu Beginn als auch am Ende eines Lebens dabei zu sein. Ich würde auch nicht die gesamte Reise mitmachen wollen.«

Will nickte und gestattete sich ein Schniefen.

Quirk legte ihm eine Hand auf die Schulter. »Deine Entschlossenheit, das durchzuziehen, ist wirklich beeindruckend. Es fällt schwer, die Rachlust nach der ersten Hitze des Gefechts weiter zu nähren – besonders, wenn man dafür etwas opfern muss, das man liebt.« Sie lächelte teilnahmsvoll. »Bedauern ist keine Schwäche, Will. Es ist ein Zeichen von Menschlichkeit, von Mitgefühl.«

Will nickte dankbar. Er war froh, dass Quirk ihn begleitete. Mit Balur oder Firkin wäre es schwieriger gewesen; das waren Leute, die ihn nicht verstanden.

»Jetzt halt Ethel bitte mal still«, sagte Quirk. »Ich muss ihr noch gut eine Gallone oder so hiervon einflößen …«

Den Rest des Morgens und den größten Teil des frühen Nachmittags verbrachten sie damit, der großen Straße im Zickzack ins Gebirge zu folgen. Mit jeder Windung änderte sich die Landschaft, Felder und Wälder wichen Fels und Geröll.

Schließlich ragte das äußere Tor der Festung vor ihnen auf. Beim Anblick dieses schweren Eichenmonsters hätte sich Will auch nicht weniger willkommen gefühlt, wenn die Eisenstifte im Holz die Worte »Verpisst euch« buchstabiert hätten. Gerahmt wurde es von einem steinernen Torhaus, das einem ganz ähnlichen Thema folgte. Dahinter gähnte ein scharf gezackter Spalt im Felsboden, und jenseits dieses Grabens erhob sich Mattrax' Festung.

Wenn das Torhaus schon abweisend wirkte, so war die Antwort der Festung auf jeden hypothetischen Besuch nur zutiefst unhöflich zu nennen: Sie war ein hässlicher, hoher Block aus bedrohlichem Fels, der Hass und Schatten auf das Tal warf. Ihre Wände waren unmittelbar aus dem Berg geschlagen worden und so glatt, dass Angreifer keinen Halt daran fanden. Der Winkel der Zinnen erschwerte das Anbringen von Leitern und erleichterte es gleichzeitig, kochendes Öl auf jeden zu gießen, der es bis zum Fuß der Festung schaffte. Schießscharten wachten über die Umgebung, und hinter einer jeden blinzelte ein Augenpaar.

Welchen Angreifer genau Mattrax im Sinn hatte, entzog sich Wills Vorstellungsvermögen. Rechnete er damit, dass das ganze Tal von einem kollektiven Todeswunsch befallen wurde? Dass alle Dörfler geschlossen auf seine Festung zumarschierten, um ihre Köpfe gegen die Mauern zu schlagen? Die einzige Gefahr, die Will sich realistisch vorstellen konnte, wäre ein anderer Drache; aber der könnte einfach über die Befestigungen fliegen, den Pfeilen trotzen und die Schützen genüsslich verkokeln, bis Mattrax sich bequemte, herauszukommen und sich einem ordentlichen Kampf zu stellen … was ziemlich unwahrscheinlich war. Dem fetten, faulen Bastard sähe es ähnlich, einfach abzuwarten, bis es dem anderen Drachen zu dumm wurde und er wieder abzog.

Was genau die Strategie der schläfrigen Wache zu sein schien, die nun vom Torhaus auf Will, Quirk und Ethel herabblickte.

Der Mann kratzte sich an einem seiner zahlreichen Kinne, die den Raum zwischen seinem Kettenhemd und seinem Helm füllten. »Was im Namen von Trugas schlaffen Titten ist denn mit der Kuh kaputt?«

Ethel, das musste man zugeben, verhielt sich tatsächlich etwas ... merkwürdig.

Damit das Schnappkraut sie nicht gleich außer Gefecht setzte und sie es noch aus eigener Kraft in die Festung schaffte, hatte Quirk den Trank in Schweineblasen abgefüllt und der Kuh in die Gurgel gestopft. Die Idee war, dass die Blasen allmählich von Ethels Magensäure zersetzt wurden, den Trank dann freisetzten und das Fleisch sich erst kurz nach dem Tod damit vollsog. Ethels Magen schien seiner Zeit allerdings etwas voraus zu sein, und die Kuh reagierte nicht gerade vorteilhaft darauf.

Ihr Kopf kippte erst zur einen Seite, dann zur anderen, und die Zunge schlackerte ihr aus dem Maul. Je weiter nach hinten das Auge des Betrachters wanderte, desto weniger blieb von ihrem sonst so lakonischen Naturell: Während die Vorderfüße nur etwas nervös wirkten, stampften die Hinterbeine wie die eines wütenden Stiers. Ihr hoch erhobener Schwanz wirbelte so schnell im Kreis, dass er praktisch verschwamm. Beinahe erwartete Will, dass ihr Hinterteil abhob.

Er schaute zu Ethel hinüber, dann hoch zur Wache. Nach seiner Erfahrung waren Mattrax' Leute nicht gerade Experten für Rinder.

»Sie ist, ähm ...« Er legte sich seine Optionen zurecht. »Stierig.«

»Sie ist *was?*« Die Wache kratzte sich weiter am Kinn.

»Brünstig«, versuchte es Will. »Ist in der Paarungszeit.«

Die Wache kniff skeptisch die Augen zusammen. Will merkte, dass Quirk dasselbe tat, was ihm nicht richtig erschien.

»Die Kuh ist geil?«, fragte die Wache schließlich.

»Genau.« Will zuckte die Schultern. »Sieht man doch«, merkte er an.

Quirk klang inzwischen so, als würde sie gleich ersticken.

Beim Zusammenkneifen hatte sich die Wache nicht mehr viel Spielraum gelassen, man musste ihre Mühe aber anerkennen: Ihre Augen waren kaum noch offen.

»Ist irgendwie komisch, deine Kuh. Ich trau ihr nicht.«

»Bitte, ist doch nur eine Kuh«, sagte Quirk. »Für Mattrax, zum Abendessen! Wie viel Schaden kann sie schon anrichten?«

Leider machten sie sich durch Höflichkeit genauso verdächtig wie durch den Besitz einer Kuh, die allem Anschein nach gerade den Trip ihres Lebens hatte.

Nachdem sie ihre Augen nicht mehr weiter zukneifen konnte, wich die Wache auf Lippenkauen aus.

»Könnte ein Trick sein«, sagte der Mann. »Könnte voll mit feindlichen Kämpfern sein, deine Kuh.«

Will und Quirk betrachteten Ethel.

»Voll?«, wagte Quirk zu fragen. »Wie viele Krieger sollen denn da reinpassen?«

Will fand, dass dies eine durchaus berechtigte Frage war.

»Könnten ja Zwerge sein«, schlug die Wache in einer beachtlichen Demonstration von Begriffsstutzigkeit vor.

Quirk streckte die Arme aus, um die Kuh zu vermessen. Was der Idiotie vielleicht nun doch etwas zu weit entgegenkam.

»Du machst dir Sorgen, dass diese quicklebendige und vollkommen gesunde Kuh vielleicht … zwei Zwerge enthält?«

»Könnten auch Feen sein – die sind elend klein. Da drin könnten hundert Feen stecken. Könnte 'ne ganze Trickkuh voller Feen sein.«

Voller Bedauern schüttelte Quirk den Kopf. »Tatsächlich sind Feen eingeschworene Individualisten. Versammlungen von mehr als drei oder vier führen rasch zu Gewalttätigkeiten. Für gewöhnlich benutzen sie Blumenblüten als Waffen, weshalb ihre territorialen Zwistigkeiten oft als reizende Zurschaustellungen von Niedlichkeit missverstanden werden. In Wahrheit aber sind es richtig wilde …«

Endlich schien sie Wills entsetzten Ausdruck zu bemerken.

»Lass die Klugscheißerei besser bleiben«, flüsterte er. In Mattrax' Garde aufgenommen zu werden erforderte nicht gerade ein Übermaß an Intelligenz. Tatsächlich wurde das hirnlose Befolgen von Befehlen weit höher geschätzt als selbstständiges Denken.

Die Wache spuckte einen braunen Klumpen aus, der in hohem Bogen zu ihnen herabflog und neben Wills Stiefel zerplatzte. »Könnte aber auch 'ne Bombe sein. Jemand hat sie ihr zu fressen gegeben, deshalb ist die Kuh ganz komisch. Beißt man rein, fliegt sie in die Luft. Dafür hab ich meinen Job zu lieb – 'ne explodierende Kuh kommt mir hier nicht rein.«

Will merkte, dass Quirk jeden Augenblick die Geduld verlor. Sie ballte und öffnete schon die ganze Zeit ihre Fäuste. Ihre Knöchel waren längst weiß und die Handflächen ganz rot.

Gewalt, Schmerzen, Tod und der spektakuläre Kollaps ihres noch in den Kinderschuhen steckenden Plans schienen unabwendbar. Und gerade, als Will sich fragte, ob ihm wohl noch Zeit zur Flucht blieb, erklang ein lautes Rumpeln aus der Flanke des Bergs. Seine Aufmerksamkeit richtete sich auf eine Stelle etwa fünfzig Schritt weiter den Hang hinunter, wo mehrere Soldaten einen breiten Felsvorsprung bewachten. Etwas im Fels bewegte sich, Stein schabte auf Stein.

Die Druckplatte mit dem Fallgitter, erkannte er. Der Eingang zur Höhle, zum Gold, zu seiner Rache. So quälend nah …

Und dann erschien Mattrax. Eine riesige Masse Schuppen und Muskeln, die sich entrollte. Sein Titanenkopf war groß wie ein Ochsenwagen, gekrönt von einem Stachelkamm. Die kleinen, feurig gelben Augen wurden von dem grobschlächtigen Kiefer in den Schatten gestellt, aus dem vergilbte Zähne wie gebrochene Äste stachen. Die Schuppen waren von einem dumpfen Rot, die Farbe von altem rohem Fleisch. Seine halb gespreizten Schwingen schienen unmöglich groß zu sein. Das Fleisch zwischen den verlängerten, dornigen Gelenken war beinahe durchsichtig und von dicken Venen durchzogen.

Der Drache gähnte faul, schnappte halbherzig nach ein paar Wachen und schwang sich dann in die Luft. Mit schnellen, kraftvollen Schlägen gewann er an Höhe.

Ein dumpfes Stöhnen lenkte Wills Aufmerksamkeit wieder auf Quirk. Diese war kein zitternder Zornespfeil mehr und ballte nicht länger die Fäuste. Stattdessen hatte sie die Hände weit geöffnet, fast wie zum Gebet. Voller Ehrfurcht starrte sie den Drachen an. Nachdem das Untier in den tiefen Wolken verschwunden war, zuckte ihr Blick zu Will hinüber.

»Wir *müssen* da rein«, hauchte sie.

Will für seinen Teil hatte ebenfalls Schwierigkeiten, seine Gefühle im Zaum zu halten. Bloß war es bei ihm Wut, nicht Ehrfurcht, die an die Oberfläche drängte.

»Dann überzeug du doch Hauptmann Arschloch, uns reinzulassen«, zischte er zurück.

Quirk bleckte die Zähne zu einem steifen Grinsen und richtete sich an die Wache über ihnen. »Okay – wie wäre es, wenn wir die Kuh hier und jetzt schlachten? Dann siehst du ja, ob sie explodiert oder nicht, oder ob hundert Teufel rausgesprungen kommen oder etwas in der Art. Würde das die Sache erleichtern?«

Einen Augenblick lang schien Wills Welt stehen zu bleiben. Ein einsamer Herzschlag donnerte in seiner Brust. Er und Quirk blickten einander an. Dann schenkte sie der Wache wieder ein breites Lächeln, ließ ihn aber nicht aus den Augen.

»Übrigens fürchte ich, dass du das übernehmen musst«, raunte sie ihm aus dem Mundwinkel zu. »Ich bin Pazifistin.«

»Was?«, quietschte er. »Ich soll *was* tun?«

Auf abstrakte Art konnte er mit Ethels Tod wohl umgehen. Mit genügend Zeit, vielleicht im Schutz und Frieden seines Heims, wäre er vielleicht in der Lage, sie ein paar Soldaten auszuhändigen, die sie wiederum außer Sicht dem Drachen überließen. Womöglich – wenn er sich ein paar Wochen lang darauf vorbereitete und vorher einige starke Drinks kippte – wäre er sogar fähig, sie persönlich zur Höhle zu eskortieren. Solange er nur die Tür zuschlagen konnte, ehe das unvermeidliche Gemetzel begann.

Aber hier? Und jetzt?

Er starrte in Ethels Augen.

Jedes rollte vollständig unabhängig vom anderen in seiner Höhle.

»Na los!«, rief ihnen die Wache zu. »Dann macht es!«

»Ehrlich gesagt, bin ich angesichts der Menge von Schnappkraut, die wir ihr verfüttert haben, überrascht, dass sie überhaupt noch lebt«, flüsterte Quirk. »Wenn du sie also zeitnah töten könntest, würde das mein Gewissen wirklich erleichtern.«

Will biss die Zähne zusammen. Die rote Wut in ihm war kurz vorm Überlaufen. Dann holte er tief Luft, drehte sich zu Ethel um und legte ihr die Hand auf die Wange. Ihr Kopf schwang zur Seite, und ein undeutliches Muh blubberte von ihren Lippen.

»Jetzt passt mal auf«, rief die Wache. »Ich werd euch helfen: Ich hol meine Armbrust, und wenn die Kuh da nicht tot ist, bis ich wiederkomme, erschieß ich sie und euch gleich mit. Klingt das gut?«

Entnervt breitete Quirk die Arme aus. »Wir sind doch Wachen wie du! Schau dir unsere Uniformen an.« Sie schien leicht geknickt, dass sich ihre Verkleidung nicht als wirkungsvoller erwies.

»Unter den Uniformen könntet ihr sonst wer sein«, erwiderte die Wache, und Wills Herz setzte einen Schlag lang aus. »Oder ihr könntet feengefüllte Puppen sein, was weiß denn ich?«

»Ich habe dir doch bereits erklärt, wie schwierig das …«

Doch die Wache war bereits verschwunden. Quirk wirbelte zu Will herum.

»Jetzt mach schon«, drängte sie. »Tu's!«

Will spürte das Gewicht des gestohlenen Schwerts an seinem Gürtel. Die Wärme von Ethels Fell an seiner Hand.

»Ich kann nicht.« Er kam sich so hilflos vor.

»Pass auf.« Quirk kam näher. »Es gibt keine Version dieses Plans – *unseres* Plans –, in der Ethel überlebt. Es gib nur die Version, in der *wir* überleben. Und ich werde mich nicht vor dem Tor dieser Burg von einem minderbemittelten Vollpfosten in ein Nadelkissen verwandeln lassen, bloß weil du es nicht fertigbringst, eine sterbende Kuh zu töten. Wenn ich schon hier enden muss, dann aber auch wie eine ehrenvolle Thaumatobiologin: gewaltsam durch eine ordentliche Bestie. Jetzt reiß dich zusammen und stech die Kuh ab!«

Ethels pendelnder Kopf schlug ihm in den Bauch. Ihre Nase verschmierte Sabber über die viel zu weite Brustplatte.

Wie viele Tage hatte er Ethels Milch getrunken? Wie viele Jahre seines Lebens hatte ihn ihr Käse begleitet? Ihre Butter? Sie hatte ihn ernährt …

Sanft hielt er ihren Kopf in den Armen. Ihre Zunge schlabberte seinen Ellbogen ab.

»Warst du nicht mal ein Bauer?« Die Sympathie in Quirks Stimme hatte sich zu weiten Teilen verzogen. »Du musst doch die ganze Zeit Tiere geschlachtet haben!«

»Nicht, wenn sie einen Namen hatten. Nicht, wenn sie Teil der Familie waren.«

»Lass es mich so formulieren«, sagte Quirk. »Wen würdest du gleich lieber sterben sehen: mich oder die Kuh?«

»Die Kuh kenne ich besser …« Es war heraus, ehe er richtig darüber nachgedacht hatte.

Quirk suchte lange genug nach einer passenden Erwiderung, dass die Wache in der Zwischenzeit zurückkam. »Oh, ausgezeichnet!«, rief der Soldat. »Ich hatte gehofft, dass ihr noch wartet. Jetzt muss ich mich bloß noch erinnern, wie man mit dem Ding hier zielt ...«

»Will!« Quirk flüsterte nicht länger.

Will hielt Ethels Kopf. Dachte daran, wie lange sie ihm zu Diensten gewesen war. Wie sie dem Hof geholfen hatte zu überleben.

Doch der Hof war Geschichte. Und nun gab es nur noch eine Art, auf die sie ihm helfen konnte.

In einer einzigen, fließenden Bewegung zog er das Schwert aus der Scheide und fuhr Ethel damit über die Kehle.

Nach etwa einem Zoll blieb die Klinge im Fleisch stecken. Er zog. Sie ruckte einen weiteren Zoll.

Ethel brüllte und trat um sich.

Von Grauen gepackt riss Will an dem Schwert. Wenn der vorherige Besitzer der Waffe nicht schon leblos auf der Straße läge, hätte Will ihn sich nun gerne geschnappt und ihm die Grundlagen der Klingenpflege eingeprügelt. Er hatte Buttermesser besessen, die schärfer gewesen waren als dieses Schwert.

Ethels schwache Beine gaben unter ihr nach, und sie brach zusammen. Dabei erwischte sie Quirk und stieß die Frau mit ihrem Gewicht zu Boden.

»O ihr Götter.« Will bekam das Schwert frei. Mehr Blut spritzte auf – und ihm ins Gesicht. Ethel trat und schrie noch immer. Quirk schrie nun mit ihr.

»Lalls schwarzes Auge auf diesen Mist!« Mit dumpfem Schlag fuhr die Klinge herab.

Es brauchte noch eine gute Minute Hacken und Sägen, bis Ethel endlich reglos dalag, in einer wachsenden Pfütze ihres eigenen Bluts. Quirk hatte es geschafft, sich zu befreien, und wischte sich so gut es ging die Spuren der sterbenden Kuh ab. Will stand einfach nur tropfend da und versuchte sich nicht zu übergeben.

Er scheiterte.

Die Wache über ihnen wirkte etwas enttäuscht. »Also gut – dann kommt eben rein. Willkommen zurück in Mattrax' Feste!«

14

Patzer und Wachposten

Lette hatte sich zwischen den Bäumen versteckt, als Mattrax aus dem Berg kam. Sie befand sich etwa zweihundert Schritt vom Fallgitter entfernt am Rand des Waldes, hinter dem nur Fels und Schiefer lagen.

Natürlich hatte sie eine gewisse Erwartungshaltung, was Drachen betraf. Als Kind hatte sie etwas Schulbildung genossen, Geschichtsbücher gelesen. Sie wusste, so ein Drache war groß und mächtig. Und sie hatte schon mehr als eine große, mächtige Kreatur getötet. Einen Wendigo in den Bergen östlich von Salera zum Beispiel, der so groß gewesen war, dass sich Balur im Vergleich dazu wie ein Kleinkind ausgenommen hatte. Einen Lindwurm im nördlichen Vinter, wobei dieser so betrunken von vergorenen Trauben gewesen war, dass er sich im Kampf buchstäblich vollgepisst hatte. Und dann war da noch dieser Halbgott in Batarra gewesen – irgendeine Brut von Schuft, die es bis in ihr zwanzigstes Lebensjahr geschafft hatte. Der Halbgott hatte die Gabe besessen, Menschen zur Arbeit zu zwingen, bis sie tot umfielen. Glücklicherweise hatte Lettes Arbeit, als er seine glühenden Augen auf sie richtete, gerade darin bestanden, halbgöttliche Arschlöcher zu töten.

Doch selbst verglichen mit den Beinahe-Göttlichen dieser Welt – das hier war etwas anderes.

Mattrax war nicht einfach bloß groß. Ein Pferd war groß. Ein Baum, ein Haus vielleicht – das waren allesamt simple Dinge, die der Verstand auf einen Blick zu erfassen vermochte. Mattrax' Größe dagegen erschloss sich auf eine weitaus komplexere und grundlegendere Art: Er war auf dieselbe abstrakte Weise groß, auf die prominente Teile der Landschaft groß waren. In derselben Art, wie Länder groß waren, oder Flüsse, die Monate von ihrer Quelle bis zum Meer brauchten. Er war so groß, dass es Lette schwerfiel, ihn als ein lebendiges Wesen wahrzunehmen. Eher schien er einfach ein Teil des Berges zu sein, der in der Lage war, sich für eine Weile von ihm zu lösen und herumzufliegen.

Und sie wollte ihn bestehlen.

Er würde so gut wie unmittelbar danebenliegen, und sie würde ihn bestehlen.

Zwar sollte er bis dahin betäubt sein – aber konnte man so etwas Großes wirklich betäuben? Würde das Schnappkraut dafür wirklich reichen?

Und noch drängender: Wie im Namen eines jeden Gottes des Pantheons wollte sie Balur bloß davon abhalten, dass er den Drachen zu töten versuchte? Je größer eine Kreatur war, desto mehr schien er sich mit ihr messen zu wollen. Er litt unter einer schon selbstmörderischen Form von Machismo.

Dies würde ein überaus langer und qualvoller Tag werden.

Doch erst einmal musste Balur mit den Dörflern dort hoch. Sie mussten die willenlosen Idioten auf den Vorsprung mit der versteckten Druckplatte schaffen – dann erst wäre der Weg zur Höhle für sie frei.

Sie hörte die Meute, noch bevor sie sie sah. Ihr erster Eindruck war der einer angriffslustigen Hunde- oder Eselschar. Das Gebrüll und Gejohle fand lautstark seinen Weg durch den Wald bis zu ihrem Versteck. Vorsichtshalber kletterte sie ein paar Äste höher in die Kiefer, die ihr als Ausguck diente.

Trotz ihrer verbalen Begeisterung waren die Dörfler doch etwas außer Atem, als sie endlich stöhnend und zähneknirschend in Sicht kamen. Es waren gut sechs oder sieben Meilen vom Dorf bis hierher, und die letzten beiden waren ordentlich steil. Lette nahm an, dass es nicht leicht war, sich seine geisteskranke Mordlust zu bewahren, während man eine Steigung von fünfundvierzig Grad bezwang: Egal, wie oft man einen Hang erstach, er würde sich immer stur weigern zu bluten.

Bis die Dörfler den Waldrand erreichten, ging ihnen merklich die Puste aus. Sie stolperten ins Tageslicht und sammelten sich, bis der Strom schließlich verebbte.

Wo zur Hölle steckten Balur und Firkin? Sie sollten doch hier sein und den Mob antreiben ... Sie ließ den Blick über den Wald schweifen. Wenn sich Balur verspätete, weil er noch schnell ein Grab für Wills Säuferfreund ausheben musste, dann grub er besser gleich eins für sich mit.

Dann entdeckte sie beide, tiefer am Hang. Aus irgendeinem Grund saß Firkin auf Balurs Schultern, schlug ihm auf den Kopf und rief: »Hüa! Hü, mein feines Ross! Auf und hinauf, du prächtiges Packtier!«

Sie kletterte den Baum hinunter, um sie abzupassen, durchaus beeindruckt von Balurs Zurückhaltung.

»Na los!«, rief sie, als sie den nadelbedeckten Waldboden erreichten. »Sie machen uns schon schlapp!«

»*Sie* machen uns schlapp?«, murrte Balur. »Haben *sie* etwa einen zappelnden Irren gottverfluchterweise den Berg hochtragen müssen? Davon hab ich nämlich nichts gesehen.«

»Acht Fuß Muskeln und Wut«, sagte sie und tätschelte seinen Arm. »Und doch so ein Jammerlappen. Das steht dir nicht.«

Balur grunzte.

Firkin peitschte derweil Balurs Kopf und Nacken. »Was wird denn das?«, quiekte er. »Halali! Ein bisschen hurtig! Und hurtig hat nichts mit Huren zu tun – auch wenn's schön wär. Auf!«

»Was war noch gleich seine Rolle bei unserem Plan?«, fragte Balur. »Denn ich würde freudigsterweise seinen Kopf in einen blutigen Fleischsack verwandeln.«

»Für Will ist es wichtig, und Will ist wichtig für den Plan, weil es seiner war.«

»Richtig, es *war* ja seiner – wozu brauchen wir ihn noch?«

»Für den Fall, dass du es versaust – und dieser Fall wird früher oder später eintreten.« Für diese Annahme gab es durchaus Präzedenzfälle.

Balur überlegte kurz und nickte. »Meinetwegen.«

Grinsend schickte Lette sich an, die ausschwärmenden Dörfler wieder einzufangen. »Bei Trugas Titten«, fluchte sie.

Die Dörfler hatten den Vorsprung vor dem Eingang zu Mattrax' Höhle fast erreicht. Die etwa fünfzehn Wachen, die das Fallgitter bewachten, beäugten sie misstrauisch und bereiteten ihre Speere und Schwerter vor.

Sich ihrer Blicke nur allzu bewusst, huschte Lette aus dem Schutz der Bäume zu den Leuten hinüber, von denen inzwischen vernehmliches Grummeln erklang.

»Kein Scheißprophet hier«, brummte ein Mann, als sie sich unter die Menge mischte.

»Auch keine Mampfer dann, oder?«, fragte ein anderer.

»Ich geh doch jetzt nicht allein da rein«, beschwerte sich ein Dritter.

»Es hieß doch, dass wir so 'n Scheißpropheten kriegen.«

»Dachte auch, dass der den Angriff anführt. Den gefährlichen Teil übernimmt.«

Wütende Zustimmung ringsum. Lette schaute fragend zu Balur, der sich hinter ihr gerade seinen Weg durch die Menge bahnte.

»Ein Prophet?«, fragte sie so säuerlich wie möglich.

Verlegen trat Balur von einem seiner Riesenfüße auf den anderen. »Tja«, sagte er. »Also.« Und dann: »Weißt du ...«

»Nein, Balur«, erklärte sie. »Weiß ich nicht.«

»Firkin nahm sich künstlerischerweise etwas Freiheit, um die Meute zu motivieren.«

»Anzustacheln!«, rief Firkin von seiner hohen Warte aus. »Ich motiviere nicht nur. Ich stachle. Ich stochere. Erhitze die Gemüter! Ich siede!«

»Knifflig auf Linie zu halten.« Balur zuckte die Schultern.

Obgleich Lette sich weiter um ein möglichst frostiges Äußeres bemühte, war sie insgeheim abermals beeindruckt, dass Balur Firkin noch nicht in einen Schmutzfleck in der Landschaft verwandelt hatte.

»Du könntest ja die Prophetin sein«, schlug Balur vor.

»Könnt ich nicht, Dumpfschädel«, schnappte sie zurück. Mit dem Frostigsein hatte sie Erfahrung. »Ich sollte mich nämlich unbemerkt in die Mechanik dieses Gitters da stehlen, das deine Meute längst hätte öffnen sollen. Ich kann schlecht den Angriff anführen und trotzdem hoffen, dass mich niemand bemerkt.«

»Hey!«, schrie einer der Soldaten, die das Gitter bewachten. »Verpisst euch!«

Lette beschloss, dass es an der Zeit für ein paar Exekutivmaßnahmen war. »Du hast uns das eingebrockt«, fuhr sie Firkin an. »Also löffelst du es auch aus!«

Einen kurzen Moment lang starrte Firkin sie nur großäugig an, dann vollführte er eine Reihe obszöner Gesten und schrie: »Menge! Dörfler! Hirnlose Heerscharen des heiligen Prophetenworts! Schlammhaufen und fettärschige Froschgesichter! Schweinesöhne und Schweinetöchter! Zerschmolzene Schmelztiegel! Ich bringe euch das Wort des Propheten, und also sollt ihr seinen Befehl hören und darauf sagen: Ja, klar doch, das klingt nach einem super Plan, das werden wir dann so machen, und zwar pronto – danke, dass du unserer so wertlosen Existenz einen so außergewöhnlichen Sinn verliehen hast, o du Licht unserer Augen und Seufzer unserer Herzen. Und so sage ich euch, wie er mir gesagt hat ...«

Hier legte Firkin eine Pause ein, und Lette stellte ungläubig fest, dass die Menge mucksmäuschenstill an seinen Lippen hing.

Mit wildem Grinsen reckte Firkin den Wachen seinen knorrigen Finger entgegen. »Schnappt euch die Wichser!«

Auf sein Kommando hin wandte sich die Menge den Soldaten zu ...

... und zögerte.

»Äh«, sagte eine laute Stimme.

»Genau«, sagte eine andere.

»Was das betrifft ...«, mischte sich eine dritte ein.

»Ich möchte ja nicht drauf rumreiten«, erklärte eine vierte.

»Aber klang es nicht ursprünglich danach, als erwarte uns der Prophet hier oben? Ich hätte mit ein wenig mehr Unterstützung gerechnet.«

»Er ist die Stimme des Propheten!«, rief ein weiterer, und die Augen der Menge richteten sich wieder auf Firkin.

Lette ließ den Kopf hängen.

»Wieso hören wir eigentlich auf ihn?«, fragte eine neue Stimme.

Berechtigte Frage, dachte Lette.

»Geh du doch vor und greif schon mal an, wenn du's so verdammt eilig hast«, sagte ein weiterer Dörfler, der anscheinend von der ganzen Sache genug hatte.

»Weißt du«, sagte Balur. »Die Idee find ich jetzt gar nicht mal so schlecht …«

Lette stöhnte. Alles, was sie schaffen mussten, war, einen Haufen Dörfler auf eine Druckplatte zu scheuchen. Nichts weiter. Wieso war das so schwer? Wieso musste irgendwer deshalb sterben? Wieso konnte das Ganze nicht sauber über die Bühne gehen?

Doch da war Balur schon losgerannt und ließ all ihre Zweifel hinter sich im Staub zurück. Firkin schrie und brüllte und hüpfte auf seinen Schultern herum, klammerte sich verzweifelt fest, während Balur seinen Kriegshammer vom Rücken in die Fäuste beförderte.

Die Menge und die Wachen schauten wie betäubt beim Anblick dieses turmhohen Kriegers, der allein gegen fünfzehn Klingen stürmte.

Der Hauptmann der Wache kam als Erster wieder zu Sinnen und schrie seine Befehle. Die Soldaten stolperten in Formation und versuchten ihre Speere zu recken.

Die armen Schweine, dachte Lette.

Balur schlug wie ein Rammbock in den Wall der Wachen hinein. Ihre Speere zerbrachen, kaum dass die Spitzen auf seine Rüstung und seine dicke Haut trafen. Der Hammer schwang herum, und die Brust einer Wache wechselte von konvex zu konkav. Mit einem bellenden Husten, der das Ende seines Lebens markierte, spie der Mann sein Blut aus.

Jetzt war es so weit, das wusste Lette – dies war der Moment, in dem die Menge sich ihnen entweder anschließen oder sie im Stich lassen und fliehen würde. Der Moment der Entscheidung.

»Hiah!«, schrie sie, als würde sie eine Herde Pferde zum Galopp antreiben. »Macht schon! Los! Zeigt eurem Lall-verfluchten Propheten, woraus ihr gemacht seid, ihr wertlosen Scheißhaufen!«

Die Menge zögerte noch kurz, während Balur ein Schwert mit der Faust packte, den Soldaten am anderen Ende zu sich heranriss und den Armen mit einem Kopfstoß ins Vergessen sandte.

»Jetzt macht schon, los!«, schrie Lette. »Bewegt eure Ärsche!«

Was die Menge zu ihrer großen Überraschung auch tat.

Motivationstrainer, dachte sie noch. *Vielleicht wäre das ja eine Option …* Dann rannte sie der Menge nach, brachte Tod und Verwüstung.

Wie sich herausstellte, war der Hauptmann nicht ganz so dumm, wie Lette gehofft hatte. Er erkannte, dass Balur kein Gegner war, gegen den seine Leute eine Chance hatten. Gleichzeitig nahm er das Gewicht des Kriegshammers wahr. Balur mochte übermenschlich stark sein, unermüdlich war er aber auf keinen Fall. Irgendwann würde ihn seine Kraft verlassen;

bis dahin lautete das Stichwort Schadensbegrenzung. Mit der Menge ließ sich dagegen einfacher verfahren. Rasch rief er seine Anweisungen, und zwei seiner schnellsten Soldaten sprangen um Balur herum, piksten und stachen nach ihm und sprangen ihm mit Müh und Not aus dem Weg. Der Rest seiner Mannschaft schwärmte einfach an ihm vorbei.

Die Menge prallte gegen die Soldaten. Zwar waren die Dörfler in der Überzahl, aber der scharfe Stahl der Wachen würde diesen Vorteil schnell zunichte machen. Lette versuchte sich einen Überblick zu verschaffen, während sie sich ihren Weg durch die Menge bahnte. Ein Dolch fand sein Ziel in einer Soldatenkehle. Auf einem weiteren spießte sich ein Dörfler auf, der rückwärtsgehend dem Speer einer Wache ausgewichen war. Vor Schmerz und Schreck warf er die Arme hoch. Sein Gegner nahm das freundliche Angebot dankend an und schlitzte ihm den Bauch auf.

Lette fluchte. Dies hätte sauber ablaufen sollen. Verdammt, es gab noch immer eine Chance – sie brauchten schließlich nur einen größeren Vorstoß, einmal alle Dörfler mit den Füßen auf dem Vorsprung, unter dem sich die Druckplatte befand ... und danach konnten die Dörfler fliehen.

»Vorwärts!«, schrie sie. »Vorwärts!« Sie befand sich nun am Rand der Menge, so gut wie auf dem Vorsprung, wo Balur gerade eine Schweinerei mit einem seiner beiden Gegner angerichtet hatte, aber noch immer von dem anderen gepiesackt wurde. »Vorwärts!«

Ein Soldat schrie. Sie warf einen Dolch, der seine Augenhöhle durchbohrte, und er stürzte. Sie musste sich bereit machen, abzutauchen und zu verschwinden, sobald sich das Fallgitter hob. Doch das tat es nicht. Der Augenblick hing stur in der Schwebe.

Die Menge zitterte vor dem drohenden Ansturm. Die Wachen zogen sich zurück, um sich neu zu formieren. Die Dörfler drängten voran – zögernd zwar, aber unbestreitbar. Lette schöpfte Hoffnung, dass sie noch einmal Glück haben würden.

Und dann, ganz plötzlich, verließ sie ihr Glück.

Ganz plötzlich standen alle still.

Ganz plötzlich erfüllte der Klang von Schwingen die Luft.

Wummff.

Wummff.

Wummff.

Mattrax landete lautstark in einem Wirbel aus Staub, die Schwingen ausgebreitet, das Maul geöffnet. Sein Knurren ließ die Luft erzittern. Sein riesenhafter Kopf schwang vor und zurück, thronte über allem. Dann fegte sein Schwanz die Dörfler in hohem Bogen davon.

Die ganze Bergflanke schwankte unter seiner Macht, unter seinem Gewicht. Die Welt schien sich auf ihn allein zu verengen, auf seine Augen, auf seine Kiefer, seine Zähne. Alles, was man noch hörte, war der Klang seines Gebrülls. Aller Wind, den man spürte, war der Schlag seiner Schwingen. Aller Boden war das Beben seiner Schritte. Er bestimmte die Welt.

Im Angesicht dieses Ansturms, und dieser Auslöschung aller Sinne zum Trotz sah Lette jetzt, wie Balur aufheulte. Es war ein verlorener Laut, der von Mattrax' Wutgebrüll hinweggerissen wurde, kaum dass er ihm entgegenflog. Und doch heulte Balur. Es war sein ureigener Wille, seine tiefsitzende Weigerung, sich zu unterwerfen. Und dann griff Balur Mattrax an.

Beide, Lette wie Mattrax, verfolgten, wie Balur sich näherte und seinen Kriegshammer hob. Wie er aufbrüllte, dass die Adern an seinem Hals hervortraten, und wie er all seine Kraft in diesen einen Schlag legte.

Er traf nie sein Ziel.

Mattrax schnippte mit einer Vordertatze nach Balur. Es war nur eine kleine, beiläufige Geste – und Balur flog: Er beschrieb einen Bogen über den Himmel, stellte Kontakt mit den Bäumen her und krachte durch die Äste zu Boden – wie ein geschundenes, zerbrochenes Spielzeug.

Die Dörfler folgten seinem Flug mit den Blicken. Dann richteten sie ihre Aufmerksamkeit wieder auf Mattrax, um einzuschätzen, wie sehr am Arsch sie wirklich waren. Im nächsten Moment rannten sie schon, als hätte ihnen Lall alle Dämonen der Unterwelt auf den Hals gehetzt. Irgendwo in ihrer Mitte sah Lette auch Firkin hüpfen, fuchteln und schreien.

Lette aber ergriff nicht die Flucht. Sie zog sich nicht einmal von dem Vorsprung zurück.

Denn die Höhle stand nun offen: Mattrax saß direkt auf der Druckplatte, schrie den flüchtenden Dörflern hinterher. Hinter ihm gähnte der Eingang in den Berg, das schützende Fallgitter war geöffnet, der Durchgang ein lockender, dunkler Schlund.

Sie machte die schwarze Eisenkette aus, die das Gitter mit seinen Gegengewichten verband, wobei jedes Kettenglied dicker war als ihre Taille. Die Kette verschwand durch ein Loch im Felsboden. Dort könnte auch sie sich hindurchzwängen. Lette konnte genau das tun, was sie vorgehabt hatte.

Erst aber musste sie unbemerkt an Mattrax und den Wachen vorbeikommen. Und es blieb ihr keine Zeit mehr zum

Schleichen, keine Zeit für Feinheiten, keine Zeit mehr für irgendetwas. Sie musste einfach nur den Kopf einziehen und losrennen.

Der einzige Nachteil, den sie an diesem Plan entdecken konnte, war, dass es in jeder Hinsicht blanker Selbstmord war.

Sie presste sich an die Felswand. Gleich wäre ohnehin alles egal. Die Wachen würden sie entdecken, Mattrax würde auf sie zeigen, und im nächsten Augenblick würde sie seine Speiseröhre von innen bestaunen.

Und alles, weil ich dem Plan eines Bauern vertraut habe. Sie schüttelte den Kopf. *Ich hätte ihm sagen sollen, wo er sich diesen Plan hinschieben kann. Wir hätten uns lieber einen neuen Hof suchen sollen, um uns im Heu zu wälzen und Schweine zu züchten.*

Der Gedanke kam ungefragt; doch ehe sie Gelegenheit hatte, ihn in die dunklen Ecken ihres Unterbewusstseins zurückzubeordern, denen er entwischt war, erklang über ihr ein Laut – es war, als ob sich zwei enorme Blasebälge füllten. Sie hob den Kopf. Mattrax holte Luft, sein Rachen war groß und weit.

Oh, verflucht von allen Göttern, sie wusste, was als Nächstes kam.

Mattrax atmete aus.

Eine fauchende Wand aus Feuer erfüllte die Welt, fuhr an ihr vorbei und versengte ihre Haut. Das Feuer verfolgte die flüchtigen Dörfler und schoss durch Mattrax' eigene Wachen hindurch. Sie hörte Schreie. Ein Soldat stolperte aus der Feuerwolke, während ihm seine Haut in Fetzen von den Knochen hing.

Einen Augenblick lang war sie wie gelähmt, starr vor Entsetzen, starr vor Ehrfurcht. Was für eine Macht – was für eine rohe Gewalt, die das Leben einfach aus dem Land schnitt. Und dann begriff sie, dass es so weit war: Dies war der Moment, auf den sie gewartet hatte.

Sie zog den Kopf ein und rannte los. Sie tauchte an Mattrax und dem Höhleneingang vorbei und eilte direkt in das dunkle, muffige Loch, in dem die Kette des Fallgitters verschwand. Keine Wache gab es, die sie bemerkte. Keine Schreie, keine Fingerzeige. Die Soldaten waren zu sehr damit beschäftigt, von ihrem wutentbrannten Herrn und Meister gegrillt zu werden.

Sie schlug gegen die Kette, packte sie mit der Hand. Und dann, geschmeidig wie ein Aal, glitt sie in die Dunkelheit hinab und war in Sicherheit.

15

Der Bauch der Bestie

Wie alle Burgen, so war auch Mattrax' Festung mit einem Ziel errichtet worden: Angreifer abzuwehren. Der zentrale Wehrturm wurde von einer Reihe von Mauern umgeben, deren Tore alle ein Stückchen versetzt waren, sodass jeder Angreifer zu einem möglichst langen Zickzackweg gezwungen wurde und währenddessen den vernichtenden Schlägen der Verteidiger ausgesetzt war.

Als weitere Konsequenz dieser Strategie, fand Will heraus, war es auch schmerzlich schwierig, eine tote Kuh durch die Anlage zu schleifen. Die Erfahrung minderte, wie er nun feststellte, seine einstige Zuneigung zu Ethel beträchtlich.

»Dreimal verfluchte Tochter einer toten Hurenkuh!«, murmelte er und versuchte, die Hufe fester zu packen. »Wieso hab ich dir jemals auch nur ein Getreidekorn extra verfüttert? Du verdammte, fette ...« Er glitt in unverständliche Flüche ab.

»Ich weiß nicht, worüber du dich beschwerst«, grummelte Quirk und drückte ein weiteres Mal die Schulter in Ethels schlaffes Hinterteil. »Du bist ein Bauer – körperliche Arbeit ist doch euer Ding. Mein Leben dagegen ist der Forschung verschrieben.«

»Bist du denn nicht eine Magierin oder so was?« Will war da mittlerweile eher skeptisch. Er hatte sie zwar Tränke brauen sehen, sicher, aber Alchemie und etwas angewandte Kräuterkunde waren nicht dasselbe, wie mystische Kräfte heraufzubeschwören und den unabänderlichen Gesetzen der Götter ins Gesicht zu spucken. Dessen ungeachtet wäre Magie gerade außerordentlich nützlich für sie. »Weißt du denn keinen Spruch, um die Kuh schweben zu lassen oder so?«

Quirk stemmte die Füße so fest in den Boden, dass ihr Gesicht fast in Ethels Hintern verschwand. »Ich versuche das aufzugeben …«

»Was verdammt soll das jetzt bedeuten? Was für ein Magier will denn nicht mehr zaubern? Geht's nicht genau darum? Unheimliche Kräfte, die einem Macht und Reichtum bescheren?«

»Manche Menschen«, schnappte Quirk, »haben noch so was wie einen moralischen Kompass.«

»Aber du bist hier, um einen Drachen auszurauben!«

Quirk hob den Kopf über Ethels Rumpf und starrte ihn grimmig an.

Auf einmal war sich Will deutlich bewusst, dass er die Rüstung eines Toten trug und neben einer vergifteten Kuh im Hof einer feindlichen Burg stand, umgeben von Wachen mit einer sehr großen Auswahl von spitzem Metall. Zoll für Zoll wanderten Quirks fragende Brauen ihre Stirn empor.

Will duckte sich und zerrte abermals an Ethels Hufen.

Sie hatten das zweite von drei Toren geschafft, als plötzlich offensichtlich wurde, dass etwas schiefging. Wills erster Hinweis war ein derart lautes Brüllen, dass der Boden unter seinen Füßen erbebte. Selbst Ethels totes Fleisch vibrierte, so machtvoll war der Laut.

Will und Quirk tauschten Blicke. Unverhohlene Panik spiegelte sich in unverhohlener Panik. Er holte Luft und ging im Geiste rasch die Schritte seines Plans durch. Und ja, daran bestand kein Zweifel: Für keinen einzigen Fall war das Gebrüll eines zornigen Drachen darin vorgesehen. Tatsächlich versuchte der Plan zu beinahe jedem Zeitpunkt, genau das zu vermeiden. Da lief gerade etwas sehr, sehr falsch.

»Sollen wir abhauen?«, flüsterte Quirk, sobald man Geflüster wieder verstand.

Ehe er antworten konnte, erklang ein Rauschen, ein Zischen, ein Fauchen. Das Geräusch von Feuer – Mattrax, der jemanden zu Asche verbrannte.

Lette!

Nein. Er schüttelte den Kopf. *Nein, sie konnte nicht tot sein. Dazu war sie viel zu schlau. Und zu zäh.*

Es ist alles deine Schuld, sagte eine kleine Stimme in seinem Kopf. *Das war dein Plan.*

Nein, wehrte er sich. *Ich habe versucht, es ihnen auszureden …*

Ja, großartig hast du das gemacht! Wie du ihnen haarklein den Plan verraten hast, den du mit Firkin entworfen hattest … das war wirklich eine tolle Methode, sie davon abzubringen. Und jetzt ist Lette tot. Du hättest ihr sagen sollen, wo sie sich den Plan hinschieben kann. Ihr hättet euch lieber einen neuen Hof suchen sollen, um euch im Heu zu wälzen und Schweine zu züchten.

Sie ist nicht *tot.*

»Will!« Quirks Flüstern fand seinen Weg in sein Bewusstsein. »Hauen wir ab, oder nicht?« Ihr Blick wanderte von der Kuh zum Tor.

Will zögerte.

»Verflucht noch eins«, sagte Quirk. »Das ist es nicht wert. Ich ...«

»Nein!«, schnappte Will. Quirk erstarrte.

»Wir müssen verschwinden«, flehte sie. »Etwas hier läuft schrecklich schief!«

Will deutete ein Nicken an. Das schien tatsächlich die wahrscheinlichste Entwicklung zu sein. »Nur glaube ich leider nicht, dass wir weniger Aufsehen erregen werden, wenn wir jetzt alles hinschmeißen und schreiend davonlaufen.«

Quirk kaute auf ihrer Lippe herum.

»Wir machen weiter«, entschied er. »Wir verfüttern Ethel an Mattrax. Wir verstecken uns, bis er umkippt, und hoffen, dass wir Lette finden.«

»Und wenn nicht?« Quirks große Augen und unsichere Finger verrieten, dass sie nicht mehr wirklich damit rechnete.

»Dann haben wir immer noch eine Höhle voller Gold und einen bewusstlosen Drachen.« Will kämpfte um seine Beherrschung. Eigentlich wollte er ja derjenige sein, der in Panik geriet. Es war nicht fair, dass Quirk die ganze Panik für sich allein behalten wollte. »Wir stopfen uns die Taschen voll, du machst deine Messungen oder was immer du im Sinn hast, und wir schleichen uns im Schutz der Dunkelheit davon.«

Quirk zögerte noch. Am liebsten hätte Will sie geschüttelt. »Anders geht es nicht«, fügte er hinzu. Und das stimmte sogar.

Als sie immer noch unschlüssig wirkte, packte Will wieder die Hufe. Taten brachten vielleicht mehr als Worte. »Na los!« Er begann noch einmal zu ziehen. Kurz darauf stemmte auch Quirk sich erneut gegen die Kuh, und sie setzten ihre Kriechbewegung fort.

Will seufzte erleichtert. Auch wenn es offenbar irgendwo ein Unglück gegeben hatte, sie hatten es wenigstens nicht noch schlimmer gemacht …

»Ihr da!«, bellte eine Stimme hinter ihnen. »Hört verdammt noch mal sofort damit auf!«

Natürlich, dachte Will. *Ich vergaß – die Götter hassen mich ja: Lall, Truga, Klimp, Schuft, Bussi, Kluk, selbst der verschollene Otze – alle, durch die Bank weg. Sitzen da oben in ihrem Himmel und haben mich und jeden Teil meines Lebens mit ihrem Fluch belegt. Sie haben keine Mühen gescheut, lassen keinerlei Gelegenheit aus, mich zu verarschen.* Fast musste er ihre Gründlichkeit bewundern. Die war wirklich göttlich.

Langsam drehte er sich um. Quirk hatte noch immer die Schulter in Ethels Hinterteil gedrückt und presste so verzweifelt mit den Füßen, als kämpfte sie gegen die Wirklichkeit selbst an.

Doch sie konnte ihr nicht entgehen.

Bedrohlich baute sich der Soldat vor ihnen auf. Er war ein großer Mann mit verbogenem Nasenschutz – und eine dunkelrote Verbrühung kündete noch von dem heißen Eintopf, den ihm Will ins Gesicht geschüttet hatte.

Will erstarrte, versuchte zu schlucken, doch die plötzliche Trockenheit seiner Kehle hielt ihn davon ab. Eine kleine Ouvertüre von Beschwerden, die den nahen Schmerz ankündigten.

Der Soldat gab Quirk einen Klaps auf den Hinterkopf. »Hab ich dir nicht gerade gesagt, du sollst deinen Kopf aus diesem Kuharsch ziehen?«

Quirk fuhr herum, und Will sah überrascht, dass sie die Fäuste geballt hatte. Wo war die Pazifistin, jetzt, da er sie brauchte?

Dies war nicht der rechte Augenblick für eine Schlägerei. Tatsächlich war dies ziemlich sicher das genaue Gegenteil davon. Es war gerade jetzt wirklich, wirklich wichtig, keine Aufmerksamkeit zu erregen.

Auch die Brauen des Soldaten hoben sich verwundert. Quirk stolperte und schaffte es, die erhobenen Fäuste in einen armseligen Salut zu verwandeln. Der Soldat grinste höhnisch. Da ging Will so weit es möglich war auf Abstand.

»Mattrax hatte mal wieder seine fünf Minuten«, erklärte der Soldat endlich. »Wir brauchen wohl ein paar neue Wachen unten am Gitter.« Er zeigte auf Quirk. »Beweg deinen Hintern.«

Quirk salutierte weiter, einen Ausdruck wachsenden Entsetzens im Gesicht. »Aber … die Kuh! Für Mattrax. Ist die. Ich meine, sie ist für ihn. Zum Abendessen!«

Nein!, wollte Will schreien. *Sei still! Stimm ihm zu, nicke, lächle. Mach alles, was nötig ist, damit er weggeht und sein Misstrauen gleich mitnimmt.*

Tolle Idee, sagte die kleinere, gemeinere Stimme, die sich hinter der panischen verbarg. *Damit du dann ganz alleine bist. Viel Spaß dabei, Ethel ohne Hilfe zu schleppen. Mann, du bist echt gerammelt voll mit miesen Ideen, was?*

Quirk stand noch immer wie festgefroren, als hätte ein Teil ihrer Anatomie eine Panne, oder als hätte ein Rädchen im Getriebe des Lebens sich verabschiedet und solcherart die Künstlichkeit des ganzen Schauspiels offenbart.

»Diese Kuh ist Mattrax' Abendessen?«, wiederholte der Soldat unbeteiligt. »Na, da lass mich mal kurz überlegen, ob ich mich da 'n Scheiß drum kümmer.« Er legte sich einen Finger ans Kinn. »Hm. Nein, Scheiß scheint grad alle zu sein.« Er beugte sich vor, und die unverletzte Seite seines Gesichts wurde so rot wie die andere. »Ich hab gesagt, schaff deinen faulen Arsch runter zum Gitter, bevor ich dich da als verdammten Haufen Brei abliefere! Hab ich mich verdammt noch mal klar ausgedrückt?«

Unwillkürlich brachte Quirk einen Schritt Abstand zwischen sich, den fliegenden Speichel des Soldaten und Ethel. Flehentlich schaute sie zu Will.

Ihm blieb keine Wahl mehr – er würde doch noch den Mund aufmachen müssen.

»Ich muss wirklich …«, hob er an, und seine Stimme sprang um eine Oktave.

Ohne hinzuschauen, zog ihm der Soldat den Handrücken übers Gesicht. Sein Panzerhandschuh ließ Wills Lippe platzen. »Du musst lernen, die Klappe zu halten, wenn man nicht mit dir redet!« Er hatte es geschafft – nun schenkte ihm der Soldat seine Aufmerksamkeit. Wills Herz blieb einen Augenblick lang stehen, dann beschloss es, sich einen Fluchtweg aus seinem Brustkorb zu bohren.

Der Soldat fuhr fort. »Und obwohl es spaßig wäre, dir weiter zuzusehen, wie du dich lächerlich machst – hast du vielleicht schon von der Erfindung der Schubkarre gehört?« Er schüttelte bedauernd den Kopf. »Ihr scheißblöden Landrekruten. Jeder Schwung, den wir reinkriegen, ist noch dämlicher als der letzte.« Er merkte, dass Quirk ihn immer noch anstarrte.

»Und du?« Er explodierte nun regelrecht. »Wie kommst du drauf, dass du hier immer noch rumstehen sollst? Bewegung, los!« Da gehorchte Quirk endlich, lief fast im Laufschritt den ganzen langen Weg zurück, den sie gekommen waren, und warf immer wieder verzweifelte Blicke zurück.

Will für seinen Teil ließ sich gegen Ethel sinken, dann merkte er, dass es dafür noch etwas zu früh war: Der Soldat stand nach wie vor in der Nähe und schüttelte den Kopf über Quirks sonderbares Verhalten.

»Otzes Fluch auf ihre Hirne«, murmelte er. Dann schritt er endlich davon.

Will musste feststellen, dass Mattrax' Soldaten auch daheim und unter sich nicht gerade mit der Milch menschlicher Nächstenliebe abgefüllt worden waren. Welche Milch auch immer es stattdessen gewesen war, Will nahm an, dass sie mit Galle versetzt sein musste und wie ranzige Pisse schmeckte. Seiner Bitte, ihm den Weg zu den viel gerühmten Schubkarren zu weisen, begegnete man bestenfalls mit ratlosen Blicken und schlechtestenfalls mit Tiraden über seine zweifelhafte Abstammung. Bis er die Karren endlich gefunden hatte, war es später Nachmittag. Um Ethel damit zu transportieren, musste er sie allerdings erst in Stücke hacken, und auch wenn er etwas Erfahrung mit dem Metzgerhandwerk besaß, so war ein stumpfes Schwert nicht gerade das ideale Werkzeug dafür. Das Positive daran war, dass die Blutspritzer, die das Schicksal des vorherigen Besitzers seiner Rüstung verrieten, nach getaner Arbeit komplett zwischen den übrigen Flecken verschwanden.

Die Sonne stand schon tief am Himmel, als er unter schmatzenden Geräuschen Richtung Wehrturm stiefelte, rote Fußstapfen hinter sich auf dem Boden zurücklassend. Er erregte genug Aufmerksamkeit, dass ihm die Hände zitterten, aber alle Soldaten schlugen einen weiten Bogen um ihn.

Was hab ich mir nur dabei gedacht?, fragte er sich, während er die Überreste Ethels und ihren Geleitzug treuer Fliegen durch das Haupttor rollte. *Ich bin doch ein Bauer – kein Dieb. Das ist absoluter Wahnsinn.*

In der Eingangshalle sah er sich um. Halb vergessene Unterhaltungen mit Firkin kamen ihm wieder in den Sinn. Nach unten – er erinnerte sich, dass Firkin von einem Weg gewusst hatte, der nach unten führte.

Nicht bloß ein Pfad ... eine Rampe.

Er entdeckte sie zu seiner Linken, hinter einem fackelhellen Durchgang. In einer weiten Spirale führte sie tiefer und tiefer.

Ob Firkin sich darüber gefreut hätte? Hätte er den alten Mann irgendwie mitnehmen sollen? Das war ein unmöglicher Traum – mit Firkin im Schlepptau wäre jede Tarnung sofort aufgeflogen. Aber vielleicht hätte die späte Umsetzung seines Plans ja die Wunden geheilt, die den alten Mann immerzu zurück zur Flasche trieben?

Diese Frage war nicht zu beantworten, und ihm blieb auch keine Zeit dafür. Also trat Will unter dem Bogen durch und begann den Abstieg in die Tiefe. Biegung für Biegung führte die Rampe weiter hinab. Und hinab. Und hinab. Die Fackeln in den schartigen Eisenhalterungen an der Wand brannten in immer größerem Abstand. Ihre Flammen flackerten und zuckten. Die Wände waren rußverschmiert.

Ethels Überreste rochen allmählich. Das war nicht der natürliche Blutgeruch von frischem Fleisch – das Aroma, das von ihr aufstieg, hatte einen zu süßlichen Stich. Betäubte Fliegen übersäten schon die Schubkarre. Das Schnappkraut wirkte also.

Will schaute sich zögernd um. Im Tal hatte ihm Quirk noch ein letztes Fläschchen Trank gegeben, das er in das Fleisch einreiben sollte, ehe er es bei Mattrax ablieferte. Als Notreserve, damit es auch ausreichend durchtränkt war.

Was, wenn es nicht reicht?, quälte ihn die Stimme in seinem Kopf. *Quirk hatte nicht einmal Ahnung, wie groß Mattrax war. Sie weiß eigentlich gar nichts über Drachen. Was, wenn er Nahrung ganz anders verwertet?* Will war kein Experte für Anatomie, doch eines hatte die Erfahrung auf dem Land ihn gelehrt: Die meisten Kreaturen waren störrische Mistviecher, denen nichts so viel Freude bereitete, wie menschliche Pläne zu durchkreuzen.

Abermals war keiner dieser Gedanken sonderlich hilfreich. Will war nun fest entschlossen. Er öffnete das Fläschchen und ließ den Inhalt über das Fleisch gluckern. Hastig rieb er es ein, wobei er sich die Hände abermals komplett mit Blut einschmierte. Als er die Griffe des Schubkarrens wieder packte, entglitten die ihm fast.

Er mühte sich um eine ruhige Atmung und bewältigte zwei weitere Windungen der Rampe, die in einem kleinen, dunklen Raum mit einer Wache, einem Stuhl und einer sehr stabil wirkenden Eisentür endete. Diese war von so vielen Dornen übersät, dass Will sich fragte, ob der Schmied etwas zu kompensieren gehabt hatte.

Der Soldat vor der Tür saß weniger auf seinem Stuhl, als dass er darüberquoll. Somit wirkte der Stuhl wie ein merkwürdiger Auswuchs seines Hinterteils – wie ein Fremdkörper in einem Baum, der nach und nach von wucherndem Holz absorbiert wurde. Sein Kettenhemd spannte sich bis über den Nabel und ließ einen Streifen unbedeckter Haut frei, an dem sich die stark schwitzende Wache abwesend kratzte. Die flackernden Fackeln gaben mehr Hitze ab, als die steinernen Wände und die niedrige Decke abführen konnten.

»Bist spät dran«, sagte der Wachmann mit einer Stimme, die gurgelnd aus den sumpfigen Tiefen seiner Brust aufstieg. »Wirklich scheißespät.«

»Ich, äh, hatte Probleme mit der Schubkarre«, sagte Will.

Der Wachmann rülpste. »Glück für dich, dass Mattrax seine Wut schon an den armen Schweinen vor seiner Höhle abreagiert hat. Ansonsten ...« Er schüttelte den Kopf, was eine Reihe kleinerer Beben auslöste. Erdrutsche wabbeligen Fleisches liefen seine Seiten hinab.

Wenn er noch mehr schwitzte, würde er vielleicht einfach schmelzen und zwischen den Steinplatten im Boden versickern. Der Gedanke bereitete Will Sorge.

»Na ja«, brachte er mit zitternder Stimme hervor. »Jetzt bin ich ja hier.« Die gespielte Freude in seiner Stimme klang selbst für seine Ohren wie Hysterie. »Lass mich einfach durch, dann bekommt er sein Essen.«

Die Augen der Wache, halsbrecherisch über seinen fetten Hängewangen platziert, zogen sich tiefer in die Täler der faltigen Haut zurück.

Will nickte – wie er hoffte – aufmunternd in Richtung der Tür. Der Schweiß tropfte ihm schon von der Nase. »Ich geh dann mal kurz rein und richte alles schön für ihn!« Er wurde sich mehr und mehr bewusst, dass er keine Ahnung hatte, wovon er eigentlich sprach.

Die Brauen des Wachmanns kämpften sich aus den Augenfalten zurück auf die Stirn. »Da rein?«, gurgelte er. »Was ist denn los? Hat dich deine bessere Hälfte verlassen? Spielschulden?«

Will blieb keine Wahl als die Flucht in die Einsilbigkeit. »Häh?«

»Normalerweise sind sie ja weinerlicher als du«, fuhr die Wache fort. »Also die Selbstmordgefährdeten.«

»Ähm«, erweiterte Will widerstrebend sein Vokabular.

Der Wachmann brach in ein kurzes, keuchendes Gelächter aus. Dabei geriet sein Bauch ins Wackeln, und Will drängte sich der Eindruck auf, dass das Kettenhemd seinen Träger gerne tadelnd angesehen hätte.

»Da rein?« Der Mann war ganz außer Atem vor Anstrengung, und seine Wangen hatten bereits ein bedrohliches Violett angenommen. »Da rein?« Er schnappte abermals nach Luft und schlug sich mit der speckigen Faust auf die Brust. »Niemand geht da rein, du bescheuerter Dumpfschädel. Das ist das persönliche Domizil Ihrer Lordschaft Mattrax, dass du's weißt. Kein Ort für Sterbliche wie uns. Und schon gar nicht für junge Vollidioten wie dich.«

Er griff nach einem kurzen Hebel, der sich bislang zwischen den Dornen der eisernen Tür verborgen hatte, und legte ihn um. Das untere Drittel der Tür hob sich und gab eine Öffnung frei.

»Und jetzt schaufelst du das ganze Fleisch da durch und verpisst dich, bevor dich sämtliche Geister der Tiefen holen.«

Die Arbeit war kurz und blutig. Die Wache verzog das Gesicht. »Scheiße, man riecht sogar, dass du spät dran bist. Stinkt irgendwie anders als sonst.«

Auch Wills Magen war in Aufruhr, aber das hatte nichts mit dem Fleisch zu tun. Er sollte eigentlich mit in der Höhle sein – am besten sollte er Mattrax das Zeug persönlich verfüttern. Stattdessen war er hier draußen, und das Fleisch roch derart nach Gift, dass selbst diese blubbernde Sickergrube von einer Wache es über ihren eigenen üblen Gestank hinweg wahrnahm. Da würde es sicher auch Mattrax riechen. Und der Drache würde Lette sehen, wenn sie ihr Versteck verließ – vorausgesetzt, sie war überhaupt noch am Leben –, und dann würde er sie verschlingen statt der armen Ethel, deren Tod nun völlig sinnlos gewesen war. Und wenn Balur und Firkin danach auftauchten, würde Mattrax sie ebenfalls fressen. Und Quirk wahrscheinlich gleich mit.

Was ihn selbst betraf, so würde er sich wahrscheinlich bald wünschen, gefressen zu werden. Stattdessen würden die Soldaten wohl abwechselnd versuchen, wie tief sie ihn schneiden konnten, ohne ihn umzubringen, bis er mehr Wunde war als Mann. Und dann würden sie ihn vor dem Tor verbluten lassen, als Warnung für alle, die glaubten, dass Rache einen weiterbrachte als ein klarer Verstand.

Das letzte Stück Ethel landete mit glitschigem Platschen auf der anderen Seite der Klappe. Mit feuchtem Klang rutschte es über eine Schräge in die Dunkelheit darunter. Der Wachmann zog an seinem Hebel, und die Klappe schloss sich.

Will starrte die geschlossene Tür an.

»Los«, rülpste die Wache. »Raus mit dir.«

Schweren Fußes stapfte Will davon. Doch selbst, als er schon wieder auf dem gewundenen Weg nach oben war, wusste er genau, dass es kein Entrinnen gab.

16

Starke Getränke und schwache Geister

Weit unter Mattrax' Festung, im Schoß des Tales von Kondorra, sah Balur der Sonne zu, wie sie – müde von ihrem Tagwerk – gemächlich hinter den Gipfeln zusammenbrach. Die Schatten wurden länger. Dunkelheit senkte sich herab.

Wenn selbst Firkin einen hinterfragte, überlegte Balur, dann war es schon denkbar, dass man sich verkalkuliert hatte. Genauso wahrscheinlich war es aber auch, dass ihn das nicht juckte.

Wenn er ehrlich war, lief doch alles auf das gleiche raus: Er schämte sich. Er hatte große Reden geschwungen, Lette gewarnt, dass es ohne Gewalt nicht gehen werde, sich weisgemacht, dass man ihn niemals vergessen würde. Dies hätte der Moment seines Triumphs sein sollen – glorreich und wunderbar.

Doch was hatte Mattrax getan? Hatte er gelitten, vor Furcht und Schmerz geschrien?

Nein. Mattrax hatte ihn kaum wahrgenommen. Er hatte ihn abserviert. Mit einem Schnippen seiner Kralle – nicht einmal ein richtiger Streich war das gewesen. Und Balur hatte keinen einzigen Treffer gelandet. Keine einzige Kerbe geschlagen, die an ihn erinnern würde. Es war erbärmlich. Sogar schlimmer noch als erbärmlich. Denn Mattrax würde sich nicht einmal daran erinnern, wie erbärmlich er gewesen war. Er war nämlich … nicht erinnernswert.

Das war ehrlicherweise die Wahrheit. Doch Balur arbeitete bereits daran, dass er nicht mehr lange ehrlich zu sich selbst sein musste. Er trank, und zwar reichlich.

Dies war auch der Stein des Anstoßes für Firkin. Nicht, dass Firkin sonst ein Problem mit exzessivem Alkoholkonsum gehabt hätte. Tatsache war vielmehr, dass wenn irgendwer als Fürsprecher von Otzes Nektar gelten konnte – wie die Barden einen Becher Bier zu nennen pflegten – dann war war das für gewöhnlich Firkin.

Das Problem bestand eher darin – vermutete Balur mit den verbliebenen Resten seines Verstands –, dass sie das Bier mit dem letzten Vorrat an Feuerwurzel versetzt hatten.

Zu dem Zeitpunkt hatte das nach einer guten Idee geklungen.

Er war in den Wäldern unterhalb der Höhle wieder zu sich gekommen, mit schmerzenden Muskeln und von Splittern gespickt. Die Menge war verschwunden gewesen – zurück ins Dorf geflohen. Mattrax war wieder in seine Höhle stolziert, und das Gitter hatte sich hinter ihm geschlossen. Von Lette hatte jede Spur gefehlt. Firkin war leider umso präsenter gewesen, hatte direkt vor ihm gestanden und ihn geschüttelt. Und Balur hatte sich aufgesetzt und Bilanz gezogen. Mehr und mehr hatte er sich geschämt. Und er hatte beschlossen, dass diese Angelegenheit noch nicht vorbei war. Er hatte ein Grollen ausgestoßen. Obwohl ... wenn er zurückdachte, war dies nicht ganz richtig. Er hatte das Grollen nicht ausgestoßen – er war es *gewesen*. Er war es geworden. Seine Muskeln hatten gegrollt, seine Gedanken ebenso. Und sogar seine Schritte, als er sie hinunter ins Dorf lenkte.

Es.

War.

Noch.

Nicht.

Vorbei.

Man hatte ihn beschämt – das ganze Dorf hatte ihn beschämt. Firkin war ihm aufgebracht hinterhergestolpert. Dabei hatte er einen Wortschwall abgesondert, der wie eine Reihe von Fragen geklungen hatte, doch wie er Firkin kannte, hätte dies auch eine Erörterung der Vorzüge von Unzucht mit Eichhörnchen sein können. Ganz gleich – ein Grollen kannte keine Ohren. Es fraß bloß immer neuen Groll in sich hinein, bis es irgendwann so groß wurde, dass es explodierte.

Er hatte sich gesagt, dass es ein Leichtes sein würde, die Dörfler zu finden. Einfache Beute. Er könnte lautlos in ihre Häuser schlüpfen, das Monster unter ihren Betten sein. Er könnte sie reißen, trinken, sein Gesicht in ihren Eingeweiden suhlen.

Aber das würde er nicht tun. Sie waren es gar nicht wert, ein Teil von ihm zu sein. Stattdessen würden sie sich ihm gottverdammt unterwerfen und zu den ausführenden Organen seines Willens werden.

Und wenn sie sich weigerten … nun, ein paar Gedärme ums Maul hatten seine Überzeugungskraft in der Vergangenheit stets verlässlich gesteigert. Das war so eine dieser menschlichen Eigenheiten, die er einfach nicht in den Kopf bekam.

Im Dorf angekommen, hatte er alle zusammengedrängt in der Taverne vorgefunden. Beim Eintreten war er mit dem Kopf gegen den Türsturz gestoßen. Das hatte weder seine Laune noch die Disposition seines Publikums gebessert: Es hatte sich weggeduckt.

»Nutzlos.« Sein Grollen war zu einem Wort geworden. Er hatte den erstbesten Dörfler am Hals gepackt und hochgehoben. Sein Grollen war zu einem Befehl angewachsen. »Kämpf!«, hatte er dem Mann ins Gesicht gebellt.

Aber nicht nur, dass sich der Mann geweigert hatte zu kämpfen, er hatte auch den Kampf mit seiner eigenen Kontinenz verloren. Angewidert hatte Balur ihn fallen lassen.

»Kämpft!«, hatte er die Gäste der Taverne angeschrien. »Findet eure Eier und kämpft!« Die Sache mit den Eiern war in Firkins Rede ziemlich gut angekommen, wenn er sich recht entsann. Er war durchaus bereit, sich den Idioten anzupassen, wenn es irgendwas brachte.

Nach der ersten Reaktion hatte er sich gefragt, ob da womöglich ein Übersetzungsproblem vorlag. Vielleicht bedeutete hier »kämpft« ja etwas anderes. So etwas wie »schnappt euch das nächstbeste Möbelstück und versteckt euch, wimmert dabei aber schön, damit man euch auch findet«.

Da war unter lautem Schnaufen schließlich auch Firkin eingetreten. Balur hatte regelrecht gespürt, wie der dürre Mann die Luft einsog und sie in seiner Hühnerbrust in Unsinn verwandelte. Also hatte er Firkin an der Gurgel gepackt und ihm besagte Luft abgeschnürt. Und da hatte Firkin tatsächlich gekämpft. Der gute Wille allein bewog Balur, nicht fester zuzudrücken. Er hatte Firkin wieder abgesetzt, damit er zu Atem kam.

Was stimmte nicht mit diesen Leuten? Konnten sie wirklich so verängstigt sein? Noch heute Morgen …

Und da war es ihm wieder eingefallen. Vor lauter Zorn und Scham hatte er es ganz vergessen – die Drogen. Quirks Trank war in diesen Leuten gewesen. Er hatte nach dem Beutel an seinem

Gürtel getastet. Lette hatte nicht alles aufgebraucht – und dazu was gesagt wie *lieber niemanden vergiften.* Irgendso ein schwachgeistiger Erguss. Lette sollte wirklich mal den Kopf aus ihrem Hintern ziehen und wieder richtig loslegen und Gold einheimsen.

Er hatte sich nach etwas Brot umgesehen, um es in den Feuerwurzeltrank zu tunken. Aus irgendeinem Grund war aber gerade keins vorrätig gewesen. Er hatte sich wieder den Dörfler geschnappt, der nicht mit ihm hatte kämpfen wollen, ihn ein paarmal geschüttelt, damit er sich auch konzentrierte, und ihn angeschrien: »Wo verdammterweise ist das Brot?«

»Das Brot?«, hatte der Mann erwidert. Dann hatte er richtig losgejammert und sich den Kopf an einem Balken gestoßen, um schließlich zu antworten: »Das Brot?«

»Wo verdammterweise?«

Der Mann hatte nur geweint. Balur hatte absolut nicht verstanden, wieso.

Irgendwann hatte er vage registriert, dass ihn jemand in den Bauch stupste. Er hatte herabgeblickt und einen Mann um die fünfzig entdeckt, mit einer Schürze, einem Schnauzbart und einer auffälligen Halbglatze. In seiner nicht-stupsenden Hand hatte er einen Bierkrug gehalten.

»Vielleicht magst du ja einfach ein Gebrautes?«, hatte er mit zitternder Stimme vorgeschlagen. »War glaub ich ein langer Tag für uns alle.«

Balur hatte über den Vorschlag nachgedacht und genickt. Der Mann hatte sich sichtlich entspannt und einen Seufzer ausgestoßen.

»Gute Idee«, hatte Balur erklärt, erfreut, dass mal jemand außer ihm Initiative bewies. »Bring mir fünf fässerweise.«

»Fünf?« Der Mann hatte völlig entsetzt geklungen, obgleich Balur nicht die leiseste Ahnung gehabt hatte, weshalb. Er hatte sich jedoch umgesehen und seine Kalkulation angepasst.

»Vier werden wahrscheinlich auch reichen. Sieht mir nicht so aus, als ob ihr viel vertragt.«

Winselnd hatte sich der Mann verzogen. Balur hatte gewartet und keinen Hehl aus seiner Ungeduld gemacht. Firkin hatte derweil wieder genug Mut geschöpft, um den Mund aufzumachen. Doch Balur hatte ihm mit einem langen Blick zu verstehen gegeben, wie leid er sein beknacktes Prophetengeschwätz allmählich war, und dass er ihm seine Idiotenzunge um den Idiotenhals wickeln würde, wenn er noch einmal sein Idiotenmaul aufmachte und idiotische Vorschläge abließ. Und Firkin war schlau genug gewesen, das zu verstehen.

Schließlich war der Mann mit ein paar Freunden und den verlangten Fässern zurückgekehrt. Sie hatten dann doch fünf gefunden. Balur hatte mit den Klauen die Deckel abgerissen und den Feuerwurzeltrank darüber ausgeleert, einen ordentlichen Schuss in jedes Fass. Dann hatte er den Arm in die Fässer getaucht und kraftvoll umgerührt. Schon als er sich danach eine Kralle ableckte, hatte ihm der Feuerwurzelgeschmack einen mächtigen Kick verpasst. Das Grollen war angeschwollen.

»Trinkt!«, hatte er die Menge angebrüllt.

Vielleicht hatte es ja an ihm gelegen. Vielleicht war es ja sein Akzent oder seine Syntax. Manchmal hatten Menschen Probleme damit, dabei gab er sich Mühe, es ihnen so einfach wie irgend möglich zu machen. Vielleicht waren sie auch einfach zu blöde zum Pissen. Das würde zumindest Firkin erklären.

Balur hatte beschlossen, dass Taten eine deutlichere Sprache sprachen als Worte.

Also hatte er sich den unglücklichen, schmutzigen Dörfler geschnappt, der nichts über Brot gewusst hatte, und ihn mit dem Kopf ins Bierfass getaucht. So hatte er ihn festgehalten, bis er sich aufgebäumt und mit den Füßen getreten hatte. Ein schöner, großer Schluck.

Schließlich hatte er den Mann wieder auf die Beine gestellt. Der hatte gehustet und gebrüllt und endlich ein wenig kampflustig gewirkt. Balur war zufrieden gewesen.

»Trinkt!«, hatte er erneut in den Raum gebrüllt, und diesmal hatten sich die Dörfler förmlich überschlagen, seinem Befehl nachzukommen, bis sich eine erfreulich große Menge um die Fässer geschart hatte.

Lette mochte über seine Führungsqualitäten sagen, was sie wollte – dies war der Beweis, dass er den Massen gebieten konnte.

Ab da hatte er nicht mehr viel zu tun gehabt, bis die Dörfler alle ihren Teil getrunken hatten, und die ganze Feigheit alchemistisch eingeflößter Mordlust wich. Diese Pause hatte ihm Zeit zum Nachdenken gegeben, was zu trübsinnigem Gegrübel über sein Scheitern gegen Mattrax und wiederum zu neuer Scham geführt hatte, was wiederum – unausweichlich – zu dem Bedürfnis geführt hatte, etwas zu trinken.

Zu diesem Zeitpunkt waren die meisten Krüge bereits über den Köpfen der Dörfler zerbrochen worden, die in den beengten Verhältnissen der Taverne tobten und wüteten. Also hatte Balur einfach ein ganzes Fass gegriffen, an die Lippen gesetzt, angehoben und es laufen lassen.

Mit einem zufriedenen Schmatzen hatte er es wieder abgesetzt und in Firkins leicht entsetztes Gesicht geblickt. Einen Augenblick lang war ihm der Verdacht gekommen, dass dies vielleicht nicht die schlaueste aller Ideen gewesen war. Dann hatte die Feuerwurzel die Idee hochkant rausgeworfen und ihm den Kopf eingetreten.

Balur hatte getrunken.

Alle hatten getrunken.

Und jetzt trank er immer noch. Fühlte, wie sich das Feuer von seinem Magen in seine Arme, in seine Finger und in seine Beine ausbreitete. Er war nicht länger ein Grollen – er hatte das Grollen überwunden. Nun war er ein lautstarkes Wutgebrüll in der Nacht. Er war die drohende Gewalt. Er war das Potenzial zur Verwüstung. Und er hatte die Warterei gründlich satt.

Dort oben, versteckt in seiner armseligen Höhle, schlief Mattrax. Schlief und dachte nicht einmal an ihn. Nun, das würde sich bald ändern. Mattrax würde noch lang und gründlich über ihn nachdenken. Wenigstens, bis ihm Balur den Schädel einschlug – gleichgültig, wie lange das dauern würde. Über solche Details war Balur längst erhaben.

Den Ausgang zu finden gestaltete sich schwierig. Einfach ein Loch in diese aus Stroh und Kuhscheiße gebaute Tavernenwand zu reißen war leichter. Brüllend sprang Balur davon und in die Nacht hinaus. Unter wildem Geheul folgten ihm die Dörfler nach.

17

Der Schlaueste im ganzen Raum

Verdammter Mist, dachte Firkin, als er der Meute hinterherlief. *Das wird ähnlich enden wie damals, als ich mir das Frettchen in die Hose steckte.*

18

Mampf mampf Ethel mampf

Griesgrämig kaute Mattrax auf seinem Abendessen herum. Das Fleisch, das man ihm gebracht hatte, schmeckte seltsam. Vielleicht war es wieder an der Zeit, einen offiziellen Vorkoster einzustellen. Das hatte bislang bloß nie richtig funktioniert – Mattrax hatte immer Hunger bekommen, während er auf seine Kuh wartete, und am Ende hatte er dann beide gefressen.

Verärgert rutschte er auf seinem Berg aus Gold herum, sodass die Münzen in sanften Wasserfällen die Hänge hinabrieselten. Mit einer einzelnen Kralle pickte er sich eine Krone heraus. Das Gold war rein und schwer, aber mit einem derart feinen Relief überzogen, dass es an einigen Stellen fast die Beschaffenheit von Papier aufwies. Es war eine Technik aus einer verlorenen Zeit. Wenn er sich recht entsann, hatte er die Krone ein paar Wissenschaftlern abgenommen, die sie wiederum aus dem Grab eines Vinland-Königs hatten – irgendein armer Irrer, der sein Königreich Otze geweiht und sich einem Leben voll schwelgerischer Genüsse verschrieben hatte.

Mattrax atmete aus, und die Krone zerschmolz im Strahlenkranz seines Feuers. Die tropfende Schlacke schmierte er an die Höhlenwand. Oft dachte er darüber nach, alles hier mit Gold zu überziehen. Der Stein war zwar unheilvoll, vor allem jedoch war er trostlos. Es wäre herrlich, eine goldene Höhle zu besitzen. Dieser dumme Dathrax hatte bestimmt keine goldene Höhle – Dathrax, der in der Mitte eines Sees lebte. Mattrax hätte dann den Schimmer und Dathrax den Schimmel. Bei dem Gedanken prustete er los.

Trotzdem wäre es ein Haufen Arbeit, das ganze Gold einzuschmelzen. Vielleicht sollte er die Sklaverei wieder einführen. Das Konsortium hatte auf einem seiner jährlichen Treffen im Höllenschlundvulkan zwar dagegen gestimmt – irgendwas mit den Massen, die man nicht gegen sich aufbringen sollte. Doch hier gab es keine Massen. Nur Idioten – so wie die, die sich vorhin vor seiner Höhle gedrängelt hatten. Was waren die lästig gewesen. Und seine lächerlichen, nutzlosen Wachen? Standen einfach rum und starben. Musste er denn alles selbst machen?

Er unterdrückte ein Gähnen. Tatsächlich fühlte er sich erstaunlich müde. Vermutlich wegen all des Gemordes heute. Idiotenwachen, die ihn derart erschöpften.

Er aß noch einen Brocken Fleisch. Was stimmte bloß damit nicht? Versuchsweise kaute er noch eine Weile darauf herum und versuchte das Aroma zu identifizieren. Würzten sie sein Fleisch jetzt etwa schon? Bei allen Göttern!

Er erwog, es einfach liegen zu lassen. Aber er hatte heute drei Wachen gefressen, und zu viele Rüstungen brachten seine Verdauung immer durcheinander. Etwas leichtes Kuhfleisch würde ihm guttun.

Er gähnte noch einmal, dann machte er sich daran aufzuessen.

19

Ein vertrautes Gesicht

Obwohl er nie sehr lange darüber nachgedacht hatte, war Will immer der Meinung gewesen, dass man ihn als willensstark beschreiben könnte. Stur, hätte seine Mutter wohl gesagt. Sein Vater auch. Und Albor und Dunstan ebenfalls, wenigstens meistens. Doch Will betrachtete sich einfach als ein Mann, der wusste, was er wollte, und der die nötige Entschlusskraft hatte, seine Pläne durchzuziehen.

Dessen ungeachtet ließ es sich in den Latrinen der Festung einfach nur eine gewisse Zeit aushalten. Irgendwann versagte bei diesem Gestank auch die stärkste Willenskraft.

Er schlüpfte in den Innenhof zurück. Inzwischen war die Sonne hinter den Berggipfeln verschwunden, und die Nacht hatte sich gnädig herabgesenkt. In der Sicherheit der Schatten und der Sterne sollte es ihm gelingen, sich aus der Festung zu stehlen und …

Und …?

Ehrlich gesagt war er sich nicht ganz sicher. Sein Plan war in grobe Unordnung geraten. Vielleicht konnte er ja Quirk wiederfinden. Vielleicht stieß er auch auf Balur oder Firkin – oder wenigstens auf ihre Gräber.

Götter …

Er schüttelte den Kopf. Er hatte schon genug Schwierigkeiten, ohne dass er sich den Kopf über Probleme der Zukunft zerbrach. Die sollten sich mal lieber schön anstellen und warten, bis sie an die Reihe kamen.

Langsam drückte er sich an der Mauer entlang, die zum ersten der inneren Tore führte. Versuchte sich aus halb vergessenen Gesprächen über halb vergessene Karten, die er vor einem halben Leben mit Firkin geführt hatte, seinen Weg zurechtzulegen.

Das Problem, entschied er, bestand darin, dass die Festung zu drei Seiten von Bergen umgeben war und es daher deutlich zu wenige Seiteneingänge gab. Und der Vordereingang, wie er mittlerweile wusste, wurde von Arschlöchern bewacht.

Er brauchte eine gute Geschichte, falls man ihn anhielt. Irgendeinen dringenden Auftrag, den er erfüllen musste. Irgendetwas, was ihm selbst die gehässige, übellaunige Wachmannschaft dieser Festung abnehmen würde.

Er seufzte. Eigentlich sollte es ja schwierig sein, in so eine Festung *einzubrechen*, nicht aber, aus ihr *auszubrechen*.

»Hey! Hey, du! Ich hab hey gesagt!«

Will erstarrte und bereute es noch im selben Augenblick. Hätte ihn in dieser Sekunde nicht die Panik gepackt, er hätte vielleicht so tun können, als hätte er nichts gehört oder nicht verstanden. Wäre er schneller gegangen, hätte er vielleicht ebenfalls eine halbwegs glaubhafte Begründung gefunden. Doch jetzt blieb nichts anderes mehr übrig, als noch fünf armselige Schritte zu stolpern, bis man ihn abfing.

Der Wachmann rannte auf ihn zu. Er erreichte ihn ganz außer Puste, dann krümmte er sich mit klappernder Rüstung zusammen und rang um Atem.

»Hey«, keuchte er. »Ich meine, hi. Also hallo.« Wieder beugte er sich vor und schnappte nach Luft. »Tut mir leid, aber die Rennerei hier drin …«, er zeigte auf seine Rüstung, »… macht mich jedes Mal fertig.«

»Äh«, sagte Will mit dem unbestimmten Gefühl, dass auch er seinen Beitrag zur Unterhaltung leisten sollte. Nur war er sich gerade nicht mehr sicher, wie dieser aussehen konnte, da schreiend davonzulaufen nun nicht mehr zur Wahl stand.

»Tut mir leid«, sagte der Soldat. »Bin immer fürchterlich, wenn es um Vorstellungen geht. Ein echter Hemmschuh fürs Leben. Ich finde ja, dass ich mich ganz gut schlage, sobald ich diesen kritischen Punkt hinter mir habe – aber dafür muss ich ihn natürlich erst mal hinter mich bringen. Von daher schaff ich es relativ selten weiter als bis zur Vorstellung, weil ich da ja schon stecken bleibe. Und das ist wirklich peinlich.« Er hob den Kopf und sah sich um. »So wie jetzt gerade, irgendwie.«

»Wie … wie bitte?« Will wünschte, er könnte zaubern, so wie Quirk. Ein Loch im Boden öffnen, um darin zu versinken oder so.

»Tut mir leid, es liegt nicht an dir. Liegt komplett an mir«, sagte die Wache. Und dann: »Ach verdammt, jetzt hab ich schon wieder den Moment versäumt, dir meinen Namen zu sagen. Da siehst du mal, wie schlecht ich damit bin.«

Allmählich dämmerte es Will, dass ihm irgendwas an diesem Mann schrecklich bekannt vorkam.

»Ich bin Bevvan«, sagte die Wache. »Und du bist Will, richtig?«

Wills Magen machte einen Satz. Dann machte er noch einen. Dann vollführte er der Form halber noch eine ziemlich komplexe Turnübung. Will schmeckte die bittere Galle, die während solcher Vorstellungen gerne den Logenplatz in seinem Hals einnahm.

Er machte ein weiteres Mal den Mund auf, um seinen Teil

zum Gespräch beizutragen. Er war sich ziemlich sicher, dass es an der Zeit für ein striktes Leugnen war, doch alles, was er herausbekam, war nur ein pfeifendes Krächzen, das wie die Totenklage eines Froschs mit schlimmen Blähungen klang.

»Wahrscheinlich erinnerst du dich nicht an mich.« Bevvan, die Wache, schüttelte traurig den Kopf. »Hab keins dieser einprägsamen Gesichter. Zumindest sagt mir das meine Frau immer. Sie meint, es sei irgendwie nichtssagend und teigig und sie würde es am liebsten ganz vergessen.« Er lachte. »Ist schon 'ne Komikerin! Aber jedenfalls war ich einer der Soldaten, die vor zwei Tagen zu dir auf den Hof kamen. Mussten ihn dir leider wegnehmen. Dieses ganze ärgerliche Missverständnis mit dem Buchungsfehler.«

O ihr Götter. Weshalb hassten sie ihn alle so? Hatte er ihnen denn nicht genug Opfer dargebracht? Hatte er sie einmal zu oft geschmäht?

»Nein.« Seine Zunge fühlte sich an wie ein Stock in seinem Mund. Er musste das Wort regelrecht an ihr vorbeizwängen.

»Aber klar doch!« Bevvan lächelte breit, die Herzlichkeit in Person. »Und jetzt bist du hier! Ich bin ja so froh, dass du wieder auf die Beine gekommen bist. Ich meine, das war nun wirklich Pech mit deinem Hof. Hätte tatsächlich gedacht, dass sie dich in den Schuldturm stecken. Aber jetzt bist du hier, gesund und munter!«

In Wills Gesicht zuckten die Muskeln. Irgendeinen Ausdruck musste es wohl annehmen, doch jeder Teil seiner Anatomie schien anderer Meinung zu sein, welcher der beste wäre. Seine Brauen sprangen vor und zurück, seine Lippen grinsten und kräuselten sich.

Bevvan strahlte ihn genauso an, wie man es von jemandem erwarten würde, dessen Hirn man gegen einen Milchkrug ausgetauscht hatte.

Dann schaute er plötzlich über Wills Schulter und rief: »Hey, Joeth! Joeth! Komm mal schauen, wer hier ist! Es ist Will!«

Die Zeit, um die Lücken in diesem Gespräch zu stopfen, war eindeutig vorbei, und Will war grandios an der Aufgabe gescheitert. In gewisser Hinsicht machte das seine Entscheidung sogar leichter: Er musste fliehen. Einfach ein Bein vor das andere setzen und beschleunigen.

Er setzte das rechte Bein vor das linke. Er beugte das Knie …

Bevvan ließ einen schweren Arm auf Wills Schulter fallen und drehte ihn herum, damit er Joeth begrüßen konnte. Somit war Will ausgerechnet im Moment seines spontanen Aufbruchs komplett aus dem Gleichgewicht geraten. Anstatt loszurennen oder sich umzudrehen, brach er seitwärts zusammen, stieß sich den Kopf an der Mauer und fragte sich einen kurzen Moment lang, was für einen Versager von einem Schmied Mattrax eigentlich beschäftigte, wenn das die besten Helme waren, die er hinbekam.

»Will?«, fragte Joeth, als er das torkelnde Gespann erreichte. »Wer verfickt ist Will?«

Endlich fand Will seine Zunge wieder. »Ich? Ich bin niemand.« Die anderen Soldaten hatten Bevvan durch die Bank gehasst. Joeths Widerwille, sich mit ihnen abzugeben, stand ihm auch jetzt überdeutlich in sein verkniffenes Wieselgesicht geschrieben. Vielleicht gelang es Will ja, dass er auch die Erinnerung an diesen kleinen Zwischenfall rasch wieder aus dem Gedächtnis strich.

»Verdammt richtig.« Joeth spuckte ihm einen braunen Klumpen vor die Füße und wandte sich ab.

»Jetzt warte doch!«, beharrte Bevvan, allem Anschein nach ein Dämon aus den tiefsten Tiefen der Unterwelt, der sich zur Tarnung als verschusselter Vollidiot ausgab. »Das ist Will. Du weißt schon – der von neulich Abend. Wir haben ihm den Hof abgenommen und wollten ihn in den Schuldturm werfen, aber dann ist er in den Stall gerannt, und wir haben den angezündet, und Kurr hat die ganze Zeit davon geredet, dass er ihn umbringen würde. Er hatte sich doch das Gesicht verbrannt und war schrecklich wütend geworden. Aber schau mal! Wir haben ihn doch nicht umgebracht! Und jetzt arbeitet er sogar für uns! Ich meine, ist das nicht ein lustiger Zufall?«

Joeth stellte sich als nicht ganz so dumm heraus wie Bevvan. Das war auch nicht weiter überraschend – Will hatte schon Stühle besessen, die nicht ganz so dumm waren wie Bevvan.

Er schaffte fast einen kompletten Schritt, ehe Joeth ihn bei der Schulter packte und zu Boden warf. Will trat zu, so fest er konnte, hörte ein befriedigendes Knirschen, als seine Ferse etwas Hartes traf, und dann ein weniger befriedigendes Plumpsen, als ein jammernder Bevvan über ihm zusammenbrach.

»Joeth!«, heulte er auf. »Was soll denn …?«

»Der ist kein Soldat, du beschränkter Bussi-Sohn – er wurde zu Kerkerhaft im Schuldturm verurteilt und hat Kurr das halbe Gesicht verbrannt. Wir pflegen keine Flüchtigen anzuwerben. Und wir täten gut daran, auch keine Idioten anzuwerben, dann könnten Arschlöcher wie er sich nämlich nicht reinschleichen und machen, was immer er verdammt noch mal vorhat.«

Joeth war, wie sich nun zeigte, kein großer Nuschler. Tatsächlich schrie er die Worte mit fast fehlerfreier Artikulation in Bevvans tränenüberströmtes Gesicht, und das mit beträchtlicher Lautstärke. Damit erregte er gleichfalls ein beträchtliches Aufsehen: Bis Will sich wieder halbwegs befreit hatte, halfen ihm schon mehrere Hände bereitwillig auf, um ihn dann genauso bereitwillig mit dem Gesicht voran gegen die Mauer zu stoßen und ihm die Hände in einem schmerzhaften Winkel hinter dem Rücken zu fesseln.

Erst hatte er im Gespräch versagt, dann bei der Flucht. Will konnte nur hoffen, dass er im Qualvollsterben genauso schlecht war.

20

Selig sind die geistig Armen

Lette – augenblicklich zwischen ein Zahnrad von der Größe eines Wagenrads und eine Kette gequetscht, die dicker als ihre Taille war – hatte immer schon einen leichten Schlaf gehabt. Von daher hatten Schnarchgeräusche sie niemals erfreut. Und Balur war ein großer Schnarcher. Wenn er schlief, klappte sein Mund auf, und seinem Rachen entstieg ein Laut, den sie bloß als Liebesspiel zweier Berge beschreiben konnte. Ein kehliges, heiseres Raspeln, das sich durch ihren Gehörgang sägte und jeden Gedanken an Schlaf in weite Ferne rückte. Einmal war sie eine ganze Extrameile durch einen Wald voller Kobolde gestiefelt, nur um diesem Laut zu entkommen.

Dieses Schnarchen aber war anders. Tief und rumpelnd wie frische, verrutschende Erde und dabei so volltönend, dass der Fels davon vibrierte. Es war der Klang eines schnarchenden Drachen.

Mattrax war bis oben hin vollgepumpt.

Langsam, mit übertriebener Vorsicht, begann sich Lette zu regen. Die erste Stunde in ihrem Versteck hatte sie gelernt, sich in dem dunklen Mechanismus des Fallgitters zurechtzufinden. Sie hatte erkundet, wo sie hindurchpasste, wo sich die Lücken befanden. Die nächste Stunde hatte sie sich näher mit der Konstruktion der Druckplatte auseinandergesetzt: wie sie funktionierte, wo die kritischen Verbindungen und Schwachstellen waren. Dann hatte sie gewartet. Sie hatte damit gerechnet, dass früher oder später Quirk und Will auftauchen würden, doch da war nur Mattrax gewesen, der sich schnaubend und grunzend herumwälzte und undeutliche Selbstgespräche führte. Weshalb in Schufts Namen ein Drache, der in Gold und Essen nur so badete, derart nörglerisch klingen musste, erschloss sich ihr nicht; aber wenigstens hatte der fette Feuersack keinen Verdacht geschöpft. Bis jetzt hatte sie sich lediglich in etwas Geschick und Geduld üben müssen.

Auch des Treffers wegen, den Balur in der ersten Konfrontation hatte einstecken müssen, machte sie sich keine Sorgen. Er hatte schon Schlimmeres weggesteckt. Der batarrische Riese, gegen den sie einst gekämpft hatten, hatte ihn buchstäblich als Keule benutzt und versucht, sie mit ihm zu erschlagen – bis Balur einen Arm freibekam, dem Riesen den Daumennagel abriss und ihm damit das Handgelenk aufschlitzte. Hundert Schritt oder so in ein paar Bäume zu fliegen, ließ sich durchaus überleben.

Was ihr mehr Sorgen bereitete, war, dass Balurs Teil des Plans bereits so früh auf Grund gelaufen war; und dabei war er außer ihr doch das einzige andere Mitglied des Teams, das über eine professionelle Erfahrung verfügte. Jetzt war sie auf die Hilfe einer Universitätslehrkraft und eines wütenden Bauern angewiesen, wenn sie nicht lebendig geröstet werden wollte.

Was aber, wenn Mattrax *nicht* betäubt war? Was, wenn er einfach nur döste? Es gab Gerüchte, dass Drachen selbst den Diebstahl einer einzigen Münze aus ihrem Schatz spürten. Lette hatte da zwar ihre Zweifel – aber der Diebstahl ganzer Säcke voll Gold und Juwelen könnte das Blatt definitiv gegen sie wenden.

Von daher schlich sie langsam und lautlos vorwärts; ließ eine Bewegung in die nächste übergehen, ein ruhiges, fließendes Entfalten ihres Körpers, bis sie hinaus in die Höhle und die Dunkelheit trat.

Sie stand absolut reglos – ein Schatten unter Schatten – und nahm ihre Umgebung in sich auf. Während des wahnwitzigen Sprints in ihr Versteck hatte sie lediglich die vagen Konturen der Höhle wahrgenommen. Diese entpuppte sich nun als größer als erwartet, mit einem glatten und dazu noch sandigen Boden. Der Großteil der Kaverne lag vom Gitter aus gesehen hinter einer Biegung, von daher konnte sie weder Mattrax noch sein Gold ausmachen – bloß einen schwachen, gelbroten Schimmer, der sich in die tiefen Schatten mischte.

Sie verharrte neben dem Eingang, nur eine Armeslänge vom Gitter entfernt. Der Mond schien zwischen den Eisenstäben hindurch und warf ein Schachbrett vor ihr auf den Boden. Es gab nicht mehr als zwei Wachen – das wenigstens war ein Glücksfall. Zuvor waren es weitaus mehr gewesen. Zwei Wachen – das machte das Unterfangen deutlich einfacher.

So langsam, dass es fast nicht wahrnehmbar war, durchmaß sie den Eingangsbereich. Ihre Füße verursachten auf dem Sandboden keinen Laut. Ihr Schatten fiel von den Wachen weg, und Mattrax' Schnarchen blieb regelmäßig. Keiner der Soldaten drehte sich um.

Sie ließ eine Klinge in jede Hand gleiten. Holte mit einem Arm aus. Dann warf sie.

Der Dolch pfiff zwischen den Gitterstäben hindurch und traf mit hartem Schlag den Nacken des Mannes. Leise gurgelnd sank er auf die Knie, dann schlug er hin und blieb leblos liegen.

Lette schickte sich an, auch den zweiten Dolch zu werfen.

»Bei Bussis Schwanz!« Die zweite Wache quiekte und sprang einen Schritt beiseite. Ohne Probleme folgte Lettes Arm der Frau.

Der Frau?

Sie hatte sich nicht allzu gründlich mit Mattrax' Streitkräften befasst, doch bislang hatten diese genauso borniert und frauenfeindlich wie die Armeen der meisten Herrscher auf sie gewirkt.

Und kam ihr diese Stimme nicht irgendwie vertraut vor …?

»Quirk?«, flüsterte sie.

»Lette?«

Es *war* Quirk! Lette konnte sogar die Blutflecken erkennen, die noch vom Diebstahl ihrer Rüstung stammten. Aber …

»Was bei allen Geistern machst du da draußen? Solltest du dich nicht mit Will verstecken, bis Firkin und Balur mit dem Wagen kommen?«

Quirk zögerte. Lette schöpfte gerade für eine geflüsterte Tirade Atem, da merkte sie, dass der anderen Frau die Hände zitterten, und ihr Atem klang ganz abgehackt. Immer wieder blickte Quirk die tote Wache an und ballte die Fäuste.

»Schon okay«, sagte Lette. Es war jetzt wichtig, dass Quirk einen kühlen Kopf bewahrte. Das war ja nicht der Weltuntergang – sie würde Quirk schon irgendwie in die Höhle kriegen. Da kam ihr ein anderer Gedanke. Sie starrte ebenfalls den Toten an.

»Moment mal«, brachte sie hervor. »Will …?«

Quirk schüttelte nachdrücklich den Kopf. »Nein, nein! Sie haben uns drinnen erwischt.«

»Erwischt?« Das war kein Wort von der Sorte, die Lette mitten im Einsatz gerne hörte.

»So meine ich das nicht.« Quirk schüttelte den Kopf mit einer Vehemenz, die Lette üblicherweise für Notfälle aufsparte.

»Vielleicht solltest du von vorne anfangen«, schlug sie vor.

Also tat Quirk genau das. Dann sprang sie ans Ende der Geschichte. Dann zu einem Punkt irgendwo in der Mitte, und von dort hüpfte sie wie ein geisteskrankes Kaninchen immer weiter umher, bis Lette das desaströse Mosaik glücklich zusammensetzen konnte.

»Also ist Mattrax jetzt betäubt oder nicht?« Diesen Punkt hatte Quirk irgendwie ausgespart.

Quirk rang die Hände. Lette zog die Stellschrauben ihres durchdringenden Blickes noch etwas an. Wenn Quirk keinen kühlen Kopf hinbekam, dann war Gefügigkeit fast genauso gut.

»Ich weiß es nicht«, gestand sie kläglich.

»Und ist Will schon da drin?«

»Ich weiß es nicht«, wiederholte Quirk ebenso kläglich.

Lette biss die Zähne zusammen und verkniff sich eine ganze Reihe Kommentare, die ihr große Freude bereitet hätten.

»Also schön«, sagte sie schließlich. »In diesem Fall müssen wir jetzt wohl erst mal dieses Gitter hier öffnen. Bist du sicher, dass keine anderen Soldaten in der Nähe sind?«

»Sie hatten einen großen Mangel an Männern, nachdem Mattrax die vorigen Wachen umgebracht hatte. Deshalb hat man nur uns beide geschickt.«

»Okay. Ich gehe jetzt zurück und öffne das Gitter. Danach gibt es wenigstens einen Fluchtweg, sollte alles hier in die Binsen gehen.« Ohne auf eine Antwort zu warten, glitt sie zurück durch das Loch und in die Eingeweide des Mechanismus. Sie wand sich voran, bis sie das faustgroße Zahnrad fand, das sie zuvor schon lokalisiert hatte. Fünf schnelle Schläge mit dem Griff eines Dolchs, dann hatte sie es herausgelöst.

Danach, als um sie herum der Mechanismus zum Leben erwachte, wich sie rasch zurück. Rädchen drehten sich, Ketten quietschten und Gegengewichte krachten herab. Kurz nachdem alles vorbei war, hörte sie noch Quirk den ganzen Vorgang mit einem spitzen Schrei kommentieren. Alleine in der Dunkelheit gestattete sie es sich, die Augen zu verdrehen.

Dann wartete sie wieder. Wartete auf das Brüllen, auf das Stampfen von Mattrax' Füßen, die den Drachen zum Eingang trugen. Auf die Hitze seiner Flammen, die den Fels erglühen ließen.

Doch alles, was sie hörte, war das langsame, gleichmäßige Grollen seines Schnarchens.

Sie lächelte. Trotz allem – einmal hatte etwas geklappt.

21

Es klappt mal was

Hoch darüber, im Bauch von Mattrax' Burg, gellte eine Alarmglocke.

»Was ist da los?«, rief ein Soldat und schaute auf.

Sehr zu Wills Leidwesen nahm er dabei jedoch nicht die Knie von Wills Nieren.

»Was verdammt noch mal öffnet Seine Gnaden denn um die Zeit noch das Fallgitter?«

Will fand, dass dies eine ausgezeichnete Frage war, der die Wachen am besten schnellstmöglich nachgingen. Er hätte diese Meinung auch mit Freuden kundgetan, hätten starke Hände nicht gerade seinen Mund in den Schlamm gepresst.

»Wen juckt's?«, erwiderte der Soldat, den Will inzwischen als Kurr identifiziert hatte. Das war derselbe Mann, dem er – wie er ebenfalls herausgefunden hatte – das Gesicht mit Eintopf verbrüht hatte. Wills Meinung nach hatte es in dieser Situation mildernde Umstände gegeben, welche er wiederum nur allzu gerne in der gebotenen Ausführlichkeit diskutiert hätte. Leider schien Kurr eher an der Unterhaltung zwischen seinen Stahlkappen und Wills Rippen interessiert zu sein. Gerade trat er ihn erneut, und nicht zu sanft.

Will schrie seinen Schmerz in den Schlamm.

»Wenn Mattrax eine Runde drehen will, dann soll er doch«,

sagte einer der Männer, die seine Beine festhielten. »Gibt uns eine Stunde länger Zeit, bevor er wieder Hunger hat.«

Ein weiterer Tritt folgte. Tränen rannen Wills Wangen hinab.

»Er geht doch sonst nicht nachts noch fliegen«, sagte die erste Wache. »Schläft normalerweise stundenlang, die faule Sau.«

»Stimmt«, sagte eine andere Stimme.

Ein weiterer Tritt.

»Noch mal: Wen interessiert's?« Kurr hatte einen ziemlich engen Horizont, merkte Will.

»Na ja«, sagte die erste Wache. »Ich meine ja nur: Hier haben wir diesen Eindringling ...«

»Diesen Hurensohn«, unterbrach Kurr und trat Will abermals. Er bäumte sich vergebens auf.

»Genau«, sagte die erste Wache. »Diesen Hurensohn. Er ist aber ein eingedrungener Hurensohn.«

»Soll heißen?«, fragte der Soldat an Wills Kopf.

»Na ja, es scheint mir einfach, dass wir hier diesen Eindringling haben ...«

»Hurensohn.«

»Eingedrungenen Hurensohn ...«

»Ernsthaft, komm endlich zum Punkt, wenn's überhaupt einen gibt!«

Will hätte nicht mehr zustimmen können.

»Hier haben wir also diesen eingedrungenen Sohn ...«

»Ja, das hast du schon gesagt.«

Da schien der ersten Wache der Geduldsfaden zu reißen. »Scheiße, ich weiß, dass ich das schon dreimal gesagt hab, aber immerzu unterbricht mich irgendein Arschloch! Wenn ihr alle mal eure Scheißklappe halten könntet, würdet ihr vielleicht noch was lernen. Zum Beispiel, wie ihr euch die verkackten Hintern abwischt, ihr Stinker.«

Einen Moment lang herrschte Stille.

»Das war jetzt echt ein bisschen hart«, murmelte die Wache neben Wills Kopf.

»So ein Hurensohn dringt also bei uns ein. Und wir wissen, dass Mattrax nachts normalerweise durchschläft, tief und fest.« Eine Pause, die Kurr für einen weiteren Tritt nutzte. »Nur dass jetzt auf einmal der Alarm losgeht, weil das Fallgitter offen steht.«

Wieder eine lange Pause. Will machte sich auf den nächsten Tritt gefasst.

»Oh«, sagte Kurr schließlich. »Scheiße …«

»So ein Mist«, stimmte die Wache neben Will ihm zu und nahm die Hände weg. Will hob den Kopf aus dem Schlamm und schnappte erstickt nach Luft.

Kurr füllte sein ganzes Gesichtsfeld aus. »Woher kommst du, Arschgesicht? Wer ist noch da unten?«

»Dafür ist jetzt keine Zeit, verdammt!«, rief die erste Wache und packte Kurr an der Schulter. »Er ist gefesselt! Lass uns einfach runtergehen und totschlagen, wer immer da unseren Feierabend stört. Dann kommen wir zurück und erledigen ihn. Er wird schon nicht weggehen.«

Kurrs Gesicht verzog sich vor Wut. Dann spuckte er Will in dessen Gesicht und erhob sich. »Wenn du dich verdrückst«, knurrte er noch, »bring ich dich um!«

Will fand, dass das nicht gerade ein Anreiz war, solange die andere Option darin bestand, an Ort und Stelle zu bleiben, damit Kurr ihn ebenfalls umbringen konnte.

Er sah den Folterknechten nach und hörte weitere Stiefel vorbeieilen. Sämtliche Wachen rannten zum Fallgitter.

Lette musste es geöffnet haben, wurde ihm da klar. Weil sie nicht von der Alarmglocke gewusst hatte – weil er ihr nie davon erzählt hatte. Wobei man fairerweise sagen musste, dass er ebenfalls nicht davon gewusst hatte. Weil Firkin die Glocke nämlich auch nie erwähnt hatte.

Alles in allem sah er sich zu der Einsicht genötigt, dass es wahrscheinlich wenig brachte, weiter über seine Mitschuld zu grübeln. Besser wäre es, einfach aufzustehen, einen Fluchtversuch zu starten und Lette vor der Wachmannschaft der Festung zu bewahren, die es auf sie abgesehen hatte.

Andererseits brachten seine Rippen einige recht überzeugende Argumente dafür vor, sich weiter in Embryonalhaltung am Boden zu krümmen und noch etwas zu weinen.

Allein der Vorgang des Aufsetzens war lang, mühsam und von Flüchen begleitet, die selbst Firkin verunsichert hätten.

Sich vom Hintern auf die Beine zu kämpfen gestaltete sich allerdings noch weitaus schwieriger. Keuchend torkelte er über den Hof, während sich in seinem Kopf alles drehte.

Lette – er musste zu Lette. Er war sich nicht ganz sicher, weshalb, oder ob er ihr überhaupt eine Hilfe wäre; aber das war das, was er tun musste – ganz bestimmt. Schließlich konnte er sie nicht einfach sterben lassen. Er hatte zwar keine Ahnung mehr, was genau gerade vor sich ging, und vielleicht war es mitten auf einem Beutezug auch nicht der ideale Moment, seinen moralischen Kompass zu finden – dennoch wusste er, dass man seine Freunde im Kampf nicht einfach im Stich ließ.

Nicht bloß ein Stich, sondern viele . . . Alles in ihm verkrampfte sich. Er wäre nicht überrascht gewesen, wenn er morgen Blut gepinkelt hätte. Trotzdem kämpfte er sich weiter.

Er wankte zurück zum Wehrturm. In groben Zügen nahm ein Plan Gestalt in ihm an. In der fackelhellen Eingangshalle suchte er verzweifelt nach einem scharfen Werkzeug. Er fand sie in Form einer überzähligen Axt in einem Waffenständer an der Wand. Vorsichtig stellte er sich mit dem Rücken davor und drückte seine gefesselten Gelenke gegen die Klinge.

Eine Minute später massierte er sich die tauben Hände, bis das Leben in sie zurückkehrte. Dann prüfte er die Schärfe des Axtblatts mit seinem Daumen. Die Waffe war deutlich besser in Schuss als das Schwert, das man ihm abgenommen hatte. Er hob sie an, wog sie in der Hand und nickte. Vielleicht nicht ganz so gut wie die alte Holzfälleraxt seines Vaters – doch gut genug, um etwas Schaden anzurichten, und leicht genug, sie einhändig zu führen.

So bewaffnet wandte er sich ein zweites Mal der dunklen Rampe zu und begann seinen Abstieg.

22

Die Bestie erwacht

Quirk stand in den Tiefen von Mattrax' Höhle und rang um Atem. Nie in ihrem Leben hatte sie so etwas gesehen.

»Bei Trugas schlaffen Titten«, hauchte auch Lette. »Ich hab ja schon eine Menge Gold gesehen, aber das hier …« Sie verstummte und stieß einen leisen Seufzer der Zufriedenheit aus.

Da nahm Quirk erstmals Notiz von dem Gold. Ja, vermutete sie, das war schon ganz schön viel: Münzen, Kronen, Medaillons, Halsketten, Broschen, Armreifen, Zepter, goldene Bilderrahmen, Ohrringe, Smaragde, Rubine, Topase, Diamanten, Perlen …

Desinteressiert wandte sie den Blick ab. Schaute wieder *ihn* an.

Mattrax schlummerte auf seinem Schatzhügel. Eine riesige, zusammengerollte Masse aus Muskeln und Schuppen. Seine Schwingen hingen schlaff herab, lederne Decken über den Hängen seines Horts. Sein Kopf war ein enormer, eckiger Keil. Jedes Nasenloch war groß genug, dass sie ihre Faust hätte hineinstoßen können, ohne die feinen Härchen darin zu kitzeln. Jede Kralle an seinen Füßen war länger als ihr Unterarm.

Sie konnte kaum atmen. Ihr Brustkorb fühlte sich jetzt schon zu eng für ihre Lunge an. Trotz der tiefen Nacht vor der Höhle war es hell. Die Ränder der Welt verschwammen in Zwielicht.

Wie im Traum schritt sie auf den Drachen zu. Münzen und Juwelen gaben unter ihren Füßen nach, als sie die Hügel seines Reichtums erklomm. Sie streckte die Hand aus. Sie musste ihn berühren.

Würde er sich rau anfühlen? Glatt? Warm? Hart oder weich? Würde seine Haut unter ihrem Druck nachgeben?

Sie erinnerte sich an das erste Mal, als sie Magie berührt hatte; als Kind im Dunkel der elterlichen Hütte. Sie hatte sich vor ihrem Bruder Andatte versteckt, zusammengerollt in einem Nest schmutziger Wäsche. Die gestaute Sommerhitze hatte sie eingelullt, bis sie fast unerträglich wurde, beinahe schön. Dann das Gefühl, dass sich etwas durch die Hitze nach vorn drängte – ein weiter, unbegreiflicher Geist, der sich manifestierte. Er griff nach ihr, zwängte sich durch die Schichten der Realität. Sie hatte ebenfalls nach ihm gegriffen, um ihn zurückzustoßen. Und da … hatten sie einander berührt. Waren kurze Zeit verbunden gewesen. Sie hatte etwas berührt, das sie komplett neu geordnet hatte. Es war, als hätte sie ein Brandmal davongetragen. Es hatte sie verändert.

Dieser Moment jetzt fühlte sich ebenso an.

Am Rande bekam sie mit, dass Lette sich mit beiden Händen die Taschen mit Reichtümern vollstopfte und dabei ein leises, trunkenes Kichern ausstieß.

Ein wenig verärgerte das Quirk. Derart niedere Gelüste angesichts solcher … solcher *Herrlichkeit.* War die Frau denn zu blind für die Wunder, die die Welt für sie bereithielt? Spuckte sie ihr absichtlich ins Gesicht?

Nein. Quirk riss sich zusammen. Nichts würde ihr diesen Augenblick verderben. Er sollte rein und unbesudelt bleiben von der Welt, von ihrer Vergangenheit, von der Notwendigkeit, sich permanent unter Kontrolle zu halten. Das war das, wofür sie all die Jahre so hart gearbeitet hatte; sie würde es sich jetzt nicht kaputtmachen lassen. Sie konnte die Hitze des Drachenatems spüren, der über ihre Hand strich, zwischen ihren Fingern spielte …

Ein Geräusch vom Höhleneingang – ein Ruf. Dann ein weiterer.

Quirk erstarrte.

»Scheiße«, fluchte Lette.

Und nein – nein! Das durfte nicht geschehen. Dies war ihr Moment …

Noch ein Ruf.

»Balur«, sagte sich Quirk. »Es sind nur Balur und Firkin. Mit dem Wagen und den Säcken. Sonst nichts.«

Abermals streckte sie die Hand nach dem seligen Frieden biologischer Verheißung aus. Der Offenbarung. Mattrax.

Vom Höhleneingang her drang der Klang von Stahl auf Stahl an ihre Ohren.

»Bei Lalls Eiern!« Fluchend setzte sich Lette in Bewegung, eilte den Konturen des Goldschatzes folgend zurück in Richtung Ausgang. Ströme klingender Münzen purzelten in ihrem Kielwasser.

Als die Söldnerin an Quirk vorbeilief, gab der Boden unter ihr nach.

Nein. Nein!

Verzweifelt streckte sie die Hand aus. Ihre verlangenden Finger hatten es fast geschafft, berührten beinahe Mattrax' Haut. Doch sie fand keinen Halt mehr. Sie spürte, wie sie fiel. Sie schrie. Alles rutschte nun davon; die Offenbarung löste sich in Wohlgefallen auf.

Dann rollte sie Arsch über Kopf den Hang hinab und landete wenig feierlich mit leeren Händen und den Füßen in der Luft.

Einen Augenblick lang, während sie so dalag, schäumte sie fast über vor Wut. Sie kannte die Anzeichen und spürte, wie ihr die Maske der Selbstbeherrschung entglitt. *Nein!*, schrie der letzte rationale Teil ihres Verstands. *Nicht! Das ist nicht richtig – nicht so, wie es sein sollte. Dies hätte doch mein großer Augenblick werden sollen …*

Zähneknirschend kämpfte sie sich auf die Beine. Ihre Handflächen waren ganz heiß. Dampf stieg von ihren Fingerspitzen auf.

Da kam jemand um die Biegung der Höhle geeilt. Ein Wachmann, das Kettenhemd glitzernd im Mondlicht, mit erhobenem Schwert. Er entdeckte sie und ging mit lautem Schrei zum Angriff über.

Quirk aber sah ihn schon gar nicht mehr – sah nicht, wie er hier und heute war. Sie sah nicht länger die Höhle und spürte nicht mehr Mattrax' Gluthauch auf der Haut.

Stattdessen spürte sie den heißen Atem des tamarischen Buschlands im Rücken. Sah die sanft geschwungenen Hügel ihrer Kindheit, gespickt mit struppigen Büschen, die mehr aus Dornen denn aus Blattwerk bestanden. Sie sah einen in Lumpen gehüllten Banditen, der auf sie zusprang, den Säbel hoch erhoben, die helle Verzweiflung eines Verhungernden auf den Zügen.

Nein!, schrie die Stimme. *Das ist vorbei. Das ist die Vergangenheit! Das ist nicht das, was du bist …*

Doch die Maske der Beherrschung rutschte immer tiefer, war kurz vorm Fallen. Und in ihrer Wut, ihrer Enttäuschung und ihrer Angst riss Quirk sie sich vom Gesicht.

Sie reckte die Hände. Hitze stieg in ihre Handflächen. Sie spürte die göttliche Macht in sich, spürte, wie ihre Zunge Worte formte, die sie nie gelernt hatte; Worte, die die Wirklichkeit ihrer dünnen Haut entkleideten und sie durchstießen.

Der Soldat hatte sie beinahe erreicht. Sein Schwert schwebte schon über ihrem Kopf.

Die Hitze in ihren Handflächen wurde zu physischem Schmerz. Ein sengender, brennender Ausdruck des Hasses und des Zorns. Sie heulte auf, so laut, dass es den Kampfschrei des Soldaten übertönte.

Und dann, dort in der Dunkelheit, gebar sie Feuer.

23

Hammerzeit

Feuerwurzel ist ein echt heißer Scheiß, dachte Balur in einem seiner immer selteneren klaren Momente. Er hatte schon gewisse Huren die Vorzüge gewisser Kräuter und Pülverchen für ihren Fachbereich diskutieren hören. Aber ganz ehrlich – sie sollten mal ein Gemetzel probieren, wenn sie auf dem Zeug waren. Das war absoluterweise hammergeil.

»Fliiiegt!«, schrie er und wirbelte den Kriegshammer im Kreis, die Arme voll ausgestreckt, sodass er das Gewicht in den Schultern spürte und seine Fersen sich auf der Stelle drehten. Er sah die Gegner hoch davonfliegen; ihr Blut malte wirbelnde Bögen in die Luft, die wie Rubinströme glitzerten. Er konnte es sogar schmecken – wie Sternschnuppen, die in seinem Rachen explodierten.

Dabei hatte er die Wachen hier gar nicht erwartet. Zwar war er sich im Augenblick nicht mehr sicher, was er eigentlich erwartet hatte, aber ganz bestimmt nicht sie. Nicht, dass er traurig darüber wäre. Tatsächlich hatte er einen Freudenschrei ausgestoßen, als er den Wald unterhalb der Höhle verlassen hatte und die Soldaten aus dem Burgtor strömen sah. Die Dörfler in seinem Rücken hatten den Schrei aufgenommen.

Dann hatten die Wachen sie entdeckt und angegriffen. Die beiden Streitkräfte waren wie Frischvermählte übereinander hergefallen.

Balur packte sich jemanden in seiner Nähe, biss ihm das Gesicht ab und lachte benommen, während ihm das Blut das Kinn herablief.

Das war das, wofür er lebte. Dieser Moment – dieses Loslassen. Gedanken, Moral und Höflichkeit Lebewohl sagen. Jenseits der Grenzen der Kultur, der Normen der Gesellschaft leben. Dies war Leben in seiner reinsten, bestialischsten Form. Ohne jede Heuchelei, ohne irgendwelche Masken. Reduziert auf Fleisch, Knochen und Wut.

Er drehte eine Pirouette, führte seinen Hammer säuberlich durch den Körper von … irgendwem. Wer auf wessen Seite stand, spielte zu diesem Zeitpunkt keine Rolle mehr. Der blutbenetzte Hammer glitzerte über dem Gefecht. Balur schwang ihn herab und lauschte auf das fleischige Krachen des Einschlags.

Jemand stach nach ihm. Er spürte, wie die Klinge eine Stelle zwischen seinen Schuppen fand, die Spitze eindrang und einen Muskel durchschnitt. Er spürte den hellen, heißen Schmerz. Lachend packte er erst das Schwert bei der Klinge und dann seinen Besitzer. Mit lautem Knacken brach das Genick des Soldaten in seiner Faust.

Er versank in einem blutigen Nebel. Für eine Weile war die ganze Welt rot und nass. Als der Nebel ihn wieder entließ, war er verwirrt. Er schlug jemandem ins Gesicht und versuchte sich wieder zurechtzufinden.

Schreiende Menschen rempelten ihn im Vorbeirennen an, Dörfler wie Soldaten. »Drache!«, schrien sie. »Drache! Mattrax erwacht!«

Und dann sah auch Balur die mächtigen Feuerstöße, die hell

und herrlich weiter hinten in der Höhle erblühten. Sie glitzerten in seinen weiten Pupillen, gelb und rot.

Der Drache. Deswegen war er nämlich hier: Um der Welt zu zeigen, dass er einen Drachen besiegen konnte. Damit der Drache im Augenblick des Todes seinen Namen erfuhr.

Ein kleiner, inzwischen ausgenüchterter Teil seines Geistes fragte sich beim Anblick der Flammen, ob dieses eine Mal nicht doch lieber die Weisheit statt des Wagemuts obsiegen sollte. Ein größerer, noch berauschter Teil seines Geistes schrie diesen kleineren Teil an, dass er sich verpissen solle. Er wusste genauesterweise, was er hier tat. Wieso ging ihm diese andere Stimme mit ihrer vernünftigen Art immer auf die Nerven? Er war ein Krieger, gottverdammterweise. Es gab nun mal bestimmte Dinge, die er einfach tun musste, weil sie da waren. Seine Taten brauchten keinen Sinn zu ergeben.

Er hob die Schultern und stürmte in die Tiefen der Höhle, Hitze, Feuer, Zorn und Ruhm entgegen. Körper prallten von ihm ab und stolperten ihm aus dem Weg. Überall ringsum die Schreie.

»Der Drache!«

»Der Drache!«

»Er wird uns alle töten!«

Nein, dachte Balur mit trunkenem Grinsen. *Das werde ich tun.*

Er erreichte die Biegung in der Höhle und kam schleudernd zum Stehen.

Da stand Quirk.

Nein – sie schwebte.

Die Stiefel der Thaumatobiologin befanden sich einen Fuß

über dem Boden. Ihr Umhang bauschte sich und schlug im Hitzeschleier Wellen. Sie hatte die Arme erhoben, die Handflächen nach vorn.

Und sie war wunderschön.

Feuerbänder tanzten von ihren Händen, verwoben zu komplexen Mustern des Gemetzels. Eine glücklose Wache fand sich in einem Strom flüssiger Flammen gefangen. Sie hatte nicht einmal Gelegenheit zu schreien. Ihr verkohlter Körper sprang und tanzte. Ringsum lagen die Toten.

Quirk sagte nichts und schaute niemanden im Besonderen an. Sie webte nur ihre Feuerbänder vor sich in der Luft, auf und ab. Wo sie den Boden trafen, entfachten sie Explosionen und verspritzten glühendes Schrapnell über die Körper.

Gebannt nahm Balur den Anblick in sich auf. *Genau mein Ding.* Dann fiel sein Blick auf den Drachen dahinter.

Mattrax lag als schlaffer Haufen auf einem riesigen Hort von Gold und Juwelen, die gespreizten Schwingen schlapp und krumm. Sabber troff ihm in dicken Fäden aus dem Maul.

Kurzfristig verlor Balur die Fähigkeit zu sprechen. Alles, was er herausbekam, war ein gutturaler Schrei des Hasses. Wut, Blutlust und Gier. Er *wünschte sich* diesen Drachen. Er wollte sein Blut auf seiner Haut spüren. Seine Knochensplitter tief in seinen Wangen.

Die Zorneswogen spülten ihn hinweg, ein nebliger Schleier halluzinierender Wut. Geduckt tauchte er durch Quirks Teppich feuriger Vernichtung hindurch. Mattrax füllte sein ganzes Gesichtsfeld aus; das riesige Haupt verdrängte alles andere. Der Drache war seine Welt. Sein Tod – durch Balurs Hand gegeben – war so unabänderlich wie der Lauf der Sonne. Balur hob seinen tropfenden Hammer hoch über den Kopf. Seine aufgewühlten Muskeln brannten vor tödlicher Macht.

Dann schlug er zu, spürte den Aufschlag des Hammers seinen Arm hochzucken und den Hammerkopf von den Schuppen abgleiten. Taumelnd trat er zurück. Der Berg von Münzen umschlang seine Füße wie ein Morast.

Einen Augenblick lang dachte er, er hätte nicht das Mindeste bewirkt. Dass all dies nur eine armselige Lüge war, eine drogenverhangene Fantasie, die er sich zurechtgelegt hatte, um die Schmach seiner vorherigen Niederlage zu überwinden.

Doch dann sah er es: Ein dünner, haarfeiner Riss lief über die getroffene Schuppe, und etwas klare Flüssigkeit trat an dieser Stelle aus. Mattrax' Haut war nicht undurchdringlich. Der Drache konnte besiegt werden. Alles, was es dazu brauchte, war Zeit.

Also schlug Balur wieder mit dem Hammer zu. Und wieder. Und wieder. Und wieder. Und wieder. Und wieder. Und wieder. Und wieder. Und wieder.

24

Drachentöter

Die Axt in beiden Händen, schlich sich Will in das Vorzimmer zu Mattrax' Höhle. Sein Mut verließ ihn fast so rasch, wie er gekommen war: Er hatte gehofft, die Wache würde mittlerweile schlafen, der Kopf wäre auf obszöne Art in den eigenen, daunenweichen Speckfalten versunken. Stattdessen war der Mann auf den Beinen. Zuvor hatte sich Will mit dieser Vorstellung schwergetan: diese beiden Beine unter all der Last. Er hätte nicht gewusst, wie das gelingen sollte. Und doch sah er es nun mit eigenen Augen. Der Mann wandte Will den Rücken zu und stand mit seitwärts gedrehtem Kopf an der Tür. Er lauschte. Trotz der Dicke des Metalls konnte man deutlich das absolute Chaos auf der anderen Seite hören: Schreie, Brüllen und Geheul, das Aufeinandertreffen von Stahl und nasses Platschen. Ein schwerer Kupfergeruch tränkte die Luft.

Alles in allem erinnerte es Will an einen Junggesellenabschied, den er früher mal im Dorf erlebt hatte. Danach hatte er alle weiteren Einladungen ausgeschlagen.

Götter, was geschah da unten? Er hatte absolut keine Ahnung, bloß dass es in keinster Weise Teil dessen war, was sie einmal überheblich einen Plan genannt hatten. Tatsächlich war der Klang von blutigem Gemetzel exakt das, was der Plan hätte vermeiden sollen, wenn ihn die Erinnerung nicht trog.

Andererseits hätte ihn der Plan auch davor bewahren sollen, allein mit einer Axt bis in einen Wachraum vorzudringen.

Da merkte Will, dass der Mann bei seinem Eintreten noch nicht einmal zusammengezuckt war – er war ganz auf die Tür konzentriert.

Die Axt lag schwer in seiner Hand.

Konnte er das wirklich tun? Konnte er einen Mann einfach hinterrücks angreifen?

Ja, beschloss er. *Kann ich.* Die Götter taten doch dasselbe, oder? Hatte nicht Lall persönlich Tausende von Menschen in Anfällen von Eifersucht ermordet? Andererseits hatte Lall auch mit Schuft, seiner eigenen Tochter, geschlafen, worauf Schuft dann Bussi, ihr eigenes Kind, geheiratet hatte; von daher gaben die Götter vielleicht nicht unbedingt das beste Beispiel ab …

Dennoch war es genau die Art von brutalem Pragmatismus, der sehr gut zu Lette passte, und er war sich ziemlich sicher, dass dies der rechte Moment dafür war.

Die Hände feucht vor Schweiß, trat er einen Schritt vor.

»Was glaubst du, ist da wohl los?«

Die Stimme der Wache ließ Will erstarrten. Der Mann drehte sich nicht um, sah ihn nicht an. Er sprach ganz ruhig, fast im Plauderton.

»Äh«, brachte Will hervor, dann räusperte er sich. Was sagte man zu jemandem, den man eigentlich gerade umbringen wollte? Das war eine Benimmfrage, die seine Mutter niemals thematisiert hatte.

»Erst dachte ich, es ist eine Revolte«, fuhr der Wachmann fort. »Dass die da oben mal wieder genug hatten und dachten, sie probieren jetzt was Neues. Passiert gelegentlich. Dann fegt der große Boss immer gründlich aus. Frühjahrsputz nenn ich das.« Er kicherte verhalten; ein leises Gurgeln wie von einem jungen Bach, der sich seinen Weg durch einen Fettklumpen zu bahnen versucht. Dann rutschte der Klang seitwärts in weniger erfreuliche Gefilde ab.

»Das Problem ist nur: Ich hör nichts von Mattrax. Kein Drachengebrüll. Dafür hör ich was anderes.« Er winkte Will mit seinem pummeligen Arm näher heran. »Komm mal her und sag mir, was du davon hältst.«

Will zögerte. Er hatte immer noch die Axt erhoben. Nur dass er sich jetzt, da sie sich unterhielten, gar nicht mehr in Mordlaune fühlte. Stattdessen kam er sich ganz schrecklich fehl am Platze vor.

Er ließ die Axt sinken und tat versuchsweise einen Schritt. Er konnte diesen Mann schon irgendwie gewaltlos überwinden. Verdammt, er konnte wahrscheinlich einfach die Klappe öffnen und sich durchschwingen, ehe der andere auch nur reagierte. Und bei seiner Gürtelweite würde ihn der Wachmann ganz bestimmt nicht verfolgen.

»Hör dir das mal an«, flüsterte der Mann und sah ihn nach wie vor nicht an.

»Äh«, sagte Will, immer noch unschlüssig, was er erwidern sollte. Er hatte wirklich nicht das Bedürfnis, diesem Mann noch näher zu kommen.

»Ich hab gesagt, komm mal her …« Die Stimme des Mannes hob sich etwas. Er begann sich zu drehen, und als sich ein Arm bewegte, erhaschte Will einen Blick auf blitzenden Stahl. »… und hör dir das an!«, bellte der andere.

Will sprang zurück, gerade, als sich der fette Mann auf ihn

stürzte. Die Klinge durchschnitt die Luft, exakt an der Stelle, an der sich soeben noch sein Magen und eine Reihe weiterer unverzichtbarer Organe befunden hatten.

Aus dem Gleichgewicht gebracht, torkelte er zurück.

»Mein Haus!«, schrie die Wache. »Du bringst vergiftetes Fleisch in mein Haus! Verfütterst es an meinen Herrn! Während meiner Schicht!«

Für einen Mann seiner Größe war er überraschend schnell. Sein Arm zuckte vor und zurück; die Klinge, nur ein Schemen, stach nach Wills Bauch. Im selben Maße, in dem der andere vordrang, zog sich Will zurück und versuchte, die Axt zwischen sie beide zu bringen.

»Du hast mich reingelegt«, spie der Mann aus. Sein Gesicht war wie verwandelt, nicht länger verdrossen, sondern wutverzerrt. »Ich hätte ihn beschützen sollen. Ihn füttern. Und du hast ihn vergiftet. Direkt vor meinen Augen!«

Will begriff, dass dieser Mann zu irgendeinem Zeitpunkt – ganz allein hier unten in der Dunkelheit und der Hitze – komplett den Verstand verloren hatte.

»Mattrax ist ein Drache«, erinnerte er ihn. »Er beherrscht das ganze Tal. Ich glaube, dass er ganz gut auf sich selbst aufpassen kann.«

Wie sich herausstellte, war dies die falsche Antwort.

»Er braucht mich!«, schrie die Wache und griff an.

So flink er auch sein mochte, diesmal behinderte sein Gewicht den Mann. Sein Angriff fiel erbärmlich kurz aus, sodass Will, den der plötzliche Ausfall kalt erwischt hatte, nur ein leichtes Piksen spürte, als das Schwert an seinem Kettenhemd abglitt.

Er führte eine kurze, schnelle Hackbewegung aus. Mit hässlichem Knirschen grub sich die Axt in die Ellenbeuge des Mannes, der laut aufschrie und seine Klinge klappernd auf die Steinfliesen fallen ließ.

Keuchend hielt Will inne, während sich die Wache den verletzten Arm hielt und Speichel und Flüche versprühte.

Eigentlich war er ziemlich zufrieden mit sich. Der vierte Kampf seines Lebens – der erste mit echten Waffen –, und es war sehr viel besser gelaufen als während der ersten drei.

»Also gut«, sagte er. »Tut mir leid. Aber wenn du jetzt einfach beiseitetreten und mich weiter deinen Herrn ausrauben lassen könntest ...«

Er fand, dass das ganz schön schlagfertig klang. Es hatte – wie nannte man das doch gleich? – Verve. Er wünschte, Lette könnte ihn sehen.

Mit einem mörderischen Schrei stürzte sich die Wache auf ihn.

Wenngleich Jahre der Feldarbeit dafür gesorgt hatten, dass Will keinen komplett zu vernachlässigenden Gegner abgab, standen seine Chancen augenblicklich in etwa so gut wie die eines Grashalms gegen einen wilden Stier. Er wurde umgekegelt und prallte gegen die rückwärtige Wand. Sein Kopf schlug hart auf Stein, die Welt explodierte in hellem Licht, und sein Gleichgewichtssinn drehte auf der Bühne seines Schädels Pirouetten.

Als seine Sinne wiederkehrten, wurde er sich der beiden Hände um seinen Hals sehr bewusst. Kaum hatte sich seine Sicht geklärt, begann sie auch schon wieder zu verschwimmen.

Sein Gegner drückte ihn zu Boden. Will schlug wie wild um sich und versuchte sich zu befreien, doch das Gewicht der Wache war unerschütterlich und blieb unerbittlich.

Seine Lunge brannte, während sich sein Blickfeld auf einen kleinen Punkt verengte, der vollständig von dem roten, speichelverspritzten Gesicht über ihm eingenommen wurde.

»Er braucht mich, kapierst du das?«, zischte die Wache. »Damit ich ihn vor solchen kleinen Scheißern wie dir beschütze ...«

Will schlug fester zu, bekam einen Arm frei. Verzweifelt tastete er herum. Kaltes Metall berührte seine Handfläche.

Kaltes Metall ...

Und das wiederum führte zu ... einem Schaft aus kühlem Holz.

Mit letzter Kraft schlug er der Wache den Axtgriff an die Schläfe. Er hörte ein befriedigendes Krachen.

Einen kurzen Augenblick lang ließ der Druck um seinen Hals nach. Will schnappte nach Luft. Sie kehrte so rasch in seine brennende Lunge zurück, dass er sich fast daran verschluckte.

Dann brach das Gewicht des anderen abermals über ihn herein. Will kämpfte dagegen an, diesmal jedoch mit noch weniger Erfolg. Das Axtblatt lag flach zwischen ihren Körpern. Fette Finger schlossen sich um Wills gequetschten Kehlkopf.

Will rang nach Luft und kämpfte um Halt. Er spürte das warme Fleisch des bloß gelegten Bauchs, wo das Kettenhemd des anderen es nicht mehr bis zur Hose schaffte. Der ungeschützte Bauch, der sich gegen Wills Hände drückte.

Er wand sich voller Verzweiflung und befreite ein Bein. Er trat um sich und traf die Wade seines Gegners. Jedoch kein Resultat. Sein Blickfeld schrumpfte auf die Größe einer Nadelspitze.

Er bäumte sich auf, suchte Halt, fand ihn und rammte dem anderen rasch und hart das Knie zwischen die Beine. Der Mann keuchte vor Schmerz, seine Finger ließen Wills Hals los.

In dem flüchtigen Moment, in dem der Druck nachließ und das Gesichtsfeld nach wie vor voll blinkender Sternchen war, drehte Will das Axtblatt nordwärts. Er schnitt. Spürte, wie Fleisch nachgab. Dann zog er dem Mann die Klinge komplett über den Bauch.

Wärme ergoss sich über Will. Blut und platschende Innereien schlugen ihm entgegen, schwer und nass. Der Wachmann keuchte, gurgelte, griff nach seinen hervorquellenden Darmschlingen. Und dann, durchaus lautstark und überaus unansehnlich, brach er über Will zusammen und starb.

25

Der Scheiß mit Prophezeiungen

Bei näherer Betrachtung, dachte Will, während er sich unter dem nun nicht mehr wörtlich zu verstehenden Lebendgewicht der Wache hervorkämpfte, *bin ich doch ganz froh, dass Lette das nicht mit angesehen hat.*

Siegreich und komplett von Blut und Eingeweiden verschmiert, befreite er sich von dem Leichnam. Mit schmatzenden Stiefeln bückte er sich noch einmal, um auch seine Axt aufzulesen.

Mit der Axt fühlte er sich sicherer. Er drehte und wendete sie in den Händen. Sie hatte ihm das Leben gerettet. *Du solltest einen Namen tragen,* dachte er. In den Legenden hatten die Waffen des Helden immer einen Namen.

»Ich nenne dich«, sprach er feierlich in die Leere, »die Ahnung naher Katastrophen«. Das schien ihm mehr als angemessen.

So bewaffnet richtete er seine Aufmerksamkeit wieder auf die Tür.

Wie er rasch herausfand, war das eigentlich gar keine Tür: Es gab weder einen Griff noch Scharniere. Es war einfach nur eine Klappe, durch die man Fleisch in Mattrax' Schlund kippen konnte. Er betätigte den Hebel, die Klappe ging auf, und eine kurze Rampe – verschmiert mit Blut und Fett – kam dahinter zum Vorschein.

Kampfeslärm drang an sein Ohr. Er versuchte, etwas zu erkennen, aber alles, was er sah, war dumpfes Flackern. Die Luft roch nach Kupfer und Rauch.

Der Gesamteindruck ließ wenig Gutes vermuten.

Trotzdem mochte Lette dort unten sein und auf ihn warten. Und auch die anderen, die ihr Leben seinem Plan anvertraut hatten, ungeachtet seines gegenteiligen Ratschlags. Und ungeachtet seines Ratschlags fühlte er sich verantwortlich.

Grimassen schneidend zwängte er sich durch die Klappe und rutschte in die Finsternis hinab.

Er landete hart. Unter seinen Füßen klirrte Metall. Er griff nach dem Boden und bekam eine Handvoll Münzen zu fassen.

Hey, dachte er. *Ich bin reich! Jetzt schauen wir mal, ob ich das auch länger als die nächsten zwei Minuten bleibe ...* Er war sich dessen nicht vollkommen gewiss. Rauch und flackernder Feuerschein in einer Drachenhöhle sprachen nicht gerade dafür, dass man das Biest erfolgreich schlafen gelegt hatte.

Trotz der Flammen war es ziemlich dunkel. Langsam tastete er sich vorwärts, dann stieß er sich die Nase an einem Felsvorsprung, der es offenbar auf ihn abgesehen hatte. Er taumelte zurück und stolperte dabei über einen Stab oder ein Zepter. *Ihr mich auch,* dachte er an alle Götter adressiert, die ihm vielleicht gerade zuschauten. Auf Händen und Knien kroch er weiter, ertastete sich mit der Axt den Weg.

Er kam um eine kurze Biegung – dabei stieß er sich die Hand an einer Felsnadel, die sich aus den Goldbergen erhob – und sah vor sich ein Licht erstrahlen. Er erstarrte. Die Geräusche der Menschenmenge waren nun lauter. Er hörte nicht länger das Klirren von Stahl, sondern Rufe, Schluchzen und Schreie.

Die Lichtquelle lag vor ihm auf einem sanften Goldhügel. Es war eine vollkommen runde Kugel – etwa von den Ausmaßen eines Stierschädels – welche die Schatten gut zwei Schritt in jede Richtung zurückdrängte und den Blick auf blutbefleckte Münzen erlaubte. Jenseits der Grenzen des Lichts herrschten bloß Dunkelheit und Schreie.

Einen Augenblick lang erwog er seine Optionen. Ein Licht würde ihm helfen, sich zurechtzufinden und gegebenenfalls schneller zu entkommen; aber genauso gut könnte er auch schreien: »Seht, hier bin ich, stecht mir in die Weichteile!«

Andererseits wollte er so oder so in die Richtung der Stimmen gehen. Ob mit Licht oder ohne, man würde ihn schon bald entdecken.

So kletterte er das letzte Stück und griff nach der Kugel. Diese entpuppte sich als warm und unglückseligerweise als gallertartig. Doch ihr Leuchten war beständig, und da Will nun nicht länger auf alle viere angewiesen war, kam er deutlich besser voran.

Das Gold ringsum wich derweil grimmigeren Funden. Leichen lagen über den Boden verteilt, Wachen wie Dörfler. Manchen hatte man beträchtliche Gewalt angetan – hatte sie aufgespießt und durchbohrt –, andere waren bis zur Unkenntlichkeit knusprig gebrannt. Will war sich nicht sicher, ob er wirklich wissen wollte, was hier passiert war. Er kam um eine weitere, größere Biegung und sah mit einem Mal den Höhlenausgang vor sich.

Und im Eingang die dicht gedrängte Menge. Die Leute kämpften und schrien nicht länger, sondern taumelten umher oder starrten einander fassungslos an. Einige rieben sich benommen die Gesichter, andere schützten ihre Augen vor dem plötzlich blendenden Licht.

Wie erstarrt blieb Will stehen, die blutige Axt in der einen Hand, die leuchtende Kugel in der anderen, von oben bis unten mit fremdem Blut besudelt.

Es kam ihm so vor, als drehten ihm einer nach dem anderen alle Menschen die Gesichter zu, als sie nach und nach die helle Lichtquelle bemerkten.

Mag sich doch noch als Fehler herausstellen, dass ich das Ding mitgenommen hab, dachte er.

Man starrte ihn nun ausnahmslos an. Keiner sagte ein Wort. Der ganze Moment kam Will äußerst merkwürdig vor, fast wie ein Traum.

»Tja, wisst ihr ...«, hob er an und war selbst darauf gespannt, was er als Nächstes sagen würde.

Er fand es nie heraus. Denn nun erhob sich plötzlich ein Ruf aus der Menge, stieg laut und deutlich in die Nacht auf.

»Er ist es! Der Drachentöter!«

Die Menge erschauerte, schien gleichzeitig vor- und zurückzudrängen. Lebhaftes Gemurmel machte die Runde.

Will warf einen Blick über die Schulter. Von wem bei allem Göttern sprachen sie?

»Unser Held!«, rief eine andere Stimme.

»Wie es geweissagt war!«, rief eine andere.

»Die Prophezeiung hat sich erfüllt!«

Will runzelte die Stirn. Welche Prophezeiung? Wovon redeten bloß alle?

»Schaut, was er in seiner Linken hält!«

Unwillkürlich schaute auch Will, was er dort hielt, doch es war nur die leuchtende Kugel, sonst nichts.

Nichts ergab mehr einen Sinn. Alles war Dunkelheit und

Schatten. Er reckte die Kugel etwas höher und versuchte klarer auszumachen, was eigentlich los war. Als er das tat, drehte sich die Kugel in seiner Hand. Und als sie sich drehte, bemerkte Will etwas, das ihm zuvor nicht aufgefallen war: irgendeine Zeichnung oder Verzierung auf der Oberfläche …

Er drehte die Kugel ein Stück weiter, um es besser zu erkennen. Und dann sah er, was die Menge gesehen hatte.

Keine Zeichnung. Keine Verzierung.

Eine Pupille. Eine Pupille in der orange glühenden Kugel.

Keine Kugel – ein Augapfel.

In seiner Hand, so hoch erhoben, dass es alle sahen, hielt er Mattrax' totes, starrendes Auge.

Und die Menge drehte endgültig durch.

ZWEITER TEIL

Manchmal klappt es nicht

26

Morgenandacht

Nichts hätte Lette besser beweisen können, wie schrecklich alles schiefgelaufen war, als die Tatsache, dass sie durch Kinderlachen geweckt wurde.

Sie erhob sich von ihrem Bett aus Kiefernnadeln, wischte sich etwas Sabber vom Kinn und versuchte, die gestrige Nacht zu rekonstruieren.

Sie hatte sich im Mechanismus des Fallgitters versteckt. Dann hatte sie ihr Versteck verlassen, eine Wache getötet und Quirk getroffen. So weit war alles geglückt. Dann hatte sie das Gitter zur Höhle geöffnet – und das musste die Wachen alarmiert haben. Irgendeine versteckte Vorrichtung, die sie übersehen hatte oder, wahrscheinlicher noch, gar nicht hatte finden können. Etwa zeitgleich mit den Wachen waren auch die Dörfler wieder angerannt gekommen. Hierbei mussten Balur und Firkin ihre Finger im Spiel gehabt haben, aber Balur war äußerst verschlossen gewesen, als sie das Thema später angesprochen hatte. Wie auch immer, beide Gruppen waren im Eingangsbereich aufeinandergestoßen. Der Kampf hatte sich immer tiefer in die Höhle verlagert. Und dort, in den Tiefen, hatte Quirk …

Wie viele hatte die Thaumatobiologin getötet? Zwanzig? Dreißig? Genug jedenfalls, dass Balurs Bemühungen im Vergleich dazu wie Liebesbeweise gewirkt hatten. Quirk hatte mit Feuer um sich geworfen wie ein Barkeeper, der an Otzes Festtag Getränke ausgab, versunken in einer Leidenschaft, die Lette weder verstand noch verstehen wollte. Es war unmöglich gewesen, zu der Frau durchzudringen, und Lette hatte den Göttern dafür gedankt, dass die Thaumatobiologin irgendwann zusammengebrochen war. Einfach umgekippt, bewusstlos und mit offenem Mund. Zu diesem Zeitpunkt hatte ihr Ausbruch jedoch schon alle in der Höhle davon überzeugt, dass Mattrax wach und voller Wut war. Selbst Lette musste sich eingestehen, dass sie die Furcht im Magen gespürt hatte, als die ersten Feuerstöße an ihr vorbeigeschossen waren.

Bloß, dass Mattrax die ganze Zeit über geschlafen hatte. Er war nicht einmal aufgewacht, als Balur ihm das Hirn aus dem Schädel gedroschen hatte.

Götter, war das eine Sauerei gewesen. Balur war mit fast derselben Inbrunst ans Werk gegangen wie Quirk. Lette war sich immer noch nicht sicher, wie es ihr gelungen war, den Analesier wegzuziehen. Dieser hatte sich bereits bis zu den Ellenbogen in Mattrax' Schädel vorgearbeitet. Irgendwie hatte sie es aber doch geschafft. Ihr war klar gewesen, dass ihre einzige Chance darin bestand, in der Menge unterzutauchen. Also hatte sie Balur angewiesen, sich Quirk zu schnappen und sich unter die Dörfler zu mischen; so wären sie fürs Erste in Sicherheit.

Nur dass dann Will mit diesem verfluchten Auge aufgetaucht war …

Sie blickte sich um. Noch immer scharten sich Frauen und Männer um den Höhleneingang. Lagerfeuer brannten. Die Menschen sangen und tanzten. Ihre halb wilden Kinder rannten überall herum, johlten und schrien – und bei allem, was heilig war, sie *lachten.*

Wo kamen all die Kinder überhaupt plötzlich her? Wenn Balur sie gestern für sein Gemetzel eingespannt hatte, würde sie ihn umbringen.

In dem notdürftig eingerichteten Lager herrschte Volksfeststimmung. Und obgleich die karge Gegend ganz anders aussah als die vollen Straßen Essoas, wo sie aufgewachsen war, fühlte sie sich an den jährlichen Karneval dort erinnert: Alle Regeln waren einen Tag lang aufgehoben. Die Kinder führten den Haushalt, die Hafenarbeiter sagten den Adligen, was sie zu tun hatten. Man ging in einen Laden und nahm sich einfach, was man brauchte. Alle Menschen liefen auf die Straßen, um zu tanzen und zu feiern.

Während des ersten Karnevals, an den sie sich erinnerte, hatte sie den Laden eines Zuckerbäckers betreten. Dort waren sie und ihre Geschwister immer auf dem wöchentlichen Weg zum Tempel vorbeigekommen, wo sie Schuft und Klimp ihre Opfer darbrachten, damit sie Arbeit und Börse ihres Vaters segneten. Alles im Fenster dieses Ladens hatte luftig und köstlich gewirkt, bedeckt von Bergen von Puderzucker. Der Ladeninhaber hatte sie mit breitem Lächeln willkommen geheißen und ihr geholfen, ihren Rock zu halten, während sie Massen von Gebäck in einen Sack fegte. Danach hatte sie sich ein schönes Plätzchen auf einem Dach gesucht, von wo aus sie ungestört dem Karneval folgen und sich dabei vollstopfen konnte. Es war herrlich gewesen. Ein Tag der Maßlosigkeit und der Lust.

Am nächsten Tag dann hatte sie sich viermal übergeben. Zwei weitere Tage war ihr schlecht gewesen. Immer, wenn sie von da an am Zuckerbäcker vorbeigekommen war, hatte die Übelkeit sie gepackt. Und nicht nur sie – am Tag nach dem Karneval kroch ganz Essoa ächzend auf allen vieren; ein stinkendes Tier, das durch die schmutzigen Hinterlassenschaften seiner eigenen Maßlosigkeit robbte.

Ja, das hier erinnerte sie sehr an den Karneval.

Sie mussten unbedingt verschwinden.

Korrektur: Sie mussten die Gelegenheit nutzen, noch so viel Gold wie möglich aus Mattrax' Höhle zu schaffen, ehe sich das Zeitfenster schloss, und dann verschwinden.

Sie ließ ihren Nacken knacken, pflückte sich ein paar Blätter aus dem Haar und ging ins Lager. Kinder rannten zu ihren Füßen, riefen etwas über einen Propheten.

Der Prophet ... Das könnte ein Problem sein.

Sie lauschte auf die Stimmen. Situationsbewusstsein, so hatten andere in ihrer Profession das genannt. *Wissen-wo-das-nächste-Messer-herkommt* war ein Begriff, der ihr mehr zusagte.

»Woher kam er überhaupt?«

»Wird er bei uns bleiben?«

»Ist Mattrax wirklich tot?«

»Muss ein Avatar der Götter sein – ein Sterblicher kann auf keinen Fall einen Drachen erschlagen. Würde auf Klimp tippen. Dass ein Drache so viel Gold an einem Platz hortet, das ist nicht natürlich. Geld ist dazu gedacht zu zirkulieren. Der alte Mattrax hat Klimp ans Bein gepisst, jetzt hat er den Preis dafür gezahlt.«

»Würd ja gerne *seinen* Drachen in die Finger kriegen ...«

»Du bist unmöglich.«

»Die Axt – ich schätze mal, die hat er aus so einem alten Grab. Nimm ihm die Axt weg, und er ist nichts Besonderes mehr.«

»Soll ja ein Prophet sein. Propheten sprechen. Prophezeien – wie der Name schon sagt. Mattrax war bloß der Anfang, ihr werdet schon sehen. Er wird uns anführen.«

»Sah mir nicht wie ein Prophet aus. Eher wie irgendein Junge. Ein Bauernjunge mit einer Axt.«

»Was zum Henker haben wir da gestern eigentlich getrunken?«

Sie standen in kleinen Grüppchen zusammen. Drei Männer saßen tuschelnd auf einem Felsen. Zwei Frauen wuschen sich mit Pfützenwasser den Schlamm aus den Gesichtern. Ein junges Pärchen stand eng umschlungen an einen Baumstumpf gelehnt. Eine Schar Teenager drängelte sich um eine verlorene Brustplatte mit dem ramponierten Wappen des Drachenkonsortiums. Und alle redeten sie über Will. Jeder Einzelne.

Ja, der Prophet würde noch zu einem Problem werden.

Da bemerkte sie eine Strömung in der Menge. Eine Art schwache Anziehungskraft. Lette gab ihr nach und ließ sich treiben, wobei sie sich wie der sprichwörtliche Wolf im Schafspelz fühlte. Ein beruhigendes Gefühl.

Vielleicht hätte sie ahnen sollen, was an der Quelle des Sogs auf sie wartete.

Firkin hockte auf einem Felsen am Berghang wie auf einer steinernen Kanzel. Er saß im Schneidersitz, sodass man seinen Bauch über seine schmutzige Unterwäsche quellen sah. Sein Bart wehte in der morgendlichen Brise, die seine Worte an die Versammlung zu seinen Füßen trug.

»... und wahrhaftig, so wurde es ihm verkündet. Einem, ähm ... einem ... ich glaube, es war ein Bauer. Arbeitete jedenfalls auf einem Hof. Netter Kerl – gab Leuten immer einen aus. Das ist wirklich wichtig. Der Prophet sagt immer, dass es die höchste Form von, ähm ... Prophetentum darstellt, wenn man Leuten einen ausgibt. Die Wurzel alles Guten, finde ich. Benetze die Kehle eines Mannes und, ähm ... wahrlich, du sollst erhöht werden. Sollst du. Echt hoch. Also so richtig jetzt, bis ganz nach oben.«

Er nuschelte ziemlich schlimm, und seine Augen waren nur halb geöffnet.

»Ist auch egal. In jedem Fall wurde es ihm verkündet. Sehr sogar! Dass man, ähm ... wenn man seine Eier zurückwill, demjenigen folgen muss, der die Bestie erschlagen hat. Und wahrhaft, die Bestie wurde erschlagen, wie ihr gesehen habt.«

Sie persönlich hätte ja am liebsten Firkin erschlagen, und zwar gründlich. Das nächste Messer aber ... das würde aus der Menge kommen, wenn sie das versuchte. Und auch wenn Lette ihr Handwerk verstand, so waren hier doch eine ganz Menge Leute, und das hieß, auch eine Menge Messer.

Von daher beschränkte sie sich darauf, laut zu rufen: »Firkin, was verdammt noch mal treibst du da?«

Firkin taumelte, als wäre er eben aus einer Trance erwacht, oder eher aus einem Vollrausch. Mit trüben Augen sah er sie an, zupfte an der verfilzten Matte seines Barts und warf ihn sich über die Schulter.

»Ich predige«, erklärte er. »Profunde Lehren.«

Zustimmendes Gemurmel erhob sich aus der Menge.

»Du bist der Bodensatz in einem lecken Fass«, erklärte Lette mit gewissem Nachdruck. »Und du verkleckerst all die netten Leute hier.«

Öffentliches Redenschwingen war nicht ihr Ding. Dennoch wollte sie verdammt sein, wenn sie vor jemand so Schäbigem wie Firkin einknickte.

Die Menge sah das offenbar leider anders. Das Gemurmel wurde zu einem Gebrummel mit einem verärgerten Unterton.

»Haben wir ihn denn nicht gesehen?«, fragte einer. »Wie er Mattrax' Auge hielt?«

»Er kam aus dem Nichts!«, rief ein anderer.

»Die Götter haben ihn geschickt!« Das riefen gleich mehrere.

»Wahrscheinlich Otze«, sagte Firkin mit einem Hicksen. »Ist ein feiner Gott, Otze. War mir immer am liebsten. Hat seine Prioritäten gesetzt.«

Lette knirschte mit den Zähnen. »Ihr hört auf die Worte eines Säufers, den ihr an neun von zehn Abenden aus der Taverne getreten hättet. Euer Prophet ist Will Fallows, ein Bauernjunge, den die meisten von euch eigentlich seit Kindheitstagen kennen müssten.«

Das Gebrummel geriet ins Stocken.

»Sieht ihm irgendwie schon ähnlich«, gab jemand zu.

»Will Fallows folge ich verdammt noch mal nirgendwohin«, erklärte ein anderer. Lette lächelte.

Dann erhob sich eine lautere Stimme. »Will Fallows ist tot!«

Stille kehrte ein.

»Mein Name ist Albor Meffit«, sagte ein stämmiger Mann mit einem stoppeligen Bart. »Hab schon bei Will Fallows gearbeitet, da war er noch ein Kind. Und vorher für seinen Vater. Und vor drei Tagen bin ich zu seinem Hof raus und hab dort Mattrax' Soldaten gesehen. Der Stall war abgebrannt, und sie haben mir erzählt, dass Will dabei gestorben wär. Einer der Männer hatte das Gesicht ganz verbrannt – sagte, er wär da drin gewesen und hätte es selbst gesehen.« Auf einmal merkte der Mann, dass er die Aufmerksamkeit der ganzen Menge genoss, strich sich das dicke Kinn und zog den Kopf ein. »Zumindest haben sie mir das so erzählt.«

Während sich Lette noch Ausdrücke der Verachtung zurechtlegte, um sie über ihm auszuleeren, tauchte er schon wieder unter.

»Er ist zurückgekehrt!«, schrie Firkin. Für einen Mann mit einer derart hohen Stimme erreichte er eine beachtliche Lautstärke. »Die Götter haben ihn uns wiedergegeben! Sie haben ihren Propheten in Gestalt dieses Will Fallows geschickt! Es ist ein Wunder! Noch eins! Er kehrt von den Toten zurück! Und tötet den Drachen!«

»Vor drei Nächten suchte Will Fallows in einer Höhle nach seiner Männlichkeit«, widersprach Lette, aber da war es schon zu spät. Die Menge war nun in hellem Aufruhr. »Ein Wunder!«, schallte es allerorten. Firkin lehnte sich auf seinem Fels zurück und lächelte selig. Dann schloss er die Augen und schien einzuschlafen.

Wenn sie noch fester mit den Zähnen knirschte, merkte Lette, würde sie sich einen Zahn ausbrechen. Doch wenigstens gab es noch einen Menschen, der das alles beenden konnte. Sie drängte sich aus der Menge und suchte nach Will.

Sie fand ihn allein am Waldrand sitzen, den Rücken gegen einen Baumstamm gelehnt. Als sie näher kam, schaute er auf. Er sah fürchterlich aus. Unter seinem Hundeblick war ihm das Blut zu einem flockigen Bart getrocknet. Seine Axt hatte er neben sich auf den Blättern abgelegt. Er wirkte nicht, als hätte er überhaupt geschlafen. Sie zog eine Grimasse, und er grinste zurück.

Schließlich fragte sie: »Was hast du mit dem Auge angestellt?«

Er zuckte die Achseln. »Hab es weggeworfen.«

Lette seufzte erleichtert. »Wir sind auch für die kleinen Dinge dankbar. Was ist denn eigentlich passiert?« Wenn irgendwer die Lücken schließen konnte, dann er.

»Ich bin in Panik geraten.« Er ließ den Kopf hängen. »Alle haben mir zugejubelt, behauptet, ich hätte sie gerettet. Dabei haben ich und meine bescheuerte Entscheidung sie überhaupt erst in Gefahr gebracht. Und alle drängelten sich immer näher. Gute Götter, ich hatte richtig Angst, dass sie mich noch totquetschen oder so.« Er schauderte. »Sobald ich es da rausgeschafft hab, bin ich weggerannt und hab mich versteckt.«

Lette begutachtete sein Versteck: der Rand eines offenen Geländes mit ein bisschen Geröll. »Du bist echt scheiße im Verstecken«, sagte sie mit einem Grinsen.

Nach einem Augenblick erwiderte er: »Danke. Ich glaube, das habe ich gebraucht.«

»Schon gut.« Ihre Antworten hatte sie aber immer noch nicht alle. »Ich weiß, dass du Mattrax nicht erschlagen hast. Von wem stammt dann das ganze Blut?« Sie deutete auf seine Waffe, sein Gesicht.

Da erklärte er ihr das mit der Wache. Als er geendet hatte, stellte sie fest, dass sie beeindruckt war. Sie war sich nicht sicher gewesen, ob er das Zeug dazu hatte. Und darüber zu reden, schien ihn zu beruhigen.

Es wurde auch allmählich Zeit. »Ist dir klar, dass Firkin gerade von einem Felsen herabpredigt und jedem, der ihm zuhört, erzählt, dass du ein Prophet bist?«

Schlagartig war es mit Wills Ruhe dahin. »Bitte nicht«, flehte er und zog die Beine ans Kinn. »Du musst ihnen sagen, dass das alles großer Mist ist!«

»Nein«, sagte sie. »Das musst du selbst tun.«

Hilfe suchend sah er sie an. »Ich schwöre, dass ich, seit ich aus der Höhle gekommen bin, nichts anderes als das versucht habe. Sie hören mir einfach nicht zu! Oder sie hören mir zu und werden wütend. Ein Mann hat mich einen beschissenen Betrüger genannt, und ich musste ihn mir mit der Axt vom Leib halten. Dann kamen auf einmal immer neue Leute und schrien, er wäre ein Ketzer.« Er schüttelte den Kopf. »Sie wollen einen Propheten, aber sie wollen ihm nicht zuhören.«

Lette grinste wieder. Wahrscheinlich war das die einfachste Erklärung: Firkin erzählte ihnen, was sie hören wollten – Will nicht.

Was sie wiederum zu ihrem ursprünglichen Plan zurückbrachte.

»Wir müssen schleunigst von hier verschwinden. Firkin stellt da einen Mob zusammen – und bei allem, was mit Mistgabeln und Verbrennungen zu tun hat, kommt immer nur Schlechtes raus. Suchen wir Balur, besorgen wir uns einen Wagen und beladen ihn mit so viel Gold, wie er aushält. Und dann weg von hier, und zwar so schnell, als hätte Lall uns alle Geister der Unterwelt auf den Hals gehetzt.«

Das schien ein Plan zu sein, mit dem Will etwas anfangen konnte. Er stand auf und vergewisserte sich, dass gerade niemand jauchzend in seine Richtung zeigte. Tatsächlich lockte

Firkins Predigt immer mehr Zuhörer an. Was so ziemlich das einzig Positive war, was Lette daran finden konnte.

Balur lag nahe der Höhle auf den Hinterlassenschaften des Vortages, den Kopf talwärts gerichtet, den Mund weit geöffnet, und schnarchte, dass es wie das Grunzen von Riesenschweinen klang.

Lette trat ihm gegen den Kopf. Balur schnaubte bloß. Also trat sie ihn noch einmal.

»Lass mich verfickterweise in Frieden, Frau«, grollte Balur, wobei sich nur sein Kiefer bewegte.

»Frau?« Den Scheiß durfte sie ihm auf keinen Fall durchgehen lassen. Sie wollte ihn gerade ein drittes Mal treten, als Balurs Arm so schnell vorschoss, dass sie es kaum mitbekam, und sie am Knöchel packte.

»Mein Kopf fühlt sich jetzt schon an, als hätte mir Mattrax reingeschissen. Freundlicherweise möchte ich darum bitten, ihn nicht auch noch zu treten. Unsere Partnerschaft war lang und fruchtbar, und es wäre schade, wenn ich dir jetzt bedauernderweise das Bein rausreißen und dir in den Arsch schieben müsste.«

»Versuch's doch«, spottete Lette, obgleich durchaus das Risiko bestand, dass Balur es nicht nur versuchen, sondern auch Erfolg damit haben würde.

Mit einem Grunzen ließ er ihr Bein los und rollte sich in eine sitzende Position. Dann grunzte er abermals, tiefer und irgendwie auch profunder, und barg den Kopf in den Händen. Seine Stimme klang noch rauer als sonst. »Erinnere mich doch künftig freundlicherweise daran, keine Feuerwurzel zu trinken.«

Lette stöhnte. Also *das* war die Erklärung. »Du dummer, bescheuerter Arsch«, schien ihr die beste Zusammenfassung zu sein.

Balur brummte. »Musste einen Drachen töten.«

Ihr war klar, dass das nach Balurs Meinung alles entschuldigte. Bei einer batarrischen Hochzeit aufkreuzen, die Braut entzweireißen und beide Hälften als Latrine benutzen? Völlig in Ordnung, solange es zu einem über alle Zweifel erhabenen Beweis der eigenen Größe führte.

»Der Drache war bewusstlos«, stellte sie allein aus Prinzip fest.

»Hab ich was versäumt? Hast du ihn etwa umgebracht?«

Da wurde ihrer beider Aufmerksamkeit auf Will gelenkt, der mit zitterndem Finger auf Balur zeigte.

»Du bist das also gewesen?«

»Natürlich er«, sagte Lette. »Wer sonst wäre betrunken genug, Mattrax den Schädel einzuschlagen?«

»Dann … dann …« Wills Mund versuchte Worte zu formen. »Dann ist Balur der Prophet!« Er warf einen Blick auf die Menge, die sich um Firkin geschart hatte. »Sie sollten ihn verehren – nicht mich!«

Nun war es an Balur, verwirrt dreinzublicken. »Sie verehren dich?« Er schaute von Will zu Lette. »Warum verehren sie den Bauern?«

Lette konnte dem schnellen, schmerzhaften Stich gegen Balurs Stolz nicht widerstehen. »Weil sie glauben, dass er Mattrax erschlagen hat.«

Die Wandlung vollzog sich in Sekundenschnelle. Im einen Moment war Balur noch ein schlaffer, verkaterter Schuppenball, im nächsten eine acht Fuß hoch aufragende Statue zu Ehren des gerechten Zorns. Sein Arm schoss vor und packte Will am Hals.

»Du beanspruchst meinen Ruhm?«, brüllte er. Brauner Schleim flog ihm aus dem Maul und Will ins Gesicht.

Vielleicht war dieser besondere Stich doch ein bisschen zu schnell und zu schmerzhaft gewesen …

»Balur«, versuchte Lette ihn zur Vernunft zu bringen.

Will krächzte.

»Ich bring dich um«, drohte Balur. »Oder willst du das dann auch lügenderweise als Selbstmord verkaufen?«

»Balur«, wiederholte sie.

»Ich schreibe mit deinen Gedärmen die Worte: ›Ich stahl meinen Ruhm von Balur, Mächtigstem der Analesier.‹«

Balur hatte einfach diese ungesunde Neigung zur Rachsucht.

»Bal…«, hob sie ein drittes Mal an. Dann überlegte sie es sich anders und entschied sich für das direktere: »Hey, du Sohn einer Echsenhure!«

»Was?«, schnappte Balur.

»Lass ihn los, du überdimensionierter Vollidiot.«

Balur schürzte die Lippen, tat aber, was sie sagte. Will landete auf den Füßen und hielt sich keuchend den gequetschten Hals.

»Wieso?«, knurrte Balur. Lette war sich nicht sicher, ob sich die Frage an sie oder Will richtete. Balur wahrscheinlich auch nicht.

»Ich hab gar nichts für mich beansprucht«, krächzte Will. »Alles, was ich getan habe, war, den Leuten zu sagen, dass ich es *nicht* war. Ich hab bloß ein Auge gefunden, dass du liegen gelassen hattest, und es als Laterne benutzt. Ich wusste nicht mal, was es war.«

»Die Menge hat getan, was Menschenmengen immer tun«, sagte Lette. »Sie stellte eine bescheuerte Behauptung auf. Und dann tat jemand, was Leute immer tun, wenn die Allgemeinheit bescheuerte Behauptungen aufstellt: ihr zustimmen und sie ausnutzen.« Was Lette anging, war dies das ganze Prinzip politischer Systeme.

»Wer?«

Vielleicht war die Feuerwurzel doch noch nicht ganz abgeklungen. Wenn Balur einsilbig wurde, war er nie ganz auf der Höhe.

»Firkin«, sagte sie widerstrebend, da Balur sie ohnehin so lange bearbeiten würde, bis sie mit den Namen herausrückte.

»Dann weiß ich ja, wen ich als Nächstes umbringen muss.«

»Nein!«, fuhr sie ihn mit nicht zu wenig Vehemenz an. »Er ist von über hundert Leuten umgeben, die ihm alle blind vertrauen.«

»Dann bringe ich eben alle um, die sich mir entgegenstellen.« Balur schickte sich an loszugehen.

»Nein!« Lette bedauerte die Schärfe in ihrer Stimme, aber wenigstens blieb Balur stehen. »Nein«, wiederholte sie. »Das ist nicht mehr das, was wir sind ... was ich bin.«

Sie sah Unglauben in Balurs Blick. Enttäuschung. Doch sie wollte ein besserer Mensch sein, kein schwächerer. Also hielt sie seinem Blick stand.

»Wir sind Stamm«, grollte Balur.

»Dann bringt unser Stamm heute eben keine hundert Unschuldigen um.«

Balur kniff die Lippen zusammen. Einen Moment lang fürchtete sie, dass es zu Handgreiflichkeiten kommen würde. Analesisches Dominanzgebaren war schwer totzukriegen. Dann ließ Balur die Schultern hängen und schüttelte den Kopf. »Du machst keinen Spaß mehr.«

»Wir sollten uns einfach das Gold schnappen und abhauen«, beschwor sie ihn.

Sie vergewisserte sich kurz, dass Will noch mit an Bord war.

»Ich könnte ihnen erklären, dass Balur Mattrax erschlagen hat«, schlug er nervös vor.

»Halt einfach die Klappe und hilf mir, reich zu werden.«

Lettes Nerven waren wie Drahtseile gespannt, als sie sich wieder Mattrax' Höhle näherten. Davor erwartete sie eine weitere Menge – nicht ganz so groß wie die bei Firkin, aber immer noch groß genug, um ihr schlaflose Nächte zu bereiten, falls sie sich den Weg zum Gold freiräumen musste.

Ich lass einfach Balur den Vortritt, sagte der kalte, kalkulierende Teil ihres Geistes. *Schock und Schrecken. Er soll uns den Weg bahnen. Sie werden in Richtung Tal fliehen – den Weg des geringsten Widerstands. Dann erledige ich fünf oder sechs – Frauen und Kinder, wenn möglich. Das wird sie so entsetzen, dass Balur mehr Zeit gewinnt. Sie werden zurückweichen, diesmal in die Richtung des Berges. Wer zu den Seiten entkommen will, bekommt einen Dolch ab. Dann drängen wir sie gegen den Fels und erledigen sie. Eine Minute Arbeit, Maximum.*

Sie schauderte. Sie wollte nicht auf diese Stimme hören.

So weit ist es mit dir gekommen, flüsterte sie bei sich.

»Ist das Quirk?« Will war stehen geblieben und kniff die Augen zusammen.

Lettes Magen vollführte einen Salto. Erinnerungen an Feuer und Furcht stiegen in ihr auf. Der Geruch von kochendem Fleisch. Sie schaute Balur an.

»Moment mal – bist du gerade erregt?«

An Balurs Hals hatten sich einige purpurne Falten geöffnet, dünne Linien von lebhaft bunter Farbe, fast wie Fischkiemen. Sie unterlagen nicht Balurs Willen und zeigten sich normalerweise auch nur, wenn sich seine Gedanken um Paarungsrituale drehten.

Balur fuhr sich über den Hals und wich ihrem Blick aus.

»Quatsch!«, brauste er auf. »Das ist nur ... ich werde bloß grad wach. So ist das morgendlicherweise eben. Hat nichts mit irgendwas zu tun.«

Lette schüttelte den Kopf. »Du kranker Scheißkerl. In Wahrheit macht dich doch gerade an, wie viele Gegner sie erledigt hat, oder nicht?«

Balur zuckte die Schultern. »Lagen schon echt viele verkohlte Leichen in der Höhle herum.«

Lette schnaubte angewidert. Andererseits waren Balurs sexuelle Irrungen nichts Neues für sie – eine Vielzahl Huren hatte sich schon mit ihr ausgetauscht, wahrscheinlich, weil sie dachten, dass all die Kämpfe ein starkes Band zwischen ihm und Lette geschmiedet hatten. Sie hätte gut darauf verzichten können.

Aus den kaum unterdrückten Lauten des Ekels schloss sie, dass auch Will keinen gesteigerten Wert auf Details legte. Sie fragte sich, wie das war – noch eine Unschuld zu besitzen, die man verlieren konnte.

»Wenn du schon so scharf auf sie bist«, schlug sie vor, »wieso gehst du dann nicht vor und sorgst dafür, dass sie etwas weniger mordlustig ist als gestern?«

»Mordlustig? Verkohlte Leichen?« Will schien die Bilder von Balur mittlerweile aus dem Kopf verbannt zu haben. »Wovon reden wir hier eigentlich? Quirk wollte nicht einmal Ethel töten, weil sie eine Pazifistin ist. Ich glaube, sie behandelt gerade die Verwundeten.« Er zeigte mit dem Finger auf sie, und tatsächlich – die Frauen und Männer humpelten allesamt in Bandagen herum.

Lette lächelte ihn an. »Ach so. Tja, weißt du noch, wie unsere Thaumatobiologin uns erzählte, dass sie der Magie abgeschworen hat? Dass sie das alles hinter sich gelassen hat und ein besserer Mensch geworden ist?«

Will nickte.

»Das war alles gequirlte Scheiße«, sagte Lette.

»Dann hat sie …?«

»Du willst wissen, ob sie gestern ein Dutzend Leute bei lebendigem Leib geröstet hat? Allerdings hat sie das.«

»Oh Scheiße.«

»Wie nächtlicherweise ein feuriger Sturm«, mischte Balur sich ein. »Tanzende Flammenbänder überall …«

»Lass deine Hose zu!«, drohte Lette, und er fuhr sich wieder über den Hals.

»Sie behandelt aber die Verletzten«, beharrte Will.

»Die meisten davon hat sie wahrscheinlich selbst verletzt.«

»Es muss doch irgendwelche … keine Ahnung … mildernden Umstände gegeben haben.«

»Zum Beispiel, dass sie eine psychotische, magiebegabte Brandstifterin ist, die uns alle belogen hat?« Will war ja ganz süß und all das, aber man konnte es mit der Naivität auch übertreiben.

»Wie wär's, wenn wir einfach zu ihr hingehen und sie fragen?«, schlug Balur vor.

»Ich hab doch gesagt, lass deine Hose zu.«

»Ich finde, ›reden‹ ist nahe genug dran an ›Hose zu‹«, sagte Will.

Lette atmete tief durch. Sie hatte schon überlegt, ob sie Wills Leichnam nicht vielleicht beseitigen konnte, ehe die Menge etwas davon mitbekam. So *wollte* sie aber nicht mehr sein.

»Also schön. Lasst uns reden.«

Sie drängten sich durch die Menge. Quirk hielt den Kopf gesenkt und konzentrierte sich darauf, einem kleinen Jungen den Arm zu nähen. Ihre Finger arbeiteten flink und präzise. Fäden aus Schweinedarm zogen sich zu und schlossen die Wunde.

»Kennst du keine … *bessere Methode,* das zu richten?«, fragte Lette ohne Vorrede. Balur und sie bauten sich vor der Sitzenden auf. Der kleine Junge schaute kurz hoch und biss auf einen Lederriemen.

»Ich hab's euch doch erklärt«, sagte Quirk, ohne sich ablenken zu lassen. »Ich bin geläutert.«

Keinem von ihnen ging das Wort *Magie* über die Lippen. Niemand erwähnte Zaubersprüche. Die Leute hatten noch keinen Verdacht geschöpft. Also brauchten sie die Dörfler auch nicht darauf zu stoßen.

»Geläutert?«, fragte Lette beißend vor Spott. »Seit wann? Gestern Abend?«

Mit einem schnellen Ruck der Hand zog Quirk den letzten Stich fest. Der Junge zuckte zusammen und klagte leise. Quirk atmete durch und rang sich ein Lächeln ab.

»Tut mir leid«, sagte sie zu dem Jungen. »Das war es aber

auch – jetzt geh zurück zu deiner Mutter und erzähl ihr, wie tapfer du warst.« Sie warf Will einen kurzen Blick zu. »So tapfer wie der Prophet persönlich.«

Mit großen Augen und noch breiterem Grinsen rannte der Junge davon.

Will schaute sich nervös um. »Du hast davon gehört?«, raunte er.

»Wenn es das Einzige ist, wovon jemand spricht, obwohl man ihm gerade die Hand amputieren muss, deutet vieles darauf hin, dass es einer Menge Leute ziemlich wichtig ist.«

Will schüttelte den Kopf.

»Merklicherweise versuchst du gerade das Thema zu wechseln«, grollte Balur.

Das kleine Grinsen auf Quirks Gesicht verschwand, und sie senkte den Blick. »Ich habe noch mehr Leute zu behandeln.«

»Ein paar Wunden ausbrennen vielleicht?« Unter Umständen war es nicht sehr weise, jemanden gegen sich aufzubringen, der einen mit Haut und Haaren rösten könnte, aber ... gute Götter, wie sie dasaß, als ob sie kein Wässerchen trüben könnte! Dabei hatte sie gelogen und gemordet, auch wenn sie es jetzt nicht wahrhaben wollte. Lette würde erst Ruhe geben, wenn sich etwas Blut in das Wässerchen mischte.

Doch als Quirk sie anblickte, fürchtete Lette schon, dass sie zu tief geschnitten hatte. In den Augen der Magierin blitzte es hell und gefährlich.

»Was soll ich denn machen?«, zischte Quirk wie eine Flamme. »Die Hälfte dieser Wunden habe ich verursacht! Das kann ich nicht ändern. Ich kann es nicht ungeschehen machen. Ich habe die Kontrolle verloren. Manchmal passiert mir das – zwar nicht sehr häufig, aber gestern leider schon. Ich könnte mich jetzt hinstellen und sagen: Ja, das bin ich gewesen, ich habe das getan. Und sie würden mich aufknüpfen oder verbrennen oder etwas ähnlich Originelles mit mir anstellen, und das war's dann. Oder ich halte meinen Mund, mache mich nützlich und heile die Verwundeten.«

Lette zögerte. Was sie da sagte, war nicht völlig von der Hand zu weisen.

»Das mag ja alles gut und schön sein«, sagte Balur. »Bis es dir erneuterweise wieder passiert.«

Quirk nickte knapp und entschlossen. »Du hast recht – ich sollte mein Leben einfach beenden. Ein Messer über die Handgelenke soll ja sehr wirkungsvoll sein. Oder ich suche mir einen Abgrund. Lasse mich von der Vergangenheit einholen und die Person, die ich früher einmal gewesen bin, gewinnen. Andererseits ... wenn ich das schon mache, sollte ich euch vielleicht allesamt mit abfackeln. Euch beim Brennen zusehen.« Sie fixierte Balur. »Dir würde sich das Fleisch von den Knochen lösen, ehe du auch nur deinen Hammer heben kannst.

Ein Teil von mir wünscht sich das, versteht ihr? Ein winzig kleiner Teil von mir fragt sich, seit ich euch getroffen habe, wie ihr wohl riechen würdet, wenn ihr richtig durch wärt.« Nach und nach fiel ihr starrer Blick auf jeden Einzelnen. »Aber ich gebe diesem Teil nicht nach – weil ich besser bin als das. Weil ich immer noch etwas zu bieten habe. Weil ich weiter davon träume, wer ich sein könnte.«

Die Frau tat Lette wirklich leid. Ihr Herz fühlte mit ihr, und sie waren sich in vielerlei Hinsicht ähnlich. Das hatte sie zu irgendeinem Zeitpunkt vergessen. Wahrscheinlich, als gestern Nacht ihre Haare gebrannt hatten.

Wichtiger war momentan jedoch, dass Quirk die Hände zitterten und Rauch von ihnen aufstieg.

»Und, was würdest du sagen?«, fragte Will. »Wie kurz stehst du im Augenblick davor, die Kontrolle zu verlieren?« Er trat einen kleinen Schritt zurück.

Quirk ballte die Fäuste. »Lasst mich einfach diesen Leuten helfen. Lasst mich ein wenig von dem Schaden, den ich angerichtet habe, wiedergutmachen.«

Lette tauschte einen Blick mit Balur, der die Schultern zuckte.

»Dann tut es ihr eben leid – einer Menge Mördern tut irgendwas leid. Das hält uns nicht davon ab, sie baumelnderweise irgendwo aufzuhängen oder uns schlagenderweise um sie zu kümmern, bis sie Ruhe geben.«

Binnen eines Augenblicks war Quirk auf den Beinen. Zwei Dolche glitten zwischen Lettes Finger, noch während ihre Lippen einen Fluch formten. Balur verlagerte sein Gewicht. Will öffnete den Mund zu einem O. Firkins dünne Stimme kam mit dem Wind hereingeweht. Ausrufe des Schmerzes und der Freude drangen von der Menge an ihr Ohr.

»Bei Lalls Atem, er ist es! Er ist es wirklich!«

Da schoss der atemlose, auf mehreren Ebenen unangemessene Schrei eines Mädchens mitten in den Moment, prallte von besagten Ebenen ab und traf Lette direkt in den Stirnlappen.

»O bei den Göttern – schaut ihn euch nur an!« Noch ein Mädchen. Genauso atemlos. Genauso unpassend.

Langsam, und Quirk dabei so lange wie möglich im Blick behaltend, sah Lette nach, woher die Stimmen kamen.

Abgehetzt, mit offenen Mündern und geblähten Nasenflügeln, mit brennenden Pupillen und all der Energie und Wildheit eines Wolfsrudels, das geradewegs aus den Tiefen der Unterwelt emporfuhr, warfen sich zwei junge Mädchen Will entgegen.

»Du bist der Prophet!«, plapperte die eine. »Also echt, der Prophet!«

»O ihr Götter, er hat seine Axt!«, plapperte die andere. Sie streckte die Hand aus und berührte den Griff. Sie war vielleicht vierzehn. Die schwarzen Locken hatte sie zu zwei losen Knoten beiderseits des Kopfs gebunden. Ihre blutbefleckte Bluse war nach Lettes Meinung viel zu tief ausgeschnitten. Ihre Freundin füllte ihre Kleidung zwar in wesentlich geringerem Maße aus, dafür hatte sie aber Augen von der Größe von Untertassen, die keine Sekunde von Will wichen.

Will für seinen Teil wirkte in etwa so entsetzt wie jemand, der beim Besuch eines geschätzten älteren Verwandten gerade auf etwas in höchstem Maße Unerfreuliches gestoßen war und sich nun fragte, ob er etwas sagen sollte.

»Darf ich … darf ich dich anfassen?«, fragte das Mädchen mit den Haarknoten.

Lette beobachtete, wie sich die Ablehnung auf Wills Lippen formte, doch sie schaffte es nie bis ins Reich des Hörbaren. Quirk ihrerseits verfolgte den Austausch mit einer Mischung aus Erstaunen und Abscheu.

»Bei allen Göttern, Will«, sagte Lette, da sich offensichtlich irgendjemand dieser Sache annehmen musste. »Sag ihr, sie soll verschwinden, ehe ihr Vater auftaucht und dir ungebührliches Betragen vorwirft!«

Doch zu spät.

»Ey du!«, rief ein Mann, der von weiter unten den Hang zur Höhle hochstapfte. »Was verdammt treibst du hier mit meiner

Maisy?« Er war groß und untersetzt. Sein fetter Bauch wurde von einer stramm gezogenen Schürze an Ort und Stelle gehalten, doch seine Arme und Schultern waren breit vor Muskeln. Er trug eine flache Kappe auf dem Kopf und einen wenig vorteilhaften Bart auf der Oberlippe.

Will zuckte vor den Mädchen zurück, Arme und Handflächen waren weit ausgebreitet. »Gar nichts. Ich schwöre es! Da war nichts ... sie ... Das soll nicht heißen, dass sie ... Außer natürlich ... na ja ...!«

Lette biss die Zähne zusammen. Sie hielt noch immer die Dolche in der Hand. Und dabei hatte sie sich solche Mühe gegeben, sich zu bessern. Balur würde bestimmt keine Hilfe sein, dafür grinste er viel zu breit.

Da erhaschte der Vater einen besseren Blick auf Will. »Oh«, sagte er und fügte dann verschämt hinzu: »Ihr seid das! Ich, äh, habe Eure, äh, Prophetenheit nicht gleich erkannt. Wollte mich hier auch nicht einmischen. Ich meine ...« Er zog sich die Kappe vom Kopf und knetete sie in den großen Händen. »Falls Ihr Gefallen an meiner Maisy finden solltet, nun, sie ist wirklich ein nettes Mädchen. Und wenn Ihr, na ja ... Es wäre jedenfalls eine Ehre für mich und meine Familie, wenn Ihr ... Ihr wisst schon ... mit ihr wolltet.«

Alles, was er damit erreichte, war, dass Wills Hände sich noch weiter öffneten und noch weiter vor Maisy zurückwichen. Der Ausdruck des Entsetzens verschwand nicht aus seinem Gesicht. »Sie ist doch erst vierzehn ...« Er warf ihr einen prüfenden Blick zu. »Oder so ungefähr.«

»Genau vierzehn«, sagte der Mann, der nicht im Geringsten verlegen wirkte. Eher schon war es Bewunderung, mit der er

Will studierte. »Siehst du?«, fragte er Maisy. »Hat sofort dein Alter gewusst.« Er tippte sich ans Auge. »Hat den Blick. Genau wie die Stimme gesagt hat.«

Lette rollte so heftig mit den Augen, dass sie sich fast den Hals verrenkte. Die Kleine hätte nicht offensichtlicher vierzehn Jahre alt sein können, selbst wenn sie es versucht hätte. Dasselbe galt inzwischen leider auch für ihren Vater, der Will weiter bedrängte.

»Wäre es … äh …« Er knetete seine Kappe noch heftiger. Seine dicken Wangen glühten rot. »Wäre es in Ordnung, wenn ich Euch mal anfasse?«

Will taumelte zurück und stieß unverständliche Geräusche aus.

Lette hatte genug davon. »Schluss jetzt!«, rief sie und trat zwischen Will und seine Bewunderer. »Das waren genug Gruselgeschichten für heute. Seine Prophetenheit braucht jetzt Erholung von diesem Schwachsinn. Deshalb hat er verfügt, dass ihr euch alle verpissen sollt, bevor ich euch in die Hintern trete!«

Balur nickte bekräftigend. »Echt prophetisch«, flüsterte er. Sie ignorierte ihn.

Langsam zogen sich der Mann, seine Tochter und ihre Freundin zurück. Der Mann wollte sich dabei noch verbeugen und stolperte beinahe über seine eigenen Füße. Lette stellte sich schützend vor Will und kehrte den Dörflern den Rücken zu.

»Das wird alles nur noch schlimmer«, raunte sie mit aller Dringlichkeit, die sie empfand. »Bis sie irgendwann merken, dass Firkin nur Scheiße erzählt. Dann wird es erst richtig übel. Also lasst mich wiederholen: Wir müssen uns etwas Gold und einen Wagen schnappen und von hier verschwinden.«

»Du willst diese Leute einfach im Stich lassen?«, fragte Quirk.

Lette ballte die Fäuste. War Eile für diese Typen ein Fremdwort? Balur hatte ja auch seine Defizite, aber wenigstens bewegte er sich mittlerweile in Richtung Höhle.

»Ich will sie nicht bloß einfach im Stich lassen, ich habe sogar vor, mit ganzem Einsatz vor ihnen zu fliehen und jeden, der mir folgen will, mit meinem Schwert vom Gegenteil zu überzeugen.«

»Aber wenn das Drachenkonsortium herausfindet, was hier passiert ist, und dass diese Leute darin verwickelt waren …« Quirks Augen wurden ganz groß vor Schreck. »*Mir* hast du vorgeworfen, ich hätte Leute umgebracht …«

»Ja«, sagte Lette. »Weil du's getan hast.« Man hatte ihr schon oft gesagt, dass Taktgefühl nicht ihre Stärke war. Sie persönlich hatte nie den Nutzen darin gesehen. Die Welt war nun einmal, wie sie war; das konnte man entweder hinnehmen oder man leugnete es, bis die Welt einem das Messer in den Bauch stieß und zeigte, welche Farbe genau die eigene Milz hatte. »Ich hab die vielen Leute jedenfalls nicht hergebracht. Ich hab es nicht einmal vorgeschlagen. Ich hab auch Mattrax nicht getötet. Ich hab meinen Teil des Plans nicht versaut.« Das kleine Lächeln auf ihren Zügen fühlte sich wild und selbstgerecht an.

»Aber man wird sie töten …«

Lette nickte. »Ist ziemlich wahrscheinlich.«

»Moment mal«, sagte Will und fasste sie am Arm. »Stimmt das?«

So hübsch. So naiv. »Was denkst du denn, was das Drachenkonsortium machen wird, wenn es rausfindet, dass eins seiner Mitglieder umgebracht wurde? Die Schultern zucken, es für

Pech erklären und ein paar Bonbons lutschen? Oder hier aufkreuzen und Feuer und Vergeltung über uns ausschütten, damit niemand es mehr wagt, sich mit ihnen anzulegen?«

Balur stieß ein grunzendes Lachen aus. »Tut mir leid«, sagte er, als alle ihn anblickten. »Ich dachte nur gerade, dass Drachen vom Lutschen wahrscheinlich wirklich nicht viel Ahnung haben. Unpassenderweise. Hab ich gemerkt.«

»Das dürfen wir nicht zulassen!«, sagte Will. »Irgendwas müssen wir tun.«

Lette beschloss, sich die Zeit zu nehmen, es noch einmal in leichter zu verstehenden Worten zu erklären. Vielleicht konnten sie dann ja mit der Flucht weitermachen. »Und wie stellst du dir das vor? Wir hatten gestern Nacht ein Riesenglück. Der Plan hat nur funktioniert, weil wir Mattrax überrascht haben. Und trotzdem wurden eine Menge Leute aus deinem Dorf verletzt.« Sie deutete auf die Verletzten und Bandagierten ringsum. »Oder getötet. Wie also endet es wohl, wenn gleich zwei oder drei oder vier rachsüchtige Drachen über uns hinwegrauschen und Ärger suchen?«

»Vier Drachen?«, hauchte Quirk. »Die über uns wegfliegen? Meinst du wirklich, das könnte passieren?«

»Zieh dich wieder an!«, schnappte Lette. Wieso hatten alle ihre Reisegefährten plötzlich ein Problem mit unangemessenen Erregungszuständen?

»Wir können die Leute nicht retten«, schlug sich Balur endlich auf ihre Seite, und seine tiefe Stimme verlieh der Sache eine gewisse Endgültigkeit. »Ehrlicherweise hat Lette recht. Wir können nur uns selbst retten.«

Quirk schüttelte den Kopf. »Das stimmt nicht.«

Lette zuckte die Achseln. »Dann bleib hier, krieg kein Gold ab und lass dich bei lebendigem Leib von ein paar angepissten Drachen grillen. Wie du dich entscheidest, liegt ganz bei dir. Ich nenne dir bloß die Optionen.«

Quirk und Will wirkten hin- und hergerissen. Lette kümmerte das nicht länger; sie hatte ihnen gesagt, wie es aussah, und damit schuldete sie ihnen nichts weiter. »Na los«, sagte sie zu Balur. Gemeinsam liefen sie zu Mattrax' Höhle.

Es war Will, der sich ihnen als Erster anschloss. Quirk folgte nicht allzu weit hinter ihm. Dann standen sie gemeinsam vor dem Gold und staunten.

»Es heißt ja, dass man sich Glück nicht kaufen kann.« Will kaute auf seiner Lippe herum.

Lette grinste. »Das ist ein Sprichwort armer Leute. Also lasst uns einen Wagen besorgen und nicht länger arm sein.«

27

Ein Mehr an Göttlichkeit, ein Mehr an Problemen

»Du *musst* mit ihnen reden!«

Will hielt den Kopf gesenkt und wich Lettes Blick aus.

Quirks thaumatischer Wagen rumpelte unter unsanftem Gehüpfe den zerfurchten Pfad entlang. Hinter ihnen bildeten die klimpernden Goldsäcke eine musikalische Untermalung zu ihrem Gespräch. Ringsum erstreckten sich karge Bäume in alle Richtungen. Die grauen Wolken am Himmel blickten richtend auf sie herab.

Sieben Tage waren vergangen, seit sie Mattrax' Höhle verlassen hatten, und es war nicht das erste Mal, dass Lette mit dem Thema anfing. Das Problem war, dass sie jedes Mal recht damit hatte.

Rasche Schritte, die hinter dem Wagen zu hören waren, bewahrten Will vor einem Eingeständnis. Er drehte den Kopf und sah einen Jungen, der sein Bestes gab, sie einzuholen. Der feinen dunklen Linie auf seiner Oberlippe nach zu urteilen war er vielleicht zwölf oder dreizehn Jahre alt. Seine Wangen waren rot vor Anstrengung, seine Augen aber strahlten hell.

»Bitte sehr, Eure, ähm ... Prophetenheit!« Er reckte Will eine Handvoll Zettel entgegen. »Die haben wir überall entlang der

Straße gefunden. Haben sie alle runtergerissen, genau wie Ihr wolltet.«

Will mühte sich um ein dankbares Lächeln. »Das ist schön«, sagte er so fröhlich wie möglich. »Ich weiß das wirklich zu schätzen.«

Wenn der Junge noch breiter lächelte, würde Will gleich vom Wagen steigen und die obere Hälfte seines Kopfes einsammeln müssen. Strahlend rannte der Kleine davon.

»Und so ein Scheiß wie eben gerade hilft uns auch nicht«, schloss Lette.

»Was, nett zu den Leuten zu sein?« Will war ehrlich verwirrt.

»Allerdings. Denk mal drüber nach! Seit seiner Geburt hat das Leben nur auf diesen Jungen geschissen: seine Eltern, seine Geschwister, sogar Mattrax – der wahrscheinlich im wörtlichen Sinn. Das ganze verdammte Tal hat auf ihn geschissen. Und dann kommt auf einmal dieser Mann daher, dieser Held, zu dem er aufsehen und den er verehren kann. Und was tut dieses Arschloch?«

Da er selbst das fragliche Arschloch war, war sich Will nicht sicher, was er von der Frage halten sollte. »Ich bin nett zu ihm?«

»Genau«, schoss Lette gehässig zurück. »Der Scheißkerl ist nett zu ihm. Sagt bitte und danke und segnet seinen dummen Jungenkopf mit Gelächel und Plattitüden.«

»Du hast recht.« Will nickte. »Ich bin echt ein Riesenarschloch.« Er überlegte kurz, ob ihm der Sarkasmus schon vom Kinn tropfte.

»Du bringst sie doch dazu – du sorgst dafür, dass dich die Leute verehren. Du bekräftigst genau den Mist, den Firkin verbreitet. Und wozu?«

Will rollte die Augen – eine Angewohnheit, die er wahrscheinlich von ihr übernommen hatte. »Um das Beste aus einer schlechten Situation zu machen?«

»Die Leute werden uns umbringen, Will!« In Lettes Gesicht stand nicht einmal die Andeutung eines Lächelns. »Und wir sie.«

Will blickte nach hinten: über die Ladefläche mit den Säcken voller Drachengold hinweg, über die schlammige Straße und den Schotter, der seinem Rücken die letzten sieben Tage zugesetzt hatte. Er schaute zu der Menschenmenge zurück.

In Mattrax' Höhle hatte alles noch so einfach gewirkt. Die Welt war so verheißungsvoll erschienen. Quirk hatte ihnen ihren Wagen zur Verfügung gestellt, er hatte ein paar Säcke aufgetrieben, und diese Säcke hatten sie bis zum Rand gefüllt. Einen ganzen Tag lang hatten sie fröhlich geplündert. So viel Gold, dass sie bis zur Dämmerung damit beschäftigt waren, den Wagen zu beladen; so viel, dass sie die Achsen verstärken mussten. So viel Gold, dass die purpurnen Hautfalten der Erregung an Balurs Hals sich gar nicht mehr schlossen.

Dann hatten sie die Höhle verlassen, lachend und guter Dinge – Lette hatte sogar ihre Hand auf seinem Arm gehabt –, und ins letzte Tageslicht geblinzelt. Und in die Gesichter der Menge.

Firkin war gerade nirgendwo zu sehen gewesen. Das hatte ihm wahrscheinlich das Leben gerettet. Aber das Feuer, das er unter den Menschen entfacht hatte, war nun ein Inferno. Es spielte keine Rolle mehr, was man den Leuten sagte, oder dass Will sich eigentlich doch hatte davonstehlen wollen. Die Entscheidung war ihm abgenommen worden. Diese Menschen würden ihm bis ans Ende der Welt folgen.

Er hätte ja gedacht, dass sie mit der Zeit das Interesse verlieren würden; aufgeben und sich nach und nach verziehen. Stattdessen war die Menge immer weiter angewachsen und mittlerweile etwa dreimal so stark wie zu Beginn. Täglich stießen neue Menschen dazu, in immer größerer Zahl.

»Und wenn du noch einen Beweis brauchst«, unterbrach Lette das Grauen der Erinnerung mit all der Zärtlichkeit eines Schleudertraumas, »dann schau dir bloß diese verdammten Zettel an.«

Will brauchte sie sich gar nicht anzusehen. Er wusste genau, worum es sich dabei handelte. Sie fanden sich an allen größeren Straßen an Bäume genagelt und bildeten an Kreuzungen regelrechte Nester. Sie zeigten die Gesichter von Lette, Balur, Firkin, Quirk und ihm. Bilder und Zahlen, die die Berge von Münzen auflisteten, die das Konsortium für ihre Köpfe zu zahlen bereit war. Die Zahlen wuchsen noch schneller als ihre Anhängerschaft.

Lette zeigte mit dem Daumen über ihre Schulter. »Einer von denen wird dich betrügen. Irgendjemand – und bei Lalls schwarzem Auge, es würde mich erschüttern, wenn es nur ein einzelner wäre – ist nicht hier, weil du so nett bist, sondern weil er oder sie sich das Leben ausmalt, das sich mit unseren Köpfen kaufen lässt.«

Gerne, nur allzu gerne hätte Will ihr widersprochen. Doch er wusste genau, wie das Leben unter der Herrschaft des Konsortiums aussah. Wie verzweifelt man sein konnte. Manche Menschen würden ihre eigene Familie für ein bisschen Gold verkaufen. Wie viel Loyalität empfanden sie da wohl irgendeinem Arsch gegenüber, der auf einem ganzen Wagen voller Gold saß?

»Je größer die Menge wird, desto gefährlicher wird es für uns«, fuhr Lette unbarmherzig fort. »Da sind dann auch mehr Menschen, die uns sabotieren können. Immer mehr, die sterben werden, wenn wir schließlich ernten, was wir gesät haben. Du *musst* mit ihnen reden. Du musst sie zum Weggehen bewegen.«

Will schnitt eine Grimasse. Wieder einmal war das Problem, um das er nicht herumkam, die Tatsache, dass sie recht hatte.

»Wie hoch die Belohnung wohl inzwischen ist?« Er spielte auf Zeit und blätterte sich durch die Steckbriefe.

Da klappte ihm der Kiefer herunter. Schnell versuchte er ihn wieder zu schließen, bevor er ihn sich noch ausrenkte.

»Achttausend Goldbullen?«, brachte er hervor. Zu ihren besten Zeit war der Hof seiner Eltern vielleicht … was, fünfhundert Bullen wert gewesen? Sechs vielleicht. Und jetzt das – für achttausend Goldbullen hätte man sich das halbe Dorf kaufen können!

»Wie steht's mit mir?«, fragte Lette, als die Neugierde dann doch siegte.

Will, der immer noch mit der Höhe seines eigenen Kopfgeldes zu kämpfen hatte, hielt ihr einfach nur den Stapel hin. Sie sah ihn durch und setzte eine säuerliche Miene auf. »Ich hänge immer noch bei zweitausend fest.«

»Zweitausend?« Natürlich war das immer noch eine stattliche Summe, doch sie schien ihm deutlich zu gering verglichen mit der Summe, die auf seinen eigenen Kopf ausgesetzt war. Das kam ihm einfach nicht gerecht vor. »Dabei hast du so viel mehr Leute getötet als ich!«

»Sexistische Kackscheiße ist das! Quirk ist auch bloß zweitausend wert – Balur immerhin sechs, du aber acht. So viel zum Thema zweierlei Maß!«

»Ich bin mehr wert als Balur?« Wills Stimme näherte sich Oktaven an, die er seit den Tagen kurzer Hosen verloren geglaubt hatte.

Lette zuckte die Schultern. »Tja, wenn du die Eier hättest, den Leuten endlich zu sagen, dass du kein Prophet bist, dann hättest du vielleicht auch nicht das Problem, dass man dich für einen gefährlichen Verschwörer hält.«

Will fand, dass Lette nicht halb so viel Mitgefühl zeigte, wie der Situation angemessen war.

»Vielleicht sollten wir das Konsortium lieber beim Wort nehmen ...«

Beim Klang von Quirks Stimme riss Will den Kopf herum. Sie ritt neben dem Wagen auf einem stämmigen Lastpferd. Neben ihr lief Balur, der dank seiner langen Beine keine Schwierigkeiten hatte, Schritt zu halten.

»Wir könnten ja Lette ausliefern«, schlug Balur vor. »Schnelle Kasse machen für Wein und Frauen. Nicht unbedingterweise in der Reihenfolge.«

Lette nickte betrübt. »Sogar all dieser Reichtum kann dir weder Stil noch Geschmack kaufen.«

Balur wollte eine weitere Spitze anbringen, aber Will sprang in die Bresche. »Vielleicht sollten wir mal kurz aufhören, uns gegenseitig anzufahren, und rausfinden, wovon Quirk eigentlich redet? Ich schätze mal, sie schlägt nicht wirklich vor, dass wir uns rein aus Langeweile in den Rücken fallen, oder?«

Tatsächlich schien sich Quirk am besten von ihnen allen mit der Situation arrangiert zu haben. Sie verbrachte den Großteil der Zeit nicht an dem Wagen mit dem Gold, sondern in der Menge. Sie kümmerte sich um die Kranken und Verletzten, erzählte den Kindern Geschichten, brachte ihnen Lieder bei und spielte eine wichtige aber schwer fassbare Rolle bei der Versorgung aller mit Essen und Kleidung. Wäre es nach Will gegangen, hätte die Menge, wenn schon jemanden, dann Quirk verehren sollten.

»Es gibt da leider ein Problem«, rief ihn die Thaumatobiologin ins Hier und Jetzt zurück.

»Wenn es nichts damit zu tun, wie wir am besten unser Gold ausgeben, bin ich nicht zwangsläufigerweise daran interessiert.«

»Nun, dann wird es dich freuen zu hören, dass es in der Tat mit Gold zu tun hat!«, erwiderte Quirk ein wenig schnippisch. Will sah, wie Lette prüfend Quirks Hände betrachtete, doch die Lederzügel rauchten momentan noch nicht.

»Oh«, sagte Balur etwas kleinlaut.

»Es ist nämlich folgendermaßen«, fuhr Quirk gelassen fort. »Wir geben das Geld bereits aus.«

»Ach ja?«, fragte Will, denn das war ihm neu.

»Wo sind dann die Huren?« Balur schaute sich mit hellen, gelben Augen um, die so wach wirkten, als hätte er eine Klinge an der Kehle sitzen. »Wo ist der Wein?«

Quirks Miene wurde mit jeder Sekunde säuerlicher. Will hatte so eine Ahnung, weshalb sie vielleicht lieber Zeit mit den anderen verbrachte.

»Über dreihundert Männer, Frauen und Kinder folgen diesem Wagen. Die meisten haben ihr ganzes Leben in erbärmlichen Zuständen gelebt. Sie haben nichts dabei, weil das Konsortium ihnen bereits alles genommen hat. Sie brauchen Essen, Kleidung, Medizin …«

»Moment mal«, unterbracht Balur sie. »Soll das etwa heißen, wir zahlen für sie?«

»Wäre es dir lieber, sie würden verhungern?«, fuhr Quirk ihn an. »An Krankheiten sterben?« Vom Pferderücken aus waren ihre Augen ausnahmsweise einmal höher als Balurs Brust, was ihren Blick umso stählerner machte.

Balur warf die Hände hoch. »Ja klar! Wieso fragst du überhaupt?«

Als Will das nächste Mal nachsah, ging von Quirks Händen definitiv ein rotes Glühen aus. »Lette«, sagte er rasch. »Du willst doch sicher nicht dreihundert Leute auf dem Gewissen haben. Wir haben eben gerade darüber geredet …«

Lettes Blick war nicht weniger sengend als Quirks Handflächen. »Wir haben gar nichts beredet – ich hab dir gesagt, dass *du* reden sollst. Und jetzt verlange ich es. Rede mit ihnen! Beende das hier. Oder ich beende dich und versuche selbst mein Glück mit dem verdammten Gesindel, das dir folgt.«

»Es sind Bauern«, schnappte Quirk, noch immer in Rage. »Fischer, Näherinnen. Ehrliche, hart arbeitende Leute.«

»Eben waren sie noch halb verhungert, krank und nackt«, entgegnete Lette bissig. »Das kommt so was wie *Gesindel* für meine Begriffe schon recht nahe.«

Der Schlagabtausch wurde immer hitziger. »Wie viel genau geben wir denn aus?«, versuchte Will zu vermitteln. Vielleicht war es ja gar nicht so viel angesichts der riesigen Summen, die sie erbeutet hatten.

»Bei der gegenwärtigen Rate sind wir in achtzehn Monaten bankrott«, sagte Quirk. »Wenn die Schar noch weiter anwächst, wahrscheinlich schneller.«

»Achtzehn Monate?« Offenbar war Will gerade der Einzige, der noch sprechen konnte. Er betrachtete den unermesslichen

Reichtum, der sich hinter ihnen befand. Wie konnte der bloß anderthalb Jahre halten? »Mattrax reichte das doch ewig …«

»Weil er praktisch nichts ausgegeben hat«, sagte Quirk. »Er hat nur genommen und genommen und genommen.« Mit jeder Wiederholung fühlte sich das Wort mehr wie ein Schlag ins Gesicht an. »Er hat alles besteuert und nichts gegeben. Sein Reichtum wuchs einfach immer weiter an.«

»Also dann …« Will verbiss sich, was er hatte sagen wollen, weil er merkte, wie es geklungen hätte.

»Du möchtest wie Mattrax herrschen?« Quirk beugte sich vom Pferderücken fast bis in den Wagen, sodass er das Feuer hinter ihren Augen flackern sehen konnte. »Ist es das, was du möchtest?«

Nein, nein, o Götter, nein. Er hatte sich einzig auf all das eingelassen – was immer *das* eigentlich war –, um genau das Gegenteil von Mattrax zu sein.

Aber … achtzehn Monate!

Abermals starrte er das Gold an und versuchte den Betrag zu überschlagen. Er kam ungefähr bis zur Hälfte, dann riss ihm jemand plötzlich den Kopf herum. Er wollte sich wehren, doch Lette hielt ihn fest am Kragen.

»Sie bedrohen unser Leben. Sie bestehlen uns, verdammt noch mal! Rede mit ihnen. Mach, dass es aufhört! Bevor ich dir deine Männlichkeit – oder was immer du stattdessen hast – so tief in den Hals schiebe, dass du deine eigenen Eier ausscheißt.«

Das viele Zerstückeln schien Lette einiges über menschliche Anatomie gelehrt zu haben.

»Okay«, sagte Will, spürte die Wellen ihrer Wut zu ihm überschwappen. »Okay! Ich werde mal sehen, ob ich es ihnen ausreden kann. Damit sie sich … zerstreuen oder so ähnlich.«

Lette nickte, kurz und knapp. Es wirkte weniger wie ein Zeichen der Zustimmung als wie ein Kessel, der Dampf ablässt.

»Aber falls sie anfangen, mir Arme und Beine auszureißen, wüsste ich's zu schätzen, wenn ihr mir helfen könntet«, fügte er hinzu.

Er hoffte auf ein paar Worte der Beruhigung, der Bestätigung. Doch Balur zuckte nur die Schultern, und Quirk wich seinem Blick aus. Er schaute zu Lette und wartete.

Er wartete ziemlich lange.

28

Erkundung der erblühenden Männlichkeit

»Also dann.« Will hustete nervös. »Hört ihr mich alle?«

Sie hatten den Wagen am Straßenrand in der Nähe eines kleinen Wäldchens abgestellt. Will stand auf dem Wagen und fühlte sich doch mit dem Rücken an die Wand gedrängt. Mehr als dreihundert Gesichter schauten ihm von dem kargen und mittlerweile recht zertrampelten Weizenfeld aus an. Lette, Balur und Quirk standen etwas abseits, von wo aus sie alles im Blick hatten. Allerdings wirkten sie nach wie vor nicht gerade wild darauf, ihm zu Hilfe zu eilen.

Er suchte die Gesichter nach Firkin ab und entdeckte ihn irgendwo weiter hinten. Der alte Mann hielt sich an einem Keramikkrug fest und trank in tiefen Zügen. Seine Augen waren rot unterlaufen und sein Bart schwang hin und her, als er den Krug ansetzte und den Kopf zurücklegte. Dann bemerkte er Will und winkte ihm freundlich zu.

Mittlerweile verbrachte Firkin fast seine ganze Zeit bei den Leuten. Predigte das Wort des Propheten. Nicht, dass er je mit Will darüber reden und rausfinden würde, wie das Wort eigentlich lautete. Will war über seine eigenen Edikte nicht minder überrascht als alle anderen. Wie er erfahren hatte, lautete eines der wichtigsten, Firkin immer mit Alkohol zu versorgen.

Er fragte sich, ob Lette Firkin auf diese Distanz mit einem Dolch treffen konnte. Wahrscheinlich schon. Er war sich bloß nicht mehr sicher, ob sie ihm einen solchen Gefallen auch täte, wenn er sie darum bat.

Er mochte sie nach wie vor – das war das Dumme daran. Lette war in vielerlei Hinsicht ein schrecklicher Mensch: ebenso aufbrausend wie gewaltbereit. Fast ausschließlich auf ihren persönlichen Gewinn konzentriert.

Und doch verbarg sich dahinter noch etwas anderes – fast eine andere Person. Jemand, dem ein Scherz noch schneller von den Lippen ging als ein Dolch von der Hand.

Zwei Tage nach dem Aufbruch von Mattrax' Höhle hatten sie gemeinsam auf dem Wagen gesessen, während Balur, immer noch wütend über die neue Gefolgschaft, eine Viertelmeile vorauslief, und Quirk und Firkin sich weiter hinten auf ihre Art um die Leute kümmerten.

»Was hast du damit vor?«, hatte Will gefragt.

»Womit denn?«

Er hatte nach hinten auf das Gold gezeigt, und da hatte sie sich eine Strähne ihres roten Haars hinters Ohr geschoben und dabei flüchtig den Kopf eingezogen. Es war ein merkwürdig persönlicher Moment gewesen.

»Keine Ahnung«, hatte sie nach kurzem Zögern gestanden.

Das hatte ihn überrascht. Sie schien sich ihrer Sache sonst immer so sicher zu sein. »Du hast dir nie ausgemalt, was du damit anstellen könntest?«

»Hast du's denn?«, war sie der Frage ausgewichen.

Da war es an ihm gewesen zu zögern. »Ich weiß nicht«, hatte er erst sagen wollen, aber das wäre nicht ganz ehrlich gewesen, und der Moment jetzt hatte sich so besonders ehrlich angefühlt. »Ich meine, klar, aber wenn ich bislang von Reichtum geträumt habe, drehte sich das immer um den Hof meiner Eltern. Da wollte ich das Geld wieder reinstecken. In Tiere und Saatgut investieren. Damit er endlich Profit abwirft und nicht nur grade so zum Überleben reicht. Einen richtigen Bauernhof eben, wie meine Eltern sich das immer gewünscht haben.«

»Und jetzt?« Lette hatte die Augen auf den gewundenen Pfad mit seinen Schlaglöchern und Spurrillen gerichtet, die nächste Kurve, hinter der das Unbekannte lag.

»Keine Ahnung. Ich hatte, seit ich den Hof verloren hab, noch nicht wirklich Gelegenheit, darüber nachzudenken. Ich hatte mich bislang immer bloß darauf konzentriert, Mattrax das Geld abzunehmen, nicht, es jemals zu besitzen.«

»Wenn du deinen Anteil nicht willst, nehme ich ihn.« Sie hatte ihn noch immer nicht angesehen, aber in ihrem Mundwinkel hatte sich ein Lächeln gebildet.

»Du weiß doch selbst nicht, was du damit machen sollst.«

Da hatte sie den Kopf so heftig zurückgeworfen, dass ihr Pferdeschwanz hüpfte. »Ich schmelze deinen Anteil ein, mach daraus Statuen von mir und stelle sie auf jedem Marktplatz auf.«

»Echt stilvoll.«

»Ach was, richtig fiese Dinger werden das. Groß und protzig und mit riesigen Juwelen besetzt! Mit den Gesichtern gebe ich mir aber Mühe, damit man auch erkennt, dass ich es bin. Und keiner weiß, woher die kommen, aber alle nehmen an, dass es jemand sehr Wichtiges sein muss. Und wenn ich dann in diesen Städten aufkreuze, erkennt man mich sofort.«

»Weil du dann ebenfalls mit protzigen Juwelen besetzt bist?«

Er hatte sich zurückgelehnt und das unverhofft angenehme Geplauder genossen.

»Ohne Frage.«

Da hätte er beinahe schon losgelacht, wollte den Redefluss aber nicht stören.

»Muss ich ja«, hatte sie ausgeführt. »Wenn ich will, dass ich erkannt werde?«

»Und dann?«

»Dann sagen alle: Das ist doch die Frau von der Statue, die muss wirklich wichtig sein! Und alle folgen mir aufs Wort, weil sie nicht rausfinden wollen, was passiert, wenn sie's nicht tun. Und ich kriege alles, was ich will, und muss nie wieder einen Schek ausgeben.«

Er war etwas früher in Gelächter ausgebrochen als sie, aber bloß eine Sekunde.

Und nun stand sie dort drüben und starrte mit steinerner Miene die Menge an. Diese wiederum ignorierte sie einfach. Die Leute hatten einzig Augen für ihn.

»Ihr könnt mich also alle verstehen?«, vergewisserte er sich erneut. Keiner von denen, die ihn nicht verstehen konnten, verstand die Frage, von daher gab es auch keine Antwort. Eigentlich hatte er auch keine erwartet. Er schindete bloß wieder Zeit.

»Also …«, hob er an. Er hätte sich ein paar Notizen machen sollen. Doch das hatte er ebenfalls hinausgezögert, bis es zu spät gewesen war – bis es jetzt geworden war.

»Leider kam mir zu Ohren …« So hatte sein Vater immer seine Standpauken begonnen.

Leider kam mir zu Ohren, dass du versucht hast, ein Hühnchen über den Hof zu jagen.

Leider kam mir zu Ohren, dass du zu blöd bist, deinen Ellenbogen von deinem Arsch zu unterscheiden.

Leider kam mir zu Ohren, dass deine Mutter dich erwischt hat, wie du deine erblühende Männlichkeit erkundest.

Ja, das war genau das, woran er jetzt denken sollte …

»Leider kam mir zu Ohren …«, er mühte sich um eine klare Stimme, ein entschlossenes Auftreten, »… dass einige von euch den Eindruck haben, ich wäre ein Prophet. Dass ich Mattrax getötet hätte. Dass …«

Seine Worte gingen in allgemeinem Jubel und Freudentaumel unter. Die Leute hüpften auf der Stelle und schrien los. Einen Mann sah er tatsächlich weinen. Die Menge streckte die Hände nach ihm aus und drängte immer näher an den Wagen heran. Nervös trat er einen Schritt zurück und stolperte dabei fast über die Goldsäcke. Ein weißes Stück Stoff segelte aus der Menge und landete ihm im Gesicht. Er riss es sich weg – es war eine Damenunterhose.

»Was macht ihr denn bloß?« Sie ignorierten ihn komplett.

»Schluss!«, rief er so laut er nur konnte. »Ihr müsst mir zuhören!«

Doch das taten sie nicht. Es dauerte noch einmal fünf Minuten, bis sie sich so weit beruhigt hatten, dass sie ihn überhaupt hörten. Er warf einen kurzen Blick zu Lette, die sicherheitshalber hinter Balur Deckung gesucht hatte. Sie hatte recht behalten – er hatte das alles deutlich zu lange laufen lassen.

»Ich sagte, ihr glaubt, dass ich Mattrax getötet habe.« Seine Stimme war schon ganz heiser.

»Wir glauben das nicht nur, wir wissen es!« Abermals brach die Menge in Jubel aus.

Flehentlich hob Will die Hände, doch es kehrte keine Stille ein.

»Darum sind wir hier!«, rief ein anderer.

»Prophet! Prophet! Prophet!«, stimmten mehrere Grüppchen im Chor an. Will ließ den Kopf hängen.

»Ich bin kein Prophet!«, sagte er so laut wie möglich, voller Frustration und Ekel. Er starrte seine Füße an. Seine Schuhe waren ganz schmutzig vor Staub und Straßenschlamm, die Bretter darunter alt und abgenutzt.

Stille breitete sich aus. Er schaute auf.

Ach, jetzt hatten sie ihn also doch gehört?

Die Gesichter hatten sich verändert. Die Leute strahlten ihn nicht länger wie ein Mädchen seinen jungen Geliebten an, eher schauten sie wie selbiges Mädchen, wenn es den jungen Geliebten mit runtergelassener Hose erwischt, ihre Schwester vor ihm auf den Knien.

Will schluckte schwer. Unmutsbekundungen machten die Runde, stiegen in den herbstlichen Himmel auf. Sie gärten und brodelten und wurden immer lauter.

Er räusperte sich, unfähig, seine Rede fortzusetzen. Schaute sich nach Fluchtwegen um. Umzingelt, wie er war, gab es nicht allzu viele.

»Nein«, ertönte da eine Stimme inmitten der Menge. »Er ist kein Prophet.«

Die Widerrede wurde zurückgeworfen, das Gemurre war nun beinahe greifbar, ein Beben, das durch die Körper lief.

»Wie war das?« Eine Drohung von Gewalt schwang in der Stimme mit.

»Er ist überhaupt kein Prophet«, beharrte der Abweichler.

»Genau«, sagte Will.

»Er ist ein Gott!«, schrie der Abweichler.

Wills Mund klappte auf. Er wollte noch ein »Nein!« herausbekommen, die Menge aber kam ihm zuvor.

»Nein! Nein!«, schrie er zu spät, doch in dem neuerlichen Ausbruch konnte ihn niemand mehr verstehen. Abermals sah er zu Lette hin, doch die schüttelte nur den Kopf. Balur massierte sich die Stirn, und Quirk starrte fassungslos drein.

Diesmal bekam Will Angst, dass die Leute den Wagen zerstören würden. Er quietschte schon unter dem hysterischen Ansturm – ähnlich wie Wills Verstand. Hoffnungslos blickte er in die Gesichter. »Ich bin kein Gott«, sagte er leise. »Ich bin bloß ein Idiot, der sich bis zum Hals in Scheiße eingegraben hat.«

Ein kleiner Junge, der sich bis in die vorderste Reihe gezwängt hatte, stand vor dem Wagen und schaute zu ihm auf. In dem allgemeinen Chaos war er der Einzige, der Wills Worte verstand. Ihre Blicke trafen sich, und Will konnte sehen, wie alle Hoffnung, alle Freude, aus den Augen dieses kleinen Jungen wichen. An ihre Stelle traten Schrecken und Verzweiflung.

Er blickte weg. Auf Lettes Zügen stand der blanke Abscheu.

Er sah wieder den Jungen an. Dessen Lippen zitterten nun. Irgendwo tief in seinem Hals fand Will ein Lächeln und zwang es sich aufs Gesicht.

»Quatsch«, raunte er. »Ist schon okay. Ich bin ein Prophet, wenn du einen brauchst.«

Nach kurzem Zögern grinste der Junge. Will wandte den Blick ab.

29

Nachspiel

»Das lief ja hervorragend«, sagte Lette. »Wie wenn du dein bestes Stück übers Feuer gehalten hättest.«

Will ließ den Kopf hängen. Der Vergleich kam ihm ziemlich treffend vor. Allerdings … »Du hast doch die Leute gesehen – was hätte ich denn tun sollen? Wenn ich ihnen jetzt noch ihre Träume kaputtmache, machen sie mich gleich mit kaputt.«

»Verdienterweise«, brummte Balur.

Sie standen um Quirks thaumatischen Wagen versammelt. Die Menge hatte sich zu kleinen Grüppchen zerstreut, die sich unterhielten und für den Augenblick guter Dinge schienen. Wahrscheinlich würden sie guter Dinge bleiben, bis ihnen ein Drache ihre Lebenserwartung komplett vermasselte.

»Vielleicht hat es ja auch etwas Gutes.«

Alle sahen zu Quirk hinüber, die die Schultern zuckte. »Ich meine, wie viel Unheil kann Hoffnung schon anrichten?«

»Das kommt ganz darauf an, wie hoffnungslos vergeblich sie ist«, erwiderte Lette. »Und wie viele Drachen einen gerade verfolgen.«

»Aber stell dir mal vor, wir hätten es geschafft, ihnen alle Hoffnung zu entreißen. Hätte das denn irgendwas besser gemacht?«

Darauf ging Lette nicht weiter ein. »Jetzt wissen wir wenigstens, dass wir die Wahl haben: Entweder wir lassen uns von Drachen umbringen oder von einem wütenden Mob.«

»Drachen.« Balur nickte nachdrücklich. Dann aber, als nur Stille seinen Worten folgte, trat ein verletzter Ausdruck auf sein Gesicht. »Was? Das war doch die Frage, oder?«

Will war nicht bereit, dies hinzunehmen. Es war einfach nicht richtig. Schließlich hatten sie Mattrax besiegt, sie hatten sein Gold.

»Es muss noch eine dritte Möglichkeit geben.«

»Warum denn das?« Quirk klang aufrichtig interessiert.

»Weil die anderen beiden einfach scheiße sind.«

Ein zartes Lächeln spielte auf Lettes Zügen. »Da hat der junge Bauer nicht ganz unrecht.«

Will war sich sogar ziemlich sicher. »Wie können wir dem entgehen? Ich meine allem: diesen Leuten, dem Konsortium. Vielleicht können wir uns irgendwo eingraben, wo sie uns nicht suchen kommen.«

Balur grunzte. *»Begraben* wäre vielleicht richtigerweise ...«

»Halt die Klappe!«, unterbrach ihn Will, von seinem eigenen Rückgrat überrascht. Balur musste es ähnlich ergehen, denn statt Wills Kopf von besagtem Rückgrat zu pflücken, hielt er tatsächlich den Mund.

Auch Lette und Quirk schwiegen ihn skeptisch an.

»Das ist mein Ernst«, setzte Will nach.

Lette schaute erst die anderen an, dann ihn. »Ist wohl alles eine Frage des Goldes«, sagte sie mit verlegenem Achselzucken.

Will warf die Hände hoch. »Wir haben eine ganze Wagenladung Gold!«

»Eine stetig schrumpfende Wagenladung«, merkte Lette an.

»Wie kann das denn bitte nicht genug sein?« Er blickte zu den gestapelten Säcken hin und fand seine Frage mehr als berechtigt.

»Ich glaube, dir sind die Ressourcen des Konsortiums nicht bewusst«, belehrte ihn Lette mit alter Streitlust. »Du beschwerst dich doch gern, dass sich außerhalb Kondorras keiner um euch kümmert – nun, es gibt da eine Sache, die weiß wirklich jeder dort draußen: dass die Drachen hier noch reicher sind als die Götter. Dieser Vulkan, in dem sie gern rumhängen? Ich garantiere dir, der ist bis obenhin voll mit Gold. Mit so viel Gold können sie uns nicht bloß durch die ganze Welt jagen – sie können es sich auch leisten, noch ein paar Welten extra zu bauen, bloß zum Spaß.«

»Unser Arsch gehört ihnen.« Balur schien der Ansicht zu sein, dass es der rechte Zeitpunkt für farbenfrohe Vergleiche war. »Profitablerweise könnten sie einen Puff mit uns betreiben.«

»Wahrscheinlich gibt es auf der ganzen Welt nicht genug Gold – aber wenn, dann ist das unsere einzige Chance.« Will hatte Lette selten so überzeugt gesehen. »Nur Gold kauft uns ein Loch, das tief genug ist, dass wir uns darin verstecken können.«

Betreten schwiegen sie. Denn was sonst konnte man tun, wenn die Zukunft sich derart düster darbot?

Da klaffte auf einmal ein breites Grinsen in Balurs Gesicht. Zahn auf Zahn, scharf und blitzend, entblößt im späten Licht des Nachmittags

»Was?«, fragte Lette.

»Eine Frage des Goldes, hast du gesagt?«

Sie sah ihn misstrauisch an. »Genau.«

Balurs Grinsen wurde noch breiter. Er klatschte in die Hände. »Dann müssen wir eben folglicherweise noch einen Drachen erledigen!«

30

Sag niemals nie

»Nein.« Will kämpfte die aufsteigende Galle in seiner Kehle zurück. So was würde er nicht noch einmal machen. Auf. Gar. Keinen. Fall.

Lette umrundete die Gruppe in einem engen, kleinen Kreis. Ihr Blick wanderte von Balur zu Will und wieder zurück. Unmittelbar hinter dem Analesier blieb sie stehen und legte ihm die Hand auf die riesige Schulter. »Balur hat recht«, sagte sie zu Will und deutete ein leichtes Achselzucken an. Fast eine Entschuldigung. Fast, aber nicht ganz.

Will warf die Arme hoch. »Wie kann er recht haben?« Er zeigte zurück in die Richtung, aus der sie gekommen waren. »Wie kann ein derart hoher Blutzoll jemals gerechtfertigt sein?«

»Von einem streng akademischen Standpunkt aus betrachtet muss man sagen, dass der Blutzoll sogar bemerkenswert gering ausgefallen ist«, mischte sich Quirk ein.

»Das liegt daran, dass du dein Gewissen beruhigen willst!« Will stand kurz vor seiner persönlichen Belastungsgrenze. »Schließlich hast du am meisten Leute umgebracht! Mattrax hat keine Dörfler getötet – bloß wir, weil wir es gründlich versaut haben. Und jetzt bin ich für all diese Leute verantwortlich. Ich – nicht du.« Er zeigte auf Quirk. »Gleichgültig, wie sehr du es dir auch einredest: Ich bin derjenige, den alle anschauen. Und ihr verlangt ernsthaft von mir, dass ich diese Menschen in den sicheren Tod führe? Durch unsere Hand? Tja, aber – nein. Werd ich nicht tun. Das mache ich nicht. Ihr könnt euch alle mal verpissen.«

Stille kehrte ein. Vögel flatterten zwitschernd durch den Himmel. Das Laub der Bäume raschelte im Wind. Ein paar Leute in der Nähe drehten die Köpfe, um zu sehen, worüber sich der Prophet so aufregte. Will kümmerte das nicht. Scheiß auf sie alle.

Quirk studierte ihre Hände. Balur kratzte sich am Hinterkopf. Lette legte die Arme hinter den Kopf und streckte sich ungerührt.

Allmählich war es an der Zeit, diesen Leuten den Rücken zu kehren. Genau das tat Will nun.

»Du weißt, wie man's anstellen müsste, nicht wahr?«, rief Lette ihm nach. »Darüber haben Firkin und du auch geredet, stimmt's?«

Will schritt schneller aus.

31

Schaufelweise Stroh und Scheiße

Es war der Tag vor Wills siebtem Geburtstag gewesen. Er hatte gerade Bessies Stall ausgemistet und zwischen den Schaufelladungen von Stroh und Scheiße immer wieder Blicke zu Firkin hinüber geworfen.

»Du bist heut so schweigsam, Junge«, hatte Firkin nach zehn Minuten stiller Arbeit festgestellt.

Will hatte nichts erwidert.

»Ich hab nachgedacht – über das Problem, dass wir den Dörflern morgens die Feuerwurzel verfüttern müssten, das Schnappkraut aber erst abends zu Mattrax schaffen …«

»Pa sagt, bei deinen Plänen kommt immer nur Scheiße raus!«, platzte es aus Will hervor, als er sich nicht länger beherrschen konnte. Das verratene Geheimnis lastete zu schwer auf ihm. Sein Vater hatte es zwar nicht ganz so formuliert – aber so hätte es Firkin wohl selbst ausgedrückt und verstanden. Also konnte er es auch so sagen.

»Ah«, machte Firkin. Und noch einmal: »Ah.« Er nickte, dann schaufelte er eine weitere Ladung auf und trug sie zur Schubkarre. »Du hast ihm also davon erzählt?«

Will zuckte die Schultern. Ganz so war es ja nicht gewesen, aber er wollte es auch nicht erklären. Er wollte lieber, dass Firkin sich erklärte.

Doch Firkin schaufelte bloß weiter. Will hätte gedacht, dass er sich besser fühlen würde, wenn er es aussprach, aber er hatte sich getäuscht. Der Druck staute sich bloß immer weiter an, bis er vor lauter Wut und Enttäuschung zu platzen drohte. Er konnte fühlen, wie ein Schrei in ihm aufstieg, und hatte Angst, dass er weinen würde. Er wollte aber nicht, dass Firkin ihn weinen sah.

Da hielt Firkin inne und stützte sich auf seine Schaufel. »Wahrscheinlich hat er recht«, sagte er nachdenklich. »Wahrscheinlich hat er recht.«

Da wich der Druck von ihm, doch das Gefühl der Leere und des Verlusts, das darauf folgte, war noch schlimmer.

»Das heißt also, dass alles, worüber wir geredet haben ...«, Will suchte nach Worten, »... gelogen war?« Das Vokabular des Vertrauensbruchs war ihm noch unbekannt.

Vehement schüttelte Firkin den Kopf. »Nein, Will, nein. War es nicht. Und was dein Vater gesagt hat ...«

»Mein Pa ist kein Lügner!«, rief Will mit einer Treue, die ihn selbst überraschte.

Firkin stieß ein leises Lachen aus und griff nach seinem Flachmann. »Nein, Will. So viel ist gewiss, und das hab ich auch nie behauptet.« Er trank einen tiefen Schluck. »Dein Vater sagt schon die Wahrheit. Ich hab über die Jahre eine ganze Menge Pläne geschmiedet, und bei schrecklich vielen ist wirklich nur Scheiße rausgekommen. Heute leben wir in unserem Tal unter der Herrschaft von Arschlochdrachen – und zumindest teilweise ist das auch meine Schuld. Mein Plan ist nicht gut genug gewesen. Leider stimmt das.«

»Dann ist alles ... alles ...« Abermals suchte Will nach

Worten, als sein Blick auf die Schubkarre fiel. »Stroh und Scheiße?«

Firkin lachte, aber nicht sein normales, sondern ein trauriges Lachen. »Ich weiß nicht, Will. Vieles wohl schon – vielleicht sogar alles. Ich weiß es wirklich nicht. Das wusste ich bei meinen Plänen nie. Und wie gesagt, ziemlich häufig kam nur Scheiße dabei raus. Aber manchmal gab es auch Erfolge. Vielleicht nicht gerade oft – vielleicht nicht einmal oft genug, um von selten zu sprechen. Aber dennoch, es gab diese Erfolge, und jeder einzelne war ein großes Geschenk.« Er trank wieder. »Und was die Fehlschläge betrifft … manche waren auf ihre Weise auch ein Geschenk. Verstehst du, Will? Diese Pläne gingen nicht auf wie gedacht, aber irgendwas haben sie trotzdem bewirkt. Andere Dinge nämlich, auf die ich stolz bin. Ergibt das irgendeinen Sinn?«

Er wirkte verzweifelt, dort in den Schatten des Schweinestalls. Gar nicht mehr wie ein Erwachsener, sondern wie ein verängstigtes Kind. Für Will sah er beinahe aus wie ein Spiegelbild.

»Vielleicht.« Er spürte, wie die Enttäuschung und Wut von ihm abfiel. »Irgendwie schon.« Er war sich zwar nicht sicher, wollte aber daran glauben. Er wollte nicht, dass Firkin ein Lügner war.

»Danke.« Firkin trank und legte den Kopf tief in den Nacken. Dann schmatzte er mit den Lippen und steckte den Flachmann wieder weg.

»Also können wir Mattrax doch noch ausrauben?«, vergewisserte sich Will.

Firkins Lachen schallte durch den Stall. »Vielleicht schon – keine Ahnung. Wir können es jedenfalls *versuchen,* Will. Das ist das Schöne daran. Wir können es versuchen und auf den Erfolg hoffen, aber wer weiß schon, was am Ende herauskommt? Herrliches Chaos, Will. Am Ende könnte alles dabei rauskommen. Vielleicht können wir sogar das gesamte Konsortium ausrauben. Ich hab über alle von ihnen Nachforschungen angestellt: Mattrax und Dathrax und Kithrax und die ganze verfluchte Bande. Ich kann dir alles über sie erzählen. Wir können uns um alle kümmern. Pläne schmieden. Und dann …« Lächelnd griff er abermals nach dem Flachmann. »Herrliches Chaos.«

32

Wo es einen Will gibt …

Lette fand Will schmollend in einem Graben sitzen. Eine Weile beobachtete sie ihn aus der Ferne. Er hatte die Knie an die Brust gezogen, die Füße im Schlamm, und flocht einige Grashalme, die er gepflückt hatte.

Sie stellte fest, dass er ihr leidtat. Er mochte ein Narr sein, aber er war ein guter Narr. Selbst in diesem Augenblick beobachteten ihn sicher vierzig Leute, warteten nur auf den kleinsten Befehl. Doch er nahm sie gar nicht zur Kenntnis – weil er nicht das geringste Interesse daran hatte, Menschen zu benutzen. Und selbst, wenn sie ihm gerade bewusst wären, würde es ihm nie einfallen. Weil er – in nervenaufreibender Weise – der war, der er war: ein guter Narr. Götter, er hätte sogar ihr persönlicher Narr sein können, wenn sie es gewollt hätte.

Manchmal glaubte sie sogar, dass es sich so verhielt.

Allerdings wollte sie ihn auch benutzen.

Sie schüttelte sich. Das sollte doch leicht sein: Sie sollte zu ihm gehen, mit ihm reden, ihn von ihrer Sichtweise überzeugen und reich werden. Dasselbe würde ihr auch Balur raten, und er hätte recht damit. Sie machte etwas Einfaches unnötig kompliziert. Diese Kompliziertheit könnte sie das Leben kosten. Die Welt war ein brutaler und grausamer Ort; sie verlangte nach

Brutalität und Grausamkeit. Genau deshalb würde Will auch auf der Strecke bleiben.

Doch Lette konnte nicht anders, als sich zu wünschen, dass die Welt eine andere wäre.

Sie sah zu, wie Will sein kunstvolles Grasgeflecht begutachtete, es beiseitelegte und einen neuen Halm pflückte.

Da bemerkte Lette, dass sie selbst zu irgendeinem Zeitpunkt ein Büschel Gras aus dem Boden gerupft hatte. Es besaß aber keine Form, das Büschel war bloß ein Durcheinander geknickter Halme. Sie warf es weg und näherte sich dem Bauernjungen.

»Will.« Er zuckte zusammen, als er ihre Stimme hörte, drehte sich aber nicht zu ihr um. Sie trat näher, jeden ihrer Schritte setzte sie so vorsichtig, als pirschte sie sich an einen Hasen an, auf den sie es fürs Abendessen abgesehen hatte.

»Sie werden es tun«, sagte sie. »Das ist dir doch klar, oder? Ob mit oder ohne dich. Balur hat es sich jetzt in den Kopf gesetzt. Er wird versuchen, Dathrax auszurauben.«

Da schaute Will sie endlich an. *Dieser verdammte Hündchenblick.*

»Und das willst du jetzt mir aufladen«, riet er. »Stimmt's? Entweder ich helfe euch, oder ich bin schuld.« Er lächelte bitter.

Langsam trat sie noch etwas näher, bis sie am Rand des Grabens neben ihm stand. Sie verspürte den Wunsch, ihn in den Arm zu nehmen. Einen Augenblick lang setzte sie sich dagegen zur Wehr; Arbeit und Vergnügen gingen auch so schon gefährlich durcheinander. Dann aber gab sie dem Impuls ein Stück weit nach und legte ihm die Hand auf die Schulter. Sie spürte ein leichtes Zittern, als durchströmte ihn eine unsichtbare Kraft.

»Komm schon, Will. Das ist eine Chance für dich! Mattrax

war nicht der einzige Drache, dem die Leute scheißegal sind. Einer ist so schlimm wie der andere. Uns bietet sich die Möglichkeit, einen weiteren Schlag gegen sie auszuführen. Du hast die Chance, all den Leuten, die uns folgen, zu helfen.«

»Ich dachte, du hättest gesagt, dass sie ohnehin alle sterben.« Er fauchte sie nicht richtig an, redete aber schärfer als üblich mit ihr.

Dennoch nahm sie nicht die Hand von seiner Schulter. An diesem kalten Tag war er ein Quell der Wärme. »Stimmt«, gab sie zu. »Vielleicht werden sie das tun.« Sie merkte, dass Will ihre Verunsicherung spürte. »Wer weiß? Wenn wir genug Schaden anrichten ...«

Will lachte wieder, immer noch zynisch, inzwischen jedoch etwas näher an den wahren Gefühlen, die er, wie sie wusste, in sich barg.

»Du glaubst ernsthaft, dass wir das gesamte Drachenkonsortium stürzen können?«

»Ernsthaft?« Sie gestattete sich einen Anflug von Humor. »Nein.« Sie ließ das Wort eine Weile wirken. »Aber ich glaube, dass wir ihnen wehtun können. Ich glaube sogar, mit deiner Hilfe können wir ihnen etwas zum Nachdenken geben.«

Erst gab er keine Antwort, richtete sich nur etwas auf. Das war ein gutes Zeichen.

»Komm schon, Will. Du weißt, dass du uns helfen, dass du einen Unterschied machen kannst. Du weißt, dass du genau das tun willst.« Sie verstärkte ihren Griff. »Gib nicht der Furcht nach.«

Es war nicht das erste Mal, dass sie jemanden verführte – im Gegenteil. Nichtsdestoweniger war es eine der hässlicheren Gelegenheiten. Ihr Herz war nicht bei der Sache, zumindest nicht richtig, trotz des Lohns, der ihr am Horizont winkte … und ungeachtet Wills fester, straffer Muskeln.

Sie fragte sich, was da gerade mit ihr geschah. Bedeutete das, so wie es sich anfühlte, ein besserer Mensch zu sein? Diese Schwäche?

Will gab noch immer keine Antwort. Sie befeuchtete die Lippen. Spürte Worte, die sich tief in ihrem Inneren verbargen, doch keins davon trat hervor und präsentierte sich als das richtige. Sie mühte sich um ein warmes, neutrales Gesicht, doch innerlich fluchte sie. Gerade jetzt verlor sie ihn.

Will betrachtete das neue Grasgeflecht in seiner Hand. Sie fand, dass es wie ein unglaublich komplizierter Knoten aussah, dessen Anfang sich in seinem Ende verlor. Eine endlose, komplexe Schlaufe.

Er folgte ihrem Blick, und ein Lächeln brach durch die Wolken auf seinem Gesicht. »Die hat mir meine Mutter beigebracht: Ewigkeitsknoten. Sie hat meinem Vater einen geschenkt, als er um ihre Hand anhielt. Er trug ihn zur Hochzeit um den Hals.«

Sie war sich nicht sicher, in welche Richtung das Gespräch gerade lief, beschloss aber spontan, ihr zu folgen. »Das ist süß.« Ein aufmunterndes Lächeln.

»Irgendwann gehen sie aber kaputt.« Er warf den Knoten von sich. »Der Name ist scheiße.« Er schaute weg, starrte in das braune, schlammige Wasser am Grund des Grabens. »Diese Leute, die mir da folgen, sterben so oder so. Oder?«

Die abrupte Wendung traf sie unvorbereitet. Sie zögerte.

»Genau«, sagte Will. »Dachte ich mir.«

Sie schloss die Augen. Sollten doch die Götter draufpissen.

»Wenn wir davonlaufen, kriegen sie uns dran. Wenn wir uns verstecken, kriegen sie uns dran. Wenn wir gegen sie kämpfen … kriegen sie uns auch dran.« Mit jeder traurigen kleinen Einsicht wurde seine Stimme etwas leiser.

Sie fragte sich, wie sie diesen Rückschlag Balur erklären sollte.

»Also bestehlen wir sie.«

Sie blickte auf. Will sah sie an. Seine Augen waren nicht gerade hell, doch sie glaubte wieder ein Feuer darin flackern zu sehen. Mehr Wärme als in den letzten Tagen.

»Weil ihnen das wehtut«, fuhr er fort. »Auch wenn es langfristig vielleicht einen Scheiß bringt – eine kleine Weile können wir ihnen ans Bein pissen.«

33

Der Prophet des Profits

»Also dann«, sagte Will. »Das Ganze läuft folgendermaßen ab.«

Quirk wusste nicht, wie Lette es anstellte – aber was immer sie auch tat, immer war sie ziemlich gut darin.

Sie waren wieder auf dem thaumatischen Wagen unterwegs. Hinter ihnen auf der Straße zog sich die Prozession von Wills Gefolgschaft dahin, und zwar länger denn je – weitere dreißig Seelen hatten sich ihnen angeschlossen, während Will unentschlossen am Wegesrand gesessen hatte.

Quirk würde sich bald wieder um sie kümmern müssen. So viel wenigstens war sie ihnen schuldig.

Den Witwen.

Den Witwern.

Den Waisen …

Sie schloss die Augen, drängte die hervorkriechenden Gedanken zurück.

»Zunächst einmal: Firkin und ich, wir haben das nie richtig geplant. Er hat zwar die Fakten zu Dathrax geliefert, doch ein echter Plan ist nicht draus geworden. Von daher kann ich nur mit dem arbeiten, was er mir erzählt hat.«

In Quirks Ohren klang das eindeutig nach einer Empfehlung.

»Jetzt verrat uns endlicherweise den Plan«, drängte Balur.

»Vorspiel genug.« Immerhin, der Analesier war einer Meinung mit ihr.

Seufzend schüttelte Will den Kopf. »Dathrax lebt mitten im Athrilsee. Genauer gesagt auf einer Insel, die sich dort befindet. Allein. Keine Wachen, keine Festung.«

»Also ist er ein kompletter Vollidiot.« Balur klatschte in die Hände. Quirk spürte den Widerhall bis in ihren Magen.

»Er hat das alles nicht, weil er's nicht braucht«, entgegnete Will. »Der Athrilsee ist die Heimat der Leviathane.«

Das erregte Quirks Aufmerksamkeit. Sie nahm den Blick von der Straße mit ihren Miniaturlandschaften aus Pfützen und Furchen. »Leviathane?«

Will grinste. »Dachte ich mir, dass dir das gefällt.« Mit einem Blick zu Lette fuhr er fort. »Monsterfische. Niemand ist sich richtig sicher, wo sie herkommen – viele sagen aber, dass es früher ganz normale Fische waren. Dann aber gerieten immer mehr Abfälle von Dathrax' Mahlzeiten in den See, und die Fische wurden immer fetter und größer. Und je größer sie wurden, desto mehr fanden sie Gefallen an Fleisch.«

Quirk hatte genug Schauergeschichten gehört, um eine zu erkennen, wenn man sie ihr auftischte. Andererseits: Nur weil Wills Ursachenforschung danebenlag, hieß das noch nicht, dass Leviathane nicht existierten oder Quirk kein Interesse an ihnen hätte. Vielleicht konnte sie ja ihren wahren Ursprung ergründen. Vielleicht konnte sie ihre Fressgewohnheiten studieren, ihr Paarungsverhalten und dem Geheimnis ihrer Existenz Schuppe für Schuppe, Muskel für Muskel zu Leibe rücken.

Eine Erinnerung an Mattrax' Höhle blitzte in ihr auf: Wie sie die Hand ausgestreckt hatte, die Drachenschuppen waren nur um Haaresbreite außer Reichweite. Dann, wie sie fiel, und der Moment ihr verwehrt wurde.

Die Witwen.

Die Witwer.

Die Waisen …

»Moment mal«, unterbrach Balur ihre Innenschau. »Der See ist also voll mit diesen Riesenkillerfischen.«

Will nickte. »Den Leviathanen. Genau.«

»Und gibt es da nicht auch ein Fischerdorf?«

»Stimmt ebenfalls. Eher sogar eine Stadt.«

»Da frage ich mich doch, ersetzen sie ihre Fischer täglicherweise? Oder gehen nur Fischer mit Selbstmordabsichten da hin?«

Will verdrehte die Augen, obwohl Quirk die Frage durchaus berechtigt fand. »Die Leviathane leben im tiefen Wasser. Sie sind *groß*. Solange die Fischer in Ufernähe bleiben und bloß kleine Fische fangen, ist alles in Ordnung. Die Schwierigkeiten fangen erst an, wenn man zur Insel will.«

»Wie kommt man dann zur Insel?« Lette schaute Will gebannt an. Diese keineswegs reservierte Offenheit sah ihr gar nicht ähnlich.

»Die Sache ist die: Dathrax ist ein gieriger Scheißkerl, so wie alle Drachen. Aus dem Umland treibt er haushohe Steuern ein. Dazu braucht er eine Garnison mit Soldaten. Da er ein Drache ist, ist er aber auch ein fauler Drecksack und will sich nicht mit jeder kleinen Münze abgeben, die bei ihm eintrudelt. Viel Arbeit für einen Riesenhaufen schuppiger Scheiße wie ihn. Nein, am liebsten ist es ihm, wenn sein Gold als schöner großer Berg zu ihm kommt. Von daher lagert es das ganze Jahr über in der

Garnison von Athril, bis es Zeit für den jährlichen Zug über den See ist.«

»Und was machen die Soldaten dann mit den Leviathanen?« Lette hatte sich vorgebeugt und das Kinn auf beide Hände gestützt. Hätte Will ihr in diesem Augenblick ein paar Bonbons angeboten, sie hätte ihm wahrscheinlich aus der Hand gefressen. Quirk fragte sich, ob das Liebe war oder doch eher Gier. Vernarrtheit vielleicht?

Quirk musste sich eingestehen, dass romantische Verstrickungen nicht gerade ihr Fachgebiet waren. Ihre Kindheit und Jugend hatten so was nicht hergegeben. Zärtlichkeit und menschliche Wärme waren ihr wie so vieles verwehrt geblieben.

Und später … nun, da war sie zu beschäftigt mit der Aufarbeitung einer solchen Kindheit gewesen, um sich auf irgendwelche Liebeleien einzulassen, gleichgültig wie viele Studenten und Lehrkräfte sich für das wilde junge Ding interessiert hatten, das der Dekan da angeschleppt hatte.

Und heute? Heute hatte sie sich hinter ihrer Arbeit verschanzt. Ihre Studien halfen ihr, sich zu konzentrieren. Konzentration verlieh ihr Kontrolle. Und sie konnte es sich nicht erlauben, sich von irgendetwas ablenken zu lassen.

Witwen.

Witwer.

Waisen …

»Die Garnison benutzt ein schwer gepanzertes Boot, um die Steuern zu Dathrax zu schaffen.« Die Aufmerksamkeit, mit der Will Lette bedachte, stand der ihren in nichts nach. »Die Leviathane greifen es zwar an, können sich aber nicht durchbeißen.«

Wie er es erklärte, klang alles so einfach. So übersichtlich.

Quirk versuchte, sich nicht weiter hineinziehen zu lassen. So war es ihr schon letztes Mal ergangen, als Will seinen Plan präsentiert hatte.

Und dann war es doch nicht ohne Verluste abgelaufen.

Die Witwen.

Die …

Sie schüttelte sich und versuchte, die Litanei zu durchbrechen. Sie durfte jetzt nicht in Selbstmitleid baden. Half das alles wirklich den Menschen, die ihnen folgten? Quirk hatte angenommen, dass Lette Will mit genau diesem Versprechen geködert hatte. Und sie glaubte Will auch, dass ihm die Menschen wichtig waren. Er mochte nicht um die Verantwortung gebeten haben, doch er schien anständig genug zu sein, die Rolle als Fürsorger ernst zu nehmen. Wie weit würden Lette und Balur gehen, um ihn in Versuchung zu führen?

Und wie stand es mit ihr selbst? Betrachtete sie dies tatsächlich als Chance, den anderen zu helfen? Oder ging es ihr nur um die Gelegenheit, einen weiteren Drachen zu sehen?

Vielleicht sollte sie sich aber gar nicht weiter den Kopf hierüber zerbrechen, sondern lieber über den erheblichen Stress und die damit verbundenen Risiken nachdenken. Woher wusste sie, dass sie nicht wieder zu einer Gefahr für ihre Umgebung wurde? Konnte sie die Sicherheit aller wirklich garantieren?

Klar, lautete die spontane Antwort, die ihr dazu einfiel. *Selbstverständlich.*

Allerdings … hatten die Ereignisse in Mattrax' Höhle nicht bewiesen, dass ihre spontanen Antworten, gleichgültig, wie oft sie sie wiederholte und wie tief sie sich in ihren Kopf eingruben, selten der Weisheit letzter Schluss darstellten?

Wer aber war sie dann? War sie immer noch dieses arme, wilde Ding, das man aus dem tiefsten Hinterland in die Zivilisation geschleppt hatte? Sie schauderte und versuchte, die Fragen in ihrem Geist zu betäuben.

»Geht es dir gut?«

Quirk registrierte, dass Will sie anstarrte. Sie schüttelte sich abermals, nun aber weniger heftig. »Mir geht's gut. Bloß dieses Frösteln, nichts weiter.«

Immer noch sahen alle sie an. Es wurde Zeit, ihre Aufmerksamkeit auf andere Dinge zu lenken.

»Eine schwer bewachte Garnison ist also leichter auszurauben als ein Drache?« Womöglich war das sogar richtig, auch wenn der Unterschied nur graduell sein dürfte.

»In der Garnison liegt lediglich das Gold, das sich das Jahr über ansammelt«, sagte Will. »Der eigentliche Schatz befindet sich bei Dathrax auf seiner Insel.«

»Gewisserweise also hinter den Leviathanen?«, fragte Balur.

»Hinter den Leviathanen«, bestätigte Will.

»Dein Plan sieht demnach vor, dass wir einen See voller tödlicher Riesenfische überqueren?«, hakte Balur nach.

»Genau.«

Darüber musste Balur kurz brüten. »Ich weiß, wir reden noch nicht detaillierterweise – aber momentan würde ich sagen, dein Plan klingt etwas scheiße.«

Quirk war geneigt dem zuzustimmen. Doch sie hätte jeden Plan, dessen Hindernisse eine kleine Privatarmee, einen See voller Monsterfische und eine von einer enormen feuerspeienden Echse bewohnte Insel umfassten, als bestenfalls fragwürdig bezeichnet.

»Lasst den Bauernjungen besser mal ausreden«, sagte Lette.

Doch Quirk war mit den Gedanken schon wieder woanders. Sie dachte an die Säcke voller Gold. Das Versprechen der Freiheit vom Konsortium. Und das war noch längst nicht alles, was dieser Reichtum verhieß.

Wollte sie überhaupt reich sein? Sie hatte sich noch nie ernsthaft Gedanken darüber gemacht. Geld spielte in ihrem Leben keine echte Rolle. Die Universität gewährte ihr ein Stipendium, von dem sie sich Essen und gelegentlich auch neue Kleider kaufte, wenn die alten mehr Löcher aufwiesen, als die Gesellschaft zu tolerieren bereit war. Sie musste noch nicht einmal für ihre Bücher bezahlen. Selbst die Ausrüstung für ihre Reise war ihr gestellt worden. Die Universität sorgte für sie.

Wissen dagegen – das war das, was sie wirklich wollte. Und das befand sich auf der anderen Seite des Sees, auf dieser Insel.

Will grinste. »Also dann. Welcher Teil unseres letzten Plans hat denn tatsächlich funktioniert?«

»Wir haben das Gold bekommen.« Lette tätschelte einen der Säcke.

»Schon. Nur hat sich daraus dieses ganze alberne Gefolgschaftsproblem ergeben.« Will warf einen flüchtigen Blick über die Schulter, wohl des dramatischen Effekts zuliebe. Keine Spur mehr von dem übellaunigen Will, der vorhin noch mürrisch davongestürmt war. »Meiner Meinung nach war das mit dem Schnappkraut das, was am ehesten so wie gedacht ablief: Wir haben es der Kuh eingeflößt, die Kuh dem Drachen serviert, und der Drache schlief so tief und fest, dass er nicht mal mitbekam, wie Balur ihn erledigte.«

Ungemütlich rutschte Balur hin und her. »Zählt trotzdem«, grunzte er.

»Aber sicher zählt das«, bekräftigte Will gutmütig.

»Also betäuben wir auch Dathrax«, sagte Lette, als hakte sie den Punkt auf einer Liste ab.

»Allerdings. Und diesmal besteht auch kein Anlass, ihn zu töten und es uns noch mehr mit dem Konsortium zu verscherzen.«

Quirk fand, dass das etwas zu zuversichtlich gedacht war ... aber immerhin böte sich ihr damit eine weitere Gelegenheit, einen bewusstlosen Drachen zu studieren. Diesmal sogar einen lebenden.

Unwillkürlich begann ihr Herz schneller zu schlagen.

»Und wie kriegen wir den Trank in ihn rein?«, fragte sie.

»Dazu kommen wir gleich. Also Dathrax, genau wie Mattrax ...«

»Moment mal«, unterbrach Balur. »Mattrax und Dathrax? So heißen die wirklich?«

Will zuckte die Achseln. »Ich hab immer nur davon geträumt, sie auszurauben. Über ihre Namensgebung weiß ich nichts.«

Was eigentlich sehr schade war, fand Quirk.

»Also weiter.« Will versuchte, das Gespräch zurück aufs Thema zu lenken. »Was ich gerade sagen wollte, ist, dass Dathrax gern herumfliegt und sich alles, was er so beherrscht, von oben ansieht.«

»Dann gehen wir also stehlenderweise auf seine Insel, während er fliegenderweise unterwegs ist?«

»Nein«, servierte Will den Analesier ungerührt ab. »Dazu

reicht uns das Zeitfenster nicht. Wir wissen doch mittlerweile, wie lang es dauert, einen Wagen mit Gold zu beladen.«

Sechs Stunden – das wusste Quirk sogar ziemlich genau. Sechs glorreiche Stunden, in denen sie Mattrax hatte untersuchen können. Ob sie diesmal vielleicht noch länger Zeit haben würde? Wenn Dathrax ganz allein lebte – wie oft mussten seine täglichen Rundflüge wohl ausfallen, ehe seine Soldaten Verdacht schöpften? Wenn sich seine Herrschaft wie bei Mattrax einzig und allein auf Furcht begründete, konnte es eine ganze Weile dauern, bis jemand nachschauen kam. Quirk könnte genug Trank für mehrere Tage brauen …

»Dennoch können wir uns seine Ausflüge zunutze machen«, unterbrach Will ihre Träumereien. »Wenn Dathrax unterwegs ist, hält er nämlich auch nach Kühen Ausschau, die er fressen kann. Oder nach Menschen zum Terrorisieren.«

Lette grinste. »Er frisst Kühe? Dann vergiften wir wieder eine Kuh. Ist doch klar.«

»Nein.« Selbst Lette gegenüber trat Will nun mit Autorität auf. Er fing allmählich an, seine Macht zu genießen – vielleicht sollte ihr das Sorgen bereiten. Doch der Gedanke an diese Insel, die Zeit, die ihr dort zur Verfügung stand …

»Wir wissen ja nicht sicher, welche Kuh sich Dathrax rauspickt. Und wir können nicht jede einzelne Kuh um den ganzen See herum vergiften. Das ist einfach nicht möglich. Also, was ist das Einzige, das Drachen noch mehr lieben als Kühe und Machtspielchen?«

Fast erinnerte er Quirk an einen Lehrenden, der mit vollem Elan und Einsatz eine Vorlesung über sein Lieblingsthema hält.

Balur wollte etwas sagen.

»Gold«, fiel Will dem Analesier wie erwartet ins Wort, bevor der auch nur ein einziges Wort aussprechen konnte. »Sie lieben Gold. Wenn Dathrax Gold sieht, wird er sich sofort darauf stürzen.«

Einen Moment lang herrschte Schweigen. Und zu ihrer eigenen Überraschung schwieg Quirk mit einem Lächeln auf den Lippen, denn Wills Gedankengang entbehrte nicht einer gewissen Genialität. Sie sah es in Balurs Entsetzen, in Lettes Erkenntnis, dass sie die Zügel vielleicht etwas zu locker gelassen hatte, und auch in Wills immer breiterem Grinsen. Es hatte ihn einiges gekostet, so weit zu kommen, aber sie alle würde es ebenfalls einiges kosten – und das wusste er. Er hatte geahnt, wie ihre Reaktion ausfallen würde.

»Wir sollen ihm unser Gold geben?« Balur klang jetzt beinahe zaghaft. Denn sie waren Will samt und sonders ausgeliefert. Hatten alles auf ihn gesetzt.

»Wir verwenden unser Gold als Köder.« Will blieb ebenso gnadenlos wie gelassen.

»Aber wenn ein Fisch sich fressenderweise den Köder schnappt, dann ist der Köder weg«, stellte Balur fest.

Will grinste weiter. »Wohin wird Dathrax das Gold denn bringen? Zu seiner Insel natürlich. Und wohin gehen wir?«

Balur lebte auf. »Die Antwort kenn ich!«

»Wie sollen wir da hinkommen?« Zu diesem Punkt hätte Quirk gern noch eine Erläuterung.

»Ah.« Mit leuchtenden Augen sah Will erst sie, dann Lette an. »Ratet mal, wer sich zwischen all dem Gold versteckt, mit massenhaft Schnappkraut bewaffnet?«

Balur öffnete den Mund. Und schloss ihn wieder.

Selbst Quirk sah sich genötigt, die Brauen zu heben. »Dein Plan lautet, dass wir uns zwischen unserem Gold verstecken?« Das Konzept an sich war nicht sonderlich schwer zu verstehen. Der Gedanke allerdings, dies tatsächlich zu tun ... das war ein bisschen, wie sich einen Zahn an den Türknauf zu binden, um die Tür dann zuzuknallen. Jeder hatte schon mal davon gehört, aber wer hatte es wirklich je ausprobiert? »Du willst dich von Dathrax persönlich zur Insel tragen lassen?«

Wenigstens hatte Will den Anstand, an dieser Stelle etwas verlegen zu wirken.

»Na ja«, wand er sich. »Genau genommen ... Lette und mich.«

Diesmal schaffte es Quirk, die Augenrollerei zu unterdrücken.

»Was?« Ein Grollen erwachte in Balurs Stimme – die Saat des Zorns. »Du willst mir erneuterweise den Todesstoß stehlen? Mir meinen gerechten Ruhm streitig machen?«

»Nein, nein, nein.« Erstmals seit Längerem kam Will ins Straucheln. »Der Grund, weshalb nur Lette und ich gehen ... also eigentlich sind es zwei Gründe: Zunächst mal sind sie und ich klein genug, dass wir gemeinsam in eine Schatztruhe passen. Das bist du nicht. Und dann ist das Problem auch gar nicht mal, auf die Insel zu kommen ...«

»Ach nein?« Lette klang, als bereute sie das in Will gesetzte Vertrauen mit jeder Minute mehr.

»Das Problem ist, wieder runterzukommen.« Er schenkte Balur ein Lächeln. »Weshalb du das Panzerboot der Garnison für uns stehlen müsstest.«

34

Des toten Manns Kiste

Lette hatte schon viele Entscheidungen in ihrem Leben bereut. Zum Beispiel einen Räuberprinzen – von dem sie sehr genau wusste, dass ihm zehntausend Mann unterstanden – zu fragen: »Du und welche Armee?«. Das Techtelmechtel mit einem Halbtroll zählte ebenfalls dazu. Oder damals, als sie Balur kochen ließ. All das hatte sie auf ihre Liste-der-niemals-zu-wiederholenden-Dinge-selbst-wenn-Balur-mir-wieder-mit-einem-Curry-droht gesetzt. Zog man ihren Lebenswandel in Betracht, hatte sie es jedoch eigentlich geschafft, diese Liste bemerkenswert knapp zu halten. Viele ihrer einstigen Kollegen waren im Laufe der Jahre nicht halb so gewissenhaft vorgegangen – und waren heute nicht halb so lebendig wie sie.

Und trotz ihrer weitreichenden Erfahrung und des langen Wegs, der hinter ihr lag, wurde sie das nagende Gefühl nicht los, dass dieser besondere Einsatz der letzte Nachtrag zu ihrer Liste werden würde.

Die Schatztruhe ruhte in der Mitte einer breiten Lichtung. Das beste Wort, das Lette zu ihr einfiel, war *beträchtlich.* Eine Konstruktion aus Eichenholz und Eisenbeschlägen, sechs Fuß lang und fünf Fuß breit. Sie hatte einem Bauern gehört, der seine sämtlichen Besitztümer darin verwahrt hatte; sein Pferd hatte sich bei dem Versuch, seinen Wagen mit dem Ding darauf zu ziehen, fast den Rücken ruiniert. Die Kiste strahlte eine Aura des Alters und der jahrelangen Nutzung und Pflege aus. Ein lieb gewonnenes Familienstück, das man nicht gern zurückließ. In das Holz waren sogar kaum noch lesbare Initialen geritzt. Und trotzdem hatte der Bauer seine Sachen kurzentschlossen in den Wagen geleert und die Kiste Will überlassen, als dieser sich danach erkundigt hatte. Tatsächlich hatte der Bauer sogar glücklich dabei gewirkt. Seine Frau hatte immer wieder betont, was für eine Ehre es sei, und ihre großäugigen Kinder hatten Will wie zwei Mondkälber angestarrt.

Will war die ganze Sache ziemlich peinlich gewesen, wenngleich vielleicht nicht ganz so peinlich, wie es ihm vor einer Woche noch gewesen wäre.

Nun stand er über die Kiste gebeugt, ganz und gar in seine Vorbereitungen vertieft.

»Wenn ich das nicht überlebe«, erklärte Lette, »dann bist allein du daran schuld.«

Will schaute erschrocken auf, denn er hatte sie gar nicht gehört. Er war einfach unmöglich – obwohl sie sich wie eine Löwin unter Lämmern vorkam, war sie anscheinend die Einzige, die sich Sorgen machte.

»Uns sollte eigentlich nichts passieren«, sagte Will so arglos wie der junge Tag. »Ich habe die Truhe mit so viel Stoff gepolstert, wie ich kriegen konnte. Bei einem wirklich tiefen Sturz würde uns das zwar auch nichts nutzen, aber immerhin ist es besser als nichts. Und das Holz ist fast fünf Zoll dick – Dathrax wird es nicht durchbeißen, wenn er die Kiste aufsammelt. Quirk hat das genau berechnet. Aber Dathrax will die Kiste ja auch gar nicht zerstören. Balur und Quirk werden sicherheitshalber noch hübsche Dinge an den Ecken drapieren, ein paar Halsketten oder so.«

Um die Kiste verteilt lagen ihre Goldsäcke. Einige hatten sie so weit geöffnet, dass das Gold in der Sonne glänzte. Der Anblick bereitete Lette fast physische Schmerzen. Das alles wollten sie aufgeben, einfach so?

Natürlich wusste sie, weshalb – rational betrachtet war ihr klar, dass es eine Investition darstellte. Einen Weg, ihren Profit zu verdoppeln. Dennoch tat es ihr in der Seele weh. Es fühlte sich wie eine weitere sehr schlechte Entscheidung an.

»Und wenn jemand anders vorbeikommt?«, fragte sie. »Jemand, der nicht Dathrax ist?«

»Dann wird Balur ihn schon abschrecken.« Will widmete sich wieder der Kiste.

Staunend hob Lette eine Braue. Sie bezweifelte, dass Will begriff, was Balur mit »abschrecken« meinte. Ein Teil von ihr – ehrlich gesagt der Großteil – hoffte es fast. Sie wollte Will nicht so schnell korrumpieren. Im Grunde wollte sie das überhaupt nicht.

Da musste sie lächeln. Sie hatte Will zwar die Rolle des Kultführers und kriminellen Superhirns aufgedrängt, wollte ihn aber nicht korrumpieren? O Götter!

Will bemerkte ihr Lächeln und zog die komplett falschen Schlüsse daraus. »Siehst du? Das ist die richtige Einstellung!«

Ihr Lächeln hielt an. So liebenswert in seiner Naivität. Sie versuchte dem Moment mit Sachlichkeit entgegenzuwirken. »Bist du dir ganz sicher, dass es eine gute Idee ist, all diese Leute in der Obhut von Balur und Firkin zu lassen? Du weißt doch, was letztes Mal dabei herauskam.«

Er zuckte die Achseln: »Diesmal ist ja auch Quirk dabei.«

Lette lachte lauthals auf. »Ja klar – weil sie uns bereits bewiesen hat, wie ausgeglichen sie ist!«

Will wich ihrem Blick aus. »Ich dachte nur, dass es besser wäre, wenn Dathrax schon bewusstlos ist, sobald Quirk die Insel betritt.«

Vielleicht war er ja doch nicht so naiv. Oder machte wenigstens Fortschritte.

Die Rettung vor weiteren Überlegungen dieser Art kam in Gestalt von Quirk persönlich, ihren thaumatischen Wagen im Schlepptau. »Ich glaube, ich habe alles, was du brauchst«, sagte sie fröhlich.

Fröhlichkeit machte Lette regelmäßig misstrauisch. Den meisten Leuten schien diese Eigenheit von ihr unangenehm zu sein; doch nach einer gewissen Anzahl schiefer Blicke begann man nach oben gezogene Mundwinkel einfach mit der Notwendigkeit zu assoziieren, einen Mann von seiner Männlichkeit zu entbinden.

Der thaumatische Wagen kam neben Will zum Stehen. Vorsichtig begann Quirk mit dem Ausladen von Glaswaren.

»Was ist das denn?«, fragte Lette, obwohl sie die Antwort bereits kannte. Nur war sie gerade im Begriff, in ein geschlossenes Behältnis zu steigen und sich von einem Drachen durch die Lüfte werfen zu lassen. Die Dreingabe mehrerer zerbrechlicher Flaschen starken Betäubungsmittels zu diesem bereits ausgesprochen prekären Durcheinander erfüllte sie nicht gerade mit Hochgefühl.

»Schnappkrauttrank«, erklärte Quirk, und dann ging ihr ein Licht auf. »Ach so, das Glas? Ja, ich weiß, ist nicht ideal, aber was anderes hat mir die Universität nicht mitgegeben.«

Die Thaumatobiologin sprach mit so viel Lässigkeit, dass sie sich damit womöglich erdrosseln ließe, überlegte Lette. Doch sie hielt sich zurück und fragte eisig: »Was, wenn uns Dathrax fallen lässt?«

»Die Polsterung«, erinnerte sie Will, ohne allzu überzeugt zu wirken.

Lette nickte. »Wunderbar. Wenn ich also nicht zu Tode stürze, zerquetscht oder gefressen werde, besteht noch die Chance, an giftigen Dämpfen zu ersticken.«

Will sah sie wieder mit seinem Hündchenblick an, doch sie stellte fest, dass sie das nicht länger erweichen konnte. Stattdessen zeigte sie mit dem Finger auf ihn. »Sag deinen dummen Anhängern, wir brauchen ein paar Wasserschläuche. Jetzt gleich!«

»Das kannst du nicht machen!«, brauste Quirk auf. »Diese Leute sind mit uns auf der Wanderschaft. Da sind sie darauf angewiesen, so viel Wasser wie möglich mitzunehmen, wenn wir an einem Fluss oder einer Quelle vorbeikommen. Das ist für unser aller Gesundheit unabdingbar!«

Lette spürte die Klinge schon in ihrer Hand, noch bevor Quirk überhaupt zu Ende gesprochen hatte. Und es waren nicht bloß die Worte … es war irgendetwas am Tonfall der anderen Frau.

Ich warte die ganze Zeit, wurde ihr klar. *Ich warte nur darauf, dass sie durchdreht.*

Und noch eine andere Erkenntnis folgte dieser ersten auf den Fuß: *Und wenn das passiert, werde ich sie umbringen.*

Aber jetzt noch nicht. Quirk schaute Will flehentlich an. Und Lette wollte Quirk nicht vor Wills Augen aufschlitzen. Es brauchte noch eine Weile, ehe er dieses Maß an … Pragmatismus akzeptieren würde.

Verlegen spielte Will mit seiner dämlichen Polsterung. »Eigentlich bitte ich die Leute nicht so gern um irgendwas. Es fühlt sich dann zu sehr danach an, als huldigten sie mir. Und ich fürchte, das bestärkt sie bloß in ihrer Vorstellung, dass ich eine Art Held bin oder so.«

»Du meinst diese Vorstellung, die sie davon abhält, dich als Betrüger in Stücke zu reißen? Ja, kann ich absolut nachvollziehen, dass du sie in einer solchen Vorstellung keinesfalls bestärken wollen würdest.«

»Es hieße, sie auszunutzen ...«

Sie mühte sich, ruhig zu atmen. »Dein ganzer Plan hängt davon ab, dass Firkin sie in Athril dazu benutzt, die Aufmerksamkeit schwer bewaffneter Truppen auf sich zu ziehen! Da ist es etwas spät, sich über Ausbeutung zu sorgen.«

»Sie haben doch Balur«, protestierte Will.

Lette versuchte nicht zu lachen. »Möglicherweise überschätzt du Balurs Motivation, irgendjemand anderem als sich selbst das Leben zu retten.«

»Ich passe ebenfalls auf sie auf.« Quirk schien unschlüssig, ob sie sich übergangen fühlen sollte oder nicht.

»Willst du ihnen etwas Fleisch braten?«, schnappte Lette. »Oder gleich sie selbst?«

In Quirks Augen blitzte etwas auf, und für einen kurzen Moment erahnte Lette echte Qual. Es war der Blick von jemandem, dem man gerade die Atemwege durchtrennt hatte, sodass die Luft mit einem Pfeifen aus der Lunge entwich. Da war sie sehr froh, den Dolch schon in der Hand zu haben – denn vielleicht würde sie gleich genau dasselbe mit Quirk anstellen müssen ... wenn sie Pech hätte, während sie bereits brannte.

Da wirbelte Quirk auf dem Absatz herum und marschierte davon. Nach kurzem Zögern folgte auch ihr Wagen mit einem fast entschuldigendem Schwanken, als ob ihm die ganze bedauerliche Konfrontation peinlich wäre.

»Das war ein bisschen gemein«, sagte Will und schaute endlich von seiner Kiste auf. Lette stellte fest, dass er bereits die Flaschen verlud. War ihm klar, dass er sie in der Defensive hatte?

»Diese Leute sind ihr wichtiger als wir.« Besserer Mensch hin oder her, Lette hatte nicht das geringste Interesse daran, für ein höheres Gut oder etwas in der Art zu sterben.

Will schien sich nicht daran zu stören. »Sie kennt uns kaum länger als die anderen, und wir können selbst auf uns achtgeben.«

Lette studierte skeptisch die Kiste. Das Ganze überzeugte sie immer weniger.

Will erriet ihre Gedanken und musste grinsen. »Ach, komm schon, probier sie mit mir aus!« Dann stützte er sich auf die Kante, schwang sich hinein und landete im Schneidersitz.

Lette verdrehte die Augen, tat es ihm dann aber gleich und landete ihm gegenüber. Es war nicht schrecklich eng, aber auch nicht gerade geräumig. Und sie war sich vollkommen im Klaren darüber, dass nur hauchdünne Glaswände sie vor dem Trank in den zerbrechlichen Flaschen überall ringsum schützten.

»Ah«, gurrte eine Stimme über ihnen. »Die Turteltauben in ihrem Liebesnest.«

»Balur«, erwiderte Lette freundlich. »Wenn deine Eier groß genug wären, würde ich sie dir abschneiden und als Entspannungskugeln verwenden.«

Balur nickte. »Das liegt an deinen komischen Männerhänden.

Darin wirken selbst die größten Dinge täuschenderweise ganz klein.«

Die Beleidigung hätte Lette nicht weiter gestört, wenn Will bei Balurs Worten nicht einen raschen Blick auf ihre Hände geworfen hätte.

»Na ja. Wenn irgendjemand Fachmann für Männerhände an seinen Eiern ist ...«

Sie kam nicht dazu, den Satz zu beenden. Balur beugte sich über die Kiste, lächelte so freundlich, wie sein Maul voller Reißzähne es zuließ, und schlug den Deckel über ihnen zu. In dem engen Raum traf sie der Knall wie ein Hammerschlag. Will kauerte sich zusammen wie ein Kind, die Hände über den Ohren.

»Zeit loszulegen«, hörte Lette Balurs gedämpfte Stimme. »Nachmittäglicherweise macht Dathrax seinen Ausflug.«

Die Kiste mochte aus fast fünf Zoll dicker Eiche bestehen, doch Lette war zuversichtlich, dass er ihren Ruf »Arschloch!« noch hören konnte.

35

Über allem

Hoch am Himmel über dem Athrilsee kreiste Dathrax mit ausgebreiteten Schwingen. Er spürte das zarte Spiel der Aufwinde, die ihn liebkosten und emportrugen. Dieselbe alte Leier. Ja, verglichen mit ihm war selbst der Wind armselig. Er hatte ihn rechtmäßig unterworfen und überflügelt. Er ritt ihn wie ein Ross, sein persönliches Nutztier.

Ein Vogel flatterte vorüber und ignorierte in unverschämter Weise seine Überlegenheit. Er schnappte ihn sich aus der Luft, ein kaum merklicher Happen. Er hasste Vögel. Möchtegernrivalen, die im Vergleich ...

Er musste heftig husten. Funken tanzten in der Luft.

Keuchend flatterte er höher, den Wolken entgegen. Die Wolken hatten ihm nichts entgegenzusetzen. Nur faden Dunst. Er pisste auf die Wolken. Er pisste ...

Er musste wieder husten. Die Federn dieses gottverfluchten Vogels steckten ihm im Hals und kitzelten. Begleitet wurde das Husten von einem weiteren kraftlosen Funkenregen. Er spannte den Hals und stieß ein bellendes Husten, fast schon ein Furzen aus. Federn sprühten von seinen Lippen, begleitet von einer kleinen schwarzen Wolke. Ärgerlich flatterte er weiter und ließ beides hinter sich.

Er war sich nicht mehr sicher, wann er sein Feuer eingebüßt

hatte. Er hatte es schon eine Weile nicht mehr verwendet. Als er noch jünger gewesen war … ach, damals! Da hatte er noch alles in Brand gesteckt. Als er und der Rest des Konsortiums Gefallen am Tal von Kondorra gefunden hatten – da hatte eine gewaltige Feuerwolke ihr Kommen verkündet. Die Welt war unter ihnen erstrahlt und hatte sie in Licht gebadet. Kein Baum hatte ihnen getrotzt. Kein Feld war unversengt geblieben. Er war majestätisch gewesen, stattlich, durch und durch potent. Manchmal, wenn ihn Würdenträger aus dem benachbarten Vinland oder Batarra besucht hatten, waren die Flammen einfach aus ihm herausgebrochen. Eine große, unkontrollierbare Eruption. Dafür hatte man ihn gekannt. Sein Feuer war ein echtes Gesprächsthema gewesen.

Dann aber, im Laufe der Zeit, hatte er es einfach nicht mehr gebraucht. Die Bevölkerung war unterwürfig und feige gewesen. Das Gold floss widerstandslos in seine Truhen. Furcht und Gewohnheit hatten ihm den Weg bereitet. Er hatte sich auf seine Insel zurückgezogen, sich Kühe in den Rachen gestopft und sich den einfachen Freuden seines Horts hingegeben.

Und irgendwann im Laufe dieser Jahre des Überflusses hatte ihn sein Feuer im Stich gelassen. Rauch und Funken waren alles, was ihm blieb. Wenn einer der anderen das herausfand …

Doch das hatten sie bislang nicht. Und so würde es auch bleiben. Er stand über ihnen, hatte nichts von ihnen zu befürchten. Verglichen mit ihm waren sie gar nichts. Er war Dathrax. Feuer war bloß eine kleine Facette seines Instrumentariums. Seine Zähne waren wie Rasierklingen, seine Klauen waren mit dem Gold seiner Feinde überzogen und konnten Stahlplatten wie Papier zerschneiden. Ein einziger Schlag seines Schwanzes vermochte ein Haus zu zertrümmern. Er war unüberwindlich, unaufhaltsam und unbesiegbar. Er war Dathrax.

Wieder musste er husten. Eine weiteres Federwölkchen platzte heraus. Die Galle brannte ihm im Rachen, aber sonst brannte nichts.

Und so flog er weiter, obwohl er eigentlich nichts lieber täte, als zu seiner Insel umzukehren und sein Haupt unter tausend Kronen zu betten.

Da sah er unter sich auf einmal …

Konnte das etwa …?

Sicher nicht …

Und doch lag ausgebreitet dort unten … Was war das? Was konnte das sein? Das versteckte Depot eines Händlers? Der hoffnungsvolle Schatz von ein paar Räubern?

Was immer es sein mochte, es glänzte wie Gold.

Und was immer es war – nun war es sein.

Er legte die Flügel an und stieg aus dem Himmel herab, um sich das einmal näher anzusehen.

36

Abflug

»Tut mir leid«, sagte Will nach Lettes Zählung zum gewiss vierhundertsten Mal.

»Ich verstehe ja deinen Wunsch, die Gentlemankarte so oft wie möglich zu spielen«, sagte sie. »Lässt dich gut aussehen und all dies, aber wenn du dich jetzt jedes Mal entschuldigst, sobald dein Fuß an die Flaschen stößt, könnte das recht schnell ermüden.«

Könnte. Ha.

»Ähm …«, sagte Will. »Tut mir leid, wie war das?«

»Ach, halt die Klappe.« Lette war dankbar, dass es in der Kiste dunkel war. Sie konnte sich des verantwortungslosen Lächelns, das sich auf ihre Lippen stahl, nicht erwehren.

»Du lächelst ja«, stellte Will fest.

Scheißkerl.

»Nur bei dem Gedanken an das Quieken, das du ausstößt, wenn ich dir deine Finger verfütter.«

Würden Augenbrauen beim Hochziehen ein Geräusch verursachen, hätte Lette es jetzt wahrscheinlich gehört. Doch da war bloß Stille. Stille, Dunkelheit und Hitze. Und in zunehmendem Maße das Bewusstsein von Wills körperlicher Nähe.

»Ich muss schon sagen«, kommentierte er. »Wütend und gewalttätig, das steht dir einfach.«

Sie beließ es dabei. Ignorierte es eigentlich, weil sie sich nicht zutraute, etwas darauf zu erwidern. Ganz schön tapfer im Dunkeln, unser Will. Sie setzte sich anders hin, streifte irgendetwas mit dem Fuß.

»Tut mir leid«, platzte es aus ihr heraus.

Will lachte. Zu spät begriff sie, dass sie ebenfalls die Flaschen berührt hatte.

»Halt die Klappe«, sagte sie noch einmal, nun jedoch ohne den vorigen Biss. Sie fluchte wieder, mehr zu sich selbst als zu ihm. Er lachte bloß, ein leises, stetiges Glucksen.

Die gottverfluchte Hitze in dieser Kiste half auch nicht gerade. Vielleicht hätte sie auf ihr Kettenhemd verzichten sollen. Der Gedanke, völlig ungeschützt auf Dathrax zu warten, entbehrte jedoch jeglichen Reizes.

Sie rutschte abermals herum, stieß wieder mit dem Fuß an etwas, hielt diesmal allerdings den Mund.

»Ehrlich gesagt: Das *war* jetzt ich«, merkte Will an.

»Ehrlich gesagt: Tut mir nicht leid«, erwiderte Lette.

»Würde mir leidtun, wenn es dir leidtäte.«

Bussis Fluch auf seine Eier, er flirtete mit ihr! Sie warteten darauf, dass eine feuerspeiende, todbringende Echse sie auflas, und er suchte sich ausgerechnet diesen Moment aus, um endlich genug Mut für einen Flirt aufzubringen.

Sie wusste nicht, ob es Arglist, das Glück des Idioten oder eine sehr spezielle Begabung war, die ihn den geeigneten Zeitpunkt erkennen ließ, zu dem sie ohne jede Abwehr dastand. Sie schloss die Augen. Es machte keinen Unterschied – sie saß in dieser verdammten Dunkelheit und … öffnete die Augen wieder.

Das war doch lächerlich. Sie war eine Söldnerin, verdammt! Sie hatte hundert Schlachten überstanden, mehr als tausend Krieger umgebracht. Auf ihrem Weg in dieses verfluchte Tal hatte sie eine blutige Spur durch drei verschiedene Länder gezogen. Menschen erzählten sich im Flüsterton Geschichten über die Zerstörung, die sie angerichtet hatte. Wenn sie etwas wollte, nahm sie es sich einfach.

Will gab einen Laut von sich, das war der zarte Beginn einer Verbalisierung. Er kam nie dazu, sie zu vollenden.

Sie löste ihren Schneidersitz, entfaltete sich aus ihrer eingezwängten Pose – vorbei an den Flaschen – erst zu ihm und dann auf ihn drauf. Ihre Lippen pressten sich auf seine. Sie waren weich, und seine Haut war rau. Sein Stoppelbart pikste ihre Wangen. Sie presste sich an ihn, verschluckte sein Keuchen.

Kurzzeitig verließ sie der Mut, als er bloß verwundert unter ihr lag. Sie sorgte sich nicht, dass er nicht reagieren würde – nur, dass seine Reaktion nicht atemberaubender ausfallen würde als dies hier.

Dann erwachte er mit einem Schlag aus seiner Starre, und seine großen, rauen Hände fanden Halt in ihrem Nacken, ihrem Kreuz. Ihre Zunge spielte zwischen seinen Lippen.

Gerade hatte sie sein Hemd aufgeknöpft und spürte die straffen Muskeln seiner Brust, die harten Noppen seiner Brustwarzen, als etwas schwer gegen die Kiste schlug. Die ganze Welt geriet in Bewegung. Die Flaschen zitterten. Die Schwerkraft griff unbeholfen nach ihrem Magen und drehte ihn um.

Will schnappte nach Luft.

»Ein dummer Kommentar über die Welt und ihre Fugen … und dann war's das schon«, warnte sie ihn.

Er schwieg, während die Kiste rhythmisch schaukelte. Konnte sie das Schlagen von Schwingen hören?

»Das wollte ich gar nicht.« Seine Stimme klang enttäuschend nervös. »Ich wollte dir aber gerade meinen Drachen vorstellen …«

Lette beschloss, dass sie mehr Spaß hier drin haben würde, wenn sie ihn mit einem Kuss zum Schweigen brachte.

37

Stress machen

Es war ein guter Tag zum Sterben, dachte Balur. Bevorzugterweise aber war es ein noch besserer Tag für andere Leute, das zu tun.

Lässig stapfte er die Straße hinab und spürte das Gewicht des Kriegshammers auf seinem Rücken. Die Herbstsonne stand hoch über ihm, der frische Geruch des Athrilsees lag in der Luft, und auf ihn wartete das Versprechen von Gewalt.

Das einzige Sandkorn in der Muschel seines Lebens war die Schar von dreihundert Bauern in seinem Rücken. Sie wirbelten Staub auf, murmelten miteinander und lenkten beträchtlich von dem sauberen Geruch des Sees ab.

Er sah Quirk an. »Ich weiß, dass Will das Superhirn und alles Mögliche ist – aber könnten wir das denkbarerweise nicht auch ohne die da hinten machen?« Er deutete mit dem Kopf in Richtung der Bauernschar.

Quirk schnitt nicht direkt eine Grimasse, ein Lächeln war es aber auch nicht. »Ich bin mir nicht sicher, ob wir da ein Mitspracherecht haben.«

Balur bekundete sein Missfallen über diese Antwort mit einem Grunzen. »Will hat schnell an Macht gewonnen«, sagte er. »Und das ohne jede Erfahrung. Vielleicht sollte uns seine Meinung respektvollerweise egal sein.« Vielleicht war das mehr, als er Quirk anvertrauen sollte; andererseits hatte er gerade niemanden sonst. Und Quirk wirkte wie eine Pragmatikerin auf ihn, besonders nach dem, was sie in Mattrax' Höhle getan hatte.

»Ehrlich gesagt, bin ich mir nicht sicher, ob Will da überhaupt ein Mitspracherecht hat. Du weißt genauso gut wie ich, dass er die Leute nur zu gerne los wäre.«

Nicht zum ersten Mal in seinem Leben wünschte Balur, er hätte eine Braue zum Heben. Was Quirk sagte, stimmte. Es war bloß keine sehr befriedigende Antwort.

Quirk erriet seine Gedanken auch so. »Wenn sie überhaupt auf jemanden hören, dann auf Firkin.«

Daran hatte Balur zu knabbern. »Aber Will geht zu Firkin und sagt ihm, was er machenderweise tun soll. Und dann macht Firkin, was Will ihm tunlicherweise gesagt hat.« Direkt oder indirekt, was Balur anging, war ein Befehl ein Befehl.

»Nur weil Will und Firkin vielleicht gerade dasselbe wollen, heißt das noch nicht, dass Firkin etwas macht, *weil* Will es will.« Sie ließ das kurz einwirken, ehe sie die Preisfrage nachschob. »Was aber *will* Firkin?«

Diese Frage gefiel Balur noch weniger. Quirk stellte es ja wie ein Problem dar, das sich nicht durch die Anwendung einer flachen Metallfläche auf eine gewölbte – die aus Knochen besteht – lösen ließ. Und wenn sich diese gewölbte Knochenfläche rein zufällig direkt unter Firkins Stirnhaut befand …

Andererseits würde dies wohl Wills Plan durcheinanderbringen, und das hatte sich letztes Mal als wenig vorteilhaft erwiesen. Tatsächlich mussten sie sich vor allem deshalb mit ihrer Gefolgschaft herumärgern, weil Firkin sich nicht an Wills Plan gehalten hatte. So gesehen war kreatives Denken seinerseits vielleicht nicht gerade das, was die Situation wirklich verlangte.

Insgesamt kam Balur zu dem Schluss, dass ihm keine der Alternativen sonderlich zusagte. Daher revidierte er seine Einschätzung: Vielleicht war es doch kein so toller Tag zum Sterben. Bloß ein wirklich, wirklich guter Tag, um Leute umzubringen.

Athril war eine große und geschäftige Stadt. Mehrere Flüsse speisten den See, und wenn man sich in Ufernähe aufhielt und das Gebiet der Leviathane mied, war er durchaus schiffbar. Zwar waren die von Dathrax erhobenen Steuern ohne jeden Zweifel unanständig hoch, doch die Steuern waren überall unanständig hoch. Und verglichen mit Wills verlauster Achselhöhle von einem Dorf wirkte Athril wie eine richtige Metropole.

Die Häuser wurden augenscheinlich regelmäßig verputzt und gestrichen. Die Menschen, die sich durch die Straßen drängten, waren zu beschäftigt, um einander wahrzunehmen. Die Verkäufer priesen ihre Waren in richtigen Läden an – mit Türen und Glasfenstern – statt an lumpenverhangenen Ständen. Gelegentlich patrouillierten ein paar Soldaten durch die Straßen und hielten sorgsam nach jeder Form von Dummheit Ausschau, zu der eine eingeschüchterte Bevölkerung noch in der Lage war.

An der Küste drängten sich die Boote, um die Sicherheit der seichten Gewässer zu nutzen. Fischer saßen in Grüppchen beisammen, flickten Netze und tauschten übertriebene Geschichten aus. Ein Wirrwarr von Stimmen erhob sich auf dem lebhaften Marktplatz und war vom Zentrum bis zur Palisade mit dem Stadttor zu hören, wo in diesem Augenblick drei reichlich perplexe Soldaten Firkin, Balur, Quirk und ein paar Hundert ihrer engsten Freunde in Augenschein nahmen.

»Ihr wollt in die Stadt?«, fragte einer von ihnen, als hätte man einen solchen Wunsch noch nie zuvor an ihn herangetragen und als wäre seine Nähe zum Tor reiner Zufall. Er tauschte Blicke mit seinen Kollegen.

»Ich weiß auch nicht«, sagte ein anderer. »Zum Thema große Menschenmengen hat sich Dathrax nie geäußert.«

»Er hat aber gesagt, dass wir niemand Verdächtiges reinlassen sollen«, erinnerte ihn der erste Soldat. »Und eine Menge wie diese find ich schon etwas verdächtig.«

»Das lässt sich doch gar nicht verallgemeinern«, meldete sich der dritte Wachmann zu Wort. »Der Typ da drüben zum Beispiel, der sieht komplett verdächtig aus. Aber die beiden da vorn, das sind doch noch Kinder. Kinder halte ich nicht für verdächtig.«

»Was, wenn es Zwerge wären?«, fragte der Zweite. »Zwerge fände ich durchaus verdächtig.«

»Das ist jetzt aber blanker Rassismus«, sagte der Dritte. »Du kannst doch nicht einfach alle Zwerge für verdächtig erklären. Zwerge sind völlig verschieden. Haben alle möglichen Ansichten. Manche sind natürlich Arschlöcher, aber andere sind wirklich nett.«

»Bei uns im Bordell steht er auf die Kleine«, erklärte der Zweite.

»Und wenn schon«, beschwerte sich der Dritte. »Ich hab eben breit gefächerte Vorlieben. Bin ein Mann von Welt. Solltest selbst mal einen kleinen Hintern probieren und sehen, was dir bis jetzt entgangen ist!«

Balur merkte, dass Quirk, die neben ihm stand, mit beträchtlicher Kraft die Zähne zusammenbiss.

»Das Problem ist doch, dass niemand den Begriff ›verdächtig‹ je genau definiert hat«, sagte der Zweite. »Viel zu sehr Auslegungssache.«

»Nein, eben nicht«, widersprach der Erste. »Genau das ist schließlich dein verdammter Job! Du bist eine Scheißstadtwache. Ein Profi. Du kriegst Geld dafür, dass du ein Gespür für solche Fragen entwickelst. Wenn du das nicht bringst, bist du keine Wache, sondern ein Scheißzuschauer.«

»Jetzt krieg dich mal wieder ein, Joel!«, sagte der dritte Wachhabende. »Das ist jetzt wirklich etwas heftig.«

»Ich hab aber den Eindruck, das ist noch nicht heftig genug«, brummte Joel.

Der zweite Soldat wirkte ziemlich geknickt. Er zog sich zur Palisade zurück und trat nach dem Schmutz.

Balur öffnete den Mund, um einen Vorschlag zu machen. Viel weiter kam er aber nicht.

»Dann schlägst du also vor, dass wir sie in zwei Gruppen aufteilen?«, fragte Joel die dritte Wache. »Eine verdächtige und eine nicht so verdächtige?«

»Ich denke, wir müssen sie als Individuen betrachten. Alles andere wäre unfair.«

»Das ist leider nicht besonders praktikabel, Frederick«, sagte Joel.

Wieder öffnete Balur den Mund, um etwas beizusteuern, doch wieder ignorierte man ihn einfach.

»In einem Fall wie diesem müssen wir unser Urteil über die Menge als Ganzes fällen«, fuhr Joel fort. »Alles andere ist einfach nicht machbar.«

»Ich habe aber meine Prinzipien«, erklärte Frederick und

streckte die Brust heraus. »Und Prinzipien gehen vor Machbarkeit.«

»Ich glaube, dann wissen wir jetzt, weshalb ich Hauptmann bin und du nicht.«

»Das ganze System ist doch korrupt«, tat Frederick seine Ansicht kund.

»Nicht korrupt.« Joel schüttelte den Kopf. »Bloß ein unvollkommenes System in einer unvollkommenen Welt.«

Dies war der Moment, in dem Balur allen drei Männern kräftig auf die Köpfe schlug: eins, zwei, drei. Einer nach dem anderen sanken sie zu Boden, gestapelt wie Feuerholz. Balur trat vor und drückte das Stadttor auf. Dann machte er einen Schritt zur Seite und überließ es Firkin, die Menge in die Stadt zu führen.

»Ein echter Gentleman«, kommentierte Quirk.

»Zivil geht auch ganz unzivilisierterweise«, erwiderte Balur und betrachtete die Wachen. Quirks Lächeln gefiel ihm.

38

Die schlechtesten Pläne

Eine Menge Leute, das war Dathrax klar, beneideten Drachen um ihre Fähigkeit des Fliegens. Ihm war das nie richtig in den Kopf gegangen.

Feuerspucken? Aber klar. Diese Form der Zerstörung hatte etwas Majestätisches. Die langen, wilden Klauen? Die scharfen Zähne, vor denen es kein Entrinnen gab? Sicher sah Dathrax den Reiz darin, einen Feind von Kopf bis Fuß zerreißen zu können, ohne sich groß um Gegenwehr sorgen zu müssen. Nicht zu vergessen der lange, kurvenreiche Körper eines Drachen – das war durchaus ansprechend. Nicht wie andere große Geschöpfe vom eigenen Gewicht niedergerungen zu werden. Und die natürliche Grazie eines Drachen? Die musste man doch ebenfalls beneiden!

Aber das Fliegen? Seinen herrlichen Arsch über den Himmel zu schleppen, mit einem schmerzenden Flügelschlag nach dem nächsten? Die ganze Rennerei vor dem Start und die Planung vor dem Landen, das böse Ziehen in den Muskeln zwischen seinen Schultern? Nein, darauf hatte Dathrax nie großen Wert gelegt.

Natürlich war da auch noch das Gold. Das neideten die Menschen ihnen ebenfalls. Und Dathrax leuchtete das ein: Gold war schön, Gold glänzte, Gold beruhigte das Gemüt. Das Gold hielt ihn im Schlafe fest. Es schlang seine fürsorgenden Arme um ihn und labte seine Seele, während er über die Irrungen und Wirrungen der Existenz grübelte.

Wenn Gold bloß nicht so verdammt schwer wäre.

Nun flog Dathrax und trug eine Kiste des Golds, das er so liebte – doch er wünschte zusehends, es verhielte sich anders.

All dies mochte erklären, weshalb er – erst auf halbem Weg zu seiner Insel und gerade über seiner Garnison – die schwere Kiste voller Gold und Juwelen schließlich fallen ließ. Sie würde, so beschloss er, noch früh genug den Weg zu ihm finden, zusammen mit den restlichen Steuern des Jahres. Bis dahin hatte er genug, was ihm über die Runden half.

Und so setzte er seinen Weg um eine Sorge ärmer fort und kehrte der abstürzenden Kiste im wahrsten Sinne den Rücken.

39

Stimmungsabfall

Lette löste ihre Lippen kurz von Wills, als sie spürte, wie sich ihr der Magen hob. Sie fragte sich, ob das ihr Gewissen war, das sich endlich zu Wort meldete. Oder vielleicht war es auch ihr Verstand? Sie schaute sich um, sah aber nichts als Dunkelheit.

Wills Finger fanden den Weg hinter ihren Kopf und spielten mit ihrem Haar. »Komm zurück«, sagte er.

»Ich bin mir ziemlich sicher, dass wir gerade abstürzen«, sagte sie. Wahrscheinlich sollte sie jetzt in Panik geraten.

»Wir werden von einem Drachen getragen«, erinnerte er sie. »Er wird schon keine Bruchlandung hinlegen. Bestimmt zieht er gleich wieder hoch.« Er versuchte sie abzulenken, indem er mit den Händen über ihren Hintern fuhr. Ehrlich gesagt, war es wirklich ziemlich ablenkend.

Genau in diesem Moment krachte die Kiste in die Garnison des Athrilsees. Will und Lette überlebten tatsächlich nur dank jener dicken Polsterung, mit der Will das Innere so gewissenhaft ausgekleidet hatte. Quirks Flaschen mit Schnappkrauttrank jedoch überstanden das Ganze nicht.

Von einem Moment auf den nächsten war das Innere der Kiste von Scherben, Flüssigkeit und Dämpfen erfüllt. Lette hatte gerade noch Gelegenheit, »oh Scheiße« zu sagen, ehe sich ihre Lungen mit dem Nebel füllten und sie nichts mehr mitbekam.

40

Auf Götter warten

Balur betrachtete sein gegenwärtiges Verhalten nur ungern als Herumlungern. Sich die Zeit vertreiben, na gut. Ein taktisches Pausieren der Unternehmung ... von ihm aus, wenn man sich wie was Besonderes vorkam. Selbstredend war das auch eine Gelegenheit, einen über den Durst zu trinken.

Durch das Fenster der Taverne sah er, dass die Sonne am Horizont mittlerweile fast die Oberfläche des Athrilsees berührte. Schmutzig braunes Wasser wurde in flammendes Feuer verwandelt.

Es war nicht das einzige Feuer, das an diesem Abend in Athril brannte.

Ursprünglich hatte Balur Firkins Erfolg als Redner ja auf den Umstand geschoben, dass die Dörfler, an die er sich richtete, nicht recht bei Verstand waren. Sein weiterer Aufstieg als Wanderprediger ... nun, möglicherweise war es das Ergebnis des schwerwiegenden Traumas seiner Zuhörer. Den Mord an ihrem Herrn und Meister mit anzusehen, selbst wenn dieser Herr sie nur ausgenutzt hatte ... so was konnte einen schon durcheinanderbringen, keine Frage. Und die Menschen, die Will da zuströmten und Firkin lauschten – die waren von dem Drachenkonsortium fraglos auf das Übelste missbraucht worden. Balur sah ein, dass sie verstandesweise für Logik nicht mehr empfänglich waren und Firkins besonderer Ausprägung von Wahnsinn den Vorzug gaben. In Athril aber lagen die Dinge ganz anders.

Verglichen mit dem Rest von Kondorra war Athril eine wohlhabende Stadt. Hier herrschte immer Betrieb. Athril, überlegte er, während er die zweite Hälfte seines Glases kippte, hatte ziemlich gutes Bier. Und wenn er nicht sehr danebenlag, repräsentierten die drei Damen, die ihm von der Bar aus schöne Augen machten, ein traditionsreiches Rotlichtmilieu. Was bei allen Geistern der Tiefen die Bewohner von Athril also zu klagen hatten, war ihm wirklich schleierhaft. Und doch strebten sie Firkin zu wie die Fliegen der Scheiße.

Es hatte angefangen, kaum dass sie durchs Tor hindurch waren. Firkin hatte sich immer mehr aufgespielt, mit viel Geschnaube und Getrommel auf seiner Hühnerbrust.

»Bürger!«, hatte er gequietscht. »Landsleute! Unterdrückte Weggefährten! Ich bringe euch das Wort des Propheten!«

Tatsächlich hatte die Bevölkerung Athrils eine überraschende Bereitschaft mitgebracht, sich Firkins Gewäsch anzuhören. Die Menschen hatten ihr Tagewerk unterbrochen, ihre behaglichen Häuser und Läden verlassen und waren herbeigeeilt, um ihn anzuhören und – so klang es – ihre Zustimmung zu bekunden.

Balur hatte so rasch wie möglich etwas Abstand zwischen sich und Firkin gebracht. Zu seiner Freude hatte sich Quirk weiter an ihn gehalten.

Er war sich durchaus der Versprechen bewusst, die er Will gemacht hatte: dass er ein Auge auf Firkin haben würde und es keinen Grund zur Sorge gab, die Dinge könnten wieder außer Kontrolle geraten. Doch sein Wort zu halten war eine Sache –

den Hals rauszustrecken und um einen Schwertstreich zu bitten eine ganz andere.

Balur wollte reich werden, keine Frage. Insbesondere dadurch, dass sie Dathrax mit minimalem Aufwand um sein Vermögen brachten. Allerdings sah er das langfristige Überleben Firkins und der Einwohner Athrils nicht notwendigerweise als Voraussetzung hierfür an. Wenn die Leute sich unbedingt in etwas hineinsteigern und von den Wachen abstechen lassen wollten, dann sollte ihm das recht sein. Ehrlicherweise: Je beschäftigter die Wachen damit waren, die Bevölkerung abzustechen, desto unwahrscheinlicher war es doch, dass sie Balur abstachen, wenn er in ihre Garnison einbrach.

Diese besondere Erkenntnis war bei den Einheimischen offenbar noch nicht durchgesickert. Der Fairness halber musste gesagt sein: Es war ihnen nicht bekannt, dass Will und Balur sie als Ablenkung benutzen wollten. Nichtsdestoweniger zeigten diese Leute bemerkenswert wenig Skrupel, ihr tägliches Leben aufzugeben und sich mit Leib und Seele der Rebellion zu verschreiben.

Balur war unschlüssig, was er davon halten sollte. Auf der einen Seite schien es ihm gut zu sein, dass der Plan so schnell fortschritt. Doch was für Konsequenzen ein solches Verhalten langfristig versprach ... da war er sich nicht ganz sicher.

Balur mochte *langfristig* einfach nicht. Über Langfristiges nachzudenken schien generell den Verzicht auf alles zu beinhalten, was man kurzfristig gerne tun würde. Dachte man zum Beispiel über den Kater von morgen nach, nahm einem das heute die Freude am Trinken. Machte man sich Sorgen über den juckenden roten Ausschlag von morgen, dann verdarb einem das heute den Spaß am Rumhuren.

Balur war ein Wesen der Tat, und »langfristig« schien allzu häufig Untätigkeit zu verlangen. Von daher ging ihm alles Langfristige meistens am Arsch vorbei. Firkin und Will – und die Inbrunst ihrer Anhängerschaft – zwangen ihn jedoch, diese Haltung zu überdenken.

Um sein Unbehagen zu lindern, schlug Balur seine Faust auf die Theke. »Bier!«, brüllte er. Und für den Fall, dass er sich unklar ausgedrückt hatte, fügte er noch hinzu: »Bier!«

»Wäre es nicht einfacher, diese Sache mit klarem Kopf durchzustehen?«, mischte sich Quirk vom Nebenplatz aus ein.

»Mit klarem Kopf?« Balur schaute sich in der Taverne um und setzte eine fragende Miene auf. Er konnte gerade mindestens vier Unterhaltungen hören, in denen das Wort »Prophet« fiel. »Klarerweise wär ich gerade ziemlich einsam in der Stadt.«

Quirk bedachte ihn mit einem flüchtigen Lächeln. »Schon«, gab sie zu. »Aber lassen wir Sarkasmus und Wagemut mal beiseite: Wäre es nicht bedeutend leichter, nüchtern in die Garnison einzubrechen?«

»Nüchtern?« Der geistige Akt, sich das vorzustellen, zerknautschte ihm das Gesicht, bis Auge und Nase sich beinahe berührten. Quirk schaute daraufhin drein, als machte er sich gerade über sie lustig. Aber der Gedanke war ihm wirklich nie gekommen.

Flüssigkeiten aller Art waren in der Analesischen Wüste äußerst wertvoll. Das wenige, was es gab, wurde weitgehend nach Verdienst verteilt. Krieger verdienten sich ihre Getränke – und die meisten Getränke der Analesier waren alkoholische.

Als er sich nun mit diesem neuen Konzept konfrontiert sah, versuchte Balur seine Vorstellung von Nüchternheit mit seiner

Vorstellung eines Kampfes in Deckung zu bringen. Das Ergebnis war nicht gerade ansprechend.

»Nein.« Er schüttelte nachdrücklich den Kopf. »Nein«, wiederholte er, diesmal hoffentlich mit der Betonung, die dem Wort angemessen war. Vorsichtshalber sagte er es noch ein drittes Mal: »Nein!« Er schauderte. »Du würdest nüchternerweise so was wirklich tun?« Entgeistert schaute er sie an. »Das ist doch barbarisch!«

Quirk blickte ihn zweifelnd an, dann schüttelte sie den Kopf. Balur machte derweil bedeutende Fortschritte mit seinem dritten Glas.

Als er sich das nächste Mal kurz umschaute, rannte gerade ein Mann an ihnen vorbei. Es dauerte einen Moment, bis Balur begriff, dass er kein flammend rotes Haar besaß.

Sein ganzer Kopf stand in Flammen. Er ruderte mit den Armen und schrie im Vorbeirennen.

Balur kniff die Augen zusammen. Er befand sich zwar das erste Mal in Athril, und das Verhalten von Menschen gab ihm selbst nach all der Zeit, die er sie kannte, noch immer Rätsel auf. Sich den eigenen Kopf in Brand zu stecken und dann vor lauter Entsetzen darüber rumzuschreien war nach seiner Erfahrung allerdings nicht das, was Menschen für gewöhnlich unter Spaß verstanden.

Der Mann verschwand und ließ bloß eine Spur von Rauch zurück, die sich rasch verzog. Wenn Balur den Kopf auf die Seite legte, konnte er jedoch ferne Schreie in der Stadt vernehmen, außerdem den Einsturz großer und wahrscheinlich wichtiger Teile der Architektur.

Er richtete seine schmalen Augen auf Quirk. »Hörst du das gleicherweise?«

»Ehrlich gesagt, hatte ich gehofft, ich würde es mir nur einbilden«, sagte Quirk zu dem Glas Weißwein, das ihr in der letzten Stunde Gesellschaft geleistet hatte.

Balur entblößte seine zahlreichen Zähne zu einem wilden Grinsen. Hierfür gab es nur eine Erklärung ... und wenn Balur ihn fand, würde er ihn umbringen.

41

Tiefer in die Scheiße reden

Firkin hatte richtig Spaß. Tatsächlich hatte er schon Spaß gehabt, seit sie das Brot im Dorf mit Feuerwurzel versetzt hatten. Er erinnerte sich kaum, wann er zuletzt solchen Spaß gehabt hatte. Zwar musste er eingestehen, dass er sich an eine ganze Menge Dinge nicht mehr erinnerte. Von Zeit zu Zeit bereitete ihm sogar sein eigener Name Probleme. Doch er war sich ziemlich sicher, dass seine zahlreichen Beschränkungen ihm jahrelang nicht mehr den Raum für derart viel Vergnügen gelassen hatten. Und hier und heute – verflucht seien all die göttlichen Hurenkinder in ihrem mächtigen Pantheon – hatte er gerade so viel Spaß, dass er sich einscheißen könnte.

»Brüder!«, rief er. »Schwestern! Sehr nahe Vettern! Väter! Mütter! Und auch alle, denen der Unterschied nicht ganz klar ist! Der Prophet ist hier!«

Dass man ihm wirklich zuhörte, kam ihm selbst komplett bekloppt vor. Es entbehrte jeder rationalen Erklärung: Er konnte so ziemlich alles sagen, was ihm einfiel, und die Menschen hörten zu. Er musste lediglich behaupten, der Prophet habe etwas gesagt oder würde es gleich sagen; oder dass der Prophet es vielleicht in ein paar Tagen sagen würde, oder es ganz bestimmt nicht gesagt hatte, aber trotzdem wollte, dass man davon erfuhr – und alle schenkten ihm Gehör.

»Reißt die alte Welt nieder! Werft alles Alte weg! Gewinnt eure Wahrheit zurück!« Diesen Spruch liebten sie. Manchmal – wenn er sich zum Beispiel gerade von ein paar jungen Schönheiten versorgen ließ – fragte er sich, was sie sich darunter vorstellen mochten. Wie auch immer, dachte er, während er einem Grüppchen Halbstarker dabei zusah, wie sie die Fenster mehrerer Läden einschlugen und sich die Taschen vollstopften – der Schaden hielt sich noch in Grenzen. Und die Bürger schienen genau so viel Spaß zu haben wie er …

»Verbrennt eure vergeudeten Jahre! Setzt die Asche der Geschichte in Brand!« Dieser letzte Spruch, da war er sich sicher, ergab absolut keinen Sinn. Asche konnte man schließlich nicht in Brand setzen – den Brand hatte die Asche ja längst hinter sich. Aber niemand wies ihn darauf hin. Zum Beispiel sagte ihm kein Mensch, er solle sein Geschwätz für sich behalten. Niemand nannte ihn einen Idioten. Hätte er ihnen gesagt, der Prophet wolle, dass sie ihn in Alkohol ertränken, sie hätten es getan. Es war einfach brillant.

»Zu den Himmeln! Steigt empor zum Firmament!« Das war ein neuer Spruch. Er war gespannt, wie sie darauf reagieren würden – das Variieren war lustig.

Im Westen wichen gerade die letzten Strahlen der untergehenden Sonne einer neuen Art von Licht, weil immer mehr Häuser in Flammen aufgingen. Die Hitze in den Straßen wuchs stetig an.

»Erstehet auf und leitet das Neue ein! Verwandelt euch im Ebenbild des Propheten!« Auf der anderen Straßenseite übergoss sich ein Mann gerade mit Öl. Dann steckte er seine Kleidung in Brand und rannte schreiend und mit rudernden Armen die Straße hinab, stieß gegen Gebäude und zog eine Spur feuriger Verwüstung hinter sich her.

Firkin lächelte. Ja, er hatte ohne Zweifel einen sagenhaften Spaß.

42

Inferno Rodeo

Balur verfolgte, wie die Soldaten aus der Garnison strömten. Das Licht der brennenden Gebäude hielt die einbrechende Nacht zurück.

»Du musst zugeben, von seiner Arbeit versteht er was«, sagte Quirk an seiner Seite.

Arbeit. Balur dachte über dieses Wort nach. Es setzte ein gewisses Maß an Professionalität voraus. Eine bestimmte Einstellung und Hingabe. Firkin galt für Balur in keinster Hinsicht als professionell. Allenfalls ließe er sich als begeisterter Amateur beschreiben.

Dennoch machte ihn sein Enthusiasmus unbestreitbar wirkungsvoll – leider offenbar auch nebenwirkungsvoll. Diese Nebenwirkungen – etwa Leute, die sich selbst in Flammen setzten und schreiend durch die Gassen liefen – hatten Balur auf die Straße getrieben. Trotz allem war der Alte aber so effektiv, dass Balur seinen Tod wohl ein weiteres Mal aufschieben musste.

Er hegte keinen Zweifel, dass sein Bedauern hierüber mannigfaltig und massiv ausfallen würde.

Doch da Firkins Ablenkung nun schon in vollem Gange war, schien es für Balur und Quirk an der Zeit zu sein, in die Garnison einzubrechen, das gepanzerte Schatzschiff zu stehlen und zu Dathrax' Insel zu segeln, um dort Lette und Will zu treffen. Außerdem hatte der Strom von Soldaten aus der Garnison mittlerweile etwas nachgelassen. Zwar konnte Balur immer noch ein paar Bewaffnete hinter den Palisaden erkennen, doch machten diese einen kläglichen und vor allem spärlichen Eindruck.

»Es wäre an der Zeit«, informierte er Quirk und löste seinen Kriegshammer vom Rücken. Die Thaumatobiologin befeuchtete ihre Lippen.

»Was meinst du, wie viele Leben haben uns diese Gelegenheit erkauft?« Sie starrte ihre Hände an. »Bei Will klang alles so einfach. So sauber und ordentlich. Eine Ablenkung – was für ein kleines, unscheinbares Wort. In Wahrheit aber bedeutet es, dass Soldaten auf offener Straße Männer und Frauen abschlachten.«

Balur nickte. Er persönlich hatte gedacht, dass dieser Teil des Plans offensichtlich war.

»Vergleichsweise scheint mir deine Stimmung etwas inkongruent zu der vorhin zu sein.«

Quirk legte den Kopf schief. »Inkongruent?«

Balur bedachte sie mit demselben Blick, den er für besonders unverfrorene Gegner bereithielt. »Bloß weil ich eine Vorliebe fürs Schädelzertrümmern habe, heißt das doch nicht, dass ich nicht an meinem Wortschatz arbeiten kann.«

»Ich glaube, dein Problem ist eher die Syntax.«

»Noch so was Inkongruentes.«

»Hast du denn nie davon gehört, gute Miene zum bösen Spiel zu machen?«, fragte Quirk mit freudlosem Lächeln.

Balur zuckte die Schultern. Ein Mann mit einer stark blutenden Wunde an seiner Stirn rannte brüllend an ihnen vorüber.

»Es besteht keine Notwendigkeit zu spielen. Ich vertraue

überzeugterweise meiner Fähigkeit, uns einen Weg zum Boot freizuschneiden.«

Quirk brachte nicht mal mehr ein Lächeln zustande. »Deswegen mache ich ja gute Miene, Balur. Ich bin Pazifistin. Meine Kindheit ist ein beschissener Albtraum aus Gemorde und Blutvergießen gewesen. Das habe ich nun hinter mir gelassen. Ich bin eine andere Person geworden – ein besserer Mensch. Einfach nur eine Akademikerin. Und jetzt, bloß damit ich dieser neuen Leidenschaft nachgehen kann, nur um meiner Vergangenheit zu entfliehen … verwandelt sich alles um mich herum in einen Albtraum aus Morden und Blutvergießen.«

Eigentlich war es nach Balurs Begriffen vor allem harmloser Vandalismus und etwas Aufruhr, aber er begriff, worauf sie hinauswollte. »Okay. Das ist ehrlicherweise ziemlich beschissen.«

Quirk stieß ein Geräusch aus, das man ein Glucksen hätte nennen können, hätte es nicht ganz so stark geklungen, als hätte es für seine Flucht alle anderen Gluckser ermordet. »Nein – wirklich beschissen ist, dass mich das nicht stört. Es macht mir nichts mehr aus – zumindest nicht so, wie es sollte. Da ist nur dieses …«, sie zögerte und verzog das Gesicht, als versuchte sie, einen Ausdruck herbeizuzwingen, »… dieses milde Bedauern. Nicht genug für …« Sie machte eine vage Geste mit der Hand in Richtung Stadt. Rufe und Schreie drangen an ihre Ohren. Am Ende einer Straße schlugen drei schattenhafte Gestalten eine Wache zu Boden. »… das hier. Dieses Chaos. Diesen Wahnsinn.«

Balur spürte, dass sich wie von selbst ein Grinsen über sein Gesicht ausbreitete. »Gewisserweise echte Herrlichkeit.«

»Herrlichkeit?« Quirk wurde blass. »Ihr Götter, du bist betrunken!«

Balurs Grinsen blieb, wo es war. »Ich glaube nicht, dass du mich nüchternerweise je wirklich erlebt hast.«

Sie blinzelte verdutzt, und zwar mehrfach. »Ich bin mir nicht sicher, ob mich das beruhigt, oder ob es mich noch mehr verängstigt, *weil* ich es beruhigend fände.«

Am Ende der Straße waren die Gestalten mittlerweile fertig mit der Wache und zogen weiter. Balur trat aus den Schatten, in denen sie sich versteckt hatten, und schwang versuchsweise den Hammer. »Wie wär's, ich gehe ein paar Köpfe einschlagen und du zerbrichst dir deinen?«

Quirk schaute erst ihn an, dann wieder ihre Hände, und ballte kurz die Fäuste. »Ich schätze, viel mehr bleibt uns auch nicht übrig.«

Balur reichte das. Er marschierte die Straße hinab zur Garnison. Dabei ließ er seinen Hammer kreisen, den Schwung auf sich übergehen und das pendelnde Gewicht das Uhrwerk seines Zorns aufziehen. Er spürte, wie sich die Muskeln in seinen Schultern lockerten, das Adrenalin hell seine Venen durchströmte, seine Wahrnehmung sich schärfte. Er kostete die Luft, schmeckte Blut und Schweiß und Angst.

»Ist das nicht ... ich meine, findest du das alles nicht irgendwie ...?« Quirk stolperte hinter ihm her. »Irgendwas hier ist doch komisch, oder nicht? Ich meine, im Dorf ist auch alles außer Kontrolle geraten, aber dort hatten wir Feuerwurzel eingesetzt. Hier dagegen haben wir nicht ... Ich habe keinen ...« Sie schüttelte besorgt den Kopf. »Wieso benehmen die sich so?«

Ja, ein wenig seltsam war es schon – über genau diesen Punkt hatte Balur auch schon nachgedacht. Die Bewohner Athrils waren mit überraschender Eilfertigkeit zur Gewalt übergegangen. Zu schnell vielleicht? Oder war die Abneigung gegen das Drachenkonsortium so stark, dass es nicht mehr als einen Funken gebraucht hatte, die ganze Stadt in Brand zu stecken?

Doch nur ein Teil von ihm machte sich darüber Gedanken. Der andere Teil wusste, dass das auch noch Zeit bis später hatte – bis er seine Angelegenheiten mit der Stadtwache erledigt hatte. Vor ihm lagen nun die Tore der Garnison.

Das Anklopfen ließ er seinen Hammer erledigen. Ein Schlag, noch einer, dann ein Splittern, danach ein Krachen. Die Flügel des Tores schwangen weit auf. Wachen versuchten ihn zu umzingeln, Schwerter verließen ihre Scheiden. Doch Balur kam bereits über sie. Sein Hammer rauschte herab. Ein Schädel knackte, ein Mann fiel.

»Knirsch«, murmelte Balur zu sich selbst.

Ein Soldat durchdrang den Kreis von Balurs Hammer. Er hatte ein Kurzschwert gezogen, und drei waagrechte Narben überzogen sein Gesicht. Er zielte mit der Spitze seines Schwerts auf Balurs Rippen. Balur griff um und riss den Hammerkopf hoch, sodass der Griff der Wache auf die Nase schlug. Der Mann kippte nach hinten, gegen einen seiner Kameraden. Beide gingen in einem Durcheinander von Gliedmaßen zu Boden. Balurs Hammer jagte ihnen nach.

»Doppel«, kommentierte er die blutige Schweinerei zu seinen Füßen.

Nervös umkreisten ihn drei weitere Soldaten. Die restlichen Truppen waren rar gesät. Die Verstärkung hielt sich zurück, sorgte sich wahrscheinlich, dass die Aufständischen in die Garnison eindrangen. Auch Balurs Gegner zogen sich ein Stück zurück. Ihre nervösen Blicke hüpften wie Flöhe zwischen ihnen umher. Probehalber schwang er seinen Hammer; zwei Wachen wichen weiter aus, die dritte aber sprang vor. Balur ließ mit einer Hand den Hammer los, packte grob zu und bekam den Mann am Hals zu fassen. Dann hob er ihn hoch und warf ihn nach seinen Freunden. Ihr Rückzug verwandelte sich in ein Stolpern. Balur zeigte keine Gnade.

In diesem Augenblick traf ihn der erste Pfeil.

Er kam in hohem Bogen von links und erwischte ihn an der Schulter. Die Spitze prallte nicht von seiner natürlichen Panzerung ab, sondern fand eine weiche Stelle, wo drei Schuppen aufeinandertrafen. Balur taumelte unter der Wucht des Treffers, und trotz des Geschreis der Aufständischen hörte er Quirk vor Schreck nach Luft schnappen.

Er drehte sich um und hielt nach seinem Gegner Ausschau.

Die Pfeile prasselten nun hernieder wie Regen. Balur fluchte. Mindestens drei Schützen waren es, vielleicht vier oder sogar fünf. Er zögerte nur kurz, gerade lange genug für eine Bestandsaufnahme – und für die Schützen, um neue Pfeile aus ihren Köchern zu ziehen.

»Weg hier!«, rief er Quirk zu und suchte sich Deckung, rannte auf allen vieren wie ein Tier. Er krachte gegen eine Mauer, spürte, dass sie nachgab. Pfeile trafen die den Schützen zugewandte Seite. Quirk warf sich schreiend zu seinen Füßen zu Boden.

»Kluks heilige Titten!«, rief sie. »Ich dachte, wir hätten uns da reinschleichen sollen!«

»Jetzt wäre idealerweise die Zeit, damit anzufangen.« Er war sich einer gewissen Verärgerung in seiner Stimme bewusst, doch das war ihm gleich. Ein wenig rachsüchtig fügte er hinzu:

»Oder dafür, dass du deine Scheißbeherrschung aufgibst und die Dreckskerle ordentlicherweise durchgrillst.«

Ein Blick in ihre Augen verriet ihm, dass er es vielleicht etwas zu weit getrieben hatte. Zwar nicht weit genug, sie in Rage zu bringen und *seinen* Hintern in Brand setzen zu lassen; aber weit genug, dass es ihr wehtat. Er hatte sie getroffen, ziemlich tief sogar.

»Fick dich«, murmelte sie und zog sich weiter in sich selbst zurück, wo sie doch eigentlich ein Auge auf die Welt und alles haben sollte, ganz besonders auf das spitze Metall, das es auf ihre Köpfe abgesehen hatte.

Er schätzte ihre Lage ein. Ihre Deckung würde sie vor den Pfeilen bewahren, die Schützen aber nicht davon abhalten, sie einzukreisen. Sie mussten in Bewegung bleiben, ihren Vorteil ausspielen. Er hob kurz den Kopf über die Mauer, verschaffte sich einen Überblick und zog den Kopf wieder ein, um drei Pfeilen zu entgehen, die auf ihn zugerast kamen.

Die Garnison befand sich am Seeufer. Weiter hinten fiel das Gelände zu einer Anlegestelle ab. Dazwischen standen mehrere niedrige Gebäude: Baracken, Waffenlager, die Kantine und Vorratskammern. Auch ein paar Boote machte er dort unten aus.

Er riskierte einen weiteren Blick, spürte, dass ein Pfeil seine Schädeldecke streifte und eine Kerbe in seine Schuppen schlug – doch er hatte gesehen, was er sehen wollte.

Das schwer gepanzerte Schatzboot wurde von einer eigenen kleinen Palisade spitzer Holzpfähle geschützt. Dahinter erhob sich stolz und herrschaftlich das Boot; eine Attitüde, die in scharfem Gegensatz zu seinen vernarbten, rostigen Eisenwänden stand. Sein Bug ragte vor wie ein Unterbiss, der Rumpf wirkte geduckt, als litte er an einer schlimmen Rückenverkrümmung, und das Segeltuch war schmutzverschmiert.

Für dieses Boot empfand Balur eine gewisse Sympathie. Es war rein auf Stärke ausgelegt, nichts sonst. Es hatte einen einzigen Zweck, einen einzigen Sinn – und den würde es erledigen, ob hübsch oder nicht.

Jetzt musste er es nur noch stehlen.

43

Ein brennendes Verlangen

Das Geräusch von Pfeilen, die in Holz schlugen. Der Wind, der den Geruch von brennendem Fleisch herantrug. Die Schreie von Frauen und Kindern. Quirk schloss die Augen und versuchte nicht an ihre Kindheit zu denken.

Sie war sieben Jahre alt gewesen, als man gekommen war, um sie zu holen. Männer auf Pferden. Wild und muskelbepackt, das blonde Haar zu Zöpfen geflochten, die dick wie Seile aussahen.

Es waren Kriegsjahre gewesen, hatte man ihr später erklärt. Ihre Geschichte war nichts Besonderes. Viele Dörfer waren niedergemetzelt worden. Verschiedene Kriegsfürsten hatten im Hinterland Tamars um die Vorherrschaft gestritten, während in der Hauptstadt Bürgerkrieg herrschte.

Nicht, dass dieses Wissen das, was ihr passiert war, besser gemacht hätte.

Sie hatten ihre Eltern ermordet. Ihre Freunde ermordet. Sie hatten auch sie töten wollen. Sie hatte nicht gewusst, dass es vielleicht ihre Rettung gewesen wäre, wenn sie ihnen von ihrer Magie erzählt hätte. Sie war es gewohnt gewesen, es niemandem zu verraten. Nur ihr Bruder Andatte hatte davon gewusst. Andatte – der süße, liebe, wunderbare Andatte. Zwei Jahre älter als sie und so entschlossen, sie vor der ganzen Welt zu beschützen. Und tatsächlich war er es gewesen, der sie vor den Schwertern der Reiter gerettet hatte, indem er ihnen von ihrer Gabe erzählte.

Sie fand immer noch, dass er die Reiter damals besser nicht aufgehalten hätte.

Sie und Andatte hatten sich hinter der Hütte versteckt, in der man ihre Mutter und ihren Vater getötet hatte. Sie spürte immer noch das heiße Blut auf ihrer Wange, den Kupfergeschmack auf den Lippen. Sie erinnerte sich, wie der Geruch von Pferdeschweiß aus dem Gestank des Gemetzels herausgestochen hatte. Wie der Reiter sie vom Sattel herab angegrinst und wie Andatte sich vor ihm auf die Knie geworfen hatte.

»Sie ist von den Göttern berührt!«, hatte er geschrien. »Die Götter haben sie berührt!«

Die Klinge, die über ihm in der Luft schwebte, hatte kurz innegehalten. Das Grinsen war von Andatte zu ihr weitergewandert.

Die Augen hatten ungläubig dreingeblickt.

»Zeig es ihm«, hatte Andatte sie angefleht. »Zeig es ihm, oder er wird uns töten!«

Selbst in diesem Moment hatte sie noch Angst vor der Magie gehabt, denn sie hatte sie nicht verstanden. Was hieß das, von den Göttern berührt zu sein? Und wieso sie? Sie hatte es diesem Mann nicht zeigen wollen. Sie hatte es noch nie jemandem gezeigt, hatte es versteckt gehalten. Ihr Geheimnis – ihre Schande. Selbst Andatte wusste nur davon, weil er ihr nachspioniert hatte. Sie hatte ihm keine Vorwürfe gemacht, denn er hatte ihr nur nachgestellt, weil er sich um sie gesorgt hatte. So auch in diesem Augenblick.

Also hatte sie es dem Reiter gezeigt.

Seine Schreie hatten die Aufmerksamkeit seiner Freunde rasch auf sich gezogen. Sie hatten ihn als lebende Fackel auf einem wiehernden Pferd vorgefunden. Quirks Handflächen hatten noch geraucht. Da hatten die Reiter ihre Schwerter gezogen und sich langsam, zögernd genähert. Als Andatte ihnen diesmal ihren Fall dargelegt hatte, hatte man ihm geglaubt.

Man hatte sie vor Hethren geschleppt, das Monster, das für dieses Massaker verantwortlich war. Er war acht Fuß groß gewesen und hatte nur aus Muskeln und Narben bestanden, eine Aura göttlicher Macht umgab sein Haupt. Ein Halbgott – eine halb menschliche, halb göttliche Göre, die in Quirks Welt ihren Trotz auslebte. Und da, von Blut und Schlamm und der Asche ihres ersten Opfers bedeckt, hatte man sie einander vorgestellt. Verängstigt, wie sie war, hatte sie ihr Feuer nach Hethren geworfen. Doch der hatte nur gelacht, als die Flammen über seine Haut flackerten und die Brandblasen platzten und sofort wieder verheilten. Er hatte ihr applaudiert, ein Messer an Andattes Kehle gesetzt und ihr befohlen, einen weiteren seiner Männer zu töten. So hatte alles angefangen.

Hethren nahm sie beide mit und brach sie. Wenn sie seine Leute umbrachte und zu entkommen versuchte, belohnte er sie und bestrafte Andatte. Er hatte ihren Willen gebrochen und ihnen jeden Sinn für Moral oder Menschlichkeit aus dem Leib gerissen.

Heute hatte sie Probleme, sich Andatte vorzustellen, wie er früher einmal gewesen war; als er noch gütig und schön gewesen war. Der zügellose Schrecken dessen, was dann aus ihm geworden war, hatte ihre Erinnerung zerstört. Wie Hethren ihn geliebt hatte – und wie er es geliebt hatte, Andatte das Messer an die Kehle zu setzen, damit Quirk für ihn die Welt verbrannte. Doch diese Ermutigung hatte sie schon nicht mehr gebraucht, als ein Bauer Andatte eines Tages die Mistgabel in den Bauch stieß und ihm die Eingeweide herausriss.

Sie hatte Hethren stark werden lassen. Sie hatte nicht länger versucht, ihn oder seine Leute zu verbrennen. Sie hatte seinen Stamm gestärkt, ihn wachsen lassen. Dafür hatte sie nun die Unterworfenen im Staub kriechen– und brennen – lassen.

Ihretwegen hatte Hethren's Licht zu guter Letzt jedoch zu hell gestrahlt. Zehn Jahre waren vergangen, der Bürgerkrieg war längst vorbei. Gesetz und Ordnung waren nach Tamathia zurückgekehrt. Und Hethren war zu mächtig geworden, um ihn länger zu ignorieren.

Es war schwer gewesen, ihn zu töten. Ein Halbgott des weiten Graslands, ein Wesen, das schneller heilte, als man es verletzten konnte. Tamathia schickte jedoch nicht bloß einen Krieger. Man schickte einen ganzen Trupp von fünfhundert, und Hethren konnte sich die Pfeile nicht schnell genug wieder rausreißen. Man fand ihn als ein zuckendes Bündel inmitten seiner sterbenden Männer und hackte ihm den halbgöttlichen Kopf ab. Das konnte selbst er nicht mehr heilen.

Es war ein einziges Gemetzel gewesen. Eigentlich hätte sie es ebenso wenig überleben sollen wie der Rest. Doch eine Magierin – selbst eine tobende, halb wahnsinnige Magierin wie sie – war zu wertvoll, um sie zu verschwenden. Also hatte man ihr die Hände mit den Fetzen einer Löschdecke gefesselt und sie in ein Wasserfass getaucht. Ein Wagen brachte sie in die Hauptstadt zurück.

Es dauerte sechs Jahre, bis man ihr die Fesseln wieder abnahm. Bis die Leute ihr wieder so weit vertrauten, dass sie nicht um ihr Leben fürchteten. Quirk wusste noch, wie sie wieder lernte, ihre Hände zu gebrauchen. Wie schwach ihre Finger geworden waren – fast zu schwach, um ihr Essen zu halten. Ein Messer wollte man ihr nach wie vor nicht geben. Das dauerte weitere zwei Jahre.

Acht Jahre. Acht Jahre insgesamt, die es dauerte, ihren Weg zurück ins Leben zu finden. Acht Jahre stiller Schmeichelei, unerwiderter Freundlichkeit und endloser Geduld. Acht Jahre, in denen sie ihre Gewaltausbrüche, ihren Zorn, ihre unstillbare Angst unter Kontrolle bringen musste. Bis sie wieder zurück zu sich selbst fand. Nach acht Jahren war sie wieder zu sich gekommen. Und mit fünfundzwanzig Jahren hatte man sie auf die Universität von Tamathia gelassen.

Blinzelnd kehrte Quirk ins Hier und Jetzt zurück. *Es wäre so leicht, einfach alles brennen zu lassen. Die Hand nach dem Feuer auszustrecken und es zu berühren, so wie die Götter einst sie berührt hatten. Diese Leute waren schwach, und sie war stark. Es wäre nur rechtens, sie zu verbrennen. Das war es doch, was die Welt erwartete: der Tod der Schwachen durch die Hand der Stärkeren. Das war es, was diese Drachen verstanden, Geschöpfe des Feuers, die sie waren. Sie waren Unterdrücker, weil die Welt es verlangte. Und von ihr erwartete sie nicht weniger.*

Dies wäre das, was Hethren gesagt hätte.

Quirk dachte, sie hätte seine Stimme erstickt, in den Jahren des Studiums ertränkt. Doch nun hörte sie ihn wieder, tief und kehlig, halb verführerisch, halb drohend.

Und er hatte ja recht – es wäre so einfach. Sie konnte das Kitzeln der Flammen in ihren Handflächen spüren, wie sie darum bettelten, dass sie sie losließ. Die Flammen sprachen mit Hethrens Stimme.

Weshalb es Quirk auch solche Freude bereitete, den Flammen ihre Bitte zu verwehren. Sie würde besser sein als Hethrens Stimme, besser, als sie einst gewesen war. Sie war eine Lehrkraft der Universität von Tamathia. Sie war eine Botschafterin des Wissens und der Kultur. Und sie würde keine Vergeltung üben. Sie würde diesen Wahnsinn nicht noch weiter anheizen. Stattdessen würde sie von ihrem gottgegebenen Recht Gebrauch machen, vollkommen durchzudrehen.

»Scheiiiiiße!«, schrie sie, als sie aus ihrer Deckung zu der zehn Schritte weiter gelegenen Baracke rannten. Pfeile schwirrten überall durch die Luft. Sie hörte, wie sie Balurs Schuppen streiften.

Der Analesier krachte neben ihr gegen die Holzwand. Bretter brachen und splitterten. Sie warf ihm einen schnellen Blick zu. Nicht alle Schüsse waren von ihm abgeprallt. Mehrere Pfeile spickten seine Schultern, und einer ragte aus seiner Brust.

Er bemerkte ihren Blick und zuckte die Schultern. Die Pfeilschäfte klapperten. »Nicht tief«, kommentierte er knapp.

All das – all das, damit sie einen Drachen zu Gesicht bekam.

Doch noch während sie ihre Motive infrage stellte, empfand sie einen Schauer der Erregung. Er war nun dort draußen: der Drache, das schreckliche Biest. Die Dämpfe des Schnappkrauts mussten seine Flammen inzwischen gelöscht und ihn überwältigt haben. Er erwartete sie wie eine Jungfrau im Hochzeitsbett.

Dies war nun Quirks Feuer; dies war das, was sie der Welt zurückgab. Sie wollte den Intellekt der Leute zum Lodern bringen, aber nicht ihre Körper.

Und wenn die ganze Welt in Flammen aufgeht, damit du an dein Wissen kommst?, flüsterte Hethren in ihr Ohr. *Besser wird es sein, die Wunde jetzt gleich auszubrennen, den Fluss zu stoppen ...*

Das war eins seiner Lieblingsspiele gewesen: Andattes Hals anzuritzen – nicht tief, nur gerade tief genug – und sie die Wunde ausbrennen zu lassen.

»Das ist alles, was du tust«, pflegte er immer zu sagen, ehe er sie in ein Dorf schickte. »Du brennst eine Wunde aus; dämmst die Flut des Chaos ein. Wir sind Kontrolle, du und ich. Wir sind die Retter.«

Doch sie hatte niemals bloß eine Wunde ausgebrannt. Das war immer eine Lüge gewesen.

»Los!«, bellte Balur neben ihr. »Beweg dich!«

Der Stoß seines Arms schleuderte sie, als wäre sie von einem Katapult abgeschossen worden, auf einen schlammigen Pfad zwischen niedrigen Gebäuden. Sie versuchte den Kopf unten zu halten, aber auf der ganzen Welt gab es nicht genug Deckung. Sie hörte Balur vor Schmerz grunzen, als die nächsten Pfeile ihn trafen.

»Wir schleichen noch immer nicht!«, schrie sie.

Da stieß er sie seitwärts, wieder in Deckung.

»Kommt noch«, erwiderte er, keuchend und blutend.

Vorsichtig streckte sie die Hand nach ihm aus. »Das kannst du so nicht lassen.« Sie wollte etwas tun. Seine Wunden verbinden.

So, wie sie auch die Wunden der Menschen verbunden hatte, die sie anschließend in diese Todesfalle geführt hatten.

Irgendwas stimmte mit ihr nicht – ganz und gar nicht. Auch nach all der Zeit noch nicht.

»Geht mir vergleichsweise gut«, brummte Balur.

Sie mühte sich um ein Grinsen. »Nur eine Fleischwunde?«

Er schüttelte den Kopf. »Muskeln vor allem. Schmerzhafterweise, aber keine bleibenden Schäden.«

Sie öffnete den Mund und versuchte das zu verarbeiten. Bloß schmerzhaft? Er hatte sicher zwanzig Pfeile in sich stecken. »Wenn du das sagst …«

»Schmerz ist, was sich unseren Zielen in den Weg stellt. Sitzt befindlicherweise hier oben drin.« Balur tippte sich an den Kopf. »Was wir aber notwendigerweise tun müssen, ist da draußen.« Er machte eine Geste in Richtung der blutrünstigen Garnison. »Jetzt ist nicht die Zeit, sich im eigenen Kopf zu befinden. Jetzt ist es an der Zeit, da draußen in der Welt zu sein. Im eigenen Kopf können wir zeitweise auch später noch stecken.«

So viel hatte sie ihn noch nie am Stück reden hören. In Anbetracht der Umstände fand sie seine Wahl des Zeitpunkts bemerkenswert.

Er zuckte die Achseln. »Natürlich ist das alles Kriegerehrenscheiße. Analesier, die nicht ausreichenderweise Leute umbringen, reden zu viel. Dachte aber, es hilft dir vielleicht. Mich persönlich stört das Ganze mit dem Im-Kopf-sein gar nicht so, und mir geht's gut.«

Quirk blinzelte verblüfft. Trotz allem war es nicht der schlechteste Rat. Wahrscheinlich war es tatsächlich gerade nicht der beste Moment – von Schreien verfolgt und mitten im Pfeilhagel –, um die Schatten ihrer Seele zu ergründen. Eher war es vielleicht der rechte Moment, den Arsch hochzukriegen und lange genug zu überleben, damit sie ihre Nabelschau später fortsetzen konnte.

»Alles klar. Heißt das, dass wir ab sofort schleichen können?«

»Ja«, stimmte Balur verdrießlich zu. »Ab jetzt versuchen wir's schleichenderweise.«

44

Gott des Krieges

Firkin lehnte sich zurück und genoss einen Moment lang das Gefühl, ganze Arbeit geleistet zu haben. Der blutende Gardist, auf dem er sich gerade wiederfand, stöhnte leise. Firkin schlug ihm eine geplünderte Weinflasche auf den Hinterkopf, damit er Ruhe gab. Dann hielt er sich die tropfende Flasche übers Gesicht und ließ sich den Wein über Mund und Kinn rinnen. Er schmeckte köstlich.

Firkin war mit sich zufrieden. »Geh und verkünde meine Botschaft in Athril«, hatte Will gesagt – und verkündet hatte er sie.

»Der Prophet!«, schrien die Leute in jeder Straße, auf jedem Platz. »Im Namen des Propheten!« An jeder Ecke der Stadt wurde der Ruf aufgenommen und auf dem wogenden Rauch Hunderter Feuer davongetragen.

Und tatsächlich schienen die schreienden Leute sogar zu gewinnen – Firkin hatte zu Beginn der Kämpfe nicht allzu viel Hoffnung in das Gesindel gesetzt. Nicht halb so viel, wie die Leute in ihn jedenfalls. Doch im Laufe der letzten Stunden hatten sie allmählich einen Gläubigen aus ihm gemacht.

Er wusste, dass die Menschen wütend waren. Er hatte jede Fassung ihrer Lebensgeschichte gehört: gestohlene Lebensgrundlagen, gestohlene Leben ... Er kannte jede Nuance ihres

Zorns. Doch er hätte nicht gedacht, dass sie damit auch gegen echtes Training und scharfen Stahl eine Chance hatten.

Letztlich aber war es sehr einfach: Das Drachenkonsortium hatte diese Menschen in die Knechtschaft gezwungen, indem es ihnen alles nahm, wofür es sich zu leben lohnte. Doch nun, da das Licht des Propheten in ihnen brannte, kannten sie etwas, wofür es sich zu sterben lohnte.

Sie warfen sich den Soldaten entgegen. Sie stumpften die Klingen mit ihren Körpern ab. Sie schwärmten aus und überwältigten ihre Gegner. Sie kämpften mit einer Wildheit, die nicht einmal Dathrax mit all seinem Reichtum hätte kaufen können.

Firkin hatte gesehen, wie eine Köchin einen Soldaten mit ihrem eigenen Zopf erdrosselte, während der noch mit seinem Schwert nach ihren Armen hackte. Er hatte gesehen, wie sechs Männer eine schwer gerüstete Wache zu Tode traten, obgleich nur einer von ihnen danach noch laufen konnte. Er hatte gesehen, wie sich Menschen in Brand steckten, die Wachtürme stürmten und nie mehr zurückkehrten.

Für den Propheten.

Nicht für Will – niemand schrie je Wills Namen. Immer geschah es für den Propheten.

Firkin spürte die Veränderung in der Stadt. Die Verschiebung des Machtgefüges. Die Wachen spürten es ebenfalls.

»Rückzug!«, riefen ihre Anführer. »Wir ziehen uns in die Garnison zurück!«

Und plötzlich standen die Bürger in leeren Straßen da. Stießen auf keinerlei Widerstand mehr.

Einen kurzen Augenblick lang spürte Firkin sie straucheln, er spürte sie zögern.

Da stand er auf, rannte auf sie zu und schrie so laut er konnte: »Vorwärts! Der Prophet befielt es! Es befiehlt euch, dass ihr diese Stadt einnehmt! Es ist eure Pflicht, euren Feind zu bezwingen!«

Und so taten sie es. Nicht für Will – sondern weil es das Wort des Propheten war. Weil die Stimme des Propheten es ihnen sagte.

Lächelnd schloss sich Firkin ihnen an, den schlackernden Bauch schwer vom vielen Wein.

45

Was ist in der Kiste?

Allerorten herrschte Chaos. Allerorten herrschte Verwirrung. Wachen rannten in jede Richtung, die ihnen noch blieb, riefen einander Befehle zu, versuchten sich verzweifelt zu koordinieren. Überall war Rauch. Diejenigen, welche sich in die Stadt vorgetraut hatten, schienen sich wieder zurückzuziehen, doch niemand innerhalb der Garnison wusste so richtig, was eigentlich los war.

Ein derartiges Chaos machte Balur so richtig an.

Verlegen fuhr er sich über die Falten an seinem Hals und hoffte, dass Quirk zu sehr mit ihrem Überleben beschäftigt war, um etwas zu bemerken.

Sie verbargen sich im Schatten des gepanzerten Schatzbootes. Ein Soldat rannte vorbei, traute erst seinen Augen nicht, machte dann den Mund auf und starb, als Balur ihm die Daumenkralle in den Adamsapfel stieß.

»Fast geschafft«, raunte er.

Quirk nickte. Seit er sie ein bisschen aufgebaut hatte, schien sich die Thaumatobiologin wieder zusammengerissen zu haben. Motivationstrainer – diesen Berufsweg hatte ihm Lette nie vorgeschlagen. Das zeigte ihren Mangel an Weitsicht. Andererseits wäre er in diesem Fall wohl heute nicht da, wo er gerade war: drauf und dran, sich die Taschen mit dem Gold zweier Drachen vollzustopfen.

Er fragte sich, was Lette wohl gerade tat. Säcke voller Gold zum Ufer der Insel schleppen, hoffentlich. Sich nicht zu sehr von der Wölbung in Wills Hose ablenken lassen.

Wobei – sich neben einem bewusstlosen Drachen so richtig im Gras auszutoben, das würde ihr vielleicht wieder einen klaren Kopf bescheren. Er wünschte, sie könnten diesen ganzen Quatsch mit dem *besseren Leben* einfach vergessen und wieder ihr eigener kleiner Stamm sein. Schließlich hatten sie eine wirklich gute Zeit miteinander gehabt.

Balur nahm seine ganze Kraft zusammen und warf sich mit lautem Gebrüll dem gepanzerten Boot entgegen. Er erwischte die Reling und zog sich mühelos mit einem Arm empor, während seine Füße an der Bootswand Halt fanden. Mit lautem Krachen landete er auf den splitternden Planken des Decks.

Dort fand er sich direkt neben einer Balliste wieder, bewacht von einem einsamen Soldaten, der ungefähr in Richtung der Garnison damit zielte. Nun fuhr er mit einem Aufschrei zusammen und versuchte, die riesenhafte Armbrust auf Balur zu richten.

Hinter ihm zog sich Quirk gerade mühevoll die Reling hoch. »Meinst du wirklich, dass das gelingen wird?«, fragte sie den Soldaten. »Ich meine, ernsthaft?« Sie stieg über die Reling und stürzte fast zu Boden. Dann richtete sie sich wieder auf und sah den Soldaten an. »Balur braucht bloß zwei Schritte, um dich mit seinem Hammer ins Hafenbecken zu schlagen. Wieso springst du nicht einfach über Bord und versuchst, bis morgen zu überleben?«

Balur schenkte ihr einen finsteren Blick. Sie verdarb ihm noch den ganzen Spaß.

Glücklicherweise verstand der Soldat – ein schlaksiger, rothaariger Kerl, dessen Gesicht von Sommersprossen so übersät war, dass sie wie Blutspritzer aussahen – dies als Aufforderung, sich ein weiteres Mal an der Balliste zu versuchen.

Balur machte drei Schritte – nicht zwei – und beförderte den Soldaten mit der Rückhand ins Vergessen. Sein schlaffer Körper segelte über die Reling und landete mit einem feuchten Knacksen.

Quirk seufzte. »Wenigstens einen hab ich zu retten versucht.«

»Du kannst dich reinsterweise deines Gewissens erfreuen«, stimmte Balur ihr zu.

»Ich bin mir nie sicher, ob du sarkastisch bist«, beschwerte sie sich.

Balur hielt sich nicht mit Erklärungen auf, sondern suchte nach den Leinen.

Er erfreute sich gerade eines großen Erfolgs bei dieser Aufgabe, als Quirk es auf sich nahm, ihn mit einem lauten Ausruf zu unterbrechen: »Bei Kluks Titten!«

Angesichts der Tatsache, dass die Göttin der Weisheit gemeinhin als relativ geschlechtslos eingeschätzt wurde und gegenwärtig auch niemand sie beide zu töten versuchte, ließ dieser Ausruf Balur kurz innehalten. Zunächst vergewisserte er sich ihrer Situation: Nein, Kluk war nicht vom Himmel herabgestiegen und nun mit irgendjemandem zugange. Ebenso wenig schienen irgendwelche Wachen sie bemerkt zu haben. Die Verteidiger der Garnison hatten noch beide Hände voll damit zu tun, sich der geistesgestörten Aufrührer zur erwehren, welche ihnen am liebsten das Herz aus dem Leib reißen würden.

Nachdem diese Eventualitäten ausgeräumt waren, ging Balur

der Sache näher auf den Grund. Dies dauerte nicht lange und endete damit, dass er erschöpft die Worte »Bei Kluks apfelweißem Hintern« hauchte.

Neben dem Steuerhaus führte eine Treppe in den Frachtraum hinab. Und am Fuße dieser Treppe lag ... Gold. Aber nicht einfach bloß Gold, sondern *Gold* – säckeweise. Und die Säcke waren so prall, dass sie schon platzten und Münzen verloren. Die Berge waren so hoch, dass man durch sie hätte waten können. Die Münzen füllten den ganzen, nicht unbeträchtlichen Frachtraum des Bootes aus.

»Der Hort?«, keuchte er. »Hier?«

Quirk schüttelte den Kopf. »Nein, das kann nicht sein. Wäre der Hort hier, dann wäre auch Dathrax hier. Drachen schlafen bei ihrem Hort.«

Damit hatten sich Balurs Erklärungsversuche erschöpft. »Was dann ...?« Er wollte sich ihr zuwenden, hatte aber Schwierigkeiten, seine Augen von all dem Gold abzuwenden.

»Das müssen die Steuern sein«, sagte Quirk. »Die Steuern eines einzigen Jahres. Dathrax lässt sie hier sammeln, bis seine Männer sie weiter zu seiner Insel schaffen.«

Balurs Augen wurden größer. Und noch größer. »Das hier soll bloß das ... von einem Jahr sein?«

Quirk nickte.

»Und jahreweise wie lange ist das Konsortium noch gleich an der Macht?«

»Mindestens dreißig.«

Balur züngelte. Nahm das Aroma des ganzen Goldes in sich auf. Er spürte, wie sich seine Nackenfalten schmerzhaft weiteten. Es scherte ihn nicht.

»Oh«, sagte Quirk und sah sich seinen Hals an. »Ich wusste gar nicht, dass du das kannst. Die sind richtig hübsch.« Was alles in allem nicht sehr hilfreich war. Balur steckte den Kopf in einen der Säcke und atmete tief ein.

Da fing sich etwas in seiner Kehle – etwas Vertrautes. Er legte den Kopf schief und schnüffelte ein weiteres Mal an dem Sack. Sog den Duft tief ein.

»Quirk?«, fragte er schließlich.

»Ja?« Sie war etwas tiefer in das Gold hineingewandert.

»Wieso riecht dieser Goldsack nach Lette?«

Quirk fuhr gerade mit dem Finger die Kanten einer großen Kiste nach, die halb vergraben in der Mitte des Raumes stand. »Weil …«, hob sie an, aber dann verlor sich ihre Stimme. »Bist du dir sicher?«

»Lette ist Stamm«, erklärte er ungeduldig. »Da werde ich ihren Geruch vermutlicherweise erkennen.«

»Bist du …« Quirk stockte. »Könnte denn nicht …« Sie sah sich um, als würde Lette jeden Augenblick aus einem der Säcke hüpfen und »Überraschung!« rufen. Sie fuhr sich durch das kurze krause Haar. »Könnte nicht einer von uns beiden den Geruch mitgebracht haben? Wir hängen schließlich viel mit ihr herum.«

Balur schüttelte den Kopf. Er wusste, wie es roch, wenn sich Lettes Geruch mit seinem eignen oder Quirks vermischte. Das hier war anders. Das hier war definitiv und unverkennbar Lettes Geruch.

Er sah sich um, versuchte hinter das Rätsel zu kommen. Doch Lette war nirgendwo zu sehen.

»Oh Scheiße«, murmelte da Quirk.

»Was?«

»Das ist unser Gold! Es riecht nach Lette, weil es *unser* Gold ist.« Quirk ließ sich auf der großen, kunstfertigen Kiste schwer nieder. »Weil Dathrax es gar nicht erst auf seine Insel gebracht hat. Der Scheißkerl war zu faul und hat es hier bei der Garnison abgeladen, damit seine Leute es ihm über den See bringen. Deshalb ist das Boot auch so voll. Weil es voll mit Mattrax' Gold ist – nicht bloß mit den diesjährigen Steuern. Oh Scheiße. Gottverdammte Scheiße.«

Balur blickte sich um. Eben noch voller Freude, kam es ihm nun fast so vor, als würde er regelrecht ausbluten, bis von seinem Hochgefühl nur noch eine Pfütze um die Füße blieb.

»Dann …« Er versuchte, die Stücke zusammenzusetzen. »Aber was ist dann mit Lette und Will? In welcher Weise sind sie auf die Insel gekommen, um Dathrax auszuschalten?«

»Ohhh …« Quirk dehnte das Wort, reicherte es Welle auf Welle mit neuem Entsetzen an. »Ohhhhhhh …!«

Sie stand auf und starrte voller Schrecken die Kiste an, auf der sie gesessen hatte.

»Was?«, fragte Balur. Die Spannung brachte ihn noch um.

»Die Kiste«, sagte sie. »In der Kiste!«

Worauf sie hinauswollte, entzog sich ihm noch immer. »Was?«, fragte er. »Was ist in der Kiste?«

46

Mach die Augen auf

Will hatte einen recht angenehmen Traum genossen. Gegenstand des Traums waren er, Lette und ein reichlich promisker Käse gewesen.

Die Ohrfeigen, die ihn weckten, stellten einen eher enttäuschenden Höhepunkt dar.

»Ah?«, sagte er schläfrig zu der verschwommenen Gestalt, die ihn am Hals gepackt hatte. »Sind wir schon da?«

»Nein!«, klatschte es ihm lautstark ins Gesicht, und Will registrierte, dass man ihn abermals geohrfeigt hatte.

Allmählich erkannte er Balur. Dann ließ Balur ihn fallen. Will landete unsanft; sein Mund fühlte sich an, als wäre er voller Blut, und sein Kopf machte den Eindruck, als wäre er voller Bärenscheiße. Er stöhnte, spuckte aus und rieb sich die Schläfen.

»Was ist denn los?«, fragte er. Bloß dass es klang wie: »Wahs-n-loh?«

Balur hatte keine Antworten für ihn. Mittlerweile war er damit beschäftigt, jemand anderen hochzuziehen und zu ohrfeigen.

Lette. Das war Lette!

Will versuchte die Teile seiner Erinnerung zu sortieren. Es hatte einen Plan gegeben. Es hatte einen Plan gegeben, weil sie etwas geplant hatten. Etwas …

Gold. Dathrax bestehlen. Seinen Hort …

Er wurde sich bewusst, auf einem ganzen Haufen Gold zu sitzen. Was wohl hieß, dass es bis jetzt ganz gut lief.

Er versuchte sich abermals am Sprechen. »Was ist denn los?« Diesmal kam es klarer heraus.

Quirk sah ihn an. »Wieso in Kluks heiligem Namen höre ich dir eigentlich noch zu?« Es schien sich um eine rhetorische Frage zu handeln, was ihm sehr gelegen kam, denn er wusste wirklich nichts darauf zu erwidern. »Wir sind immer noch auf dem Boot, Will«, fuhr sie fort, als er nicht reagierte. »Auf dem beschissenen Boot!«

Ein Boot. Das hieß, Teil des Plans war ein Boot gewesen …

Lette plumpste neben ihm zu Boden. Balur stand über sie gebeugt da und wirkte leicht verärgert. Ihr Kopf kippte träge in seine Richtung. »Wahs-n-loh?«, fragte sie verwirrt.

Und da fiel ihm wieder alles ein – der ganze Plan: dass er sich eigentlich gerade auf einer Insel bei einem betäubten Drachen befinden sollte, während er und Lette eigentlich nicht betäubt sein sollten; dass Quirk und Balur allein auf diesem Boot sein sollten, unterwegs über den monsterverseuchten See, um sie beide abzuholen – sie und das Gold.

Er erhob sich. Das Adrenalin fegte die Reste der Benommenheit hinweg. »Sind wir auf dem See?«, fragte er. »Habt ihr es aus der Stadt geschafft?«

»Nein!« Quirk schrie fast. »Wir sind eben erst an Bord gekommen und haben euch und unser ganzes Gold hier gefunden!«

Unser Gold. Will versuchte das mit den bekannten Fakten in Deckung zu bringen.

»Ach du Scheiße«, murmelte er, als die letzten Stücke endlich an ihren Platz rutschten. »Dieser beschissene faule Drache!« Dathrax hatte sie gar nicht über den See getragen. Er hatte das Gold über der Garnison abgeworfen, damit seine Leute die Arbeit erledigten.

Dathrax.

»Oh verdammt.« Er starrte den anderen ins Gesicht.

»Was?«, fragte Lette, die es augenscheinlich versäumt hatte, im Schlaf telepathische Fähigkeiten auszubilden.

»Dathrax! Er ist immer noch wach.«

Lette zuckte die Achseln. »Na und? Wir haben nichts getan, um die Aufmerksamkeit Ihrer Scheißmajestät auf uns zu ziehen.« Sie gähnte.

Will aber bemerkte die Blicke, die Balur und Quirk tauschten. »Was?«, fragte Lette. Und als ihr nur betretenes Schweigen entgegenschlug, fragte sie noch einmal: *»Was?«*

»Tja, also ...« Quirk trat nervös auf der Stelle. »Was das betrifft ...«

47

Wo es Rauch gibt …

Dathrax, satt und ausgestreckt auf seiner Insel, hob den Kopf. Ein merkwürdiger Geruch lag in der Luft. Er konnte ihn nicht richtig einordnen.

Gerade hatte er über Mattrax und das, was ihm passiert war, nachgedacht. Dathrax hatte Mattrax nie wirklich gemocht. Er hätte ihn nicht unbedingt als Rivalen bezeichnet – das hätte schließlich anerkannt, dass Mattrax und er auf gleicher Höhe standen. Doch von allen Mitgliedern des Konsortiums war Mattrax derjenige gewesen, mit dem er am meisten zu tun gehabt hatte, und mit dem er am häufigsten aneinandergeraten war.

Von daher gab es eine Menge Gründe, weshalb er Mattrax' Tod eigentlich begrüßen sollte. Beispielsweise hatten sie eine Reihe konkurrierender Handelsvereinbarungen mit Vinland und Batarra getroffen. Und die Häufigkeit, mit der Banditen seinen überaus profitablen Weinhandel bei der Durchquerung von Mattrax' Gebiet heimgesucht hatten, war mehr als verdächtig gewesen.

Das Problem waren eher die Umstände von Mattrax' Tod. Wäre er einfach an einem Ochsenknochen erstickt oder auf ungeahnt kreative Art an der Gicht verendet … hätte ihn sein eigener Goldschatz zerquetscht … nun, das hätten selbst die Händlergilden Vinlands und Batarras verstanden, respektiert sogar. Insgeheim wünschten sich doch alle, dass ihr Grabstein die Inschrift »Tod durch Überfluss« trug. Doch dafür hatte Mattrax nicht den Anstand besessen. Wie schon im Leben, so war er auch im Tod der dummdreiste Sohn einer Leguanhure.

Ein Volksaufstand! Allein bei dem Gedanken könnte Dathrax fast Feuer speien.

Fast …

Dieser Prophet. Dieser beschissene Volksheld. Dabei erhöhten sie das Kopfgeld immer weiter. Bei allen Geistern, inzwischen war die Summe so stattlich, dass Dathrax schon erwog, diesen menschlichen Schmutzfleck selbst zu beseitigen …

Er prustete über seinen eigenen Witz. Zwei armselige Rauchfähnchen stiegen aus seinen Nüstern auf, verwehten in der Abendbrise.

Rauch …

Das war's, was er roch!

Und wo es Rauch gab …

Aber er konnte doch gar kein … na ja … er konnte sicherlich. Es war bloß … wahrscheinlich war es nur ein wunder Hals. Bald schon würde er wieder richtig Feuer speien.

Dathrax richtete sich auf. Schnüffelte, versuchte, den Geruch zu verfolgen. Hatte ein anderes Mitglied des Konsortiums von seinem *vorübergehenden* Problem erfahren? Hatten sie sich alle im Höllenschlund versammelt, um ihn zu verspotten?

Er erklomm den Hang der großen Mulde, in der sich sein Hort befand. Münzen und Kronen rutschten unter seinen Füßen und erschwerten die Bewegung. Er breitete die Schwingen aus und schwang sich in die Luft, um den Horizont abzusuchen.

Und dort, da war ein roter Fleck, dem Sonnenuntergang gegenüber: Athril, sein Stützpunkt. Der Sitz seiner Macht, seine Garnison, die Heimat seiner sämtlichen verfluchten Steuern.

Seine Stadt brannte. Ihr Rauch wanderte zu ihm über das Wasser.

Mit grimmiger Miene und schlagenden Schwingen zog Dathrax los, um den abendlichen Störenfrieden die Hölle heißzumachen.

48

Viel, viel zu spät

Will trat aus dem Frachtraum des Bootes in eine Welt der Flammen und des Chaos hinaus.

»Bei allen Göttern«, flüsterte er. »Was habt ihr getan?«

Athril stellte nur noch das brennende Gerippe einer Stadt dar, aus dem Asche, Rauch und Schreie aufstiegen. Überall im Umfeld der Garnison schlugen Gardisten und Stadtbewohner einander in einem unentwirrbaren Gewimmel die Köpfe blutig.

»Das war Firkin«, murmelte Quirk.

»Aber ihr seid verantwortlich gewesen!« Entsetzte Schuldzuweisungen waren im Augenblick wahrscheinlich nicht sehr hilfreich, doch Will konnte nicht anders. Er konnte einfach nicht fassen, dass es derart weit gekommen war.

Schon wieder. Wieder war alles vor die Hunde gegangen. Was hatte er sich nur dabei gedacht? Wie hatte er sich von Lette hierzu überreden lassen können?

Er blickte sie an. In ihren Augen sah er sein eigenes Grauen gespiegelt. Ihre Lippen formten ein kleines rundes O des Schreckens.

Diese Lippen …

Das riss ihn einen Augenblick aus seiner Schockstarre. Und nein, er konnte Lette nicht die Schuld hierfür geben. Selbst, wenn sie tatsächlich etwas Schuld traf. Er hatte genau gewusst, dass er keine Ahnung hatte, was er eigentlich tat – und trotzdem hatte er ihnen seinen Plan präsentiert. Obwohl er wusste, wie viele Leben dabei auf dem Spiel standen.

O ihr Götter ... wie viele Leichen pflasterten heute Nacht Athrils Straßen? Für wie viele Tode war er verantwortlich?

»Das ist keine Stadt mehr«, flüsterte er. »Das ist ein verdammter Scheiterhaufen.«

Lette schüttelte den Kopf. »Schlimmer noch: Es ist ein Leuchtfeuer, eine Warnung für Dathrax, dass sich jemand in seine Angelegenheiten mischt. Wir müssen schleunigst verschwinden, ehe er es bemerkt ... ehe er kommt und uns röstet.«

Verdammt, sie hatte recht, das wusste Will genau. Und dennoch konnte er sich nicht vom Fleck rühren. Vom schieren Ausmaß des Desasters war er wie gelähmt.

»Los.« Lette packte ihn am Arm. »Wir müssen weg von hier, bevor es zu spät ist.«

»Äh«, räusperte sich Balur. »Was das betrifft ...«

49

Drachen holen einen ein

»Oh«, hauchte Quirk. »Oh.« Ein Seufzer. Ein Ausatmen, um Raum für das wachsende Staunen zu schaffen.

Sie verfolgte, wie Dathrax über den Athrilsee herangeflogen kam.

Er war majestätisch. Er war ein Stück bloß gelegten Himmels, das zum Leben erwacht war. Seine Spannweite war so groß wie ein Palast. Seine Schuppen hatten die warme Farbe von Kohlen – schwarz wie Ruß, von einem tiefen, roten Feuer erhellt. Seine Klauen waren grau wie polierter Stahl, seine Zähne gelb wie altes Pergament. Er ritt auf den Winden über dem See gleich einem König, den sein Streitross in den Krieg trägt. Sein gewundener Schwanz peitschte die Luft. Schuppen wuchsen wie die Rückenflossen eines Fisches aus seinem Leib empor. Sein schwerer Kopf war groß wie ein Ochsenkarren und der untere Teil bestand komplett aus dem riesigen Kiefer.

Und seine Augen. Diese brennend hellen Augen!

Einen Moment lang hatte sie den Eindruck, dass sich ihre Blicke trafen. Aus der Ferne, über das Wasser. Wie Liebende bei ihrem ersten Tanz. Sie fühlte, wie sich sein Blick in sie hineinbohrte und mühelos sämtliche ihrer sorgsam angelegten Schutzschichten durchdrang: ihre Bildung, ihre Moral, ihre

Menschlichkeit, bis sie nur noch ein tanzendes Staubkorn im Feuer seiner Augen war.

Doch sie war nicht allein in dieser Nacktheit der Seele – sie sah ihn ebenfalls. In diesem kurzen, doch beinahe ewig währenden Moment teilte er seine Natur mit ihr. Sie sah das Feuer auch in ihm. Seine Grausamkeit, gewiss, doch auch die Majestät. Er beherrschte dieses Tal, weil es das war, was er war: ein Herrscher, ein König, die Krone der Schöpfung.

Und dann brüllte er.

Quirk blieb die Luft weg. Sie keuchte, in ihr war kein Platz mehr für Sauerstoff.

Der Klang ließ sie erzittern. Jede Faser ihres Körpers nahm die Schwingung auf. Sein Brüllen entsprach der ungehörten Musik ihrer Seele.

Sie versuchte, alles zu erfassen, sich jedes noch so kleine Detail einzuprägen: die Zahl seiner Zähne, ihre geschätzte Länge, ihren Durchmesser. Seine Spannweite, die Knochen jeder Schwinge und wie sie sich auf seinem Rücken bewegten. Der Umriss seiner Muskeln, als sie ihn kurz vor dem Ufer höher in die Luft beförderten, wo er einen Augenblick lang schwerelos verharrte. Wie ihm die Fettvorräte unterhalb der Brust herabhingen. Selbst der Bauch des Drachen wirkte noch würdevoll – seine Größe, seine Kühnheit, seine Pracht.

Sie mühte sich, all diese Eindrücke im Gedächtnis zu behalten. Sie jetzt wie immerdar zu bewahren.

Um sich herum hörte sie Menschen schreien und sterben – Menschen, die sie während ihrer Reise an diesen Ort umsorgt hatte, damit sie bei Gesundheit blieben – und guter Dinge; weil sie ihr etwas bedeutet hatten. Jetzt bedeuteten sie ihr nichts mehr. Alles wurde von diesem Moment in den Schatten gestellt.

»Wunderschön«, hauchte sie. »Einfach nur wunderschön.«

Dathrax krachte in die Palisade der Garnison. Seine Hinterklauen pulverisierten das Holz. Die Palisade wankte, gab nach, kollabierte.

Der Drache landete schwer auf allen vieren.

»Pah«, sagte Balur, den sie fast vergessen hatte. »Er ist auch bloß eine dumme, fette Echse – und er wird sterben.«

50

Auf der Flucht

Also dann, dachte Will. *Das war's dann wohl. So werde ich sterben.*

Dathrax brüllte abermals. Wachen und Bürger zitterten vor Angst. Ein Rund verheerten Bodens tat sich vor ihm in der Menge auf, leer gefegt allein durch die Wucht seiner Wut. Die Menschen stolperten auf ihrer überstürzten Flucht, und der über sie gebeugte Drache verschlang sie einfach. Die Riesenkiefer schnappten zu, Körper zerplatzten zwischen seinen Zähnen. Organe wurden von der Kraft seines Bisses zwischen Knochen hindurchgedrückt und flogen wie blutiges Schrapnell in die Menge.

Und dann, ungebrochen und aberwitzig in ihrer Beharrlichkeit, füllten wieder die Rufe die Stille nach dem Gebrüll: »Der Prophet! Der Prophet!«

Haltet bitte die Klappe, dachte Will flehentlich. *Lasst es einfach bleiben.*

Dathrax arbeitete sich durch die dezimierte Garnison vor. Die Leute flohen, er brüllte und bellte und schnappte, biss in die Baracken, dass selbst Klingen zwischen seinen Zähnen zersplitterten.

Wieso speit er nicht einfach Feuer?, wunderte sich Will. Er wartete eigentlich nur darauf, dass Dathrax sich aufbäumte und er selbst das tiefe Licht in seinem Schlund erblicken konnte. Er machte sich auf einen Feuerball gefasst, der niemals kam.

Sie mussten etwas unternehmen. Angriff war aussichtslos, und es gab kein Versteck. Damit blieb nur die Flucht.

»Ein Boot!«, rief er. »Wir sind auf einem Boot!«

»Stimmt.« Balur nickte gefasst. »Das ist wahrerweise ganz richtig.«

Will wirbelte herum und verpasste ihm einen Schlag. Seine Faust traf auf etwas, das sich wie eine Felswand anfühlte. Er verkniff sich einen Schmerzenslaut und blaffte Balur an: »Leinen los, du Penner! Bring uns hier raus! Raus aufs Wasser.«

Balur runzelte die Stirn. »Wieso?« Er wirkte ehrlich verwirrt.

»Ach«, presste Will zwischen den Zähnen hervor. »Keine Ahnung – ich dachte nur, du weißt schon, dass es vielleicht verdammt wichtig sein könnte, wenn wir noch mit heiler Haut und dem Scheißgold verschwinden wollen, statt hier zu verrecken!«

Das traf Balur mehr, als Wills Faust es je vermocht hätte. »Aber ich würde ihn doch gerne töten ...« Er zeigte auf Dathrax.

Will nickte. »Okay, dann bleibst du hier und tust genau das, während wir anderen schon mal fliehen.« Er warf einen Blick zu Lette und Quirk hinüber. »Klingt das wie ein Plan?«

»Absolut.« Lette rannte bereits zu den Leinen, mit denen das Boot festgemacht war.

Quirk hingegen stand einfach da und starrte Dathrax an. Will nahm an, dass die Panik sie ihrer Sinne beraubt hatte.

»Hey!« Balur machte noch immer einen verletzten Eindruck. Doch Will war zu beschäftigt damit, Lette nachzueilen, als dass es ihn gekümmert hätte. Er erreichte den ersten Vertäupfahl und fing schon an, die Leine abzuwickeln. Kurz darauf war Lette bei ihm und hackte sie mit ihrem Kurzschwert durch. Die Leinenenden fielen zu Boden.

»Hier.« Sie reichte ihm das Schwert. »Nimm!«

Jetzt war Wills Stirn mit Runzeln an der Reihe. »Wieso?«

Lette gab ihm einen leichten Stoß. »Aus allen verdammt offensichtlichen Gründen!«

Dathrax kam ihnen derweil immer näher. Will war sich nicht sicher, ob der Drache sie schon entdeckt hatte, oder ob bloß wieder die Götter oben im Himmel auf sie pissten. Das Ergebnis aber war das Gleiche: Sie würden sehr bald sterben, wenn sie das Boot nicht in Bewegung setzten.

Mit Lettes Schwert hackte er die nächsten Leinen durch, während sie auf der anderen Seite dasselbe tat.

Die letzte Leine riss mit einem vernehmlichen Knall. Ein Ruck fuhr durch das Boot, als es über seine Rampe in Richtung des Wassers zu rutschen begann. Langsam erst, dann immer schneller. Der schartige Stahlrumpf kreischte auf dem rauen Stein.

Schließlich schlugen sie klatschend in den See, Wasser spritzte auf, sie lösten sich von der Rampe und trieben davon. Über Will strafften sich auf einmal Segel. Er blickte auf und sah Lette, die sich durch die Takelage schwang, Leinen spannte und Knoten knüpfte.

Zum ersten Mal, seit sie das Deck des Bootes betreten hatten, bekam er wieder halbwegs Luft. Sie entkamen – sie hatten einen Frachtraum voller Gold, und sie entkamen tatsächlich!

Den Göttern sei Dank, sie ließen selbst Firkin und seine Anhänger hinter sich.

Der Plan mochte nicht gerade wie am Schnürchen funktioniert haben – beim besten Willen nicht –, aber irgendwie hatte es trotzdem geklappt.

Balur trat auf ihn zu. »Dass wir unsinnigerweise die Flucht ergreifen, liegt mir nicht. Ich muss gegen diese Umdreherei und Wegrennerei protestieren.«

Will zuckte die Achseln. Was Balur lag oder nicht lag, ging ihm gerade am Arsch vorbei.

»Ach, wisst ihr«, meldete sich Quirk, die immer noch an der Reling stand und in Richtung Küste schaute. »Darüber würde ich mir keine Gedanken machen ...«

Will drehte sich um und erbleichte.

Ein Brüllen donnerte über das Wasser.

Dathrax erhob sich mit weiten Schwingen aus den Ruinen von Athril und nahm die Verfolgung über den See auf.

51

Total am Arsch

Okay, dachte Will. *Diesmal sterben wir aber garantiert.*

»Ballisten!« Der Schrei kam von oben. Lette kletterte gerade die Takelage hinab. Sie machte so schnell es ging, ohne dass man von einem Sturz hätte sprechen müssen.

»An die verdammten Ballisten!«, rief sie und schaffte es sogar, mit dem Finger zu zeigen, obgleich Will nicht ganz klar war, wie ihr das ohne einen dritten Arm gelang, und wie sie es geschafft haben mochte, diesen derart lange zu verschweigen.

Er beschloss, sich diese Frage für später aufzuheben.

Stattdessen wirbelte er zu den drei Ballisten herum. Eine war sogar geladen. Ihre Sehne war straff gespannt, bereit, den Speer in den Himmel zu schießen.

Oder womöglich in den Unterleib dieses erstaunlichen fliegenden Monsters des Todes, das sie da jagte.

Will stolperte zu der Kriegsmaschine und machte sich rasch mit ihr vertraut. Sie war auf einer kurzen Stahlsäule montiert und ließ sich horizontal wie vertikal schwenken. Zu einer ruhigeren Gelegenheit wäre Will von so viel Wertarbeit und Einfallsreichtum beeindruckt gewesen – oder angewidert von dem Umstand, dass Dathrax für die Verteidigung seines Steuerkahns zwar keine Kosten gescheut hatte, seine Untertanen aber ihrem Elend überließ. Doch die Gelegenheit war leider nicht ruhig.

Also schrie er stattdessen: »Fick dick!«, und schoss den Speer nach dem Biest.

Die Balliste bäumte sich auf. Ein gewaltiger Ruck fuhr wie ein Krampf durch Wills Hände und ließ seine Zähne klappern. Seine Füße rutschten über das Deck.

Der Speer flog davon, beschrieb einen hohen Bogen in der Nacht. Feuerschein glitzerte auf seiner Spitze.

Knapp zehn Schritt vor Dathrax fiel er ins Wasser. Der Drache stieg schreiend höher und geriet außer Reichweite, machte sich für einen Sturzflug bereit.

»Was glaubst du, dass du da tust?«, knurrte eine Stimme in seinem Ohr.

»Es tut mir leid«, plapperte Will. »Ich habe mich mit der Entfernung verschätzt. Lette hat gesagt … ich dachte, sie meint …«

Er wurde von Balurs starker Faust unterbrochen, die ihm einen Schlag in die Brust verpasste und ihn zu Boden schickte.

»Du versuchst schon wieder, mir den Ruhm zu stehlen!«, brauste Balur auf.

Wellen hellen Lichts und Schmerzes tobten nach dem Sturz aufs Deck in Wills Schädel, doch er war noch ausreichend bei Sinnen, um sich zu denken: *Bitte nicht wieder diese Scheiße.*

»Wir treten dem Biest hier an Deck gegenüber«, grollte Balur. »Männlicherweise! Dann werden wir schon sehen, wessen Mut dem seinen gewachsen ist. Und ich finde heraus, ob du legendenweise deinem Ruf gerecht wirst!«

»Ich habe nie behauptet, einen Drachen getötet zu haben!«, schrie Will, sich nur allzu bewusst, dass lediglich wenige Sekunden ihn davon trennten, *von* einem Drachen getötet zu werden.

»Ich habe das den Dörflern sehr deutlich zu erklären versucht. Aber sie hören mir einfach nicht zu!«

»Dathrax wird meine Beute!«, brüllte Balur. »Du wirst diebischerweise die Finger von ihm lassen!«

Da erschallte ein weiterer harter Schlag neben ihnen, als eine zweite Balliste ihren Speer in den Himmel schoss. Will und Balur rissen die Köpfe herum.

Hoch über ihnen schrie Dathrax auf.

An der Balliste stand Lette, die gerade die Sehne zurückzwang, während Quirk einen neuen Speer einlegte.

»Ich mach euch einen Vorschlag«, sagte Lette, ohne sie anzusehen. »Wie wär's, ihr beide packt eure Schwänze wieder ein und macht euch nützlich?«

»Meinen Schwanz?«, beschwerte sich Will. »Ich habe doch gar nichts …«

Der Drache schrie abermals. Und dann verstummte der Schlag seiner Schwingen, und Will hatte Wichtigeres zu tun, als auf seiner Unschuld zu beharren.

Wie ein Stück flammender Mitternacht stürzte Dathrax auf sie herab. Zorn und Klauen und ein Maul, das wie der Höllenschlund klaffte. Das Steuerhaus explodierte in einem Splitterregen. Mit ausgestreckten Klauen fegte Dathrax über sie hinweg.

Das Steuer, dachte Will. *Stimmt, das hätte einer von uns wahrscheinlich übernehmen sollen.*

Nur zu gern hätte er daraus den Schluss gezogen, dass ihre Inkompetenz ihnen erstmals das Leben gerettet hatte.

Dathrax schwang sich wieder höher in die Dunkelheit auf. Binnen weniger Sekunden war sein Riesenkörper nur noch ein Schatten am Nachthimmel.

Entsetzt starrte Will das Zeugnis der Zerstörung an, die so abrupt und absolut über sie hereingebrochen war.

»Er greift das Boot an!«, rief Lette. Sie stand hinter der Balliste und richtete sie so steil wie möglich nach oben, um Jagd am Himmel zu machen. »Er will uns unsere Manövrierfähigkeit nehmen. Steuert uns aufs offene Wasser raus, wo wir mehr Platz haben!«

»Soll er nur kommen!«, brüllte Balur zum Himmel. »Soll er doch meinen Hammer schmecken!«

»Halt deine Scheißklappe und mach!«, schrie Lette.

»Ich geh ans Steuer.« Quirk wollte schon losflitzen.

Doch Balur packte sie an der Schulter. »Nein«, grollte er. »Verbrenn ihn. Lass ihn die Nacht erhellen!«

Das war etwas zu viel Doppelmoral für Wills Geschmack. »Sie darf versuchen, ihn vom Himmel zu schießen, aber ich werde niedergeschlagen?« Seine Rippen schmerzten immer noch von Balurs Faust. Niemand schien interessiert daran, sich seiner Empörung anzuschließen.

»Nein«, wehrte Quirk ab und starrte in die Richtung des zerstörten Steuerhauses. »Das werde ich nicht – das ist nicht mehr die, die ich bin.«

»Wir brauchen mehr Licht«, unterbrach Lette. »Wir sind praktisch blind. Wir müssen ihn sehen, damit wir ihn abschießen können.«

Quirk starrte ins Leere. Sie murmelte etwas.

»Was?«, fragte Lette.

Will aber hatte sie verstanden. Sie hatte gesagt: »Wie majestätisch er ist.« Er wünschte, er hätte es nicht gehört, doch das hatte er.

Der Drache persönlich ersparte es ihm, sich weiter Gedanken über diese Äußerung und ihre Implikationen machen zu müssen.

Kreischend brach Dathrax aus der Nacht über sie herein und rammte den Großmast. Das starke Eichenholz zerbarst unter seinen Klauen in einer Wolke aus Spänen. Die Takelage riss sich los, Leinen peitschten die Luft. Die Segel zuckten wie verkrümmte Körper. Und dann krachte der restliche Mast taumelnd aufs Deck, stürzte geradewegs auf sie zu.

Mit einem Aufschrei ließ Balur Quirk los, worauf sie mit wedelnden Armen zur Reling stürzte, während er die Stufen zurück in den Frachtraum stolperte.

»Bei Bussis verseuchtem Schwanz!«, schrie Lette.

Will starrte wie gelähmt auf den geborstenen Masten, der eine Schneise der Zerstörung über das Deck zog. Eine Balliste wurde ins Wasser gefegt. Die Luft war voller Splitter.

Er sprang zu Lette hin. Sie brachte die letzte Balliste in Stellung und versuchte den Drachen ins Visier zu nehmen. Ein Gewirr von Holz und Tauwerk walzte auf ihren Kopf zu.

Will stieß mit Lette zusammen, gerade, als sie ihren Schuss abgab. Die Balliste bäumte sich auf. Er rammte mit der Schulter Lettes Bauch und warf sie um. Gemeinsam stürzten sie zu Boden. Holz krachte splitternd gegen die Waffe, und der Speer schoss gen Himmel. Leinen zerschnitten die Luft über ihren Köpfen.

Dathrax schrie abermals – diesmal aber nicht vor Wut, sondern vor Schmerz.

»Nimm das, du Arsch«, kommentierte Lette unter ihm mit Genugtuung.

Will raffte sich auf und hielt Lette die Hand hin, doch sie war selbst schon wieder auf den Beinen und ignorierte die Hilfe.

Das Boot war ein Schlachtfeld aus zerrissenen Segeln und schlaffen Leinen. Der Vormast neigte sich in einem bedrohlichen Winkel.

»Scheiße«, sagte Will. »Wir sitzen hier fest.« Schon malte er sich aus, wie Dathrax einen Angriff von ihrer ungeschützten Seite vorbereitete, kreisend ihre Positionen bestimmte, während sie zum Abwarten verdammt waren.

»Schon gut, schon gut. Ich geh verfickterweise ans Steuer.« Balurs Füße stapften in Richtung des Steuerrads, das sich nun einsam und verdrießlich aus dem Trümmerfeld des Decks erhob.

»Hilf mir nachladen!« Lette spannte bereits wieder die Balliste. Die Speere lagen durcheinander auf dem Boden. Die Kriegsmaschine selbst war immer noch in die Überbleibsel des zerstörten Mastes verstrickt.

Quirk starrte nur stumm in den Himmel.

Es blieb keine Zeit, sie zur Vernunft zu bringen. Will packte einen der Speere und versuchte ihn auf den Lauf des Geschützes zu legen, doch da war zu viel zerbrochenes Holz im Weg. Ungeschickt versuchte er es wegzufegen, während er mit dem Gewicht des Speeres kämpfte und darüber fast das Gleichgewicht verlor. Das Geschoss war so dick wie sein Arm und fast fünf Fuß lang.

»Komm schon!«, schnappte Lette.

»Wo steckt er?« Will folgte ihrem suchenden, zum Himmel gewandten Blick.

Quirk murmelte wieder etwas, doch diesmal hatte er weder Zeit, es zu enträtseln, noch stand ihm auch nur der Sinn danach.

»Ich sehe ihn nicht.« Lette drehte die Balliste hierhin und dorthin, während Will verzweifelt den Speer einzulegen versuchte.

»Komm schon«, brummte er wie zu sich selbst. »Komm schon …«

Ein einzelner, einsamer Schwingenschlag. Das gedämpfte Klatschen riesiger lederner Häute. Sonst nichts, aber das war deutlich genug, um Wills ganze Aufmerksamkeit auf sich zu lenken.

Das Geräusch kam nicht von oben.

Will und Lette wirbelten herum. Lette zerrte an der Balliste, doch sie war schwergängig und ihre Lagerung vom jahrelangen Einsatz auf dem See verrostet.

Dathrax kam dicht über das Wasser geglitten, die Schwingen so weit ausgebreitet, dass die straffen Häute wie Segel in der Nachtluft schlugen.

Der Drache musste in der Höhe einen Bogen geflogen sein, um dann wieder herabzusteigen. Das Mondlicht, das sich schimmernd auf dem Wasser spiegelte, tauchte die kohlschwarzen Schuppen seines Bauchs in kaltes Feuer.

Genüsslich öffnete Dathrax sein Maul. Der Augenblick schien sich bis zu Tageslänge hinzuziehen. Eine gähnende Höhle voller Zähne tat sich vor Will auf, bis sie die ganze Welt zu verschlingen drohte. Sie verschluckte die Nacht, das Boot und alle Versprechen. Schon existierte nichts mehr als dieser allumfassende Schlund, dieses Zentrum der Dunkelheit, das alles andere verfinsterte.

Dann Licht – gleißend, blendend, so machtvoll wie das Drachenmaul. Flammen, die den Himmel wie eine neue Sonne erhellten. Verzehrend, hungrig, tödlich.

Will machte sich auf den letzten schmerzhaften Moment gefasst – jenen Augenblick, in dem er spüren würde, wie sich Haut und Muskeln von den Knochen lösten, gefolgt vom scharfen Schrei jeder einzelnen Faser seines Körpers, und dann …

Dann war es vorbei. Flammen und Licht verloschen. Dathrax zog hoch und entfernte sich schreiend. Will war immer noch am Leben.

Und neben ihm stand Quirk mit ausgestrecktem Arm. Ihre Handfläche rauchte noch.

52
Hitzig

Vor langer Zeit einmal hatte ein junger Magier an der Universität von Tamathia, der sich sehr für Optik interessiert hatte, Quirk informiert, er habe eine Reihe von Linsen hergestellt, mit denen sich die thaumatische Welt wahrnehmen ließe. Sie zeigten, so behauptete er, die unsichtbaren Fäden der Macht, mittels derer die Götter die Realität zusammengenäht hatten. Er wollte, dass Quirk die Linsen ausprobierte und ihm sagte, was sie sah. Später wurde ihr klar, dass es sich um einen ungeschickten Annäherungsversuch seitens des Magiers gehandelt haben musste, doch zu dem Zeitpunkt hatte sie es nicht bemerkt und war nur an der Wissenschaft interessiert gewesen.

Also hatte sie auf einem Holzstuhl Platz genommen, während ihr der junge Magier eine riesige Apparatur auf den Kopf gesetzt hatte. Er hatte mehrere Hebel justiert und kleine bunte Glasscheiben vor ihren Augen in Stellung gebracht.

»Siehst du etwas?«, hatte er immer wieder gefragt. »Wie sieht es jetzt aus?«

»Ein bisschen lila«, hatte sie einmal geantwortet. »Genau wie dein Arbeitszimmer, bloß malvenfarben«, ein anderes Mal.

Er hatte zunehmend frustriert gewirkt, drauf und dran, ihr die Schuld an allem zu geben und seine zarten romantischen Absichten zu verdammen, als von einem Augenblick auf den nächsten alles zusammenpasste: Er setzte eine Scheibe, die in jeder Hinsicht wie durchsichtiges Glas aussah, vor ihrem rechten Auge ein, und die Welt war nicht mehr dieselbe.

Quirk hatte nicht bloß Dinge gesehen, sondern auch die Beziehung zwischen allem. Sie hatte gesehen, wie das eine mit dem anderen zusammenhing. Eine Sekunde lang hatte sie einen Blick auf den ganzen verzahnten Aufbau der Welt erhascht.

Dann hatte sich die Maschine überhitzt, war explodiert und hatte ihr Haar in Brand gesteckt.

Als Dathrax auf das Schatzboot herabschoss, ging es Quirk ganz ähnlich.

Die Herrlichkeit der Bestie und die Erinnerung an Feuer hatten sie vollends in den Bann geschlagen. Sie sah den Drachen in seiner Gänze. Nicht bloß die einzelnen Puzzlestücke, die Muskeln, Sehnen und Blutgefäße; das Muster seines Flugs oder die Gestalt seiner Schwingen. Nein, sie sah *alles.* Das ganze vollkommene Geschöpf.

Sie erkannte, wie seine Gegenwart mit den anderen Gedanken verbunden war, die sich tief in ihrem Inneren regten und raunten. Wie sich der Schwung seiner Klauen mit der Angst der Menschen von Athril überschnitt. Wie der Bogen seines Halses ihre Sorgen, ihre Mitschuld an dem Verderben, das ihnen drohte, mit einschloss.

Und während Dathrax auf sie niederstieß, erkannte sie, dass sämtliche widerstreitenden, unsinnigen, vielleicht sogar wahnhaften Gedanken, die in ihrem Kopf durcheinanderwirbelten, zusammengenommen ein klares, hell strahlendes Bild ergaben:

Sie hatte Angst. So große Angst, dass sie sich fast in die Hose machte.

Sie wusste nicht, was sie hier eigentlich tat. Fernab der Universität … im Feld … auf diesem Boot. Als Komplizin einer Straftat – und das war noch allzu freundlich ausgedrückt. In diesem Kampf. Sie hatte keine Antwort darauf.

Und sie war ohne Frage drauf und dran zu sterben.

Sobald sich die Welt auf diesen Moment, auf diese eine Wahrheit reduziert hatte, wurde auf einmal alles sehr einfach:

Der Wichser musste brennen.

53

Wie zum Hohn

Feuer? Verdammtes Feuer? Jetzt wollten sie ihn also auch noch in Brand stecken?

Dathrax schrie seinen Zorn hinaus. *Wie konnten sie es wagen? Wie konnten sie es wagen, so etwas auch nur zu denken? Das war einfach … einfach …*

Sollten doch die Götter drauf pissen. Beschämend war das, jawohl. Wenn er beim nächsten Treffen des Konsortiums den anderen Drachen seine Brandwunden erklären musste … Na ja, wenn es wirklich dazu kam, dann würde er dabei den Schädel dieses verdammten Propheten zwischen den Zähnen tragen. Verflucht noch mal …

Er rauschte in den Himmel auf, ließ den Wind das schwelende Feuer auf seiner Schulter löschen. Mit einer Klaue zog er sich den Speer der Balliste aus der Brust. Er versuchte, seinen Schmerzensschrei eher wie das Wutgebrüll klingen zu lassen, das es eigentlich sein sollte.

Verdammt, mit so was war er außer Übung. Vor dreißig Jahren hätte er sich dabei noch voll in seinem Element gefühlt. Nun schien es ihm fast abwegig und irgendwie auch unter seiner Würde.

Sie befanden sich auf einem Boot. Er versuchte sich zu konzentrieren. Jemand im Konsortium … Kithrax vielleicht …

hatte einmal eine Regel zum Thema Boote und Schiffe erstellt. Aber lautete sie, auf jeden Fall darauf zu landen und die Gegner im Nahkampf zu erledigen – oder schrieb sie vor, das auf gar keinen Fall zu versuchen …?

Was spräche dagegen?

Scheiß drauf. Dathrax hatte keine Lust, weiter als Zielscheibe für ihre Schussübungen herzuhalten. Das waren *seine* verdammten Ballisten da unten. Sie beschützten *sein* Gold. Sein eigenes Gold, das diese Schweine ihm stehlen wollten.

Er legte die Flügel eng an den Körper. Er würde den Kampf zu diesen dreckigen Dieben tragen – und er würde sie bis auf den letzten bei lebendigem Leib verschlingen.

54

Wir werden ein größeres Boot brauchen

»Steuerbord!«, rief Will.

Lette blickte in die Richtung, in die er zeigte. »Das ist Backbord«, stellte sie fest.

Quirk sandte einen Feuerstrahl in den Himmel. Kurz sah man das Aufblitzen von Schuppen, dann entwischten sie wieder ins Dunkel der Nacht.

Ein weiterer Flammenstoß. Diesmal erhaschten sie einen Blick auf Dathrax, auf der anderen Seite des Bootes. Lette riss die Balliste herum, doch sie war zu langsam und Dathrax zu schnell.

Endlich gelang es Will, den Speer durch das Gewirr von Seilen und Holz in die Kriegsmaschine hineinzuzwingen. Seine Handflächen waren nass vor Schweiß, seine Knie zitterten.

Doch da kam schon Dathrax, stürzte wie ein Meteor aus dem Himmel. Er schrie dem Herz des Bootes entgegen. Allein die Wucht seines Aufpralls würde es in Stücke reißen.

Lette biss die Zähne zusammen und nahm ihn aufs Korn. »Hab ich dich.« Angesichts der Tatsache, dass ihnen vielleicht noch zwei Sekunden bis zur Kollision blieben, fragte sich Will, ob ihnen wirklich Zeit für Drohgebärden blieb.

Lette schoss. Der Speer donnerte himmelwärts. Doch er flog nicht ungehindert; vielmehr riss er das Gewirr von Leinen mit sich, das sich nach wie vor um die Balliste wand. Und so war es nicht bloß der Speer, der auf Dathrax' Herz zuflog, sondern ein wildes Durcheinander aus Holz und Segeltuch und Tauwerk.

Dieses Bündel flog nur ein wenig zu tief, verfehlte den Kopf um wenige Zoll und klatschte gegen den rechten Flügel des Drachen, nahe an dem gewaltigen Muskelknoten, der den Flügel mit dem restlichen Riesenkörper verband. Dort öffnete sich das Knäuel wie explodierendes Bettzeug. Seile und Segel schlangen sich um Dathrax' Leib und wickelten sich fest.

Mit einem Aufschrei änderte Dathrax in letzter Sekunde den Kurs. Er verlor die Kontrolle und krachte gegen das Boot. Dieses machte einen Satz und schlug eine große Welle. Dathrax' Schwanz peitschte den Vormast, der splitternd entzweibrach.

Noch mehr Tuch und Tauwerk regnete herab. Will vergaß die restlichen Speere und sprang in Deckung. Um ihn herum explodierten die Trümmer.

Dathrax war von der Bootswand abgeprallt, taumelte benommen durchs Wasser und kämpfte sich dann wieder in die Luft.

Quirk jagte ihm einen Feuerstoß hinterher. Eine Salve nach der nächsten schoss aus ihren Händen und ließ die Nacht erblühen. Flammen züngelten über das Deck.

Wie sich herausstellte, war nicht alles auf dem Boot komplett durchnässt.

Das Chaos an Bord wurde nun noch durch einen Brand bereichert.

Will kam wieder auf die Beine. Etwas Großes stapfte über das Deck. Er machte sich auf einen grässlichen reptilischen Tod gefasst.

Das fragliche grässliche Reptil entpuppte sich jedoch als Balur. »Komm zurück!«, rief er Dathrax' entschwindender Gestalt nach und ließ seinen Hammer über dem Kopf kreisen. »Komm zurück und kämpf gegen mich, männlicherweise!«

Blinzelnd versuchte sich Will zu orientieren. Wenn Balur hier war … Er sah sich suchend um, wer gerade am Steuer stand. Doch das Steuerrad war verlassen – und nun brannte es auch noch.

Das Boot befand sich mittlerweile etwa auf halber Strecke zwischen Küste und Dathrax' Insel. Ohne seine beiden Masten und mit einem brennenden Steuer sprach viel dafür, dass es dort auch bleiben würde.

Etwas Großes stieß gegen den Rumpf. Die Flammen, die sich immer weiter über das Deck ausbreiteten, tanzten, als das ganze Boot auf und ab schaukelte.

»Im Wasser!«, rief Lette. »Dathrax ist im Wasser!« Sie zog sich an den Resten der Balliste wieder hoch. Leider war von der Waffe inzwischen nicht viel mehr als ein Stumpf auf seinem schwenkbaren Sockel übrig. Die übrigen Kriegsmaschinen waren in einem ähnlich schlechten Zustand.

Will war schon fast an der Reling, als ihm dämmerte, dass Dathrax eigentlich nicht im Wasser sein konnte, wenn er doch gerade über ihnen davontorkelte. Er konnte sogar noch sein ärgerliches Gebrüll hören.

Abermals rammte etwas den Rumpf. Fester diesmal. Das Boot schaukelte so stark, dass es Will beinahe umwarf. Er taumelte mit dem Bauch gegen die Reling und krümmte sich vor Schmerz zusammen, starrte in den See unter sich und fühlte schon, wie ihm das tosende Wasser den Atem raubte.

Er dachte noch: *Wozu braucht Dathrax eigentlich hochmoderne Ballisten auf seinem Schatzboot...?*

Da sprang die Antwort auch schon aus dem Wasser und versuchte ihm das Gesicht abzubeißen.

Lette, die Will in diesem Augenblick bereitwillig als Schutzheilige des allerletzten Augenblicks annahm, packte ihn am Kragen und riss ihn von der Reling weg.

Der Leviathan – einer der Mutantenfische, die sich an den blutigen Überresten von Dathrax' Diät groß und hässlich gefressen hatten – maß von der Nasenspitze bis zur Schwanzflosse fast zehn Fuß. Gut zwei Drittel davon wurden von seinem Maul beansprucht; dabei war der ungeheure Kiefer derart sperrig, dass der Fisch trotz seiner Länge stumpf und platt gedrückt wirkte. Die Winkel, in denen ihm die Zähne aus dem Maul wuchsen, legten nahe, dass der Gott, der hierfür verantwortlich zeichnete, ihm am Ende eines langen Arbeitstages einfach eine Handvoll Beißer reingedrückt hatte, damit er endlich nach Hause gehen konnte, um eine Tasse Tee zu trinken und sich eine Runde aufs Ohr zu hauen. Die Schuppen des Leviathans glänzten in den Regenbogenfarben eines verwesenden Leichnams, und seine Flossen wirkten eher wie Tumore, nicht aber wie etwas, das einem bei einem aquatischen Lebensstil wirklich zunutze kam.

Zornig zappelnd, schnappte der gedrungene, aber blitzschnelle Körper an Wills Gesicht vorbei. Einen flüchtigen Moment lang fand sich Will Auge in Auge mit dem stinkenden, hasserfüllten Fisch wieder, starrte in einen geleeartigen Augapfel von der Größe seines Kopfes. Dann forderte die Schwerkraft wieder ihr Recht ein, und der fischgewordene Wahn fiel in das schwarze Wasser zurück.

Das Boot wurde nun von allen Seiten von Stößen erschüttert, sodass es mehr zu zittern als zu schaukeln schien – und seine Bewaffnung wirkte mit einem Mal einleuchtend.

Am Bug stieß Balur weiter Drohungen gegen Dathrax aus.

»Deine Mutter hielt dich für einen Fleck Scheiße am Boden!«, grölte er. »Geschwängert wurde sie leguanweise! Hätte sie richtig saufen können, gäbe es dich gar nicht!«

Ein Leviathan sprang hoch über das Deck und hing eine Sekunde lang mit klaffendem Maul über Balurs Kopf.

Balur schwang seinen Hammer und hieb ihn dem Fisch ins Gesicht.

»Genitalienweise bist du eine Feldmaus!«, fuhr er nahtlos fort, während der Leviathan wieder im Wasser versank.

Dann kam Quirk angelaufen und richtete schreiend ihre Feuerströme aufs Wasser, bis sie von kochend heißem Dampf eingehüllt wurden.

Und über ihnen drehte Dathrax eine weitere Runde – er hatte längst noch nicht genug.

55

Freier Fall

Mit einem letzten, ohrenbetäubenden Schrei stürzte Dathrax aus dem Himmel und warf sich dem Boot entgegen. Allerdings verblasste sein Angriff merklich gegen das vorherige Blitzgewitter aus Klauen und Zähnen, das fachgerechte Zerstörungswerk. Das Knäuel aus Segeln und Takelage hatte sich inzwischen noch fester um seinen Körper gewickelt. Sein rechter Flügel war hoffnungslos mit seinem Hinterbein verheddert, und sein Kopf wurde brutal auf die linke Schulter gezwungen. Er kam fast seitwärts angeflogen, schlitterte geradezu durch die Luft.

Balur stand noch immer am Bug, den Hammer hoch über dem Kopf, den Mund zu einem monströsen Grinsen verzerrt, und heulte vor Freude.

Dathrax traf ihn mit voller Wucht. Der Bug des Bootes löste sich in seine Bestandteile auf, nur noch Holzbrei und Treibgut blieben übrig. Balur segelte durch die Luft; der Hammer bescherte ihm zusätzlichen Schwung. Der Analesier flog fast durch die gesamte Länge des Frachtraums und landete in den Ruinen des Steuerhauses, wo er reglos liegen blieb.

Will hatte ungefähr eine halbe Sekunde, das alles zu verdauen, ehe Dathrax abermals seine Aufmerksamkeit verlangte. Der riesige Drache wand sich auf dem Deck, versuchte sich zu befreien. Dabei brachte er beinahe das ganze Boot zum Kentern. Der zerschlagene Bug sank schon unter die Wasserlinie.

Zertrümmerte Planken, Bruchstücke der Masten, zerfetztes Tauwerk, Ballistenmunition, die Ballisten selbst – all dies polterte nun der Länge nach das Deck hinab auf Dathrax zu. Verzweifelt warf sich Will beiseite, um nicht von einer polternden Flut von Fässern mitgerissen zu werden.

Der um sich schlagende Drache verfing sich immer mehr in den Segeln und Seilen. Er versuchte, eine seiner Pfoten unter sich zu bekommen, doch sein Gewicht ließ sein Bein durch das schon arg strapazierte Deck in den Frachtraum einbrechen und wie in Treibsand versinken.

Das Boot neigte sich noch steiler. Balur rutschte zurück in Richtung Bug. Will, der bäuchlings auf dem Boden lag, rutschte ebenfalls, schaffte es aber gerade noch, sich mit einem Fuß abzustützen und ein Stück intakter Reling zu packen.

Das, worauf er sich da abstützte, stieß einen Schrei aus und entpuppte sich als Lettes Gesicht. Sie war direkt unter ihm und klammerte sich ebenfalls verbissen fest. Quirk befand sich ein weiteres Stück tiefer. Rauch stieg von der Reling unter ihren Händen auf.

Jenseits von Dathrax' immer aussichtsloserem Kampf brodelte das Wasser. Das Boot sank immer schneller in den See, dessen riesige Bewohner sich nun direkt unter der Oberfläche tummelten. Rückenflossen zerschnitten das Wasser in immer feinere Gischt.

»Balur!«, rief Lette. »Du musst Balur helfen!«

Der Analesier war schon fast auf einer Höhe mit Will und nahm rasch Fahrt auf.

Ist er nicht eigentlich dein Partner?, hätte Will fast gefragt, verkniff es sich aber. *Was tut man nicht alles für die Liebe …*

Er stemmte seine Füße auf die Reling, und ehe er noch länger überlegte, sprang er. Ob er sich dabei mehr vertikal oder horizontal bewegte, war ihm selbst nicht ganz klar. Er brach durch die rutschenden Trümmer und überbrückte einen Gutteil der Entfernung zu Balur.

Leider nur einen Gutteil. Er landete hart auf dem Deck und tastete vergebens nach einem Halt. Dann glitt er ab und rutschte immer tiefer. Auf der Habenseite schlitterte er nun auf einem relativ brauchbaren Abfangkurs zu Balur. Die Kehrseite dessen jedoch wartete in Form von Dathrax' Maul – weit aufgesperrt zu einem frustrierten Schrei – gleich dahinter auf sie beide.

Deutlich konnte Will die Panik in den großen feurigen Drachenaugen sehen. Dathrax schnappte mit seinen gewaltigen Kiefern nach dem Maststumpf, suchte nach jedem Halt, den er finden konnte. Der Mast aber splitterte und zerbrach unter seinem Biss. Dathrax spuckte Holz und Rauch und stieß ein Geheul der Verzweiflung aus.

Ein Teil von Will – ungeachtet der Tatsache, dass er das Deck eines fast senkrecht stehenden Bootes hinabfiel und seinem unausweichlichen Ende entgegensah – jauchzte fast beim Anblick dieses Drachenelends. Er mochte zwar dem Tode nahe sein, aber diesen Tyrann, diesen Despoten, dieses *Arschloch* würde er auf jeden Fall mitnehmen.

In der plötzlichen Wärme dieser Hoffnung kam Will schlagartig eine Idee. Selbstmörderisch, idiotisch. Töricht jenseits aller Vorstellungskraft. Doch dasselbe ließe sich von all seinen bisherigen Plänen auch sagen, und sie hatten ihn immerhin bis hierhergebracht.

Unter anderen Umständen hätte ihn der Gedanke sicher zum Lachen gereizt.

Doch dazu blieb keine Zeit. Er reagierte ganz einfach. Will spannte seine Beine an und stieß sich vom Deck ab, flog durch die Luft. Dann befand er sich im freien Fall. Kein Sicherheitsnetz war unter ihm, kein Boden mehr – nur noch das schnappende, fauchende Maul von Dathrax dem Drachen.

Will schlug ihm mit voller Wucht auf den Schädel. Spürte, wie die Schuppen seine Haut aufrissen. Doch für Schmerzen blieb ebenfalls keine Zeit. Noch während er über Dathrax' Braue rutschte, noch während ihm die wilde Hitze des Drachenatems aus entrüsteten Nüstern entgegenblies, noch während er mit dem Fuß in eins von Dathrax' gelben Augen trat, streckte er eine Hand nach Balur aus, gerade zu dem Zeitpunkt, als der Analesier dem Drachen in den Schlund zu fallen drohte.

Und er fing ihn.

Das war mal ein verdammt geniales Manöver, dachte er noch.

Dann machte Balurs pendelndes Gewicht seiner prekären Balance einen Strich durch die Rechnung. Wie zwei Ballerinen drehten sie eine Pirouette, Wills Absatz glitt in Dathrax' glitschigem Auge aus, dann taumelten sie Hand in Hand wild strampelnd durch die Luft, dem Wasser entgegen.

56

Reaction Shot

Okay, dachte Lette. *Das war beeindruckend. Unglaublich dämlich – aber ziemlich beeindruckend.*

57

Wasserlandung

Das Einzige, was Will rettete, war, dass Dathrax ihm nur Sekunden, bevor er auf das Wasser traf, zuvorkam.

Der Drache verlor zu guter Letzt den Kampf mit den sich auflösenden Bestandteilen des Bootes und fiel – in seine Fesseln verstrickt – ins Wasser.

Will traf einen halb gestreckten Flügel, spürte eine Menge wichtiger Organe zusammenstoßen und glaubte, seine Milz zu schmecken. Dann, als sie beide auf den See hinausgeschleudert wurden, riss ihm Balur fast den Arm aus.

Der Drache aber, der Gnade seiner eigenen Trägheit in einer Weise ausgeliefert, wie er niemals in seinem langen und verabscheuungswürdigen Leben je der Gnade von etwas ausgeliefert gewesen war, fiel geradewegs ins schwarze Wasser hinab.

Die Leviathane drehten restlos durch.

Obwohl selbst noch damit beschäftigt, über Wasser zu bleiben, ließen die Schreie des Drachen Will erschauern.

Plötzlich packte ihn eine kraftvolle Hand im Nacken und zog ihn hoch. Erst schrie er, dann stellte er fest, dass er in Balurs Gesicht sah. Der Analesier trieb auf dem Rücken und stieß sich mit den kraftvollen Schlägen seiner Beine und seines Schwanzes voran. Das Schwimmen schien ihm keine Mühe zu bereiten, doch er blutete aus einem beträchtlichen Schnitt an der Stirn – und seine geschlitzten Augen schielten Will benommen an.

»Wir sind im Wasser. Wie sind wir wässrigerweise hier bloß reingekommen?«

»Ach, weißt du«, murmelte Will und versuchte sich zu orientieren. »So wie meistens: Drachenangriff. Boot kaputt. Dann in den See mit den mutierten Riesenfischen geflogen.«

Da klärte sich Balurs Blick, und ein Ausdruck der Entschlossenheit trat auf seine Züge. »Drache? Ich muss ihn töten!«

Ein neuerlicher Schrei zerriss die Nacht.

»Tut mir leid«, sagte Will. »Ich fürchte, die Leviathane sind dir zuvorgekommen.«

Dathrax kämpfte zwar immer noch, aber eher wie ein zerfleddertes Steak, das man unablässig mit einer riesigen Machete bearbeitete, als auf eine sinnvolle Das-könnte-ich-noch-überleben-Art-und-Weise. Das Boot war nur noch eine rapide schrumpfende Holzpyramide.

»Ihr Hurenficker!«, schrie Balur. »Das war mein Drache! Und diese Fische stehlen ihn mir jetzt!«

Will sorgte sich derweil um andere Dinge.

»Lette«, sagte er. Lette war noch an Bord gewesen – sie hatte keinen kämpfenden Drachen gehabt, der ihr den Rücken freihielt, sondern war irgendwo dort draußen in diesem Chaos aus Zähnen und Tod.

»Was ist mit ihr?« Balur hatte seinen Tonfall bemerkt, und seine Mordlust verging für den Moment. Unbeholfen wischte er sich das Blut ab, das ihm in die Augen rann.

Will war sich nicht sicher, wie er sich ausdrücken sollte. Lette und Balur waren einander … *nahe?* Das traf es irgendwie nicht richtig. Das klang nach einer Form von Intimität, die nicht passte. *Gehörten zusammen* war vielleicht der bessere Ausdruck. Sie bildeten ungleiche Teile desselben Ganzen. Und sie waren gerade voneinander getrennt worden.

Wie auch immer er es formulierte, er musste mit Bedacht vorgehen.

»Sie ist tot«, sagte er.

Balur wirkte nun völlig reglos. Seine Beine traten nicht länger das Wasser. Sein Schwanz schlug nicht mehr hin und her. Sie begannen langsam, aber sicher zu sinken.

»Quirk auch«, beendete Will den Gedanken.

Das Wasser stieg höher.

»Tot? Gestorbenerweise?« Balurs Grollen war so tief, dass Will es kaum hörte.

Gerade wollte er eine Antwort geben, als ihn eine neugierige Stimme hinter ihnen unterbrach.

»Wer ist tot?«

Will wand sich in Balurs Griff und merkte, wie ihm der Mund aufklappte. »Du«, sagte er.

Lette gelang ein Schulterzucken im Wasser. »Ging schon schlechter.«

»Ihr könnt mich alle mal.« Quirk schien sich ihre Lage etwas mehr zu Herzen zu nehmen. Sie mühte sich, zu Lette aufzuschließen.

»Wenn du mir jemals wieder erzählst, sie wäre tot, werde ich ausprobieren, wie fest ich dich quetschenderweise drücken muss, damit du deine Eingeweide auskotzt«, drohte Balur.

Das nahm Will den Wind aus den Segeln – größtenteils. Seine Gedanken wandten sich dunkleren Gefilden zu.

»Wie kommt es eigentlich, dass wir nicht gefressen werden?«

»Die Leviathane dürften zu sehr mit Dathrax beschäftigt sein«, sagte Lette. »Schätze mal, er schmeckt einfach besser. Oder gibt mehr her.« Sie unterlegte die Wörter mit leisen Keuchern bei jedem Schwimmzug.

»Wie wäre es dann, wenn wir zum Ufer schwimmen, bevor sie mit ihm fertig sind und nach Nachtisch Ausschau halten?«, schlug Will vor.

»Klingt gut.«

»Ihr könnt mich alle mal«, wiederholte Quirk.

Und so schwammen sie durch den dunklen See zurück zur brennenden Stadt Athril, während hinter ihnen die blutigen Überreste des Drachen Dathrax in den Wellen versanken.

DRITTER TEIL

Manchmal sollte es besser klappen

58

Liebe und Krieg

Erschöpft, mit vor Anstrengung zitternden Gliedern, zog sich Lette im Hafen von Athril an Land. Dort warf sie sich auf den Rücken, versuchte wieder zu Atem zu kommen, schaffte es nicht und wartete darauf, wieder zu genug Kraft für einen zweiten Anlauf zu bekommen.

Als Nächster kam Balur. Wie das groteske Überbleibsel eines mythischen Zeitalters entstieg er tropfend dem See. Mit der einen Hand schleppte er Quirk, mit der anderen Will. Dann warf er beide unsanft zu Boden. Schlotternd und keuchend brachen sie auf dem kalten Kopfsteinpflaster des Hafens zusammen. Hundert Schritt vor dem Ufer wären sie beinahe ertrunken, und Balur hatte sie mit vollem Einsatz mitziehen müssen. Der Analesier hielt sich zwar noch auf den Beinen, doch selbst er stand jetzt vornübergebeugt und atmete schwer. Nach wie vor tropfte Blut aus der Schnittwunde an seiner Stirn.

Sie waren am Ende ihrer Kräfte, es ging ihnen scheußlich, aber immerhin lebten sie noch. Die Aufmerksamkeit der Leviathane hatte einzig Dathrax' fettem Leichnam gegolten. Kein Seebewohner hatte sie behelligt.

Lette dachte an diese letzten Momente zurück, als das Boot beinahe gekentert und alles zusammengebrochen und versunken war. Wie Balur seinem sicheren Ende, seiner Zerstückelung entgegengeschlittert war – und Will ihn gerettet hatte. Wieso hatte sie ihn um Hilfe gebeten? Wieso hatte sie nicht selbst eingegriffen?

Sie erinnerte sich, wie es sich angefühlt hatte, dort zu hängen, unter ihr Dathrax und die Leviathane und ringsum alles in Brand. Sie hatte den Qualm der Reling riechen können, die unter Quirks Griff schon zu brennen begonnen hatte.

Sie hatte Angst gehabt. Hatte Will gefragt, weil sie einen Moment der Schwäche durchlebt hatte. Es ließ sich nicht anders ausdrücken.

Lette gefiel diese Erinnerung nicht. Sie war eine Kriegerin, eine Gaunerin, eine Schurkin und eine Piratin. Sie hatte einen gottverdammten Ruf zu verteidigen.

Doch Will hatte nicht gezögert. Er war gesprungen und seinem eigenen Tod nur haarscharf entgangen. Und er hatte es für Balur getan.

Was bedeutete ihm Balur? Für sie war Balur Stamm. Familie. Partner. Auf eine ziemlich verrückte Art so etwas wie Zuhause. Aber für Will? Für Will war er wahrscheinlich nur ein Riese, irgendso ein Barbar. Was ehrlich gesagt ja auch irgendwie stimmte. Balur war ein einfaches Geschöpf; ein Kriegshammer, der dem Leben ohne Hemmungen ins Gesicht schlug.

Wer riskierte für so was sein Leben?

Letztlich war die Antwort einfach, aber Lette wartete eine Weile, ehe sie sich dieser Antwort stellte: Will hatte Balur ihretwegen gerettet. Weil der Analesier ihr viel bedeutete.

Es war ein Akt der … was? Der *Liebe* gewesen? Ein Schaudern mischte sich in ihr Zittern. Sie war für die Liebe nicht gemacht. Es sei denn, Liebe hieß eine Flasche Schnaps und ein Tavernenbett, das stundenweise abgerechnet wurde. Und trotzdem hinterließ es einen faden Beigeschmack, wenn sie das Wort durch *Lust* ersetzte.

Schwärmerei vielleicht? Sie nahm an, dass sie mit diesem Wort leben konnte.

Was für eine verdammte Dummheit seine Tat gewesen war. Und doch beeindruckend in ihrer Tapferkeit, ihrer Blödheit, all ihrer Pracht. *So dumm will ich sein und das nur für dich!*, verhieß sie. Und das war schon ziemlich schmeichelhaft.

Sie schleppte sich ein kleines Stückchen näher an Will heran und drückte seine Hand. Er sah sie an, und ein Lächeln trat auf sein Gesicht. Dann wich es einem erstickten Würgen. Gerade noch rechtzeitig wandte er sich von ihr ab.

»Ist das der Klang des Sieges?«, scherzte sie.

Er grinste gezwungen und wischte sich mit der freien Hand das Kinn ab. *Es wurden schon romantischere Augenblicke in den Annalen der Geschichte festgehalten*, dachte sie.

»Na ja, wir leben noch«, sagte er. »Schätze, das ist auch was wert.«

Sie nickte. »Kann man so sagen.«

Er zögerte. »Ich würde dich durchaus gerne wieder küssen. Allerdings ...« Er nickte unbestimmt in Richtung seines Erbrochenen.

»Wir könnten Händchen halten«, schlug sie vor.

»Könntet ihr vielleicht auch einfach nur die Klappe halten?« Quirks Stimme war kaum kräftiger als Wills. »Ich bitte euch.«

Lette sah die andere Frau an. Ein Teil von ihr berechnete noch immer den Winkel, in dem sie der Thaumatobiologin ihre Klinge durch die Rippen treiben müsste, damit deren Herz seinen

Inhalt in ihre Lunge entleerte. Doch tropfnass und erschöpft, wie sie war, wirkte Quirk eigentlich nicht bedrohlich. Eher schon sah sie wie der Mast ihres Bootes aus, der nun auf dem Grund des Sees lag: zerstört und gebrochen.

»Hier muss ich Quirk zustimmen«, meldete sich Balur zu Wort.

»Für dich gilt dasselbe!«, entgegnete Quirk. Die Akademikerin schien einen Gutteil ihrer Gelassenheit im See verloren zu haben.

Dass Balur ihrem Wunsch entsprach, verriet das wahre Ausmaß seiner Erschöpfung. So lagen sie alle bloß ermattet, keuchend auf dem Boden und warteten darauf, dass jemand das Schweigen brach, um ihnen zu sagen, was der nächste Schritt sein würde oder welche neue Hölle sie sich gerade geschaffen hatten. Lette für ihren Teil hatte einfach nicht die Kraft, sich auf irgendwas anderes als den jeweils nächsten Moment zu konzentrieren.

Sie hätte ahnen sollen, dass Will nicht schlau genug war, seine Gedanken für sich zu behalten.

»Waren hier nicht zuletzt überall Kämpfe im Gang? Wo stecken denn alle?«

Widerstrebend hob Lette den Kopf. Die sturen Reste ihres Lebenswillens wollten sich noch nicht geschlagen geben. Die Stadt lag still da. Hier und dort prasselten letzte Feuer, und gelegentlich stürzte ein Gebäuderest ein. Doch niemand spießte anderer Leute Köpfe auf oder dergleichen. Athril machte einen geradezu friedlichen Eindruck.

»Wahrscheinlich sollten wir mal nachschauen gehen«, sagte Will.

»Wie hart genau hat es dich am Kopf erwischt?«, fragte sie. »Das Letzte, was wir jetzt brauchen, sind andere Leute.« Sie zog ihre Hand weg. »Was wir tun sollten, ist, still und heimlich in die Nacht zu verschwinden, bevor uns irgendwer bemerkt. Wir haben gerade *noch* ein Mitglied des Konsortiums getötet.«

»Und jede Münze unseres Schatzes in diesem See versenkt«, fügte Quirk hinzu.

Die Stille, die auf diese Feststellung folgte, währte nicht ganz so lange wie die vorherige, war dafür aber sehr viel tiefer. Als Lette sie brach, konnte man fast etwas reißen hören.

»Wir haben was?« Ihre Stimme sprang eine Oktave außerhalb ihrer Reichweite an und klammerte sich irgendwo an der Kante fest.

Dabei wusste sie es ja – natürlich wusste sie es. Sie hätte dieses Wissen bloß zu gerne dort draußen im See gelassen. Jetzt aber entstieg es dem Wasser wie der verweste Leichnam eines Zombiedrachens, um sie ihr Leben lang zu verfolgen.

Dathrax hatte den Köder geschluckt und ihr gesamtes Vermögen auf sein Schatzboot laden lassen. Und dieses Schatzboot hatten sie auf den Grund eines Sees geschickt.

Eines Sees, der von mutierten Riesenfischen verseucht war. Von Riesenfischen, die sehr bald schon großen Hunger leiden würden.

»Nein«, sagte sie immer wieder. »Nein, nein!«

Erneut standen sie ganz am Anfang. Nur, dass sie dort dieses Mal Gesellschaft von einem Konsortium unglaublich mächtiger, unglaublich motivierter Drachen hatten, die alle nach Rache lechzten.

Sie schaute Will an.

Das war er gewesen – seine Schuld. Sein Plan. Und sie hatte …

Oh, ihr Götter.

Er war der einzige Ausweg aus dieser Misere, der ihr einfiel.

»Was machen wir denn jetzt?« Sie hasste sich für diese Frage. Hasste ihn dafür, die einzige Hoffnung zu sein, die ihr geblieben war.

»Verschwinden«, wiederholte er ihren eigenen Ratschlag. »Wir müssen von hier verschwinden.«

»Zu spät.« Ein gewisser Fatalismus schwang in Balurs Stimme mit. »Da kommen Schritte. Zahlreicherweise …« Er erhob sich, griff hinter sich und stutzte, als seine Hand ins Leere ging. »Wo verdammterweise ist mein Hammer?«

Oh, Scheiße. Als ob sie noch nicht genug Probleme hätten.

Will würde ein Warnzeichen selbst dann nicht erkennen, wenn es ihn in einer Taverne anflirtete, mit aufs Zimmer nahm, unter Drogen setzte und ihm die Unterwäsche vom Leib klaute. »Auch am Grunde des Sees«, beantwortete er Balurs Frage.

Lette konnte förmlich sehen, wie irgendwo in Balurs Bauch die Wirklichkeit aufriss und ihn aller Hass und alle Galle der Tiefen erfüllten, bis er beinahe platzte. Schon drohte er über Will wie der Weltuntergang in Person.

Zu seinem Glück wurden sie just in diesem Moment von der Ankunft einer großen Menschenschar unterbrochen. Erst nahm das Balur nicht den Wind aus den Segeln, aber als Firkin auf die Kreuzung am Eingang des Hafens hinaustrat, erstarrte er dann doch. Der Alte führte eine zutiefst zerschundene, blutende, beschmutzte, aber ohne jeden Zweifel siegestrunkene Meute an.

»Prophet!«, schrie Firkin.

Will zuckte zusammen.

»Herr! Meister! Äußerer der Worte, die auf die Ohren jener fallen, welche selbige besitzen! Wir sind gekommen, dir gegenüber ebenfalls Worte zu äußern! Um deinen Ohren die Worte der Menschen mit Ohren zukommen zu lassen! Worte und Ohren spielen hier wirklich eine große Rolle – sie sind von geradezu zentraler Bedeutung! Derart sprachest du, solcherart spräche auch ich – und so ward es ausge...spracht.«

Firkin schien mit seiner eigenen Beredsamkeit zu kämpfen. Ärgerlich zupfte er an seinem Bart.

»Firkin«, sagte Will erschöpft. »Ich weiß wirklich nicht ...«

»Prophet!«, übertönte ihn Firkin. »Die Menschen Athrils bringen dir ein großes Geschenk dar.«

Da erhob sich lauter Jubel. Firkin strahlte übers ganze Gesicht. Erst begriff Lette nicht, wieso – wenn die Leute nicht gerade vorhatten, Will einen Riesenhaufen Schweiß und Dreck zu schenken, dann waren sie mit bemerkenswert leeren Händen gekommen.

»Ich will gar kein ...«, hob Will an, jedoch genauso erfolglos wie zuvor.

»Die Menschen von Athril!«, kreischte Firkin. »Die Menschen mit den Worten und Ohren für deine Ohren! Bis auf das mit den Ohren. Also mit ihren Ohren – deine Ohren werden schon auch noch wichtig sein. Sie kommen mit einem großen Geschenk für deine Ohren!« Hier zögerte er kurz. »Und für deine Augen. Und die Beine. Eigentlich für so ziemlich deinen ganzen Körper.« Er stockte ein weiteres Mal. »Definitiv für den ganzen Körper! Die Menschen von Athril bringen dir ein großes Geschenk für deinen Körper, selbst die Teile, welche dir vielleicht unangenehm sind und die du vor anderer Leute Augen nicht so gern auspackst. Die Augen der Leute sind jetzt aber mal egal. Nur ihre Münder sind wichtig. Und ihre Worte! Und das Geschenk, das die Menschen von Athril für dich haben. In ihren Händen tragen. Die Hände sind also auch wichtig – bloß dass sie nur metaphorisch gemeint sind.«

Gemurre machte sich hinter Firkin breit. Endlich, endlich schienen ihm die Leute zu entgleiten. Lette entspannte sich. Zuzusehen, wie ein wütender Mob Firkin in Stücke riss, wäre an einem solchen Tag eine durchaus willkommene Zerstreuung.

Dann musste Will ihn natürlich noch einmal retten, indem er ihn fragte: »Was ist es denn jetzt?«

Lette hätte sich die Haare raufen können.

Ein Lächeln trat auf Firkins Züge, als die Menge wieder jubelte.

»Die Menschen von Athril«, sagte er mit breitem Grinsen, »sie schenken dir: Athril!«

59

Herr im Haus

Die Sonne stieg nur zögernd über die zerstören Ruinen, welche einst die Stadt Athril gewesen waren. Dann schaute sie anklagend auf das Geschehen hinab, das sich noch halb hinter der sich langsam verziehenden Rauchwand verbarg.

Parteiische Dreckssonne, dachte Will.

Er hatte ein Gebäude gefunden, das immerhin noch zu zwei Dritteln intakt war. Eine Treppe führte in den dritten Stock. Das Dach war auf die darunterliegende Straße gestürzt und hatte ein großes Stück Mauer mit sich gerissen, sodass Will einen guten Blick auf die Stadt und die Felder dahinter hatte.

Er konnte die Leute kommen sehen.

Die Sonne war noch kaum aufgegangen, und schon kamen die Nächsten, um nachzusehen, was der Prophet hier getan hatte.

Und wenn sie es herausgefunden hatten, was dann? Er hatte keine Ahnung. Wahrscheinlich würde er ihnen irgendwas sagen müssen.

»Hallo zusammen«, probte er bereits in seinem Kopf. »Willkommen in dieser einst blühenden, voll funktionstüchtigen Stadt. Achtet einfach nicht auf die Leichen. Das liegt nur daran, dass alle durchgedreht sind, kaum dass mein Name fiel. Und stört euch auch nicht an den Scheißdrachen, die mit an Sicherheit grenzender Wahrscheinlichkeit bald über uns herfallen werden. Nach allem, was ich weiß, ist der folgende Tod zwar grausam, kommt aber in der Regel recht schnell. Der ganze Teil mit dem Sich-in-Todesqualen-Winden und so, der kommt ziemlich kurz. Ihr werdet euch zwar vor Entsetzen in die Hosen scheißen, klar, aber alle anderen sind ein paar Momente später ja auch tot, von daher braucht euch das wirklich nicht peinlich zu sein. Fragen so weit?«

Nein, das würde wahrscheinlich nicht reichen. Nichtsdestoweniger fehlten ihm ein wenig die Ideen, was er sonst noch sagen könnte. Er vermisste die Zeiten, in denen es sein größtes Problem gewesen war, ob er das alte Schwein seines Vaters töten sollte oder nicht.

Was wohl aus Bessie geworden war? Er hoffte, sie war den Wachen entwischt. Wahrscheinlich schon. Sie war ein abgefeimtes altes Ding. Schlauer als er selbst, keine Frage. Lette, Balur, Quirk, selbst Firkin – sie wären besser dran, hätten sie Bessie zur Anführerin ihrer fröhlichen Bande ernannt. Vielleicht sollten sie Bessie aufspüren und um Rat fragen. Da wären sie auf der sicheren Seite.

Bloß dass Bessie wahrscheinlich auch schlau genug wäre, bei ihrem Anblick die Flucht zu ergreifen.

Er musste kichern.

»Ach«, sagte eine Stimme hinter ihm. »Hier steckst du also.«

Er wirbelte herum. Auf dem oberen Treppenabsatz stand Quirk. Er hatte sie gar nicht kommen hören.

»Tut mir leid«, entschuldigte er sich vorsichtshalber.

Quirk wehrte ab. Sie hatte irgendwo ein sauberes Kleid aufgelesen, etwas silbrig Weißes aus Leinen. Fast wirkte sie wie eine Priesterin. »Ich habe bloß nach einem Ort gesucht, an dem ich ungestört sein kann«, murmelte sie. »Um eine Weile über alles nachzudenken.«

Will gestattete sich den Hauch eines Lächelns. »Ging mir ebenso. Es hilft nicht so sehr, wie man denkt.«

»Du hast gerade über irgendwas gelacht.« Quirk wirkte misstrauisch; so anders als in jener regnerischen Nacht, in der sie Schutz in einer Höhle gesucht hatte. Will hatte den Eindruck, dass die Ereignisse der letzten beiden Wochen ihre Fassade professioneller Reserviertheit aufgebrochen hatten. Etwas Wilderes spähte nun durch die Sprünge und Ritzen.

»Weißt du, wer sonst noch alleine vor sich hinlacht?«, fragte Will.

Quirk nickte langsam. »Ich kann's mir denken.«

»Etwas Gesellschaft würde mir guttun.« Angesichts dessen, wie ihm das Alleinsein bislang bekam, schien das ein vernünftiger Schritt zu sein.

Quirk dachte darüber nach. »Bei mir bin ich mir nicht so sicher.«

Er zuckte die Achseln. »Wenn du allein sein willst, zieh ich mich zurück. Ich mache hier ohnehin keine Fortschritte.«

»Fortschritte mit was denn?« Kaum, dass sie die Frage ausgesprochen hatte, schien Quirk sie auch schon zu bereuen. Doch Will wollte das Gespräch nicht so schnell wieder aufgeben.

»Was wir als Nächstes tun sollen.«

Erst dachte er, sie würde lächeln, doch bei näherer Betrachtung war es vielleicht nur ein Zähnefletschen. »Wieder am Pläneschmieden also?«

Er schüttelte den Kopf. »Eher geht es darum, ob und wie ich das vermeiden kann.«

Da schien sich Quirk ein wenig zu entspannen. Etwas weniger steif als zuvor kam sie zu ihm und setzte sich auf den gesprungenen Holzboden. Dies war einmal ein Dachboden gewesen, dachte er. Sie waren umgeben von alten, abgenutzten Besitztümern – die Art von Sachen, die niemand mehr richtig brauchte, die man aber auch nicht wegwarf; die Überbleibsel des Lebens, denen man ambivalent gegenüberstand. Handwerklich mäßige Ölgemälde von Leuten mit schiefen Augen und noch schieferen Zähnen. Religiöse Texte, wie sie zwar jeder besaß, aber niemand je las. Kleiderkisten, die vorrangig als Heimstatt für Motten dienten.

»Sie haben dich ganz schön im Schwitzkasten, was?«

»Wer?«

»Lette«, sagte Quirk rundheraus. »Balur auch. Und Firkin. Alle eigentlich.«

Er war sich nicht sicher, was er davon halten sollte. Balur und Firkin waren nicht gerade die geschicktesten Verschwörer, von daher war es nicht gerade schmeichelhaft, als ihre Spielfigur zu gelten. Und was Lette anging ...

»Du denn nicht?«, fragte er ein wenig defensiv. »Dir ist also ganz egal, was ich als Nächstes tue?«

Mit einem Mal wirkte sie völlig schutzlos. Und todunglücklich. »Leck mich«, sagte sie und stand kurzentschlossen wieder auf.

Will begriff nicht, was gerade passiert war. Er starrte zu ihr hoch. »Was ist denn los? Was zur Hölle habe ich gerade gesagt?«

»Was los ist? Was *los* ist?« Mit wilden Augen schaute sich Quirk um. Der Wind, der durch die Stadt fuhr, bauschte ihr langes Kleid. Die Grimasse, die sie zog, war weder ein Grinsen noch ein

Ausdruck der Qual. »Ich habe eine Wahl getroffen, Will. Eine Entscheidung.«

Will dachte an die Geschehnisse der letzten Nacht. Wie Quirk an Deck gestanden und nur noch Augen für Dathrax gehabt hatte, die Worte »wie majestätisch er ist« auf den Lippen.

»War es denn eine gute Entscheidung?«, fragte er hoffnungsvoll.

Allzu hoffnungsvoll klang das aber auch wieder nicht.

»Vor langer Zeit habe ich mir geschworen, meine Magie nicht mehr einzusetzen«, sagte Quirk. »Ich war benutzt worden, von einem ... sein Name war Hethren. Er war ... ein Räuber. Eigentlich schlimmer als das. Aber wenn er mich ansah, sah er nur meine Magie. Und wenn er meine Magie sah, dann sah er bloß die Waffe darin. Das war das, wozu er mich gemacht hatte: seine Waffe. Er zwang mich, einer Menge Leute wehzutun. Mit meiner Magie. Und er brachte mich dazu, dass ich es gerne tat.

Doch ich bekam Hilfe, Will. Ich wurde gerettet. Nicht von irgendeinem der Götter. Nicht von Lall auf seinem hohen Thron; auch nicht von Otze, wo immer er stecken mag, der nur Tanz und fröhliche Gelage im Sinn hat; nicht von Bussi, die sich durch die Unsterblichkeit fickt; und ebensowenig von Kluk, obwohl alle Akademiker, die ich kenne, ihre Weisheit preisen; nicht von Klimp, trotz seines unermesslichen Reichtums; nicht von Schuft, die unseren Feldern Leben bringt. Nicht einmal von Truga, unser aller Mutter, die uns an ihre Brust zu drücken verspricht, selbst wenn Lall uns eines Tages richtet, bis auf den Letzten. Keiner von ihnen hat sich um mich geschert.

Nein, es waren ein paar gutherzige Männer und Frauen, die mir geholfen haben. Menschen, die keine Waffe in mir sahen, nicht einmal Magie, sondern einfach nur ein verletztes Kind. Sie halfen mir auf meinem langen Weg, ein besserer Mensch zu werden. Sie halfen mir bis zu dem Punkt, an dem ich mir versprechen konnte: ›Das war's. Ich bin jetzt fertig mit der Magie.‹«

Ihr Blick ging in die Ferne, und der Wind fuhr durch ihr Kleid.

»Ich war gerne dieser neue Mensch. Es freute mich, wie glücklich es die Leute machte: meine Forschung. Meine Entdeckungen. Ich wollte die beste Thaumatobiologin der Welt werden – für sie. Und ich hatte es so weit geschafft. So lange schon hatte ich nicht mehr die Kontrolle verloren. Also bin ich hinaus in die Welt gezogen, um diesem Traum zu folgen. Und weißt du was?«

Endlich schaute sie ihn an und schenkte ihm ein aufrichtiges Lächeln. Er wagte es nicht, ihr zu antworten und diesen besonderen Moment zu zerstören.

»Ich war schrecklich«, fuhr sie fort. »Ich fand nicht mal einen Drachen. Ich wusste nicht einmal, wonach ich eigentlich suchte. Doch dann traf ich dich und Lette und Balur. Und Firkin natürlich. Und einen Drachen auszurauben war zwar nicht direkt das, was ich vorgehabt hatte, aber ich hatte die Hoffnung, dass es mich näher an mein Ziel bringen würde. Und das tat es auch. Ich kam ihm so nahe – nahe genug, einen Drachen zu berühren.«

Dann schüttelte sie den Kopf. »Aber ich verlor die Kontrolle. Das ist mir früher schon passiert, aber dieses Mal waren so viele Menschen die Leidtragenden … Und ich war so wütend auf mich und euch alle. Weil ihr mich in diese Situation gebracht hattet. Wenigstens war es ein Unfall, es war einfach passiert. Ein altes Trauma, das wieder an die Oberfläche drängte. Das war verständlich, vielleicht sogar zu verzeihen.«

Alle Freude fiel nun von ihr ab, als wäre sie nur weiterer Ramsch auf dem Dachboden. »Letzte Nacht aber ... in der letzten Nacht hatte ich die Wahl. Und ich fällte eine Entscheidung. Ich war nicht in Panik – ich hatte die Kontrolle. Und trotzdem rief ich meine Magie. Ich ... ich ...« Sie rang um Worte. »Ich entschloss mich, die Welt in Brand zu setzen.« Ihr Blick ruhte so schwer wie Balurs Kriegshammer auf ihm.

»Du willst wissen, was du meiner Meinung nach als Nächstes tun solltest?«, fragte sie. »Ich finde, du solltest dich ins Knie ficken, Will Fallows, und mich in aller Ruhe herausfinden lassen, was ich mit den Resten der Person, die zu sein ich glaubte, anstellen soll.«

Sie setzte sich wieder. Beide schauten sie ins Leere. Die Menschenmengen waren nun schon näher gekommen. Die Ersten hatten beinahe das Stadttor erreicht. Dass es nur noch schief in den Angeln hing, schien niemanden zu entmutigen.

»Tut mir leid«, sagte Quirk nach einer Weile. »Das ist wahrscheinlich nicht sehr fair gewesen.«

Will zuckte die Schultern. »Ach, ich glaube schon.«

Quirk nickte. »Stimmt, aber ich wollte nicht unhöflich sein.«

»Wenn man bedenkt, wie viele Leute meinetwegen tot sind, besteht – glaube ich – nicht viel Anlass für Höflichkeit.«

Sie nickte abermals. Wenn Will ehrlich war, dann hatte er gehofft, dass sie das nicht tun würde.

»Betest du zu den Göttern, Will?«, fragte sie aus heiterem Himmel.

»Äh«, antwortete er überrascht. »Ja«, sagte er dann, weil es das war, was man hierauf antwortete. »Ich meine, nicht im religiösen Sinn.« Doch das war auch nicht richtig. »Irgendwie natürlich schon im religiösen Sinn. So gesehen bete ich wohl wirklich zu den Göttern. Na ja, ich befolge jetzt nicht buchstabengetreu sämtliche ihrer Weisungen. Tut ja eigentlich niemand. Zumindest machen das nicht viele Leute. Ich begehe die wichtigsten Feiertage, gelegentlich bringe ich mal ein Opfer dar. So was eben. Ganz normal, würde ich sagen.«

Etwas an der Art, wie sie ihn ansah, gab ihm das Gefühl, er müsse sich verteidigen, obgleich er sich nicht sicher war, weshalb. »Ich meine, sie sind irgendwo dort oben, richtig? Soll heißen, wenn sie nicht gerade hier unten sind und anderer Leute Frauen oder Männer ficken.« Das schien die wesentliche Beschäftigung der Götter zu sein, sobald sie sich in die Angelegenheiten ihrer Schöpfung einmischten. Relativ häufig in Gestalt eines Tieres, was bei näherer Betrachtung ein ziemlich seltsamer Fetisch war, dafür dass ihn praktisch das gesamte Pantheon besaß. Doch er schweifte ab. »Das ist es aber auch nicht wert, es sich mit ihnen zu verscheißen.« Vielleicht war dies nicht gerade das theologisch fundierteste Argument, aber ihm hatte es bislang gereicht.

»Und wie verlief dein Leben als Gläubiger bis jetzt?«, erkundigte sich Quirk.

Auf einmal roch er deutlich den schweren Gestank von Blut und Asche in der Luft. »In allen Höhen und Tiefen.« Er stockte. »Betest du denn nicht zu den Göttern?« Der Gedanke schien ihm absurd, tatsächlich sogar sehr gefährlich. War ihm all das vielleicht deshalb widerfahren, weil er sich mit einer Heidin eingelassen hatte, welche die Götter zu strafen versuchten?

Quirk aber antwortete: »Doch, tu ich. Vor allem zu Kluk. Wo sie doch die Göttin der Weisheit ist und alles. Wichtig für die

Universität. Statuen ihrer Heiligen bewachen die Bibliotheken und Labore. Eine Menge schöne Architektur, die sie da haben.« Ein sehnsüchtiger Ausdruck trat auf ihr Gesicht. »Aber das war nicht der Grund für meine Frage.«

»Was war dann der Grund?« Will war nicht klar, worauf sie hinauswollte.

»Weil du ein Gott bist«, erklärte ihm Quirk.

Will dachte darüber nach. »Vielleicht solltest du dich eine Weile hinlegen.«

Sie schnaubte amüsiert. »Ich meine ja nicht im wörtlichen Sinne. Im wörtlichen Sinne bin ich auch noch nicht völlig verrückt.« Sie nickte durch das Loch in der zerstören Mauer, hinab zu der Stadt und ihrer Bevölkerung, die in ähnlich schlechtem Zustand waren. »Aber für die Leute da draußen bist du ein Gott. Sie behandeln dich genauso, wie sie ihre Götter behandeln.«

»Ähm«, sagte Will, wieder bei den einfachen Silben angekommen.

»Wenn du zu Lall betest, oder wenn du Bussi oder Otze ein Opfer darbringst, ehe du in die Taverne gehst – erwartest du dann ernsthaft, dass sie vom Himmel herabsteigen und eingreifen? Erwartest du, dass sie sich auf einen Wink von dir manifestieren, und dass du und deine Bedürfnisse sie wirklich interessieren? Tun sie das denn je? Oder kommen und gehen die Götter einfach, wie es ihnen passt, und folgen ihren eigenen, selbstverliebten Launen?«

»Na ja.« Das grenzte jetzt doch ziemlich nah an Ketzerei, und er hatte wirklich schon genug übermächtige Wesen gegen sich aufgebracht, als dass er auch noch dem Pantheon ans Bein pissen wollte.

»Du erwartest keine Reaktion von ihnen«, gab sie sich selbst die Antwort. »Du hoffst einfach nur und denkst dir: *Vielleicht gibt es ihnen ja einen kleinen Schubs in die richtige Richtung, und alles wird gut.*«

Nach kurzem Zögern stimmte Will ihr widerwillig zu. Das war vermutlich eine treffende Darstellung.

»Mit dir ist es das Gleiche«, fuhr Quirk fort. »Für diese Menschen bist du eine echte Naturgewalt. Jemand, der die Dinge ändern kann. Und nichts wünschen sie sich sehnlicher. Sie glauben nicht, dass sie dich direkt beeinflussen können, aber sie hoffen doch, dass der Wandel, den du bringst, gut für sie sein wird. Sie sind verzweifelt. So verzweifelt, dass sie jeden Wandel willkommen heißen.«

Wenn er so etwas hörte, fiel es Will relativ schwer, den Tod von Mattrax und Dathrax zu bedauern – ob es ihn selbst nun noch das Leben kosten würde oder nicht.

»Du willst mir damit also sagen, dass wir uns ähnlich sind«, fasste er schließlich zusammen. »Ich muss ebenfalls eine Entscheidung treffen.« Auch wenn er sich allmählich nicht mehr sicher war, worüber er überhaupt noch entscheiden sollte.

Quirk aber schaute ihn an, als ob er immer unschärfer würde und gewaltsam im Fokus des gesunden Menschenverstandes gehalten werden müsste.

»Das willst du mir also nicht damit sagen?«, vergewisserte sich Will.

»Unser beider Situationen sind nicht einmal ansatzweise vergleichbar! Ich durchlaufe eine moralische und existenzielle Krise – du aber suchst nach einem Weg, dich vor der Verantwortung für einen tausendfachen Mord zu drücken.«

Also wenn sie es so ausdrückte ... all die Hoffnung, die in seiner Brust aufgekeimt war, verflog mit einem einzigen Seufzer.

Er stützte den Kopf auf die Hände. »Ich muss mir nur ... ich muss mir über eine ganze Menge Dinge klar werden. Aber du hast schon recht – ich bin ein Gott. Ich kann die Leute in die richtige Richtung drücken. Ich kann ... etwas ... tun.«

Quirk stieß einen verächtlichen Laut aus.

»Was ist?«

»Du bist kein Gott.« Sie klang so bedauernd, als spräche sie mit einem Kleinkind, das gerade versuchte, das Schwert seines Vaters zu heben, um sich zu Lalls Sohn auf Erden zu erklären.

»Aber du hast doch eben gesagt ...«, protestierte Will, denn das hatte sie wirklich.

Quirk verdrehte die Augen. »Du hättest in Tamar keinen Tag lang überlebt.«

»Ich versuche auch gar nicht, einen Tag lang in Tamar zu überleben«, schnappte Will. »Sondern gleich mehrere Tage auf einmal, und zwar hier in Kondorra!«

»Ich habe lediglich gesagt, dass sie einen Gott in dir *sehen.* So denken sie von dir.«

»Du hast gesagt, ich würde den Wandel bringen«, beharrte er und klang selbst in seinen Ohren kleinlich.

»Und wie oft war dieser Wandel der, den du wolltest?«, erkundigte sich Quirk.

Da hatte sie nicht ganz unrecht. Er begegnete ihrem Blick.

»Wie oft haben sie einfach nur das getan, was Firkin ihnen gesagt hat?«, setzte sie nach.

Diese Rechenübung behagte Will nicht. Dann jedoch fasste

er einen Entschluss, der ihm eine gewisse, wenngleich grimmige Befriedigung bescherte. »Dann gehe ich eben zu Firkin und sage ihm ganz genau, was er verdammt noch mal zu tun hat.«

Quirk stieß abermals ein schnaufendes Lachen aus. »Du kapierst es einfach nicht, was?«

Wills Entschlossenheit schmolz nur so dahin und leistete Quirks Freude und dem restlichen Ramsch auf dem Dachboden Gesellschaft. »Was soll ich denn sonst tun?«, klagte er.

»Geh ruhig zu Firkin«, sagte Quirk. »Aber besser wäre, du findest heraus, was *er* will, dass du tust – und bete, dass du es überlebst.«

60

Die Hand in der Puppe

»Firkin«, sagte Will. »Wir müssen uns unterhalten.«

Firkin saß in einem Taufbecken inmitten eines ausgebrannten Lall-Tempels. Der Götterkönig versuchte streng auf sie herabzublicken, doch seine Statue hatte mehrere schwere Schläge hinnehmen müssen und schien etwas zu schielen. Über ihnen war eine Reihe von Männern mühevoll damit beschäftigt, den Tempel seines Bleidaches zu berauben. Staub, Splitter und Nägel regneten in unberechenbaren Schauern auf sie herab.

»Lippengeflatter!«, erklärte Firkin laut. »Zungenschmatzige Zauberkunst. Die willst du mir mit deinen Vernunftworten ins Hirn stricken. Willst mir dein Gedenke mit lexikalischer Magierie in den Kopf mogeln. Wird aber nicht klappen.«

Mit breitem Grinsen präsentierte er Will die Seite seines Kopfes, schob sich die wild verfilzten Haare zurück und legte ein schwärzliches, zerkautes Etwas frei, das sich mit sehr viel Wohlwollen als Ohr beschreiben ließe. Er hatte es mit etwas Gelbem und Widerlichem zugestopft. »Hält mir das Wortgealbere vom Leib.« Wissend zwinkerte er Will zu.

»Aber du hörst mich doch«, protestierte Will.

Firkins Lächeln entwischte wie eine Schabe, die Deckung in den Schatten sucht. »Prototyp«, grunzte er und starrte missmutig seine Füße an.

In der Ecke des Tempels krachten mehrere Pfund Blei auf die zerspringenden Steinplatten. »Tut uns leid!«, rief jemand halbherzig von oben. In Anbetracht dessen, dass die Leute in seinem Namen hierhergeströmt waren, hätte sich Will ein wenig mehr Bedauern gewünscht.

Er atmete tief durch und versuchte, die Unterhaltung wieder an sich zu reißen.

»Was dieses ganze Prophetending betrifft …« Er steckte die Hände in die Taschen und lief ein paar Schritte auf und ab. »Das nimmt wirklich überhand.«

»Hat aber nichts mit Händen zu tun.« Firkin beugte sich vor, sodass das restliche Wasser im Taufbecken über den Rand schwappte, und tippte sich an die Schläfe. »Sondern mit Köpfen. Worte setzen Ideen in Köpfe. Wie kleine Käfer, die sich ihre Tunnel graben, genau.« Er nickte dreimal. »Wörter sind grabende Käfer mit Ideensamen. Und Samen wachsen, wachsen in den Köpfen und platzen aus den Mündern.« Er tat, als müsste er sich übergeben. »Werden dann wieder zu Wörtern – auch eine Art der Fortpflanzung. Große, lange Wörter mit 'ner Menge Silben. Ich weiß es, du weißt es auch. Wegen der Samen.« Er rollte mit den Augen. »In unseren Köpfen.«

»Okay.« Will gab sein Bestes, der Analogie zu folgen. »Aber ich finde, es wäre vielleicht angebracht, diese gan … besondere Idee ein wenig zurechtzustutzen.«

»Welche Idee denn?«

Für einen flüchtigen Moment wirkte Firkin vollkommen klar und zugleich vollkommen verwirrt. Es war mit das Verstörendste, was Will je gesehen hatte.

»Diese Idee, dass ich ein Prophet sei«, erklärte er geduldig.

»Bist du denn keiner?« Firkin wirkte immer noch perplex.

»Nein«, sagte Will. Er war sich nicht sicher, was los war, aber Firkin schien gerade empfänglich für Argumente zu sein. Diese Gelegenheit musste er nutzen.

»Wer hat denn behauptet, du seist ein Prophet?«, erkundigte sich Firkin interessiert.

»Das bist du gewesen«, erinnerte ihn Will.

»Ganz schön steile These von mir«, kommentierte Firkin.

»Aber leider falsch.« Dieser Punkt war Will sehr wichtig.

»Tja. Dann sollten wir dieses Missverständnis wohl aus der Welt schaffen.«

Will lächelte. Auf einmal lief alles überraschend gut. Firkin erhob sich und sah sich um. Sein Blick fiel auf die Arbeiter über ihnen. »Hey!«, schrie er so laut er konnte. »Ihr da oben!«

Ein paar der Männer unterbrachen ihre Arbeit und schauten herab. »Was ist denn?«, rief einer zurück.

»Der Junge da!«, kreischte Firkin und zeigte dabei vorsorglich auf Will. »Der ist nicht der Prophet.«

Es folgte eine vernehmliche Pause. Irgendwie fühlte Will sich ausgegrenzt, obwohl das genau das war, worum er gebeten hatte.

»Äh, okay dann«, rief einer der Arbeiter zurück. »Gut zu wissen.«

Firkin strahlte Will an. »Also dann! Das hätten wir damit geklärt.«

Es erklärte allerdings nicht, weshalb sich Will nur noch verwirrter fühlte.

»Hey!«, rief ihr Gesprächspartner vom Dach. »Wo sollen wir das ganze Blei eigentlich hinschaffen?«

»Auf den großen Platz!«, bellte Firkin, und auf einmal mischte sich ein Befehlston in seine schrille Stimme. »Der Prophet befiehlt es!«

»Gelobet sei der Prophet!«, riefen die Männer wie mit einer Stimme zurück.

Will starrte Firkin an. »Ich dachte, wir hätten gerade darüber gesprochen.«

»Über was?« Firkin war wieder Unschuld und Verwirrung in Person.

»Über dieses Prophetenzeugs. Der Prophet befiehlt niemandem mehr irgendwas.«

Auf Firkins Gesicht spiegelten sich eine Reihe von Ausdrücken wider, aus denen Will nicht hundertprozentig schlau wurde. Dann entschied es sich offenbar für eine Mischung aus Entrüstung und Abscheu. »Woher verdammt noch mal willst du das denn wissen? Du hast mir doch gerade gesagt, dass du's nicht bist!«

61

Vom Stamm der Gestörten

Etwa zur gleichen Zeit fand Lette Balur am zerstörten Stadttor. Auf improvisierten Spießen steckten die Köpfe einiger Gardisten. Lette schaute Balur fragend an.

»Macht mich ganz hibbelig, wenn ich nichts zu tun hab«, erklärte er.

Dessen ungeachtet zog ein steter Strom von Menschen an ihnen vorbei nach Athril. Vor allem Bauern, soweit Lette das beurteilen konnte. Manche kamen allein, andere schleppten ihre Familien mit. Dazwischen sah man auch vereinzelte Händler. Es würden noch mehr werden. Zwar mochte es noch etwas dauern, bis auch die wohlhabenderen unter ihnen ihre Stadthäuser verließen; früher oder später aber würden sie gewiss kommen. Aus ganz Kondorra. Die schiere Kraft dieser Menschenflut würde sie aus ihren gemütlichen Heimen geradewegs vor Wills Füße spülen.

Balurs Blick wanderte prüfend über die Neuankömmlinge.

»Du versuchst Will zu beschützen«, stellte Lette lächelnd fest. »Du großer Softie.«

»Ich hab ideenweise keine Ahnung, wovon du da redest«, sagte Balur und wich ihrem Blick aus.

»Du machst dir Sorgen um ihn. Du befürchtest, dass das Konsortium Spione zu uns schickt. Deshalb stehst du hier und hältst die Augen offen – weil es dir nicht egal ist. Weil unter diesem harten, gräulichen Äußeren das kleine weiche Herz einer Sechsjährigen schlägt.«

»Er hat meinen Hammer verloren!«, grollte Balur so vehement, dass die Reisenden auf der Straße verschüchtert zurückwichen. »Er kann sich glücklicherweise schätzen, dass ich ihm nicht die Gedärme zum Arsch rausgezogen und ihn damit erwürgt habe!«

Gegenwärtig schien sich Balur mit einer Eisenstange bewaffnet zu haben, bei der es sich früher einmal um einen Zaunpfosten gehandelt haben mochte.

»Und dennoch schützt du ihn«, neckte ihn Lette. »Trotz allem.«

Balur grunzte und wich ihrem Blick aus, tat so, als müsste er weiter die Menge beobachten. Da stutzte sie. »Es geht dir gar nicht um Will …« Die Einzelteile fügten sich zusammen. »Sondern um mich!«

Balur knirschte mit den Zähnen. »Wir sind Stamm«, sagte er schließlich.

Lette fühlte, wie sie zornig wurde. »Du beschützt gar nicht Will – du beschützt mich.« Es war eine Feststellung, keine Frage, aber nichtsdestoweniger erwartete sie eine Antwort.

Balur starrte weiter die Menge an.

»Der da versteckt ein Schwert unter dem Umhang«, brummte er.

»Weil er kommt, um zu kämpfen – für Will und für das, wofür er steht. Und du weichst mir aus! Du sagst, wir seien Stamm, und ich weiß auch, was du damit meinst. Wie wichtig dieses Wort für dich ist. Aber wenn wir Stamm sind, dann gibt es im Moment nur ein einziges Stammesmitglied, das Schutz nötig hat: Das bist nämlich du, weil ich dich gleich aufschlitze und dir in den Bauch pisse.«

Sie trat auf ihn zu, ließ nicht locker, forderte ihn mit ihrem Blick heraus.

Er sah sie an, erkannte seinen Fehler und schaute schnell wieder weg, aber nicht schnell genug.

»Ich brauche deinen Scheißschutz nicht!«, fuhr sie ihn an.

Das hatte auch die Menge gehört. Die Leute blieben stehen, scharten sich zusammen. »Geht verdammt noch mal weiter!«, blaffte sie die Menschen an, ohne sie eines Blickes zu würdigen. »Sonst schneid ich euch die Eier ab, und ihr dürft sie suchen gehen!«

Das erfüllte seinen Zweck.

Balur jedoch wich ihr immer noch aus.

»Ich *brauche …«,* hob sie abermals an.

»Die alte Lette brauchte vielleicht keinen Schutz.«

Das brachte ihre Argumentation kurz ins Wanken. »Was bitte meinst du mit ›die alte Lette‹?«

Balur zuckte die Schultern. Es sah aus, als versuchten zwei Kontinente miteinander rumzumachen. »Ich meine die Lette, die wir in Vinland zurückgelassen haben. Die Lette, die sackweise Gold gestohlen und einem Gott ins Gesicht gespuckt hat. Ich meine *nicht* die Lette, die einem Vollidioten von Bauernjungen schöne Augen macht. Nicht die Lette, die erst zögert, bevor sie klingenweise zusticht. Die sich mehr um eine Herde Dummköpfe sorgt als um sich selbst.« Ärgerlich zeigte er auf die Besucherschar. »Ich meine die Lette, mit der ich arbeitender- und lebenderweise zehn Jahre verbracht und der ich mein Leben anvertraut habe. Ich meine die Lette, die ich gerne zurückhätte.«

Lautstark knirschte er mit den Zähnen, und dann stöhnte das Metall seines Zaunpfostens unter seinem Griff.

Lette war, als würde sie vibrieren wie eine Bogensehne nach dem Schuss. Doch sie war sich noch nicht darüber im Klaren, in welche Richtung der Schuss ging.

»Ach so! Ich darf also keine Wünsche, keine Ziele haben. Das ist das, was Leute machen, Balur: Sie leben! Sie träumen, sie streben danach, sich zu ändern. Ich versuche, ein besserer Mensch zu werden.«

»Wie denn besser?«, schnappte Balur verächtlich. »Mehr wie diese Rindviecher hier?«

»Ich wäre gern mehr wie jemand, der nachts besser schlafen kann«, spie sie zurück und gab ihm kein Stückchen nach. »Mehr wie jemand, der seinem Spiegelbild ins Gesicht blicken kann.«

»Aha«, spottete Balur. »Jetzt hast du also ein Gewissen.«

Lette zögerte. Das ging ihr nun doch etwas zu weit. »Nein. Aber ich versuche, mir eins wachsen zu lassen.«

Balurs gelbe Schlitzaugen bohrten sich in sie hinein. »Ernsthafterweise?« Er klang so verletzt, wie sie sich fühlte. »Du willst allen Ernstes mehr wie die da sein?« Abermals machte er eine Handbewegung in Richtung der Vorbeiziehenden. Diese schlugen – so gut das in dem engen Durchgang möglich war – einen Bogen um sie, die verängstigten Gesichter starr geradeaus gerichtet.

»Na ja«, sagte sie. »Vielleicht nicht genau wie sie. Aber so wie sie, nur mit Eiern. Und Hirn.«

Balur legte ihr eine Hand auf die Schulter. Ihre Knie fragten höflich an, ob er das in Zukunft bitte unterlassen könne.

»Wir haben das alles«, sagte er. »Wir haben Eier. Wir haben

Hirn. Wir haben Spaß. Und Erfolg. Deshalb sind wir nämlicherweise auch Stamm.«

Lette blickte ihn an: diesen großen, brutalen Psychopathen, der ihr treuer ergeben war, als sie das jemals verdient hatte. Und dann sagte sie etwas, von dem sie wusste, dass es ihn bis ins Mark treffen würde.

»Die Leute da sind ebenfalls mein Stamm.«

Balur war acht Fuß groß. Seine Haut war dicker und stärker als jede Stahlplatte. Er konnte einen zweihändigen Kriegshammer führen, als wäre er ein Kinderspielzeug. Die Zähne in seinem Maul waren so scharf wie Messer. Er wog fast eine halbe Tonne.

Und sie hatte ihm gerade den ganzen Schneid abgekauft.

Er nahm die Hand von ihrer Schulter, trat einen Schritt zurück und wäre fast gestolpert.

»Wir sind Stamm, Balur«, sagte sie. »Aber ich bin auch ein Mensch.« Sie zuckte die Schultern. »Werd ich wohl immer sein. Kann es nicht ändern.«

Da geisterte der Hauch eines Lächelns über sein Gesicht. Ein kalter Hauch mit einer guten Prise Mundgeruch.

»Ahnte immer, dass irgendwas an dir komisch ist.«

Nun war es an ihr, die Hand nach ihm auszustrecken. Sein Unterarm lag breit und schwer in ihrer Hand. »Das ist nicht das Ende, Balur. Das ist dir doch klar, oder?«

Er nickte. »Bloß der Anfang vom Ende.«

Sie wandte den Blick ab. Mehr Worte würden jetzt auch nicht helfen. Balur war nicht wirklich der Typ dafür – es sei denn vielleicht, sie würde es mit Körperteilen buchstabieren. Aber streng genommen war das ja genau das, was sie dieser Tage zu vermeiden versuchte.

»Wenigstens bin ich nicht diejenige, die mit einem Zaunpfosten bewaffnet herumläuft.«

»Das ist kein Zaunpfosten.« Lette wusste, dass sie aus dem Gröbsten heraus waren, denn Balur war wieder willens, den Beleidigten zu spielen. »Ist der Zeiger einer Tempeluhr.«

Sie seufzte. Und da fragte er sie noch, weshalb sie sich ändern wollte. »Du hast einen Tempel der Götter entweiht – für eine Waffe?«

Balur zuckte die Achseln. »Mittlerweile ist doch sowieso klar, dass wir's götterweise mit allen da oben verschissen haben. Von daher dachte ich mir, die können mich alle mal.«

Sie drückte seinen Arm. »Genau«, sagte sie. »Die können uns mal.«

62

Bereit fürs Begräbnis

Sie trafen sich gemeinsam in der Garnison. Sogar Firkin. Will war nicht klar, woher sie alle wussten, wohin sie zu gehen hatten – weder hatten sie darüber gesprochen noch sich verabredet. Und trotzdem: Kaum, dass er hereinwanderte und nach dem verkohlten Holz und den Reifen zerborstener Fässer auf dem Boden trat, durchquerten auch Lette und Balur die Überreste des westlichen Tores; Quirk hockte bereits auf den Ruinen einer Baracke, und Firkin – zur Abwechslung einmal allein – kam aus der Richtung des Sees herangeschlendert.

Verband sie irgendetwas? Ihm war, als stünden sie seit jener Nacht in der Höhle nahe seines Hofs in einer besonderen Beziehung. Ihm war, als umkreisten sie einander und würden von einem unsichtbaren Band immer wieder zusammengeführt. Oder lag es nur daran, dass dies das Epizentrum der jüngsten Katastrophe war, dessen Schwerkraft sie unaufhaltsam anzog?

Lette und er beäugten einander, während sie näher kam. Er war sich nicht sicher, wo sie beide standen. Sie hatte den Verlust ihres teuer erkauften Schatzes ziemlich schlecht aufgenommen und war davongestürmt, kaum dass Firkin ihm die geplünderte Stadt vermacht hatte. Ihre gerade erst aufgekeimte Romanze schien schon Probleme mit dem Überleben zu haben.

Doch noch während sie sich alle um Quirk sammelten, merkte er, dass Lette ein wenig weg von Balur und in seine Richtung strebte. Nicht gerade viel, aber immerhin genug, dass seine Hoffnung kurz den Kopf von der Theke hob und sich umschaute.

Quirk sah ihnen entgegen. »Was sucht ihr hier?« Anscheinend hatte sie noch immer nicht zu ihrer alten Ruhe gefunden.

Beinahe hätte Will laut gelacht. »Ich glaube kaum, dass irgendwer hier auch nur den Hauch einer Ahnung hat.«

»Ich weiß genau, was ich suche«, erwiderte Balur verstimmt. »Ich suche etwas, das waffenweise besser taugt als ein Uhrzeiger, und dann verpiss ich mich.«

»Ehrlich gesagt, ist das der beste Plan, den ich seit einer ganzen Weile gehört habe«, stimmte Lette zu.

»Ah«, machte Quirk. »Der Lasst-alle-im-Stich-und-rettet-die-eigene-Haut-Plan. Wie nobel.«

Balur zuckte die Schultern. »Habe nie behauptet, nobel zu sein. Und bedenkenderweise was du gestern gesagt hast, bin ich mir nicht sicher, ob du selbst so altruistisch bist.«

Quirk biss die Zähne zusammen. »Ich bin gerade etwas konfliktbeladen, okay?«

»Und völlig unvoreingenommen«, fügte Lette spöttisch hinzu.

Das ist wahrscheinlich nicht besonders hilfreich, dachte Will. Aber hier zu stehen und nichts zu sagen trug auch nicht gerade viel zur Lösung ihrer Probleme bei.

»Ich weiß nicht, ob wir einfach so davonlaufen können«, sagte er deshalb. »Ich bezweifle, dass man uns entkommen lässt. Weder das Drachenkonsortium noch die Leute.«

»Vielleicht kannst du nicht entkommen«, erwiderte Balur. »Ich bin kein Prophet. Niemand will, dass ich bleibe.«

»Ich bin auch kein Prophet!«, fuhr Will ihn an. »Aber das nützt mir leider auch nicht viel.«

»Es ergibt wenig Sinn, darüber zu streiten, ob man ein Prophet ist oder nicht, wenn alle einen dafür halten.« Lette klang müde. Vielleicht sollte ihn das nicht überraschen – sie alle waren müde. Das hieß, alle außer Firkin, der ziemlich so wie immer aussah: als hätte man ihn eingelegt am Boden eines Bierfasses gefunden, kurz bevor unaussprechliche Dinge auf ihm zu wachsen begannen.

»Sie halten mich ja gar nicht mehr für den Propheten«, wandte Will ein.

Dem wurde mit skeptischen Gesichtern begegnet. Und so erzählte er ihnen, was geschehen war, als er Firkin im Tempel aufgesucht hatte.

Die skeptischen Gesichter wandten sich Firkin zu. Dieser richtete sich zu voller Größe auf, streckte seine Hühnerbrust heraus und versuchte, hochnäsig dreinzublicken. Insgesamt machte er den Eindruck eines Mannes, der gerade das bittere Endstadium einer Verstopfung durchlitt.

»Die Menschen kommen!«, erklärte er wichtigtuerisch. »Sie kommen aber nicht meinetwegen. Sie kommen auch nicht deinetwegen. Sie kommen nicht mal wegen Will. Oder wegen Balur. Oder Lette …«

»Du wirst mir jetzt verdammterweise sagen, weswegen sie dann kommen«, teilte ihm Balur mit. »Oder ich werde dir beibringen, wie deine Gedärme schmecken.«

»Sie kommen wegen des Propheten«, erklärte ihnen Firkin,

als wären sie alle Idioten und als hätte er Balur nicht schon genug gereizt.

»Aber Will ist doch der Prophet«, merkte Quirk an.

»Mir hat er gesagt, er wär es nicht.« Firkin wirkte gekränkt.

»Bin ich auch nicht!«, rief Will, der diesen Punkt für durchaus wiederholenswert hielt, bis es endlich alle kapierten.

»Wieso klapperst du dann mit deinem Laberloch, als hätt dir jemand reingepisst?«, schrie Firkin schrill.

»Es ist ihnen also egal, wer der Prophet ist?« Lette machte einen verwirrten Eindruck.

»Dir denn nicht?«, fragte Quirk Will.

»Was?« Er warf die Arme hoch. »Darf außer dir jetzt niemand mehr konfliktbeladen sein?«

Nun war es an Balur, verwirrt dreinzublicken. »Das Wort kenn ich nicht. Konflitkbeladen?«

Lette seufzte. »Stell dir vor, da ist diese Hure, die du wirklich gerne hättest. Sie schläft aber nur mit dir, wenn du diesen Troll erschlägst. Doch wenn du den Troll erschlägst, erwischst du auch die Hure. Das ist konfliktbeladen.«

Woraus Will die Lehre zog, dass Lehre eher nichts für Lette war.

»Wieso sollte die Hure denn sterben?« Das ganze Konzept schien Balur gegen den Strich zu gehen. »Das ergibt keinen Sinn.«

Lette schüttelte den Kopf. »Es geht hier ums Prinzip. Das wollte ich dir bloß illustrieren.«

»Prinzipiellerweise kann ich die Hure doch belügen, mit ihr ins Bett gehen und später beide erschlagen«, beharrte Balur.

Lette verdrehte die Augen. »Klar kannst du das.«

Quirks Ausdruck nach zu urteilen, wurde ihre Meinung von ihnen allen gerade nicht besser.

Wills Gedanken aber gingen in eine andere Richtung. »Moment mal – vielleicht ist an der Geschichte ja sogar was dran.«

»Zeichen schädlicher Kindheitseinflüsse zum Beispiel?«, schlug Quirk vor.

»Was, wenn ich die Menschen belüge und sage, dass ich der Prophet bin ... und sie später einfach sitzen lasse?«

»Dann hättest du den moralischen Kompass eines Wiesels«, kommentierte Quirk, doch Will beachtete sie für den Moment gar nicht mehr.

»Wieso solltest du das tun?« Lette sah ihn an, als machte er sich vor aller Augen in die Hosen.

»Damit die Leute auf mich hören, wenn ich ihnen sage, dass sie so schnell wie möglich von hier verduften sollen. Damit sie keine wehrlosen Opfer für das Konsortium sind, wenn die Drachen kommen und Feuer regnen lassen.«

Lette erwog das. »Wir müssen wirklich von hier weg.«

»Moment«, bat Balur und hob einen Finger.

»Was?«, schnappte Lette mit einer Schärfe, die Will unnötig schien.

»Geht es bei Konflikten immer um Huren? In diesem Fall nämlich ...«

»Halt die Klappe«, sagte Lette.

Okay, dachte Will. *Vielleicht war es doch nötig.*

»Und was dann?« Quirk überging die beiden Söldner einfach. »Sobald wir weit genug weg sind, missbrauchst du ihr Vertrauen, gibst zu, dass du keinen Schimmer hast, was du tun sollst, und versteckst dich hinter ihrer schieren Anzahl, und zwar in der Hoffnung, dass die Drachen nur die anderen Leute, nicht aber dich erwischen?«

Will wurde ein Stückchen kleiner. »Klingt irgendwie mies, wenn du es so ausdrückst.«

»Vertrau mir: Es klingt mies, egal, wie du's ausdrückst.«

»Ich frage mich«, sann Balur, »ob umgekehrterweise nicht auch die ein oder andere Hure mit mir schon konfliktbeladen war.«

»Ich schwöre, ich schneide dir die Eingeweide raus und bau daraus 'ne Uhr für deinen Scheißzeiger«, drohte Lette.

»Worte!«, schrie Firkin da. »Immer nur im Kreis, im Kreis, im Kreis wie eine Katze, die man am Schwanz festhält! Schreien und kratzen, beißen und pissen. Aber nie lässt man die Worte los, dass sie mit dem Kopf gegen die Wand segeln.« Er richtete einen knochigen Finger auf Will. »Du!«, krähte er. »Bist du jetzt dieser verfickte Prophet oder nicht?«

»Es gibt keinen Propheten!« Lette appellierte ein letztes Mal an die Vernunft. »Du hast ihn bloß erfunden. Dann dachten die Leute, es sei Will. Und ab da ging alles den Bach runter.«

»Den Bach ging es schon laaaaange vorher runter.«

Will fragte sich erstmals, ob Quirk vielleicht heimlich getrunken hatte.

Balur schüttelte den Kopf. »Ich hab kompletterweise den Faden verloren. Gibt es jetzt doch einen Propheten?«

Will merkte, dass ihn alle ansahen. Er begriff nicht, warum das immer ihm passierte – er hatte doch auch keine Antworten. Und seine Mutmaßungen standen in einer recht soliden

Tradition fataler Fehleinschätzungen. Und doch fing es schon wieder an.

Er versuchte die Fakten zu sortieren. Die unbestreitbaren, unvermeidlichen Tatsachen: Dathrax war tot, und das sprach sich herum. Es hatte sich bereits herumgesprochen, deswegen strömten die Menschen ja nach Athril. Das Konsortium würde also ebenfalls in Kürze Bescheid wissen. Dann würde es über sie herfallen und sie allesamt töten. Diesen Teil würden sie denen besonders dadurch erleichtern, dass sie alle zusammen am selben Fleck blieben. Er könnte sich davonstehlen und alle im Stich lassen, aber wenn er das tat, dann hätte er eine unerträglich große Zahl an Menschenleben auf dem Gewissen. Und er hätte nicht einmal die Gewähr, dass er viel länger überleben würde als der Rest. Alternativ könnte er die Rolle des Propheten annehmen und die Leute alle mitschleppen. Aber alles, was er damit erreichen würde, wäre, das Unvermeidliche herauszuzögern.

Es war, das musste er sich eingestehen, eine ganz schön beschissene Liste von Fakten.

Dennoch schien Herauszögern die Option zu sein, die ihn am längsten überleben ließ. Und das war es doch, worum es ging im Leben. Oder nicht? Dem Schicksal so lange wie möglich ein Schnippchen zu schlagen. Wenn ihm das noch etwa fünfzig Jahre gelang, war er vielleicht bereit, sich den Drachen zu stellen.

Allerdings würde es ihn bei dem momentanen Stand der Dinge schon beeindrucken, wenn er es schaffte, das Unvermeidliche nur um etwa fünf Minuten zu verzögern.

»Ja«, sagte er zu ihnen allen. »Ich bin der Prophet.«

Lette starrte den Boden an. Quirk wirkte, als wäre ihr alles egal. Balur sah aus, als wäre er gedanklich schon wieder bei seinen Huren.

»Na schön«, sagte Firkin. »Ich hätte mir ja nur gewünscht, dass du das etwas früher erwähnst. Das bringt mir meine ganze kirchengeistliche Botschaft durcheinander.«

Das war Will gerade scheißegal. »Und jetzt der Reihe nach«, preschte er vor. »Als Erstes verfüge ich, dass wir diese Stadt verlassen. Wir müssen wieder auf die Straße.«

Firkin sah ihn konzentriert an. Seine Kiefer mahlten. *»Du* verfügst?«

»Allerdings.«

»Aber was ist mit dem Propheten?« Firkin wirkte misstrauisch.

»Ich *bin* der Prophet«, beharrte Will. »Alles, was ich sage, sagt der Prophet.«

»Alles, was du sagst?«, vergewisserte sich Firkin.

»Alles.«

Firkin schüttelte den Kopf. »Also, ich bin ja der Hohepriester des Propheten, sein gepfefferter Mund auf dieser faden, geschmacklosen Welt – und mir hat er einen Scheiß gesagt.«

»Ich hab es dir doch gerade gesagt!«

»Da warst du aber nicht der Prophet.« Ein schlauer Ausdruck trat in Firkins Augen. »Als du noch der Prophet warst, hast du gesagt, du wärst es nicht.«

»Aber jetzt bin ich's und sage dir, dass ich's bin!«

»Du warst nicht der Prophet, also kannst du auch nicht sagen, dass du's wärst«, konterte Firkin. »Nur der Mund des Propheten kann das Wort des Propheten verkünden. Nur ich, der Verlautbarer seiner reichhaltigen Reden, kann sagen ...«

Er verstummte abrupt, als Balur ihm die flache Seite des Uhrzeigers auf den Hinterkopf hieb. Schlaff wie eine Puppe sank Firkin zu Boden.

»Hm.« Balur begutachtete die improvisierte Waffe. »Schätzungsweise könnte ich mich hieran gewöhnen.«

63

Sei ein schlaues Mädchen, und verpiss dich

Zu guter Letzt, nach einer *leichten Ermutigung,* wie Balur es nannte, stellte sich Firkin vor die Menge und verkündete, dass der Prophet »in seiner Weisheit außerordentlicher Länge und höchst befriedigenden Umfangs« verfügt habe, »diese Stätte der überaus heiligen Schlacht zu räumen und auszuziehen, um weiteren ruhmreichen Taten entgegenzugehen«.

Eine Menge davon war nicht abgesprochen gewesen, und Lette brauchte fünf Minuten, Balur davon abzubringen, den schmutzigen alten Mann zu erschlagen. Hauptsache, sagte sie zu ihm, sie kamen endlich weg von hier.

Doch als sie dann den Exodus von den Resten eines Wehrgangs verfolgte, konnte sie sich der Befürchtung nicht entziehen, dass all das nicht genug und es schon zu spät war.

Es waren so viele. Die Schar zählte nicht länger Hunderte, sondern inzwischen Tausende. Jeder einzelne Mann, jede Frau und auch jedes Kind, das in Athril gefallen war, schien durch mindestens zehn Neunankömmlinge ersetzt worden zu sein. Die Menschen hatten ihr gesamtes Leben aufgegeben. Herden von Rindern, Schafen und Ziegen folgten ihnen aus der Stadt heraus. Manche Leute teilten sich ihren Wagen mit Hühnern, Truthähnen und anderem Geflügel, das Lette allenfalls am Geschmack erkannt hätte. Barden sangen während des Wanderns Lieder über den Propheten, seine Großtaten und die Drachen, die er bezwungen hatte. Wahrsager lasen die Zukunft aus Steinen und lockten die Menschen mit Voraussagen vom Fall des Konsortiums. Priester der verschiedenen Götter versuchten, den Propheten für sich zu vereinnahmen: Lall oder Schuft habe ihn inspiriert oder er sei der Verkünder von Otzes lang ersehnter Wiederkehr. Gelegentlich brach zwischen den verschiedenen Fraktionen eine Schlägerei aus. Sogar zahlreiche Huren hatten sich dem Zug angeschlossen, und eine Frau, die mit Hemden handelte, hatte sich mit kruden Buchstaben das Wort »Profit« auf den Wagen gestickt – wie es aussah, machte sie einen beträchtlichen.

Das Problem war: Alles war so ansteckend. Ein Duft von Revolution lag in der Luft. Beim Anblick dieser Menschen wäre es Lette ein Leichtes gewesen, sich zu entspannen und sich ihrer Hoffnung, ihrer machtvollen Zuversicht hinzugeben.

Wie viele Spione sich wohl schon unter sie gemischt haben?, fragte die kalte Stimme in ihrem Hinterkopf. *Wie viele werden dich verkaufen, sobald das Konsortium eine weitere Null auf deinem Steckbrief hinzufügt? Wie viele Nullen würden nötig sein, damit du Will persönlich ans Messer lieferst? Du hast keinen müden Schek mehr. Das ganze Gold ist weg – kein neues Leben wartet mehr auf dich. Deine Überlebenschancen stehen am besten, wenn du als Erste abhaust.*

Sie schüttelte den Kopf. Sie würde das in keinem Fall überleben.

Aber wenn es sich so vorhielt … was war dann überhaupt noch wichtig? Doch nur, wie sie die ihr verbleibende Zeit nutzen wollte. Was für ein Vermächtnis würde sie hinterlassen? Wie würde man sich an sie erinnern? Wer würde ihrer mit Liebe gedenken?

Balur? Will? Vielleicht schon – doch höchstens die sieben oder acht Sekunden, bis sie ihr in den Darmschlingen des Drachen, der sie verschlungen hatte, Gesellschaft leisteten.

Wenn sich also niemand erinnerte, was dann? Sie wusste, was Balur dazu sagen würde: Dass sie dann einen Freibrief hätten. Leben ohne Konsequenzen. Sie konnten tun, was sie wollten, wenn sie es und wann sie es wollten. Sie brauchten keine Angst mehr vor den Folgen zu haben. Die Folgen waren schon jetzt so schlimm, wie sie nur sein konnten.

Und die Götter?

Scheiß doch auf die Götter, antwortete Balurs Stimme. *Wenn die ihre Gesichter länger als eine Sekunde aus ihren Bechern heben, dann nur, um sie im Schoß des nächsten Liebhabers zu versenken. Diese Welt muss schrecklicherweise von Schwachköpfen erschaffen worden sein.*

All das war sicher richtig. Doch da gab es auch noch eine andere Stimme – eine, die sie nicht gleich erkannte. Und als es ihr schließlich gelang, fragte sie sich, was sie in ihrem Kopf verloren hatte.

Vielleicht wird sich niemand wegen der Dinge an dich erinnern, die du bisher gemacht hast, sagte Wills Stimme. *Aber was, wenn du kurz vor Schluss noch etwas wirklich Denkwürdiges tätest?*

Wie hatte er es geschafft, ihr derart unter die Haut zu gehen? Er und sie hatten ja nicht einmal …

Sie dachte darüber nach. Vielleicht war tatsächlich *dies* das wahre Problem. Und na ja … wenn einem schon nicht mehr viel Zeit blieb, gab es schlechtere Arten, sie zu verbringen …

64

Das kitschige Liebeskapitel

Erst dachte Will, er würde angegriffen werden. Er wollte gerade um Hilfe schreien, doch der Schrei wurde erstickt. Jemand hielt seine Arme und Beine fest. Der Angreifer war überall.

Bis ihm endlich dämmerte, was Lette da tat, klammerte er sich schon nur noch an sein nacktes Leben.

65

Flammende Wut

Tief im Höllenschlundvulkan stieß der Drache Kithrax einen vollendeten Rauchkringel aus. Ganz und gar symmetrisch trieb er davon, fast silbrig im Licht.

Kithrax blies diesen Kringel aus mehreren Gründen: Zum einen war er ziemlich geschickt darin und gönnte sich das einfache, narzisstische Vergnügen, ihn wegschweben zu sehen. Zum anderen langweilte er sich gerade zu Tode, und da kam ihm so ziemlich alles als eine willkommene Abwechslung entgegen. Vor allem aber tat er es, weil es Horrax wirklich zur Weißglut brachte.

Horrax. Dieser schmutzige, übel riechende Scheißhaufen von einem Drachen. Er hockte Kithrax gegenüber, ein brauner, plumper Körper, der aussah, als hätte ihn ein Sumpf vor lauter Ekel ausgehustet. Träge kratzte er sich mit einer langen gelben Kralle, dann steckte er sie sich in das breite, flache Maul und lutschte sie ab.

»Meine Meinung?«, gurgelte Horrax. Seine Stimme war ein derart jämmerliches Krächzen, dass Kithrax erst dachte, er hätte gerülpst. »Ist mir alles scheißegal.«

Kithrax blies ihm einen weiteren Rauchkringel entgegen. Es war als Zeichen seines Zorns gemeint, allerdings bezweifelte er stark, dass Horrax die geistige Kapazität für Feinheiten wie diese besaß. Natürlich könnte er seinen Zorn auch auf eine Art zum Ausdruck bringen, die selbst Horrax verstand – zum Beispiel, indem er ihm an die Kehle ging. Doch er weigerte sich schlicht, derart viel Energie an etwas so Wertloses wie den braunen Drachen zu verschwenden.

»Es ist dir egal? *Egal?*« Die gute Quirrax regte sich mal wieder auf. Sie hieb mit einer grünen Klaue auf den Boden, während sie sich mit der anderen graziös eins ihrer goldenen Hörner polierte.

»Scheißegal.« Selbst wenn er sich um eine deutliche Aussprache bemühte, klang Horrax noch, als würde er sich gerade einkacken.

Kithrax hasste diese Sitzungen des Drachenkonsortiums.

»Die Bevölkerung des Tals erhebt sich gegen uns, und dir ist das egal?« Quirrax wirbelte herum und verteilte dabei Münzen in jede Richtung. Das war ein regelrechtes Goldgestöber. »Dieses ganze Unternehmen war von vorne bis hinten ein Debakel, und jetzt auch noch das. Und du hockst hier rum, und es ist dir egal!«

Bei der letzten Bemerkung entfuhr ihrem Maul eine Flamme, sengend heiß und blau vor lauter Ärger. Ihre Klauen schlugen die Luft.

»Alles scheißegal«, gurgelte Horrax abermals.

»Horrax hat schon recht«, mischte sich Bruthrax ein. »Die Sache ist recht einfach: Wir zerquetschen sie alle.«

Mit Bruthrax konnte Kithrax etwas anfangen. Der große, blutrote Drache war ein grobschlächtiges Werkzeug – der Hammer, für den jedes Problem nur ein Nagel war. Das wusste er auch, und es störte ihn nicht. Vor allem aber konnte sich Bruthrax in

Geduld üben, wenn man ihm das befahl. Er stellte Kithrax' Vormachtstellung nicht infrage.

»Wir fliegen da raus, wie wir es schon vor einer Woche hätten tun sollen«, fuhr Bruthrax fort. »Und verschlingen sie alle. Und was von ihnen übrig bleibt, werfen wir auf jeden, der etwas Ähnliches wagt. Als klares Zeichen.«

»Mmmm«, gurgelte Horrax zufrieden. »Das war lecker.« Beim Klang seines Glucksens stieg Kithrax die Galle hoch.

»Und was ist mit den Steuern?«, fragte Quirrax. »Was wird aus ihrem Gold? Unserem Einkommen? Das wären zehntausend Leute, die nicht länger in unsere Tasche arbeiten.«

»Menschen pflanzen sich schon von alleine fort.« Lüstern leckte sich Horrax die Lippen.

Kithrax schnaubte ihm einen weiteren Rauchkringel entgegen.

»Und wie sähe dein Vorschlag aus, Quirrax?« Scourrax hob ihren anmutigen gelben Kopf von seinem Ruheplatz auf Kithrax' pechschwarzer Flanke und glitt ein Stückchen vor. »Willst du ihnen ihren Wahn wieder ausreden?« Sie schnaubte. »Zu ihnen hingehen, den Kopf vor ihnen neigen und sie höflichst um Verständnis bitten? Um Rücksicht auf unsere Bedürfnisse?«

Das Feuer aus Quirrax' Maul schoss harmlos über ihre Köpfe weg. Scourrax lachte, und die anderen stimmten mit ein.

Auch Kithrax gestattete sich ein flüchtiges Lächeln. Scourrax war stets die Stimme der Vernunft – zumindest bis zu dem Punkt, an dem sie die Geduld verlor und einem die Augen auskratzte. Er fühlte, wie sich seine Lenden regten. Dann verging das Lächeln. Dieser verdammte Prophet, der diese absurde Sitzung des Konsortiums erst nötig machte. Kithrax hatte versucht, den anderen Drachen diese Treffen abzugewöhnen; und er hatte gehofft, dass noch ein weiteres Jahr ins Land ziehen würde, ehe er Horrax wieder dabei zusehen musste, wie er vor aller Augen … existierte.

Die Unverfrorenheit dieser Leute. Dieser Menschen. Sich gegen das Konsortium zu erheben – gegen *ihn*. Er war in dieses Tal gekommen und hatte es mit Ordnung gesegnet. Er hatte den Menschen ihren rechtmäßigen Platz zugewiesen und sie gelehrt, dass sie nicht mehr als gebildete Rinder waren. Sie sollten dankbar dafür sein, dass er sie von der Verantwortung der Herrschaft entbunden hatte – von einer Last, die zu stemmen sie ohnehin nie in der Lage gewesen waren. Und nun erhoben sie sich und schüttelten die Fäuste, als seien sie verärgerte Kinder.

»Dieses verdammte Gerede verschwendet nur unsere Zeit«, sagte Bruthrax. Er rutschte auf seinem Münzhaufen herum, sodass das Gold auf seinen roten Schuppen glitzerte. »Wir gehen da hin und machen sie nieder. Wir lassen nur Asche und Knochen zurück – ein Gräberfeld, das niemand je vergisst. Wir merzen ihre Hoffnung, ihre Träume aus, sodass bloß eine leere Ödnis bleibt.«

»Dazu brauchst du aber nicht uns alle«, blubberte Horrax, gähnte lauthals in die Runde und bettete seinen fetten Kopf auf den Boden. Kithrax hatte nie begriffen, weshalb man ihn mit all den übrigen anderen nach Kondorra geschickt hatte.

»Wir sind hier, um zu herrschen«, mahnte Quirrax mit bebender Stimme. »Dazu brauchen wir Untertanen. Wenn wir alle töten …«

»Genug!«, brüllte Kithrax. Er ertrug es nicht länger. Sollten sie alle verflucht dafür sein, seine Ruhe gestört zu haben. Er erhob sich, vertrieb Scourrax von seinen Flanken und baute sich drohend vor den anderen auf. »Dieses armselige Gezanke!«

Er spuckte Quirrax eine Flamme vor die Füße, worauf Münzen zu goldener Schlacke zerschmolzen. Zischend wich sie zurück.

»Unsere Aufgabe ist es zu herrschen – also unseren Anspruch zu unterstreichen. Und dieser Akt des Ungehorsams lässt euch winseln wie die Kinder? Dann seid ihr es nicht wert zu herrschen.« Dabei schaute er insbesondere Horrax an.

Bruthrax lächelte. »Dann werden wir also …«

»Nein«, unterbrach ihn Kithrax. *»Wir* werden gar nichts tun. Dieser Prophet, diese Menschen … die stehen unter uns. Verglichen mit uns sind sie gar nichts. Sie sind nicht einmal unsere Aufmerksamkeit wert.«

»Aber du …«, hob Quirrax an.

»Schweig«, zischte Scourrax und begann sich beiläufig zu putzen, so wie immer, wenn Kithrax die Geschäfte übernahm.

»Die Rebellen müssen sterben«, fuhr er fort. »Aber wir werden uns nicht die Hände schmutzig machen. Auf dieses Niveau begeben wir uns nicht herab. *Wir sind das Drachenkonsortium.«* Er fuhr mit den Klauen durch die Münzen, die überall ringsum lagen. »Wir gebieten über Ressourcen jenseits ihrer Vorstellungskraft.«

Er senkte den Kopf und schaute sie der Reihe nach an. »Wir schicken ihnen eine Armee.« Er ließ ein böses Lächeln auf seine Züge treten. »Sollen sich die Menschen doch gegenseitig umbringen.«

66

Der sabbernde Rachen der Zukunft

Drei Tage nach ihrem Aufbruch aus Athril saß Will auf einem von weichem Gras bewachsenen Hang, umgeben von einer Schar seiner eigenen Anhänger, und folgte Firkins Predigt.

»Wir stehen am Abgrund!«, schrie der Alte. »An der Kante! Am Kelchrand – wenn es denn ein Kelch wäre. Dem Teil der Klippe, mit dem euch eure Mutter immer in den Ohren lag, dass ihr nicht drauftreten sollt ... selbst wenn sie zugab, dass sie dann einen Mund weniger zu stopfen hätte und sie, wenn sie gewusst hätte, wie viel Getreide so ein Kind verschlingt, in jungen Jahren öfter mal die Beine zusammengehalten hätte.«

Sie hatten ihr Lager in einer natürlichen Senke aufgeschlagen, die zu einer Seite hin von einer kleinen, halbkreisförmigen Steilwand begrenzt wurde. Somit bildete die Klippe ein natürliches Amphitheater. Der Alkohol mochte Firkin große Teile seines Verstands geraubt haben – jedoch nicht sein Gespür fürs Dramatische. Er stand auf einem Fass und ließ seine schrille Stimme von den Felswänden widerhallen. Die Menge, zu der er sprach, zählte sicher zwei- bis dreitausend Köpfe; und sie war ganz hingerissen von ihm.

»Hier stehen wir und sehen der Zukunft entgegen – und sie glotzt von der anderen Seite des Raums aus zurück. Zuerst sind wir uns gar nicht sicher, ob sie mit uns ficken oder ob sie kämpfen will. Vielleicht haben wir sogar Angst vor ihr ... Dieses kleine Grummeln in unserem Bauch lässt uns die Backen fest zusammenkneifen und hoffen, dass wir unserer Frau später nicht den Zustand unserer Hosen erklären müssen. Oder wir sind ein bisschen nervös und würden ihr ja gerne zuzwinkern, aber dann gäb's auch wieder Ärger mit der Alten, und die verfluchte Erklärerei fängt von vorn an. Pissen doch die Götter drauf!«

Ein Raunen ging durch die Menge. Aber da es nicht wie ein kollektives »Was verdammt redet der da, und was machen wir eigentlich hier?« klang, hatte Will keine Ahnung, worüber diese Leute sprachen.

»Was aber, wenn die Zukunft nicht unbekannt ist?«, fuhr Firkin fort. »Was, wenn sie kein bluttriefendes Drachenmaul ist, das unsere Eier wie ein Schraubstock gepackt hält? Was, wenn unsere Zukunft der Prophet ist, und unsere Eier weich und sicher bei ihm aufgehoben sind?«

Will schüttelte den Kopf. Seit ihrem Aufbruch war die Schar täglich gewachsen. Lette schätzte ihre Zahl inzwischen auf insgesamt fünf- bis sechstausend. Ihrer Meinung nach würden sie bei der gegenwärtigen Zuwachsrate in ein bis zwei Tagen die Marke von zehntausend knacken.

Das sagte sie jedenfalls – wenn sie denn gerade miteinander redeten. Doch war das gar nicht das, was Lette dieser Tage am liebsten mit ihm tat.

Nicht, dass er sich darüber beschweren würde.

Ein Lächeln stahl sich auf seine Lippen.

»Der Prophet liebkost unsere Zukunft. Er massiert sie ganz sanft. Er behandelt sie mit der Liebe und dem Respekt, der ihr zusteht. Er macht mit ihr das-was-das-Mädchen-vom-Stadtrand-früher-mal-machte.«

Erstmals hatte Will Firkins Predigt am Abend ihres Aufbruchs gelauscht. Lette hatte schnarchend in ihrem behelfsmäßigen Zelt gelegen, und er hatte das fleckige Segeltuch über sich angestarrt und herauszufinden versucht, was eigentlich von ihm erwartet wurde. Wie er all diese Leute vor dem sicheren Tod bewahren sollte. Da hatte er Firkin predigen hören und sich gesagt, dass er sich vielleicht gar nicht den eigenen Kopf zu zerbrechen brauchte. Vielleicht konnte er auch einfach nur zuhören, es rausfinden und dann Bericht erstatten.

»Gebadet in Drachenblut und Drachengold, so tritt euch der Prophet entgegen!«, gellte Firkins Stimme. »Rauchend von ihrem Feuer, das ihm nichts anhaben kann. So heißen wir ihn bei uns willkommen ... und er ist rücksichtsvoll genug, erst zu baden und sich umzuziehen, bevor er eintritt!«

Das Problem bestand vermutlich darin, dass Firkins Reden bemerkenswert viele Details aussparten. Er beschrieb keinen kompletten Pfad in die Zukunft; alles wuchs einfach fertig aus seinem Mund, ohne störende Zwischenschritte. Nichtsdestoweniger war es sehr beruhigend, von einer Zukunft zu hören, in der er mit allem Erfolg hatte und alles immer ein glückliches Ende nahm. Und so kam Will wieder, Abend für Abend. Im Halblicht schien ihn niemand zu erkennen. Es wirkte friedlich, beinahe meditativ.

Dennoch war es bald Zeit für den Aufbruch. Obgleich ihn bislang niemand erkannt hatte, zog er sich stets vor Beginn der anschließenden Zusammenkunft zurück. Er hatte keine Lust, unter lauten Schreien – »Der Prophet!« – von seiner eigenen Gemeinde zu Tode getrampelt zu werden.

So stand er heimlich auf und schlich sich mit gesenktem Kopf zurück. Niemand in der Menge stieß einen Ruf aus. Niemand nahm den göttlich Auserkorenen, der unter ihnen wandelte, zur Kenntnis – oder vielleicht mit Ausnahme einer Frau mittleren Alters in einem Kleid mit Blumenmuster, die ihn anzischte, er solle ihr nicht die Sicht verstellen.

Als er noch klein gewesen war, hatte seine Mutter ihm Geschichten von Königen und Sultanen erzählt, die verkleidet durch die Straßen ihrer Stadt wanderten und sich unters Volk mischten. Meistens gerieten sie dabei in Schwierigkeiten, lernten die Weisheit der einfachen Leute, gaben sich unter allgemeinem Staunen zu erkennen und kehrten dann zurück, um in der Folge noch fabulösere Könige oder Sultane zu sein. Nach Wills Erfahrung unterschied sich Anonymität keineswegs von jedem anderen Tag seines Lebens: Er spazierte gelangweilt herum, fühlte sich überflüssig, lernte keinerlei Weisheiten und kehrte als der gleiche nutzlose Arsch zurück, der er vorher schon gewesen war.

Trotzdem trug er immer noch ein Lächeln im Gesicht, als er sein Zelt erreichte.

Die Zelte dürften mit das Beste sein, was ihm passiert war, seit er seinen Hof verloren hatte. Ein Händler hatte sie ihm überlassen, hatte sich verbeugt und murmelnd die Bitte geäußert, dass er sie »in die heiligen Hände des Propheten legen« möge, was Will immer noch amüsant fand. Insgesamt waren es drei Zelte, so groß wie kleine Paläste. Sie bildeten das Zentrum des Lagers. Kleine Fähnchen flatterten auf den Segeltuchzinnen: rot auf Balurs Zelt, grün auf Quirks, und lila auf dem, das er sich mit Lette teilte.

Es war dieser letzte Umstand, der ihn mehr als alles andere lächeln ließ. Tatsächlich erzählte er jedem, mit dem er länger als zehn Sekunden allein war, dass er sein Zelt mit Lette teile. Gleichgültig, wie oft er es bereits zuvor erzählt hatte.

Was Lette anging, so ging sie mit dem drohenden Unheil besser um als er. Nicht, dass sie groß darüber reden würde; er schloss es einfach daraus, dass sie ihre Zeit vor allem damit verbrachte, sich seines Körpers zu bedienen oder zu schlafen.

Will knackte mit den Knöcheln und lächelte weiter.

Eine in Weiß gekleidete Gestalt löste sich aus dem Schatten seines Zelts. Der dunklen Haut nach zu urteilen war es nicht Lette. Sein Lächeln erstarb.

»Ich habe auf dich gewartet«, sagte Quirk. »Wo hast du gesteckt?«

»Tut mir leid«, sagte Will. Das tat es zwar nicht, aber das mit Firkins Predigten wollte er erst recht nicht erklären müssen. »Wenn ich gewusst hätte, dass du mit mir reden willst, wäre ich hiergeblieben.«

»Ich wusste es ja selbst nicht.« Quirk fuhr ihn zwar nicht direkt an, doch wirklich freundlich war sie auch nicht. »Aber wenigstens war ich hier, als uns die Neuigkeiten erreichten.«

»Was für Neuigkeiten denn?« Will hatte den Eindruck, dass sich dieses Gespräch nicht in der richtigen Reihenfolge entspann. Da öffnete sich die Zeltklappe, und Lette, nur mit einem Betttuch bekleidet, rieb sich im Kerzenschein die Augen. »Neuigkeiten?«, fragte sie schläfrig und unterdrückte ein Gähnen.

»Die Neuigkeiten, für die ich leider zu beschäftigt war – sonst wär ich ja hiergeblieben, um sie zu erfahren«, erklärte Will ein wenig spitz. Seine friedliche Stimmung löste sich auf.

»Geht es wieder um die Plünderungen?« Lette rollte ihren Kopf von der einen Schulter zur anderen, was eine Kaskade von Knack- und Klicklauten freisetzte. »Ich dachte, wir hätten uns geeinigt, dass uns das am Arsch vorbeigeht.«

»Die Plünderungen sind ein wichtiges Thema«, widersprach Quirk. »Wir haben schon genug Probleme, auch ohne Leute, die in Wills Namen die Tempel echter Götter plündern. Überleben ist schwer genug, da müssen wir es nicht noch dadurch herausfordern, dass irgendwer von da oben zu uns herabsteigt, um ein paar Blitze nach uns zu schleudern.«

Will schüttelte den Kopf. Das schon wieder. »Ich verstehe immer noch nicht, wieso die Leute Tempeldächer demontieren. Das ergibt keinen Sinn.«

Quirk schlug frustriert die Hand vors Gesicht. »Wie oft muss ich dir das noch erklären? Es geht um das gottverfluchte Blei.«

»Wenn es von einem Tempel stammt, ist es doch sicherlich nicht gottverflucht.« Lette wurde es nie leid, Quirk herauszufordern.

Will hob eine Hand, um sie zurückzuhalten. *Weil das auch bestimmt funktionierte.* »Blei«, versuchte er Quirk zu erklären, »ist keine Erklärung.«

»Es ist ein weiches Metall.«

»*Du* bist weiches Metall.« Das – da war er sich sicher – war kindisch. Aber wie oft hatten sie die Unterhaltung jetzt schon geführt?

»Ein weiches Metall lässt sich auch unterwegs bearbeiten. Wir brauchen so vieles: Schüsseln, Besteck, man kann auch Töpferware damit flicken. Das ist nützlich, wenn man die ganze Zeit reist.«

»Dann sollen sie's von mir aus nehmen!«, sagte Will zum x-ten Mal.

»Der Zorn der Götter!«, hielt Quirk dagegen.

»Kann mich mal götterweise.«

Offenbar hatten sie Balur geweckt.

Der Analesier stolperte aus seinem Zelt. Sie brauchten alle einen Moment, den Anblick zu verdauen. Irgendjemand hatte das Gerücht in die Welt gesetzt, dass kleine Gaben von Gold und Juwelen das Wohlgefallen des Propheten erregten. Balur – wahrscheinlich der Ursprung des Gerüchts – hatte sich sogleich erboten, sämtliche Gaben an seiner statt anzunehmen. Was zumindest teilweise die purpurrote, über seiner Schulter drapierte Robe erklärte, zudem die zahllosen Ketten um seinen Hals, die Reifen und Schmuckkugeln an seinen Armgelenken und die sieben Diademe auf seinem breiten, flachen Kopf. Er sah aus wie eine Mischung aus einem König, einem Hurentreiber und dem Abfallhaufen eines Drachen.

»Die Götter haben uns nur verarscht und keinen Gefallen getan. Wieso sollten wir dann ihnen einen tun?«

»Hm, keine Ahnung.« Quirk zuckte die Schultern. »Vielleicht wegen des *riesigen* Machtgefälles?«

»Zwei Drachen haben wir erledigt«, erwiderte Balur mit frechem Grinsen. »Und ich stehe immer noch.«

»Einer war bewusstlos, als du ihn zu Tode geprügelt hast«, erinnerte ihn Quirk. »Der andere wurde von Mutantenfischen gefressen, und du hast nur überlebt, weil Will dich gerettet hat.«

Balur lief zwar nicht rot an – dafür waren seine Schuppen zu dick –, aber seine steife Pose und der empörte Ausdruck legten nahe, dass man gerade Zeuge eines Rotanlaufens geworden wäre, wäre es denn möglich gewesen.

»Ich werde mir plündernderweise auch gleich Blei besorgen und es dir den Arsch hochschieben.«

»Jetzt hört mal zu.« Will hob die Hände. »Wir hatten diese Unterhaltung schon dreißigmal, und jedes Mal beleidigen wir uns, posen rum und merken dann irgendwann, dass wir sowieso nichts ändern können, weil wir eins zu tausend in der Unterzahl sind.« Er wandte sich an Quirk. »Von daher, wenn es dir nichts ausmacht, geh ich jetzt ins Bett.«

Damit folgte er Lettes einladendem Lächeln.

»Warte!«, rief Quirk mit enttäuschender Beharrlichkeit. »Das waren gar nicht die Neuigkeiten, die ich meinte.«

»Ach nein?« Will hoffte, dass er sich verhört hatte.

»Nein«, sagte Quirk aus einem Schritt Entfernung und entsprechend deutlich. »Das waren sie nicht.«

»Wieso diskutieren wir dann darüber?«, fragte Balur nicht zu Unrecht.

»Weil deine *Partnerin* ...«, hob Quirk säuerlich an.

Will breitete die Hände aus. »Könnten wir nicht bitte einfach so tun, als hätten wir noch fünf Minuten diskutiert und würden uns jetzt alle schämen, damit wir endlich damit weitermachen können, dass Quirk uns ihre Scheißneuigkeiten erzählt?«

Nach einer Menge verstohlener Blicke willigten die anderen schließlich ein. Will seufzte.

»Quirk«, sagte er. »Bitte sag mir: Was sind die Neuigkeiten?«

Sie fuhr sich mit beiden Händen durch die kurzen, schwarzen Locken. »Das Drachenkonsortium stellt eine Armee zusammen, um uns zu vernichten.«

Sie servierte es ihm wie eine gelangweilte Kellnerin einem Gast den Krug Schwarzbier serviert, den er schon zu tausend anderen Gelegenheiten bestellt hat. Ihre Stimme war so tonlos, dass Will einen Augenblick lang brauchte, bis er diese erstaunliche Information ganz erfasst hatte. Dann begriff er, dass sie sogar so erstaunlich war, dass er immer noch bloß ihre Spitze erfasst hatte; der Rest dümpelte nach wie vor unter der Oberfläche dahin und wartete darauf, dass er Schiffbruch erlitt.

»Eine Armee, verdammt?« Er hätte die Unterhaltung gerne noch einmal von vorn begonnen, aber der Augenblick war vorbei. Also begnügte er sich damit, wild umherzustarren, als würde die Armee jeden Moment aus dem Nichts auftauchen, damit er sie ungläubig beglotzen konnte. »Eine richtige Armee?«

Seinetwegen? Das Drachenkonsortium stellte seinetwegen eine Armee zusammen? Auf eine wirklich fragwürdige Weise war das beinahe schmeichelhaft.

»Sie sind Drachen«, stellte Lette fest und hielt das Betttuch nun mit beiden Händen; für eine derart langwierige Diskussion war sie eindeutig nicht richtig gekleidet. »Riesige, feuerspeiende Echsen, die uns in Sekundenschnelle einfach auslöschen könnten – wieso bei allen Göttern brauchen die eine Armee?«

Und da begriff Will.

»Wir haben zwei von ihnen umgebracht«, hauchte er. *»Sie haben Angst vor uns!«*

»Na super«, sagte Quirk. »Das ist ja toll. Anscheinend haben sie sogar so viel Angst, dass es ihnen nicht mehr reicht, bloß uns vier umzubringen. Stattdessen stellen sie eine Armee zusammen, um auch gleich jeden anderen im Umkreis einer Meile zu töten. Ausgezeichnet. Haben wir gut gemacht.« Sie spuckte aus.

»Wie viele Drachen gibt es denn noch im Konsortium?«, fragte Balur und starrte in die Nacht hinaus. »Eigentlicherweise will ich das die ganze Zeit schon fragen und komm nur nie dazu.«

»Ist das jetzt wirklich der rechte Zeitpunkt?«, fragte Quirk. Doch fast im selben Moment gab Will die Antwort: »Fünf.«

Balur warf einen prüfenden Blick auf seinen eisernen Uhrzeiger. »Wann wohl ihre Stunde schlägt ...?«, sinnierte er.

»Ich reiß dir hier und jetzt den Arsch auf«, drohte ihm Lette.

Balur zuckte die Achseln. »Das wär durchaus fair.«

Quirk hielt sich die Stirn. »Wieso in Kluks heiligem Namen habe ich mir überhaupt die Mühe gemacht, euch das zu erzählen? Was habe ich erwartet? Wieso sollte eine Armee, die auf uns zumarschiert, euch auch nur eine Sekunde lang wachrütteln? Sitzen wir doch lieber noch ein paar Tage rum und kratzen uns im Schritt. Dass uns allen der Tod droht, sollte kein Anlass zur Sorge sein!« Sie spuckte schon wieder.

Will mochte Quirk. Sie war schlau und hatte einen ausgeprägten moralischen Kompass, der auch ihm die Richtung wies, wenn sich Lette und Balur mal wieder gegen ihn verschworen. Doch jetzt gerade hatte er von ihr genug. »Ist dir je der Gedanke gekommen, dass unser drohender Tod vielleicht genau das ist, was uns so lähmt?«, blaffte er sie an. »Und dass noch mehr Druck da vielleicht nicht wirklich hilfreich ist?«

Da zögerte Quirk tatsächlich. Anscheinend war ihr der Gedanke noch nicht gekommen.

»Du willst einen Plan?«, fuhr er fort. »Dann bleiben wir doch bei dem, den wir haben: Wir laufen davon. Sie sind eine große Armee, wir bloß eine kleine Gruppe. Wir sind schneller und beweglicher als sie. Wir können ewig vor ihnen weglaufen.«

Quirk stieß ein verächtliches Geräusch aus. »Beweglicher? Unsere Gefolgschaft zählt inzwischen Tausende, und darunter findet sich kein einziger Krieger, der eine ordentliche Ausbildung geltend machen könnte. Sie werden uns abschlachten.«

»Halt den Mund«, zischte Lette. »Die Moral im Lager wird ohnehin schon schlecht genug sein, wenn sich das herumspricht, auch ohne deine aufmunternden Worte.«

»Kann sich Will nicht wieder einen Plan ausdenken?«, schlug Balur vor.

»Nein!«, schrie Will, bevor irgendwer in der Lage war, sich einzumischen und den Vorschlag zu befürworten. »Meine letzten beiden Pläne haben uns diese Schwierigkeiten doch erst eingebrockt und zwei Drachen das Leben gekostet!«

»Exakterweise.« Balur nickte. »Genau mein Gedanke. Wenn du dir noch fünf solcher Pläne überlegst, haben wir ausgesorgt.«

Will schüttelte den Kopf. »Nein. Keine Pläne mehr. Wir bleiben bei dem, was wir haben. Wir laufen weg. Irgendwann werden sie schon aufgeben.«

»Die durchschnittliche Lebenserwartung von Drachen beträgt zweitausend Jahre«, klärte Quirk ihn auf. »Ich bin mir nicht sicher, ob du das aussitzen kannst.«

Will zuckte die Achseln. »Ist mir egal. Keine Pläne mehr – nicht mal einen. Damit bin ich fertig.«

67

Noch ein Plan

Sieben Tage vergingen. Nach und nach sickerten weitere Neuigkeiten von der Armee des Drachenkonsortiums durch. Erste Schätzungen ihrer Größe fanden den Weg ins Lager: fünfzehntausend Reiter. Dreißigtausend. Vierzig. Fünfzig. Die Rede war von Belagerungsmaschinen, Kampfmagiern, Greifenreitern und einem Aufgebot von Trollsöldnern.

Auch ihre eigene Zahl wuchs stetig an, und Lette sah ihre Prognose bestätigt, als die bunt gemischte Gruppe die Zehntausendermarke knackte. Doch ihre Wachstumsrate hielt nie mit den Gerüchten über die Armee des Konsortiums Schritt. Gleichgültig, wie viele aufgegebene Äcker und Dörfer sie zurückließen – sie wurden nie so viele, dass sie eine Chance gehabt hätten.

Will lag in seinem Zelt in Lettes Armen, ihr Kopf war auf seine Brust gebettet. Er spürte den weichen Hauch ihres langsamen, gleichmäßigen Atems auf der Haut. Seine Finger spielten mit ihrem roten Haar. Sie roch nach der Straße, nach Schweiß und Staub und Sex. In seinen Lenden saß das dumpfe Pochen der Verausgabung.

Es war schon seltsam, dachte er. Sie sprachen nicht einmal mehr über das Gold. Niemand, nicht einmal Quirk, die immer darauf beharrt hatte, wie entscheidend es für das Wohlergehen ihrer Anhänger war. Mittlerweile schienen sie eine kritische

Masse an Helfern und gutem Willen erreicht zu haben: Neuankömmlinge brachten große Mengen an Getreide, Brot, Milch oder Vieh mit, und zahlreiche behelfsmäßige Kantinen sorgten für die Verteilung der Lebensmittel an die Menschen. In der Regel fand er sein Essen draußen vor dem Zelt vor. Es schien, als hätten sie auf ihrem Weg auch eine Reihe sehr brauchbarer Köche aufgelesen.

Draußen ging gerade die Sonne auf und erhellte die Wände des Zelts. Bald schon würden sie das Lager abbrechen. Jeden Tag schafften sie weitere fünfzehn oder zwanzig Meilen. Eine ziellose Wanderschaft, da sie nicht recht wussten, wo sich die Armee, vor der sie flohen, überhaupt befand, und wo ein sicherer Hafen sie erwartete.

Vielleicht geht das immer so weiter, dachte Will. *Eine endlose Flucht. Niemals zur Ruhe kommen, sich aber auch nie den Konsequenzen stellen müssen. Vielleicht können wir das einfach ewig hinausziehen.* Wie er da auf seinem Feldbett lag, niedergedrückt von Lettes schläfrigem Körper, fand er, dass es schlechtere Zukunftsaussichten gab.

Er hörte ein Geräusch, dann lenkte die Klappe des Zelts seine Aufmerksamkeit von theoretischen Zukünften auf eine überaus reale Gegenwart zurück. Quirk streckte den Kopf herein.

»Will«, sagte sie leise. »Da ist etwas, das du dir ansehen musst.«

Am liebsten hätte er sie ignoriert. Obgleich sich Quirks Meinung von ihnen in den letzten Tagen etwas gebessert hatte, hatte man in ihrer Gesellschaft doch immer das Gefühl, einen Bienenschwarm mit sich herumzutragen: Ständig hatte man Angst, dass man das Ding fallen ließ und seinen Zorn auf sich zog.

Nichtsdestoweniger befreite er sich vorsichtig aus Lettes Griff. Sie stöhnte leise und rollte sich herum. Will liebte diese kleinen, unverstellten Momente, in denen ihr weicher Kern, den sie sonst so gut verbarg, zutage trat. Er küsste seine Finger und strich ihr damit übers Haar, dann warf er sich sein Hemd über und war bereit, sich dem Tag zu stellen.

»Was gibt es denn?«, fragte er. Quirk schritt vor seinem Zelt auf und ab.

»Komm einfach mit.« Sie wandte sich ab und bahnte sich einen Pfad durch das Gedränge des Lagers und seiner Bewohner.

Der Weg war kein kurzer. Das Lager war inzwischen riesig, erstreckte sich in jeder Richtung eine halbe Meile weit. Vieh wanderte auf den schmalen Wegen zwischen den Zelten und Wagen umher. Brot wurde über Lagerfeuern geröstet, in Töpfen köchelte Haferbrei und anderes Getreide. Die Küchengerüche mischten sich mit dem Gestank der Latrinen, dem Moschusdunst ungewaschener Körper und dem Geruch umgegrabener Erde.

Sie hatten ihr Lager zwischen einem Waldrand und einer kleinen Hügelkette aufgeschlagen – es war eine der typischen einladenden Senken im Herzen Kondorras. Quirk führte ihn auf den Grat des nächsten Hügels, wo ein kleines Grüppchen Menschen ihn erwartete.

»Cattak!«, grüßte sie, als sie näher kamen, und ein Mann in der Menge strich sich das Haar aus der Stirn und nickte ihnen zu.

»Quirk, Ma'am.« Er war ein kräftiger Mann um die vierzig mit einem ernsten Gesicht. Eine tiefe Narbe zog sich über sein Auge bis in das dicke Bartgestrüpp darunter. Sein Haar war rabenschwarz, seine Haut sonnengebräunt. Wills Blick fiel gleich auf die schwieligen Hände. Zweifellos war Cattak ein Arbeiter, nur war sich Will nicht sicher, ob er wissen wollte, was für eine Arbeit er machte.

Endlich wandte sich Quirk ihm zu und stellte sie einander vor. »Cattak war einer der tüchtigsten Plünderer unter unseren Leuten. Er und seine Männer hier konnten einen vollständigen Tempel in weniger als zwei Stunden ausräumen.«

»Gute Arbeitsmoral«, sagte Cattak bescheiden und zupfte sich an den Haaren. Die Männer hinter ihm, die alle wie aus einem Guss wirkten, bekundeten murmelnd ihre Zustimmung.

»Ich hatte mich an ihn gewandt, weil ich hoffte, diese Arbeitsmoral auf eine weniger frevlerische Weise nutzen zu können«, fuhr Quirk fort.

»Würde nur zu gern auf eine andere Weise zu Diensten sein«, sagte Cattak. »Was immer dem Propheten hilft.«

Will lächelte beschämt. »Dankeschön.«

Da schaute Cattak auf, und ein finsterer Funke sprang durch sein finsteres Äußeres. »Dann bist du einer von denen, die ihn besser kennen, ja?«

»Äh.« Will war sich unsicher, was er hierauf antworten sollte.

»Cattak«, sage Quirk. »Das ist Will.«

»Oh.« Cattak machte in keinster Weise den Eindruck, als sagte ihm der Name etwas. »Nett, dich kennenzulernen.« Er streckte die Hand aus, und Will schüttelte sie. Dabei konnte er sich des Eindrucks nicht erwehren, dass Cattak mühelos jeden einzelnen Knochen in seiner Hand hätte brechen können.

»Cattak, bitte zeig Will doch einmal das, was du mir gezeigt hast.«

»Alles klar. Halt den Kopf unten«, wies er Will an. »Möchte

nicht, dass wir entdeckt werden.« Damit warf er sich bäuchlings in das hohe Gras, und eine Sekunde später war Will der Einzige, der noch stand.

Leicht verlegen kauerte er sich ebenfalls auf den Bauch, nur um auf Cattaks sich rasch entfernende Füße zu starren, als der andere Mann sich zum Grat des Hügels hochschlängelte. Eilig versuchte er zu ihm aufzuschließen.

Quirk wartete kurz, bis sie auf einer Höhe waren. Ihm fiel auf, dass sie heute ein Kleid von stumpfem Braun trug. Weil sie gewusst hatte, dass sie sich schmutzig machen würden?

»Was ist eigentlich los?«, fragte er, ohne sich allzu große Hoffnungen auf eine Antwort zu machen.

»Ich habe Cattak und seine Leute als Vorhut eingesetzt, um ihre Energie in eine sinnvolle Richtung zu lenken – und ganz ehrlich, wir hatten ein paar tüchtige Späher auch bitter nötig. Wir rannten blindlings vor einer Armee davon, Will. Es war einfach absurd.«

Rannten? War? Will war sich nicht sicher, ob ihm der Gebrauch der Vergangenheitsform hier gefiel. Dann aber hatten sie die Spitze des Hügels erreicht und blickten in das dahinter gelegene Tal.

Vor ihm fiel das Land geradewegs zum Fluss Kon ab. Ein Flickenteppich von Feldern, dazwischen vereinzelte Wäldchen wie verstreute Smaragde. Dahinter zog sich der Fluss wie ein Strang flüssigen Silbers durch die Welt, glitzernd im Sonnenschein.

Es war ein herrlicher Anblick, doch Will schenkte ihm nicht die mindeste Aufmerksamkeit, weil die gesamte Landschaft unter der Armee des Drachenkonsortiums verschwand.

Er merkte, wie ihm die Luft wegblieb, schnappte nach ihr, doch vergebens. Sein Mund klappte auf und blieb auch so. Er versuchte das alles zu begreifen, doch es wollte ihm nicht gelingen.

Alle Gerüchte hatten sich bewahrheitet. *Alle.*

Fünfzigtausend Mann. Ein Kontingent Greifenreiter, deren große, majestätische Tiere an ihren Leinen zogen und die weiten Schwingen in der frühen Morgensonne ausstreckten. Kampfmagier, deren Zelte vor violetter Zauberkraft sprühten. Ein Trupp Trollsöldner lungerte bei den Belagerungsmaschinen herum. Einer der riesigen Rohlinge rieb sich gerade den Rücken an einem Katapult, ein anderer verwendete einen Ballistenspeer als Zahnstocher.

Endlich gelang es Will, das alles in Worte zu kleiden. »Am Arsch«, hauchte er.

»Trifft es«, stimmte Cattak nachdrücklich zu.

Will wandte sich an Quirk, in der Hoffnung, dass sie dem Tod vielleicht weniger stoisch ins Auge blicken würde. »Wir sind am Arsch!«, spann er sein Thema weiter.

»Stimmt«, antwortete sie ein wenig zu sachlich für seinen Geschmack, obwohl er die verhaltene Panik im Unterton erahnte. »Wir *brauchen* einen Plan, Will.« Nun trat die Panik schon klarer zutage.

»Wir hauen ab. Wir rennen wie verrückt.«

»Das tun wir doch bereits«, erinnerte sie ihn.

»Also schön. Neuer Plan: Wir rennen noch schneller!«

Also rannten sie.

Die Nachricht von der Armee des Drachenkonsortiums breitete sich im Lager wie ein Lauffeuer aus. Vereinzelte Panikschreie wurden rasch erstickt, als die gefassteren und helleren Köpfe all jenen Verstand und Verschwiegenheit einbläuten, die drohten, ihre Position an riesige Armeen zu verraten. So schnell und leise wie möglich wurden die Wagen beladen, das Vieh zusammengetrieben, die Latrinen mit Erde gefüllt, die Feuer gelöscht und Zelte zu fleckigen Haufen gestapelt. Es blieb nicht die Zeit, alle Spuren des Lagers wirksam zu beseitigen, doch Will war erfreut, dass sie es immerhin der Form halber versuchten. Wenigstens bewies das, dass sich die Leute Mühe gaben.

Derweil rannten die ganze Zeit über Boten zwischen Quirk und Cattak hin und her und hielten sie über die Manöver der Armee auf dem Laufenden. Will blieb in ihrer Nähe, damit er nichts verpasste.

Lette war in erster Linie damit beschäftigt, Balur von einem Überraschungsangriff auf die Feinde abzuhalten. Zum ersten Mal waren der Analesier und Firkin einer Meinung.

»Wir sollten sie zerschmettern!«, hatte Firkin gequiekt, als ihn die Nachricht ereilte. »Mit unseren …« Er hatte auf die Enden seiner Arme gestarrt. »Schmetterdingern.«

»Fäusten?«, hatte Will vorgeschlagen.

»Wieso nicht!«

»Ich weiß ja, dass verrückte Kulte eine Schwäche für Massenselbstmorde haben«, hatte Lette sich eingemischt. »Aber ich für meinen Teil werde eher deine Gedärme als Springseil verwenden, als dass ich dich die Leute zu so etwas aufhetzen lasse.«

Das hatte Firkin zu denken gegeben. Unglücklicherweise war Balur nur zu bereit gewesen, Firkin zu opfern, um seine Rauflust zu stillen.

»Hör nicht auf sie«, hatte er gesagt. »Es ist göttlicherweise unser Auftrag, den Zorn des Himmels auf diese Armee loszulassen. Du bist der Zeigefinger des Propheten oder irgendso'n Kack. Du weißt doch, dass du's willst.«

»Er weiß einen Scheiß, Balur.« Lette hatte keinen Widerspruch geduldet. »Er ist ein übler Trinker.«

»Er ist ein ganz und gar vernünftiger Götterkrieger – und du bist ein Feigling.« Balur war offensichtlich in der Stimmung für Widerspruch gewesen.

Lette hatte sich für einen leidgeprüften Blick entschieden. »Keine große Lust auf Selbstmord zu haben ist nicht dasselbe wie feige sein.«

Balur hatte bedauernd den Kopf geschüttelt. »Ich verstehe Menschen einfach nicht.«

Doch Lette hatte sich nicht erweichen lassen. Selbst jetzt, eine gute Stunde und einen Eimer von Wills Angstschweiß später, marschierte Balur noch im Lager auf und ab und erklärte, dass man »dem Biest den Kopf abschlagen« müsse.

»Nein, Balur«, sagte Lette abermals.

»Wie wäre es bloß genitalienweise?«

»Setz dich hin und halt die Klappe, Balur.«

Ein neuer Bote von Cattak erreichte sie. Will blendete das Gezanke aus.

»Sie scheinen ihre Späher bereit zu machen«, berichtete der Bote.

»Scheiße«, kommentierte Will. »Wie bald können wir aufbrechen?«

Bislang schien den Streitkräfte des Konsortiums nicht bewusst gewesen zu sein, wie nah sie ihrer Beute waren. Diesen Zustand wollte er so lange wie möglich beibehalten.

»Wir können jederzeit los«, sagte der Bote. Wie Cattak hatte er ein wettergegerbtes Gesicht; seine Augen verbargen sich in einem Netzwerk sonnenverbrannter Fältchen. »Ist nur die Frage, wie viel du zurücklassen willst.«

»Was wäre denn, wenn wir sofort verschwänden?«

Der Mann ging mit vollem Einsatz in sich, wobei seine Augen noch weitaus tiefer in dem grübelnden Gesicht versanken, als Will es für möglich gehalten hätte. »Kommt drauf an«, antwortete er schließlich.

»Auf was?«, fuhr Will ihn an, denn anscheinend war er hier der Einzige, der es gerade eilig hatte.

»Gleich aufzubrechen wäre schon hart. Müssten eine Menge Vieh und Wagen aufgeben.«

»Und wenn wir noch warten?«

»Wäre wahrscheinlich noch härter, wenn man bedenkt, dass uns dann ihre Späher entdecken und wir damit beschäftigt sein werden, eine chancenlose Schlacht zu schlagen.« Er schenkte Will ein breites Grinsen. Die meisten seiner Zähne fehlten schon, und Will musste den Drang unterdrücken, ihm noch ein paar mehr auszuschlagen.

»Dann gib das Zeichen und lass uns verdammt noch mal von hier verduften.«

»Was für ein Zeichen?«, fragte der Mann.

»Haben wir denn keins?« Will blickte zu Quirk hinüber. Für solche Dinge schien sie doch irgendwie zuständig zu sein.

Quirk zuckte die Schultern. Wenigstens war es ein sehr förmlich wirkendes Schulterzucken.

Schließlich einigten sie sich darauf, dass das Zeichen darin bestand, ein paar Leuten zu sagen, dass sie jetzt aufbrachen und dass sie es den anderen weitersagen sollten. Dies erwies sich als erstaunlich effektiv; ein paar Minuten später zogen sie allesamt in Richtung des nächsten Waldes. Wahrscheinlich würden sie dort nur langsam vorankommen, aber Will hoffte, dass eine Armee, die einen Haufen Katapulte hinter sich herschleppte, noch langsamer sein würde.

Es war fast Mitternacht, als sie endlich taumelnd haltmachten. Es gab keine Abendpredigt von Firkin und keine Lieder am Lagerfeuer. Es gab nämlich auch keine Lagerfeuer. Frauen, Männer, Kinder – sie fielen einfach zu Boden, deckten sich zu, wenn sie noch die Kraft dafür hatten, und schliefen ein.

Die Vorhut des Konsortiums hatte nicht lange gebraucht, um die Reste ihres Lagers zu finden. Noch weniger Zeit hatten sie für die Schlussfolgerung gebraucht, was sie da vor sich hatten und wohin ihre Feinde geflohen waren.

Glücklicherweise benötigte die Mobilisierung von fünfzigtausend Kriegern eine beträchtliche Zeit, selbst wenn einige davon auf Greifen ritten; und die Wälder hatten den von Will erhofften Vorteil gebracht. Unterm Strich aber führte Will einen Haufen Bauern, Händler und Handwerker an, die sich ihr Leben lang die Finger wund gearbeitet hatten und unter Furcht und Erschöpfung litten. Ihre Verfolger dagegen waren ausgebildete Soldaten, gut bezahlt und ausgerüstet. Von daher hatten sie ihren Vorsprung den Tag über zwar halten können, aber nur knapp.

Peinlich berührt stellte Will fest, dass sich jemand die Zeit genommen hatte, das Zelt des Propheten aufzubauen. Es schien ein unverdientes Privileg zu sein. Alles, was er geleistet hatte, war, die Menschen in diese Falle zu führen. Und alles, was ihm jetzt noch blieb, war, sie quer durchs Land zu schleppen, bis sie selbst dafür zu erschöpft waren, zusammenbrachen und durch das Schwert starben.

Lette hingegen schien anderer Ansicht zu sein. »Komm schon, schaff deinen Hintern rein!«

»Was?«, fragte er. »Nein, bitte nicht! Ich bin zu müde.«

Lette verdrehte die Augen. »Doch nicht das, du Perversling. Ich bin völlig erledigt und will schlafen.«

»Oh.« Will war sich nicht sicher, weshalb er sich ein bisschen verletzt fühlte. Nichtsdestoweniger ließ er sich von Lette ins Zelt ziehen. Gerade wollte er das Hemd ausziehen, als Quirk ihnen Gesellschaft leistete.

»Hey!«, protestierte er.

»Was willst du?«, fragte Lette.

»Einen vernünftigen Plan, verdammt«, antwortete Quirk, ohne zu zögern.

Will fragte sich, ob sie wohl lockerlassen würde, wenn er sich das Haar ausriss und nach ihr warf. Es gab keinen Plan.

Hinter Quirk zwängte sich Balur herein. »Was ist los? Schlafen wir jetzt alle hier?«

»Nein!«, sagte Lette. »Ganz bestimmt nicht. Du und Quirk, ihr werdet euch jetzt wieder verziehen, damit ich schlafen, früh aufwachen und Wills Körper missbrauchen kann.«

»Hey!«, protestierte Will abermals. Dann fragte er sich, wogegen eigentlich.

»Gib uns einen Plan!« Quirks Stimme gellte in seinen Ohren. Sie war außer sich, begriff Will, zitterte geradezu vor Zorn. Rauch stieg langsam von ihren Handflächen auf.

Da verstummte Lette. Alle Schwäche war wie weggeblasen. Ungemütlich trat Balur von einem Bein aufs andere.

»Da draußen sind zehntausend Männer, Frauen und Kinder«, zischte Quirk. »Aus irgendeinem dummen Grund hören sie auf dich und insbesondere auf das, was du Firkin zu sagen zwingst. Wenn es um Raubzüge geht, die diese Leute noch tiefer in die gottverdammte Scheiße reiten, dann planst du gerne mal die ganze Nacht durch. Aber hier und jetzt, wo es zur Abwechslung tatsächlich auf etwas ankommt, wo es wirklich um Leben und Tod geht, da weichst du der Scheißfrage einfach aus. Und das lass ich dir nicht länger durchgehen! Du wirst jetzt gut überlegen. Du wirst dir einen Plan ausdenken. Und den wirst du gefälligst durchziehen. Wie ich euch verdammte Schwachköpfe kenne, werdet ihr es garantiert vermasseln, aber wenigstens weiß ich dann, dass ich dir in den verdammten Hintern getreten und alles versucht habe, wenn ich auf erbärmliche und grauenvolle Weise den Löffel abgebe. Damit du für diese Menschen die Rolle spielst, die sie dir zugedacht haben – selbst wenn du auf fundamentale Weise unfähig bist, ihnen das zu bieten, was sie eigentlich verdient hätten.«

Etwas außer Atem sah Quirk sie der Reihe nach an und forderte sie dann heraus, ihr zu widersprechen. Ein dumpfes rotes Leuchten ging von ihren Händen aus.

Der Augenblick zog sich dahin – in drückender Stille.

Will versuchte es. Er versuchte es wirklich. Er hätte so gerne einen Plan gehabt, einen Ausweg aus dem Schlamassel gesehen. Doch hiervon hatte er nicht jahrelang fantasiert; er hatte nie seine Freizeit damit verbracht, sich zu fragen, was er wohl als Anführer eines Kultes täte, der vor einer von reichen, rachsüchtigen Drachen bezahlten Armee floh. Wie er bedauernd feststellte, wies seine Vorstellungskraft in dieser Hinsicht ein fatales Manko auf.

»Ich würde dir ja gerne sagen, dass ich etwas hätte«, sagte er. »Ganz ehrlich.«

»Das reicht nicht!«, schrie Quirk und stieß ihm die Hände entgegen.

Will sah rot. Ein grelles, brennendes Rot, das direkt auf ihn wies. Er zuckte zurück und quietschte in beschämender Angst.

Da warf sich Lette nach vorn, ein dunkler Schatten im Zwielicht des Zelts. Die Klinge in ihrer Hand spiegelte Quirks magisches Licht wider. Noch im Zurücktaumeln nahm er Quirks überraschten Aufschrei wahr. Ein gelber Feuerstoß schoss über seinen Kopf hinweg. Er stolperte und schrie. Er hörte auch einen Schrei von Balur und einen weiteren, den er nicht zuordnen konnte. Dann konnte er gar nichts mehr zuordnen, weil er nämlich auf seinem Hintern lag, die Füße in der Luft, den Kopf in seinem Bettzeug verstrickt. Er wand und verhedderte sich immer weiter, dann setzte er sich auf, den Kopf noch immer in Laken gewickelt.

Überall um ihn herum herrschte lautes Stimmengewirr – das waren viel zu viele Stimmen. Dazu ein Handgemenge. Jemand trat gegen sein Bein. Er schrie auf und riss sich das Laken weg.

Als er sich endlich befreit hatte, standen Lette, Balur und Quirk in einem Halbkreis um ihn herum. Eine gelbe Flamme tanzte über Quirks ausgestreckter Hand und warf ein flackerndes Licht auf die Szenerie.

Die Zeltwand war eingerissen. Eine umgestürzte Kiste hatte ihren Inhalt über den Boden verteilt. Und daneben, mit Balurs nicht unbeträchtlichem Fuß auf dem Rücken, lag ein junger Mann.

Will starrte ihn an und versuchte zu begreifen, wo er herkam. Wahrscheinlich durch den Riss in der Zeltwand, nahm er an.

Lette hatte ihr Kurzschwert gezogen und richtete es auf das bisschen Nacken, das man zwischen Balurs klauenbewehrten Zehen noch sah.

Will erinnerte sich noch, dass Lette zwischen ihn und Quirk gesprungen war – zwischen ihn und das magische Feuer. »Du hast mich gerettet!«, sagte er – zwar verwundert, aber tief gerührt.

»Was?«, fragte Lette verwirrt. »Nein, habe ich nicht.«

Es war nicht gerade die zärtliche Liebesbekundung, auf die er gehofft hatte. »Aber …« Er wusste nicht weiter. »Du bist doch gesprungen! Zwischen mich und das Feuer.«

»Nein, bin ich nicht. Quirk hat bloß heller gemacht, und da hab ich vorm Zelt diesen Trottel bemerkt.« Sie deutete auf den jungen Mann. »Also hab ich die Wand aufgeschlitzt und ihn mir geschnappt.«

»Aber …« Irgendwie fühlte sich Will zu diesem Wort hingezogen. Er schaute Quirk an. »Das Feuer …«

»Sie hat mich angesprungen!«, protestierte Quirk. »Das war Selbstverteidigung!«

»Ich hab dich nicht angesprungen!« Allein die Vorstellung schien Lette zu empören.

»Also zwei von uns sind da anderer Meinung.« Quirk stemmte die freie Hand in die Seite.

»Dann sind zwei von euch eindeutig Idioten.«

Das war nun schon recht weit entfernt von zärtlichen

Liebesbekundungen. Will fiel nicht mehr besonders viel dazu ein.

»Kann ich jetzt aufstehen?«, fragte der Mann auf dem Boden in die Stille hinein. Seine Stimme wurde von dem Mundvoll Schmutz erstickt, den Balur ihn gerade zu schlucken zwang.

»Nein, kannst du nicht.« Lettes Stimme war voller Verachtung. »Wir haben dich beim Spionieren erwischt. Für was hältst du uns eigentlich – für Idioten?«

Der Spion erwiderte nichts.

»Kompletterweise hat er da nicht unrecht«, sagte Balur nach einem Moment des Schweigens.

»Halt die Klappe.« Lette pikste den Spion mit der Spitze ihres Kurzschwerts. »Jetzt pack schon aus – was hast du hier verloren?«

Noch mehr Schweigen. Lette pikste fester. »Spionieren!«, japste der junge Mann. »Was habt ihr denn geglaubt?«

»Was gab es denn zu spionieren?«, grollte Balur und beugte sich ein wenig vor, um den Druck seines Fußes zu verstärken.

Der Spion gab ein noch erstickteres Japsen von sich. »Ihr kennt den Propheten!«, brachte er hervor.

»Den Propheten.« Will verdrehte die Augen. »Offensichtlich kennen wir …« Dann kam ihm ein Gedanke. Er erwog ihn, warf ihn fort, und er prallte von einer unsichtbaren Wand ab und traf ihn an der Schläfe. Will zuckte zusammen. »Moment mal – was glaubst du denn, wer der Prophet ist?«

Unter entsetzlichen Schmerzen wand sich der Spion auf dem Boden. Will brauchte einen Moment, um zu erkennen, dass er versuchte, unter Balurs erdrückendem Gewicht mit den Schultern zu zucken. »Was hab ich wohl gerade rauszufinden probiert?«, keuchte er zwischen einem Mundvoll Dreck und dem nächsten.

»Augenblick.« Lette stupste den Mann wieder mit dem Schwert. »Soll das heißen, du weißt nicht, wer der Prophet ist?«

»Würdest du's mir verraten?«, fragte der Spion hoffnungsvoll.

»Nein«, sagte Lette. »Weil wir nämliche keine ...«

»Ich!«, rief Will. »Ich bin's, verdammt!« Es war ja nicht zu fassen.

»... Idioten sind«, schloss Lette.

Bei näherer Betrachtung war es vielleicht doch zu fassen. Will dachte daran, wie Firkin den Plünderern in Athril gesagt hatte, er sei nicht der Prophet. Dachte an ihre gleichgültige Reaktion. Daran, wie er unbehelligt an Firkins Predigten hatte teilnehmen können. An Cattak, dem sein Name nichts gesagt hatte. An den Mann, der ihn gebeten hatte, er solle sein Zelt in die Hände des Propheten legen ...

Ihr Zug war so rasch angewachsen, hatte so viele Neuankömmlinge aufgenommen, die nicht seit Mattrax' Höhle mit dabei gewesen waren, dass er in der Menge mittlerweile unterging.

»Niemand weiß, wer ich bin ...«, flüsterte er.

»Was?« Der Spion auf dem Boden verrenkte sich den Hals, um einen besseren Blick auf ihn zu erhaschen. »Der da? Ist das euer Ernst?«

Lette fasste Will am Arm. »Ich weiß, wer du bist«, sagte sie zärtlich.

Da war sie dann doch, seine Liebesbekundung. So unerwartet in diesem Augenblick, und gerade deswegen umso süßer. Doch Will nahm sie kaum noch wahr. Er war bereits meilenweit entfernt, starrte ins Leere, fühlte das Feuerwerk in seinem Schädel explodieren, eine Kettenreaktion der Zerstörung und Erkenntnis, als plötzlich alles an seinen Platz fiel.

»Ach du Scheiße«, sagte er. »O nein. Bei Trugas schlaffer Wampe.«

Lette zog ihre Hand zurück.

»Was ist denn?«, fragte Quirk.

»Mann, sind wir am Arsch«, sagte Will.

»Was?«, drängte Quirk.

Er sah sie verzweifelt an. »Es tut mir so leid – aber ich habe einen neuen Plan …«

68

Alles nach Plan

Wahrscheinlich wäre das Ergebnis exakt dasselbe gewesen, hätte er sich in diesem Moment die Kleider vom Leib gerissen, sein Glied im Kreis geschlenkert und laut gerufen: »Schaut mich an, ich bin eine Windmühle!«

Quirk ging einen Schritt auf Abstand. »Was?« Obwohl ein Plan ja genau das war, was sie gewollt hatte, schien sie die Aussicht darauf völlig unvorbereitet zu treffen.

Lette legte nachdenklich – aufmerksam – den Kopf auf die Seite. »Was?«, fragte auch sie, nicht überrascht, lediglich an Einzelheiten interessiert.

Balur nickte bloß.

»Was?«, griff der Spion am Boden die Frage auf. Er klang zuversichtlich.

Balur verstärkte den Druck. Der Spion gab ein Gurgeln von sich. Dann gab es ein feuchtes Knacksen, der Spion zuckte und lag still.

»Götter!«, schrie Will und sprang zurück, als ihm plötzlich das Blut auf die Beine sprühte.

»Kluks kleine Nippel«, fluchte Quirk und wischte sich die Spritzer ab, die in der Hitze ihres Feuers rasch verdampften.

»Was denn?«, fragte Balur, während sein Gesicht den Inbegriff der Unschuld ausdrückte. Wenigstens war es so unschuldig, wie das Gesicht eines riesigen, blutverschmierten Echsenmanns mit einem Mund voller rasiermesserscharfer Zähne nur dreinschauen konnte.

»Der Plan!«, drängte Lette. »Konzentrier dich auf den dummen Plan!«

»Er hat gerade jemanden umgebracht.« Will hielt es für angebracht, noch einmal darauf hinzuweisen. »Komplett über meine Füße!«

»So was macht er doch die ganze Zeit.« Dem Klang von Lettes Stimme nach zu urteilen war es tatsächlich nicht das erste Mal, dass Balur jemandem vor ihren Augen die Gedärme zum Anus herausgepresst hatte. »Das ist so ähnlich, wie einen Hund an einen Baum zu lassen. Früher oder später wird jemand nass. Wir machen das nachher weg. Jetzt erzähl mir den Plan!«

»Also, ich bin gerade etwas abgelenkt …« Weiterhin war Will nicht der Ansicht, dass dieser Hinweis ihn vom Pfad der Vernunft fortführte.

»Pass auf.« Lette imitierte einen verständnisvollen Ton; so ähnlich, wie wenn ein Gestaltwandler einen Menschen imitiert, ehe er ihn aufschlitzt und ihm seine Familie stiehlt. »Ich habe dich in den letzten Wochen unserer Reise sehr lieb gewonnen, und ich schätze dein Geschick mit dem, äh, Schwert. Aber wenn du mir jetzt nicht gleich den Plan erzählst, schneide ich dir die Sehnen aus den Armen und häng dich damit an den nächsten Baum. Habe ich mich klar ausgedrückt?«

Will schluckte schwer. »Ja«, murmelte er. »Sonnenklar.«

»Schön.«

»Ich weiß ja nicht«, brummte Balur. »Vielleicht sollten wir

doch jetzt gleich sauber machen. Die Leute stinken immer etwas, wenn sie so sterben.«

»Und wessen Schuld wäre das wohl?«, fragte Lette.

Balur zuckte reumütig die Schultern. Nichtsdestoweniger bückte er sich, kratzte, was von dem Toten übrig war, vom Boden und warf es aus dem Loch, das Lette in die Zeltwand geschnitten hatte.

Will nahm an, dass dies das Maximum an Reinlichkeit war, das er erwarten konnte.

»Okay.« Er setzte sich auf die Kante seines Feldbettes. »Lasst mich das mal kurz durchdenken.«

»Wie wär's, wenn du es mit uns gemeinsam durchgehst?«, beharrte Lette. Quirk nickte ungeduldig.

»Also gut.« Will holte Luft. »Ich habe mir gedacht ... Spione. Es fällt den anderen offenbar nicht schwer, Spione bei uns einzuschleusen.« Er schaute aus dem nun blutverschmierten Spalt in der Zeltwand und zog eine Grimasse. Lette nickte zustimmend. »Das ist keine große Überraschung«, fuhr er fort. »Wir sind zehntausend Leute. Viel zu viel, um wirklich auf dem Laufenden zu bleiben.« Er spürte die erste Andeutung eines Lächelns auf seinen Lippen. »Aber die Armee des Drachenkonsortiums ist fünfmal so groß.«

»Es fällt mir schwer, darin einen Vorteil zu sehen«, sagte Quirk.

»Ich will darauf hinaus, dass es auch ziemlich leicht wäre, unsere Leute in *ihr* Lager zu schicken.«

»Dein Plan lautet also, dass wir nach und nach zehntausend Leute in ihre Armee einschleusen und hoffen, dass es niemandem auffällt?«, zweifelte Quirk.

»Nein!« Will fand die allgemeine Reaktion doch etwas enttäuschend. Sicher hatten seine Pläne ihre Schwächen, aber … *scheiß drauf.* Er versuchte es anders. »Wieso arbeitet denn überhaupt irgendwer für das Drachenkonsortium?«

»Weil sie echterweise Männer sind, die wissen, dass man das Leben nur zur Gänze auskostet, wenn man seine Klinge in die Brust eines anderen bohrt, damit sein Blut sich über die eigenen Hände und Füße ergießt?«, schlug Balur vor.

»Nein«, verwahrte sich Will kategorisch. »Tatsache ist, das Konsortium ist erstaunlich stabil. Niemand will ein von Drachen beherrschtes Land angreifen. Und durch ihren fantastischen Geschäftssinn erhöhen die Drachen noch den Einsatz.«

»Dann dienen die Menschen ihnen, weil sie feigerweise faule Säcke sind?«, versuchte es Balur erneut.

»Und üble Schläger«, warf Quirk ein.

»Also schön, meinetwegen, das sind alles gute Gründe«, musste Will eingestehen. »Bloß nicht die, an die ich dachte.«

»Ist das jetzt ein Ratespiel?«, fragte Balur. »Wollen wir die Armee mit Kopfnüssen ärgern, bis sie nach Hause geht?«

»Geld«, sagte Will verärgert. »Geld und Furcht! Deshalb arbeitet man für das Drachenkonsortium. Weil es die einzige Methode ist, in diesem dämlichen, bekackten Tal wirklich Kohle zu machen. Und weil man Angst hat, dass man andernfalls am falschen Ende eines drei Fuß langen Fangzahns hängt.«

»Ich bleibe bei Feigheit«, sagte Balur.

»Ich hab doch gesagt, dass es um Furcht geht«, sagte Will. »Gerade eben.«

Balur grunzte.

»Wenn das jetzt noch länger dauert, entferne ich euch ein paar Sehnen, und zwar einfach aus Prinzip«, drohte Lette.

»Götter«, fluchte Will. Wieso meinte eigentlich jeder, dass zusätzlicher Druck hilfreich wäre? »Jetzt hört doch mal zu. Sie herrschen mit Furcht und Gold. Was wäre also, wenn wir ihnen diese Dinge nehmen?«

»Dann würden wir bei dem Versuch das Leben lassen«, antwortete Quirk. »Du weißt schon – wegen der Armee von fünfzigtausend Schwerbewaffneten, die ein Problem damit hätten? Wir drehen uns im Kreis.«

»Hört mir doch einfach mal zu!«, rief Will.

»Dann hör aber auch damit auf, uns ständig Fragen zu stellen!«, schoss Quirk zurück.

Lette wischte schon mal die Klinge eines Dolchs an ihrem Hosenbein ab.

»Von mir aus.« Will wagte einen neuen Anlauf. »Wir müssen ihnen das Gold und die Furcht nicht wirklich nehmen. Es reicht schon, wenn die Truppen glauben, dass es so ist.«

»Wie sollen wir ...«, hob Balur an.

»Dazu komme ich gleich!« Will schrie nun fast. Er wischte sich das schweißnasse Haar aus der Stirn. »Sie glauben ja bereits, dass wir von einem mächtigen Drachentöter angeführt werden. Es macht aber einen Unterschied, ob man das nur gehört oder wirklich gesehen hat. Jahrzehntelang hat niemand in Kondorra tief in seinem Innersten wirklich geglaubt, dass man die Drachen töten könnte. Das macht zu einem Großteil die Stärke des Konsortiums aus: unsere Hoffnungslosigkeit. Alle, die sich davon überzeugen ließen, dass man einen Drachen durchaus töten kann – die sind jetzt auf unserer Seite.

Und die Leute, die noch mehr Beweise brauchen – die kämpfen gegen uns.«

»Was für Beweise denn?« Lette zeigte allmählich Interesse. »Die Kadaver haben wir vor Wochen zurückgelassen.«

Will grinste. »Na ja. Vielleicht können wir ja etwas schwindeln.« Er sah Quirk an. »Du hast Mattrax und Dathrax doch ausreichend studiert, um zu wissen, wie so ein Drachenschädel aussehen müsste. Ich dachte mir, wir bringen ein paar Kühe um, vermengen die Kadaver und tragen unseren eigenen abgeschlagenen Drachenschädel vor uns her. Wir zeigen ihnen, was wir getan haben.«

»Wir haben aber keinen Drachen enthauptet«, sagte Balur.

»Weiß ich.« Will tätschelte Balurs Arm. Trotz seiner Erschöpfung war er nun ganz bei der Sache. »Aber wir tricksen sie aus.«

Balur kniff die Augen zusammen. »Tricksereien«, sagte er auf eine Weise, als hinterließe das Wort einen schlechten Nachgeschmack.

»Denk es dir als ein Anschleichen«, schlug Will vor. »Wir schleichen uns an unseren Gegner an, damit wir ihm das Schwert in den Rücken stechen können.«

Balur dachte darüber nach. »Damit wir spürbarerweise sein Blut an den Händen haben?«

»Guter Junge«, lobte Will. Fast geschafft.

»Aber was hat irgendwas davon jetzt mit Spionen zu tun?« Auch Lette hatte er definitiv am Haken, aber sie musste noch an Land gezogen werden.

»Na ja, wir haben uns jetzt so gut wie möglich um die Angst gekümmert – also bleibt nur noch die Sache mit dem Gold.«

Quirk kaute aufmerksam auf ihrer Lippe.

»Wir müssen das Lager der Konsortiumsarmee infiltrieren und Gerüchte streuen. Wir erzählen ihnen einfach, dass der Reichtum des Konsortiums eine Lüge ist. Dass sie in Wahrheit pleite sind und es bloß verheimlicht haben.«

»Aber wer soll denn so was glauben? Wieso sollten sie pleite sein?« Lette war immer noch skeptisch.

Die Rädchen in Wills Verstand drehten sich emsig. Dann passte plötzlich alles zusammen – er gab sich aber Mühe, sich seine Freude darüber nicht anmerken zu lassen. »Das spielt eigentlich keine Rolle. Wir müssen ihnen nur die Idee einpflanzen. Wir erzählen ihnen einfach ...« Und dann, als fiele es ihm gerade erst ein, was wahrscheinlich auch der Fall war, sagte er: »Dass Drachenfeuer Gold in Blei verwandelt. Deshalb erhöhen sie immer weiter die Steuern, als könnten sie nie genug kriegen.«

Lette wirkte immer noch skeptisch.

Will ließ kurz ein Lächeln aufblitzen. »Dann kommt ein Händler auf einem Wagen an – bloß, dass es kein echter Händler ist, sondern noch ein Spion von uns. Der Händler sagt, dass er endlich sein Geld will. Dass das Konsortium seine Rechnungen nicht begleicht.«

»Aber wieso sollte ein Händler den ganzen Weg hierherkommen?«, fragte Lette. »Das ergibt doch keinen Sinn.«

»Würde er normalerweise auch nicht machen«, stimmte Will zu. »Aber der Höllenschlund ist nur drei Tage von hier entfernt.«

»Höllen *was?«* Balur sah ihn misstrauisch an.

»Der Höllenschlund«, wiederholte Will. »Der Vulkan, in dem sich das Konsortium immer trifft. Und wenn sie unseretwegen eine ganze Armee zusammengestellt haben, kannst du davon ausgehen, dass es so ein Treffen gab.«

»Ach ja.« Balur nickte weise.

»Erklärst du mir noch mal kurz, warum die sich in einem Scheißvulkan treffen?«, bat Lette.

»Ist eine Stilfrage«, kam ihm Balur zuvor. Will musste aber eingestehen, dass es wahrscheinlich wirklich genau darauf hinauslief.

»Und erklärst du mir auch, wieso verdammt noch mal du diesen Plan direkt vor ihrer Haustür durchziehen willst?«, hakte Lette nach.

Will hatte es geschafft – er hatte endlich etwas gefunden, das ihre Stimme eine Oktave nach oben schraubte. Ihr ganzes professionelles, abgebrühtes Gehabe lag zerbrochen und in kleinen Scherben der Geringschätzung und Unlust über den Boden verteilt. Sie starrte ihn ungläubig an.

Will hielt Kurs. *Das kann gelingen,* sagte eine innere Stimme. Weil es gelingen musste – und zwar reibungslos. Oder sie würden alle sterben.

»Es muss hier sein«, sagte er so ruhig wie möglich. »Wir müssen furchtlos auftreten. So untergraben wir die Angst unserer Feinde vor dem Konsortium: Indem wir selbst keine haben. Indem wir vor unerschütterlicher Zuversicht restlos strotzen.«

»Tun wir strotzenderweise aber nicht.« Selbst Balur schien bei so viel Dreistigkeit seine Zweifel zu haben.

»Natürlich nicht – aber deshalb ist es ja auch ein Schwindel. Die ganze Sache ist ein Schwindel. Wenn wir den nicht gut verkaufen, kriegen wir auch kein Gold.«

Wie erwartet waren sie nun ganz Ohr.

Balur legte den Kopf schief. »Wir kriegen Gold?«

Will grinste. »Das ganze verdammte Gold.«

Der Analesier warf einen Blick zu Lette. »Ich weiß nicht, wie es dir geht, aber bereiterweise würde ich mir den Rest des Plans anhören.«

Lette bedachte Will mit dem Blick einer Katze, die gerade herausgefunden hat, dass eine Maus ein Breitschwert führen kann.

»Die Szene wäre also Folgende«, fuhr Will fort. »Wir präsentieren uns mit unserer hoffnungslos unterlegenen Armee direkt vor diesem Höllenschlund, auf dem Weg zu ihrer Festung – und tragen den abgeschlagenen Kopf eines der ihren vor uns her. Uns ist höchst offiziell alles scheißegal. Wir sind furchtlos. Weshalb sind wir furchtlos? Gibt es denn keinen Grund zur Furcht?

Zur selben Zeit gehen Gerüchte um, dass die Drachen gar kein Gold mehr haben. Sogar ein Händler ist aufgetaucht und verlangt seine Bezahlung. Die Gerüchte sind überall ...«

»Hör auf, uns die verdammte Szene zu beschreiben und erzähl uns lieber von dem Gold, Will.« Ungeachtet ihres Tonfalls hatte sich Lette vorgebeugt. Sie wollte sich überzeugen lassen.

»Auf einmal kommt Unruhe in die Reihen des Propheten«, fuhr er fort. »Rufe werden laut, die Spannung ist schon unerträglich. Jeder ist abgelenkt. Egal, wie diszipliniert so ein Soldat auch ist – jetzt sieht er hin.

Doch am Ende ist es nichts. Nur eine Finte oder ein nächtliches Manöver. Also kehren alle an ihre Arbeit zurück. Am Morgen aber ist das Gold in ihren Soldwagen verschwunden.«

Balur klatschte in die Hände. »Wir stehlen ihnen ihr Gold!«

Will nickte. »Direkt unter ihren Nasen weg. Während dieser Finte schnappen wir es uns und fliehen. Und am nächsten Morgen stehen alle ohne Sold da. Chaos bricht aus. Weil sie ja keine

Angst mehr haben – und kein Gold. Und damit auch keine Armee mehr. Es kommt zu einem Aufstand.«

Lette setzte eine säuerliche Miene auf. »Und dann kommen die Drachen, die ja direkt um die Ecke sind, weil wir uns praktisch auf ihren Schoß gesetzt haben – und bringen uns alle um.«

Will gestattete sich ein letztes Lächeln. »Na ja … kommen tun sie bestimmt. Sie kommen und sehen sich sechzigtausend Menschen gegenüber. Uns allen – meinen Anhängern und ihren eigenen Leuten. Und ja, die Drachen sind schon mächtig. Aber wir haben ja wirklich gesehen, dass man sie töten kann. Wir haben sie sterben sehen. Wir *hätten* einen echten Drachenkopf für unsere Armee haben können, wenn wir gewollt hätten. Wenn sie sich mit uns anlegen, verlieren sie.«

Stille. Er wartete. Wartete auf die Reaktionen. Die Einsprüche. Er empfand eine seltsame Ruhe, wie er da im flackernden Licht von Quirks tanzender Flamme saß. Er war bereit.

»Wen schicken wir vor?«, grollte Balur schließlich. »Wen schicken wir spionierender- und stehlenderweise ins andere Lager? Wem vertrauen wir?«

»Wir vertrauen niemandem«, entgegnete Will knapp. »Aber denk dran: *Sie wissen nicht, wie wir aussehen.* Der Spion wusste nicht mal, dass eigentlich ich der dumme Prophet sein soll. Also können wir das auch selbst machen: Lette und ich. *Wir* infiltrieren sie. *Wir* streuen die Gerüchte. *Wir* stehlen das Gold.« Er grinste Quirk an. »Quirk spielt die Händlerin. Das ist nicht so gefährlich und auch nicht so blutig. Braucht nur ein vertrauenswürdiges Gesicht, nichts weiter.« Er versuchte ihren Ausdruck zu deuten, aber trotz der Flamme in ihrer Hand gelang es ihr, in den Schatten zu bleiben.

»Und du bleibst hier«, sagte er zu Balur. »Gib vor, du seist der General des Propheten – oder der Prophet persönlich, ich bin mir nicht sicher. Für die meisten Leute hier wärst du wahrscheinlich ein glaubhafterer Prophet als ich. Du organisierst die Finte, die Ablenkung. Du verschaffst Lette und mir die nötige Deckung, damit wir das Gold stehlen können. Ganz einfach.«

Eine weitere Pause folgte. »Einfach?«, fragte Lette.

Will überlegte kurz. »Na ja, vielleicht nicht wirklich. Aber das ist die einzige Idee, die ich habe, wie wir aus dieser Sache vielleicht wieder herauskommen. Uns gehen die Optionen aus. Jetzt heißt es alles oder nichts: Die Drachen müssen sterben – oder sie jagen uns wirklich bis ans Ende der Welt.«

Lette und Balur tauschten Blicke. Der Analesier zuckte die Schultern. »Ich mag den Teil, wo ich ekelhaft reich werde und Drachen erschlage.«

Einen Moment lang sorgte sich Will, dass seine bisherigen Pläne vielleicht deshalb so schlecht funktioniert hatten, weil man ihnen mehr aus Optimismus als ihrer Machbarkeit wegen zugestimmt hatte.

Lette erwiderte Balurs Schulterzucken. »Es ist nicht gerade toll – aber wenn die Alternative lautet, dass man uns bis zur Erschöpfung hetzt und dann wie neugeborene Lämmer schlachtet, bin ich bereit, es zu probieren.«

Will versuchte seine Erleichterung zu verbergen. Zuversicht war nun alles, was zählte – einfach alles. Zwei von dreien hatte er schon überzeugt. Fehlte nur noch ... »Quirk?«

Wieder Stille. Quirks schattenhafte Gestalt starrte zurück. Nur ihre Handfläche, über der die Flamme tanzte, war richtig sichtbar.

Dann schloss sie die Hand. »Du machst doch nur Spaß, oder?«

Au Scheiße.

»Nein, eigentlich nicht …«

»Diese Leute da draußen in eine Schlacht schleppen?« Sie klang alles andere als glücklich. »So sieht dein Plan aus? Sie im Stich lassen, damit du wieder den Dieb spielen kannst? Eine Rolle, in der du ja so wahnsinnig erfolgreich bist, wie die Götter bezeugen können.« Wenn sie nicht gerade vor lauter Wut kaum noch Luft bekäme, würde sie ihn wohl verspotten. »Und angenommen, du versaust es nicht und unsere Leute werden in der Zwischenzeit nicht niedergemetzelt – dann besteht dein Plan darin, einen Kampf anzuzetteln?«

»Na ja«, wollte Will sich erst wehren. »Stimmt«, gab er dann aber zu.

»Wer glaubst du denn, wird eine solche Schlacht überleben, Will?« Sie schüttelte den Kopf. »Ich meine, nehmen wir mal an, es läuft wie gedacht und die Drachen kommen. Die Verluste werden entsetzlich sein. Absolut und unbeschreiblich schlimm. Und wenn du diese Verluste mal hochrechnest, wer wird wohl als Erster sterben? Die schwer gerüsteten Ritter und Soldaten, die uns in dieses Elend gejagt haben? Oder die ungerüsteten, unbewaffneten Bauern und Händler, die alles, was sie hatten, aufgegeben haben, weil sie auf deine Hilfe hofften?«

Darauf gab es eine Menge Antworten. Dass er niemanden darum gebeten hatte, ihm zu folgen. Dass die Leute nicht einmal wirklich ihm gefolgt waren, sondern der Idee eines Mannes, die sich für kurze Zeit mit seiner überlappt hatte. Dass sie ohne seinen Plan auf exakt dieselbe Art und Weise sterben würden, oder schlimmer noch – kauernd oder auf Knien. Dass sein

Plan ihnen wenigstens ein paar zusätzliche Tage der Hoffnung erkaufte ... und die Chance auf einen aufrechten Tod.

Doch er sagte nichts von alledem. Weil Quirk gar nicht daran interessiert war. Sie war schlau genug, das alles selbst bedacht zu haben, doch es hatte sie nicht überzeugt.

Stattdessen sagte er also nur: »Ja, das ist der Plan.«

Und das war's. Das war der Moment, in dem die Dinge entweder halten oder auseinanderbrechen würden.

»Fick dich doch«, flüsterte Quirk. »Fickt euch doch alle.« Sie schüttelte den Kopf. »Ich sollte euch alle verbrennen.«

Sie wandte sich ab und schritt aus dem Zelt. Der Stoff flatterte in der kalten Brise.

»Scheiße«, fluchte Lette.

»Wir brauchen sie nicht«, sagte Balur. »Händlerweise können wir auch jemand anderen benutzen. Das war schließlich der einfache Teil.«

»Scheiße«, fluchte Lette abermals.

Will aber lächelte. Nicht für die anderen diesmal – nur für sich selbst. Denn alles verlief haargenau nach Plan.

69

Kurz vor knapp

Am nächsten Tag schaute Lette Will bei der Arbeit zu. Sah ihn durchs Lager rennen und Männer und Frauen zuversichtlich an Armen und Schultern fassen.

»Der Prophet hat einen Plan!«, sagte er ihnen. »Er sieht einen Weg für uns, der nach vorne führt. Einen Weg, wie wir gewinnen können.« Oder er hob grinsend ein kleines Kind hoch und erklärte: »Der Prophet führt uns auf ein Feld des Sieges.« Er sang auch Lieder – dümmliche Tavernenweisen, die sich über die Drachen lustig machten. Das zauberte ein Lächeln auf die Gesichter der besorgten, leidgeprüften Menschen. Das Lächeln machte die Runde, kleine Quellen der Wärme, die durch die Menge flackerten. Die schleppenden Schritte gewannen wieder an Schwung, die Kinne wurden etwas höher getragen.

Hier und da traf er sich mit Männern – mit harten Burschen, ihrer professionellen Einschätzung nach. Er steckte die Köpfe mit ihnen zusammen und flüsterte. Und dann wanderten die anderen davon, lächelten, pfiffen, sangen ein Lied. Gegen Nachmittag fühlte sich ihr Marsch schon weniger wie eine verzweifelte Fluch als wie eine energische Übung an. Sie waren noch längst keine selbstbewusste, lautstarke Armee, aber sie waren doch schon deutlich besserer Dinge, als es eigentlich angemessen schien.

Lette für ihren Teil fiel es schwerer, zu ihrem alten Selbstvertrauen zurückzufinden. Sie brauchte nur einen Blick über die Schulter zu werfen, um sich in Erinnerung zu rufen, wie nah ihnen die Verfolger schon waren. Am Himmel hoben sich die Silhouetten der Greifen ab, und die Staubwolke von fünfzigtausend Füßen vernebelte den Horizont.

Und vor ihnen am Horizont sah sie den dunklen Rauch aus dem Höllenschlund steigen.

Der Plan, den Will aus dem Hut gezaubert hatte, schien ihr vollkommen verrückt. Hart an der Grenze zum Wahnhaften, wenn sie ehrlich war. Beinahe machte es den Anschein, als ob er unter all dem Druck nun endlich durchgedreht wäre.

Doch sie spielte mit. Sie sah – und das war schon fast lachhaft – keine bessere Alternative.

Wenn überhaupt etwas für Wills Plan sprach, dann, dass er letztlich auf Hoffnung fußte. Eine gefährliche, unvernünftige Hoffnung. Aber keine Gier, keine Furcht oder Wut – sondern Hoffnung. Und es war schon lange her, dass ihr Antrieb auch nur ansatzweise so etwas wie Hoffnung gewesen war.

Als sie die Kuppe eines Hügels erreichte und das Menschenmeer unter sich sah, spürte sie die alte Kälte in sich aufsteigen. Sie wusste genau, wohin sie ihre Greifen schicken würde, wenn sie die Anführerin der gegnerischen Streitkräfte wäre: *Erst auf die schwächsten Stellen niederstoßen, wo die Frauen und Kinder sich um die Wagen scharen. Wo sie am meisten Schaden anrichten. Dann, wenn die Greifen ihr Werk vollzogen haben, würde ich die Katapulte einsetzen. Ich würde auf gar nichts Besonderes zielen – einfach lose Munition verwenden, irgendwas, das mehr verstümmelt als tötet, bis die Schreie die Luft zum Bersten bringen.*

Damit haben die Trolle genug Zeit, sich aufzustellen, und können nun angreifen. Ich würde sie die Flanke aufrollen lassen, mit dem Ziel, so viel Schaden wie möglich anzurichten. Den Gegner zu schockieren, bis Wills Anhänger panisch die Flucht ergreifen, eine leichte Beute für den Rest …

Endlich schaffte sie es, die Gedanken anzuhalten und die Kälte zurückzudrängen. Keinen desorganisierten Haufen vor sich zu sehen, sondern nichts als Leistungswille, Wut und Hoffnung. Menschen, die nicht zu kämpfen brauchten, weil Will sie retten würde.

Weil *sie* sie retten würde.

Natürlich warf das auch eine weitere Frage auf: Sie hatte angefangen, mit Will zu schlafen, weil das besser war, als sich der vollständigen Hoffnungslosigkeit zu ergeben. Wenn dieser Plan nun neuer Balsam für ihr Schwarzsehen wurde – was wurde dann aus Will und ihr? Brauchte sie ihn überhaupt noch? Und wenn sie ihn noch brauchte – und nicht nur für eine gute Nummer oder zum Tränentrocknen –, was sagte das dann über sie aus? Darüber, wer sie war … und was sie für ihn empfand?

Statt diese Frage zu beantworten, hielt sie sich zurück und beobachtete.

Der Zug marschierte weiter. Mit jeder Stunde büßten sie ein wenig mehr ihres Vorsprungs ein. Doch als dann die Sonne unterging und sie sich bis Mitternacht weiterkämpften, schafften sie es endlich, ihn wieder etwas auszubauen. Nicht ganz so weit wie zuvor zwar, doch genug, um einen weiteren Tag zu überleben.

Noch zwei, erinnerte sie sich. *Das hat Will gesagt: drei Tage bis zum Höllenschlund.*

Konnten sie es so weit schaffen? Sie hatte ehrlich gesagt keine Ahnung.

Sie traf ihn vor dem Schlafengehen in ihrem Zelt.

»Wie geht es dir?« Sie schälte sich die staubverklebte Bluse vom Leib.

»Müde.« Er legte seine Arme um sie. Sie widerstand dem Impuls, sich in sie hineinsinken zu lassen, den Kopf auf seine Brust zu legen und seinen schweren Moschusduft einzuatmen.

»Was ist mit Quirk?« Sie klang angespannter, als ihr lieb war.

Er legte die Stirn in Falten. Diese kleine Furche zwischen seinen Brauen war einfach bezaubernd. Verzweifelt versuchte sie, den Gedanken kleinzukriegen, ihn mit finsteren Blicken zu vertreiben.

»Können wir den Plan auch ohne ihre Hilfe durchziehen?«, hakte sie nach.

»Ach, das hat sich alles schon geklärt – ich habe noch mal mit ihr geredet, und alles ist gut. Sie wird's machen. Hat ein wenig Überzeugung gekostet, klar, aber sie ist mit an Bord, und das ist die Hauptsache.«

Er hatte mit ihr gesprochen? Und sie war einverstanden? Lette hatte ihn zwar nicht den ganzen Tag im Auge gehabt – doch das war schon eine ganz schön wichtige Sache, die ihr da entgangen war.

»Was hast du denn zu ihr gesagt? Gestern Abend wirkte sie noch ziemlich unnachgiebig.«

»Ach.« Will machte eine wegwerfende Geste. »Dass sie die Chance haben würde, die Drachen ganz nahe zu sehen – dabei, wie sie ihre Truppen befehligen. Dass sie einfach einen anderen

Blick auf die Dinge hat als solche unterdrückten Bauern wie ich. So was eben. Hab sie mürbe gemacht.«

Lette wünschte, das Licht im Zelt wäre heller; denn sie konnte nicht erkennen, wie ehrlich er gerade war.

Nicht, dass es sie wirklich stören würde, wenn er endlich ein wenig Schneid entwickelte. Sie wünschte sich nur, er wäre nicht gegen sie gerichtet. Da klopfte es an einer der Stangen am Eingang. Sie wirbelte herum, und binnen eines Blinzelns fand ein Dolch den Weg von ihrem Stiefel in ihre Hand.

Doch es war kein nächtlicher Mörder, der den Weg zu ihrem Zelt gefunden hatte, sondern einer jener grimmigen Gestalten, mit denen sich Will früher am Tag unterhalten hatte.

»Bitte die Störung zu entschuldigen«, sagte er.

Will löste sich von Lette. »Tut mir leid.« Diesmal klang er sogar ehrlich. »Das dauert nur einen kurzen Moment.«

Sie zögerte. Sollte sie ihm zum Eingang folgen und lauschen? Das war ihr erster Impuls. Schließlich konnte sie sich des Eindrucks nicht erwehren, dass er irgendwas vor ihr verbarg. Aber war Selbstschutz wirklich das Einzige, worum es hier ging? Oder lag es vielmehr daran, dass sie sich immer mehr zu ihm hingezogen fühlte, ob sie nun wollte oder nicht?

Sie wollte keine dieser hysterischen, unselbstständigen Frauen sein, die ständig an ihrem Mann klebten und immer alles genau wissen wollten. Die Scheiße konnten andere abziehen, aber nicht Lette. Also blieb sie am Bett, zog sich weiter aus, und als Will wiederkam, sah sie ihn nur mit hochgezogener Braue an. »Und?«

Er zuckte zusammen, blinzelte sie an. »Und was?«

»Wer war das gerade?«

»Ach das«, tat er ihre Frage ab. »Das war bloß Cattak.«

»Cattak?« Sie schraubte ihre Braue noch ein wenig höher. Sie war sich nicht ganz sicher, welchen Effekt das im Halbdunkel haben mochte, aber es fühlte sich richtig an.

»Er, na ja ...« Will scharrte mit den Füßen. »Er ist ein Freund von Quirk, könnte man sagen. Sehr gründlicher Mann.«

Sie wartete auf weitere Einlassungen, doch die blieben aus. »Und weiter?«

»Was weiter?« Will klang in etwa so unschuldig wie ein Mann, den man bis zu den Ellbogen in den Gedärmen eines anderen erwischt hatte.

»Wieso verdammt noch mal klopft er um Mitternacht an meine Zeltstange, Willett?« Sie schwang seinen vollen Namen wie eine Keule.

»Ach, er hat bloß ...« Will stockte, trat zu ihr hin und flüsterte: »Er ist dafür zuständig, den falschen Drachenkopf zu bauen. Dafür arbeitet er eng mit Quirk zusammen. Damit es auch gut wird.«

»Wieso flüsterst du?«, fragte sie laut.

Will wich zurück und setzte ein verletztes Gesicht auf. »Spione«, sagte er, immer noch mit verhaltener Stimme. »Gestern war einer da draußen, es könnte jetzt wieder einer da sein!«

Das war eine durchaus überzeugende Begründung: Sie deckte sein verhaltenes Getue ebenso ab wie sein Geflüster. Nach kurzem Zögern entschloss sie sich, es dabei bewenden zu lassen.

»Du bist ein Idiot«, sagte sie und zerzauste ihm das Haar. »Und jetzt komm ins Bett.«

Am nächsten Morgen wurde der Drachenkopf enthüllt, und Lette musste zugeben, dass sie beeindruckt war. Auch wenn er einer näheren Inspektion nicht standhalten würde, gab er aus ein paar Schritten Entfernung doch einen recht überzeugenden, halb verwesten Riesenschädel ab. Knochen und Hörner waren mit weißer Baumwolle zusammengeknotet. Sie fragte sich, wie viele Rinder wohl ihr Leben dafür hatten lassen müssen.

Als die Sonne höher stieg, bezog Firkin neben ihrer Schöpfung Stellung, wandte sich an das ganze Lager und versuchte, den Menschen den Betrug zu verkaufen.

»Seht!«, gellte seine Stimme über die Köpfe. »Das Stück unseres Feindes, das über dem Hals sitzt! Wo die ganzen Denkteile hingehören! Nur dass seine Denkteile nicht mehr da sind, sondern verrottet. Weil der Prophet sie hat verrotten lassen … indem er sie ihm vom Hals schlug! Das passiert eben, wenn man jemandem die Denkteile abschlägt – ihr glaubt vielleicht, dass die Dinger einfach weiterdenken und ihr sie behalten könnt, in einem kleinen Glas oder so, wo ihr sie dann zur Gesellschaft habt, wenn ihr euch mal einsam fühlt oder jemanden braucht, der euch sagt: ›Das wird schon wieder, irgendwo wirst du eine andere Flasche Whisky finden.‹ Stellt sich aber raus, dass das so nicht funktioniert, und man einsam bleibt, und die Leute einen Bogen um einen schlagen … wegen dem Kopf, den man in einem Glas mit sich rumträgt. Dies ist das Schicksal aller Feinde des Propheten!«

Lette verstand zwar nicht, wieso, aber die Menge drehte bei diesen Worten völlig durch.

Überhaupt war die Stimmung heute anders als gestern. Statt Tavernenweisen stiegen Schlachtgesänge zum blauen Himmel auf. Alte Lieder, wie man sie zu Feiertagen sang, Choräle aus den alten Epen über göttliche Helden, die große Bestien aufspießten und ganze Armeen in Stücke rissen. Allmählich wandelte sich die Flucht in einen Angriff.

Kondorra lag vor ihnen ausgebreitet, während sie immer weiter nach Süden vordrangen. Die sanften Hügel beiderseits des Kons verliefen sich in weitem Grasland. Immer wieder sahen sie auf ihrem Marsch Herden von Wildpferden. Aus der Ferne blickten ihnen Rinderherden nach. Und über allem residierte der Höllenschlund.

Der Vulkan dräute einsam inmitten der Ebene, stieg abrupt aus dem Flachland empor wie eine völlig überproportionale Warze. Rauch quoll aus dem Krater hervor und verschmutzte den südwestlichen Himmel. Bäume und Büsche schienen die Hänge zu meiden; sie waren von einem schroffen, zerklüfteten Schwarz. Gelegentlich glaubte sie lange, sich windende Körper zu sehen, die darüber durch den Himmel zogen.

Da erhaschte sie einen Blick auf Quirk, die langsam auf einem Schimmel durch die Menge ritt, und eilte zu ihr hin.

»Ist das dort …?«, fragte sie und zeigte mit dem Finger auf die fliegenden Wesen.

»Das Konsortium?«, vollendete Quirk, ohne sie anzusehen. »Ja.«

Lette versuchte die Entfernung zu schätzen, um ihre Größe zu überschlagen.

»Sie sind verdammt riesig«, sagte sie schließlich.

»Ja«, bestätigte Quirk. »Allerdings.«

Lette fand nicht, dass sie wie eine Frau klang, die ihren Frieden mit sich gemacht hatte.

»Will sagt, du hättest deine Meinung wegen des Plans geändert. Dass du doch die Händlerin für uns spielen würdest.«

Quirk ritt ein Stück weiter. Mit ruhigem, stetem Schritt teilte ihre Stute das hohe Gras der Ebene.

»Ich würde nicht sagen, dass ich meine Meinung geändert habe. Aber ich werde die Händlerin für euch geben.«

Das war nicht ganz die Antwort, die Lette erwartet hatte. Ehrlich gesagt war es auch nicht die Antwort, die sie sich erhofft hatte. »Wenn du nicht überzeugend wirkst …« Sie wollte es wie eine Drohung klingen lassen; aber die Wahrheit war, wenn Quirk ihre Feinde nicht überzeugte, würde Lette mit höchster Wahrscheinlichkeit ihr Leben auf einer Schwertspitze aushauchen und keine Gelegenheit mehr haben, Rache zu nehmen.

»Ich leiste meinen Teil.« Die Stimme der Thaumatobiologin war eisern. »Ich habe inzwischen erkannt, wie wichtig das für mich ist. Nicht aus denselben Gründen wie für euch, aber trotzdem wichtig. Götter, das ist vielleicht das Einzige, was mir noch bleibt.« Endlich schaute sie zu Lette hinab, schenkte ihr ein müdes Lächeln. »Nach all den Kompromissen, die ich schon eingegangen bin.«

Quirks Kompromisse waren Lette scheißegal. Die Thaumatobiologin hatte einfach einen Stecken im Arsch, und es wären schon mehrere starke Männer und ein Fass voll Schmiere nötig gewesen, um ihn wieder rauszukriegen. Aber das hatte sie leider gerade nicht bei sich. Trotzdem waren ihre Beweggründe wichtig. Wenn Quirk die Sache nur durchzog, weil sie ihre eigene Haut retten wollte – sie vielleicht alle für etwas Gold und eine Rückreise nach Tamathia zu verkaufen –, dann war das etwas, das Lette wissen musste.

»Wieso ist es dir wichtig?«, fragte sie deshalb.

»Hat Will dir nicht von meiner Vergangenheit erzählt?«, fragte Quirk. »Habe ich kein gutes Thema für Bettgespräche abgegeben?«

Lette ging nicht auf die Provokation ein. »Doch, er hat mir davon erzählt. Hethren. Raubzüge. Massenmord.« Sie sagte nicht, dass es ihr leidtat, denn das tat es nicht – Quirk war schließlich lebend davongekommen. Im Gegensatz zu einer Menge anderer Leute.

»Genau«, sagte Quirk. »Raubzüge. Massenmord. Und dann die Erlösung. Gute Menschen haben mich aufgenommen, obwohl ich das gar nicht verdient hatte. Sie machten mich zu der Person, aus der Quirk werden konnte, die Thaumatobiologin. Eine Frau, die sich in ihren Büchern verlieren konnte. Eine Frau – tut mir leid, wenn das großspurig klingt –, die alle anderen in ihrem Gebiet übertreffen konnte. Und ich wurde diese Frau aus einzig und allein einem Grund: um meine Dankbarkeit zu bezeugen. Um mich dafür erkenntlich zu zeigen, dass man mir die Chance gab, jemand Neues zu werden. Und ich habe mir eine Menge darüber vorgemacht, wer ich geworden bin. Ich sagte mir, nun sei ich geläutert. Ich sagte mir, ich habe die Magie hinter mir gelassen. Ich sagte mir, ich sei nun ein besserer Mensch. Gütig. Fast alles wurde mir inzwischen entrissen – ich bin nicht besser geworden und auch nicht gütig. Ich bin immer noch das verschreckte kleine Mädchen, das seine Ängste einfach nur wegbrennen will. Eines aber ist mir geblieben – das Einzige, was noch Bestand hat, während alles andere zu Asche zerfallen ist: Ich bin immer noch eine dankbare Frau. Das bin immer noch ich. Und ich habe diesen guten Menschen ein Versprechen gegeben: dass ich in die Fremde reisen und mit einem Wissen über Drachen, wie es niemand sonst besitzt, zurückkehren werde. Einem Wissen, das zu erlangen niemand sonst je gewagt hat. Auf diese Weise will ich meine Schuld bei ihnen begleichen – weil ihnen der menschliche Wissensschatz wirklich und aufrichtig wichtig ist. Sie sind herzensgute Menschen – gütige Menschen. Und ich werde alles mir Mögliche dafür tun, das in Ehren zu halten. Und wenn das heißt, die dumme Händlerin zu spielen, damit ihr das Leben von zehntausend Männern, Frauen und Kindern riskieren könnt, um Gold zu stehlen, das euch nicht zusteht – dann werde ich wohl damit leben müssen. Ich bin nicht stolz darauf und werde mich nicht wiederholen oder das Thema jetzt noch weiter ausführen. Ich werde das alles einfach wegsperren und zu ignorieren versuchen. Und wenn ich lebend aus dieser Sache herauskomme, dann werde ich so tun, als wäre ich der gutherzige Mensch, zu dem man mich einst machen wollte. Denn das wird ebenfalls eine Form von Dank sein ... selbst wenn es eine Lüge ist.«

Sie blickte zu Lette herab. »Beantwortet das deine Frage?«

Lette dachte darüber nach. Alles in allem glaubte sie Quirk; die Frau war schlicht keine gute Lügnerin. Sie hatte durchaus ihre Dämonen, aber die hatte schließlich jeder. Quirk nahm ihre bloß sehr viel ernster, als andere Menschen das taten.

Dazu kam die Beobachtung, dass Quirks Zügel offenbar in Flammen standen.

»Ja«, sagte sie daher. »Das beantwortet die Frage. Ich hätte aber noch eine andere.«

Quirk knirschte mit den Zähnen.

»Cattak – wer ist das? Was hat er mit Will zu schaffen?«

»Cattak?« Quirk klang überrascht. »Er ist ein Plünderer. Ich habe ihn schon mal als Späher eingesetzt. Doch da wir die Armee des Konsortiums mittlerweile schon mit bloßem Auge sehen können, brauchen wir ihn nicht mehr. Ich wusste nicht, dass er und Will noch Kontakt halten.«

Was eine weitere unwillkommene Antwort war.

»Dann hat Cattak dir also nicht geholfen, den Drachenkopf zu bauen?«

Quirk zog die Schultern hoch. »Ich hatte durchaus Hilfe von ein paar Männern. Vielleicht arbeiten die ja eigentlich für Cattak. Keine Ahnung.«

»Er war aber nicht persönlich beteiligt?«, hakte Lette nach.

»Ich habe ihn jedenfalls nicht gesehen.«

»Ein Plünderer also …«

»Ja«, sagte Quirk. »Das scheint auch wieder loszugehen. Seit heute früh habe ich bereits drei Tempel mit fehlenden Dächern gesehen. Lall allein wird wissen, was sie mit all dem Blei jetzt noch anstellen wollen.«

Lette nickte nachdenklich. In der Tat – was?

70

Hochmut wird am besten verkohlt serviert

In den Tiefen des Höllenschlunds hob Kithrax sein Haupt. Goldmünzen rieselten von ihm herab. Unter ihm blubberte und grollte das Magma. Doch selbst das wütende Rumoren des Gesteins war nicht genug, um das Geräusch von Horrax' Geschnarche zu übertönen. Der gedrungene braune Drache quoll fast über die Kante eines Abgrunds, der in den zentralen Schlot des Vulkans hinabführte. Der Sabber aus seinem Maul zischte und spritzte in dem flüssigen Gestein.

Es wäre ihm ein Leichtes, Horrax einfach über den Rand zu treten. Vielleicht würde er noch zu sich kommen, ehe er in das Magma fiel, aber vielleicht auch nicht. Kithrax fürchtete nicht einmal die Konsequenzen, falls Horrax den Sturz überlebte – es juckte ihn nun schon seit fast einem Jahrhundert in den Klauen, dem anderen Drachen die Kehle aufzuschlitzen, da war ihm jeder Vorwand recht. Nein, es war die Aussicht, dass er danach vielleicht seine Sumpfländer im Westen würde verwalten müssen. Ihr Götter, je weniger er sein Leben durch Interaktion mit Menschen besudeln musste, desto besser.

Anstatt also weiter herumzusitzen und darauf zu warten, dass ihm die Mordlust noch die Sinne raubte, befreite er sich aus seinem Nest aus Gold und schwang sich in die Höhe, dem offenen

Krater entgegen; ließ sich von den heißen Aufwinden aus dem Felsenschlund des Vulkans tragen und schwebte lautlos zum Nachthimmel auf.

Nun lag alles unter ihm ausgebreitet. Das ganze absurde Schauspiel: hier die lächerlichen Streitkräfte dieses Propheten, dort die eigene, unbezwingbare Armee.

Was wollten diese Menschen eigentlich? Wieso kämpften sie noch? Was glaubten sie damit erreichen zu können? Dachten sie denn, dass an dieser Art zu sterben etwas Ehrenvolles wäre? Dass Lall sie schon in den Tiefen der Unterwelt erwarten würde, um ihnen persönlich die Hände zu schütteln?

Ich muss sagen, ganz schön sinnlos, aber eine wirklich gute Show, die ihr da abgezogen habt!

Lall war ein lüsterner, anarchischer Schwachkopf, ebenso wie der Rest der Götter. Sie hatten nichts zur Rettung dieser Idioten unternommen, als Kithrax und der Rest des Konsortiums in Kondorra eingefallen waren, und sie würden auch jetzt nicht eingreifen. Sein Gesicht war das der Zukunft. Dieses erbärmliche Gestrampel dort unten war das letzte Keuchen der Vergangenheit.

»Sollten sie jetzt fressen.«

Das Gesicht der Zukunft stieß einen ausgesprochen ungebührlichen Laut der Überraschung aus.

Lachend zog Bruthrax über Kithrax' rechte Schulter hinweg. Für seine Größe konnte der rote Koloss verdammt leise sein.

»Einfach über sie herfallen«, sagte Bruthrax. »Und es beenden.«

In seiner Wut konnte Kithrax der Versuchung, nach Bruthrax zu schnappen, nicht ganz widerstehen.

»Würde mir schon Spaß machen, ein paar von denen zu fressen«, fuhr Bruthrax unbeeindruckt fort. »Erst kämpfen, dann fressen, sag ich immer.«

Kithrax bekam sich wieder unter Kontrolle. Flügelschlagend gewann er an Höhe und schloss zu Bruthrax auf; ein schlanker Schatten verglichen mit Bruthrax' rotem Riesenleib.

»Das liegt daran, dass du ein verdammter Idiot bist«, zischte Kithrax in den Wind.

Bruthrax lachte leise. »Zweifelsohne.«

Kithrax knirschte mit den Zähnen und versuchte es mit möglichst einfachen Worten zu erklären. »Wir stehen über ihnen. Verglichen mit ihnen sind wir wie Götter. Sie sind kümmerlich, können uns nicht das Wasser reichen. Und wenn sie mal glauben, dass es sich anders verhält, kommt genau diese Art von Mist dabei heraus.« Er schnaubte kleine Flammen in Richtung der Menschenmassen unter ihm. »Sie können zetern und spucken und jammern wie kleine Kinder; aber das müssen wir ignorieren.«

»So, wie du Horrax ignorierst?« Bruthrax lachte wieder. Diesmal klang es wie Donner am Himmel.

Kithrax knirschte fester. »Auch ich habe meine Grenzen. Möchtest du sie herausfinden?«

Bruthrax vollführte eine faule, unbekümmerte Fassrolle. »Du glaubst, dass du über uns allen stehst – hab ich kapiert. Stört mich auch nicht.« Ein Schulterzucken wanderte seinen Körper entlang. »Aber es stimmt nicht! Du sitzt mit in der Scheiße, zusammen mit Horrax und dem Rest von uns.« Spielerisch stieß er auf die versammelten Truppen herab. »So ein Mist wie dieser passiert immer wieder. Sie werden weiterkämpfen. Es ist dämlich und sinnlos, aber so ist das Leben nun mal. Wahrscheinlich ist es für die Menschen unter deiner Herrschaft besonders dämlich und sinnlos.«

Er drehte ab.

Kithrax wusste, dass er sich das Gezanke lieber verkneifen sollte. Es war unter seiner Würde. Doch er war müde und wütend auf Horrax und Bruthrax und diesen dreckigen kleinen Propheten da unten. »Ich werde ihnen die Gegenwehr aus den Leibern kauen!«

Bruthrax warf einen Blick über die Schulter und vollzog einen weiten Kreis um ihn herum. »Dann wirst du sie schon alle töten müssen – und über niemanden mehr herrschen. Entscheide dich, was dir lieber ist?«

Und mit diesen Worten flog er davon.

71

Der dritte Tag

Als Lette am nächsten Morgen erwachte, zog sich Will bereits an. Seine Kleidung war so unscheinbar wie immer: ein grobes Arbeitshemd, Hosen von einem stumpfen Braun und Lederstiefel, die schon bessere Tage gesehen hatten. Ein Bauer eben. Ein junger Bauer zumal, im Begriff, zehntausend Menschen in eine Schlacht zu führen. Und diese wussten nicht einmal von ihrem Glück.

»Guten Morgen«, murmelte sie und streifte die letzten Schleier des Schlafes ab.

Er drehte sich zu ihr um und lächelte sie an. »Guten Morgen. Oder wenigstens ... ich schätze mal, dass der Morgen ganz okay ist. Doch bis Mittag sollten wir in Position sein. Was eine Menge Manövrieren bedeutet, bis jeder genau da ist, wo wir ihn brauchen. Und die Konsortiumsarmee braucht ebenfalls Zeit, sich zu sortieren. Also werden wir wahrscheinlich erst zum frühen Nachmittag bei ihnen anheuern. Von darum ist dieser Morgen ...«

»Will?«, unterbrach sie ihn. Er war nach wie vor ein Schatz, aber dieses nervöse Geplapper wurde ihr einfach zu viel.

»Ja?« Er trat einen Schritt vom Abgrund des mentalen Chaos zurück.

»Wo warst du gestern Abend?« Das Zelt war verlassen gewesen, als sie kurz vor Mitternacht ins Bett gegangen war. Und sie war eingeschlafen, bevor er zurückkam.

»Ach, ich habe mich nur mit Cattak beraten. Er hatte die Koordination – um Quirks Händlerwagen flottzukriegen. Man sieht es ihm vielleicht nicht an, aber er ist handwerklich richtig geschickt. Hat das Herz eines Künstlers.«

»Hm.« Sie nickte. »Will?«, fragte sie dann wieder.

Er bückte sich gerade, um seinen zweiten Stiefel anzuziehen, und schaute auf. »Ja?«

»Wozu braucht irgendwer kurz vor einer Schlacht noch das Blei von drei Tempeldächern?«

Sie beobachtete ihn ganz genau: die Art, wie er die Stirn runzelte. Wie er den Blick abwandte und seinen Stiefel studierte. Mit einem harten Ruck streifte er ihn über.

»Keine Ahnung«, sagte er. »Wieso?«

»Weil das der letzte Stand der Plünderungen ist.«

»Ach so.« Er starrte in Richtung Ausgang. »Keine Ahnung – ist vielleicht eine Frage der Hoffnung. Oder des Glaubens. Dass man noch für die Zukunft plant, meine ich.« Er lächelte. »Wäre doch schön.«

Unwillkürlich erwiderte sie das Lächeln. Eine Zukunft – ruhigere Zeiten. Tage, die nicht bloß aus Gewaltmärschen und Ängsten bestanden … das wäre natürlich wirklich schön.

Doch solche Gedanken waren bloß eine Falle.

»Cattak war ein Plünderer.« Sie lehnte sich auf dem Bett zurück und streckte sich herzhaft.

Er zuckte nicht mal zusammen. Wirbelte nicht herum. Zeigte keine Überraschung. »Ja, das hat mir Quirk auch erzählt. Anscheinend ist er jetzt aber geläutert.«

Das hat mir Quirk auch erzählt.

Er nahm also an, dass sie mit Quirk gesprochen hatte. Was sie schließlich ja auch getan hatte. Und wenn er davon ausging, waren ihre Fragen zu erwarten gewesen. Was seine ausbleibende Reaktion darauf erklären könnte.

Es könnte …

Sie beschloss, aufs Ganze zu gehen, ihre Karten offenzulegen. Was hatte sie zu diesem Zeitpunkt noch zu verlieren? Ein paar Stunden Gesellschaft?

»Quirk sagte, sie habe Cattak bei der Arbeit an dem Drachenschädel nicht gesehen.«

Da regte er sich dann doch. Eine grimmige Gewissheit breitete sich in ihr aus. *Dieser Scheißlügner.* Sie machte sich bereit, die Wahrheit aus ihm herauszuprügeln.

»Schhhh!«, machte er und trat näher zu ihr ans Bett.

Lette war verwirrt. Was hatte er jetzt wieder …

»Nicht über den Schädel reden«, flüsterte er zu ihr herabgebeugt, die Lippen so nahe an ihrem Ohr, dass sein Atem sie kitzelte. »Wir wissen nicht, wer alles zuhört. Und klar hat sie ihn nicht gesehen – sie hat all die Knochen zusammengesetzt. Und er war damit beschäftigt, Rinder zu schlachten und zu entbeinen.«

Für alles eine Erklärung. Einfach und einleuchtend.

Etwas zu einleuchtend?

Vielleicht schon – doch wie wahrscheinlich war es, dass Will derart vorausgeplant hatte? Und was sollte er sich von einer solchen Täuschung versprechen?

Einen von uns zu verkaufen, um seine eigene Haut zu retten. Die anderen wissen nicht, wer der Prophet ist. Sie wissen nicht, dass eigentlich er es ist. Er könnte überlaufen und ihnen Balur verkaufen. Oder mich. Dann wären wir umstellt. Und eine Menge Gold würde den Weg in seine Taschen finden.

Sie verdrängte die Stimme. Wenn Will vorhatte, sie zu verraten; wenn der Plan schiefging; wenn sie es gar nicht erst versuchten ... das Ergebnis wäre immer dasselbe.

Wie auch immer sein Plan in Wahrheit aussah, ob er ihnen nun die ganze Wahrheit erzählt hatte oder nicht – ihr blieb nicht viel anderes übrig, als mitzuspielen.

Will setzte sich zu ihr und zerzauste ihr das Haar. »Mach dir keine Sorgen«, sagte er. »Auf alle Fälle werden heute fünf Drachen ins Gras beißen. Das wird der Hammer, wirst schon sehen.« Und damit ließ er sie allein.

Der Morgen verging in etwa so, wie Will es vorhergesagt hatte. Er hatte Firkin auf die Menge losgelassen, und der alte Mann war gut in Form. Einen Weinschlauch über der Schulter wankte er durch die Scharen der Leute und stieß gellende Lobpreisungen aus.

»Meinen, sie könnten Feuer auf uns regnen lassen, diese Drachen! Hätte nicht gesehen, dass Dathrax irgendwas auf uns regnen ließ. Hab nur ihn selbst regnen sehen, in kleinen Stückchen. Kleingehäckselt vom Propheten!« Selbst seine Hickser und Rülpser schallten klar vernehmlich über die Köpfe.

»Haufen fetter Lügner!«, krächzte er. »Wette, dass das mit dem Feuer auch so eine Lüge ist! Könnten kein Würstchen braten, wenn ihr Leben davon abhinge. Und heute Abend wird das von etwas mehr als bloß von ein paar Würstchen abhängen! Nämlich von uns! Und wir sind keine Würstchen! Würstchen können nämlich auch nicht piksedi-piksen!« Er stieß seinen Weinschlauch gen Himmel. Wein tropfte ihm ins Gesicht, rann ihm das Kinn herab und in den Bart hinein, während er gierig leckte.

»Freiheit! Gleichheit! Trunkenheit!« Allerorten stimmten die Menschen lauthals in den Singsang mit ein. Lette fragte sich, ob sie eigentlich auf die Worte achteten.

Ein Mann stieß sie mit dem Ellbogen an. »Wieso singst du nicht mit?«

»Weil ich kein Vollidiot bin«, erwiderte sie, und als er ein Gesicht zog, schlug sie ihm die Faust hinein.

Sie ging lieber Balur suchen.

Er saß hinten auf Quirks thaumatischem Wagen und wühlte sich durch ganze Berge von Rüstungsteilen und Juwelen, während der Wagen wie der ganze Zug einen Bogen nach Osten beschrieb, um den Fluss Kon im Rücken zu haben. Ehrlich gesagt, war es keine gute Verteidigungsposition, aber Will hoffte, dass es die Konsortiumsarmee zwang, sich im Westen zu formieren. Und da sie eigentlich nicht vorhatten zu kämpfen, spielte die schlechte Position keine allzu große Rolle. Sie verschaffte ihnen lediglich eine Pufferzone zwischen beiden Lagern, während sie ihren Plan in die Tat umsetzten.

Balur pickte sich einen juwelenbesetzten Helm heraus und präsentierte ihn ihr. »Familienerbstück irgendeines Bauern«, sagte er. »Hat es heimlicherweise dreißig Jahre vor den Drachen versteckt, dann was von einem Propheten gehört und es hoffnungsvollerweise hergegeben wie ein ungeliebtes Stiefkind.« Er setzte sich den Helm auf. »Lässt er mich prophetisch aussehen?«

»Er lässt dich eher wie ein Vollpfosten aussehen.«

»Ein Vollprophet vielleicht?«

Sie konnte sich ein Lachen nicht verkneifen. »Was machst du da eigentlich?«

»Ich muss mich theaterweise fünfzigtausend Bewaffneten auf einem Schlachtfeld als Prophet verkaufen. Da muss ich doch auch danach aussehen.«

»Balur, du bist ein acht Fuß großer Klotz, der aus Schuppen und Muskeln besteht. Ich glaube, das sieht überzeugend genug aus.«

Sie tätschelte sein gewaltiges Bein. Auch wenn er es niemals eingestehen würde – Balur war nervös.

»Ich werde allen da drüben erzählen, was für ein schreckliches, mordlustiges, gnadenloses Arschloch von einem Analesier die Rebellen anführt. Wie er Schädel mit den bloßen Fäusten zermalmt. Ich werde dafür sorgen, dass sie sich einnässen, wenn nur dein Name fällt.«

Vom Wagen aus warf er ihr einen liebevollen Blick zu. »Das ist echt süß von dir.«

Sie schaute ihn an. »Immer noch Stamm?« Und obwohl sie es genauso wenig jemals eingestehen würde – auch sie war nervös.

»Immer noch Stamm«, sagte Balur. »Selbst wenn du jetzt echterweise ein Schisser bist.«

»Ich habe gerade einen erwachsenen Mann zum Weinen gebracht«, wandte sie ein.

»Indem du ihm seine Eier verfüttert hast?«

Sie seufzte. »Nein.«

»Neue Lette ist immer noch ein Schisser.«

Sie grinsten einander an.

»Wer als Letzter einen Drachen erschlägt«, sagte sie. »Der ist der Schisser.«

Er kniete sich hin und legte eine seiner Pranken über ihre Hand. »Deal.«

»Deal.«

Es war ein Abschiedsgruß, so gut wie jeder andere.

Als sie Will endlich fand, hatte auch der Zug seine endgültige Position eingenommen. Will war überraschend schwer aufzutreiben gewesen, lediglich ein Gesicht in der Menge.

»Bereit?«, fragte sie.

»Äh ...« Er betrachtete seine Hände. Sie zitterten leicht. »Lass mich mal überlegen: Meine angebliche Armee ist in Stellung. Die falschen Händlerwagen sind bereit.« Er deutete in die Richtung der beiden überdachten Bauernwagen, die sie mit buntem Tuch herausgeputzt hatten, damit sie als die Gefährten eines Händlers durchgingen. »Bis jetzt hab ich mir noch nicht in die Hosen gemacht. Von daher bin ich wohl so bereit, wie ich nur sein kann.«

»Quirk weiß, was sie zu tun hat?« Jetzt, wo sie darangingen, ihren Plan in die Tat umzusetzen, kam er ihr doch reichlich fadenscheinig vor. So armselig wie ein Holzschwert, das man einem Drachenmaul entgegenreckte.

»Angeblich ja. Da sitzt sie übrigens, auf dem vorderen Wagen.« Er zeigte mit dem Finger in Quirks Richtung, und Lette musste ein zweites Mal hinsehen. Sie hätte die Thaumatobiologin fast nicht wiedererkannt. Statt ihrer üblichen, schlichten Kleider trug sie Massen von Seide, noch bunter als die Schminke einer salerischen Hure.

»Wo habt ihr bloß den Aufzug her?«

»Ach der.« Aus irgendeinem Geheimversteck trieb er noch ein Lächeln auf. »Stellte sich raus, dass sich uns kürzlich noch ein Wanderzirkus angeschlossen hat. Wir haben ein paar ihrer Zelte zerschnitten.«

Kopfschüttelnd legte sie den Arm um ihn. »Und du bist dir auch sicher, dass du zum ersten Mal versuchst, einen Haufen Drachen um ihr Reich und ihre Schätze zu bringen?«

Er zuckte die Schultern. »Wenn nicht, hätte ich – glaube ich – meine Blase besser im Griff.«

Achtsam löste sie den Arm von seiner Hüfte. »Komm mit«, sagte sie. »Wir wollen unseren Feinden ordentlich Furcht vor dir einflößen.«

Der Weg zur gegnerischen Armee war weiter, als ihnen lieb war. Das Grasland bot nur wenig Deckung, und sie mussten eine gute Meile offenes Gelände durchqueren, ohne bemerkt zu werden.

Der Höllenschlund blickte auf sie herab, während sie am nördlichen Rand des Schlachtfelds entlangkrochen und sich mal im hohen Gras versteckten, dann wieder von Busch zu Busch huschten. Die steilen Hänge des Vulkans, dessen dunkler Fels jäh aus der Erde brach, markierten die scharf geschnittene Südgrenze des Areals. Seine Eingeweide stießen Rauch und unheilvolles Grollen aus.

Die Drachen selbst waren auffällig absent, als wollten sie der Welt demonstrieren, wie egal ihnen dieser dahergelaufene Prophet mit seiner dahergelaufenen Armee doch war.

Lette musste sich eingestehen, dass ihre Geringschätzung durchaus angebracht war. Die Konsortiumsarmee erstreckte sich nun vor ihnen – und sie war ihren Gegnern sowohl zahlenmäßig als auch strategisch überlegen.

Diese Armee hatte kein Problem damit, so auffällig wie möglich zu sein. Wie eine Gezeitenwelle war sie über das Land gerollt, grau gerüstete Krieger, deren endlose Schar den Boden verfinsterte, so wie der Rauch den Himmel über ihren Köpfen. Greifen schwangen sich mit wildem Flügelschlag empor und stießen ihre lauten Schreie aus. Die Trolle sangen Kriegslieder in tiefem Bariton, durchbrochen von Gegrunze und Geheul. Hörner und Trompeten erschallten über das Stampfen von fünfzigtausend Paar Stiefeln im Gleichschritt, das Klirren von Kettenhemden, das Klingen von Schwertern und Hellebarden. Mit stetem Schlag wurden Zeltstangen errichtet. Die wiehernden Pferde der Kavallerie, das Knurren der Kriegshunde – all das beherrschte die Ebene: die Geräusche und der Geruch sowie das schiere, unfassbare Ausmaß dieser Armee.

Lette fühlte eine schwere Last auf ihrem Herzen. »Wie bei allen Geistern sollen wir unter all denen ein Gerücht verbreiten? Das ist einfach unmöglich.«

Will blieb zuversichtlich. »Die Nacht, in der wir gegen Dathrax gekämpft haben – in der beinahe nicht wir ihn, sondern er uns getötet hätte? Am nächsten Tag kreuzten doch Tausende in Athril auf. Nicht einmal ich war mir sicher, was eigentlich passiert war, und die Leute kamen meilenweit gereist, um mir alles darüber zu erzählen. Nachrichten verbreiten sich schnell in dieser Gegend. Und du und ich, wir werden mit jedem reden, den wir treffen.«

Das war alles großer Mist, das wusste sie; aber immerhin war es hoffnungsvoller Mist, also beließ sie es dabei.

Während sie sich der Armee näherten, brachten Balur und Firkin ihre Leute in Stellung. Der falsche Drachenkopf war in der Ebene weithin sichtbar. Eine Gruppe von Männern schleppte ihn unter lauten Jubelrufen durch den Dreck, wieder und wieder. Mal erklang Beifall, mal buhte man die Gegner aus. Der Spott war auf diese Distanz nicht verständlich, der Ton aber unverkennbar. Auch die Tavernenlieder setzten wieder ein, lüstern und laut, begleitet von Gesten, die selbst aus der Ferne noch anstößig wirkten.

»Ich bin zwar noch nicht lange in Kondorra«, sagte Lette. »Aber schon gut herumgekommen. Und die Leute hier sind ganz und gar bekloppt. Haben die eigentlich eine Ahnung, was passiert, wenn es wirklich zum Kampf kommt? Man wird sie niedermetzeln!«

Will zuckte die Schultern. »Wenn man die Leute lange genug unterdrückt, geht es ihnen irgendwann an die Nieren, nehme ich an.«

»Oder sie sind einfach ein bisschen zu eng miteinander verwandt.« Lette hatte genug Unterdrückte erlebt – das mit den Verwandtschaftsverhältnissen schien ihr stichhaltiger.

»Wo kommst du eigentlich her?«, fragte Will plötzlich. »Kann's kaum glauben, dass du das noch nicht erzählt hast.«

Lette schon – sie hatte sich selbst noch nie für ein besonders interessantes Thema gehalten. Dennoch hatte Will sich diese Auskunft wohl verdient, und angesichts ihrer Überlebenschancen würde er sie wahrscheinlich auch mit ins Grab nehmen.

»Salera«, sagte sie. »Aus der Hauptstadt, Essoa. Mein Vater war ein Fischer und meine Mutter eine Näherin.« Sie deutete einen Knicks an, soweit das in der Deckung ihres Gestrüpps möglich war. »Ich hätte Kleider für die feinen Damen schneidern sollen, danke vielmals.«

Sie gab Will Zeit, das zu verarbeiten. »Eine Näherin?«, fragte er dann. »Kannten die dich eigentlich?«

»Ich war noch ein Kind, Will«, erinnerte sie ihn. »Ich hatte bis zu der Zeit erst wenig Gelegenheit, jemanden umzubringen.«

»Und nun holst du es nach?«

Sie zuckte die Schultern. »Das mit dem Nähen war nichts für mich.«

Das wenigstens schien ihn zu überzeugen.

»Wie wird man von einer Näherin zu, äh ...«, er stocherte mit der Hand in der Luft herum, »... wem, was du bist?«

»Bin mit dreizehn abgehauen. Und hatte seitdem eine Menge Spaß.«

Sie konnte sehen, wie er sich das Hirn verrenkte.

»Frag jetzt bloß nicht, wie alt ich bin«, warnte sie ihn. Trotzdem war es lustig, ihm bei dem Versuch zuzusehen, die Frau, die er kannte, mit dem Mädchen, das sie beschrieb, in Übereinstimmung zu bringen.

»Hast du ...«, er suchte nach den richtigen Worten, »... irgendwen zurückgelassen?«

Sie nickte. »Meine Eltern. Vier Brüder, zwei Schwestern. Sechs Tanten, fünf Onkel, siebenundzwanzig Cousins und Cousinen ersten Grades und einen ganzen Haufen zweiten Grades. Die hab ich mir nicht alle gemerkt.«

Sie sah Will große Augen machen, nach Anzeichen von Schmerz suchen. Doch er fand keinen. Es war fünfzehn Jahre her, dass sie ihnen allen Lebewohl gesagt hatte, und sie hatte genug Zeit gehabt, sich damit abzufinden.

»Vermisst du sie?«, fragte er.

»Ich glaube, ihr Leben verläuft friedlicher ohne mich, und meines ist ohne sie weniger friedlich – so wie ich das mag.«

Er nickte langsam. »Ich vermisse meine Eltern jeden Tag.«

Sie legte ihm eine Hand auf die Schulter. »Ich habe es mir ja ausgesucht, sie zu verlassen. Das macht einen Unterschied.«

Er nickte.

»Genug Gefühlssoße jetzt«, erklärte sie. »Nun lass uns ordentlich Krach schlagen.«

»Scheiße, *was* wollt ihr?«

Lette zwang sich, nicht mit den Zähnen zu knirschen. Für *Krach schlagen* war das ein ziemlich magerer Anfang.

Es war ihnen gelungen, die Konsortiumsarmee zu umrunden und sich ihr von hinten zu nähern. Nun standen sie vor einem blutroten Zelt und mühten sich um ehrliche Gesichter, während ein großer Feldwebel vor ihnen auf und ab marschierte und recht erfolgreich wie ein Arschloch aussah.

»Uns freiwillig melden«, wiederholte Lette. Sie hatte die Hände artig vor sich zusammengelegt und machte große Augen.

»Wieso verdammt noch mal sollte ich kurz vor der Schlacht zwei undisziplinierte Schwachköpfe wie euch verpflichten?« Der Feldwebel kratzte sich seine Bartstoppeln und störte dabei mehrere Fliegen auf seiner pockennarbigen Wange auf. »Wir sind den Schweinen doch ohnehin fünf zu eins überlegen.«

»Na ja«, sagte Lette. »Wäre es hilfreich, dass ich das hier kann?«

Sie musste dem Feldwebel zugute halten, dass er seine Hand

noch an den Schwertknauf bekam, bevor sie ihn mit einem Dolch am Hals am Boden hatte. Sein Adamsapfel hüpfte gequält an der Klinge.

Ein paar Soldaten in der Nähe jubelten und feuerten sie an. Niemand aber fühlte sich bemüßigt einzugreifen.

»Äh.« Der Feldwebel schluckte. »Sicher. Klar. Das würde wahrscheinlich … wir könnten dich schon brauchen.«

Sie erhob sich langsam von seiner Brust, trat einen Schritt zurück und ließ den Dolch so schnell, wie er erschienen war, wieder im Ärmel verschwinden. Der Feldwebel massierte sich die Kehle. Dann warf er Will einen verunsicherten Blick zu. »Wie steht es mit dir? Kannst du auch …?«

»Ich?«, spottete Will. »Ich bin derjenige, der ihr das beigebracht hat.«

»Oh.« Der Feldwebel dachte darüber nach und fragte sich, ob er Wert auf eine weitere Demonstration legte. Er entschied sich dagegen. Lette gab sich Mühe, dass er ihren Seufzer der Erleichterung nicht hörte.

Der Feldwebel wies ihnen mit dem Finger den Weg. »Das grüne Zelt, fünf Reihen weiter. Sagt, dass Gurn euch schickt. Dort wird man euch ausstatten.« Er rieb sich abermals den Hals. »Dann macht euch einfach irgendwo an der Front nützlich. Den Rest des Tages richten wir uns ein. Um diese Schweine kümmern wir uns morgen früh, damit wir uns zu Mittag was auf ihren Scheiterhaufen grillen können.« Damit entließ er sie.

Mit betont ernster Miene folgte Lette Will zu dem gewiesenen Zelt.

Er mir das beigebracht – dafür würde sie ihm noch in den Hintern treten.

»Moment«, rief ihr der Feldwebel nach, und sie erstarrte.

Einen Dolch in den Hals, drei weitere wahllos in die Menge. Verwirrung säen, dann fliehen. Die Zelte als Deckung benutzen …

»Da wäre noch was«, fuhr der Feldwebel fort. »Haltet euch besser von den Trollen fern – die können nämlich echte Wichser sein.«

72

Die Spannung steigt

Balur war noch nie ein großer Freund von Täuschungsmanövern gewesen. Wenn man sich für einen Kampf entschied, dann ging man zu seinem Gegner hin und schlug ihm ins Gesicht. Man zeigte nicht erst mit dem Finger über seine Schulter und hoffte, dass er sich umdrehte, und boxte ihm dann in die Nieren. Das war kein Kampf. Damit bewies man auch keinen Mut. Alles, was man damit demonstrierte, war, dass man seine Eier in der Handtasche spazieren trug und vergessen hatte, wozu man sie brauchte.

Und das, was er gerade tat – dieses Posieren und Heucheln – zuerst hatte es ja nach einer guten Idee geklungen, um mit heiler Haut davonzukommen. Aber jetzt, wo es ernst wurde, war es doch bloß ein beschissenes Versteckspiel.

Breitbeinig stand er neben Quirks thaumatischem Wagen. Auf seinen Schultern häuften sich Juwelen und Pelze. Vor dem Wagen stand Firkin und schrie sich die Seele aus dem Leib. Die wogende Menge drang auf sie ein, streckte die Hände nach ihm aus und wollte ihn berühren.

Schließlich war er ihr Prophet. Sie verehrten ihn nun mal. Sie beteten ihn an. Sie würden alles tun, was er sagte …

Der Drachenschädel – dieses verlogene Drecksding – drehte eine weitere Runde, und in die Schreie der Menge mischte sich der Hass mit grenzenloser Liebe.

Balur wusste, dass viele Leben davon abhingen, dass er sich an den Plan hielt; dass er die Rolle des Aggressors bloß spielte und keine Taten folgen ließ. Doch ein Teil von ihm verzehrte sich danach, den Befehl zum Angriff zu geben, sich im Rausch und Taumel des Kampfes zu verlieren. Wie viele Feinde er wohl mitnehmen könnte? Wie breit wäre die Schneise, die er durch die gegnerischen Streitkräfte schlüge?

Seine Willenskraft schwand dahin. Er spürte das Gebrüll in seiner Brust anschwellen, das Rot seine Sinne vernebeln.

Aber Lette war dort drüben. Sie war darauf angewiesen, dass er standhaft blieb.

Tief atmete er aus.

Auf der Habenseite konnte er sich wenigstens damit abreagieren, seinen Feinden den ganzen Nachmittag über die übelsten Beschimpfungen entgegenzuschleudern, die er kannte.

73

Verlogene Lügner und ihre Lügen

Lette musste zugeben, dass die Uniformen des Konsortiums erste Wahl waren. Sie hatte über die Jahre schon für mehrere Streitkräfte und die verschiedensten Befehlshaber gearbeitet: Stadtwachen, die sich gegen Barbaren oder aufständische Bürger zur Wehr setzten; räuberische Reiterhorden, die Krieg gegen ihre eigenen entfernten Verwandten führten; Grafen und Herzöge, die ihr Gebiet erweitern wollten. Einmal war sie sogar in eine feindliche Armee eingetreten und hatte sich ein Jahr lang befördern lassen, bis sie schließlich an ihre Zielperson herangekommen war.

Ihrer Erfahrung nach hatten alle Armeen ungeachtet ihres Zwecks oder ihrer finanziellen Ausstattung eines gemein: ihre verlässlich beschissenen Uniformen. Sie kratzten, juckten, saßen schlecht, beulten sich an komischen Stellen und sorgten generell bloß dafür, dass man sich wie ein Dummkopf vorkam.

Das Drachenkonsortium operierte anscheinend auf weitaus luxuriöserem Niveau, als ihr je vergönnt gewesen war. Die Uniformen – schwarze Baumwolle mit zwei grauen fledermausartigen Flügeln über der Brust – passten ausgezeichnet über die Kettenhemden, die man ihnen gegeben hatte. Der Helm war ordentlich gepolstert und lag eng an. Selbst die Lederstiefel saßen gut.

Will aber stapfte klappernd hinter ihr her und bewegte sich, als wäre er in mehrere Lagen Stoff gewickelt.

»Wie kämpfen Leute nur in so was?«, flüsterte er, während sie das grüne Vorratszelt verließen und das eigentliche Lager betraten. »Man könnte sich genauso gut an jeden Arm ein Ferkel binden!«

Manchmal sorgte sich Lette, dass Wills Jahre auf dem Land seine Fähigkeit, Vergleiche zu ziehen, geschädigt hatten.

»Wie wäre es, wenn du deine Rüstung mal kurz ablegst?«, schlug sie vor. »Dann schlag ich dich mit meinem Schwert, und wenn wir deine Gedärme alle wieder eingesammelt haben, schlägst du mich mit deinem, und dann schauen wir, wem es besser geht?«

Danach behielt Will seine Beschwerden für sich.

»Das hier ist dein Fachbereich«, sagte er. »Wo fangen wir mit dem Gerüchtestreuen an?«

»So ziemlich das Wichtigste, was du über das Soldatenleben im Kopf behalten musst, ist, dass es zum Kotzen langweilig ist. Und gelangweilte Leute reden über alles, worüber sie reden können. Wir brauchen also nur irgendein Grüppchen zu finden. Eine Kartenrunde, Würfel, ganz egal.«

Binnen einer Minute wurden sie fündig. Acht Soldaten saßen mit einem Würfelbecher im Kreis, etwa dreißig weitere standen um sie herum versammelt, mischten sich lautstark ein oder gaben Wetten ab.

Lette stieß Will den Ellbogen in die Seite. »Setz alles auf mich, was du hast.«

Sie genoss die erstaunten Blicke, als sie in die Runde trat.

»Hat einer von euch Schlappschwänzen genug Eier, es mit

einem Mädchen aufzunehmen?«, fragte sie grinsend, während sie sich zwischen zwei großen Männern durchzwängte.

Sie sahen sie genauso an, wie sie auch einen vom Himmel gefallenen Scheißhaufen ansehen würden.

»Geschlossene Gesellschaft«, erklärte einer und ließ seine Knöchel knacken.

Lette nahm ihre Börse vom Gürtel und warf sie in die Mitte des Kreises. Sie landete mit lautem Klimpern. Solange niemand sie öffnete und merkte, dass sie fast nur Kupferscheks enthielt, war alles bestens – und Lette hatte nicht vor, es so weit kommen zu lassen.

Die acht Würfelspieler starrten die Börse an.

Nach einem kurzen Moment grunzte der Knöchelknackser. »Einen Platz hätten wir wohl noch.«

Sie machte es sich bequem, streifte ihr Kettenhemd ab und verschaffte sich einen Überblick über ihre Gegner. Drei Kerle von etwa derselben Größe, Statur und Intelligenz wie der Knöchelknackser. Eine Frau, die wütend wirkte, dass sie nicht mehr die Einzige mit Titten in der Runde war, und zwei etwas feiner gebaute Männer, die allerdings nicht den Eindruck machten, als könnten sie das Minus an Muskeln mit einem Plus an Verstand aufwiegen. Und dann war da noch ein weiterer Mann, der sie aufmerksam beobachtete. Hinter seinen Augen regte sich wenigstens ein Schimmer von Schläue. Wenig überraschend lag vor ihm auch der größte Münzhaufen. Er hatte aber auch darauf geachtet, nicht so viel zu gewinnen, dass es einem der Knöchelspezialisten in der Runde zu bunt wurde.

Man reichte ihr einen Becher. Beim ersten Wurf ließ Lette die Würfel einfach rollen, registrierte beim Schütteln jedoch sorgsam Gewicht und Sprungfreudigkeit. Dann verfolgte sie, wie die Würfel kullerten und auf der Erde zum Liegen kamen. Ein König und zwei Schwerter – kein schlechter Wurf, aber nicht genug, um die Runde zu gewinnen. Sie sah die andere Frau lächeln. Lette nahm die Würfel wieder auf, drehte sie in ihrer Hand, prüfte ihr Gewicht und befühlte die Unvollkommenheit ihrer Kanten.

Die Runde endete. Sie entnahm ihrem Beutel den einzigen ihr verbliebenen Goldbullen und warf ihn dem Knöchelknackser zu, der das Glück gehabt hatte, drei Damen zu würfeln.

Sie brauchte drei weitere Runden, bis sie sich sicher war, dass sie so ziemlich alles würfeln konnte, was sie wollte. Keiner der Mitspieler hatte Augen, die so schnell wie ihre Hände waren, und obwohl die andere Frau vielleicht die größeren Brüste besaß, hatte Lette den tieferen Ausschnitt.

Sie warf einen Blick zu Will. Anstatt auf sie zu wetten, starrte er sie an. Er hatte eine Armee infiltriert, die einzig zu dem Zweck existierte, ihn auszulöschen, und ließ sich immer noch von ein bisschen Haut ablenken. Männer waren alle Idioten. Sie hob fragend die Brauen, nahm zwei der Silberdrachs, die sie gewonnen hatte, und rieb sie aneinander.

Da erwachte er aus seiner Starre, wandte sich an die beiden Männer neben ihm und redete mit ihnen.

Für den Anfang wollte Lette gar nicht viel gewinnen – bloß genug. Sie spielte langsam und methodisch.

Dann kam die nächste Eröffnung. Die andere Frau war eine bescheidene Blufferin, grinste ihre Würfel an und warf Goldbullen in den Pott, als wären sie bald nichts mehr wert. Lette würfelte, schlug ihren Becher auf den Boden und setzte alles, was sie hatte.

Schweigen kehrte ein.

Die andere Frau schaute sie hasserfüllt an.

Ein wenig tat sie Lette leid. Unter anderen Umständen hätten sie vielleicht eine Menge gemeinsam gehabt. Es war nicht einfach, sich als Frau in diesem Arbeitsumfeld zu behaupten. Es verlangte einem mehr Geschick, mehr Entschlossenheit und mehr Willensstärke ab als Männern. Generell mochte Lette Frauen des Schwertes. Heute aber brauchte sie keine Freundin. Was sie hingegen brauchte, war die ungeteilte Aufmerksamkeit ihrer Mitspieler.

Die Männer passten bei ihrem Einsatz. Die Frau aber schürzte die Lippen und schob ihre sämtlichen Münzen in die Mitte. Dann hob sie ihren Becher: drei Könige – ein guter Wurf.

Lette tat enttäuscht, lüpfte ihren eigenen Becher.

Stille. Absolute, vollkommene Stille.

Ein Kaiser. Ein König. Eine Dame.

Die konkreten Anschuldigungen ihrer Mitspielerin gingen in ihrem Wutausbruch unter. Die Eckpunkte waren jedoch ziemlich klar: Lette war eine Betrügerin und eine Hure und musste sterben.

Dann zog die Frau ein Messer und stürzte sich auf sie, quer durch den Kreis. Würfel und Einsätze flogen durcheinander.

Lette wartete gelassen. Kurz, bevor die Frau zustach, wich sie nach links aus, packte die Hand mit der Klinge beim Gelenk und riss sie herum. Die Frau wirbelte durch die Luft und landete hart auf dem Rücken. Das Knacken ihres Handgelenks war deutlich zu hören. Ihr Schrei ebenfalls.

Lette ließ sie davonkriechen, dann nahm sie ruhig wieder Platz und strich ihren Gewinn ein.

Alles in vollkommener Stille.

Dann schlug ihr der Mann neben ihr so hart auf den Rücken, dass ihre Zähne klapperten.

»Und so«, erklärte er, »spielt man Würfel!«

Gelächter, Johlen, jemand reichte ihr etwas zu trinken. Ab da hatte sie alle in der Tasche.

Als angelockt von der Unruhe immer mehr Soldaten zu ihnen stießen, begann sie zu reden.

»Gut, dass ich diese Runde gefunden habe«, sagte sie und nahm einen Schluck von ihrem Bier. »Gibt nicht mehr viele. Die Leute werden allmählich unruhig.«

Der Mann mit den schlauen Augen schaute sie durchdringend an, erwiderte aber nichts. Dafür schluckte ein anderer den Köder.

»Wovon redest du? Kann doch nicht mal pissen gehen, ohne über eine Würfelrunde zu stolpern!«

Sie schaute sie der Reihe nach an und verbarg sich hinter einem Ausdruck der Verwirrung. »Habt ihr Jungs es denn noch nicht gehört?«

»Was gehört?«, brummte einer ihrer Mitspieler.

Sie zuckte die Schultern. »Und da dachte ich, ich habe mit ein paar echten Hardcorespielern zu tun! In Wahrheit sitze ich mit einem Haufen tauber Nüsse zusammen …«

»Was gehört?«, grollte der Mann neben ihr abermals. Diesmal mit mehr Bass und weniger gutem Willen.

Sie nahm noch einen Schluck Bier, zögerte die Antwort hinaus.

»Gibt keinen Sold mehr«, sagte sie dann, als wäre es das Offensichtlichste auf der Welt.

»Was, verdammt, sagst du da?«

Ein wahrer Chor von Fragen, Flüchen und Geleugne brach aus. Lette trank gemächlich weiter und wartete, bis sich die Menge wieder beruhigt hatte. Sie begriff jetzt, was Firkin so daran gefiel, ein Publikum zu haben.

Sobald die allgemeine Hysterie zu einem dumpfen Gemurmel abebbte, warf sie wieder ihre Würfel und setzte ein paar Silberdrachs. Diese Runde hatte sie vor zu verlieren.

Der Mann neben ihr packte sie mit seiner großen Pranke am Arm. »Was erzählst du da?«

Sie zuckte die Schultern. »Nur dasselbe, wovon alle am Ostende des Lagers reden. Das Konsortium – die sind fast pleite. Zum nächsten Zahltag gehen wir leer aus.«

»Die Drachen schwimmen doch im Gold!«, hielt ein anderer Soldat dagegen.

Das rief allgemeine Zustimmung hervor.

Der nächste Punkt ergab für sie nur wenig Sinn, doch Will hatte darauf bestanden, dass sie dieses Detail hervorhob. Sie war versucht, es auszulassen – einfach nur, um ihn dafür zu strafen, dass er so ein verdammter Geheimniskrämer war –, doch zu viel stand auf dem Spiel, um kleinkariert zu sein.

»Ihr wisst das nicht?« Sie sah sich ungläubig um. »Ihr habt es nicht gehört?« Natürlich hatten sie das nicht, denn es gab nichts zu hören. »Wisst ihr, was passiert, wenn ein Drache Feuer auf Gold spuckt?«

Schulterzucken, Gelächter, Verwirrung.

»Das verdammte Gold wird heiß?«, schlug einer vor.

Bedauernd schüttelte sie den Kopf über so viel Naivität. »Blei«, sagte sie, und ließ das Wort niederfallen wie das Metall selbst.

»Alles wird zu Blei. Wertloser Dreck.« Sie verzog das Gesicht zu einer Miene des Abscheus. »Und klar versuchen sie das zu vermeiden, aber es sind immer noch verdammte Drachen – sie spucken sogar im Schlaf etwas Feuer, so wie wir schnarchen.« Sie schmückte die Geschichte nun aus, denn ihre Zuhörer brauchten noch etwas Überzeugungsarbeit. »Von daher hat es eine Weile gedauert, aber mittlerweile ist fast alles Blei. Wieso meint ihr, müssen sie jedes Jahr mehr Gold eintreiben?«

Da wechselte das Gemurmel die Tonlage. Die Leute tauschten ungemütliche Blicke. Überdachten ihre Wetten noch einmal. Und fragten sich vielleicht – nur vielleicht – einen Moment lang, was zur Hölle sie hier eigentlich taten.

Und genau aufs Stichwort …

»Habt ihr diesen riesigen Drachenkopf gesehen, mit dem die anderen da rumziehen?« Wills Stimme war in der Menge deutlich zu unterscheiden. »Wusste nicht mal, dass man einen Drachen töten kann. Und dann noch den verdammten Kopf abschlagen!«

Das Gemurmel kehrte nun doppelt so rasch und laut wieder zurück.

»Drachen kann man nicht umbringen!«

»Wozu, verdammt, sind wir dann hier, wenn der Prophetentyp keinen gekillt hat?«

»Hat sogar zwei gekillt, glaub ich.«

»Drei, hab ich gehört.«

»Drei?«

»Noch 'ne Woche ohne Sold kann ich nicht! Ich schulde diesen Dreckshuren schon mehr als 'n Monat. Die schlagen mir die Hand ab!«

»Die schlagen dir noch Schlimmeres ab.«

»Gold zu Blei. Das ist Alchemie! Die Alte labert doch Blödsinn.«

»Alchemie ist Blei zu Gold. Gold zu Blei ist einfach nur Scheiße!«

»Die Drachen müssen ihr Wort halten. Haben sie bis jetzt auch immer getan.«

»Die haben aber auch immer gesagt, man könne sie nicht töten – und seht mal, was passiert ist.«

»Könnten die Damen sich dann wieder beruhigen?« Lettes Stimme schallte durch die allgemeine Verwirrung. »Ich dachte, wir spielen hier Würfel, verdammt!«

Doch die Männer waren nicht mehr bei der Sache. Jetzt wurde alles infrage gestellt. Zwei Runden zog sie ihre Mitspieler noch aus; dann strich sie ihren Gewinn ein und ging sich die nächste Runde suchen.

Am frühen Abend kehrte die Geschichte zu ihnen zurück: Die Soldwagen waren voller Blei, die Drachen voller Scheiße, und der Prophet und seine Bande von Bekloppten würden dem Konsortium morgen die Eier abschneiden.

»Weißt du was?«, flüsterte Will ihr zu. »Ich glaube, das hätte selbst Firkin nicht besser hingekriegt.«

Sie hatten erwogen, den alten Mann mitzuschleppen, aber das hatte von keiner Warte aus nach einer guten Idee geklungen. Ungeachtet seiner erstaunlichen Wirkmacht war er doch bestenfalls unberechenbar. Und Balur brauchte Firkin, um ihre Leute motiviert und bei Laune zu halten. Ganz davon abgesehen blieb es ihnen so erspart, ihn zu sehen, zu riechen oder zu hören.

»Ganz ehrlich«, sagte Lette. »Das ist das einzige Mal, dass ich es je hinnehmen werde, mit Firkin verglichen zu werden.«

Will grinste. »Du warst umwerfend. Wo hast du gelernt, so zu würfeln?«

Sie erwiderte das Lächeln. »Das können eine Menge Leute. Es gibt allerdings nicht viele, die es können und dabei nie erwischt werden.«

»Du hast betrogen?« Er wirkte tief schockiert.

»Nein, Will«, erwiderte sie mit todernster Miene. »Mein Leben mag momentan ein einziger verrückter Misthaufen sein, und vielleicht ist morgen schon alles vorbei – doch selbst wenn die Götter mich und alles, was mir teuer ist, hassen, so bin ich doch wenigstens noch mit Spielglück gesegnet.«

Sein Lächeln erstarb. »Ach so.«

Sie tätschelte ihm den Rücken. Angesichts der Größenordnung und Vermessenheit ihres Plans lief es augenblicklich überraschend gut. Natürlich hatte man ihnen mehrfach gesagt, dass sie nur Scheiße erzählten, doch noch war es nicht zu Handgreiflichkeiten gekommen. Das Gold zu stehlen wäre deutlich schwieriger, hätte man sie bereits in Eisen gelegt, um sie mit verdorbenen Lebensmitteln zu bewerfen.

Nicht unmöglich, vielleicht, auf jeden Fall aber schwieriger.

»Quirk sollte in Kürze hier eintreffen.« Sie schaute nach der Sonne am Himmel.

»Deshalb sind wir hier.« Will führte sie um eine Ecke und eine Zeltreihe weiter, und da sahen sie etwa hundert Schritt vor sich eine beträchtliche Menschenmenge versammelt.

»Bei den Göttern«, hauchte Will. »Es funktioniert noch besser, als ich dachte!«

Die Menge wirkte, so weit Lette das beurteilen konnte, alles andere als glücklich.

»Was ist da vorne los?«

Ein Ausdruck größter Zufriedenheit spielte auf seinen Zügen. »Das sind ein paar echt angepisste Leute, die sich um die Soldwagen scharen.«

»Ach?« Lette zog die Brauen hoch. An diesem Punkt ihrer Karriere war sie recht stolz darauf, dass sie eine mehr als nur rudimentäre Erfahrung besaß, wenn es darum ging, egal was für einen Scheiß zu entwenden. Und ihrer nicht unbeträchtlichen Erfahrung nach führte es nur in den seltensten Fällen zum Erfolg, besagten Scheiß mit einem Mob wütender Menschen zu umgeben. Sie erklärte Will diesen Umstand mit einer signifikant größeren Zahl von Kraftausdrücken.

»Mach dir keine Sorgen«, sagte Will. »Wir brauchen die Menge. Quirk muss schließlich auch ein Publikum haben! Dann kommt Balur mit seinem Ablenkungsmanöver. Das mit dem Schädel hat er ja den ganzen Tag ausgereizt.«

Lette mühte sich um Zuversicht. Die Finte … nur dass sie jetzt, da es aufs Ganze ging, den Gedanken nicht loswurde, dass Balur nicht wirklich der Typ für Finten war. Er schien mehr der Typ dafür zu sein, Leuten den Knüppel voll ins Gesicht zu schlagen. Obschon er der Versuchung vielleicht widerstehen konnte, sofern er nicht gerade trank.

Sofern er nicht gerade trank …

Götter. Sie waren so was von am Arsch.

Da rollten jenseits der Menge zwei farbenfrohe Wagen in Sicht.

74

Geld verwirrt die Welt

Der erste Gedanke, der Quirk in den Sinn kam, als sie um die letzte Kurve bog und sich einem Haufen aufgebracht schreiender Soldaten gegenübersah, war: *Ich habe einen schrecklichen Fehler begangen.*

Cattak hatte die Gegend erkundet und ihr die Route gewiesen. Nun lenkte er den zweiten Wagen hinter ihr. Spielte ihren Geleitschutz, wie er es nannte. Auch das hatte Will organisiert.

Und anscheinend hatte Will ihn auch angewiesen, sie auf das größte Chaos im ganzen Lager zuzulotsen.

Sie zog die Leinen ihres Pferdes an, spürte die Räder langsam ausrollen, aber scheinbar nie zum Stillstand kommen, stückchenweise vorangeschoben von der Trägheit des Wagens. Eine unliebsame Stimme in ihrem Kopf trieb gleichsam auch sie an: *Es gibt nichts, was du noch tun könntest, außer weiterzumachen. Du bist längst schon viel zu tief in alles verstrickt.*

Stimmte das? War der einzige Weg der nach vorn?

Vielleicht spielte es keine Rolle. Vielleicht war es leichter, sich einfach vom Sog des Schicksals mitziehen zu lassen. In die ihr gewiesene Richtung zu gehen und herauszufinden, was der Weg für sie bereithielt, oder ob es noch andere Wege gab. Sie musste selbst nach einer Lösung suchen, mit den Konsequenzen leben.

Was ihre Freunde an der Universität wohl von ihr denken würden? Was würden sie ihr raten?

Ihre Stimmen schienen sehr weit entfernt.

»Was ist?« Cattak hatte neben ihr angehalten.

»Du weißt etwas«, sagte sie. »Irgendeinen Teil des Plans, in den ihr mich nicht eingeweiht habt.« Will hatte ihnen nicht alles gesagt. So viel war offensichtlich. Aber wieso nicht? Paranoia? Die hatte ihm in der Vergangenheit nie zugesetzt. Andererseits hatte Balur in der Vergangenheit auch nie einen Spion zu seinen Füßen getötet …

War der Weg zum Lager des Konsortiums – sich unter die eigenen Feinde zu mischen – wirklich der *einzige* Weg zum Sieg? Sie konnte es kaum glauben. Doch sie hatte auch keine bessere Idee.

»Ich habe meine Anweisungen«, sagte Cattak. »Aber ich habe keinen blassen Schimmer, was er vorhaben mag.«

Sie sah ihn an. Er war ein ernster Mann, der sich keine romantischen Illusionen machte – das mochte sie an ihm. Ein Mann mit einer rein praktischen Veranlagung. Wenn sie eine Antwort mit Realitätsbezug wollte, schien er der geeignete Kandidat dafür. »Wenn das so ist – wieso im Namen aller Götter bist du dann hier?«

Cattak zuckte die Achseln. »Na ja, Will ist doch der Prophet … oder nicht?«

Dazu fiel Quirk ehrlich gesagt nicht mehr viel ein. »Wenn das hier funktioniert? Dann vielleicht wirklich. Aber nur vielleicht.«

Sie ließ die Leinen schnalzen, und ihr Pferd lief weiter.

»Sei einfach laut«, riet ihr Cattak noch. »Großspurig. Als wärst du der wichtigste Mensch auf der Welt. Sie werden dich nicht mögen, aber sie werden dir glauben.«

Quirks zuckende Lippen waren weit von einem Lächeln entfernt.

»Ho!«, rief sie beim Näherkommen. »Ho! Wer spricht hier für die Drachen Kondorras?« Dann senkte sie ihre Stimme um eine Oktave, versuchte sich an einem eher prahlerischen, selbstgefälligen Ton. Cattaks Rat behagte ihr zwar nicht, aber es schien doch glaubhaft, dass er ihre Lebenserwartung erhöhte.

Ein zermürbt wirkender, schweißgebadeter Mann Mitte vierzig drängte sich durch die Menge.

»Wo willst du hin?«, rief mehr als eine Stimme hinter ihm.

»Komm zurück!«, verlangten andere.

»Bezahl uns!«, riefen sämtliche Stimmen im Chor.

Der Mann griff nach dem Zaumzeug ihres Pferdes. »Bei Lalls linkem Ei, mir ist ganz egal, wer du bist, sieh bloß zu, dass du mit deinen Wagen hier verschwindest!«

Quirk spürte ihre Entschlossenheit schwinden. Das war eine hässliche Meute. Sie wusste nicht, in was für ein Hornissennest Lette und Will da gestochen hatten, doch die Aussicht, ihre Hand hineinzustecken, begeisterte sie nicht allzu sehr.

Cattak hielt mit seinem Wagen neben ihr. Wieso hatte Will nicht ihn gebeten, diese lächerliche Rolle zu spielen?

Sie schaute ihn an, sah den blanken Stahl in seinem Blick und erkannte die Antwort auf ihre Frage: Cattak hätte man niemals geglaubt – viel zu offensichtlich war er ein Spion. Sie dagegen ... sie war der schlechteste denkbare Kandidat für diesen Einsatz, und das machte sie zur besten Wahl.

»Ich gehe nirgendwohin, ehe ich nicht mein Geld bekomme!«,

rief sie. *Halt dich einfach ans Skript.* Wills Worte wurden zu einer Planke, an der sie sich in der immer wilderen Strömung ihrer Angst festklammerte. »Ich habe den Drachen guten, harten Stahl verkauft, und ich erwarte, dass man mich dafür entlohnt. Vier gottverfluchte Monate lang warte ich jetzt schon auf mein Geld, und mir reicht es allmählich.«

Ihre Worte fielen in die Menge wie Steine ins Wasser. Stille folgte auf das Platschen, breitete sich wellenförmig aus, brachte jede Zunge zum Verstummen und zog jedes Augenpaar auf sie.

Sie spürte, wie ihr der Schweiß in dicken Strömen den Rücken hinabrann. Der Soldat, der ihr Pferd hielt, ließ das Zaumzeug los, um die Hand vor das Gesicht zu schlagen.

Quirk hob ihre Stimme, auch wenn das ihrem Eindruck nach bloß das Zittern darin verstärkte: »Irgendjemand hier bringt mich jetzt zu diesen verfluchten Drachen, damit ich noch an mein Gold komme, ehe dieser Arsch von einem Propheten ihnen die Bäuche aufschlitzt und ich leer ausgehe!«

»Du verdammte …«, hob der Mann an, doch der Rest der Beschimpfung ging im nächsten Ausbruch der Menge unter. Die Soldaten drängten vor, Quirk zuckte zurück und stieß gegen die bunte Seide in ihrem Rücken. Doch die Menge hatte es nicht auf sie abgesehen, sondern auf die beiden schwarzen, eisenverstärkten Wagen, die ein wenig abseits standen. Die grauen Pferde davor wieherten erschrocken, eins bäumte sich auf und trat aus.

Jeder Wagen wurde von erstaunlich großen Männern in einer erstaunlich schwarzen Rüstung mit erstaunlich schweren Streitkolben geschützt. Als die Menge auf sie zustürmte, machten sie sich bereit. Schon sauste schwarzer Stahl herab, und Rot färbte die Luft. Das Wutgeschrei wich Lauten des Schmerzes und der Angst. Die Soldaten schlugen die Angreifer zurück.

»Du!«, spie der Mann, der abermals ihr Pferd gepackt hielt. »Du hältst deine verdammte Fresse!« Speichel spritzte ihm von den Lippen, als er sich brüllend an die Menge wandte. »Ihr bekommt euren Scheißsold! Ich weiß ja nicht, wie viel ihr gesoffen habt oder woher ihr eure dämlichen Ideen nehmt, aber es ist genug Gold für alle da. Ende der Woche bekommt ihr euren Sold – so wie immer, gottverflucht! Also verpisst euch jetzt und holt euch die Seuche bei euren Huren, ehe meine Jungs mehr von euch umlegen, als dieser Prophetenarsch je schaffen wird!«

»Gibt kein Gold mehr!«, rief jemand aus der Menge. »Die Drachen haben alles in Blei verwandelt!«

Blei? Quirk musste ja zugeben, dass sie immer noch nicht sonderlich viel über Drachen wusste – aber von Alchemie verstand sie etwas, und von Magie mehr, als ihr lieb war. Ihr war kein Weg bekannt, wie man Gold in Blei verwandeln konnte.

Doch sie hielt lieber den Mund.

»Du bist ein richtig schlauer Scheißer, was?«, rief der Mann bei den Pferden zurück. »Die Soldwagen da sind voll mit Glitzerzeug, aber wenn du je was davon sehen willst, hältst du lieber die Klappe und verpisst dich zurück an die Arbeit.«

»Beweis es uns!«, verlangte eine Frauenstimme, die Quirk bekannt vorkam. Lette?

»Ich beweis dir einen Scheiß, weil ich das nämlich verdammt nicht nötig hab«, erwiderte der Mann.

»Er hat gar nichts!«, rief eine weitere vertraute Stimme aus derselben Ecke wie die Stimme von Vielleicht Lette? Will?

»Wer war das?«, brüllte der Mann. »Zeig dich, damit ich dir das

Herz aus der Brust schneiden kann, du beschissener Feigling!« Er war ein großer Mann, und seine Hand ruhte schon auf dem Schwert an seiner Hüfte.

Wer auch immer der Sprecher sein mochte – Will oder nicht –, auf jeden Fall war er schlau genug, sich nicht zu zeigen.

Quirk wusste, dass sie etwas sagen sollte, doch ihre Augen starrten immer noch die Hand auf dem Schwertknauf an. Sie wollte nicht reden, sie wollte sich nicht auf den nächsten Schritt einlassen. Sie hatte doch längst schon genug getan. Konnte man da noch mehr von ihr erwarten?

Cattak räusperte sich.

Sie schloss die Augen. Sie hatte es so weit geschafft …

»Halt die Klappe, Fettarsch«, sagte sie. Die Worte fühlten sich in ihrem Mund hölzern an, jedes einzelne klang wie ihr Todesurteil. »Bring mich zu den Drachen! Du wirst einer der Ersten sein, die der Prophet erledigt – und ich habe keine Lust, noch mit deiner aufgeblähten Leiche zu diskutieren.«

Götter, der Mann war nicht mal fett; er bestand nur aus Muskeln. Das sah Quirk ganz genau, weil sich nämlich alles an dem Mann gerade anspannte.

Die Menge lachte jetzt, aber es war ein hässliches Gelächter. Neben den schwarzen Soldwagen lagen immer noch die Verletzten am Boden, blutend, weinend und stöhnend. Die angebundenen Pferde scheuten und stampften, wollten dem Blutgestank entkommen.

Langsam wandte sich der Mann ihr zu. Neigte den Kopf. »Du willst zu den Drachen?«, fragte er in gefährlichem Ton.

Es kostete Quirk jede Unze ihrer Willenskraft, nicht panisch den Kopf zu schütteln. Das Feuer in ihrem Herzen hatte sich noch nie so fern angefühlt. Ihre Handflächen waren eisig vor Furcht.

Da bewegte sich der Mann mit einer Schnelligkeit, die seine massige Gestalt Lügen strafte, sprang auf das Trittbrett und packte Quirk am Kragen.

Einen Moment später lag sie im Dreck und versuchte wieder zu Sinnen zu kommen. Steißbein, Rücken und Kiefer schmerzten von dem harten Sturz. Der Mann sprang ihr nach und stellte sie wieder auf die Beine.

»Schön«, sagte er mit bösem Lächeln. »Dann wirst du die Scheißdrachen jetzt kennenlernen.«

Sie warf einen Hilfe suchenden Blick zu Cattak, während ihr Peiniger sich anschickte, sie fortzuschleppen: weg von der Menge, hinaus aus dem Lager und direkt zum Höllenschlund. Doch sechs der schwarz gerüsteten Soldaten hatten Armbrüste auf Cattak gerichtet, und er saß ganz ruhig, die Arme erhoben.

»Händler, von wegen«, grollte der Mann, während er sie stolpernd in Richtung des Vulkans schleppte. »Du bist ein Spion! Und ich werde alles, was das Konsortium mit dir anstellt, sehr genießen.«

75
Ungeduld

In der Zwischenzeit, im Lager des Propheten, wurde es Firkin allmählich leid, Balurs Prügelknabe zu sein. *Mach dies,* sagte der Echsenmann, und weil Firkin keine Lust hatte, Balurs Faust im Rachen zu schmecken, gehorchte er. *Sag das,* befahl ihm Balur, also sagte er es.

Es verdarb einem den ganzen Spaß daran, die Stimme des gar nicht existierenden Propheten zu sein.

Unter anderen Umständen hätte er Balurs Gesellschaft vielleicht sogar genossen. Der Echsenmann hatte jedenfalls die richtigen Prioritäten: Kämpfen, Saufen und Frauen. Firkins Reihenfolge wäre vielleicht eine andere gewesen, aber Balurs Top Drei stimmten zumindest. Im Gegensatz zu all den anderen: Will, der sich immer Sorgen machte, ob er auch das Richtige tat, und mit dem Kopf in Lettes Hosen klemmte. Quirk mit ihren Konflikten und ihrem Wunsch, ständig irgendeinen Scheiß zu lernen. Was brachte die Lernerei denn je, als den ganzen Platz im Kopf zu belegen, den man auch hervorragend mit schäumendem dunklem Bier füllen konnte? Und Lette … na ja, Lette könnte ganz spaßig sein, wäre sie dieser Tage nicht vornehmlich an Wills Kopf und ihren Hosen interessiert.

Die ganze Sache war eine verfluchte Schande. Er hatte eine

ganze Armee im Rücken, einen Drachenschädel weithin sichtbar vor ihm, und eine weitere Armee, die es zu schlagen galt. Er sollte über seinen Leuten stehen und zu ihnen predigen, sie anfeuern und nach dem Blut ihrer Feinde rufen. Alles hätte so verdammt schön sein können.

Aber nein, Will hatte Balur gesagt – und Balur ihm –, dass er die Klappe halten sollte. Die Zunge im Zaum halten und ein anständiger kleiner Priester sein. Nun, wenn er gewusst hätte, dass Anstand von ihm verlangt wurde, wäre er erst gar kein Priester geworden.

Und wer war eigentlich Will? Erst hatte er Firkin erzählt, er sei nicht der Prophet. Und dann, dass er's doch sei. Oder dass er's nicht sei, aber sagte, dass er's sei. Firkin war in dieser Hinsicht stark verunsichert.

Alles, was er wusste, war, dass er einen wirklich großen Kampf durch den sanften Schleier völliger Trunkenheit verfolgen wollte und es nicht tat.

Balur aber war eine vernünftige Echse. Eine gottesfürchtige Echse. Wenn ihn also ein Prophet um sein Ohr bat …

Balur stand auf Quirks thaumatischem Wagen, schlug sich hin und wieder auf die Brust und wandte der Menge seine Schokoladenseite zu.

»He du!«, rief Firkin. Er hatte beschlossen, es vorsichtig anzugehen. Er wollte Balur nicht verstimmen – immerhin war Balur ziemlich groß. »Du hast keine Eier!«

Balur blickte auf ihn herab. Firkin gab sein Bestes, sich zu konzentrieren.

»Wirklich große Echse.« Firkin hickste. »Wirklich große Fäuste. All das …« Er machte eine unbestimmte Geste mit der Hand, vergaß, worauf er hinauswollte, und hickste wieder. »Und wo hast du deine Fäuste?«, fragte er.

»Gleicherweise um deinen Hals«, erklärte ihm Balur.

»In deinem Arsch!«, rief Firkin, ohne darauf zu achten. »Weil der liebe alte Will dir das gesagt hat! Nimmt erst deine ... deine Frau ... deine kleine Lette, und dann sagt er dir, dass du dir die Hände in den Arsch schieben sollst, und du machst das noch!«

»Hüte lieber deine Zunge«, grollte Balur. »Ich habe schon häufigerweise Heilige um die Ecke gebracht.«

»Mach doch!«, spuckte ihm Firkin entgegen. »Immer noch besser, als ...« Wieder verlor er den Faden, suchte eine Weile danach und hielt sich dann mit beiden Händen an dem schlüpfrigen kleinen Scheißer fest. »Immer noch besser, als dich hier rumstolzieren zu sehen wie so ein Eierkopf – ohne Eier!«

Das fand er ziemlich clever. Ein wohlplatzierter Stich. Das dachte er die ganze Zeit, als Balur ihm die Faust ins Gesicht schlug.

76

Höllenschlund

Quirk stolperte abermals, schlug sich wieder die Knie auf, wurde noch einmal auf die Beine gezogen. Der Mann von den Soldwagen kannte kein Erbarmen. Sein Arm war wie aus Stahl, die Hand, die sie gepackt hielt, eine unerbittliche Schraubzwinge. Sie hatte sowohl nach dem Arm als auch nach der Hand geschlagen und absolut nichts damit erreicht. Anscheinend hatte sie es mit dem Mann zu weit getrieben, über seine Schmerzgrenze hinaus; und nun konnte sie ihn nicht mehr einfangen.

Die Angst pulsierte in ihren Adern. Ihre Beine zitterten unkontrollierbar und drohten sie erneut stolpern zu lassen. Darum versuchte sie zu atmen, ihr Zentrum zu finden.

Auf langen Serpentinen wand sich ihr Weg den Hang zum Höllenschlund hinauf, schlängelte sich durch Bögen hitzeversengten Gesteins und über dünne Vorsprünge hinweg, wo kleine, blubbernde Nebenschlote stinkenden Schwefelgestank ausspien. Sie versuchte sich mit der freien Hand am Hang zu stützen, doch je höher sie kamen, desto heißer wurde das Gestein, und der Himmel wurde immer dunkler.

Sie hatte nun einen guten Blick auf das Schlachtfeld und sogar auf ihr eigenes Lager, das sich so armselig ausmachte – verglichen mit der Armee des Konsortiums. Jede noch so kleine

Schwachstelle in ihrem Plan konnte zu ihrer völligen Vernichtung führen. Und es gab so viele Schwachstellen.

Momentan empfand sich Quirk selbst als die größte.

Schließlich gähnte vor ihnen ein Durchgang in dem zerklüfteten Steilhang. Sie hatten etwa die halbe Höhe des Vulkans erklommen. Quirk schätzte, dass sie mindestens zwei Stunden dafür gebraucht hatten. Ihr Atem stach in den Lungen, ihre Beine zitterten. Sie hatte Schwierigkeiten, Todesangst und Erschöpfung noch voneinander zu unterscheiden.

Wie eine Faust schloss sich der Tunnel um sie.

»Wie ich schon sagte, ich bin gerne bereit, einen Schuldschein anzunehmen«, keuchte sie zwischen den Atemzügen, doch der Mann schenkte ihr schon lange keine Aufmerksamkeit mehr.

Die Hitze nahm weiter zu. Ihr farbenfroher Aufzug klebte ihr vor lauter Schweiß am Körper. Sie fühlte sich so schutzlos. Wenigstens hätte sie Will die Rolle eines Soldaten abtrotzen sollen – so wäre sie immerhin zu einer Rüstung gekommen.

Der Tunnel führte tiefer in den Fels hinein. Die Wände machten einen rohen, schartigen Eindruck, als hätte man den Weg gegen den Willen des Gesteins in den Vulkan getrieben. Ein paar Fackeln verbreiteten rauchig rotes Licht.

Dann tauchte vor ihnen im Zwielicht ein großes Doppeltor auf. Die schweren Flügel waren im selben Schwarz gestrichen wie die Soldwagen. Auf jeder Seite hatte man eine Drachenschwinge in das Holz geschnitzt. Ohne weitere Umschweife wurde sie darauf zugestoßen. Immer höher türmten sich die beiden Flügeltüren vor ihr auf. Es war ein Tor für Riesen. Für Götter. Für Drachen.

Mit den stählernen Knöcheln seines Panzerhandschuhs schlug der Mann hart gegen des Holz. Der Donner hallte den leeren Gang hinab.

Hier gab es keine Wachen. Sie wusste auch, warum – sie glaubte sogar, dass sie ganz genau wusste, was sie hinter dieser Tür erwartete. Man brauchte keine Wachen, wenn jeder – außer vielleicht einem besonders dumpfen Klotz – schlau genug war, sich von diesem Ort fernzuhalten.

Der Mann stieß sie zu Boden. Sie schrie, als sie erneut auf den harten Fels schlug. Diesmal aber zog der Mann sie nicht wieder auf die Beine, sondern ging einfach fort. Sie schaute ihm nach, zu erschöpft, um noch etwas zu erbitten. So war das alles nicht vorgesehen gewesen. Nicht im Geringsten.

Mit einem Ächzen öffnete sich das Tor.

Sie versuchte sich zu sammeln, sich wieder in den Griff zu bekommen. Sie wusste, was hinter diesem Tor lag. Sie wusste auch, *wer* sie dort erwartete – der Grund, weswegen sie sich überhaupt auf dieses dumme, gottverfluchte Abenteuer eingelassen hatte. Vor zwei Tagen noch hatte sie erklärt, dass *sie* zu sehen vielleicht das Letzte war, was ihr auf dieser Welt noch blieb. Und jetzt konnte sie sich nicht bewegen.

Sie war von Feuer umgeben. Sie konnte spüren, wie es durch den Berg pulsierte. Sie spürte, wie diese Wesen im Feuer auf sie warteten. Sie versuchte Stärke hieraus zu schöpfen.

Ich sollte mich an diesem Ort genauso zu Hause fühlen wie sie.

Was natürlich eine feine Sache war, doch selbst wenn es sich so verhielt, stellte deren Zahl und Gewicht sie doch in lächerlichem Maße in den Schatten.

»Tritt ein.« Die beiden Worte dröhnten durch den Berg. Fast

war es mehr ein Knurren als gesprochene Worte. Quirk fühlte ihr Brustbein vibrieren, so laut war es.

Die Angst. Die Hitze. Die Macht dieser Stimme. Ihr Wunsch, im Feuer eines Drachen zu vergehen, eines wirklichen Drachen … Alles in ihr war in Bewegung. Alles kam zusammen und ließ diese Stimme absolut überzeugend klingen, ganz und gar unwiderstehlich. Sie wusste, dass sie fortlaufen sollte; stattdessen kämpfte sie sich auf die wackligen Beine, stützte sich an dem schwarzen Tor ab und trat in den dahinterliegenden Raum.

Sie musste es sehen. Das musste sie ganz einfach.

Die Kammer, die sich vor ihr auftat, war im selben Sinne weit, wie ein Berg weit ist. Höchstwahrscheinlich lag das daran, dass sie beinahe einen ganzen Berg ausfüllte. Ihre Decke wölbte sich bis zur Krateröffnung in die Höhe. Ihre Wände stürzten bis in die rauchenden Lavagruben der Tiefe hinab. Die Hitze machte die Luft schwer, presste sich Quirk wie eine physische Kraft entgegen. Sie musste sich hindurchkämpfen, um den Raum zu betreten. Dann blinzelte sie mit ihren plötzlich trockenen Augen und versuchte alles in sich aufzunehmen.

Um eine zentrale Rauchsäule, die zu dem fernen Krater aufstieg, waren stockwerkartige Vorsprünge aus den schroffen Wänden des Höllenschlunds geschlagen worden.

Und jeder einzelne dieser Vorsprünge – auch der, auf dem sie stand – quoll über vor absurdem Reichtum.

Quirk rieb sich mehrfach die Augen und wartete darauf, dass sich der Anblick als eine Fata Morgana entpuppte, die gleich in der Hitze vergehen würde. Doch so kam es nicht. Der Anblick blieb auf eine entschiedene, ja sture Weise der gleiche. Und zum ersten Mal begriff Quirk, weshalb Lette und Balur so viel für den Versuch auf sich nahmen, diese Schätze zu stehlen.

In Tamar stand die Universität der Hauptstadt in dem Ruf, eine der reichsten Institutionen des Landes zu sein. Ihre Ausstattung war so gut, dass sie selbst unter den schlechtesten finanziellen Umständen auf Generationen hinweg abgesichert war. Ihr gehörten beträchtliche Viertel ganzer Städte, und ihr Landbesitz war der größte – abgesehen von dem des Kaisers.

Der gesamte Reichtum der Universität entsprach vielleicht einem der Vorsprünge, die sie da sah.

Vor ihren Augen rieselte ein Strom von Münzen über einen Rand. Klirrend schlugen sie auf den darunter gelegenen Vorsprung und rissen einen kleinen Berg von Halsketten mit, ergossen sich über die Kante. Genug Gold, um ein mittelgroßes Dorf ein Jahr lang zu ernähren, stürzte in das glühende Magma das Vulkans.

Quirk riss sich von dem Anblick dieser obszönen Verschwendung von Reichtümern los und widmete sich stattdessen der Bewegung, die sie in Gang gesetzt hatte. Langsam, in gemächlichem Tempo, rollte sich der Drache auseinander und kroch vor.

Von der Schnauze bis zur Schwanzspitze maß er sechzig Schritt. Sein Körper war pechschwarz und geschmeidig. Goldene Augen schimmerten in einem fein geschnittenen, eleganten Gesicht. Die Nüstern leuchteten erst rot, dann gelb, dann blau. Flammen schossen hervor, als der Drache seine Schwingen ausbreitete, seidene Flächen von Mitternacht. Dann öffnete er das Maul, und eine hellrote, gespaltene Zunge glitt heraus.

Quirk stand wie festgefroren da. Mattrax und Dathrax waren

schon majestätisch gewesen, Titanen der Lüfte, aber diese Kreatur, sie war … war …

»Wunderschön«, flüsterte sie.

Der Drache schlug mit den Schwingen, einmal, dann ein zweites Mal. Die wirbelnden Aufwinde des Vulkans trugen ihn mit Leichtigkeit. Während er zu ihr flog, erschienen weitere Drachen auf ihren Vorsprüngen. Ein blutrotes Biest mit einem weißen Bauch, dessen Flügel unproportional klein wirkten, verglichen mit dem massigen Rumpf. Ein anmutiger, gelber Drache, der sich in Schlangenlinien durch die Luft wand. Ein majestätisches, grünes Geschöpf mit goldenen Hörnern, das stolz dahinsegelte. Und schließlich eine gedrungene, schmutzigbraune Kreatur, die selbst im Flug noch unbeholfen und unansehnlich aussah.

Einer nach dem anderen landeten sie vor ihr, der schwarze zuletzt; erst zog er noch zwei Kreise über alle Köpfe hinweg um die Rauchsäule herum, ehe er sich dazu herabließ, die Erde mit seiner Gegenwart zu beehren.

Quirk wäre zurückgetaumelt, wenn sie gekonnt hätte. Hätte mit offenen Mund gestarrt. Doch sie konnte rein gar nichts tun. Sie war gelähmt, überwältigt von diesem enormen Moment. Sie waren ihr so nahe und dabei so gigantisch. Furcht und Verlangen zerrten an ihrem Herzen.

Sie konnte sie berühren.

Sie waren imstande, sie zu töten.

Sie konnte ihnen jede Frage stellen, die ihr einfiel.

Sie würden sie bei lebendigem Leib verbrennen, ehe sie auch nur eine Antwort erhielt.

Doch was für eine Art zu sterben das wäre, in der Reinheit ihres Feuers zu vergehen!

Sie schüttelte den Kopf. Sie war die Feindin dieser Wesen. Drachen waren selbstsüchtig und grausam. Sie wollten alles und jeden töten.

Quirk war Wissenschaftlerin, eine Thaumatobiologin. Das war alles, was sie sich je ersehnt hatte.

Drachen waren Mörder.

Und sie war hier, um sie zu täuschen.

Und wenn die Drachen diese Täuschung durchschauten … dann würde ihre Natur sie überwältigen, und sie würden sie töten.

Quirks Gedanken galten jenen Thaumatobiologen, die die Sicherheit ihrer Elfenbeintürme aufgegeben hatten, um die Geschöpfe ihrer Träume zu studieren. Sie dachte an ihre Leichen; an die Gedenkplaketten in der Halle der Erinnerung, die Zeugnis von ihrem Tod ablegten.

Edmondel Allaband – Von Einhorn aufgespießt

Carped Metheril – Von Riesen zertrampelt

Robart Pondra – Auf Wilder Jagd als Trophäe erlegt

Fettrick Battar – Von Dschinn fortgewünscht

Sie wollte keine weitere Erinnerung, nicht noch ein Fehlschlag sein.

»So«, sagte der schwarze Drache mit derselben Titanenstimme, die Quirk bereits in den Raum gelockt hatte. In ihrer Vorstellung war es dieselbe Stimme, mit der Lall die toten Krieger aus den Tiefen in die Schlacht rief. Sie durchdrang sie mit einem Gefühl, als hätte Quirk sich den gesamten Körper sauber gescheuert. »Du bist also die Spionin, die mir der Prophet zu schicken wagte. Der Saboteur.«

Will und sie hatten darüber gesprochen. Es gab Dinge, die sie in diesem Szenario sagen sollte.

Quirkelle Bal Tehrin – Hochmut und Drachen

O ihr Götter, so selbstverliebt und hässlich es auch sein mochte, sie wollte leben. Sie wollte sich aus dieser Lage herausmanövrieren und mit den erbeuteten Wissensschnipseln entkommen. Sie wollte der ganzen Welt von diesen Wesen erzählen, und sie wollte die Welt von sich lernen lassen.

Zehntausend Leben lasteten auf ihren Schultern.

Wills Leben. Firkins. Balurs. Lettes. Die Leben aller anderen.

Sie wusste, was sie sagen sollte.

Sie traf eine Entscheidung.

»Ja«, sagte sie. »Ja, die bin ich – und ich will dir alles erzählen, was ich weiß.«

77

Die Mitte hält nicht mehr

Hätte man Lette tags zuvor noch gefragt, was sie an Will am liebsten ändern würde, und hätte sie auch nur eine einzige Sache ändern dürfen, dann wäre sie versucht gewesen, sich für mehr Professionalität zu entscheiden. Es wären vielleicht auch ein paar simple physische Verbesserungen wünschenswert gewesen, aber Professionalität wäre auf jeden Fall in die engere Auswahl gekommen. Er wurde einfach zu leicht von seinen Gefühlen überwältigt. Noch hatte er nicht jenen Ort der Ruhe und der Stille für sich entdeckt, den man aufsuchen musste, wenn die Umstände nach harten Entscheidungen und einem klaren Kopf verlangten. Sie hätte ihm einen solchen Ort gewünscht, ein inneres Zentrum des Friedens, das ihm die Kraft spendete, die er brauchte.

Heute hätte sie ihm sein inneres Zentrum am liebsten herausgerissen und ihn damit totgeprügelt.

Quirk war verhaftet worden und wurde nun höchstwahrscheinlich gerade fröhlich zu Tode gefoltert, während sie jedes noch so kleine Detail über Lette, Will und ihren Plan verriet. Ihre Personenbeschreibungen würden sich rasch und heimlich verbreiten, und kurz vor der Schlacht würde man sie ergreifen, entblößen und ihre gepeitschten Leiber öffentlich zur Schau stellen.

Natürlich bestand auch noch die Aussicht zu entkommen, doch selbst, wenn das gelang, wie weit würden sie wohl kommen? Ohne Quirk, die sie weiter aufstachelte, waren die Truppen des Konsortiums wieder auf genau die Art von Unterhaltung aus, die zwei Deserteure ihnen bieten würden. Von der ernsten Sorge um den Sold war schon nicht mehr als ein trotziges Grummeln geblieben. Lette hatte versucht, die Flammen mit einigen aufrührerischen Würfelrunden wieder anzufachen; doch alles, was sie den Leuten erzählte, war schon Schnee von gestern.

Ihre Lage war nicht besser als vor ein paar Tagen. Tatsächlich hatte sie sich sogar verschlechtert – denn jede Aussicht darauf, noch mit heiler Haut davonzukommen, war nun ebenfalls Geschichte.

Sie hätten Firkin und seine Anhänger als Opfergabe zum Höllenschlund schicken und sich derweil auf den Weg zur Küste machen sollen. Oder wirklich ganz regulär der Konsortiumsarmee beitreten sollen, um den Rest ihrer Tage als gut bezahlte Soldaten zu verbringen. Stattdessen waren sie kopfüber in diese Sackgasse gestolpert, aus der es keinen Ausweg gab.

Und kümmerte Will irgendetwas davon? Schien es ihm auch nur das Geringste auszumachen? Schlotterten ihm die Glieder, machte er sich in die Hose, kam ihm das Essen hoch?

Von wegen. Nicht eine verdammte Sekunde. Er saß bloß da mit seinen Mondkalbaugen und wartete darauf, dass die Welt über ihm zusammenbrach.

»Wir sollten verschwinden«, drängte sie ihn. »Einfach abhauen. Mit so viel Vorsprung wie möglich. Vergessen wir das Gold. Das hält uns nur auf, und wir werden ohnehin nie in den Genuss kommen, es auszugeben. Wenn wir Glück haben – wahnsinniges, ja wirklich ein irre großes Glück –, schaffen wir es vielleicht bis zur Küste, können bei irgendeiner Marine anheuern und auf einem fernen Ozean an Skorbut sterben. Aber wenigstens bleiben uns dann noch ein paar Monate.«

Er klopfte ihr auf die Schulter. »Hab ein bisschen Vertrauen. Bitte glaub an mich.«

»Glauben?« Wenn sie noch fester mit den Zähnen knirschte, hätte sie bald nur noch Stümpfe im Mund. »Spielst du jetzt die religiöse Karte? Weißt du, wo du dir deinen Scheißglauben hinstecken kannst?«

Er legte die Arme um sie. »Mach dir keine Sorgen. Der Plan wird aufgehen.«

»Ist er auch aufgegangen, als Quirk abgeführt wurde?«

Sie waren noch immer am Lagerrand, auf dem zertrampelten Grasstreifen zwischen den schwarzen Soldwagen und Quirks grellbunten Fuhrwerken. Der wütende Soldatenmob war auf ein paar streitlustige Seelen zusammengeschrumpft, die wahrscheinlich mehr daran interessiert waren, sich in den hinteren Reihen der Armee aufzuhalten, als für den gerechten Sold ihrer Kameraden zu streiten.

»Balur wird bald seine Ablenkung starten. Und Quirk einen Ausweg finden. Alles wird gut.«

Vielleicht war das einfach seine Art, damit umzugehen. Mit dem ganzen Stress klarzukommen. Ein absurder, blinder Glaube war das Einzige, was ihn noch einen Fuß vor den anderen setzen ließ. Er konnte sich nicht den Trümmern seines Traumes stellen, dem Geschmack von Asche in seinem Mund.

Sie nahm seinen Kopf in beide Hände, zog ihn zärtlich zu sich, bis sich ihre Gesichter beinahe berührten. »Wir *müssen* verschwinden«, flüsterte sie und gab ihr Bestes, zu ihm durchzudringen, damit er die Wahrheit einsah, die Wirklichkeit erkannte. »Wir *müssen* weg.«

»Vertrau …«, fing er an.

Sie verpasste ihm einen harten Kopfstoß.

»Au!«, stieß er im Umkippen aus. »Scheiße!« Er griff sich nach der Nase. Blut rann ihm übers Kinn. »Hat Otze dir das Hirn geklaut? Wofür, verdammt noch mal, war das denn jetzt?«

Er raffte sich auf, wischte sich das Blut ab.

»Hörst du mir, verdammt noch mal, zu, Willett Fallows?«, fragte sie. »Denn ich werde das nur noch ein einziges Mal sagen: Ich werde gehen, und das ist mein Ernst. Ich entkomme dieser Rattenfalle von Zukunft. Und allmählich interessiert es mich einen Scheiß, ob du mitkommst oder nicht. Also setz entweder deinen Arsch in Bewegung, oder ich lass dich hier samt deinen dämlichen Träumereien in Flammen aufgehen.«

»Nein.« Will schüttelte den Kopf. Noch immer strömte Blut aus seiner Nase. »Lette, ich bitte dich. Nur noch eine kleine Weile! Du wirst schon sehen.«

»Du bist doch verrückt«, erwiderte sie, und wandte sich ab. Es tat weh. Es tat mehr weh, als sie erwartet hatte, und sie sah vor ihrem geistigen Auge ganz deutlich den verletzten, flehentlichen Ausdruck, den er in ebendiesem Moment im Gesicht trug. Doch sie drehte sich nicht zu ihm um. Sie machte einfach nur einen Schritt von ihm weg. Und dieser Schritt schmerzte ebenfalls, doch dann lief sie weiter.

Das Gebrüll aber – das ließ sie schließlich wie angewurzelt stehen bleiben.

Erst dachte sie, es wären die Drachen, die endlich ihre Ruhestatt im Höllenschlund verließen, um sich persönlich um sie zu kümmern. Sie sah es bildlich vor sich, wie sie aus dem Krater aufstiegen, die zerstörerischste Kraft, die diesen Vulkan je verlassen hatte, und wie sie mit ausgebreiteten Schwingen herabsegelten, die Lungen voller Feuer …

Dann aber erklang das Gebrüll erneut, und dies war ein Klang, den sie kannte, mit dem sie vertraut war, der sie in Zeiten der Not in den Schlaf gewiegt hatte: Es war der Klang von Männern, die sich auf den Kampf vorbereiteten.

Befehle wurden geschrien, Trompeten geblasen, Füße stampften auf den Boden, Waffen und Rüstungen klapperten, Hunde bellten, Greifen stießen ihre heiseren Schreie aus, Trolle brüllten, Anführer riefen vergeblich ihre Truppen zur Ordnung.

Jemand legte ihr die Hand auf die Schulter, und sie wirbelte herum, den Dolch schon in der Hand, und presste ihm die Klinge an die Kehle.

Einen Schritt zurück, damit das Blut dir nicht ins Gesicht spritzt und dich nicht blendet …

Doch es war Will. Bloß Will.

»Balurs Finte«, sagte er.

Aber sie brauchte nur einen Blick auf das Chaos zu werfen, wie das ganze Lager plötzlich vor lauter Kraft pulsierte, sich aufbäumte wie ein Hund, der sich endlich von seiner Leine riss. »Nein«, sagte sie. »Das ist keine Finte – da ist mehr los.«

Sie setzte sich noch kurz gegen diese Erkenntnis zur Wehr, doch letztlich kannte sie Balur. Einfach nur eine Finte … das wäre ihm nicht genug.

Will sah es in ihrem Gesicht, und ehe sie ihn zurückhalten konnte, rannte er auch schon quer durch das Lager zur Front.

»Nein!«, wollte sie rufen, doch ihre Stimme ging im allgemeinen Kriegsgeschrei der Soldaten unter.

»Die Soldwagen«, sagte sie zu sich selbst. »Diese verdammten Soldwagen ....« Denn jetzt wäre die Zeit, zuzuschlagen und das Gold zu stehlen, abzuhauen und sich vielleicht in einem Wäldchen auf der Flucht noch einen Quickie zu gönnen, bevor ihnen unausweichlich Gefangenschaft, Folter und Tod drohten.

Sie könnte einfach loslaufen, dachte sie. Sie könnte kehrtmachen und um ihr Leben rennen, versuchen, die eigene Haut zu retten.

Aber war das noch sie? Gewiss war es die Frau, die sie früher gewesen war, ehe sie nach Kondorra gekommen war. Ein Überlebenstyp. Eigennützig, vielleicht, und vielleicht auch gleichgültig. Grausam, das ganz bestimmt. Aber ein Überlebenstyp.

Hatte sie diese Frau nicht hinter sich lassen wollen? Hatte sie nicht ein besserer Mensch werden wollen? Jemand, der nicht bloß überlebte – sondern lebte?

Sie zögerte. Dann rannte sie Will hinterher, drängte sich an aufgeregten Männern und Frauen vorbei. Ein Feldwebel befahl ihr stehen zu bleiben. Beinahe hätte sie sich vergessen und ihm einen Dolch in den Schädel gerammt. Sie hatte die Klinge schon in der Hand, da fiel ihr wieder ein, dass das keine so gute Idee war, weil es Selbstmord wäre. Also rannte sie weiter, ignorierte seine immer wütender werdenden Befehle. Will hatte schon gut fünfzig Schritte Vorsprung. Hielt den Kopf unten, stürmte weiter.

»Der Prophet!«, schrien die Leute überall. »Der Prophet kommt! Der verrückte Dreckskerl greift uns an!«

Der verrückte Dreckskerl? Ja, das klang zutreffend.

Wahrscheinlich könnte ich Will mit einem Dolch an der Wade erwischen, selbst auf diese Distanz und bei der Geschwindigkeit. Wahrscheinlich könnte ich ihn zu Fall bringen und fortschleppen. Die Leute würden denken, dass er bloß deshalb schreit und sich so wehrt, weil er verletzt ist …

Kreischend stiegen Greifen in die Luft. Die Reiter sprachen sich mit lauten Stimmen ab, ihre Bronzespeere fest gepackt. Auch die Trolle brüllten und schlugen ihre Kriegstrommeln, bis ein gleichbleibender Rhythmus des Zorns und der Wut das Chaos des Lagers unterlegte, ihm eine Richtung wies. Immer mehr Soldaten rannten in Richtung der Front. Sie drohte Will in der Menge zu verlieren.

Sie rannte so schnell sie nur konnte und schloss ein wenig zu ihm auf. Sie würde ja wohl noch einen gottverdammten Bauernjungen einholen! Die Klinge, die sie noch immer in der Hand hielt, wollte geworfen werden. Nur, um ihn ein wenig auszubremsen. Eine Fleischwunde, nicht mehr …

Nur noch ein wenig näher. Um ganz sicherzugehen …

Und dann blieb Will auf einmal stehen. Ihre Hand war schon zum Wurf bereit, doch dazu kam es nie. Schwer keuchend stolperte sie neben ihn. Niemand sonst mehr befand sich vor ihnen. Sie und Will standen an vorderster Front. Linker Hand und rechter Hand bezogen Frauen und Männer Stellung, doch die Ebene vor ihnen war völlig menschenleer.

Und an ihrem anderen Ende sahen sie Balur und seine Armee zum Angriff übergehen.

78

Konflikt

Der Klang des Kriegs trübte Balurs Sinne. Der Klang *seiner* Armee. Die *seinem* Befehl unterstand. Mit jeder Runde des falschen Drachenschädels hatte ihre Inbrunst für ihn zugenommen. Hatten sie *sein* Wort mehr geehrt. Nun war er ihr Prophet.

Eine Finte – um den Gegner hinzuhalten und zu täuschen. Darum hatte Will ihn an jenem Abend in seinem Zelt gebeten. Und Balur hatte sie alle hingehalten, bis er vor Frustration fast aus der Haut gefahren war. Bis Will für diese Menschen nur noch eine ferne Erinnerung war …

Nun entfesselte er seinen ganzen Zorn.

79

Guter, ehrlicher Diebstahl

Verzweifelt zog Lette an Wills Schulter.

»Wir müssen weg hier«, flehte sie ihn an. »Jetzt gleich!«

Er löste sich aus ihrem Griff, starrte geradeaus. »Sie ziehen wirklich in die Schlacht! Sie alle. Gegen die Drachen! Sie glauben tatsächlich, dass sie gewinnen können …«

»Allerdings«, stimmte Lette zu. »Und sie sind verdammte Idioten. Können wir jetzt gehen?«

Endlich drehte er sich zu ihr um. Endlich. Und seine Augen strahlten.

»Das waren wir«, sagte er. »Wir haben ihnen diesen Glauben, diese Hoffnung gegeben!«

»Allerdings«, wiederholte sie. »Wir haben einen ganzen Haufen Leute verarscht, und nun wird ihr Tod noch für sieben oder acht Minuten auf unserem Gewissen lasten, ehe wir selbst dran glauben müssen. Lass uns endlich von hier abhauen und das alles später verdauen. Ach ja – und lass uns noch diese Scheißsoldwagen stehlen, denn das ist das einzige Bruchstück unseres Plans, das uns vielleicht noch bleibt.«

Sie packte ihn am Handgelenk. Benommen stolperte er ihr nach. Und ja, sie musste sich eingestehen, dass die ganze Sache vielleicht nicht ganz und gar ruhmlos blieb: einst mutlose Menschen, die sich erhoben, ihren eigenen Willen wiederfanden, sich der Unterdrückung endlich widersetzten ... selbst wenn es eine vergebliche Geste war, so haftete ihr doch eine gewisse Würde an. Dennoch würde sie lieber warten, bis die Todesgefahr ein kleines bisschen weniger unmittelbar drohte, ehe sie sich zurücklehnte und das alles würdigte.

Diesmal kamen sie schwerer voran, denn sie bewegten sich nun gegen den Strom. Soldaten schrien sie an, ihnen aus dem Weg zu gehen. Jemand rief »Deserteure!«, und diesmal warf sie den Dolch, der auch sein Ziel fand. Sie würde diesen Dolch vermissen – sie hatte ihn in Batarra bei einem Wettstreit gegen einen betrunkenen Minotauren gewonnen. Leider blieb jetzt keine Zeit mehr, ihn sich wiederzuholen.

Die schweren Kriegstrommeln der Trolle steigerten ihr Tempo. Der leichtere Rhythmus menschlicher Trommler nahm den Takt auf und sandte Bataillone an die Flanken. Die Greifen formierten sich mit kraftvollem Flügelschlag am Himmel. Die Zahlenstärke war einfach absurd. Die Streitkräfte des Konsortiums würden die Prophetenarmee einfach verschlucken. Es würde ein einziges Massaker werden. Die Feldwebel und Leutnants genossen es sichtlich, ihre Befehle hinauszuschreien.

Über ihnen grollte und toste der Höllenschlund. Schwarzer Rauch verhüllte die aufziehende Nacht. Keine Sterne würden über dem Gemetzel leuchten.

Dann erreichten sie wieder das hintere Ende des Lagers. Sie lenkten ihre Schritte etwas weiter nach links und hielten auf Quirks bunte Wagen zu. Dahinter hatten die Wachen die Soldwagen noch etwas weiter zurückgezogen, sodass die pechschwarzen Wände fast in der Dunkelheit verschwanden. Die Pferde waren noch angespannt, die Wachen aber befanden sich nicht mehr vor Ort, sondern waren in die Schlacht gerufen worden – weil alle Sorgen über Gold und Blei und bankrotte Drachen nun selbstverständlich wie weggefegt waren. Alles, was für diese Armee noch zählte, war das anstehende Gemetzel. Wills Plan war ein hübscher Traum gewesen, ein guter allerletzter Versuch; doch sie waren gescheitert.

Lette sprintete das letzte Stück zu den Soldwagen. Ihre Beine taten weh, ihre Lungen brannten. Nichts weiter blieb zu tun – einfach nur rennen, rennen, bis die Beine nicht mehr konnten, und beten, dass das reichte.

Quirk hatte recht gehabt, sie hätten das Blei auf den Tempeldächern lassen sollen. Sie brauchten nun allen göttlichen Beistand, den sie bekommen konnten.

Dieser Gedanke ließ sie beinahe loslachen, während sie auf den Kutschbock sprang und die Leinen schnalzen ließ. Hinter sich hörte sie Will den zweiten Wagen besteigen. *Das wenigstens ist ein guter, ehrlicher Diebstahl – keine Finte, kein Betrug. Einfach nehmen, was ich will, und damit in die Nacht fliehen.*

80

Verrat

Quirk wünschte einfach nur, das Zittern würde aufhören. Immerhin war sie noch am Leben, oder nicht? Sie steckte nicht zwischen irgendwelchen Zähnen. Die Wesen hörten ihr zu.

»Will«, sagte sie, und sogar schon bei dieser einen Silbe bebte ihr die Stimme. »So heißt er. Der Prophet ist Will Fallows – aus dem Norden des Tals.« Ihr Blick wanderte von einem grinsenden Riesenkopf zum nächsten grinsenden Riesenkopf. »Das ist doch das, was ihr wissen wollt, oder? Wer er ist, und wie er das alles angestellt hat?«

Der schwarze Drache – anmutig, gefährlich schön – senkte seinen enormen Schädel, bis sie fast auf Augenhöhe waren. Quirk spürte, dass sie sich in diesen Augen verlieren konnte. Deren Gold war der einzige Reichtum, den sie begehrte.

»Du wirst uns alles erzählen, kleine Spionin«, sagte er. Die Wucht der Worte blies sie fast um, ließ sie zurückstolpern wie von einem Schlag. »Du wirst alles und jeden aufgeben. Und wenn wir dich dann verschlingen, wirst du uns dankbar sein.«

Sie sank auf die Knie. Ihr Körper schmerzte wie von Prügeln.

Und doch besaß der Drache so viel Majestät. So vieles, was sie studieren wollte. Wenn sie ihn nur beobachten könnte, vermessen …

Doch sie wusste, dass diese Kreaturen nicht für ihre Geduld bekannt waren.

»Er ist gar kein Prophet«, fuhr sie fort. »Das ist alles bloß ... Quatsch. Eine Lüge, die sich verselbstständigt hat und ... na ja, eigentlich nicht einmal besonders praktisch war. Doch die Leute wollten daran glauben. Er selbst war glaube ich nie davon überzeugt. Will, meine ich. Die anderen aber schon. Da ist zum Beispiel dieser Firkin, wisst ihr ...«

Ihr war klar, dass sie nur noch plapperte, doch sie konnte keinen klaren Gedanken mehr fassen. Nicht hier und jetzt. Sie hatte einfach zu viel Angst. War zu aufgeregt. *Ihnen derart nahe zu sein* ... Es war der blanke Wahnsinn. Es war göttlich.

»Letztlich hat er sich der Lüge aber bedient. Will. Hierherzukommen und zu versuchen, euch zu töten ... das war das, was er wirklich wollte. Er hasst euch, versteht ihr? Er denkt, dass ihr bloß ... na ja, er nennt euch fette, faule Echsen. Genau das erzählt er auch den Menschen: dass ihr euch lediglich auf anderer Leute Rücken ausruht, auf ihrer Arbeit, dass ihr wie eine Seuche seid. Er hat nichts als Hass für euch übrig. Ich glaube, wenn man ihm alles andere nimmt, was ihn ausmacht, dann bleibt genau das übrig – sein Hass.«

Sie sah deutlich, dass ihre Worte nicht gerade Begeisterung bei den Drachen hervorriefen. Der schwarze bleckte die Zähne.

Ein ganz anderer Kieferbau als bei den anderen beiden, stellte ein Teil ihres Verstands fest. *Obwohl das Gebiss genauso aussieht. Könnte er zu einer eigenen Unterart gehören? Ist er das Ergebnis einer Kreuzung? Oder einfach eine natürliche Varietät?*

Ein anderer Teil ihres Verstands sagte bloß: *Oh Scheiße, oh Scheiße, oh Scheiße, oh Scheiße, oh Scheiße.*

Der rote Drache beugte sich zu ihr herab und schnaubte. Obwohl sie kniete, hätte er sie fast hinweggefegt.

»Wie erbärmlich«, sagte er.

»Tja.« Quirk nickte. »Exakt dasselbe sagt er über euch.«

Der Drache brüllte.

Und brüllte.

Und brüllte.

Die Welt um Quirk herum schien sich zu verflüssigen, verlief zu einem unscharfen, breiigen Klecks im Hintergrund ihres bibbernden Bewusstseins. Es dauerte eine Weile, bis es wieder aufhörte. Quirk merkte, dass ihre Nase blutete. Ein hohes Klingeln füllte ihre Ohren aus.

»Er beleidigt uns«, sagte der schwarze Drache. Jedes Wort ließ Quirks Schädel vor Schmerzen schwingen.

»Stimmt«, bestätigte sie nickend und bereute die Bewegung noch im selben Augenblick. »Das alles mit dem fett und faul und hässlich und den verseuchten kleinen Genitalien …«

»Genug!«, bellte der Drache.

Quirk packte verzweifelt ihren Kopf und kämpfte gegen den Drang an, sich zu übergeben.

»Wir brauchen seine Geschichte nicht zu kennen«, zischte der untersetzte braune Drache. Gnädigerweise war seine Stimme leiser als die der anderen. »Seine Verbrechen, seine Pläne, das ist alles unwichtig. Uns interessiert nur eines. Also wirst du uns nun sagen, wo er steckt, wenn du den Wunsch verspürst, die Sonne noch einmal aufgehen zu sehen.«

Ihre Furcht hielt Quirk so fest im Griff wie Drachenklauen – sie war wie Eis, das ihr Feuer erstickte. Sie schaute zu dem fernen Krater hinüber, zu dem hohen Himmel auf, dem trügerischen Versprechen auf eine Flucht. Sie würde so gern noch ein letztes Mal die Sterne sehen. Doch alles, was sie erblickte, war Rauch, der alle Dinge grau und schleierhaft erscheinen ließ.

Und dann kam durch dieses ferne Fenster zur Welt ein neuer Klang zu ihr herabgeweht, mischte sich zwischen das Klingeln in ihren Ohren und das heiße Drachenschnaufen und das Klirren der Klauen auf den Münzen zu ihren Füßen: der Klang von Trommeln und der Ruf von Trompeten. Denn eine Armee machte sich zur Schlacht bereit.

Und trotz allem musste sie lächeln.

»Wo der Prophet steckt?«, fragte sie. »Na, ich würde sagen, er stiehlt gerade den Sold eures Heeres …«

81

Der Mitternachtsritt von Lettera Therren

Lette raste dahin. Sie raste, wie sie noch nie in ihrem Leben gerast war. Als hätten sich die Tore der Tiefen aufgetan und die Brut ihrer Albträume ausgespien, die ihr nun auf den Fersen waren, ihr tobend und schreiend nach dem Leben trachteten, danach, ihre Fänge in ihre Eingeweide zu schlagen.

Eigentlich verhielt es sich auch genauso.

Ihre Pferde flogen wie der Blitz über die Ebene und die sanften Hügel. Der Soldwagen holperte auf und ab, pflügte durch die Wiesen. Wie sie es bislang geschafft hatte, einem Achsenbruch zu entgehen, war ihr ein Rätsel, doch sie dankte der misanthropischen Gottheit, welche auch immer es sein mochte, die ihren Verfolgern in die Suppe gespuckt und dafür gesorgt hatte, dass Lette noch gesund und munter war.

Dann erhob sich hinter ihr das Gebrüll und ließ all ihre Hoffnung ersterben.

Sie warf einen Blick zurück. Das hätte sie nicht tun sollen, das wusste sie. Alles, was sie dort zu sehen bekäme, wären ihre dahinschwindenden Zukünfte, bis nur noch die eine blieb, in der sie die trostlose Ewigkeit als Lalls Püppchen in der Unterwelt verbrachte. Doch sie schaute trotzdem zurück. Sie wollte sehen, wie ihr diese Zukunft mit Drachenschwingen entgegengeeilt kam. Wahrscheinlich, dachte Lette, tat sie es, weil sie dumm war. Schließlich war sie auch dumm genug gewesen, sich überhaupt in diese Situation zu bringen.

Einer nach dem anderen tauchten die Drachen aus der Rauchwolke auf, die sich über dem Höllenschlund kräuselte. Fünf Drachen, die Flügel ausgebreitet, die Hälse gestreckt. Ihre Mäuler spien feurige Geysire in den Nachthimmel. Dann ließen sie sich der Reihe nach fallen und stürzten auf sie herab.

Wenigstens würde ihr Tod wohl verdammt episch ausfallen. Fünf Drachen, um sie zur Strecke zu bringen – darüber könnte man Lieder schreiben.

Hinter ihr flutete das Feuer die Welt. Sie hörte ein Rauschen, ein Tosen, ein Prasseln, das Gras zu Asche verwandelte und Steine spaltete. Sie spürte die leckende Hitze selbst durch den massiven Wagen in ihrem Rücken. Sie spürte sie näher kommen.

Sie sah nach Will, der sich auf seinem Kutschbock vorbeugte und die schon panischen Pferde verzweifelt zur Eile antrieb. Doch sie gaben bereits alles, was sie hatten.

Dann wich die Hitze. Ein schwarzer Schatten brauste über sie hinweg. Der Wind der Schwingen schüttelte sie durch. Der Drache fuhr über ihre Köpfe dahin, flankiert von zwei weiteren: einem anmutigen gelben Monster zur Linken und einem roten Koloss zur Rechten.

Alle drei beschrieben vor ihr einen Bogen. Sie würden zurückkommen – Lette und Will waren leichte Beute.

Will reagierte zuerst, zerrte an den Leinen. Sein Wagen fuhr eine Kurve. Lette riss gleichfalls an den Lederleinen, um einem Zusammenstoß zu entgehen. Will führte sie weg von den Angreifern.

Dann aber landete ein riesiges grünes Biest unmittelbar vor ihnen auf dem Weg. Ihre Pferde wieherten und versuchten in verschiedene Richtungen zu fliehen. Der starke Zug riss Lette fast vom Sitz. Sie schrie, zog, zwang die Tiere wieder unter Kontrolle, verengte die Kurve. Der Wagen stellte sich auf zwei Räder, und sie spürte, wie sich das Gewicht des Goldes hinter ihr verlagerte.

»Fickt euch, ihr Götter!«, schrie sie. »Fickt euch doch alle!«

Der Wagen krachte wieder zu Boden und rollte dann weiter. Das brüllende Drachenmaul verschwand aus ihrem Augenwinkel. Sie hörte, wie hinter ihr die Zähne laut zuschnappten.

Sie riskierte einen Blick zu Will. Er war immer noch da, hielt durch, so gut er konnte.

Flammen. Flammen erhellten die Welt. Sie rasten erst linker Hand an ihr vorbei, dann rechts. Dann kreuzte ein neuer Flammenstrahl direkt vor ihr den Weg und füllte alles aus. Unvermeidbar. Lette schloss die Augen, spürte die Pferde einen Satz machen. Die Räder krachten gegen eine Erhebung, der ganze Wagen bäumte sich auf. Unerträgliche Hitze umfing sie.

Dann war der Moment vorbei. Und sie war immer noch am Leben, immer noch in Bewegung. Sie konnte ihr eigenes versengtes Haar riechen. Dunkle Schemen rasten über den Himmel.

Sie rasten nun wieder zurück in Richtung der Konsortiumsarmee, der Übermacht ihrer Gegner entgegen. Lette hielt nach einer Möglichkeit zu wenden Ausschau, schwenkte nach links.

Ein Drache – braun, breitschultrig und so hässlich wie das Arschloch einer Hure – stieß aus der Nacht herab. Sie bremste die Pferde so abrupt sie konnte. Die Tiere stellten sich auf die Hinterbeine, der Wagen machte abermals einen Satz. Stahlgraue Klauen zerschnitten die Luft vor den Nüstern der Pferde. Ein enttäuschtes Brüllen erfüllte die Welt.

Dann rannten die Pferde weiter über das Feld, nun außer Kontrolle. Sie polterten genau in die Richtung, die sie zu vermeiden versucht hatte.

Hinter sich hörte sie ein Knistern und roch brennendes Holz. Sie wagte einen weiteren Schulterblick.

Das Dach ihres Wagens stand in Flammen.

»Ach, fick dich doch in den Arsch, Lall!«

Ein rascher Blick zu Will, der knapp vor ihr war, schon fast bei der gegnerischen Armee.

Lette sah den Drachen, kurz bevor er sein Maul aufriss. Sie öffnete gleichfalls den Mund, um wortlos – wirkungslos – loszuschreien, als die Bestie aus dem Himmel fiel und Feuer ihrem Maul entfuhr.

Sie sah Will in den Flammen verschwinden.

Und dann, wie durch ein Wunder, auf unbegreifliche Art, tauchte er wieder daraus auf. Er riss sich die brennende Jacke vom Leib und fuhr weiter, krachte durch Zelte und schwelende Feuergruben, sein Wagen war ebenso in Brand wie ihrer, Zwillingslichter in der Nacht.

»Götter«, hauchte sie. Und dann raste sie ebenfalls in das Chaos.

82

Was der Echsenmann sah

Mit Entsetzen verfolgte Balur, wie die Drachen dem Höllenschlund entstiegen. Das hatte ohne Zweifel noch nicht auf dem Programm gestanden. Die haushoch überlegene Armee, die nach ihrem Blut rief – ja, an die erinnerte er sich. Darauf war er eingestellt. Zahn und Klaue, Blut und Stahl, Mann gegen Mann. Die Drachen hingegen ...

Es war ja nicht nur einer. Auch nicht zwei. Sondern das waren fünf – fünf Drachen. Nein, das traf ihn gerade etwas unvorbereitet.

Balur war sich bewusst, dass er eine hochmütige Kreatur sein konnte. Es war nicht seine beste Seite. Und wenn er ehrlich zu sich selbst war – wirklich ehrlich auf eine Art, die ihm schon unangenehm war –, dann wusste er, dass er bis jetzt noch keinen Drachen getötet hatte. Noch schlimmer, er *konnte* es nicht. Wirklich nicht. Sicher, er hatte Mattrax' Schädel eingeschlagen, aber das war nicht vollwertigerweise ein Kampf gewesen. Niemand war bei einer solchen Begegnung rot an Zahn und Klaue. Er hatte einfach einen Mord begangen. Und gedauert hatte die ganze Prozedur auch noch – sogar so lange, dass ihm am Ende die Arme wehgetan hatten. Hätten sie den Drachen nicht mit Drogen ins Reich der Träume geschickt, hätte Balur keine Chance gegen ihn gehabt.

Ein Drache überstieg schon seine Fähigkeiten.

Und fünf …

Er wünschte den Göttern die Seuche an den Schwanz.

Erschwerend kam hinzu, dass Balur mit seinen Zweifeln offensichtlich nicht allein war. Der Sturm der Prophetenarmee – seiner zehntausend von Zorn und heiliger Inbrunst erfüllten Männer und Frauen – kam stolpernd zum Erliegen. Zögernd fragten sich die Kämpferinnen und Kämpfer, ob ihr Mut wirklich so groß war.

Selbst die Konsortiumsarmee hielt inne und starrte die Drachen an. Obwohl es ja die Drachen waren, für die sie kämpften, ihre Herren und Meister, glaubte Balur ihre Furcht geradezu in der Luft schmecken zu können.

Diese Drachen waren keine gewöhnlichen Sterblichen. Sie mochten zwar auch keine Götter sein – aber den halben Weg zur Göttlichkeit hatten sie sicher geschafft.

Balur betrachtete den falschen Schädel, den seine Armee vor sich hertrug. Er wirkte nun derart absurd – so eine lachhafte Hochstapelei.

Doch dann, aus einem Grund, der sich ihm nicht erschloss, drehten die Drachen ab. Alle sahen zu, wie sie *hinter* ihre Reihen flogen und ihre machtvollen vernichtenden Flammen über das Land legten. Einen Augenblick lang hatte ihnen die gesamte Konsortiumsarmee den Rücken zugewandt. Doch niemand nutzte den Moment zu seinem Vorteil aus. Balur kam nicht mal der Gedanke.

Als Nächstes machten die Drachen kehrt und eilten zurück. Sie brüllten, schrien, fielen aus dem Himmel und pflügten den Boden mit Klauen und Feuer. Einen verrückten Augenblick lang dachte Balur, das Konsortium würde die Männer und Frauen, die zu seiner eigenen Verteidigung bestellt waren, in Stücke reißen. Vielleicht hatten die Drachen ja von Menschen generell die Schnauze voll, wollten jede Kreatur auf diesem Feld einfach vernichten und frei vom Ärgernis niederer Wesen leben.

Dann erhoben sich Rufe aus der gegnerischen Armee. Verwirrung und Panik mischten sich unter die verschiedenen Geschmacksnoten auf Balurs Zunge. Es schmeckte nach Kampf, allerdings fehlte noch das Blut. Balur war immer noch ratlos.

Dann sah er … und begriff.

Zwei Wagen, beide wie flüssiges Feuer, rasten durch die feindlichen Linien. Soldaten tänzelten aus dem Weg. Die Pferde vor dem Wagen schrien und rannten verzweifelt um ihr Leben, versuchten kämpfend, bockend und stampfend zu entkommen.

Vor allem aber begriff Balur die Bedeutsamkeit dieser Wagen: Er sah, wer sie lenkte.

Es handelte sich um die Soldwagen des Konsortiums. Eine Woche Gold für fünfzigtausend Soldaten. Das Gold, das angeblich verschwunden war. Das Gold, das sie hatten stehlen wollen.

Auf dem Kutschbock des einen Wagens saß Lette.

Balurs Herz krampfte sich in der Brust zusammen. Gewiss, er hatte die Risiken gekannt. Und ebenso gewiss war, dass er gewusst hatte, wie es um ihre Chancen an diesem Tag bestellt war. Er war sich darüber völlig im Klaren gewesen. Und dennoch hatte er nie ernsthaft geglaubt, dass Lette sterben könnte. Der Gedanke war nie ganz in ihm aufgekeimt. Weil Lette sein Stamm war – und er ihrer. Sie waren untrennbare Teile eines Ganzen. Sie würden nur gemeinsam untergehen. Rücken an Rücken inmitten von Leichen und Blut.

Er sprang von Quirks thaumatischem Wagen herab und bahnte sich einen Weg durch seine Truppen. Dabei schwang er seinen abgebrochenen Zeiger hin und her und räumte sich mit der flachen Seite den Weg frei. Seine Leute fielen reihenweise um, doch das kümmerte ihn nicht. Sie bedeuteten ihm nichts. Er musste zu Lette – und mit Lette sterben.

Im Chaos und der Dunkelheit erkannte er nicht mehr richtig, welchen Wagen sie fuhr. Er vermochte nur die flammenden Umrisse des Fuhrwerks zu sehen, das durch die feindlichen Streitkräfte pflügte. Er sah, wie ein Troll mit seiner Keule nach einem der Wagen ausholte, verlor ihn aber aus den Augen, ehe er zuschlug. Fluchend kämpfte er sich endlich aus den eigenen Reihen heraus und rannte los.

Über ihm kreisten die Drachen, fünf riesige Geschöpfe aufgehängt am Nachthimmel. Immer wieder stürzten sie fauchend herab, doch hielten sie ihr Feuer zurück. Solange die Wagen noch mitten in ihren Truppen steckten, setzten sie die Nacht nicht in Brand. Stattdessen zerrissen sie den Himmel mit ihren Schwingen und Schreien, und die Wagen preschten weiter.

Eine Sekunde lang wagte Balur zu hoffen. Irgendwie würde es schon dabei bleiben – wie eine Münze, die auf der Kante landet und nicht umfällt, sondern sich ewig weiterdreht.

Dann brachen die Wagen aus der Armee hervor und rasten auf die letzte Viertelmeile Gras zwischen den beiden sich gegenüberstehenden Heeren hinaus. Ein letzter, verrückter, aussichtsloser, dummer Versuch, die Deckung der eigenen Truppen zu erreichen. Als ob dies die Drachen irgendwie aufhalten und nicht den Beginn des Gemetzels verkünden würde.

Balur beschleunigte seine Schritte. Er würde Lette noch erreichen. Er würde …

Er würde nichts dergleichen tun.

Kaum, dass die Wagen wieder auf freiem Feld waren, fielen die Drachen wie eine einzige Gestalt aus dem Himmel. Ein großer, sich windender Tumor aus Schuppen und Schwingen. Und alle gemeinsam entfesselten sie ihr Feuer.

Balur riss eine Hand vors Gesicht, bedeckte die Augen. Nachbilder tanzten auf seinen Lidern. Zwei Wagen, die an exakt derselben Stelle standen, wo eine neue Sonne auf die Erde gestürzt war.

Er stand allein zwischen den beiden Armeen und rieb sich die Augen.

Als er wieder sehen konnte, heulte er auf.

Zwei Wagen standen bewegungslos in der Mitte der Ebene.

Zwei Wagen, gebadet in Flammen.

Zwei Scheiterhaufen.

Zwei Gräber.

83

Das unvermeidliche Cliffhanger-Kapitel

Im Inneren des Höllenschlunds brauchte Quirk eine Weile, um zu begreifen, dass die Drachen nicht wiederkamen. Sie hatte ihnen verraten, dass Will ihr Gold stehlen wollte, und ihr kollektives Wutgebrüll hatte ihr für eine Weile ganz und gar die Sinne geraubt. Sie erinnerte sich aber noch, dass sie davongeflogen und kreisend in Richtung Krater aufgestiegen waren.

Und sie ganz allein im Inneren des Vulkans zurückgelassen hatten.

Entgegen jeder Wahrscheinlichkeit war sie immer noch am Leben.

Sie erhob sich. Versuchte sich zu orientieren. Und da kam ihr eine Erkenntnis: Dies war ihre Gelegenheit, eine Drachenhöhle zu studieren. Ihr höchst intimes Domizil. Was für Spuren sie unter all dem Gold wohl hinterließen? Schuppen? Nahrungsreste? Exkremente?

Jetzt könnte sie es wagen. Da war so viel, was es zu lernen gab …

Nach eingehender Überlegung bückte sie sich und stopfte sich so viel Gold in die Taschen, wie sie nur konnte.

Dann wandte sie sich zur Tür und nahm die Beine in die Hand.

84

Finanzkollaps

Gebannt starrte Balur geradeaus. Er fühlte, wie sich seine Gesichtshaut dehnte, wie sich die Muskeln in seinen Wangen und seiner Stirn zusammenzogen, wie sich seine geschlitzten Pupillen vergrößerten, während seine Augäpfel nach vorn drängten, als wollten sie die Grenzen ihrer Höhlen erkunden. All dies geschah in dem Versuch, das Ausmaß seines eigenen Entsetzens zu ergründen.

Vor ihm, eins nach dem anderen, landeten die Mitglieder des Drachenkonsortiums im verbrannten Gras der Ebene. Der Boden unter seinen Füßen zitterte bei jedem Aufsetzen. Dann saßen sie im Kreis um die brennenden Überreste der Soldwagen herum.

Um die Überreste von Will und Lette herum.

Ihm war, als ginge ein tiefer Riss durch ihn hindurch, ein schrecklicher Schmerz, der ihm in der Seele brannte; Leid und Hass und Trauer vermischten sich in seinen Eingeweiden. Er wollte auf die Knie fallen und die Nacht anschreien. Er wollte voranstürmen, sich diesen Drachen entgegenwerfen, sich in ihre Herzen bohren und ihr Blut trinken. Er wollte in ihren Flammen baden und ein helles Leuchtfeuer zu Lettes Gedenken sein.

Langsam, Stück für Stück, brachen die Wagen auseinander.

Hier fiel ein Stück der Verkleidung ab, dort barst ein Rad. Eine Achse erlitt ihren letzten, endgültigen Bruch. Der Wagen sackte zu Boden. Sein Dach knickte ein, rutschte herab. Die lodernden Wände stürtzten in sich zusammen.

Das Feuer war blendend hell, ein knisterndes Gelbweiß im drückenden Dunkel der Nacht und der Rauchwolken des Höllenschlunds. Es erhellte die Drachen: die glänzenden Bäuche, die schimmernden Hälse. Die ganze Szenerie hob sich überdeutlich ab.

Und als die Wände des Soldwagens kollabierten, vermochte auch jeder ganz genau zu sehen, dass sich keine Goldmünzen in die Nacht ergossen, kein Sold, der darauf wartete, ausgezahlt zu werden, keine Juwelen, die in der Finsternis funkelten.

Stattdessen sah man nur stumpfe Bleiklumpen, die sich über die Landschaft verteilten.

Es folgte ein allgemeines Luftholen. Das Keuchen war so gewaltig, so allgegenwärtig, dass der Luftzug die Flammen zum Flackern brachte. Selbst die Drachen schienen kurz Atem zu schöpfen.

In aller Ruhe, ungeachtet der Aufmerksamkeit, die ihm zuteilwurde, brach auch der zweite Wagen zusammen.

Stumpf graue Bleibrocken rollten herab.

Balur begriff nicht, was er da sah. Es ergab keinen Sinn. Weshalb bezahlten die Drachen ihre Truppen in Blei?

Doch nur ein kleiner Teil von ihm interessierte sich dafür. Und dieser Teil wurde nur allzu leicht von dem Kampf weggefegt, den seine Trauer und sein Hass in ihm führten.

In der Armee des Konsortiums erhob sich Gemurmel. Rufe. Aufschreie der Empörung, des Zorns.

»Es stimmt also!«, rief eine Stimme und wurde vom Nachtwind weitergetragen.

In Balur gewann der Hass gerade den Kampf.

Er stieß ein lautes Wutgeheul aus, den größten und wahrhaftigsten Schlachtruf seines Lebens. Einen Ruf, der ihm durch die Eingeweide fuhr und ihn mit einem Gefühl der Leere zurückließ. Dann füllte sich diese Leere mit Feuer, mit Galle, mit Blutlust. Er griff an. Jetzt griff er an, immer noch schreiend, immer noch dem Untergang geweiht, doch inzwischen war es ihm gleich. Zwar würde er sterben, aber vorher würde er diese Drecksdrachen zu Hackfleisch verarbeiten.

Eins der Ungeheuer sah ihn an. Es trug ein hochmütiges Grinsen im Gesicht, das nur durch seinen Unglauben getrübt wurde, dass etwas derart Bedeutungsloses, etwas derart Profanes wagen sollte, es herauszufordern. Es holte Luft. Funken tanzten tief in seinem Rachen.

Und dann, wie aus dem Nichts, so unerklärlich wie ein Blitzstrahl der Götter, segelte ein Bronzespeer aus der Luft und traf oberhalb des goldenen, schimmernden Drachenauges. Der Speer schlug einen Funken in der Nacht und fiel harmlos zu Boden, glitt an den dicken Schuppen ab. Der Drache aber riss den Kopf herum. Der Feuersturm, der Balur hätte treffen sollen, verpuffte zu einem stotternden, glitzernden Husten, der harmlos verwehte.

Über dem Drachen wendete ein Greifenreiter sein Reittier. Er schüttelte die Faust, und der Greif stieß einen Schrei aus. Dann packte er einen weiteren Bronzespeer und schleuderte ihn. Er streifte den Drachen und riss ein gezacktes Loch in seinen Flügel.

Der Drache schrie auf. Ein Schreckensschrei – ein Schrei des Schmerzes.

Stolpernd kam Balur zum Stehen. Ein Konsortiumskrieger griff seine Herren an! Balur verstand nicht, was er da gerade sah.

Dem Großteil der Konsortiumsarmee ging es nicht besser. Alle starrten sie zum Himmel hinauf. Und dann war da eine weitere Greifenreiterin neben dem ersten. Sie kreiste über den Drachen. Ihr Speer blitzte durch die Luft. Abermals sprühten Funken dicht oberhalb des Auges, und abermals heulte der Drache laut auf.

Dann löste sich aus der Armee plötzlich ein Pfeil, getragen von Zorn und Wutgeschrei. Er schlug ein kleines Loch in den Flügel des schwarzen Drachen. Und obgleich es nicht viel schlimmer als ein Mückenstich sein konnte, brüllte auch dieser, mehr vor Entrüstung als vor Schmerz.

Dann folgten weitere Pfeile, es war wie der Beginn eines Platzregens – die ersten träufelnden Tropfen, danach ein echter Blitz, geschleudert von einem der Konsortiumsmagier. Aufgebrachtes, wütendes Toben folgte wie Donner darauf.

Unter lautem Gebrüll versuchten die sich windenden Drachen zu verstehen, was eigentlich gerade geschah.

Und dann, wie eine brechende Welle, stürmte die Konsortiumsarmee unversehens vor. Der Angriff folgte keiner Disziplin. Es gab keinerlei Befehle, keinen lauten Fanfarenstoß. Und doch zog das gesamte Heer des Konsortiums die Köpfe ein und warf sich den Drachen entgegen.

Einen Augenblick lang standen die Drachen wie gelähmt. Sie verstanden es einfach nicht – vielleicht konnten sie es auch nicht verstehen. Dreißig Jahre lang hatten sie mit vollkommener Macht geherrscht. Ihre Untertanen waren zutiefst verängstigt gewesen, geknechtet durch Armut und Furcht. Dreißig Jahre lang waren die Drachen unberührbar gewesen. Monarchen. Despoten. Götter.

Und nun war es vorbei.

Überall um Balur herum erhoben sich Stimmen. »Für den Propheten!«, schien aus jeder Kehle zu erschallen. Eine Welle aus Schreien brach über ihm zusammen. Und dann ertönte das Geräusch von Füßen. Zehntausend Paar Füße. Seine Armee schwärmte an ihm vorbei, griff die Drachen an.

Bronzespeere flogen durch die Luft und durchlöcherten Flügel. Greifen stürzten sich auf Drachenrücken und schlugen ihre Klauen in die Leiber. Sengende, zischende Blitze zuckten durch die Luft.

Das Zögern des Konsortiums währte bloß einen Augenblick. Die Drachen Kondorras hatten das Tal nicht durch Geschäfte in Hinterzimmern, durch freundliche oder feindliche Übernahmen erobert – sie hatten um dieses Land gekämpft. Sie hatten es seinen vorherigen Besitzern gewaltsam entrissen, und sie würden sich auch jetzt nicht kampflos geschlagen geben.

Flammen zogen einen Graben durch die angreifenden Truppen. Der rote Drache öffnete sein Maul und spie obszön brüllenden Tod, der bloß schwarze, zerfallende Körper zurückließ und die Luft mit dem Geruch verbrannten Fleisches erfüllte. Auch der grüne Drache legte einen weiten Feuerkreis über die anstürmenden Soldaten. Wer nicht rechtzeitig kehrtmachen konnte, von dem blieb auf der anderen Seite der Flammenwand nichts als Asche. Der braune Drache würgte große, rauchende Feuerbälle hervor, die er wie schmierige Katapultgeschosse über das Schlachtfeld spuckte. Wo sie auf die Menschen trafen, kegelten sie die Körper wie Spielzeug um.

Nicht alle fanden einen raschen Tod. Manche lagen eine Weile keuchend am Boden und rangen noch nach Atem, während sich ihnen schon die geschmolzene Haut von den entblößten Knochen löste. Balur sah eine Frau zu Boden gehen, die gerade ihren Unterarm verloren hatte, die Wunde war sauber am Ellbogen ausgebrannt. Ihre Schreie gingen im bestialischen Schlachtenlärm unter.

Er versuchte, das alles zusammenzusetzen. Alles, was passiert war, was zu diesem Moment geführt hatte. Der Reichtum der Drachen hatte sich als eine Lüge entpuppt. Sämtliche Soldaten der Armee hatten es gesehen; und das, nachdem man einen Tag lang mit einem abgeschlagenen Drachenkopf vor ihnen auf und ab stolziert war.

Gold und Furcht. Beides hatte man ihnen genommen. Genau so, wie Will gesagt hatte. Die Truppen des Konsortiums erhoben sich gegen ihre Herren. *Genau so, wie Will gesagt hatte …*

Und da traf es ihn. Es traf ihn hart wie ein Schlag in den Solarplexus. *Nein – nicht, wie Will gesagt hatte.*

Wie Will es prophezeit hatte.

»Ach du Scheiße«, murmelte er.

Und dann, mit einem Lächeln im Gesicht, warf er sich in die Schlacht. Die Zähne gebleckt, den kaputten Uhrzeiger hoch über dem Kopf. Zu Lettes Gedenken – für ihr gemeinsames Versprechen, einen Drachen zu erlegen. So riss und schlug und knurrte er und verlor so rasch den Überblick über das Kampfgeschehen, dass er nur ein weiterer tobender Teilnehmer war.

Um den braunen Drachen herum drängten sich die Kämpfe. Sein aufgedunsener Körper beschränkte die Reichweite seiner Klauenschläge. Sein Feuer hatte er weit von sich gespuckt und die Angreifer damit nahe an sich herangelassen. Vor allem aber war er einfach ein hässliches Drecksbiest, sein fetter Körper hatte die Farbe von Exkrementen, sein Bauch war von einer kränklichen Blässe. Balur stürmte auf ihn los.

Ein Greif schlug dem braunen Drachen in den Hinterkopf. Sein Schnabel schnappte nach dem großen Auge. Blut spritzte durch die Höhle. Der Drache aber riss sich die Kreatur vom Kopf und schlitzte ihr mit einem langen Hieb seiner Klauen den Leib auf.

Dann breitete der Braune die Schwingen aus und krächzte derart gellend, dass ringsum Männer zu Boden fielen und sich die Hände an den Helm pressten. Ein Sturm von Speeren regnete herab. Ein Trupp von Soldaten brach schon in Jubel aus, als der schwarze Drache über sie herfiel, links und rechts um sich schlug und immer wieder gierig zuschnappte, sie stückchenweise über das Schlachtfeld verteilte.

Für den Braunen aber war es zu spät. Seine Flügel hingen in Fetzen. Mit schlaffen Fleischlappen schlug er durch die Luft, ohne dass es ihm irgendwas nützte. Schon halfen sich die Truppen mit Räuberleitern gegenseitig auf seinen Rücken. Dann hackten sie mit Schwertern, Spießen und Äxten auf ihn ein.

Der Braune heulte, rollte sich auf die Seite, zerquetschte viele Leben mit seinem Gewicht. Rüstungen wurden plattgewalzt. Die Männer darin platzten ganz einfach, sodass ein Brei von Muskeln, Knochen und Blut zwischen den Plattenteilen herausquoll. Doch nun war der weiße Bauch des Drachens entblößt, und die Krieger erklommen ihn unbeirrt, stachen und sägten.

Der Drachenleib barst in einem gewaltigen Ozean von Blut, einer Meile herausquellender, glitschiger Gedärme. Seine Schreie klangen, als zerrisse der Himmel. Flammen loderten aus seinem Maul, leckten aus dem sich erweiternden Riss seines Bauchs hervor. Seine Eingeweide explodierten in prasselndem Feuer. Männer fielen schreiend zu Boden, in Flammen und Drachenscheiße gebadet. Selbst in seinen letzten, verzweifelten Todeszuckungen beendete der braune Drache noch weitere Leben.

Dann lag er plötzlich ganz still da. War auf einmal tot.

Einen Augenblick lang schien das ganze Schlachtfeld vor der Bedeutsamkeit dieses einen Moments zu erbeben. Die Drachen – die Mäuler voller Feuer und Blut, die Klauen in die Eingeweide ihrer Feinde vergraben; die Soldaten – die Speere zum Wurf bereit, die Schwerter in Schuppen gebohrt; sie alle hielten kurz inne. Das Schlachtgeschrei und Gebrüll verebbte.

Es hatte sich vollzogen. Das Undenkbare, das Unmögliche.

Die Menschen Kondorras hatten sich erhoben und einen Drachen getötet. Alle hatten es gesehen. Alle wussten es, Menschen wie Drachen. Also konnte es tatsächlich geschehen.

Balur spürte ein erregendes Kribbeln. Ein Zittern in seinen Beinen, in seinem Bauch. Er spürte, wie ihm das Blut schneller durch die Adern strömte, einem wilden Höhepunkt entgegen. Einem Schrei der Wut, der Angst und der Freude.

Dann entspann sich die Schlacht aufs Neue, jetzt noch härter und schneller und wilder als zuvor. Die Drachen kämpften um ihr Leben; und die Menschen kämpften für das Leben, das sie bereits verloren geglaubt hatten.

Flammen erhellten die Nacht. Klauen zerrissen die Luft. Der Himmel spuckte Blitze. Die Trolle erreichten das Zentrum der Schlacht und umzingelten den gelben Drachen. Ihre Riesenkeulen fuhren herab, zerschmetterten die hellen Schuppen, ließen schwarzes Blut aus dem aufplatzenden Fleisch quellen. Feuerspeiend bäumte sich die Bestie auf, jaulte beinahe wie ein Hund. Weiß glühende, sengende Feuerstrahlen zischten aus ihrem Maul, Feuer, das sich durch Fleisch und Knochen brannte und wie eine Riesenklinge durch die Körper schnitt.

Dann schwang sich die Gelbe in die Luft, getragen von breiten Flügeln, schreiend vor Schmerz und fassungsloser Wut, während schwarzes Blut ihr die hellen Seiten herabrann und wie Regen auf die Truppen fiel. Ein paar Männer klammerten sich immer noch an ihren Flanken fest und hackten zwar wild doch vergebens auf sie ein. Dann verloren sie einer nach dem anderen den Halt und fielen wie Fleischbomben zu Boden.

Feuerlanzen schossen nieder, kritzelten Mord in das Schlachtfeld. Soldaten warfen ihre Speere, richteten jedoch auf die Entfernung schon keinen Schaden mehr an. Das Ungeheuer brüllte seinen Sieg hinaus.

Der Katapultschuss traf es völlig unversehens. Kühn aus dem Dunkel und ins Dunkel geschossen, segelte der enorme Steinklotz durch die Luft und traf die Kreatur am Hals, durchschlug Schuppen, Muskeln und Knochen und riss ein großes, klaffendes Loch.

Schlagartig erschlaffte der sich windende Körper. Blut schoss in Strömen daraus hervor und ergoss sich dampfend wie ein plötzlicher Wasserfall aus dem nächtlichen Himmel. Wo es den Boden traf, stieß seine schiere Wucht die Krieger von den Beinen und verwandelte die Erde in Schlamm.

Dann fiel die Bestie. All ihre Pracht, ihre Anmut, war dahin. Als Sack voll Fleisch und Kot schlug sie auf. Dreck und Schmutz und gebrochene Soldatenkörper wurden vom Aufprall hinweggefegt. Eine große Flutwelle aus Blut spritzte in alle Richtungen.

Und dann lag die Gelbe einfach nur da, tot auf der Erde.

Ein lauter Jubel erhob sich aus den Mündern eines jeden Mannes, einer jeden Frau und jedes Kinds in der Ebene, die noch atmen konnten. Der Klang verschlang Balur, kaute ihn und spuckte ihn wieder aus, taumelnd von der Größe dessen, was ihn da ansah.

Was geschah gerade?

Sie gewannen.

Gewannen sie?

Die Toten lagen wie gemähter Weizen auf dem Feld. Überall Feuer und Blut. Zwei Drachen hatten sie erledigt – doch drei blieben noch übrig. Schock und Ehrfurcht entglitten blutverschmierten Fingern. Der Ausgang der Schlacht stand nun auf Messers Schneide, auf der Spitze einer Drachenklaue.

Der rote Drache kämpfte sich aus einem Knäuel ihn umschwärmender Soldaten frei. Mit seinen Riesentatzen erschlug er Männer und Frauen und stampfte sie in den Boden. Dann richtete er sich auf, brüllte, spie Feuer und stieg in die Luft, den Platz der Gelben einzunehmen.

Abermals schossen die Katapulte, doch der Rote war nun gewarnt. Er wich dem ersten Schuss aus, und auch dem zweiten. Die Felsen schlugen in die Armee, löschten Leben aus und verschmierten es im Dreck. Den dritten Felsen fing er im Flug, wirbelte von der Wucht des Schusses herum und schleuderte ihn zurück auf die Reihen. Schreie drangen aus schwächlichen Menschenlungen.

Das grüne Ungeheuer stieg ebenfalls auf, beschrieb einen Bogen über dem Schlachtfeld und ließ Blut und Körperteile niederregnen. Im Tiefflug zog es über die Armee dahin, während die Pfeile von seinen dicken Schuppen abprallten. Feuer schoss aus seinem Maul und verzehrte den Heeresrand. Ein erstes Katapult ging in Flammen auf, dann ein weiteres, dann noch eins. Zurück blieb eine Reihe von fünf Scheiterhaufen.

Der Schwarze blieb am Boden, stapfte im Kreis herum und zog eine Flammenwand um sich hoch, ein vollendetes Rund, das immer höher und höher wuchs und Speere, Pfeile und Männer gleichsam verzehrte.

Der Rote warf sich zu Boden, benutzte seinen eigenen Körper als Rammbock. Die Reihen der Menschen wollten sich auflösen, abwenden und fliehen, doch ihre eigenen blutdürstigen Kameraden drängten ihnen entgegen. Beide Gruppen starben einen hässlichen Tod. Dann sprang der rote Drache wieder in die Luft.

Der Kopf des Schwarzen schnappte aus seiner Feuerwand nach den Schreienden und zog sie mit dem Maul zurück.

Die grüne Bestie flog auf und ab und spie unablässig Feuer, wie ein Kind, das Kreide von einer Tafel wischt.

Dann fielen die Greifen über sie her. Es waren weniger als zu Beginn der Schlacht, vielleicht noch die Hälfte. Doch sie bildeten immer noch einen Wirbel schwarzer Federn und Klauen und Wut, der aus der Nacht gefegt kam und wie eine Breitseite über die Drachen herfiel. Ihre Schnäbel hoben sich und hackten zu. Ihre Klauen rissen große Stränge Schuppen und Fleisch ab. Die Grüne brüllte und verbrannte ihren eigenen Körper mit verzweifelten, keuchenden Flammenstößen, doch dann fiel sie aus dem Himmel, ehe sie alle Greifen erlegt hatte, nun nicht mehr als ein Fleischklumpen.

85

Höhenflüge

Das konnte nicht sein.

Das durfte nicht sein.

Kithrax leugnete es vollständig. Es musste sich um eine gottverdammte Halluzination handeln, vielleicht von den Dämpfen des Vulkans verursacht.

Dann traf ein Bronzespeer eine bereits wunde Stelle an seiner Seite, und der Schmerz war so groß, dass sich ein Schleier über die Welt legte. Er schrie vor Pein und Wut.

Das durfte doch alles nicht passieren.

Aber das tat es.

Es hatte alles so einfach gewirkt. Ihre Truppen hatten bereitgestanden, alles und jeden zu zerschmettern. Noch ein Tag der Entspannung und des Schäkerns mit Scourrax, und dann brauchte er sie alle ein weiteres Jahr nicht zu sehen. Und wie viel Spaß es gemacht hatte, diese erbärmliche, enttarnte Spionin des Propheten vor ihm zittern zu sehen!

Und dann … dann hatte sie gesagt, der Prophet wolle ihr Gold stehlen. Und hatte sie alle einfach … beleidigt. Sie hatte *ihn* beleidigt. Es war einfach zu viel gewesen. Das und Horrax' widerliche Wolke von Mundgeruch. Und so war er losgezogen, um den Tod herniederregnen zu lassen. Er war gegangen, die Furcht vor allem, was er und seine Gefährten waren, in jeden

Menschen dieses gottverfluchten Tals zu pflanzen. Er war angetreten, die Welt von diesem elenden, verfluchten Propheten zu säubern.

Und das hatte er getan – er hatte diesen kleinen Dreckfleck von einem Menschen getötet.

Und … und dann …

Götter, sie hatten die Vermessenheit besessen anzugreifen. *Ihn* anzugreifen!

Zuerst hatte er beinahe gelacht: wie sie sich ihm entgegenwarfen – wie Motten, angezogen von seinem Feuer. Dann aber war auf einmal Horrax gestorben. Und ein gehässiger Teil von ihm hatte das sogar lustig gefunden, weil es eben Horrax gewesen war. Dieser Scheißkerl. Dieser widerliche Kackhaufen von einem Drachen, der ihm so lange schon ein Stachel im Fleisch gewesen war, getötet von … diesen *Leuten,* diesen *Bauern,* diesen *Unwürdigen,* die er reihenweise niedermähte. Doch während er innerlich noch frohlockte, schrie ein anderer Teil von ihm, dass etwas hier sehr, sehr falsch war, dass dies eigentlich nicht hätte passieren sollen, dass diese Leute das doch nicht machen konnten.

Ein Teil von ihm hatte Angst bekommen.

Doch Angst war etwas Lachhaftes, etwas Läppisches, seiner nicht würdig. Er konnte einfach keine Angst haben. Das wäre, wie wenn der Löwe das Lamm fürchtete. So biss und schnappte und fauchte er, spuckte Feuer und tötete, er tötete und tötete, damit sie seine Überlegenheit erkannten. Damit sie begriffen, wie kläglich und flüchtig ihr Siegestaumel war.

Dann aber fiel Scourrax. Ihr schlanker, anmutiger Körper schlug schlaff auf den Boden. Ihr gelber Leib war ein unübersehbares Monument dieser Verkehrung der natürlichen Ordnung.

Es war nicht so, dass er sie geliebt hätte – das hatte er keineswegs. Eine solche Abhängigkeit hatte nicht bestanden, jedenfalls nicht von seiner Seite. Sie dagegen, das konnte er sich durchaus vorstellen, sie hatte sich nach ihm verzehrt, doch war dies eine einseitige Angelegenheit gewesen. Dennoch empfand er im Augenblick ihres Todes einen Schmerz, den er nie erwartet hätte; einen Stich in seiner Brust, der gänzlich anders war als der in seinen Flanken und Flügeln, und diesen gänzlich übertraf.

Damit waren zwei von ihnen gefallen – nicht bloß Horrax. Plötzlich war dies nicht mehr nur ein hässlicher Webfehler im Wesen der Wirklichkeit, sondern eine Welle tiefgreifenden Wandels. Plötzlich war die ganze Welt im freien Fall, ein wildes Chaos, ein ungebremstes Abgleiten in den Wahnsinn. Und so tobte er weiter, biss und schlug um sich, färbte die Welt rot vor Feuer und Blut. Kämpfte gegen diesen plötzlichen Umschwung aller Dinge an.

Doch aus irgendeinem Grund, entgegen allem, woran er glaubte, war das nicht genug.

Nun war auch Quirrax tot. Auf einmal waren er und Bruthrax die einzigen noch lebenden Drachen in Kondorra. Sie waren vom Aussterben bedroht.

Und das konnte nicht sein.

Und doch war es so.

Er bäumte sich auf die Hinterbeine auf, breitete seine Schwingen aus, ließ sie seine Größe sehen, seine Majestät, seine Erhabenheit. Er ließ sie sehen, wen sie da angriffen: einen Gott. Oder er ließ sie doch nahe genug an einem dran. Sie hatten ihn vor sich. Sie brauchten ihren absurden falschen Propheten nicht länger. Wieso erkannten sie das nicht?

Wieso nicht?

Da spürte er einen scharfen, stechenden Schmerz in seinen Eingeweiden, und sein herausforderndes Gebrüll wurde zu einem Schmerzensschrei.

Ein gleißender, weiß flammender Blitz schoss aus dem Himmel und brannte einen zweiten schmerzenden Streifen über seine Brust. Dann traf ihn ein dritter Blitz und schließlich ein vierter. Mit verkrampften Muskeln kippte er nach hinten. Er kämpfte um die Kontrolle seines zusammenbrechenden Körpers, als ihn schon der nächste Blitzschlag an der Wange traf. Er roch, wie seine Haut verbrannte, seine Schuppen sich lösten. Sie hatten ihn entstellt. Seinen Körper entweiht …

Es waren seine Magier! Die er angeworben und aus seinem eigenen Schatz bezahlt hatte. Sie taten ihm das an!

»Ihr undankbaren Verräter!«, schrie er. Doch seine Worte drangen nur noch als ein hässliches, gurgelndes Grunzen aus seinem zerstörten Gesicht. Und er erkannte, dass er beinahe wie Horrax klang. Da musste er in seinem Schmerz, in seinem Schrecken weinen. Nach allem, was er für dieses Tal getan hatte, nachdem er es zu dem gemacht hatte, was es war. Er war ihr verdammter Herr und Meister …

Dann brach er unter den Blitzen zusammen, die auf ihn einprasselten, und lag zuckend am Boden. Als die Soldaten auf ihn eindrangen, war er unfähig, sich zu verteidigen.

86

Rot an Zahn und Klaue

Balur sah mit an, wie die Magier des Konsortiums den schwarzen Drachen in einer beeindruckenden Zurschaustellung ihrer Macht in die Knie zwangen. Nun war bloß noch der Rote geblieben – eine riesige Bestie, siebzig Schritt harte Muskeln und so starke Schuppen, dass sie zwar zahlreiche Kratzer, aber so gut wie keine Spuren schwarzen Drachenbluts aufwiesen. Welle auf Welle von Feuer spie der Rote hinaus, verbrannte das Schlachtfeld und ließ Schneisen verbrannter Leichen zurück.

Balurs Verzweiflung überwältigte ihn fast. Sein Gesichtsfeld färbte sich rot. Jedes Mal, wenn er einen Drachen beinahe erreicht hatte und kurz davorstand, ihm den Stahl in den Magen zu treiben, kam ihm irgendein Arschloch zuvor. Es waren einfach zu viele Leute. Er hatte gesehen, wie der Greif dem braunen Drachen das Auge nahm, und er hatte versucht, sich einen Weg durch das Gedränge schreiender Krieger zu bahnen; doch sie standen einfach zu dicht. Ein paar von ihnen kletterten übereinander hinweg, aber sie waren auch klein und leicht genug dafür. Wenn Balur dasselbe probierte, zerquetschte er die Leute bloß. Dumme, zerbrechliche Menschen waren das.

»Ich bin der verdammte Prophet!«, schrie er. »Lasst mich gefälligst durch, damit ich meine heilige Rache vollziehen kann!« Doch niemand konnte ihn über den Schlachtenlärm hinweg hören. Und so hatte er versucht, zu dem gelben Drachen durchzudringen. Dafür musste er nun gegen die Richtung der Schlacht ankämpfen. Doch gerade, als er seinen Zeiger hoch erhoben hatte, um ihn der Kreatur tief in die Seite zu rammen, war diese aufgeflogen und erst wieder heruntergekommen, als die feigen, am hinteren Ende der Armee versteckten Katapulte sie abschossen. Fast hätte Balur losgejubelt, als der grüne Drache die Katapulte zerstörte.

Dann war die grüne Bestie zum Kampf zurückgekehrt. Geradewegs auf ihn zu, als hätte sie Balur dort stehen sehen. Balur hatte seinen Zeiger erhoben und zwischen ihre Augen gezielt.

»Komm nur näher, du Drecksbiest«, hatte er geflüstert, unmöglich zu hören in dem Aufruhr und Getöse des Kampfes. Doch das Biest hatte ihn auch so gehört; Balur hatte gespürt, dass es ihn spürte. Er brauchte sich nun nicht mehr durch die Menge zu drängen – der Kampf kam ihm entgegen, auf hellgrünen Schwingen. Der Augenblick seines Triumphs. Der Moment, den man niederschreiben und der auf Jahre in den Geschichten weitergegeben würde. Die Schlacht, von der Eltern ihren Kindern berichteten. Die Geschichte, die ihm Frauen im Überfluss versprach …

Und dann diese gottverdammten Greifen. Verflucht sei jener dreckige, notgeile Adler, der zum Anbeginn der Zeit der Versuchung erlegen war, einen Löwen zu besteigen. Mochte Truga doch auf das Gedenken der elenden Löwenhure spucken, die ihre Drecksbrut damals aufgezogen hatte, bloß damit sie Jahrhunderte später auf seine Träume schiss.

Der grüne Drache war tot zu Boden gefallen.

Balur war nicht einmal mehr überrascht, als die Magier den

schwarzen Drachen erledigten. Natürlich taten sie das. Wichser, allesamt …

Damit blieb nur noch der Rote. Ein Titanenbiest. Die Armee griff es immer wieder an, nur um daran zu zerschellen. Wälle gefallener Krieger türmten sich um diesen Drachen auf. Er trampelte über sie hinweg, versprühte Leichen und Flammen.

Ein paar lahme Blitze zuckten noch durch die Nacht, aber die Magier hatten ihre Kraft erschöpft. Das rote Untier widerstand dem Angriff ohne jede Mühe. Die wenigen verbliebenen Greifenreiter wendeten ihre Tiere zur nächsten Attacke. Der Drache begegnete ihnen am Himmel, und sie fielen wie Regen. Speere prallten von ihm ab, Pfeile häuften sich entzweigebrochen zu seinen Füßen.

Endlich schien die Menschenarmee zum Stillstand zu kommen. Sie hatten fast nichts mehr übrig; und was sie doch noch hatten, das verblasste gegen diese monströse Bestie.

Und als er dann das Gemetzel an den verfluchten Greifen verfolgte, fühlte Balur zu guter Letzt den Finger des Schicksals auf ihn weisen.

Das ist er, wusste er. *Dieserweise ist der Moment.*

Als griffe einer der Götter aus dem Himmel herab und drängte sie beiseite, öffneten ihm die Soldaten eine Gasse.

Balur zog die Schultern hoch, hob seinen Uhrzeiger und stürmte auf den roten Drachen los.

87

Träume werden wahr

Er erhob sich vor ihm: ein Berg aus Fleisch, eine Mauer des Zorns. Der Drache brüllte und schlug um sich. Spie den Angreifern Ströme von Feuer entgegen. Mit jedem Ausatmen sandte er ein Dutzend von ihnen in ihre Gräber. Ein paar Soldaten hielten sich an seinem Rücken fest, hackten verzweifelt auf die harten Schuppen ein.

Balur beugte den Kopf und verdoppelte das Tempo. Jeder Teil von ihm pulsierte mit der Selbstsicherheit seiner Bewegungen. Jeder Teil von ihm bewegte sich in vollendeter Übereinstimmung mit seinem Ziel.

Über ihm riss der Drache den Kopf herum, visierte ihn an, holte Luft.

Balur warf sich nach rechts, rollte sich ab. Hinter ihm verschlang das Feuer die Welt. Die Hitze riss an ihm, doch er war schon wieder auf den Beinen und rannte weiter.

»Komm schon!«, brüllte er. »Na los, du fetter Scheißkerl! Du kleinschwänzige Ausrede für einen Leguan!«

Über den Schlachtenlärm hinweg konnte ihn der Drache jedoch unmöglich hören, ebensowenig die Schreie der Sterbenden und der verzweifelt gegen ihn anbrandenden Armee. Und doch wusste Balur: Der Drache hörte ihn dennoch.

Er rannte gegen sein Gebrüll an wie gegen eine feste Wand aus

Schall. Es war nicht die erste Wand, die er durchbrach. Und er rannte weiter, seinen Zeiger fest umklammert.

Brüllend senkte der Drache den Kopf. Sein offenes Maul hieß Balur willkommen.

Lette war tot.

Drachen waren tot …

Und Balur war das alles vollkommen egal.

Der Drache schlug mit einer Klaue nach ihm. Balur rollte sich ab, stach mit dem Zeiger zu, spürte, wie er sich zwischen zwei Schuppen verkantete. Die brutale Macht des Drachen riss ihn von den Beinen. Sein Körper schlug wie eine Peitsche durch die Luft, aber Balur ließ den feststeckenden Zeiger nicht los.

Er schlug auf den Boden, wurde gewaltsam durch Dreck und Schmutz und halb verkohlte Leichen gezogen. Doch er hielt sich weiter fest und spürte seine Klinge, die immer noch zwischen den Zehen des riesigen Drachens festsaß, spürte sie zittern und wackeln und sich dabei immer tiefer graben. Der Drache hob seinen Fuß, Balur baumelte daran herab, riss mit seiner ganzen Körperkraft, zerrte den Zeiger hin und her, um sich tiefer zu sägen. Dieser Drache würde seinen Namen erfahren.

Der Drache schickte sich an aufzustampfen.

Mit einem Ruck grub sich der Zeiger durch die Schuppen und tief ins Fleisch hinein. Der Drache kreischte und riss instinktiv seinen Fuß vom Boden weg. Balurs Körper drehte sich wie ein Kreisel. Er hielt den Zeiger gepackt, versuchte ihn verzweifelt tiefer zu treiben, dann aber löste er sich, und Balur segelte sich überschlagend durch die Luft.

Er landete mit dem Kopf voran. Sein Kiefer schnappte

schmerzhaft zu, er schmeckte Blut und spürte seine Wirbelsäule ächzen und stöhnen.

Neben ihm landete die abgetrennte Drachenzehe.

Balur und der Drache brüllten wie mit einer Stimme.

Dann riss der Drache sein Maul auf und erfüllte die Welt mit Feuer.

Balur rollte sich mit knapper Not beiseite. Die Lage war beinahe hoffnungslos. Nirgendwohin konnte er fliehen. Aber der zerwühlte, blutgetränkte Matsch des Schlachtfelds rettete ihn. Je weiter er rollte, desto dicker wurde die nasse Schicht, die ihn überzog und im Drachenfeuer hart wurde. Zwar reichte dies nicht, die komplette Gluthitze von ihm abzuhalten; aber sie nahm ihr doch ihre tödliche Macht. Halb gegart in einer harten Erdkruste blieb er liegen.

Zornig und vor Schmerzen fauchend brach er daraus frei. Dass dieser Drache versuchte, ihn zu kochen – als wäre er nicht mehr als ein Nachtisch, den man ihm opfernderweise serviert hatte! Als hätte Balur nicht Fleisch von seinem Fleisch geschnitten. Als würde sich dieser Drache nicht jeden verbleibenden Tag seines Lebens, mit jedem Schritt, den er tat, an Balur erinnern. Jetzt durfte es keine Gnade mehr geben. Er würde ihm das Herz mit den Zähnen rausreißen, und wenn er sich dafür erst seinen Schlund hinuntergraben musste.

Der Drache zögerte, überrascht von Balurs Wildheit, und war verwundert, dass er überhaupt noch lebte. Wenn er schon nicht tot war, dann hätte er höchstens noch ein erbärmlich blutendes Häuflein sein dürfen – nicht dieser wirbelnde Derwisch des Hasses. Balur nutzte den Moment der Überraschung, rannte schnurstracks auf ihn zu und sprang das verletzte Bein an, das der Drache schützend unter seinen Körper hielt. Der Drache wich zurück, doch Balur flog durch die Luft und bekam mit den Händen den Rand der offenen Wunde zu greifen. Der Drache schrie und zuckte zurück, doch Balur, geladen bis obenhin, hielt sich fest. Mit letzter Kraft zog er sich hoch. Packte den Knöchel des Drachen. Der trat zwar aus, aber Balur ließ nicht locker.

Überall ringsum starrten die Männer und Frauen ihn an. Die Kämpfe kamen zum Erliegen. Alles hing nun von diesem absurden, ungleichen Zweikampf ab. Der abgetrennte Zeh im Schmutz kündete totemgleich von Balurs unnachahmlicher Wildheit – von der ganzen Unmöglichkeit seiner Aufgabe. Schließlich konnte er nicht das ganze Ungeheuer in mundgerechte Stückchen hacken.

Oder doch?

Keiner der Zweikämpfer kümmerte sich um solche Fragen. Balur hatte zwischen den Krallen und Knöcheln des Drachen Halt gefunden und hackte entschlossen auf seine Wade ein. Mit jedem Schlag auf die Schuppen flogen Funken. Der Drache kratzte und wand sich und hieb nach Balur, doch der arbeitete sich weiter vor und blieb außer Reichweite.

Heulend schüttelte sich der Drache und stieg in die Lüfte. Balur registrierte das Abfallen des Bodens nur von Ferne. Er war viel zu sehr auf seine Aufgabe konzentriert. Er würde diesem Monster den Garaus machen. Es würde seinen Namen kennenlernen. Jeder würde seinen Namen kennenlernen. Selbst die Götter. Sobald es ihm gelang, dieses verdammte Bein abzuschlagen …

In diesem Augenblick krümmte sich das Biest zusammen,

und einen schrecklichen Moment lang fürchtete er, doch noch seinen Halt zu verlieren. Da der Drache nicht länger sein eigenes Gewicht tragen musste, streckte er auch nicht länger seinen Fuß in einer Weise aus, die Balur entgegenkam. Panisch umklammerte er das Drachenbein, während der Blutrausch der Schlacht mit seinem tief verwurzelten Selbsterhaltungstrieb wetteiferte. Er begnügte sich damit, nach der von ihm geschlagenen Wunde zu beißen. Wenn es sein musste, würde er sich durch diesen Baumstamm aus Fleisch eben durchnagen.

Die Welt wirbelte um ihn herum, während der Drache taumelnd um sich drosch. Balurs Füße verloren ihren Halt und schlugen durch die Luft. Er biss noch fester zu, erhöhte den Druck seiner Zähne, bis er spürte, dass die erste Schuppe knackte.

Heißes, stechendes Blut schoss in seinen Mund. Er würgte und spuckte. Der verdammte Drache schmeckte sogar schrecklich. Er schüttelte den Kopf und leckte nach Luft, wurde den Blutgeschmack aber einfach nicht los. Er schnitt eine Grimasse und biss abermals zu. Er würde nicht vergessen werden …

Dem gekrümmten Drachen gelang es schließlich, sich im Flug fast zusammenzufalten und mit seinen Füßen zu kratzen. Balur spürte, wie ihm eine Klaue eine tiefe Wunde in den Rücken riss. Seine Arme zuckten unkontrolliert, und kurzzeitig fand er sich im freien Fall wieder, ehe er sich erneut fing und gerade noch am Drachenknöchel festhalten konnte.

Unter ihm wirbelte das Schlachtfeld dahin, ein schwindelerregendes Durcheinander von Gesichtern. Ein Pfeil sauste an seinem Ohr vorbei und prallte an einer Schuppe nahe an seinem Arm ab.

»Passt schießenderweise auf euren Propheten auf, ihr Schwachköpfe!«, schrie er in den rauschenden Wind, bezweifelte aber, dass es viel nützte.

Er versuchte sich trotz der Gegenwehr des zappelnden Drachen weiter hochzuziehen. Seine Finger rutschten ab, seine Arme ermüdeten allmählich. Seinen Zeiger sollte er wohl lieber aufgeben und sich mit beiden Händen festhalten – andererseits, wenn er das tat, was hatte das alles hier dann noch für einen Sinn? Er brauchte doch das scharfe Metall, um es dem Drachen in den Schädel zu rammen und sein Hirn kräftig durchzurühren. Also hielt er es sturköpfig fest und versuchte stattdessen, sich mit den Füßen festzuklammern.

Weshalb er schließlich auch den Halt verlor und sich überschlagend in den Nachthimmel geschleudert wurde.

88

Wir alle fallen

Balur taumelte Arsch über Ellbogen durch die Nacht. *Das wär's dann also,* dachte er ohne Bedauern. Es war ein guter Weg zu sterben: bis auf die Knochen vom Blut seines Feindes durchnässt, seinen Geschmack auf der Zunge. Es war ein ruhmreiches Ende. Bald wäre er bei Lette in der Unterwelt, und gemeinsam würden sie den Toten in alle Ewigkeit in den Hintern treten.

Dann fing ihn ein Brüllen ein, und ein riesiges Maul füllte sein Gesichtsfeld aus.

Der rote Drache hatte sich überschlagen und kam von unten auf ihn zu, den Kiefer sperrangelweit aufgerissen, um sich seine Belohnung aus der Luft zu schnappen.

Balurs Resignation fiel von ihm ab. Dieser Kampf konnte immer noch gewonnen werden.

Er zog die Knie an die Brust, legte den Kopf dazwischen und rollte seinen großen Körper zu einem Ball zusammen. Dann aber, als das Maul ihn gerade verschlucken wollte, machte er sich schlagartig groß und spreizte mit aller Gewalt Arme und Beine.

Seine Faust schlug dem Drachen in die Nase, sein Fuß in die Unterlippe. Unmittelbar vor seinem Bauch schlugen die Zähne zusammen. Die Drachenschnauze stieß ihm in die Weichteile. Mit einem Aufschrei krümmte sich Balur über den Nüstern zusammen. Der Drache schnaubte vor Wut und Überraschung. Ein stürmischer Stoß heißer Luft blies Balur empor. Er schaffte es gerade noch, sich an der Oberlippe festzuhalten, da spürte er den Drachenspeichel zwischen seinen Fingern.

So hing er dem Drachen an der Schnauze, während dieser kerzengerade in den Himmel stieg. Immer wieder schnappte er nach ihm, doch Balur blieb außer Reichweite. Er spürte, wie sich die gewaltigen Lungen mit Luft füllten. Feuer schoss in die Nacht, flüssige Flammen strömten an seinen Fingerspitzen vorbei, ließen seine Haut Blasen werfen. Schreiend kämpfte er um Halt, doch dann war es zu viel. Der Drache warf den Kopf herum, und abermals fand sich Balur im freien Fall wieder.

Dieses Mal blieb ihm keine Zeit, noch einmal zu sich zu kommen, bevor sich die Kiefer um ihn schlossen.

89

Apotheose

Die Zähne fielen mit einem Krachen aufeinander – Gitterstäbe eines heißen, dunklen Kerkers. Wie durch ein Wunder war Balur im Inneren des Drachenmauls noch immer in einem Stück geblieben. Der Drache dachte nicht ans Kauen – er wollte ihn einfach in Gänze herunterschlucken, seinen Todeskampf im Bad der Magensäure spüren.

Verzweifelt kämpfte Balur um Halt. Seine Klauen glitten an den rutschigen Zähnen ab. Unter ihm pulsierte die Zunge, drückte ihn der klaffenden Speiseröhre entgegen, die er im Dunkel der Mundhöhle gerade noch erkannte.

Mit der freien Hand erwischte Balur eine Ecke Zahnfleisch und hielt sich mit seinem schmerzenden Arm daran fest, während die Zunge ihn peitschte und zu packen versuchte. Das Gewicht des geschärften Uhrzeigers zog ihn tiefer. *Götter, wieso bloß hatte er immer noch ...*

Götter! Er trug immer noch seinen Zeiger mit sich!

Die Drachenzunge wickelte sich um ihn. Eine mächtige Muskelwelle warf ihn in hohem Bogen Richtung Rachen.

Wie wild schlug Balur mit seinem Zeiger um sich. Schlitzte die Zunge, den Gaumen auf.

Der Drache schrie vor Schmerz, die ganze Mundhöhle krampfte sich zusammen. In dem beengten Raum verwandelte die schiere Lautstärke des Schreis sein Hirn beinahe zu Brei und ließ ihn tiefer in den Schlund taumeln. Dann öffneten sich die Zähne, und etwas Licht fiel herein. Balur konnte unter sich das Schlachtfeld erkennen, und vor sich den enormen Umriss des Vulkans; eine schwere, schwarze Felsenfaust, die sich drohend dem Mitternachtsblau des Himmels entgegenreckte. Blut regnete auf Balur herab.

Er kämpfte gegen die zunehmende Rutschigkeit der Mundhöhle an und stemmte sich gegen die Mandeln des Drachen. Dann rammte er ihm den Zeiger in die Zunge und spießte sie auf. Der Drache brüllte wieder. Das hängende Gaumenzäpfchen schlug wie ein Streitkolben hin und her und trafen Batur am Knöchel. Dann entledigten die Zuckungen der Zunge Balur seiner Waffe, und auf einmal schwebte er in seiner Rolle als unfreiwilliger Kieferorthopäde in der allergrößten Gefahr. Die Zunge schlackerte mitsamt des schweren Eisenspeers herum und riss tiefe Wunden in die Fleischwände.

Balur hielt sich fest, so gut er konnte, doch der pulsierende Schlund des Ungeheuers lockte ihn in sein Verderben. Der Drache brüllte wieder. Sie waren nun direkt über dem Vulkan, rasten seine Steilhänge empor. Er hörte, wie die Schwingen klatschend gegen Felsen schlugen, und der Ruck ließ ihn umfallen.

Eine seiner wirbelnden Hände stieß gegen den Zeiger, der noch immer tief in der Zunge steckte. Die Klinge zerschnitt ihm die Hand, doch er packte sie dennoch, widerstand dem Schmerz. Der Schlund schloss sich um einen seiner Füße und wollte ihn einsaugen. Keuchend griff Balur mit seiner anderen Hand nach dem Griff seiner behelfsmäßigen Zeigerwaffe. Er stemmte sich mit den Füßen gegen ein Etwas, das vom Blut rutschig geworden war, zerrte die Klinge zur Seite und fühlte Muskelgewebe reißen, als er die Zunge des Biests fast entzweischnitt.

»Balur!«, schrie er in der wilden Kammer des Drachenmauls. »Nämlicherweise heiß ich Balur! Hast du das jetzt?«

Neuerliches Heulen, Raserei, Schmerz und Hass. Was er von der Welt durch die Zähne hindurch sehen konnte, wirbelte umher. Blaue Nacht, schwarzer Fels und rotes Magma. Sie waren nun über dem Krater, starrten in den Rachen des Vulkans.

Hitze braute sich unter ihm zusammen. Viel zu viel, als dass es nur vom Vulkan herrühren konnte. Und Balur begriff, dass der Drache endlich einen Weg gefunden hatte, diesen Stachel aus seinem Maul zu entfernen. Wenn die Flamme aus seinem Hals emporbrauste, dann konnte er sich nirgendwo mehr verstecken. Er würde gebraten werden und endlich verzehrfertig sein.

Der Schlund öffnete sich ein Stück weit und gab Balurs Fuß frei. Gelbes Licht glomm in der Tiefe, dann raste es ihm entgegen. Einen Moment lang wankte Balur am Rand dieses Abgrunds und drohte in das flüssige Licht abzugleiten.

Er entging diesem Schicksal nur um Haaresbreite. Stattdessen spannte er die Muskeln an, schrie seine Wut und seine Furcht hinaus und rammte den Zeiger direkt nach oben. Das harte Eisen traf auf die fleischige Gaumendecke und durchstieß sie.

Blut strömte wie ein Wasserfall auf Balur herab, verstopfte den Schlund des Drachen und löschte den flackernden Feuerfunken unter ihm. Auch Balurs Hände wurden ganz glitschig vom Blut, trotzdem ließ er den Uhrzeiger nicht los. Er stieß ihn sogar noch höher, tief in den Gaumen hinein, bis er auf Knochen traf. Balur stemmte die Füße in den zuckenden Rachen des Ungetüms, drückte nach oben und richtete sich in einem letzten Kraftakt brüllend zu voller Größe auf.

Die Klinge durchbrach den Knochen und drang ins Gehirn.

Der Drache bewegte sich nicht länger. Blieb vollkommen reglos.

Balur riss die Klinge nach links und rechts.

Dann ließ ihn die Gravitation im Stich. Ein Gefühl der Schwerelosigkeit umfing ihn. Das Schwert, wie es im Hirn des Drachen feststeckte, war sein einziger Anker. Seine Füße schwangen herum, stießen gegen die Drachenzähne, gerade, als der schlaffe Kiefer aufklappte.

Der Drache stürzte, dann taumelte er leblos durch die Luft.

Er hatte ihn getötet. Er hatte ihn tatsächlich getötet! *Er hatte ihn verdammt noch mal getötet!* Euphorie überkam Balur. Eine Schwerelosigkeit des Geistes wie des Körpers.

Er sah die Welt vor dem Fenster des kraftlosen Drachenkiefers herumwirbeln. Der schwarze Fels des Vulkans sperrte hungrig sein Maul auf. Balur starrte von einem Schlund in den anderen. Wie ein Faden eine Öse, so durchstieß der Drache den Krater, prallte erst gegen den Rand und stürzte dann taumelnd tiefer.

Die Schwerkraft kehrte zu Balur zurück, fiel ihn wie ein verschmähter Liebhaber an, traf ihn in fast jedes lebenswichtige Organ. Mit einem Ruck löste sich der Zeiger aus dem Gaumen. Balur wurde erst in die eine Richtung geschleudert, dann in die andere. Er prallte gegen die Zähne und schnitt sich an den scharfen Emaille-Splittern.

Dann krachte der Drache in katastrophaler Weise in das Magma. Glühende Gischt spritzte in einem gewaltigen Strahlenkranz auf, eine Feier des Titanentods. Der Drachenkopf federte auf dem zähflüssigen, halb geschmolzenen Gestein ab. Balur wurde von dem Aufprall nach oben geschleudert.

Einen Augenblick lang lugte er zwischen den schlaffen Lippen des Drachens hervor. Überall sah er Gold. Die Wände des gesamten Kraters waren von weiten Vorsprüngen gesäumt, und jeder quoll beinahe über von diesem Gold.

Das müssen die Tiefen sein, dachte er. *Lall belohnt mich.* Dann sackte er nach unten, rutschte zurück in das Maul. Mit letzter Kraft kämpfte er dagegen an, wollte in dem goldenen, glänzenden Licht bleiben. Gleichzeitig sah er den Drachen immer weiter aufbrechen und Blut und Gedärme verspritzen. Und überall Feuer – Feuer, das aus dem Drachen leckte, seine Flanken herabfloss, das brodelnde, spuckende Magma berührte. Und kurz bevor er in den bratenden Schädel zurückglitt, sah er noch den ganzen Drachenleib zerplatzen und einen mächtigen Feuerstrom aufschießen, höher, höher und höher.

Die Welt glühte erst rot, dann gelb, dann weiß. Dann klappten die Drachenkiefer zu, und Balur war in völliger Dunkelheit gefangen, während die Welt um ihn herum explodierte.

90

Zeugin

Voller Staunen starrte Quirk den Höllenschlund an. Einst war es der Sitz des Drachenkonsortiums gewesen, nun wurde es zu seiner letzten Ruhestatt. Sie hatte zugesehen, wie Balur den roten Drachen erklomm. Wie er von ihm in die Lüfte getragen wurde. Atemlos hatte sie – und mit ihr die gesamte Armee – verfolgt, wie der Drache ihn abschüttelte und im Stück verschlang.

In diesem Augenblick war es für sie vorbei gewesen. All die Hoffnungen. All ihre Träume, ihre Pläne – alles war gescheitert. Der Prophet, wer immer er gerade sein mochte, war tot.

Und dann, als hätte es sich die Wirklichkeit doch noch einmal anders überlegt, als ob die verdammten Götter sich vielleicht doch für Kondorra interessierten, hatte der Drache am Himmel zu zucken begonnen und war abgestürzt, geradewegs in den Krater des Vulkans hinein.

Unschlüssig hatte die Armee verharrt. Hieß das, sie hatten gewonnen? War dies ihr Sieg? Quirk wusste nicht, was sie ihnen sagen sollte. Trotz ihrer umfassenden Bildung war sie in diesem Augenblick kein bisschen klüger als alle anderen.

Dann aber brach der Vulkan aus. Ein gewaltiger geologischer Orgasmus, der sein Feuer in die Nacht schoss. Die Druckwelle traf sie, ließ sie zurücktaumeln und in der wogenden Menschenmasse versinken.

Dunkelheit tanzte am Rand ihres Gesichtsfelds. Sie kämpfte sich ihren Weg ins Bewusstsein zurück, getragen von den allgegenwärtigen Schreien und der wachsenden Panik.

Felsbrocken und Feuer zogen ihre Bahnen über den Himmel hinweg und gingen um sie herum nieder. Flammen verschlangen Leben.

Quirk versuchte sich aus der Menge zu befreien, beweglicher zu werden, den Leuten aus dem Weg zu gehen. Sie hatte Ohrensausen, und ihre Glieder fühlten sich fremd und schwer an. Überall um sie herum rangen und drängten sich die Menschen, ein wackliges Bett aus Armen und Beinen, das ihr keine Hoffnung auf Halt ließ.

Sie sah einen klobigen, gezackten Umriss – schwarz vor dem nächtlichen Blau des Himmels – auf sie zustürzen, unerbittlich und unvermeidlich. Ein großer schwarzer Fingerzeig des Todes, der vom Himmel gezielt auf sie wies.

Dabei wollte ich ihnen noch verbieten, die verfluchten Tempel zu plündern, dachte sie bei sich. Das alles schien ihr so verdammt ungerecht zu sein.

Das Objekt verfehlte sie nur knapp, schlug krachend ein und rutschte über den Boden hinweg, schleuderte Schmutz und Kies auf. Ein Geruch nach Räucherschinken stieg ihr in die Nase.

Endlich gelang es ihr, sich aus dem Meer gestürzter Menschen zu befreien und wieder auf die Beine zu kommen. Zu ihrer Rechten schlug ein weiteres vulkanisches Geschoss ein. Sie sprang beiseite, suchte Deckung. Die Schreie endeten rasch.

Dann schwieg der Himmel, und man hörte nur noch das langsame, stete Grollen des flüssigen Felsens, der aus dem Krater austrat. Eine Aschewolke breitete sich aus. Für den Augenblick war der Terror überstanden.

Quirk starrte den Felsbrocken an, der beinahe ihr Leben ausgelöscht hätte. Nein ... kein Felsbrocken. Kein Klumpen abkühlender Lava. Eigentlich sollte sie fliehen – schließlich konnte es noch zu einem weiteren Ausbruch kommen. Sie war hier nicht sicher. Doch sie konnte die Wissenschaftlerin in sich nicht abstellen. Also schnüffelte sie erneut. Sie roch ... war das Fleisch? Dann trat sie näher, versuchte Details im flackernden Licht des lodernden Schlachtfelds auszumachen.

Und schließlich begriff sie, was sie da vor sich sah.

Es war der kolossale, geröstete Kopf eines Drachen. Er musste ihm vom Hals gerissen und aus dem Berg geschleudert worden sein, von der Hitze der Explosion binnen Sekunden gegart.

Götter. Ein Kopf. Sie hatte ihren eigenen Drachenkopf! Sie konnte ihn in aller Ruhe studieren. Und gebraten war er auch! Sie könnte ihn sogar kosten ... Götter! Sie spürte ein ganz flaues Gefühl im Magen. Mit ausgestreckter Hand machte sie einen Schritt darauf zu.

Der Kopf bewegte sich. Der Kiefer zuckte.

Quirk sprang zurück, überwältigt von Entsetzen: Dieser Kopf war vom Körper getrennt worden, aber das Gehirn hatte offenbar noch nicht aufgegeben. Irgendwie, auf unbegreifliche Art, schien dieser Drache noch am Leben zu sein, ins Gefängnis seines verbrannten Schädels gesperrt ...

Götter. Die Qualen mussten unvorstellbar sein ...

Der Kopf zuckte abermals. Quirk kämpfte gegen ihre aufsteigende Übelkeit an.

Dann brachen die Kiefer auseinander, die Zunge klappte heraus. Und auf dieser Zunge, als wäre sie ein ausgerollter Teppich für einen von Erfolg gekrönten Kaiser, von Kopf bis Fuß in Blut gebadet, einen glitschig roten Uhrzeiger in der Faust, kam Balur herausstolziert.

Siegreich.

91

Der Morgen nach der vorherigen Nacht

Die Sonne ging über einer Szenerie auf, die einem Schlachthaus entlehnt schien. Überall zerschundene Körper. Der Geruch verbrannter Leichen lag in der Luft. Der Vulkan grollte und donnerte.

Mit einem Ruck kam Balur zu sich. Er hatte geträumt – eine Vision von Gold. Ein Berg voller Feuer und Gold. Alles wuchs über ihm empor, um ihn einzuschließen. Von Gold verschlungen …

Mit matter Hand wischte er sich getrocknetes Blut aus den Augen. Sah an sich herab und stellte fest, dass er von oben bis unten blutverkrustet war. Und die Geräusche, die allmählich, nur punktuell in sein Bewusstsein drangen, klangen so, als fände ganz in der Nähe eine Party statt.

Dann fiel es ihm wieder ein: wie er sich an der Klaue des Drachen festgehalten, in seinem Maul ums Überleben gekämpft hatte. Wie er ihm ins Hirn gestochen hatte und in den Vulkan gestürzt war. Erst ein flüchtiger Blick auf unermessliche Reichtümer, und dann die Explosion. Er war durch die Luft geflogen, während das Fleisch ringsum vor Hitze kochte, und war dann auf den Boden geschlagen, abgepolstert nur von den Zungenresten des Biests. Er hatte sich aus dem verklemmten Gebiss herausgekämpft. Dann hatte er das Schreien, den Jubel und den Freudentaumel gehört und seine Waffe hoch erhoben.

Auf den Fersen dieses mühsam zusammengestückelten Bildes der letzten Nacht folgte die Bedeutsamkeit.

Er hatte einen Drachen getötet – er. *Ganz allein.* Sie waren in den Himmel gestiegen, Zähne und Klauen. Zwei Tiere, die einander wütend das Fleisch von den Knochen gerissen hatten. Er und der Drache. Und wer war siegreich daraus hervorgegangen? Wer war noch übrig?

Er war sich vage bewusst, dass nun alle Schätze verloren waren. Der Vulkan war ausgebrochen und hatte eine Welt des Reichtums in Schlacke verwandelt; doch das schien Balur nun ein unwesentliches Detail zu sein. Er war vom Blut seines Feindes überzogen und in den Mantel seines Triumphs gehüllt.

Hierüber würde man Lieder singen – und sie würden ruhmreich sein.

Ganz nahe bei sich konnte er den Kopf seines bezwungenen Gegners sehen. Schwarz, knusprig, ein wenig nach Speck riechend. Er würde später davon kosten und dann spüren, wie er die Stärke seines Gegners in sich aufnahm, bis nichts von ihr blieb.

Weiter hinten war der Leichnam des gelben Drachens zu sehen. Die klaffende Kehle lag in einem See geronnenen Blutes. In der Nähe befand sich ein schwarzer Körper, die Eingeweide bloßgelegt, die Organe aus der Bauchhöhle gezerrt. Weiße Rippen wiesen zum Himmel. Und dort waren auch der Grüne und der Braune: steile Hügel des Todes. Auf dem Kadaver des Grünen stand noch eine einsame Gestalt, die mit einer Art Keule darauf einschlug, ihre letzte Wut an dem erlegten Untier ausließ.

Natürlich waren dies nicht die einzigen Leichname: Tausende gefallene Menschen lagen über das Feld verstreut. Ein paar von ihnen waren kaum noch zu erkennen. Von manchen war bloß noch verkohlte Asche geblieben; andere waren von Klauen in Stücke gerissen worden. Wieder andere quollen in noch kleineren Stücken aus den aufgerissenen Mägen der Drachen hervor, die sie gefressen hatten.

Dann waren da noch zwei weitere Leichen. Zwei Tote im Herzen des unregelmäßigen Kreises, um den herum die Schlacht gewütet hatte.

Der Gedanke, einen Drachen getötet zu haben, stieg ihm plötzlich immer saurer auf. Der Sieg schmeckte wie Asche in seinem Mund.

Balur spuckte aus. Wie sich herausstellte, hatte er tatsächlich Asche im Mund.

Er versuchte ins Hier und Jetzt zurückzufinden. Aus seinem eigenen Kopf zu entkommen. Der Lärm, der wie eine Feier geklungen hatte, erwies sich als ebendies: Ringsum, in etwa hundert Schritt Umkreis, feierten die Überlebenden der Schlacht. Es waren viel mehr, als er erwartet hatte. Vielleicht fünfzigtausend. Wenigstens fünfundvierzig. Und ganz ehrlich – wenn es nur zehn- oder fünfzehntausend Tote gab, so war das erstaunlich gut in Anbetracht der Monster, die sie zur Strecke gebracht hatten. Der plötzliche Ausbruch eines lange verdrängten Zorns war zu viel für die Drachen gewesen. Ohne Zweifel waren Drachen wahre Vernichtungswaffen – doch man hatte ihnen keine Gelegenheit gelassen, sich warmzulaufen.

Von daher konnte Balur die Feierlaune der Überlebenden nachvollziehen. Das Bier, das ausgeschenkt wurde, die Lieder

der Barden, die rauen Stimmen im Chor, das Jubeln und Lachen, die plötzliche Verbrüderung zweier Streitkräfte, die noch Stunden zuvor drauf und dran gewesen waren, sich gegenseitig in Stücke zu reißen … all das konnte er verstehen.

Und doch mochte er sich den Feiernden nicht anschließen.

Niemand kam den erlegten Bestien zu nahe. Ausgenommen die eine, tobende Gestalt, die auf die Grüne einhackte. Alle anderen hielten Abstand, und so war Balur allein, als er sich dem Zentrum des Kampfplatzes näherte. Der Stelle, an der zwei Wagen ausgebrannt waren. Dort, wo – unbegreiflicherweise – der Anblick des Bleis die Armee des Konsortiums bewogen hatte, die Seiten zu wechseln.

Balur war allein, als er sich dem Ort näherte, an dem Lette gestorben war.

Es war schwierig, die genaue Stelle zu bestimmen, doch er fand eine Art Fleck mit verbranntem Dreck und großen, getrockneten Blutlachen. Alles war voller Asche, und direkt daneben lag das Blei. Irgendwo hier … *ausreichenderweise,* dachte er.

Dort stand er, ignorierte die Feier und hieß zum ersten Mal in seinem Leben Stille und Einkehr willkommen. Dachte an Lette, an seinen Stamm, und auch daran, dass er nun allein auf der Welt war.

»Ich habe einen Drachen getötet, Lette«, sagte er zu der Asche. »Genauso, wie ich es versprochen habe. Drachentöter – das war ein Beruf, den du mir nie vorgeschlagen hast.«

Fast konnte er ihre Antwort hören. *Weil ich keine lebensmüde Vollidiotin bin, du Arschloch.* Er lächelte bei dem Gedanken.

»Sie reden über dich, falls du's noch nicht mitgekriegt hast«, nuschelte eine undeutliche Stimme hinter ihm.

Balur fuhr herum und hob instinktiv seinen Zeiger.

Doch es war bloß Firkin – dünn und schmutzig und betrunken.

»Klapp, klapp, klapp, so klappern ihre kleinen Mäuler«, fuhr Firkin fort. »So ein Geklapper ist das, dass man meinen könnte, sie rollen gleich weg.« Er legte den Kopf schief. »Würden es wahrscheinlich ein Wunder nennen, wenn es geschähe, und sagen, dass du's gewesen bist. Das Wunder der klipp-klappernden Mäuler.«

Der Alte schüttelte den Kopf, wie um eine Fliege von seiner Nase zu verscheuchen. Oder, da es sich hier um Firkin handelte, gleich eine ganze Kolonie von Fliegen aus seinem verfilzten Bart.

»Sie würden sagen, dass ich es war?«, wiederholte Balur.

»Na ja.« Firkin räusperte sich und spuckte aus. »Schließlich bist du jetzt ihr Prophet, oder nicht? Das ist ein richtig großer Scheiß. Die Leute lieben so was. Immerzu geht's um Größe, als ob das wichtig wär. Dabei ist die körperliche Statur längst nicht alles – das sag ich ihnen ständig. Man muss auch wissen, was man damit anstellt. Aber nein, acht Fuß Größe und alle sind ganz feucht im Schritt und klappern nur so. Ach, Prophet dieses, ach, Prophet jenes …«

Der Prophet. Sie denken andauernderweise, ich wär der Prophet … Eines musste Balur den Bewohnern Kondorras lassen: Wenn es darum ging, an ihren Illusionen festzuhalten, bewiesen sie echte Sturheit. Fast nötigte einem diese blinde Beharrlichkeit Respekt ab.

»Will war der Prophet«, sagte er. »Und Will ist tot.«

Firkin sah ihn verwundert an. »Will?«

Balur verdrehte die Augen. »Für einen von euch rosa-weichen Kerlen war er ziemlich groß; gesegnet mit der Gabe, sich planenderweise den größten Scheiß auszudenken. Der, der mir meinen Sieg über Mattrax genommen hat. Der, der diese ganze Schweinerei prophezeit hat …«

»Schweinerei?« Firkin runzelte die Stirn noch tiefer.

»Genau«, knurrte Balur. Er verlor bald die Geduld mit diesem Fragespiel. »Leichen, tote Freunde, überall Blut. Das ist doch anerkannterweise die Definition, oder nicht?«

»Ich weiß, wer Will ist, und auch, was 'ne Schweinerei ist«, schnappte Firkin verärgert. »Ja, schon klar, alles scheiße, ich bin bloß 'ne arme traurige Echse, die vom ganzen Tal als Gott verehrt wird, bu-hu-hu und so weiter.« Er spuckte wieder aus. »Ich war auch schon traurig. Hab Whiskyflaschen verloren, du Knalltüte. Ich kenn Schmerz, das glaubst du gar nicht. Hab aber immer noch meine Eier. Wusste gar nicht, dass du deine bei deiner Freundin abgegeben hast. Hat sie sie Will geliehen, damit der sie durchpflügen kann?«

Wäre Balur betrunken genug gewesen, sich zu erklären, hätte er seine Stimmung vielleicht als reizbar beschrieben. Für Firkins Gelaber hatte er schon unter Idealbedingungen keine Geduld: Und seine reizbaren Stimmungen waren alles andere als ideal.

Mit zwei Schritten hatte er Firkin erreicht und am Hals gepackt. Dann hielt er ihn hoch. »Jetzt hör mal zu, du kleiner Scheißer«, zischte er. »Ich hab heute meinen Stamm verloren. Trauernderweise. Und ich bin mir nicht zu schade, dir das Genick zu brechen.«

»Allein«, gackerte Firkin. »Einsam und allein! War ich auch

mal. Ist mir auch schon passiert. Kommt mir vor, als wär's Jahrhunderte her, aber mein Gedächtnis ist da nicht so genau. War ja die meiste Zeit seitdem betrunken. Vorher eigentlich auch schon. Saufen ist großartig, hab ich dir das mal erzählt?« Trotz seiner baumelnden Beine schien Firkin Balurs Hand um seinen Hals herum fast vergessen zu haben.

»Hab aber glaub ich keine Drachen erschlagen, solang ich betrunken war«, fuhr Firkin fort. »Bin auch nicht von Tausenden angebetet worden. Eigentlich von gar keinem. Ein-, zweimal hab ich vielleicht dafür bezahlt. Lässt sich schwer sagen, würde aber erklären, wo das ganze Geld geblieben ist … oder auch nicht. Geld ist auch großartig – kleine Kupferstücke, die man jemandem gibt, weil man dafür was zu saufen kriegt. Und wenn man säuft, ist einem alles scheißegal. Hast du das mal probiert?«

»Ich weiß, wie man säuft«, knurrte Balur.

»War mir nicht sicher.« Firkin versuchte sich an einem Nicken, aber es gelang ihm nicht richtig. »Wo du doch so ein verheulter kleiner Schlappschwanz bist und alles.«

Diese Worte überraschten Balur dann doch. Vor lauter Schreck setzte er Firkin ab und betrachtete ihn wie irgendwas mit Tollwut.

Wer sagte denn so was? Wer traute sich das mit einer Hand um den Hals?

»Stamm!«, rief Firkin. »Du hast keinen Stamm?« Er stolperte zurück, als ihm allmählich dämmerte, in welcher Gefahr er da schwebte. »Du heulst, weil du einen Stamm von einer Person verloren hast? Was haben sie dir in der Analesischen Wüste eigentlich beigebracht? Bis zur Zahl deiner Schwänze zu zählen?«

Die Unverfrorenheit dieser Worte nötigte Balur Respekt ab. Vielleicht konnte er sogar stolz darauf sein, Firkin auseinanderzunehmen und mit seiner eigenen Wirbelsäule zu verprügeln.

»Du hast einen Stamm von fünfzigtausend Seelen, du Depp!«, schrie Firkin Balur an, als der sich vor ihm aufbaute. »Du hast Eine verloren und dafür jeden Einzelnen in diesem Tal gewonnen. Du bist nun die Nummer Eins im Stammesgeschäft, du blöder Arsch! Du sagst Stamm – die sagen, scheiße ja, Prophet unseres Stammes! Du sagst, macht mal, was Stämme so machen – und die finden raus, was du meinst, und machen das dann. Ist jetzt alles nur noch Stamm, die ganze Zeit. Der Stamm des Propheten, Baby. Der Prophet bist du, und der Prophet ist ein Blödmann, aber das ist allen egal, wegen all der Prophetenkacke.« Als Firkin merkte, dass Balur ihn vielleicht doch nicht gleich umbrachte, klopfte er sich etwas Staub von den Schultern und fügte in vernünftigerem Ton hinzu: »Und der toten Drachen wegen.«

Unschlüssig ließ Balur den Blick über die Talbewohner schweifen. Trunken vor Siegesrausch und Drachenblut; genau, wie es jeder gute Stamm sein sollte.

»Wieso denken sie, dass ich der Prophet bin?«, fragte er.

Firkin war selbstbewusst genug, entrüstet zu tun.

»Wenn fünf große, alte, ledrige Wichser vom Himmel herabsteigen und hier alles ausräuchern wollen, und alle nur rumstehen und sich die Unterhosen zuhalten, damit ihnen nicht der Schlamassel rausläuft; und wenn ein einziger Riesenkerl 'nen Brüller loslässt, als hätt er grad 'nen Ständer, mit dem er Drachen totprügeln könnte – weißt du, so was fällt den Leuten schon auf.« Er nickte weise. »Denn ich bin mit der Weisheit der Götter geschlagen und kenn mich aus mit so was.«

Balur spürte seine Wut erneut hochkochen. »Du bist genauso sehr ein Priester wie ich ein Prophet! Wenn es jemals prophetenweise jemanden gab, dann ist er jetzt ziemlich braun gebrannt.«

Obgleich er drei Fuß kleiner war als Balur, gab Firkin sein Bestes, auf ihn herabzublicken. »Die Leute sagen, du wärst ein Prophet – du sagst, du wärst keiner. Du hast eine Stimme – sie haben aber fünfzigtausend. Du bist ein Prophet! Das ist Demokratie.«

Mit Balurs Geduld war es zu Ende. »Das ist einfach ... Scheiße, und zwar ist das jetzt die letzte Scheiße, die ich mir von dir anhören werde, es sei denn, du scheißt dir ängstlicherweise die Hose ein, wenn ich dich umbringe, oder reflexweise beim Sterben, das passiert nämlich manchmal.«

Irgendwie wünschte Balur, er wüsste das nicht.

»Willst du jetzt einen Scheißstamm oder nicht?«, spie Firkin zurück.

Was Balur abermals zur Weißglut brachte.

Fünfzigtausend ... Menschen, na schön. Aber fünfzigtausend! Vielleicht fünfundvierzig ... aber alle waren sein Stamm. *Seiner.* Ein Analesier konnte eine ganze Menge mit fünfundvierzigtausend Soldaten anstellen. Eine Menge ...

Was? Gutes? Schlechtes?

Er war sich nicht sicher – doch ihn beschlich der Verdacht, dass es Spaß machen könnte.

Aber Lette ...

Lette war tot. Sein Stamm war tot. Und ein Analesier ohne seinen Stamm war ebenfalls tot.

Natürlich war er schon einmal ohne Stamm gewesen: als er in der Wüste fast gestorben wäre. Damals hatte er einen neuen Stamm gefunden.

Firkin rollte mit den Augen. »Komm doch mal mit«, sagte er großzügig. »Und lern deine Leute kennen. Deinen Stamm. Was auch immer.«

Also kam Balur mit. Vielleicht wider besseres Wissen, doch was blieb ihm sonst schon übrig? Zu sterben? Zu trauern, zu klagen und seine Sorgen zu ertränken, bis ... wann? Bis sich niemand mehr für ihn interessierte?

Zurzeit interessierten sich die Leute allerdings noch sehr für ihn. Sie jubelten, als er sich näherte. Sie tobten geradezu. Sie johlten und schrien seinen Namen.

»Prophet! Prophet! Prophet!« Die Welt bebte vor ihren Rufen. Und dann, als er noch näher kam, breitete sich eine Stille aus. Sie verbeugten sich. Neigten die Köpfe.

Mitten in der Menge blieb Balur stehen. Und als er sich umschaute, sah er nichts als Frauen, Männer und Kinder, alle auf einem Knie und mit gesenkten Häuptern. Firkin war der Einzige, der noch stand. Er breitete die Arme aus, drehte sich im Kreis, ein großzügiges Grinsen übers Gesicht geschmiert. Die Botschaft war klar:

Seht, was ich euch gebe.

Balur schaute zu den Leichen der Drachen zurück, und auch zu der Stelle, an der Will und Lette lagen. Sie waren jetzt nichts als kleine Aschehäuflein.

Was hätte sich Lette wohl für ihn gewünscht?

Eine Hure und ein Bier und einen guten Kampf, du große dumme Echse, hörte er ihre Stimme in seinem Kopf.

Wie wäre es mit einer Armee?, fragte er das Echo aus den Tiefen.

Auch nicht schlecht.

Ein paar Stunden später fand ihn Quirk. Er war gerade in Wills altem Zelt, das ein paar enthusiastische Jünger gefunden und für ihn aufgebaut hatten. Sie hatten ihm einen Thron gebaut und ein Drachenhorn voll mit Bier gereicht, jemand kümmerte sich um die Hure, und Balur war ziemlich zuversichtlich, dass auch ein Kampf nicht schwer zu finden wäre.

Sie drängte sich an den beiden Wachen vorbei, die er links und rechts des Eingangs aufgestellt hatte – große Männer waren das, die ursprünglich zur Konsortiumsarmee gehört hatten. Sie waren mit Hellebarden bewaffnet, und ihm gefiel, wie es aussah, wenn sie die Waffen überkreuzt hielten, um Leuten den Weg zu versperren. Über dem Zelt hatte er einen der verbliebenen Greifenreiter postiert, einfach nur, weil es gut aussah.

Doch mächtiger Stammesführer oder nicht, als Quirk eintrat, sprang Balur auf und stürmte auf sie zu, schloss sie fest in die Arme und hob sie in die Luft. Es überraschte ihn selbst, wie gut es tat, sie zu sehen. Aber sie war einfach von Anfang an mit dabei gewesen, hatte denselben Weg zurückgelegt wie er.

»Quirk!«, donnerte er. Und dann rief er den verblüfften Wachen zu: »Bier! Viel mehr Bier!«

Quirk räusperte sich, immer noch in seinem Griff. Mit einem Anflug von Scham setzte er sie wieder ab. »So schön, dich zu sehen«, erklärte er, auch wenn er sich nicht sicher war, ob ein Prophet sich erklären sollte. »Schön, weil ich es visionsweise vorausgesehen habe«, fügte er für die Wachen hinzu. Dann aber merkte er, dass er sich immer noch erklärte. »Bier!«, schrie er vorsichtshalber noch einmal.

Quirk sortierte so gut es ging ihre Garderobe. Sie war noch immer als Händlerin verkleidet, nur dass die Sachen jetzt zerrissen und schmutzig waren.

»Du scheinst es dir ja recht gemütlich gemacht zu haben«, bemerkte sie dann.

»Diese Leute sind mein Stamm. Und wie sich herausstellt, bin ich ihr Prophet. Ich bin genauso überrascht wie alle anderen. Aber angenehmerweise, das muss ich sagen.«

Quirk nahm das hin, ohne ihn zu verurteilen. Das mochte Balur so an ihr.

»Und Will?«, fragte sie schließlich. »Lette?«

Balur fühlte eine Wolke an der Sonne seines großen Tages vorüberziehen. »Haben es nicht geschafft«, sagte er leise.

»Oh.« Quirk wirkte aufrichtig schockiert. »O je, das hatte ich nicht erwartet ... es schien alles so ... er war sich seiner Sache so sicher.«

Balur nickte. »Zu guter Letzt ist er ein echter Prophet gewesen. Ich habe es mit eigenen Augen gesehen.«

Und er erzählte ihr alles: Wie die Wagen von den Drachen durch die Armee des Konsortiums gejagt worden waren. Wie sie, kurz bevor sie die Sicherheit der eigenen Truppen erreicht hatten, von den Drachen eingekreist und in Brand gesteckt worden waren. Wie das Blei aus ihnen herausgequollen war. Und dann, wie ...

»Moment mal«, unterbrach ihn Quirk. »Blei?«

Balur zuckte die Schultern. »Es hat die Konsortiumsarmee ganz verrückt gemacht. Wirklich irre. Ganz genauso, wie Will es vorausgesagt hat. Er hat es *prophezeit.*«

»Blei?«, fragte Quirk abermals.

»Ja doch«, wiederholte er etwas schnippisch. »Das scheint mir hier aber nicht zentralerweise der Punkt zu sein. Die Armee ist völlig durchgedreht. Will hat prophezeit …«

»Blei?« Quirks Stimme erreichte ein noch höheres Register des Unglaubens.

Balur warf kommentarlos die Hände hoch.

»Ich meine, tut mir leid, aber das ergibt doch keinen Sinn.« Quirk schüttelte den Kopf. »Gold verwandelt sich nicht in Blei. Nicht auf alchemistischem Weg. Auch nicht magisch. Es passiert einfach nicht. Das ist völlig unmöglich.«

Balur verengte die Augen. »Unmöglich? Du meinst also, dass es ein Wunder war?«

Quirk zögerte kurz, dann schüttelte sie ein weiteres Mal den Kopf, diesmal noch entschiedener. »Nein, kein Wunder. Es ist einfach nur …«, sie suchte nach Worten, »… unmöglich.«

»Na ja«, hörten sie eine Stimme draußen vor dem Zelt sagen. »Es besteht die Aussicht, dass ich das erklären kann.«

Balur wirbelte herum. Und erstarrte.

Dann erstarrte die ganze Welt.

Stand still, weil nichts mehr einen Sinn ergab.

Mit breitem Grinsen kam Will ins Zelt spaziert.

92

Ausreden und Entschuldigungen

Wills Ausdruck, dachte Balur, ließe sich am ehesten als selbstzufrieden bezeichnen. Eine halbe Sekunde später revidierte er seine Meinung jedoch. Genauer gesagt, war es die besondere Art von Selbstzufriedenheit, die man gewaltsam aus jedem Gesicht fegen sollte. Balur trat vor, um genau das zu tun.

Dann aber schlüpfte Lette hinter Will ins Zelt und grinste ihn unsicher an. »Hey.«

Als er wieder zu Sinnen kam, hatte er Lette gepackt wie ein Schraubstock, während sie schrie, dass er ihr die Rippen bräche.

»Du lebst ja!«, schrie er zurück.

»Nicht mehr lange, verdammt. Lass mich runter!«

Da sie schon ein bisschen blau wurde, folgte er ihrer Bitte. Trotzdem fand Balur, dass sie noch nicht genug Aufhebens gemacht hatten. Er wandte sich an Quirk. »Sie ist am Leben! Sie sind beide am Leben!« Er konnte es gar nicht laut genug hinausschreien. Selbst sein gewaltiges Stimmorgan wurde den Gefühlen, die in ihm wallten, nicht gerecht. Die Leere, die in ihm geherrscht hatte, war nun wieder gefüllt. Ein Teil von ihm, den er für immer verloren geglaubt hatte, war ihm wiedergegeben worden. Sein Grinsen drohte sein Gesicht zu spalten, doch das war ihm gleich.

»Ja«, bestätigte Quirk nachdenklich. »Ich wüsste jetzt nur gern, wie sie das angestellt haben.«

Wills selbstzufriedener Ausdruck kehrte zurück, doch Balur stellte fest, dass es ihm diesmal nicht mehr so viel ausmachte. Er legte seine schwere Hand auf Lettes Schulter und nahm sie nicht wieder weg, obwohl ihre Knie schon nachgaben.

»Okay«, sagte Will. »Was das betrifft ...«

»Genau«, stimmte Quirk zu. »Was das betrifft.« Für Balur klang sie wie eine unzufriedene analesische Brutmutter. Weshalb genau sie eigentlich so sauer war, war ihm nicht klar.

»Schön«, sagte Will. Er schien vor Ungeduld fast zu platzen, zögerte aber auch. Wahrscheinlich, weil er sie alle verarscht hatte und jetzt fürchtete, dass sie es ihm heimzahlen würden. Balur behielt sich vor, Will den Kopf in den Hals zu dreschen, sobald er alles zufriedenstellend erklärt hatte.

»Also gut«, fing Will noch einmal an. »Offensichtlich war der Plan ein bisschen komplizierter als das, was ich euch erzählt hatte. Zu meiner Verteidigung möchte ich jedoch festhalten, dass meine Füße zu dem Zeitpunkt im Blut eines Spions standen und ich ein kleines bisschen paranoid war. Wenn das Konsortium irgendwie davon erfahren hätte ...«

Ihren Gesichtern sah er fraglos an, dass er damit niemanden auf seine Seite zog. »Hört mal, Lette hat mir wegen dieser Sache auch schon fünf, sechs Sorten Scheiße aus dem Leib geprügelt!«

Lette nickte, und Balur zerzauste ihr liebevoll das Haar.

»Mach das noch mal, und ich bau deine Hand zu einem Spucknapf um«, drohte sie ihm.

Er lächelte glücklich vor sich hin. »Ich hatte mir wirklich Sorgen wegen der Spione gemacht. Ganz ehrlich.«

Balur begann sich zu langweilen. »Hör mit den Entschuldigungen auf und verrat uns lieber, wie du lebendigerweise da rausgekommen bist, bevor ich dich wieder totmache.«

»Einen Teil wisst ihr ja schon.« Er zeigte auf Balur. »Du zum Beispiel hast gewusst, dass ich meine Meinung ändern und dich anweisen würde, die Armee mobilzumachen und dann anzugreifen. Du musst angenommen haben, dass ich es jemandem ausgerichtet habe ...«

»Wieso muss ich das angenommen haben?« Das schien Balur ein etwas zu großer Gedankensprung zu sein. Will warf ihm einen flehentlichen Blick zu, doch ehe Balur ihm erklären konnte, wohin er sich seine Annahmen stecken konnte, wurde er von Lette unterbrochen. »Ich kapier immer noch nicht, weshalb ein Angriff überhaupt nötig war. Und wieso du es mir nicht gesagt hast.«

»Wegen der Spione!« Will wirkte schockiert, das noch einmal erklären zu müssen. »Wir waren so viele, dass die Leute nicht mal mehr wussten, wer jetzt der Prophet war. Wie sollte ich da einen Spion erkennen? Diesen einen haben wir nur deshalb enttarnt, weil er sich so dämlich anstellte. Was, wenn er kompetenter gewesen wäre? Und sobald wir unser Lager verlassen hatten, waren wir buchstäblich von Feinden umringt. Aus genau diesem Grund wollte ich auch, dass Balur angreift. Ich dachte mir, wenn ein Spion von der Finte gehört hat, reagiert die Armee vielleicht nicht auf die Gefahr – und wir haben keine Gelegenheit, die Soldwagen zu stehlen. Doch als unser ganzes Heer anrückte, konnten sie das nicht ignorieren.«

»Warum hast du mir das nicht gleich auf dem Weg in ihr Lager erklärt?« Lette hatte diesen leicht mordlustigen Blick, den Balur immer so charmant gefunden hatte.

»Na ja …« Will schaute auf seine Füße. »Ich dachte mir, dass du den Teil nicht mögen würdest, in dem ich Quirk bat, uns zu verraten.«

»Wie bitte?!« Nun wirkte Lette wie kurz vor einem Ausbruch, der alles, was der Höllenschlund geboten hatte, in den Schatten stellte.

Balur sah von Will zu Quirk und fragte sich, wen von beiden er zuerst umbringen sollte.

»Es hat doch funktioniert, oder nicht?« Will gelang es, sich an einem Rest seiner Selbstzufriedenheit festzuhalten. »Wir sind immer noch hier – die Drachen sind tot. Denk daran, bevor du mich verurteilst!«

Balur kratzte sich am Kopf. »Erklär uns lieber, warum du wolltest, dass Quirk uns verrät.« Er wandte sich an Quirk. »Und du, warum du's gemacht hast.«

Quirk begegnete seinem Blick, ohne einzuknicken. »Weil er's mir gesagt hat.«

»Wenn er dir sagt, dass du verkleideterweise die Händlerin sein sollst, hast du kein Problem damit zu widersprechen!«, schnappte Balur. »Aber wenn er sagt, dass du nur vorgeblicherweise verkleideterweise Händlerin sein und ihn stattdessen ans Konsortium verraten sollst – damit hast du kein Problem?«

»Er sagte, so könne ich sie aus der Nähe studieren«, erwiderte sie trotzig. »Und er uns alle retten.«

»Und es hat funktioniert!«, warf Will ein.

»Da draußen liegen zehntausend Tote!«, fuhr sie ihn an.

»Und fünfzigtausend sind da, die noch leben«, erwiderte Will ebenso unnachgiebig. »Die Zahlen nehm ich jederzeit und werde es auf dem Sterbebett nicht bedauern.«

»Ich dachte, das soll so eine Art großes Opfer werden, du Arsch«, sagte sie. »Ich dachte, du würdest dein eigenes Leben im Tausch für all die anderen geben.«

Will schlug die Hände über dem Kopf zusammen. »Hast du gar nicht aufgepasst? Glaubst du ernsthaft, das Konsortium hätte irgendwen von unseren Leuten entkommen lassen? Und selbst wenn, dann hätten wir dieses Tal nur zu weiteren Jahren der Unterdrückung verurteilt. Die Drachen mussten sterben, und jetzt sind sie tot. Und auch auf die Gefahr hin, etwas prahlerisch zu wirken: dank meines gottverdammten Plans! Der funktioniert hat!«

Balur hatte den starken Verdacht, dass sich Will den Verlauf des Gesprächs anders vorgestellt hatte.

Er zeigte auf Will. »Okay. Quirk, die verstehe ich. Dich aber nicht.«

Will sprach übertrieben langsam, was Balur offen gesagt ziemlich unhöflich fand. »Ich musste den Drachen ans Bein pissen, sie aus der Deckung locken. Sie mussten schutzlos sein. Also sagte ich Quirk, dass man sie wahrscheinlich gefangen nehmen und zu ihnen schleppen würde. Und ich bat sie, wenn das geschah, sämtliche meiner Beleidigungen zu wiederholen. Und sobald man die ersten Kämpfe hörte, sollte sie sagen, dass ich gerade ihr Gold stehle.«

Quirk nickte, ein wenig versöhnt. »Und so kam es auch.«

Will tat, als hätte daran nie ein Zweifel bestanden. »Und perfekt wurde es dadurch, dass Lette und ich den ganzen Tag jedem erzählt haben, dass die Soldwagen voller Blei wären.«

Balur hob eine Hand. Er versuchte immer noch alles zu ordnen.

»Dass die Drachen euch auf den Wagen angegriffen haben, war also Absicht?«

»Ähm …« Will wirkte nun ein bisschen weniger aufgeblasen.

»An der Stelle hab ich ihm auch in den Arsch getreten«, unterbrach Lette. »Denn ja, das war schon Absicht. Er hat mich auf einen Wagen springen lassen, ohne mir zu sagen, dass er davon ausging, mich würden gleich fünf Drachen angreifen.«

»Tatsächlich war dies der andere Teil des Plans, bei dem ich fürchtete, dass du ihn nicht mögen würdest«, gestand Will. »Allerdings hätte ich gedacht, dass du gleich den Schutz unserer Armee suchen würdest, statt buchstäblich abzuhauen.«

Lette verdrehte die Augen. »Klar, weil das alle Diebe so machen: in Richtung der Schlacht zu fliehen.«

»Na ja, die Drachen haben uns zurückgetrieben – von daher ging ja alles gut.«

»Bring mich nicht dazu, dich noch mal zu treten!«

Allmählich bekam Balur Kopfschmerzen. »Wieso wolltest du denn zu uns zurück?«

Will schüttelte den Kopf, als könnte er nicht fassen, dass sie es immer noch nicht kapierten. »Damit alle sehen, wie die Drachen Feuer spucken.«

»Du wolltest, dass alle dich sterben sehen?«

»Nein.« Will seufzte. »Ich wollte, dass alle sehen, wie die Drachen die Soldwagen in Brand stecken. Das war das Wichtigste – wegen des Bleis.«

Balur beschloss, dass ihm die Erklärung doch nicht so wichtig war und er Will einfach gleich den Kopf einschlagen sollte. Er ballte die Fäuste.

»Oh!« Will hob schützend die Hände vors Gesicht. »Ich hab da was vergessen. Tut mir leid. Natürlich! Ich bin ein Idiot.«

Balur schaute, wie sich Quirk verhielt und sah eine kleine Flamme über ihre Knöchel züngeln. Er öffnete zwar nicht die Fäuste, griff vorerst aber auch nicht an.

»Wir hatten vorher allen erzählt, dass Drachenfeuer Gold zu Blei verwandelt«, sagte Will.

»Tut es allerdings nicht«, merkte Quirk rasch an.

Will nickte. »Nein, natürlich nicht, aber das wusste ja zu dem Zeitpunkt noch niemand. Alle hatten den Tag über ständig gehört, dass die Drachen kein Gold mehr hätten – und eine Erklärung, die dafür die Runde machte, war, dass Drachenfeuer Gold in Blei verwandelt. Dann haben wir die Soldwagen rausgefahren, damit jeder sehen kann, wie die Drachen Feuer draufspucken. Und dann haben alle das Blei gesehen. Und plötzlich hatte die Armee keinen Grund mehr, überhaupt da zu sein. Sie waren praktisch ausgeraubt von den dreckigen Drachen. Sie wussten, dass man Drachen töten kann – wegen des Schädels, den du den ganzen Tag präsentiert hast. Und alle waren auf einen Kampf eingestellt. Bei diesem Anblick haben sie die Beherrschung verloren und angegriffen.«

»Aber lenkenderweise saßt ihr auf den Wagen«, wandte Balur ein. »Damit die Drachen sie zerstören. Und auch alle euren Tod sehen.«

»Das fand ich ziemlich clever«, sagte Will. »Denn wenn man nicht will, dass Leute einen suchen, ist nichts besser, als vor aller Augen zu sterben.«

»Dann wärst du aber tot«, beharrte Balur.

»Ja.«

»Bist du aber nicht.«

»Nein.«

»Damit wären wir wieder bei der Frage nach dem ›wie‹ von vorhin«, sagte Quirk.

»Stimmt«, sagte Will. »Also, wenn ein Pferd erst mal in Panik gerät, weil man es beispielsweise durch eine wütende Armee treibt oder Drachen hinter ihm her sind, kann man mit ziemlicher Sicherheit davon ausgehen, dass es einfach weiterrennt. Und dann kann man das Lenken genauso gut bleiben lassen, vom Wagen springen, und die Dinge nehmen ihren Lauf.«

»Was genau der Grund ist, weshalb du mich in den verdammten Plan hättest einweihen sollen!«, warf Lette so hitzig ein, dass man ein Steak mit ihren Worten hätte garen können.

Mit seiner messerscharfen Kombinationsgabe kombinierte Balur, dass etwas unausgesprochen blieb.

»Wenn du den Plan gar nicht kanntest«, fragte er Lette, »woher wusstest du dann, dass du abspringen sollst?«

Lette deutete mit dem Daumen auf Will. »Weil dieser Vollidiot da von seinem Wagen auf meinen gesprungen ist, mich runtergestoßen und mit seinem Körper meinen Fall abgefedert hat.« Ihr Ausdruck wurde eine Winzigkeit weicher. »Was so ziemlich der einzige Grund ist, weshalb er noch lebt.«

»Es hat funktioniert.« Will zuckte die Schultern.

»Vollidiot«, wiederholte sie, jetzt aber mit einem Lächeln.

Quirk dagegen wirkte alles andere als erfreut. Tatsächlich machte sie einen eher gereizten Eindruck. »Funktioniert, sagst du, hat es? Willst du etwa behaupten, es beruhte auf deinem Plan, dass Balur einen Drachen in einen Vulkan stößt und dabei dein heiß geliebtes Gold vernichtet?«

Balur konnte nicht anders, als sich im Ruhm dieser Erinnerung zu sonnen. Er versicherte sich Lettes Aufmerksamkeit, sie aber rollte nur mit den Augen.

»Also schön«, gestand sie schließlich ein. »Ich geb's ja zu: Einen Drachen in einen Vulkan zu reiten und als Einziger zu überleben, das ist durchaus beeindruckend.«

»Ich bin in seinem gekochten Kopf entkommen«, stellte Balur klar. »Das ist das, was Barden epischerweise als krassen Scheiß bezeichnen.«

Lette zuckte die Achseln. »Scheißbarden.«

Balurs Grinsen drohte abermals, den Zusammenhalt seines Schädels ernstlich zu schädigen.

»Zugegeben«, sagte Will. »Das war nicht direkt Teil des Plans.«

»Nicht direkt?« Quirk zog ihre Braue so hoch, dass sie fast ihre Haare berührte.

»In keinster Weise, Form oder Gestalt«, gab Will sich geschlagen.

»Soll heißen, eigentlich hätten wir jetzt in den Vulkan spazieren und ihn bis zur letzten Münze plündern sollen, ist das richtig?« Der Blick, den Lette Balur zuwarf, war nun deutlich weniger nachsichtig.

Will nickte abermals. Doch aus irgendeinem Grund grinste er immer noch. Und auch Lette war nicht ganz so wütend, wie Balur es zu diesem Zeitpunkt eigentlich erwartet hätte.

Natürlich bestand auch die Möglichkeit, dass Will gerade bloß nicht merkte, dass Lette bereits das Messer in seinem Rücken hatte. Das war Balur auch schon passiert, obgleich er damals, wenn ihn die Erinnerung nicht trog, königlich betrunken gewesen war.

Doch Lettes Blick nach zu urteilen war das nicht das, was gerade vor sich ging.

»Was ist es?«, fragte er.

»Was denn?«, fragte Lette zurück.

Eines Tages wird sie das mit dem spielenderweise Unschuldigtun noch mal üben müssen.

»Das, was du nicht sagst.« Balurs Ungeduld kehrte zurück.

»Guuut.« Will dehnte das Wort. Seine selbstgefällige Art kehrte zur Oberfläche zurück wie ein Leichnam, der sich weigerte, an seinen Anker gebunden zu bleiben. »Um auf das mit dem Blei zurückzukommen ...«

»Weil Drachenfeuer Gold nämlich nicht zu Blei verwandelt«, half ihm Quirk auf die Sprünge.

»Nein«, gab Will zu. »Tut es nicht. Ich dachte, das hätten wir geklärt.«

Balur ließ seine Knöchel krachen. Laut.

»Wieso kommt ihr nicht alle mit raus«, sagte Will rasch und schob die Zeltplane hoch.

Balur warf einen fragenden Blick zu Lette, die nickte. »Keine Sorge«, versicherte sie ihm. »Den Teil wirst du mögen.«

Sie traten ins Lager hinaus. Die Sonne stand hoch am Himmel, und der Wind hatte gedreht. Der Rauch des Höllenschlunds wurde nun von ihnen fortgeweht und erstreckte sich bis zum Horizont. Über ihnen aber war blauer Himmel. Überall ringsum hörten sie die Menschen feiern.

Und direkt vor dem Zelt standen Quirks Händlerwagen mit ihrer farbenfrohen Seidenverkleidung geparkt. Ein Mann mit ernstem Gesicht, den Balur nicht erkannte, saß auf dem Kutschbock eines der Wagen.

»Cattak?«, fragte Quirk, und er strich sich das Haar aus der Stirn.

»Genau«, sagte Will. »Cattak und ich, wir hatten uns nämlich noch ein wenig unterhalten, nachdem du uns vorgestellt hattest. Ich fragte ihn, ob er kurzfristig ein paar Tonnen Blei besorgen kann. Und nachdem er mich ausgiebig als Verrückten verflucht hatte, machte er sich an die Arbeit – und hat es geschafft.«

Will grinste Cattak an, doch der strich sich nur wieder das Haar zurück.

»Nachdem das geklärt war, fuhren Cattak und Quirk zwei Wagen voller Blei ins Lager des Konsortiums, getarnt als Händler mit ihrer Ware.«

Balur starrte die Wagen an und rechnete alles kurz durch. »Absoluterweise ausgeschlossen, dass ihr mehrere Tonnen Blei aus diesen Wagen in die Soldwagen verladen habt, bevor die Drachen euch angegriffen haben.«

Wills Grinsen wurde breiter. »Völlig richtig. Aber es war ziemlich einfach, die Seidenverkleidung von unseren Wagen über die Soldwagen der Drachen zu hängen.«

Das war Cattaks Stichwort. Er griff hinter sich und riss an der Seide. Ein großer Streifen löste sich und glitt herab. Dahinter kam eine feste Wand zum Vorschein, schwarz lackiert und mit Eisen verstärkt.

Balur spürte, wie ihm der Kiefer herunterklappte.

»Cattak hatte ja schon seit einer Weile den Späher gespielt«, fuhr Will fort. »Von daher wusste er genau, wie die Soldwagen aussehen. Repliken davon herzustellen war nicht schwer. Dann haben wir sie einfach mit unserem Blei vollgeladen, mit Seide verkleidet und ins gegnerische Lager gefahren. Als alle von den Kämpfen abgelenkt waren, hat Cattak die Abdeckung von unseren Wagen über ihre gezogen und die Pferde getauscht. Dann sind Lette und ich auf die falschen Soldwagen voll Blei gesprungen und losgefahren, um sie noch verbrennen zu lassen. Im letzten Augenblick sind wir abgesprungen und haben uns versteckt. In der Zwischenzeit hat Cattak Quirks angebliche Händlerwagen in Sicherheit gebracht und sich ebenfalls versteckt. Und sobald endlich wieder Ruhe herrschte, sind wir alle hierher zurück.«

»Diese Wagen.« Balur leckte sich die Lippen. »Die sind also voll mit dem Gold, das die Drachen soldweise für ihre fünfzigtausend Soldaten gedacht hatten?«

Diesmal war Wills Grinsen ganz besonders selbstgefällig, doch Balur scherte das keinen Deut mehr. »Ja – wir haben es geschafft. Wir haben die Drachen abgezogen. Damit haben wir so viel Gold, dass wir ›Drachen verpisst euch‹ in zwanzig Schritt großen Buchstaben quer über die Ebene schreiben können.«

Er strahlte sie der Reihe nach an.

»Wir sind reich!«

93

Noch etwas

Sie hörte Jubel. Sie hörte Gejohle. Menschen sangen und tanzten.

Quirk ging all dem aus dem Weg. Sie würde schon sagen, dass sie sich für die Menschen freute. Und verdrossen musste sie sich eingestehen, dass Will recht gehabt hatte: Sein Plan hatte sehr viel mehr Leben gerettet, als irgendein anderer das vermocht hätte. Dennoch hatte sie keine wirkliche Lust darauf, sich den Feierlichkeiten anzuschließen. Die Leichname der Drachen waren zu nahe, ihr Lockruf zu laut.

Sie trat näher an den Drachenkadaver heran, schreckte dabei die schnell wachsenden Krähenschwärme auf. Schon war die Luft von Verwesungsgestank erfüllt. Sie fuhr mit der Hand über die Kante einer tiefen Fleischwunde und folgte dem Lauf einer freigelegten Ader, katalogisierte sie im Sinn ... für später.

So viel Drache und so wenig Zeit ...

Sie kletterte in den aufgeplatzten Leichnam, fühlte das rutschige Fleisch unter ihren Füßen. Sie folgte der Ader, zählte ihre Verzweigungen, versuchte, die Muskeln zu bestimmen, die sie versorgte. Während Quirk arbeitete und das aufgeregte Zittern ihrer Hände zu unterdrücken versuchte, dachte sie, dass sie die Feierlaune der anderen jetzt vielleicht besser verstand.

Ein Stück weiter stellte sie fest, dass die Ader von einem Klumpen erkalteter Lava unterbrochen wurde, herausgeschleudert aus dem Vulkan. Der ganze Körper war mit abkühlenden Brocken schwarzen Gesteins gesprenkelt, deren Größe von Stecknadelköpfen bis zu Äpfeln reichte. Vorsichtig, um das Gewebe nicht noch weiter zu beschädigen, entfernte sie den Klumpen.

Als sie ihn gerade wegwerfen wollte, fiel ihr etwas ins Auge: ein hellgelbes Glitzern, das sie eben erst freigelegt hatte. Sie zögerte noch, besah sich den Stein genauer und wischte ihn mit dem Daumen ab.

Aus dem Steinbrocken ragte ein kleiner Goldnugget hervor. Er schimmerte matt auf ihrer Hand. Unerwartete Schönheit – hier auf dem Schlachtfeld.

Langsam nahm Quirk den Anblick der Ebene in ihrer Gesamtheit in sich auf. Lavabrocken lagen überall über das Schlachtfeld verteilt, in einem ungefähren Bogen um den Höllenschlund.

Das Gold war nicht verdampft, als der Vulkan ausgebrochen war. Es war auch nicht von einem Gott aufgesammelt worden und klammheimlich gen Himmel verschwunden. Es war einfach nur geschmolzen – und hatte sich mit dem Fels vermischt. Und nun lag es überall verstreut herum.

Wurde von betrunken herumtollenden Soldaten tonnenweise in den Dreck getreten.

Quirk stand in der Leiche eines Drachens und rollte nachdenklich den Goldnugget zwischen ihren Fingern.

Auf vieles, was sie in Kondorra getan hatte, war sie nicht sonderlich stolz. Doch wenn sie auf all das zurückblickte, was sie bis zu diesem Moment geführt hatte, konnte sie immerhin sagen, dass sie ins Feld gegangen war, die Ungetüme studiert und überlebt hatte. Sie hatte sie aus nächster Nähe gesehen. Sie würde die Kadaver untersuchen können. Sie konnte Proben nehmen und Zeugen befragen. Sie hatte mehr als genug Informationen, um die definitive Schrift über Drachen zu verfassen. Und wenn sie nach Tamathia zurückkehrte, würde sie die berühmteste lebende Thaumatobiologin sein. Ihre Schuld würde beglichen, die Gutherzigkeit der anderen belohnt sein.

Es mochte glücklichere Enden geben – doch Quirk war eine Realistin. Vielleicht war dieses Ende glücklich genug.

Sie sah zu Lette und Balur und Will hinüber. Sie tanzten und tranken nun alle, ebenso wie der Rest. Würde noch mehr Gold tatsächlich irgendetwas besser machen? Nach allem, was Quirk gesehen hatte, tat den Leuten ein zu großer Reichtum eigentlich nicht gut.

Nach einer ganzen Weile steckte sie den Nugget ein und widmete sich wieder ihrer Arbeit.

94

Bessere Menschen

Wills Nachmittag verging in einem glücklichen Nebel. Einen Großteil verbrachte er damit, im Gras zu liegen. Meistens hatte Lette dabei den Kopf auf seiner Brust, und fast immer hielt er einen Bierkrug in der Hand.

»Dann bist du jetzt also der Prophet?«, fragte er Balur, als die Sonne langsam hinter den fernen Bergen am Horizont versank.

Balur zuckte die Schultern. »Du warst ja tot. Irgendwer musste einspringen.«

Will war sich nicht sicher, ob er sich der Logik dieser Aussage vollkommen anschloss. In jedem Fall aber insofern, als dass er nicht länger der Prophet war; und damit konnte er ohne Zweifel ganz gut leben.

»Das wäre es dann also?«, fragte Lette.

»Was wäre was?« Balur trank einen tiefen Schluck.

»Das bessere Leben«, sagte sie. »Das wir in Kondorra finden wollten. Ist dieses Prophetending für dich die Antwort?«

Balur dachte darüber nach. »Ehrlich gesagt, war das mit dem besseren Leben ja immer mehr deine Idee als meine. Ich war völligerweise damit zufrieden, weiter Leute für Geld umzubringen.«

Lette nickte. »Klingst wie die meisten religiösen Führer, die ich gekannt hab.«

Will beschloss, dass es besser für seine Nachtruhe wäre, wenn sie das Thema wechselten.

»Wie steht es mit dir?«, fragte er Lette. »Wer wirst du sein, mit all dem neuen Reichtum?«

Sie schaute zu Balur hinüber. Nur einen Moment. Dann blickte sie wieder in ihr Bier.

»Ist schon gut«, sagte Balur leise. »Ich verstehe schon. Bei uns zu Hause kommt es manchmal vor, dass ein Stamm mitgliedsweise so groß wird, dass die Wüste ihn nicht länger ernähren kann. Dann versammeln wir all die Schwächlinge, auf die wir keine Lust mehr haben, und schicken sie in die Wüste, damit sie ihren eigenen Stamm gründen. Oder sterben, was eigentlich meistens der Fall ist.«

Will hatte das seltsame Gefühl, dass die Geschichte eigentlich anrührend gedacht war.

Lette nickte. »Unser Stamm von zwei Leuten ist zu groß für die Gegend geworden?«

»Na ja.« Balur zuckte die Schultern. »Mein Stamm hat jetzt fünfzigtausend Leute mehr. Da bin ich mir nicht sicher, ob wir genügenderweise Platz für Ballast wie dich haben.«

Lette wog das eine Weile ab und legte dann lächelnd den Arm um Will.

»Also, ich persönlich fand immer, dass zwei die ideale Größe für einen Stamm ist.«

Wäre Will in diesem Augenblick gestorben, er hätte sein Leben nicht als verschwendet betrachtet.

Doch er starb nicht. Stattdessen bemerkte er Firkin, der in ihre Richtung kam, und sein Augenblick des sonnenhellen Glücks verzog sich hinter einer dunklen Wolke.

»Ach Scheiße«, sagte er. Denn wenn jemand vielleicht noch bezweifelte, dass Will wirklich tot war, dann war es Firkin. Tatsächlich würde Firkin ihn als Propheten wohl vorziehen – jemanden, den er herumschubsen konnte, und der nicht groß genug war, um zurückzuschubsen.

»Einen wunderbaren Morgen«, nuschelte der Alte und winkte mit einem Weinschlauch. Dann starrte er den Schlauch an. »Moment Mal. Das ist gar kein Morgen – sondern Wein.« Er setzte ihn an die Lippen und neigte den ganzen Körper zurück. Dann richtete er sich wieder auf und schmatzte vernehmlich. »Ja«, erklärte er. »Auf jeden Fall Wein.«

Er ließ den Blick über die Gruppe schweifen, kniff die Augen zusammen, legte den Kopf schief. »Morgen, Will«, sagte er und ließ sich zu Boden plumpsen.

»Abend, Firkin«, sagte Will.

»Echt ermüdend, immerzu das Scheißmaul dieses Propheten zu sein«, sagte Firkin. »Die Rumschreierei. Hab ständig einen rauen Hals.« Er rieb sich die Kehle und goss etwas Wein nach.

»Kann ich mir vorstellen.« Will fühlte sich seltsam im Stich gelassen, doch keiner von den anderen schien ihn retten zu wollen. »Tja ...« Er suchte nach einem Weg, sich dem Thema anzunähern. »Wie geht es dem Propheten denn so?«

Firkin hob eine Braue. »Wieso fragst du ihn das nicht selbst? Er sitzt doch gleich da drüben.« Er nickte in Balurs Richtung.

Die Erleichterung war so überwältigend, dass es Will fast zu Boden stieß.

»Balur ist der Prophet?«, vergewisserte er sich. Noch traute er dem Braten nicht.

Firkin zuckte die Achseln. »Hat er mir jedenfalls erzählt. Sagte, der Prophet würde Bier und Huren wollen – in der Reihenfolge –, und weil er nun mal der Prophet sei, sollte ich gehorchen und ihm beides beschaffen, und zwar pronto. Und ich hab zu den Leuten gesagt: ›Bier und Huren, so sprechet der Prophet‹, und plötzlich war beides überall.« Er blinzelte mehrmals und rieb sich den Schädel.

»Aber …« Eigentlich hatte Will eine Riesenangst, das Thema weiterzuverfolgen, doch er musste es unbedingt wissen. »In Athril hat er dir doch erzählt, ich sei der Prophet!«

Firkin nickte. »Aber du hast gesagt, du seist es nicht. Er hat gesagt, du wärst's. Jetzt läuft er rum und sagt, er wär's selbst.« Er zuckte die Achseln. »Ich sag bloß, was der Prophet sagt. Werd nicht mit ihm diskutieren. Schau doch, wie groß er ist!«

Will sah Balur an.

Der nickte. »Größenweise bin ich ganz gut aufgestellt, muss man schon sagen.«

Will war sich unschlüssig, was er von der Sache halten sollte. Denn es war schon ziemlich genial; und er war sich nicht sicher, ob ihm geniale Dinge passierten.

Firkin grinste ihn mit seinen sämtlichen Zahnlücken an und klopfte ihm auf die Schulter. »Wir haben's geschafft, Will. Genau wie wir's damals an unseren schönen faulen Tagen immer gesagt haben. Wir haben die Drachen alle erledigt, die Leute befreit und sind auch noch reich dabei geworden.« Plötzlich und unerwartet schloss er Will in die Arme. »Ich bin wirklich verdammt stolz auf dich«, sagte er mit bewegter Stimme.

Will starrte ihn verwundert an.

»Also dann.« Firkin erhob sich. »Ich muss jetzt weiter, die frohe Botschaft verbreiten und so. Wie Butter, die man übers Brot verschmiert – nur, dass man natürlich seinen Mund dafür benutzt. Mit Butter wär das eher schlecht. Ginge zwar vielleicht, aber dann würde das Brot ganz nass werden.« Er schüttelte sich. »Wollte nur kurz die Beine ausruhen.«

Und damit torkelte er davon, gelegentlich von seinem Weinschlauch trinkend.

Will sah ihm nach. Die Wolken in seinem Kopf schienen sich davonzuheben.

»Dir ist aber klar, dass du ihn jetzt an der Backe hast«, sagte Lette zu Balur. »Oh, mein Prophet.«

Balur zuckte mit den Schultern. »Ich werd ihn schon auf Abstand halten können. Schau doch, wie groß ich bin!«

Lette lachte schnaubend, dann wandte sie sich an Will. »Wie steht es mit dir?« Sie beugte sich vor und gab ihm einen Kuss. Einen Moment lang drehte sich die ganze Welt um die Weichheit ihrer Lippen und den Duft ihres Haars. Dann zog sie sich wieder zurück. »Was wirst du sein?«

Will sah noch einmal kurz hinter Firkin her, dann schaute er sie an. Und die Welt dahinter, die feiernden Mengen, die toten Drachen, den blauen Himmel und die gleißende Sonne. Und auf einmal wusste er genau, was er sein würde.

»Glücklich«, sagte er. »Ich werde glücklich sein.«

Danksagung

Schon mit neun Jahren wollte ich Autor epischer Fantasy sein. Heute, wohl oder übel, bin ich einer geworden. Dies sind die Menschen, die mir auf meinem Weg geholfen haben, und denen ich gar nicht genug danken kann: Meine Eltern, die den Geek in mir verwöhnten und mich auf meinen ersten Ausflug nach Mittelerde mitnahmen. Greg McClenaghan, der mich an D & D heranführte und mir die Chronik der Drachenlanze lieh – ohne ihn wäre ich heute nicht halb der Nerd, der ich bin. Adam Brown, das selbsterklärte Comedy-Genie und mein erster Komplize beim literarischen Verbrechen. Paul Jessup, Natania Barron, Michelle Muenzler, Jacques Barcia, Jaym Gates, Harry Markov, Berit Ellingsen und der Rest der *Broken-Circles*-Schreibgruppe, die alle zusammen ein konstanter Quell der Inspiration und der Freude sind – jeder sollte das Glück haben, so nette Menschen wie sie zu kennen. Jeff und Ann Vandermeer, die mich meinem Agenten vorstellten. Howard Morhaim, besagter Agent und höchstwahrscheinlich der einzige echte Zauberer, den ich je getroffen habe. Will Hinton, mein Lektor, der mir und dieser Reihe eine Chance gab und dessen Rat und Enthusiasmus von wahrhaft unschätzbarem Wert waren. Und zu guter Letzt meine Frau, Tami, meine Muse, meine erste Leserin, meine Heldin und die Prinzessin im Turm, die mich gerettet hat. Ohne sie wäre nichts von alldem möglich.

Jon Skovron

Empire of Storms

Ein atemberaubendes Epos vom Weltrang des
Herrn der Ringe

Der große Auftakt zu einem genialen, neuen Epos voller Intrigen, Magie und Abenteuer für alle Fans von Patrick Rothfuss, Peter V. Brett und Brandon Sanderson

Hope ist noch ein Mädchen, als ihr Dorf von den Magiern des Kaisers angegriffen und dem Erdboden gleich gemacht wird. Sie allein überlebt und findet in einem Kloster nicht nur Unterschlupf, sondern wird dort auch von den Kriegermönchen in den Kampfkünsten unterwiesen. Red ist ein Straßenjunge, der in den finsteren und überfüllten Gassen New Lavens zum besten Taschendieb heranwächst, den das Imperium je gesehen hat. Jahre vergehen – doch als Hope und Red einander auf schicksalhafte Weise begegnen, schließen sie einen Pakt, der die Zeit der Ungerechtigkeit beenden wird ...

978-3-453-31785-7

Leseprobe unter **www.heyne.de**

HEYNE